스포츠
라이터

THE SPORTSWRITER
by Richard Ford

이 도서의 국립중앙도서관 출판시도서목록(CIP)은
e-CIP 홈페이지(http://www.nl.go.kr/cip.php)에서 이용하실 수 있습니다.
(CIP제어번호: CIP2009001646)

the
sports
writer

스포츠
라이터

리처드 포드 장편소설

박영원 옮김

문학동네

크리스티나

I

내 이름은 프랭크 배스컴, 직업은 스포츠 기자다.

나는 뉴저지 주 하담의 호빙 가 19번지에 있는, 튜더 양식으로 지은 한 주택에서 십사 년간 살고 있다. 내가 쓴 단편소설이 한 영화제작자에게 어마어마한 금액으로 팔렸을 때 이 집을 구입했는데, 돌이켜보니 나와 아내, 그리고 세 아이들이 나름대로 행복하게 살 수 있는 훌륭한 보금자리가 되어준 것 같다. (집을 살 때 아이 둘은 아직 태어나지도 않았다.)

(내가 기대한) '나름대로 행복한 생활'이 정확히 무엇이었는지 지금으로선 대답하기 힘들다. 행복한 생활이 없었다기보다는 그 집에 살면서 상당히 많은 일을 겪었다는 정도로만 말해두고 싶다. 예를 들자면 이제 난 그 누구의 남편이 아니다. 또 모든 일이 시작될 무렵 첫째아이는 죽고 말았다. 물론 나중에 태어난 두 아이는 지금 건강하고 멋진 자녀로 성장해 있다.

뉴욕에서 이 집으로 이사한 직후 나는 단편소설을 대여섯 개 써서 서랍 깊숙이 넣어뒀고 그 소설들은 아직 그곳에서 잠자고 있다. 상상하기 힘든 어떤 일이 일어나지 않는 한 내가 그 소설들을 다시 꺼내는 일은 없을 것이다.

십이 년 전, 스물여섯 살이었을 때 나는 뜻하지 않게 뉴욕에 있는 꽤 유명한 스포츠 잡지사의 편집장에게서 스포츠 기자로 일해달라고 요청을 받았다. 예전에 자유기고가 신분으로 그 잡지사에 글을 기고한 적이 있었는데 특이하게도 그 편집장이 그때 글을 아주 마음에 들어했기 때문이었다. 나 자신은 물론 나를 아는 모든 이들이 깜짝 놀랄 일이었지만, 나는 소설쓰기를 그만두고 그 제안을 받아들였다.

그후 스포츠 글을 쓰는 것 말고 다른 일은 전혀 하지 않았다. 다만 아들이 죽고 난 후 한때 새로운 인생을 구상하며 매사추세츠 주 서부에 있는 작은 대학교에서 삼 개월 동안 강사로 일한 적이 있다. 하지만 결국 나와 맞지 않아 포기하고 곧장 여기 뉴저지로 돌아와 스포츠 기자 일을 계속하고 있다.

십이 년 동안의 스포츠 기자 생활은 결코 나쁘지 않았다. 오히려 대부분 멋진 나날이었다. 비록 나이가 들면서 두려운 것들이 점점 많아지고, 나쁜 일들은 정말 언제든 내게 일어날 수 있다는 사실이 명백해졌지만, 그렇다고 밤에 잠을 이루지 못할 정도로 걱정하는 일은 거의 없었다. 나는 지금도 열정과 낭만의 가능성을 믿는 사람이다. 하지만 아들 랠프 배스컴이 죽지 않았다면, 웬만해서는 굳이 많은 변화를 선택하지 않았을 것이다. 이혼도 하지 않았을지 모른다. 어쨌든 지금은 이 정도로만 얘기해두자.

아마 당신은 이렇게 묻고 싶을 것이다. 왜 (충분한 가능성이 있는데도) 유망한 작가의 길을 포기하고 스포츠 기자가 되었는가?

아주 좋은 질문이다. 일단 이렇게 대답하고자 한다. 만약 스포츠 글에서 얻을 수 있는 교훈이 하나라도 있다면, 또 그 교훈에 많은 거짓만큼이나 진실 역시 상당하다면, 그것은 바로 조금이라도 가치 있는 인생을 살고자 할 경우 조만간 끔찍하고 가슴 아픈 후회와 직면할 가능성이 있다는 사실을 반드시 각오해야 한다는 점이다. 물론 될 수 있는 한 이런 후회를 피하려고 노력해야 한다. 잘못하면 인생이 파탄 나고 말 것이므로.

나는 다음 두 과정을 겪었다. 첫째 그 후회와 직면했다는 것, 둘째 그러나 파탄은 면했다는 것. 내가 이 글을 쓰는 이유도 바로 이에 대한 얘기를 하기 위해서다.

나는 철제 울타리를 넘어 집 바로 뒤쪽에 있는 묘지로 향했다. 오늘은 4월 20일 성(聖)금요일, 현재 시간은 오전 다섯시다. 이웃들이 모두 새벽의 어둠 속에 조용히 잠든 지금 나는 다름 아닌 전처를 기다리고 있다. 오늘은 죽은 아들 랠프의 생일이다. 만약 살아 있다면 랠프는 막 사춘기에 접어든 열세 살이 되었을 것이다. 최근 이 년간 전처와 나는 아들을 추모하기 위해 아들의 생일이 되면 이처럼 이른 시간에 만났다.

안개가 걷히자 묘지의 잔디가 서서히 드러나기 시작했고 어디에선가 들려오는 거위의 날갯짓 소리가 차가운 아침 공기를 뚫고 내 귀에 날카롭게 파고들었다. 이어 경찰차 한 대가 덜커덩거리며 거리 한쪽에 멈춰 섰다. 헤드라이트가 어둠을 뚫고 내 쪽을 비췄으므로 나는 혹시 경찰의 감시를 받고 있는 게 아닌가 하고 잠시 착각에 빠졌다. 차 안에서 새어나온 성냥불빛에 클립보드를 뒤적이는 경찰의 얼굴이 드러났다.

새로 조성한 묘지 저쪽 끝에서 작은 사슴 한 마리가 나를 물끄러미 쳐다보다가, 커다란 나무들이 버티고 서 있는 구(舊)묘지를 이따금 힐끗거리면서 어둠 속에서 노란 눈을 깜박였다. 구묘지 지역은 아들의 무덤에서 가까운 곳으로 독립선언서에 서명한 위인 세 명이 묻힌 곳이기도 하다.

옆집에 사는 데페예스 부부는 테니스를 치고 있는 듯했다. 이른 아침 시간이라는 것을 의식해서인지 두 사람은 낮은 목소리로 서로 점수를 불러주며 열심히 테니스를 치고 있었다. "미안." "괜찮아." "포티 러브." 퍽, 퍽, 퍽, 테니스공을 쳐대는 소리. "당신, 어드밴티지야." "응, 알았어." "당신 공!" 다시 퍽, 퍽, 퍽. 거친 숨소리, 이리저리 뛰어다닐 때 운동화가 땅에 끌리는 소리. 두 사람 모두 팔십 대로 이제 잠이 별로 오지 않는지 내겐 항상 깨어 있는 것처럼 생각될 정도였다. 하지만 이 부부는 조도가 낮은 황산바륨 조명 아래에서 테니스를 쳤으므로 내가 잠을 설치는 일은 없었다. 그들과는 비록 친한 친구는 아니었지만 서로 좋은 이웃으로 지내오고 있다. 이제 나는 이웃들과 공통점이 없어져서 칵테일파티에 초대받는 일도 드물었다. 하지만 이웃들은 적당한 거리를 유지하며 늘 친절히 대해줬으며 나 또한 그들을 더없이 바람직하고, 보수적이며, 또 점잖은 사람들로 인정해왔다.

이제야 알게 된 사실이지만 이혼한 남자를 이웃으로 둔다는 건 부담스러운 일이다. 이혼한 남자는 왠지 무질서해 보이고 그의 성적 정체성은 주변 사람들에게 의심을 받게 된다. 이때 대부분의 이웃은 뭔가 결정을 내려야 한다고 느끼게 되는데 그럴 경우 그 사람의 아내와 가까이 지내는 쪽을 선택하기 쉽다. 이는 내 이웃과 친구들 대부분이 내린 선택이기도 했다. 이웃들은 도로나 울타리 너머로, 혹은 식료품 주차장에 주차한 차를 가운데 둔 채 지붕 상태가 어떤지, 배수구는 어떤지, 올해엔 겨울이 일찍 올 것 같은지 등 수다를 떨어대면서 언제 한번 모이자고 계획을 짜기도 한다. 하지만 난 최근에 이웃들과 이런 얘기를 해본 적이 없다. 물론 나름대로 잘 적응하고 있긴 하지만.

오늘은 굳이 성금요일이 아니라 하더라도 나에겐 특별한 날이다. 오늘 아침 어둠 속에서 눈을 떴을 때 마치 북이 울려대는 것처럼 심장이 두근거렸기 때문이다. 어떤 변화가 다가오는 듯했고 이따금 그랬듯 꿈결 같은 그 느낌은 차츰 기대로 변했다. 나는 차갑고 음울한 새벽을 가르며 번개같이 잠에서 깨어났다.

오늘 나는 디트로이트로 출발해 미시간 주의 월드레이크에 사는 유명한 전직 럭비 선수를 취재하기로 돼 있다. 그는 수상스키를 타다 불의의 사고로 휠체어 신세를 지게 됐지만 이에 굴하지 않는 용기와 결단력을 발휘했다. 대학으로 돌아가 통신학 학위를 딴 뒤 물리요법 전문가인 흑인 여성과 결혼했으며 마침내 옛 팀의 명예목사가 됨으로써 그의 팀 동료들에게 영감을 불어넣는 인물이 된 것이다. 이른바 '사회에의 기여'가 그에 관한 내 글의 요점이 될 것이다. 나는 이런 이야기를 좋아하고 이와 같은 내용은 기사로 쓰기에도 적당하다.

새로운 여자친구 비키 아서놀트가 동행한다는 사실 때문에 취재 여행에 대한 기대감은 더욱 커졌다. 비키는 최근에야 댈러스에서 뉴저지로 이사를 왔지만 난 진작부터 그녀와 사랑에 빠졌다고 확신한다. (혹시라도 그녀가 괜히 경계할까봐 이 사실을 아직 말하지 않았다.) 두 달 전 나는 차고에서 잔디 깎는 기계의 날카로운 날에 엄지손가락을 베였다. 닥터스 병원에 황급히 달려갔을 때 응급실에서 상처를 꿰매준 사람이 바로 아서놀트 간호사였고 그때부터 모든 일이 시작된 것이다. 그녀는 와코*에 있는 베일러 대학을 나왔지만 이혼하면서 이곳으로 이사했다. 그녀의 가족은 바닷가와 가깝고 여기에서 멀지 않은 '바네갓 파인스'에 살고 있었는데 나는 비키의 집에서 열리는 부활절 저녁식사에 초대를 받았다. 그녀의 가족은 이 저녁식사를 통해 비키가 북동부에 성공적으로 정착했으며, 믿을 만한 괜찮은 남자와 사귀고 있고, 따라서 그녀의 전 남편 에버렛 등 위험했던 모든 시련에서 온전히 벗어났다는 사실을 확인하고 싶어할 것이다. 비키의 부친 웨이드 씨는 고속도로 9번 톨게이트에서 징수원으로 근무중인데 틀림없이 우리의 나이 차를 맘에 들어하지 않을 것이다. 비키는 서른 살이고 나는 서른여덟, 그리고 웨이드는 이제 막 오십대에 들어섰기 때문이다. 하지만 난 그를 내 편으로 끌어들일 수 있다는, 또 꼭 그렇게 하고 싶다는 강한 열망에 휩싸여 있다. 비키는 강한 텍사스 사투리를 구사하고 머리는 검은데다 광대뼈가 매력적인 여자로 성격이 활기차고 사랑스럽기 그지없지만 정작 본인은 자기 매력에 무관심해서 나는 한밤중에도 그리움에 사무쳐 울 정도다.

결혼생활을 청산했다고 곧 마음대로 여자를 만날 수 있다거나 혹은 전에 기대할 수 없었던 색다른 경험을 할 수 있을 것이라고 결코 착각해서는 안 된다. 전혀 사실이 아니다. 누구도 그런 생활을 오랫동안 할 수 없기 때문이다. 내가 가입한 이혼남 클럽에서 이런 사실을 분명히 확인했다. 모임에서 우리 회원들은 여자 얘기를 거

---

* 텍사스 주 중부에 있는 도시.

의 하지 않으며 남자끼리만 있다는 사실에서 위안을 얻는다. 이혼이 내게 (또 우리 회원 대부분에게) 허락한 것은 전에 결코 경험한 적 없는 엄격하고 금욕적인 생활이었다. 비록 충실해야 하거나 금욕을 지켜야 할 여자가 내겐 더이상 없지만 말이다. 그저 공허한 순간이 길게 이어질 뿐이다. 하긴 모든 이들도 살다보면 가끔 외롭게 지내야 할 때가 있다. 하지만 나는 지금 어릴 때 혼자 심심한 여름 방학을 보낸다거나 시시한 학교의 기숙사에서 혼자 뒹구는 일 따위를 말하는 것이 아니다. 어른으로 성장하고 난 후에 느끼게 되는 외로움을 말하는 것이다. 그렇다고 크게 문제될 일은 없다. 훌륭한 운동선수가 그렇듯 어쩌면 자기 내면에 더 가까이 다가갈 수 있는 가치 있는 기회가 될 수도 있을 테니까. (농구선수가 자신만의 독특한 외곽 점프슛을 완성하려고 악착같이 매달리는 행위를 달리 표현하자면, 이는 공을 링에 반드시 통과시켜야 한다는 의인화된 소망과 같다.) 하지만 어떤 경우든 외로운 생활은 결코 쉽지 않으며 또 그렇게 간주해서도 안 된다. 나로 말할 것 같으면 하는 일에 최선을 다한 다음 좋은 결과가 오기를 기대하는 편이다. 물론 그것이 무엇이 될지는 전혀 모른다. 그 보너스는 간호사 아서놀트처럼 천국에서 직접 선사하는 작은 선물일 수도 있다.

뉴욕의 사무실에서 처리해도 무방한 일들이 많았던 까닭에 나는 최근 몇 개월 동안 여행을 하지 않았다. 전처의 변호사 앨런은 비열하기 짝이 없었는데 그는 우리의 결혼생활에 문제가 생긴 주된 이유는 특히 랠프가 죽고 난 뒤 부쩍 잦았던 여행 때문이라고 법정에서 진술했다. 비록 엄밀히 따져볼 때 진실은 아니었지만(사실 이는 전처와 내가 생각해낸 이혼의 법적 이유였다) 내가 일에 따르기 마련인 여행을 즐겼다는 사실은 부인하지 못하겠다. 믿기 힘들겠지만 비키는 태어나서 지금까지 딱 두 곳만 구경했다고 했다. 그곳은 댈러스 주변의 무미건조하기 짝이 없는 우울한 대평원과 뉴저지였다. 하지만 이제 곧 내가 눅눅한 공기를 머금은 보수적인 중서부 지역*을 그녀에게 보여줄 작정이다. 그곳은 마침 내가 대학을 다닌 곳이기도 하다.

스포츠 기자의 일이란 당신의 일반적인 생각에서 크게 벗어나지 않는다. 비행기를 타고, 공항에 도착하거나 출발하고, 시내 호텔에 투숙하고, 복도나 라커룸에서 몇 시간을 기다리고, 차를 대여하고, 불친절한 호텔 보이를 상대해야 한다. 또 낯선 술집에서 밤늦게까지 술을 마시기도 하고 기사를 구상하느라 새벽까지 깨어 있을 때도 많다. 오늘 아침처럼 말이다. 하지만 기자 생활을 하지 않았다면 행복하지 않았을 것이라고 여기게 하는 그 뭔가가 분명 존재한다. 일을 갓 시작한 초기엔 나를 나 자신 밖으로 끌어낼 수 있는 건 결코 없다고 생각했다. 하지만 문자 그대로 익명성을 보장받는 이곳에서, 즉 나만의 밀워키, 나만의 세인트루이스, 나만의 시애틀, 나만의 디트로이트, 심지어 나만의 뉴저지에서 희망적이고 예기치 않은 사건이 일어나곤 한다. 전에 한 대학에서 잠깐 강의를 할 때 만난 어떤 여자는 내게 이렇게 말했다. 사실은 내가 아주 많은 선택권을 갖고 있었지만 단지 절실한 필요성을 느끼지 못해 선택을 하지 못했을 뿐이라고 말이다. 하지만 그것은 착각이며 그녀의 실수다. 선택은 우리 모두에게 절실히 필요하다. 나는 단단한 벽돌로 지은 미국의 여러 도시들을 전전할 때 그 점을 정확히 느꼈다. 선택해

---

* 미국에서 중서부 지역이란 일반적으로 일리노이, 인디애나, 아이오와, 캔자스, 미시간, 미네소타, 미주리, 오하이오, 네브래스카, 노스다코타, 사우스다코타, 위스콘신 열두 개 주를 가리킨다.

야 할 것은 아주 많다. 비록 전혀 아는 바는 없지만 호감을 느낄 만한 일들이 나를 기다린다. 새로운 곳에 도착하면 흥분해서 가슴이 마구 설렌다. 레스토랑의 멋진 조명에 깊은 감명을 받기도 하며 우연히 만난 택시기사가 흥미진진한 자기 인생 이야기를 들려주기도 한다. 어떨 땐 전혀 알지 못하는 여인의 쾌활한 목소리를 원없이 감상할 수도 있다. 하지만 이 모두는 당신이 결코 가본 적 없는 술집에서, 그렇지 않았다면 외로울 수밖에 없었을 어떤 시간대에라야 가능하다. 바로 이러한 것들이 당신을 기다린다. 이보다 더 나은 것이 있을 수 있는가? 더 신비로운 일이 있을 수 있는가? 더 기대할 만큼 가치 있는 다른 일이 있는가? 없다. 전혀 없다.

데페예스 부부가 켜놓았던 테니스 코트의 조명이 서서히 꺼졌다. 델리아 데페예스의 차분하고 조용한 목소리가 들려왔다. 테니스를 치느라 여전히 숨을 헐떡거리긴 했지만 그녀는 남편 카스파에게 아주 잘했다며 격려를 해주었다. 부부는 말끔히 다림질한 흰색 옷을 입고 아직 어둠에 둘러싸인 집을 향해 천천히 걸어갔다.

하늘이 점차 밝아왔다. 부활절이 가까이 왔을 정도로 봄이 성큼 다가왔지만 아침 무렵엔 마치 두꺼운 안개가 아침 별들을 가리고 있는 것처럼 여전히 겨울의 기운을 느낄 수 있었다. 달은 전혀 보이지 않았다.

경찰차가 둘러볼 만큼 다 둘러봤는지 마침내 묘지 입구를 지나 조용한 거리로 천천히 이동했다. 보도에서는 종이 펄럭이는 소리가 들려왔다. 뉴욕까지 왕복하는 통근열차가 역에 정차중인지 종소리도 들려왔다. 기차의 종소리는 언제 들어도 마음이 편안해진다.

전처가 모는 갈색 사이테이션 승용차가 신축 도서관이 있는 컨스티튜션 가에서 붉은 신호등을 받고 멈추더니 플럼 로드에 면한 묘지 울타리를 따라 천천히 움직이기 시작했다. 사슴은 이미 사라졌다. 나는 전처와 만나기 위해 걸음을 재촉했다.

전처는 보수적이고 성격이 굳센 미시간 여자로 앤아버에서 처음 만났다. 당대의 뛰어난 인물이자 민주당 지지자였던 소피 윌리엄스*와 비교해도 손색이 없는 그녀의 부친 헨리는 여전히 자동차 펜더 제작기계의 필수품인 고무 개스킷 생산공장을 운영하면서 큰 성공을 거두었지만 엄청난 부를 쌓고 난 지금은 공화당원이다. 전처의 모친 어마는 캘리포니아 주 미션 비에조에 살고 있으며 남편 헨리와 이혼했다. 그녀는 아직도 나에게 편지를 정기적으로 보내오고 있는데 결국엔 전처와 내가 화해하리라고 굳게 믿는 모양이다. 그건 그리 어려운 일이 아니라고 생각하는 게 분명하다.

전처는 원하기만 하면 아파트나 전원주택을 구입할 수도 있고 부친이 소유한 땅으로 이사해서 미시간으로 돌아갈 수도 있었다. 이혼 당시 이를 상의해보았고 나도 굳이 반대하진 않았다. 하지만 아버지가 있는 곳으로 돌아가기엔 전처의 자존심이나 독립심이 너무 컸다. 또 가족의 가치를 매우 중요시하는 전처로선 폴과 클라리사가 아빠인 나와 가까운 곳에서 지내기를 원했다. 어쨌든 전처가 새로운 환경에 성공적으로 적응한 것 같아 다행스럽게 생각한다. 지금 와서 생각해보면 아들의 죽음과 이혼이라는 큰 고통을 겪기 전까지 우리 둘 다 성숙한 어른은 못 되었던 것 같다. 인생은 넘지 못할 거대한 파도가 되어 끝내 우리 부부를 휩쓸었고 그와 함께 모든 것이 사라져버렸다.

---

* 본명은 G. 메넨 윌리엄스. 미시간 주지사를 지냈다.

이혼 후 전처는 다소 저렴한 주택을 구입했지만 그 주택은 일명 '더 프레지던트'라고 불리는 하담의 괜찮은 동네에 있었다. 그리고 크랜베리 힐스 골프 클럽에서 골프 강사 자리를 얻었다. 대학에 다닐 때 레이디 울버린스라는 팀의 공동주장을 지낸 바 있는 전처는 최근엔 지방에서 열린 몇몇 프로 암 대회에 진출하기도 했다. 특히 쇼트 게임에서의 실력이 더 날카로워졌는데 지난여름엔 몇 개 대회에서 상위권에 입상하기도 했다. 아마 전처는 이 같은 일을 한 번은 해보고 싶었을 것이며 이혼이 그런 기회를 제공했을 것이다.

우리의 결혼은 어떠했던가? 지금은 거의 기억나지 않는다. 기억나는 것이라곤 결혼생활이 차지한 시간의 크기일 뿐이다. 하지만 기억을 더듬어보는 것도 그리 나쁘진 않을 것이다.

우리의 결혼생활은 한 시인이 말한 것처럼 평범했다. 전처는 주부였고, 아기를 가졌으며, 책을 읽거나 골프를 쳤고, 친구를 만나기도 했다. 그러는 동안 나는 스포츠 기사를 쓰거나, 기삿거리를 찾기 위해 여기저기 돌아다니거나, 낡은 옷을 입고 생각에 잠겨 집주변을 배회하거나, 혹은 이따금 뉴욕까지 기차를 타고 왕래하기도 했다. 아내는 내가 스포츠 기자 일을 한다고 했을 때 이를 흔쾌히 받아들였다. 아마 문제될 게 없다고 생각한 모양이다. 어쨌든 자기 입으로 기쁘다고 직접 말했고 정말 그런 것처럼 보였다. 아내는 영화로 만들어질 만한 소설을 쓸 젊은 셔우드 앤더슨*과 결혼했다고 생각했다. 하지만 결과가 그렇지 않다고 해서 실망한 것은 아니었다. 실제 그 문제로 내게 불평을 털어놓은 적은 한 번도 없었다. 나는 평안했다. 우린 세 아이들과 함께 (랠프는 케이프 가드라고 불렀지

---

* 오하이오 주 출신의 미국 소설가.

만) 케이프코드, 시어스포트, 메인, 엘로스톤부터 남북전쟁 전투가 벌어졌던 앤티텀과 불런까지 다양한 곳으로 휴가여행을 다녔다. 우린 여느 가정처럼 청구서에 비용을 지불했고, 쇼핑을 했고, 영화를 봤다. 차, 카메라, 보험을 사들였으며, 요리를 했고, 칵테일파티에 참가했고, 학교를 방문했고, 여느 부부처럼 달콤하고 은밀하게 사랑을 속삭였다. 이따금 창밖을 보면서, 혹은 뜰에 서서 위로와 성취를 느끼며 해가 지는 풍경을 감상했다. 때론 배수관을 청소하고, 지붕을 수리하고, 폭풍에 대비해 창 덮개를 설치하고, 정기적으로 비료를 뿌리고, 주가를 계산하고, 이웃들에게 친근한 목소리로 안부를 물었다. 그야말로 정상적이면서도 별 특별할 게 없는 생활이었다.

하지만 결혼생활이 끝날 무렵 나는 점차 꿈에 시달리는 일이 많아졌다. 어떨 땐 아침에 일어나 내 옆에서 자고 있는 아내를 보면서도 그녀가 누구인지 알아보지 못했다. 내가 어디에 있는지, 나이가 몇인지, 내 인생이 어땠는지 기억이 나지 않았다. 그 정도로 꿈에 지독히 몰입해 있었기 때문이다. 처음엔 자리에 가만히 누워 내가 모르는 사실이 그 밖에 무엇이 더 있는지 최대한 생각해내려 애썼지만 시간이 지날수록 알 수 없는 해방감이 들면서 아무것도 모른다는 사실이 오히려 편안해져 될수록 그 상태를 유지하려 했다. 그러는 동안 '누가? 어디서? 무엇을?'에 대한 수십 가지 생각이 머리를 스쳐 지나갔다. 갑자기 정신을 차리고 그 어떤 의식을 느끼게 될 때까지 이런 상태는 계속됐다. 그 어떤 의식이란 뭘까? 아마 당신은 상실감이라고 말할 것이다. 하지만 무엇에 대한 상실감인지 나는 모르겠다. 물론 아들이 죽긴 했지만 그것이 내게 일어난 현상의 이유라고는, 혹은 어떤 일이 다른 일의 유일한 이유라고는 선뜻 말하기 꺼려진다. 아마 당신은 나름대로의 방식으로 멋진 삶을 꿈꾸고 있고 그 꿈에서 영원히 깨지 않을지도 모른다. 과거에 내가 거의 그랬을 뻔했던 것처럼. 지금은 앞에서 말한 현상을 극복했고 어느 정도는 통제까지 할 수 있다. 물론 아내와의 결혼생활이 끝장났다는 슬픔은 남아 있지만 지금은 슬프게 느껴지지 않는다. 이는 당신이 오랜만에 고등학교 동창회에 참석했을 때, 과거에 밤늦게까지 곧잘 연주하던 옛날 노래를 들어도 그저 외로움만 느끼는 경우와 비슷하다.

전처는 데크 슈즈를 신고 헐렁한 코듀로이 바지와 몇 년 전 내가 사준 낡은 런던포그 외투를 걸친 채 묘지의 조명을 배경으로 잠결에 걷는 것처럼 느릿느릿 걸어왔다. 머리는 내가 좋아하는 새로운 스타일로 단발을 했다. 키가 큰데다 풍성한 갈색 머리가 아주 예뻐서 실제 나이보다 젊어 보였다. 하긴 그래봤자 아직 서른일곱 살에 불과하다. 십오 년 전 뉴욕의 한 음울한 책방에서 다시 만났을 때 그녀는 5번가에 있는 한 의상실에서 모델 일을 하고 있었다. 그래서인지 지금도 이따금 모델처럼 팔을 힘없이 늘어뜨리고 발을 바깥으로 향한 채 걷는 버릇이 있다. 하지만 골프공을 앞에 두고 자세를 잡을 때는 전혀 그렇지 않았다. 어떨 땐 내가 아는 재능 있는 운동선수와 견줘도 손색이 없을 만큼 상당한 수준에 이른 것처럼 보인다. 두말할 필요 없이 나는 전처를 존경하며 모든 면을 사랑한다. 물론 이제 절제할 줄은 안다. 가끔 전혀 예기치 못하게 거리를 걷거나 차 안에 앉아 있는 전처의 모습을 보게 될 경우가 있다. 그때 나는 나를 전혀 의식하지 못하는 전처를 바라보면서 놀라움을 금치 못했다. 저 여자가 이 세상에서 더 원할 것이 뭐가 있단 말인가? 내가 어떻게 저런 여자를 사랑하고 떠나보낼 수 있었을까?

"아직 꽤 춥네." 목소리가 들릴 만큼 우리 둘 사이가 가까워졌을 때 두 손을 레인코트 안쪽에 깊숙이 찔러넣은 전처가 작지만 단호한 목소리로 말했다. 내가 사랑하는 목소리였다. 다시 생각해봐도 내가 맨 처음 사랑한 것은 바로 이 목소리였다. 날카로운 중서부 모음과 차가울 정도로 간결한 문장을 구사하는 그녀의 목소리. 더이상 바랄 게 없을 만큼 만족과 신뢰를 주는 그 목소리. 하긴 난 남자 목소리보다는 여자 목소리를 항상 좋아하긴 했다.

문득 내 목소리는 어떻게 들릴지 궁금해졌다. 뭔가 확신을 주는, 진실을 말하는 목소리로 들릴까? 아니면 진지하지 않거나, 사기꾼 같거나, 무슨 분란거리라도 일으킬 것 같은 전남편의 목소리로 들릴까? 나는 나만의 목소리를 갖고 있다. 솔직해 보이지만 중고차를 파는 세일즈맨처럼 다소 촌스러운 목소리다. 뭐랄까, 사실만 쭉 열거함으로써 상대가 진실을 알아주길 바라는 그런 건조한 목소리 말이다. 실제로 대학 시절엔 이런 목소리를 내려고 따로 연습한 적도 있었다. "네, 좋습니다. 자, 여길 보시죠." 나는 큰 소리로 연습했다. "괜찮습니다. 괜찮아요." "네, 하지만 여길 보시죠." 스포츠 기자로 일하면서 굳은 말투는 상당 부분 이에 영향받았다. 물론 지금은 연습을 중단했지만 말이다.

전처는 크레이그란 이름이 새겨진 곡선 형태의 한 비석에 몸을 비스듬히 기댔다. 전처는 나와 안전한 거리를 두고 떨어져 서서 안쪽으로 만 입술을 꾹 다물었다. 기다리는 동안 날씨는 별로 의식하지 않았지만 전처의 말을 듣고 나니 뼛속 깊이까지 한기가 느껴지면서 스웨터 생각이 간절해졌다.

이른 새벽의 이런 만남은 내가 생각해낸 것이다. 우리 부부 같은 처지의 사람들에겐 남아 있는 친밀감을 공유할 수 있는 아주 좋은 방법 같았다. 하지만 사실 이렇게 만나는 것은 그 성격상 불편할 수밖에 없고 어쩌면 내년부터는 사라져버릴지도 모른다. 하기야 작년에도 이와 똑같은 생각을 하긴 했다. 우리가 이렇게 모이는 이유는 단지 하나다. 나나 그녀나 아들을 잃은 슬픔을 어떻게 견뎌야 할지 몰랐기 때문이다. 둘 모두 힘든 순간을 버텨낼 적당한 언어나 감정도 찾지 못했고, 그래서 차라리 가벼운 이야기를 나누며 괴로움을 달래는 편이 낫다고 생각한 것이다. 하지만 내가 생각해낸 방법이 항상 현명하다고 할 수는 없다.

이번엔 내가 입을 열었다. "혹시 폴이 어젯밤 나와 만났다고 얘기하던가?" 아들 폴은 지금 열 살이 됐다. 어젯밤 나는 마침 집 밖으로 나온 폴과 우연히 만났다. 전처는 전혀 모른 채 집 안에 있었고 나는 누구의 눈에도 띄지 않도록 멀리 숨어 있었다. 폴과 나는 랠프에 대해 얘기했다. 폴은 어떻게 해야 형 랠프를 만날 수 있을지 궁금해했다. 난 그런 폴과의 대화를 통해 기분이 한결 좋아져서 집으로 돌아왔다. 전처와 나는 상대방 모르게 아이와 비밀스럽게 만나지 말자고 서로 사전에 합의했지만 어제는 경우가 좀 달랐다.

"아빠가 경찰처럼 차 안에 앉아서 집을 감시했다고 말하던데?" 전처가 호기심 어린 눈빛으로 나를 쳐다봤다.

"어젠 무척 힘든 날이었어. 뭐 그래도 결국 잘 끝났지만." 사실 어제는 힘든 날 그 이상이었다.

"그냥 들어와도 돼. 나야 언제든 환영이니까."

나는 전처가 안심할 수 있도록 편안한 미소를 지어 보였다. "다음번엔 그렇게 하지." (가끔 우리는 이상한 행동을 해놓고는 그것이 우연히 일어난 일이라고 말하곤 한다. 하지만 난 정말 전처에게 어제는 우연히 만난 것이라고 믿게 하고 싶었다.)

"그저 안 좋은 일이 있었는지 걱정했을 뿐이야." 전처가 말했다.

"그런 일 없어. 난 아들을 무척 사랑하니까."

"그럼 됐고." 전처가 한숨을 내쉬며 말했다.

전처는 주머니에서 종이 봉지를 꺼낸 후 삶은 달걀을 꺼내 껍데기를 벗기기 시작했다. 사실 할 얘기는 거의 없었다. 우린 일주일에 최소 두 번 이상 전화통화를 했고 대부분의 화제는 아이들에 관한 것이었다. 전처는 골프 강사 일을 해야 했으므로 아이들은 수업을 마치면 나를 먼저 찾아왔다. 종종 식료품점에서 계산하는 줄에 서 있다가 만나기도 했고 우연히 같은 술집에 앉아 간단한 대화를 나누기도 했다. 둘은 서로 모범적인 이산가족으로 지내고자 노력했다. 여기에서 만난 이유는 단지 잃어버린 옛 인생을 추모하기 위한 것이다.

그렇다 해도 더 깊은 얘기를 나누기엔 지금이 좋은 때다. 작년 같은 경우에 전처는 만약 자신이 다시 태어난다면 결혼은 천천히 하고 여자 프로골프 리그에 진출했을 것이라고 얘기했다. 또 1966년엔 전처의 부친이 그에 따른 후원을 해주겠노라고 제안한 적도 있었다고 말했다. 나는 처음 듣는 얘기였다. 그러나 다시 과거로 돌아간다 해도 여전히 나와 결혼할 마음이 있는지에 대해선 말하지 않았다. 그뿐만이 아니었다. 내가 소설을 계속 쓰길 원했다고, 그랬다면 아마 지금보다 사정이 더 나아졌을 거라고 말해서 나를 놀라게 했다. (하지만 전처는 나중에 이 말을 철회했다.) 그녀는 또 평소 내가 외로워 보였다고까지 말해서 나를 거듭 놀라게 하는 한편 굳이 친한 친구가 아니어도 내가 평소 친구를 거의 사귀지 않은 점과 평생 소수의 일에만 집중한 점은 실수였다고 얘기했다. 그 소수의 일로 전처는 자신과 아이, 그리고 평범한 직업인 스포츠 기자 일을 거론하면서 그 때문에 내가 예기치 못한 일에 미처 대비하지 못했다는 의견을 피력했다. 그리고 이 모두의 근본 원인으로 내가 내 부모를 잘 몰랐다는 점, 군사학교에 들어갔다는 점, 그리고 남부 지역에서 성장했다는 점을 들었다. 전처는 남부 지역 사람들 대부분이 배신자들이고 비밀이 많으며 신뢰성이 떨어진다고 말했는데 나도 이에 동의했다. 비록 그런 사람들을 여태 한 명도 만나보진 못했지만 말이다. 남부 지역 사람들이 그렇게 된 이유는 모두 남북전쟁 때문이라고 전처는 말했다. 그런 곳보다는 차라리 자신이 자란 곳처럼 애매한 구석이란 눈을 씻고도 찾을 수 없어 혼란스럽거나 복잡한 일이 전혀 벌어지지 않는, 그래서 모든 이들의 심각한 관심사라고는 그저 날씨밖에 없는 그런 지역에서 성장하는 편이 훨씬 낫다고 전처는 덧붙였다.

"그래, 요즘은 많이 웃고 다녀?" 달걀의 껍데기를 다 벗겨낸 전처는 봉지를 다시 코트 주머니 깊숙이 감추었다. 전처는 비키의 존재를 알고 있다. 이혼 후 나는 여자친구를 몇 명 사귀었으므로 분명 아이들이 전처에게 얘기했을 것이다. 하지만 그 여자들이 내 생활의 일부로 굳어졌다고는 생각하지 않는 듯했다. 아마 그녀의 판단이 옳을 것이다. 난 언제나 이처럼 친근하고 진실한 대화를 좋아한다. 하지만 요즘엔 별로 그럴 기회가 없었다. 결혼이 좋은 이유는 이런 대화를 나눌 수 있어서가 아닐까.

"그래, 맞아." 내가 말했다. "잘해나가고 있어, 당신의 질문이 그런 뜻이라면."

"그럴 것 같았어." 전처는 꽤 큰 골칫거리라도 된다는 듯 삶은 달걀을 쳐다보았다. "당신에 대해선 그렇게 걱정 안 해." 전처가 칭찬

하듯 눈을 들어 나를 바라봤다. 아마 요즘 일이 잘못돼 내가 흥분했거나 술을 마셔서 어제 폴을 만났다고 생각한 모양이었다.

"요즘 조니 카슨 쇼가 참 재미있더군. 웃기는 데엔 재주가 있다니까." 내가 말했다. "어째 갈수록 더 웃기는 것 같아. 어쨌든 안부 물어봐줘서 고마워." 말을 하고 나니 왠지 나 자신이 어리석어 보여 전처에게 어색한 웃음을 지었다.

전처가 달걀흰자를 조금 베어 물었다.

"당신의 사생활을 침범했다면 사과하지."

"괜찮아."

전처는 귀에 들릴 만큼 큰 숨을 쉰 뒤 부드러운 목소리로 말했다. "오늘 잠에서 깨다가 랠프가 웃던 모습이 갑자기 떠올랐어. 그래서 좀 울었지. 그리고 당신이 최선을 다해 삶을 잘 꾸려가야 한다고 생각했어. 랠프는 아홉 해밖에 살지 못했지만 그 웃음은 여전히 기억하거든. 당신도 그래줬으면 해. 아직 살아가야 할 시간이 더 많으니까."

"그러고 보니 내 생일이 이 주일 정도 남았군."

"재혼할 생각이야?" 전처가 내 얼굴을 쳐다보며 지극히 딱딱한 어조로 물었다. 바로 그 순간 주위를 둘러싼 아침 공기를 뚫고 수영장 냄새가 코를 파고들었다. 근처 어딘가에 수영장이 있는 모양이다. 수영장 물에 담긴 차가운 염소 냄새가 여름이 가까이 다가왔음을 떠올리게 했고 더불어 지나간 여름의 아름다운 추억도 일깨웠다. 향긋하고 감미로운 교외 특유의 냄새가 코를 스쳐 지나갔다. 때로는 눈에 전혀 보이지 않는 수영장 냄새나 바비큐 냄새, 또는 낙엽 태우는 냄새가 이렇게 강렬히 코를 파고들 때가 있다.

"글쎄, 모르겠어." 하지만 나는 진심으로 '그럴 리가' '결코 그런 일은 없을 거야' '무슨 소리!' 하고 말하고 싶었다. 어쨌든 내가 한 말은 결코 진실이 아니었다. 여름을 연상시켰던 냄새는 곧 사라져 버리고 삭막하고 건조한 비석 냄새가 다시 그 자리를 차지했다. 울타리 뒤쪽의 내가 사는 건물 3층에 불이 켜졌다. 세들어 있는 아프리카인 보소볼로가 깨어난 모양이다. 이제 하루를 시작하려는 참인지 그의 동작 하나하나가 창문 불빛에 드러났다. 묘지를 관리하는 수위실에서도 노란 불빛이 새어나왔다. 성 레오 성당에서 성금요일을 알리는 종소리가 성가와 함께 들려왔다. "오늘 그리스도께서 돌아가셨다네, 그리스도께서 오늘 돌아가셨다네." (성가 제목이 〈슬픔의 성모〉였던가?)

"난 다시 결혼할 것 같아." 전처가 무뚝뚝하게 말했다. 누구와? 난 궁금해졌다.

"누구와 할 건데?" 제발이지 두툼한 지갑으로 무장한 채 골프장 주변만 맴도는, 힘만 센 사람은 아니기를. 주말마다 자연에서 운동한답시고 트랩 패밀리 호텔*이나 포코노**로 놀러다니면서 물침대 위에서 섹스나 하길 좋아하는 그런 사람이 제발 아니기를. 나는 진심으로 바라고 또 바랐다. 난 이런 자들을 잘 알고 있다. 올즈모빌 자동차를 타고 술 달린 신발을 신고 다니는 작자들이다. 사실 이런 사람들과 어울려 다닌다고 해도 난 충분히 그럴 수 있다고 생각한다. 그들은 넘쳐서 주체하지 못하는 돈과 시간을 우리에게 기꺼이 할애할 테니까. 확신하건대 그들도 웬만큼 점잖은 사람들이다. 하지만 결혼을 진지하게 고려할 만한 사람들은 결코 아니다.

---

* 미국 버몬트에 있는 호텔. 영화 〈사운드 오브 뮤직〉의 주인공인 폰 트랩 대령이 세웠다고 한다.
** 펜실베이니아 주에 있는 휴양지.

"소프트웨어 세일즈맨으로 알고 있는데, 어쩌면," 전처가 계속 말했다. "부동산업자인지도 몰라. 어쨌든 골프로는 나한테 상대도 안 되는 사람이야." 나를 보며 능글맞게 웃었지만 표정은 밝지 못했다. 이어 어깨가 잠시 흔들리는가 싶더니 웃음은 갑자기 울음으로 변했다. 그러고는 둘 다 알고 있고 예상해야 했던 일이 아니냐는 듯 나를 향해 고개를 끄덕였다. 마치 이렇게 된 데엔 나한테도 일정 부분 책임이 있다는 뜻처럼 보였는데 실제로 그랬다.

전처가 우는 모습을 본 건 전에 우리 집이 도둑한테 털렸을 때가 마지막이었다. 아내는 도둑이 어떤 물건을 훔쳐갔는지 살펴보려고 집 안을 뒤지다가 편지 한 장을 찾아냈다. 캔자스 주 블랜딩에 살던 한 여자가 내게 보낸 편지였다. 그 편지를 왜 보관하고 있었는지 지금도 나는 모른다. 사실 아무런 의미도 없는 편지였기 때문이다. 그 여자를 못 본 지 수개월이나 지난데다 그후에도 딱 한 번 만났을 뿐이었다. 돌이켜보면 그때 나는 나만의 몽상에 깊이 빠져 있었고 따라서 인생에 변화를 줄 수 있는 그 무엇이 필요했다. (아니 필요하다고 생각했다.) 하지만 그 여자를 만날 계획은 전혀 없었고 오히려 편지를 곧 내다버릴 생각이었다. 우리는 플레이하우스 극장에서 연극 〈39계단〉을 보고 막 돌아와 어이없게도 많은 사진들을 일일이 주워담아야만 했다. 도둑들이 폴라로이드로 빈 집 내부 곳곳을 찍은 다음 여기저기에 흩뿌려놓았기 때문이었다. 식당 벽엔 스프레이 페인트로 글을 써놓기까지 했다. 벽에 적힌 글은 이랬다. "이제 우리는 배가 부르다." 랠프가 죽은 지 이 년째 되던 해였고 나머지 두 아이는 할아버지와 함께 휴런 마운틴 클럽*에 가 있었으

---

* 미시간 주 마켓 카운티에 있는 사설 휴양지.

며 나는 버크셔 대학의 강사를 그만두고 집에 돌아왔을 때였다. 나는 즐거웠던 기분이 도둑 때문에 싹 가셔버려 아무 말도 하지 않고 집주변을 살피며 돌아다녔다. 아내는 내 책상 서랍 안에서 은화로 가득 찬 양말을 찾던 중 그 편지를 발견했다. 아내는 바닥에 앉아 편지를 읽다가 마침 내가 카메라, 라디오, 낚시 도구 따위를 적은 분실물 목록을 들고 들어오자 아무 말 없이 문제의 편지를 건네줬다. 자기에게 할 말이 없느냐고 물었고 내가 없다고 대답하자 침실로 걸어가서는 결혼할 때 들고 온 보석 상자를 꺼냈다. 그리고 장도리와 쇠 지렛대로 상자를 부수고는 벽난로에 잔해를 집어넣고 불태워버렸다. 그동안 나는 집 밖에 나가 카시오페이아와 쌍둥이 별자리를 바라보며 우두커니 서 있었다. 당시 겪던 몽상증세 때문에 나는 무감각하기만 했다. 혹시 내 인생의 모든 것이 실상은 우스꽝스런 일에 지나지 않는 게 아닐까 싶기도 했다. 아마 그때 난 '나 자신' 안에 아주 가까이 다가가 있었을 것이다. 솔직히 말하자면 당시 나는 모든 것에서 초월해 있었다.

잠시 후 아내는 보석 상자가 벽난로에서 타도록 내버려둔 채 집 밖으로 나왔다. 연기는 굴뚝을 통해 하늘로 올라갔다. 그때가 6월이었다. 내가 서 있는 어두운 뜰의 반대편에 접이식 의자가 하나 있었는데 아내는 그 의자에 가서 앉았더니 큰 소리로 울기 시작했다. 나는 덤불 주변을 어슬렁거리며 희망적인, 그러나 전혀 위로가 되지 않는 말을 몇 마디 지껄였지만 아내는 내 말을 듣지 않는 것 같았다. 나는 고개를 들어 하늘로 올라가는 연기를 쳐다봤다. 아내의 상자는 소중한 것들로 가득 차 있었다. 해야 할 일을 적어놓은 일정표, 쓰고 버리지 않은 티켓들, 사진, 호텔에서 받은 영수증, 좌석표, 아내가 결혼할 때 쓴 베일…… 그 밖에 또 뭐가 있었는지 모르지만 어쨌든 그 소중한 물건들이 맑고 조용한 뉴저지의 하늘 위를 둥둥 떠다녔다. 그 연기를 보면서 나는 불현듯 새로운 교황을 선출했을 때 피워 올리는 연기를 떠올렸다. 나 참, 새로운 교황이라니! 지금은 이해될지도 모르겠지만 그때 그 상황에서 교황을 떠올리다니…… 사 개월 뒤 우리는 이혼했다. 지금은 그때가 아주 먼 일같이, 그리고 이상하게 느껴진다. 남에게 일어난 일을 그저 책으로 읽을 때처럼. 어찌 됐건 그때는 그때고 지금은 지금이다. 이제는 상대적으로 당시 일을 담담히 더듬어볼 수 있는 여유가 생겼다. 스포츠 기자 일이 우리에게 가르쳐주는 교훈이 하나 더 있다면, 인생에 초월적인 주제는 없다는 것이다. 그 무엇이든 우리에게 다가왔다 싶으면 어느새 스쳐 지나가버린다. 또 그것으로 충분하다. 이를 다른 측면에서 살펴보자면 불변의 진리로 여겨지는 문학작품이나 학문이 거짓일 수도 있다는 뜻이다. 아마 그래서 내가 강사로서 성공하지 못했는지도 모른다. 또 소설을 서랍에 처박아두고 결코 꺼내지 않는지도 모른다.

전처가 코를 훌쩍거렸다. 위로의 말을 건네진 못했지만 (그럴 특권이 내겐 더이상 없다) 다행히 그녀는 울음을 그쳤다. 전처는 눈을 들어 하늘을 한번 쳐다보더니 먹던 달걀을 여전히 손에 든 채 다시 코를 훌쩍이며 말했다. "어두운 곳에서 울고 있을 땐 만약 랠프 배스컴이 살아 있다면 아주 멋진 남자아이가 되었을 텐데 하는 생각이 들어. 서른일곱이나 됐는데 주책없이 말이야. 그리고 우리가 어떻게 행동해야 했을까 하는 생각도 들고." 전처는 머리를 흔든 뒤 가슴 위로 팔짱을 단단히 꼈다. 실로 오랜만에 보는 모습이다. "당신 때문에 운 게 아니야. 그저 당신한테는 내가 우는 모습을 보여도 상관없을 것 같아서 그랬어. 내가 슬픔을 표현하는 방식이니까. 참 여자답지? 안 그래?"

전처는 오래된 비참한 기억과 삶에서 우리를 벗어나게 해줄 한 마디가 내 입에서 나오기를 기다리고 있다. 오늘 그녀가 평소와 다른 묘한 감정에 휩싸여 있는 것만은 분명하다. 이른 새벽 공기 속에서 뭔가 중요한 변화를 예감한 것임에 틀림없다. 나는 그녀의 기대에 부응하는 어떤 말이라도 해주고 싶었다. 낙천적인 성격을 발휘해 오늘 하루, 아니 최소한 오늘 아침이나 지금 이 순간만이라도 그녀의 슬픔을 잊게 해주고 싶었다. 내 성격에서 그나마 나은 면이 있다면 중요한 순간이 닥쳤을 때 적절히 잘 대처한다는 점이다. 물론 그 직후엔 상황이 오히려 더 나빠지곤 하지만.

"시라도 읽어줄까?" 내가 미소를 지으며 말했다. 그러나 그 미소는 재판에서 패한 원고가 짓는 억지웃음과 별 다를 바가 없었다.

"아, 시집을 갖고 왔어야 했는데." 전처가 눈가를 훔치며 말했다. "시집은 가져오지도 않고 울기만 했네." 눈물에 젖은 전처는 순진한 소녀 같았다.

"걱정하지 마." 나는 주머니에 손을 넣어 복사해온 시를 꺼내 들었다. 전처가 혹시 잊었을 때를 대비해 준비해둔 시였다. 작년에는 영국 시인 하우스먼의 「젊어서 죽은 운동선수에게」란 시를 갖고 왔지만 실수로 미리 읽어두지 못했다. 시의 제목만 보고 무난하지 않을까 생각했는데 정작 읽어보니 그렇지 않았다. 직업상 내가 잘 아는 실제 운동선수들과 비교하면 너무 문학적이고 뜬구름 같은 얘기였다. 사실 랠프는 운동선수와 거리가 매우 멀었다. 나는 '조용한 마을의 주민이 된 그대에게'까지 간신히 읽고 나서 그저 자리에 가만히 앉아 '랠프 배스컴'이란 글자가 새겨진 붉은 대리석만 쳐다봤다.

"당신도 알고 있겠지만 하우스먼은 여자들을 싫어했지." 멍하니 앉아 있는 나를 전처가 한동안 지켜보다가 입을 뗐다. "다른 뜻으로 하는 소리가 아냐. 옛날 수업시간에 들은 얘기야. 그 사람은 어린 남자아이를 좋아했으니 랠프는 몰라도 우린 싫어했을걸. 괜찮다면 내년엔 내가 시를 준비해올게."

"좋아." 내가 비참한 심정으로 말했다. 그뒤 전처는 내게 소설을 쓰는 편이 좋았을 거라는 둥, 내가 외로워 보였다는 둥, 1960년대로 다시 돌아간다면 LPGA*에 참가했을 거라는 둥 얘기를 늘어놨다. 그녀는 미안해하는 것 같았다. 아니 확실히 그랬다. 물론 나 자신조차 내게 미안한 심정이었지만.

"혹시 하우스먼의 다른 시는 없어?" 전처가 씩 웃으며 몸을 돌린 후 까먹던 달걀을 묘지 저쪽 너머로 힘껏 내던졌다. 달걀은 오래된 느릅나무 부근에 소리 없이 파묻혔다. 야구팀의 포수가 공을 던지듯 팔이 귓가를 스치도록 던졌으므로 달걀은 일직선으로 쭉 뻗어갔다. 동작이 매우 간결하고 깔끔했다. 두 아이가 있는 상태에서 죽은 아이를 애도한다는 것은 견디기 힘든 고통이다. 대개 이런 고통은 개인적인 문제로 취급당하지만 어쨌든 우린 이런 경험에 익숙하지 않다. 랠프의 죽음, 그리고 우리의 상실감은 시간이 지나간다고 해서, 일상사에 부대낀다고 해서 쉽게 치유되지 않는다. 오히려 비밀스런 방식으로 우리의 삶을 폐허로 만들 뿐이다. 어떤 면에서 보면 우리가 할 수 있는 일은 전혀 없다.

컨스티튜션 가에 수리용 트럭 한 대가 나타났다. 시드(그가 경영한 시드 서비스 사는 이미 파산했다)가 모는 수리용 차량이었다.

---

* Lady Pro Golf Association, 미국 여자 프로골프 협회.

그는 우리 집에도 자주 들렀는데 지금은 마을 광장에 있는 커피숍 '더 커피 스팟'으로 가고 있었다. 오늘도 그는 부엌이나 지하실, 펌프 따위를 쉬지 않고 손봐야 하리라. 바쁜 하루가 시작되고 있었다. 한편에선 한 흑인 남자가 인도를 따라 홀로 걷고 있다. 이 마을에 흑인은 드문 편이다. 그는 낡아서 다 해진 옷을 입고 어두운 조명이 켜진 정거장을 향해 걸어갔다. 하늘은 여전히 어슴푸레했지만 내가 비키와 함께 디트로이트로 떠날 무렵엔 뻘겋게 달아오를 것이다.

"다른 시는 없어."

전처는 미소 지으며 돌 위에 조용히 앉았다. "뭐, 그럼 할 수 없지."

햇살이 점점 강해지자 곳곳에 서 있는 가로등 불이 차츰 빛을 잃어갔다.

전처가 알 만한 시로는 미시간 대학을 졸업한 시인 시오도어 뢰트케의 「명상」*이 있다. 나는 목소리를 가다듬고 마치 죽은 아들이 듣고 있기라도 한 것처럼 또렷하게 시를 읊기 시작했다.

"그 황량하고 외로운 곳으로 나는 갔다네……"

두번째 줄을 읽기도 전에 전처는 고개를 저었고 나는 무엇이 문제인지 알기 위해 낭송을 그만두고 그녀를 쳐다봤다.

전처는 아랫입술을 약간 깨물고는 돌 위에 앉으며 말했다. "그 시는 별로야." 딱딱한 말투였다.

전처가 별로 내켜하지 않을지도 모른다고 나 역시 짐작하고 있던 터였다. 그녀는 고집이 강한 미시간 여자다. 어떤 일에서든 확실한 것을 좋아해서 만약 세상일이 그런 식으로 돌아가지 않으면 매우 실망하고 만다. 남자들은 모두 이렇듯 모든 일이 질서정연하게

---

* 정확한 시 제목은 「어느 노부인의 명상」이다.

돌아가야만 직성이 풀리는 여자를 필요로 한다. 따라서 중서부 지역은 그 존재가치가 충분하다. 그런 여자들 대부분이 중서부 지역 출신이기 때문이다. 시에 관심도 없는 꼬마 남자아이에게 시를 읽어주는 건 그리 좋은 생각이 아니었다.

"역시 알고 있었군." 친근한 목소리로 내가 말했다.

"그 시가 싫어서가 아냐." 전처가 냉정한 목소리로 말했다. "그 시가 주장하는 바를 믿지 않을 뿐이지. 그게 다야."

「명상」이란 시는 (곤충이나 그림자, 여자의 머리 색깔 같은) 사소한 일상이 매일매일 우리를 행복하게 해준다는 내용으로 나 역시 강하게 공감하는 바이기도 하다. "이 시를 읽을 때마다 마치 내 생각을 말하는 느낌이야."

"그 시에 언급된 것들이 우릴 행복하게 해주리라곤 생각하지 않아. 뭐 그렇다고 우릴 비참하게까지 만들진 않겠지. 하지만 그게 다야." 전처는 이렇게 말하며 자리에서 일어섰는데 그 얼굴에 내가 싫어하는 표정이 나타났다. 그녀는 입을 굳게 다물고 얕보는 표정으로 나를 쳐다봤다. 내가 모든 일에 잘못 대처하고 있기라도 한 듯, 그리고 그런 나를 관찰하는 것이 아주 재미있다는 듯. "가끔 난 누구도 더이상 행복해지긴 힘들지 않을까 생각하곤 해." 전처는 외투 주머니에 손을 찔러넣었다. 오전 일곱시에 강습이나 세미나가 있는지도 모른다. 그녀의 마음은 이미 이곳에서 멀리 떠나가고 있었다.

"남은 인생은 다 우리가 마음먹기 나름 아니겠어? 이게 내 생각이야." 내가 다소 희망적인 어조로 말했다. "그렇게 생각 안 해?"

전처는 아들의 묘지를 뚫어지게 쳐다보다가 조용히 대꾸했다. "그렇겠지."

"정말 결혼할 거야?" 내가 눈을 크게 치켜뜨며 물었다. 갑자기 우린 안전한 탈출방법을 골똘히 찾는 헨젤과 그레텔 남매가 된 것 같았다.

"나도 모르겠어." 전처는 체념한 소녀처럼 어깨를 흔들었다. "나와 결혼하길 원하는 사람들도 있지만 난 이제 더이상 남자가 필요 없는 나이가 돼버렸는지도 모르지."

"아마 결혼하는 편이 좋을 수도 있어. 행복해질지도 모르잖아."

물론 그렇게 생각해본 적은 전혀 없었다. 나로 말할 것 같으면 전처와 다시 결혼해 예전 생활로 다시 돌아갈 준비가 돼 있다. 결혼이 주는 이런저런 달콤한 순간, 그 편안하고 안정적인 느낌이 그리웠다. 전처 역시 마찬가지다. 나는 알 수 있다. 방금 언급한 부분이 지금 우리 둘에게 결여돼 있기 때문이다. 그 결여된 부분을 메울 수 있도록 지금부터 노력하지 않으면 안 된다. 본래부터 당연히 우리의 소유였던 것은 없기에.

전처가 고개를 저었다. "어젯밤에 폴과 무슨 얘기를 나눈 거야? 뭐 여자들은 모르는 남자끼리의 비밀 얘기야? 난 그런 거 싫은데."

"랠프에 대해 얘기했어. 케이프메이*로 전서구(傳書鳩)를 날려 보내면 랠프한테 편지를 보낼 수 있다고 말하더라고. 아주 재미있는 대화였어."

폴의 천진난만한 생각을 듣고 전처는 살짝 미소 지었다. 폴도 내가 그랬던 것처럼 자신만의 몽상에 잠기는 모양이었다. 하지만 전처가 폴의 이런 점을 좋아한다고는 생각하지 않는다. 그보다는 확실함을 선호한 랠프를 더 좋아했을 것이다. 자기 자신과 비슷하다

---

* 뉴저지 주 남단에 있는 도시.

고 여겼을 테니까. 또 그런 성향이 더 낫다고 평가했을 테니까. 한 번은 라이증후군을 심하게 앓아 병원에 입원해 있던 랠프가 정신이 혼미한 상태에서 이렇게 말하는 것이었다. "결혼이란 엄청나게 중요한 비즈니스다. 특히 보스턴에서는." 당시에는 랠프가 책장을 휙휙 넘겨가며 기억하거나 암송했던 책의 한 구절로 여겼다. 그리고 육 주가 지난 후에야 그 책의 작가가 마퀀드*라는 것을 알게 됐다. 그후 랠프는 숨을 거뒀고 여기에 이렇게 누워 있다. 전처는 랠프의 말을 듣고 기뻐했다. 혼수 상태에 빠져 있긴 해도 뇌기능이 여전히 살아 있다는 것을 증명해주는 증거로 여겼기 때문이다. 랠프는 원치 않았겠지만 불행하게도 랠프의 이 말은 곧 파경을 맞게 될 우리의 우울한 결혼생활을 예언하는 저주가 되고 말았다.

"새 헤어스타일이 보기 좋군." 뒤로 반듯하게 빗어넘긴 머리는 전처에게 매우 잘 어울려 보였다. 헤어질 때가 충분히 지났지만 난 이상하게 떠나고 싶지가 않았다.

전처는 손가락으로 머리카락 하나를 집어 눈앞까지 잡아당겼다. "좀 어색해 보이지 않아?"

"아니." 정말 그랬다.

"아무래도 좀 웃긴가봐. 손을 봐야겠어. 아이들이 보더니 비명을 질러대고 난리도 아니었어." 아이들이 부모만큼 무섭다는 사실을 이제야 깨달았다는 듯 전처가 싱긋 웃었다. "나이가 들었다고 생각하는 건 아니겠지?" 전처는 몸을 돌려 묘지를 찬찬히 둘러보며 물었다. "왜 이런 쓸데없는 질문을 하는지 모르겠네. 오늘따라 내가 나이 들었다는 사실을 새삼 깨달아. 아마 당신이 곧 서른아홉이 된

---

* 미국 소설가.

34

다고 생각해서 그런가봐."

아까 인도를 걷던 흑인은 새로 지은 도서관으로 가려는지 신호등 색깔이 바뀌기를 기다리며 거리에 서 있었다. 시드의 수리 트럭은 이미 가버렸고 이번엔 노란색 미니버스가 흑인이 서 있는 곳에 다가와서는 하녀로 보이는 흑인 여자들을 내려놓기 시작했다. 하나같이 흰색 하녀옷을 입은 여자들은 시끄러운 소리가 나는 지갑을 휘두르며 잡담에 열중했다. 아마 자신들을 데리러 올 백인 여자들을 기다리는 모양이었다. 흑인 남자와 흑인 여자 들 사이에는 일절 대화가 없었다. "나이가 든다는 것만큼 슬픈 일도 없는 것 같아." 흑인 여자들을 쳐다보며 전처가 말했다. "그래서 그런지 요즘 아주 우울해. 정확한 이유는 나도 모르겠어."

"난 내가 나이 들었다는 생각은 전혀 안 해." 내 말은 사실이었다. 더불어 다른 적당한 말도 생각났다. "대신 전보다는 머리를 더 자주 감지. 하지만 가끔 한밤중에 벌떡 일어날 때도 있어. 심장이 마구 뛰어서 말이야. 핀처 박스데일은 전혀 걱정하지 않아도 된다고 해. 난 오히려 좋은 징조려니 하지. 바쁘게 살다보면 그럴 수도 있지 않겠어? 안 그래?"

흑인 여자들은 자신들을 태우러 올 차량을 기다리며 다섯 명씩 무리를 이뤄 수다를 떨었고 전처는 그 광경을 뚫어지게 쳐다봤다. 이혼 후 아내는 산만한 경향이 심해졌다. 대화하면서 먼 곳을 바라볼 때가 많았다. "아주 잘 적응하고 있네." 전처가 경쾌한 어조로 말했다.

"맞아. 당신 집엔 바람을 쐬며 잘 수 있는 방이 없지? 오늘이라도 창문을 다 열어놓고 옷을 입은 채로 자봐. 그럼 잠에서 깨자마자 밖에 돌아다닐 수 있잖아? 난 가끔 그런다니까."

전처는 입을 꽉 다물고 잰 체하는 미소를 지었다. 내가 싫어하는 미소였다. 우린 더이상 헨젤과 그레텔이 아니다. "아직도 점쟁이를 찾아? 그 여자 이름이 뭐였더라?"

"밀러 부인. 이젠 자주 안 가." 어제 밀러 부인을 만나려 했었다고 말하기는 싫었다.

"이젠 다 이해할 수 있다고 생각해? 우리와 우리 인생에 일어난 모든 일을 말이야."

"가끔은. 오늘은 랠프를 차분히 생각할 수 있겠더군. 더이상 그 애 때문에 괴로워할 것 같진 않아."

"그거 알아?" 전처가 먼 곳을 쳐다보며 말했다. "어젯밤 침대에 누워서 이렇게 생각했지. 박쥐가 내 방 안을 날아다니고 있다고. 그런데 눈을 감으니까 긴 수평선이 나타났어. 다른 건 하나도 보이지 않고 말이야. 마치 끝없이 길기만 한 식탁 같았지. 끔찍하지 않아?" 전처가 고개를 저었다. "아마 나도 당신 식대로 살아야 하는 게 아닐까 싶어."

오늘 같은 날에 어울리지 않게도 내 안에서 작은 분노가 일었다. 전처가 생각하는 나의 생활은 이렇다. 이전보다 더 즐겁고, 그녀보다 더 실속 있는 생활. 전처는 당사자인 나보다 더 확신하고 있는 것 같았다. 아마 나에게 거듭 말해주고 싶을 것이다. 스포츠 기자 일을 할 게 아니라 소설을 계속 써야 했다고. 자신도 그때로 돌아가면 달리 행동했을 것이라고. 하지만 적어도 나에게 있어 그건 옳은 일이 아니었다. 또 그녀가 판단을 내릴 수 있는 시간도 충분했다. 이제 그녀는 모든 것이 우울하게 보이는 모양이다. 이혼한 탓인지 예전만큼 쾌활하지 못했다. 나이가 든다는 사실 때문에 우울해하는 모습이 그 증거다. 기운을 북돋워주고 싶었지만 그런 재능은 나 역시 잃어버린 지 오래였다.

"정말 미안해." 전처가 말했다. "그냥 우울해서 그래. 당신은 새로운 삶을 찾아 떠나는데 나는 그렇지 못한 것 같아서."

"나도 정말 내가 그랬으면 좋겠어." 내가 말했다. "잘 풀릴 거라곤 생각하지 않지만. 당신도 잘됐으면 좋겠어." 하지만 솔직히 오늘 아침에 내가 열렬히 바라는 것이 있다면, 완전히 새로운 삶일 것이다. 오늘은 폰차트레인 호텔에 멋진 방을 잡은 다음 조명도 휘황찬란한 타이거즈 구장을 내려다보며 맛있는 스테이크와 샐러드를 먹으리라. 그 정도면 충분히 만족할 수 있다.

"젊어지고 싶지 않아?" 전처가 침울한 목소리로 물었다.

"아니, 난 이대로도 대만족이야."

"항상 그렇게 생각하며 잘 지내길 바라." 전처가 말했다. "별로 좋은 현상은 아닌 것 같지만."

특별히 대꾸할 말이 생각나지 않았다.

"당신은 정말 낙천적인 사람이야, 프랭크."

"나쁜 건 아니지." 나는 느긋한 미소를 지어 보였다.

"그야 물론이지." 전처는 몸을 돌려 빠른 걸음으로 묘비를 지나치며 멀어져갔다. 그녀가 주머니에 손을 찌른 채 하늘을 향해 고개를 치켜든 모습은, 지금은 우울하지만 곧 예전 상태로 되돌아갈 중서부 지역 소녀의 전형적인 모습이었다. 성 레오 성당에서 여섯시를 알리는 종소리가 들려왔다. 한동안은 그녀를 만나지 못하리라는 생각과 동시에, 무엇인가가 끝나고 다른 무언가가 시작된다는 느낌이 들었다. 그 뭔가가 무엇인지 지금 당장은 말할 수 없지만.

2

우리 모두는 과거에 전혀 구속되지 않고 계속 살아갈 수 있기를 간절히 원한다. 어떤 이의 과거가 그 사람을 잘 말해주는가? 미국인은 자신의 정체성을 정의하는 방법의 하나로 과거를 과도하게 강조하는 경향이 있다. 하지만 이는 치명적인 실수다. 나 같은 경우 소설 속의 주인공이 저 깊은 고통의 심연에 빠져 울부짖는 장면과 마주치게 될 때면 늘 가슴이 아프다. (그래서 해당 장면을 통째로 뛰어넘거나 아예 그 책을 다시 읽지 않는다.) 하지만 현실을 직시해보자. 과거는 대부분 극적이지 않으며 따라서 과거 부분은 당신이 책을 들자마자 금방 내려놓고 싶을 정도로 지루하게 묘사돼야 마땅하다.

내 과거를 비유하면, 겉면은 사진 여러 장으로 꾸며져 있지만 뒷면은 특별히 눈길을 끄는 메시지라곤 없는 엽서와 같다. 모두 알고 있다시피 우린 과거에서 자유로워질 수 있다. 그리고 그것은 어떤 사악한 의도에 따른 결과가 아니라 인생 그 자체와 숙명이 벌이는 끊임없는 힘겨루기에 의한 결과다. 부모나 과거가 우리에게 미치는 영향은 몹시 과도하게 강조되어왔다. 왜냐하면 어느 시점에 이르면 우린 자기 힘으로 완전해질 수 있으며 또한 우리를 더 낫게 만들거나 악화시키는 장본인 역시 우리 자신밖에 없기 때문이다. (물론 대부분 사람들이 더 좋은 변화를 기대하기 마련이지만.)

나는 1945년에 지극히 평범한 가정에서 외동아들로 태어났다. 부모님은 역사라는 거대한 연속체 선상에서 당신들이 과연 어디에 위치하는지에 대해 그 어떤 관심이나 지각도 가지지 않았다. 자기 존재의 중요성을 자각하지 못하고 당시 대부분의 사람들이 그랬던 것처럼 막연한 희망을 꿈꾸며 부초처럼 이 세상을 살아간 분들이었다. 이런 부모님의 인생관은 오늘날 내가 생각해도 참으로 근사해 보인다.

두 분은 아이오와 주 시골 출신이었는데 결혼 후 아이오와 주 케오타 부근에 있는 농장을 비롯해 여러 곳을 돌아다니다가 마침내 미시시피 주의 빌럭시에 정착했다. 정착하기 전에 두 분은 여러 도시를 떠돌았다. 아버지가 철도와 관련한 일을 한 곳은 오클라호마의 엘리노와 데번포트였으며 빌럭시 바로 직전엔 시서로에 살았다. (아버지가 여기에서 무슨 일을 하셨는지는 나도 모른다.) 빌럭시에 정착한 아버지는 '잉걸스'라는 조선회사에서 철판 도금 일을 하셨는데 이 회사의 주요 고객은 전시에 아버지가 복무했던 해군이었다. 아버지의 직업이 구체적으로 무엇이었는지는 잘 생각나지 않지만 그 외모만은 똑똑히 기억할 수 있다. (나처럼) 키가 크고 눈동자가 옅은데다 멋진 얼굴을 가진 아버지는 낭만적인 곱슬머리까지 갖고 있었다. 데번포트나 시서로엔 나도 취재 때문에 들러보았는데 그곳에서 아버지를 떠올리려고 애를 써봤지만 이상하게도 잘 되지 않았다. 아버지는 (최소한 내가 기억하기에) 그런 곳과 어울리는 사람이 아니었던 것이다.

뜨거운 여름날, 아버지는 가끔 나를 데리고 빌럭시의 골프장으로 골프를 치러 가셨다. 그곳은 공군기지에 속한 골프장으로 대개 파트너는 햇볕에 몸이 보기 좋게 그을린 한 하사관이었다. 이런 날에 어머니는 하루 편히 쉴 수 있었다. 어머니는 영화를 보거나 미용실에 가거나 그냥 집에서 쉬면서 영화잡지, 싸구려 소설 따위를 읽었다. 어린 내게 골프는 고문에 가까운 일이었고 아버지 역시 그리 큰 재미를 느끼지 못하는 듯했다. 솔직히 아버지는 골프에 어울리는 사람이 아니었다. 그보다는 차라리 자동차 경주 쪽이 훨씬 나았다. 나중 일이지만 아버지는 실제로 자동차 경주를 시작했다. 그것이 당신에게 더 의미 있는 놀이이자, 세상에서 성공했다는 한 척도로 여겨졌으리라. 우리 두 사람은 티샷을 하기에 앞서 반바지를 입고, 방파제와 만을 배경으로 야자나무가 길게 늘어선 골프장을 멀리 굽어봤다. 아버지는 마치 공격하기 껄끄러운 요새를 바라보듯 먼 곳에 꽂힌 깃대를 찡그리며 노려봤다. "프랭크, 내가 저 먼 곳까지 칠 수 있을 것 같니?" "글쎄요." 아버지는 뜨거운 햇볕이 쏟아지는데 땀까지 흘리며 담배를 피워댔다. 그리고 (나는 분명히 기억하고 있다) 뭔가 궁금해하는 표정으로 나를 쳐다봤다. '나는 누구인가?' '내가 하려고 한 일은 무엇이었던가?' 아버지는 아마 이런 의문이 갑자기 들었던 게 아니었을까. 그때 아버지는 분명히 깊은 놀라움과 체념에 사로잡힌 표정을 짓고 있었다.

아버지는 내가 열네 살 때 돌아가셨고 몇 년 후 어머니는 이른바 '해군사관학교'에 나를 집어넣었다. 사관학교라곤 하지만 '걸프 파인스'(우리 생도들은 '론섬 파인스'라고 불렀다)라고 불리는 걸 프포트* 부근의 작은 군사학교일 뿐이었다. 내가 이런 곳에 가게 되리라곤 전혀 생각해보지 않았다. 그러나 나는 이런 학교에서 요구하는 엄격한 군사문화가 마음에 들었다. 비록 피상적이긴 해도 군사학교에서 요구하는 정직함과 엄중함을 존중하려는 올곧은 성향이 내게 있기 때문이 아닐까 생각된다. 론섬 파인스에서 내 성적은 중간 이상이었다. 성적이 그런대로 괜찮았던 이유는 그 학교에 들어온 생도 대부분이 부유하긴 하지만 결손가정 출신이거나, 부모도 포기한 아이거나, 과거에 뭔가를 훔치고 불태운 전력을 갖고 있었기 때문이다. 하나같이 부모 능력 덕분에 소년원 신세를 면한 녀석들로 나와 전혀 다를 바 없는 놈들이었다. 한 녀석 한 녀석마다 비밀이 많았고 무관심했으며 자기 비하에 빠져 있었다. 게다가 학교생활을 어쩔 수 없이 견뎌내야 하는 하나의 과정으로만 간주했으므로 서로 친하게 지내려 하지 않았다. 우리 모두는 여차하면(당장 그날 밤이라도) 여기에서 나갈 수 있고 이후 다시 얼굴을 마주칠 일이 전혀 없다고 생각했다. 그것은 일단 학교를 나가고 나면 여기에서 인연을 맺은 사람과 더이상 만나고 싶지 않다는 의미기도 했다.

그때를 회상하면 듬성듬성한 소나무에 둘러싸인 연병장, 단단히 고정한 깃대, 배 타는 법을 배웠던 얕은 호수, 고약한 냄새를 풍기던 해변과 보트 창고, 갈색토로 지은 교실, 걸레를 모아놓아 퀴퀴한 냄새가 진동하던 병영 막사가 떠오른다. 해군 준위를 지냈던 교관들이 우리를 가르쳤지만 실은 정식 자격을 얻지 못한 사람들이었

---

* 미시시피 주 남동부에 있는 도시.

다. 야구팀 코치는 흑인인 버드 시몬스였고 교장은 1차 대전에 참전했다는 레글러 제독이었다.

학교에 다닐 때 우리는 휴가를 받으면 버스를 타고 1번 고속도로를 달려 걸프 코스트에 있는 한 작은 마을로 몰려갔다. 그러고는 냉방장치가 잘된 극장에서 영화를 보거나 타말레* 요릿집에 가거나 키슬러 공군기지 주변을 방황하거나, 스트립쇼를 하는 극장 주차장에서 어슬렁거렸다. 하나같이 갈색 유니폼을 차려입은 우리는 그렇게 어슬렁거리면서 술을 공짜로 줄지도 모를 구세주를 이제나저제나 애타게 기다렸다. 우린 아주 비참했는데, 술을 마시기엔 나이가 아직 어렸던데다 그렇다고 돈이 많지도 않았기 때문이다. 따라서 우리가 할 수 있는 일이라곤 그저 주변을 배회하는 것뿐이었다.

휴일이 되면 나는 빌럭시에 있는 어머니의 집에서 머물렀고, 빌럭시에서 가까운 곳에 살았던 테드 외삼촌이 이따금 집을 방문해 나를 데리고 모빌**이나 펜서콜라***로 여행을 떠나곤 했다. 하지만 여행중 외삼촌과 나는 대화를 거의 나누지 않았다. 아버지가 젊은 나이에 죽으면 소년은 운명적으로 어른스럽게 되는 것이 아닐까. 그 소년에게 있어 젊음이란 실제 인생을 시작하기도 전에 덧없이 스쳐가는 꿈이며 달리 특별하달 것도 없는 순간의 전주곡으로 여겨진다.

나는 론섬 파인스에서 유일한 스포츠 경험도 쌓았다. 버드 시몬스 코치가 지도하는 학교 야구부에서 활동했던 나는 또래에 비해 상대적으로 키가 크고(하지만 지금은 정상적인 키에 가깝다) 팔이

---

* 멕시코 요리의 하나.
** 앨라배마 주에 있는 도시.
*** 플로리다 주 북서부에 있는 도시.

긴데다 몸매도 호리호리해서 야구선수로는 그만이었다. 하지만 결코 야구를 잘하진 못했다. 누가 억지로 시키기라도 한 것처럼 마지못해 운동을 했으니 어쩌면 당연한 일이다. 그보다는 항상 나를 따라다니는 타고난 모순성 때문에 론섬 파인스에 딱 어울리는 성향, 즉 말이 없고 영악하며 이리저리 눈을 굴리는 비밀 많은 아이가 되었다. 인내심 많은 시몬스는 최선을 다해 나를 지도했고 덕분에 그럭저럭 야구부 생활을 해나갔지만 역시 그다지 큰 진전은 없었다. 시몬스는 내 문제점으로 몰두하는 법을 모른다는 점을 꼽았고 그것이 무엇을 의미하는지 난 정확히 알고 있었다. (지금도 나는 훌륭한 자질을 갖춘 선수들이 운동에 몰두하는 모습을 보면 무척 놀라곤 한다. 몰두한다는 것은 흔한 일이 아니며 이야말로 알 수 없는 신이 부여한 위대한 재능이다.)

당시 나는 어머니를 자주 만나지 않았는데 지금 생각해봐도 그리 예외적인 경우 같지는 않다. 1945년에 태어난 내 또래들, 아니 금세기 초에 태어난 사람들 대부분이 그러할 것이다. 아무래도 요즘 아이들은 부모와 지나치게 많이 접촉하는 듯하다. 그 결과 불필요한 부분까지 너무 상세히 알게 된다. 나는 어머니가 여건이 될 때만 어머니와 만났다. 학교에 나가지 않아도 될 때는 집에 머물면서 어머니와 친구처럼 지냈다. 어머니는 힘든 상황에서도 가능한 한 내게 많은 사랑을 베풀었다. 아마 나와 더 친밀하게 지내고 싶으셨나보다. 과거로 돌아갈 수 있다면 어머니의 뜻에 기꺼이 따랐을 텐데. 하지만 어머니는 평생을 꿈꾸듯 덧없이 살았고 뭘 하며 살아야 할지 도통 감을 잡지 못했다. 내가 랠프가 죽게 되리라곤 꿈에도 생각하지 못한 것처럼 어머니는 분명 아버지가 그리 일찍 돌아가시리라곤 생각하지 못했을 것이다. 하지만 랠프처럼 아버지도 돌아가셨다. 그때 어머니는 작고 검은 눈에 나보다 더 짙은 피부색을 한 서른네 살의 여자에 불과했다. 무엇보다 나는 어머니가 원래 태어난 곳에서 한참 멀리 떨어진 곳에 살았다는 사실에 새삼스레 깜짝깜짝 놀란다. 어머니의 불행한 삶은 어머니를 (아버지를 포함해) 다른 사람들과는 다른 방식으로 살아가게 만들었다. 그 다른 방식이 무엇이냐고 내게 묻는다면 솔직히 전혀 모른다고 대답할 수밖에 없다. 하지만 그렇다고 해서 어머니가 증오심에 빠졌다거나 이기적인 사람으로 변했다는 뜻은 아니다. 어쨌든 어머니는 혹시 아이오와로 돌아가야 하는 상황이 오게 될까봐 걱정하셨음에 틀림없다. 실제로 돌아가고 싶어하지 않으셨으니까.

결국 어머니는 미시시피에 있는 부에나비스타 호텔에 야간 수납원으로 취직해 일하다가 시카고 출신 보석상인 제이크 오른슈타인을 만나게 됐다. 그는 어머니를 만나기 위해 몇 달 동안 미시시피를 자주 방문했고 마침내 어머니와 결혼한 후 일리노이 주의 스코키에 살림을 차렸다. 어머니는 암에 걸려 돌아가실 때까지 스코키에 머물렀다.

그즈음 나는 론섬 파인스에서 학생군사훈련단 장학금을 받았고 아주 우연한 계기로 미시간 주립대학에 입학했다. 사관학교에서는 졸업생들이 다양한 경험을 쌓을 것을 권했으므로 우리의 진로는 전적으로 우리 뜻에 달린 것이 아니었다. 당시 내가 가고 싶었던 곳이 어디였는지는 정확히 기억나지 않지만 어쨌든 미시간 대학은 아니었을 것이다.

어머니가 살던 스코키에는 몇 번 들른 적이 있었다. 앤아버에서 퀴퀴한 냄새를 풍기는 뉴욕센트럴 철도로 스코키에 간 다음 거기에서 주말을 보내고 돌아왔다. 마치 플라스틱 커버를 덮어놓은 것처럼 보이는 목장식 주택, 벽에 스물다섯 개나 걸려 있던 시계, 유대인으로 보이는 주민들, 아는 사람이라곤 한 명도 없는 그곳을 배회하면서 나는 나름대로 어머니가 사는 곳에 정을 붙이려 애썼다. 제이크 오른슈타인은 어머니보다 열다섯 살이나 많았지만 아주 괜찮은 사람이어서 나는 그는 물론 그의 아들인 어브와도 금방 친해졌다. 오히려 어머니보다 더 친하게 지냈을 정도였다. 어머니는 내가 다닌 대학을 '좋은 학교들 중 하나'로 생각한다고 말하는 등 여전히 나를 좋아하긴 했지만, 마치 잘 몰라서 이런저런 걱정이 드는 먼 친척을 대하듯 나를 대했다. (어머니는 내가 대학에 다니려고 출발할 때 스모킹 재킷과 파이프를 선물로 주었다. 그때는 어머니가 이미 스코키로 이사하고 난 후였다.) 나 역시 어머니를 유심히 관찰하면서 일정한 거리를 유지했다. 새로운 환경에 잘 적응하고 있다는 사실을 서로 알리고자 어머니와 나는 이전과 다른 방식으로 조심스럽게 접근했다. 어쨌건 이제 어머니는 새로운 인생을 시작하고 있었으므로 나라는 존재는 조금 부담스럽기도 했을 것이다. 하지만 난 섭섭하지 않았고 더구나 버림받았다거나 원망스럽다는 감정은 전혀 들지 않았다.

어머니는 당신의 인생이 어떤 식으로 흘러가리라고 예상했을까? 좋게? 나쁘게? 아니면 이 두 가지가 번갈아서? 혹시 긴 인생의 여정이 너무 불행하지 않게 해달라고 기도했을까? 그 결과를 어머니는 알고 있었다. 아니 오직 어머니만 알고 있었다. 나는 내가 잘 모르는 인생에 대해서 뭐라고 판단을 내리고 싶지 않다. 이런 생각은 특히 내 일이 그럭저럭 잘 풀려가면서 강해졌다. 당시에, 아니 지금까지도 내가 알고 있는 유일한 사실은 오직 나 자신의 인생뿐이다. 어머니가 제이크 오른슈타인과 결혼했을 때에도 그저 그들과 잘 지내야겠다고만 생각했다. 어머니와 제이크는 행복하게 살았고 비록 어머니의 새로운 생활에 대해 모르는 점이 많았지만 난 내가 할 수 있는 방식으로 어머니를 사랑했다. 어머니가 돌아가셨을 때도 여전히 학생이었던 나는 장례식에 참석해 관을 옮겼으며 주말 오후에는 제이크의 집에 머물면서 조문객을 접대했다. 그리고 부모님이 가르쳐준 교훈이 무엇인지 생각해내려 애썼다. (그때 생각난 것은 바로 독립심이었다.) 그날 밤 나는 장례식을 마치고 학교로 돌아오면서 비로소 어머니의 인생에서 영원히 빠져나왔다. 제이크는 이후 피닉스로 가서 재혼했고 역시 암으로 사망했다. 어브와 나는 몇 년 동안 연락을 유지하긴 했지만 만난 적은 없었다.

어떤가? 내 인생이 좀 이상하다고 생각하는가? 길지도 않고 별 얘깃거리도 없는 내 과거가 오히려 별나다고 생각하는가? 문제될 만한 사항도 별로 없고 품어야 할 증오도 없으며, 우리 인생사를 설명해주게 마련인 특별히 슬픈 일이나 애달파할 일이 없어서 이상한가? 그렇다면 내가 다른 시대에 태어났기 때문일 수 있겠다. 하지만 전반적으로 내 인생은 순탄했으며 사실 우리 대부분이 그렇게 살고 있다. 그렇지 않다고 말하는 사람은 거짓말을 하는 것이다.

하지만 이런 생각은 든다. 지금의 가족은 나를 어떻게 생각할까? 이혼한 남자? 아빠? 여자나 만나는 바람둥이? 삶과 죽음을 헤쳐가는 성숙한 어른?

가끔 이런 의문에 빠지지만 오래 생각하지는 않는다. 다만 진지하게 따져 들어가다 이렇게 생각한다. 가족은 내가 한 모든 일을 이해해줄 것이다. 특히 글쓰기를 그만두고 그보다 더 실용적인 새 직업을 갖게 된 사실을 말이다. 그리고 내가 느낀 그대로 가족도 똑같이 느낄 것이다, '간혹 우리의 일은 정말 멋지게 풀려간다'고. 이런 식으로 생각하다보면 그저 그런 내 인생도 나름대로 흥미롭게 여겨지곤 하는 것이었다.

비키와 만나 공항으로 출발하기 전에 나는 오전 아홉시 삼십분까지 잡다한 일을 마무리했다. 보통 이 시간엔 같은 집에 사는 신학생 보소볼로와 커피를 한잔 나누는 것이 관례지만 오늘은 예외였다. 보소볼로와 나는 신에 관한 여러 주제, 예를 들면 속죄하는 자에 대한 신의 축복은 저주받은 자의 고통에 의해 더욱 두드러지는가와 같은 주제를 놓고 서로 토론을 벌였다. 보소볼로는 이에 동조하는 편이었지만 내 의견은 달랐다. 그는 올해 마흔두 살에 무뚝뚝한 인상이었는데, 가봉이란 나라에서 여기로 왔으며 신앙심이 매우 깊은 호교론(護敎論)자다. 나는 평소 신의 섭리에 대한 그의 논리에 반박하는 편이다. 물론 그로 인해 신이 내게 어떤 처분을 내릴지는 전혀 신경 쓰지 않는다.

하숙생을 두는 이유가 뭐라고 생각하는가? 지독한 외로움을 피하기 위해서다. 그럼 왜 굳이 이런 방법을 택하는가? 그것은 잘 모르는 사람이라 해도 적막하기만 한 집에 울리는 타인의 발자국 소리는 그것만으로 엄청난 위로가 되기 때문이다. 그 타인이 키가 백팔십사 센티미터에 이르는 아프리카 흑인이라면 더할 나위가 없다. 오늘 보소볼로는 아침부터 볼일이 있는지 일찍 집을 나섰다. 마치 성경책을 파는 세일즈맨처럼 흰색 셔츠에 검은색 바지를 입고 신학교를 향해 급히 걸어가는 뒷모습이 눈에 들어왔다. 그는 자신이 아프리카에 있는 한 부족의 왕자라고 말했지만(부족 이름이 느왐베인가 그랬다) 난 아프리카 사람들 중에 왕자가 아닌 사람은 만나보지 못했다. 나처럼 그도 아내와 자녀가 있다. 또 나는 그리 독실한 편이 못 되지만 우린 둘 다 장로파 소속이다.

업무상 전화할 곳이 몇 군데 있었는데 그중 한 사람이 편집장인 론다 마투작이다. 그녀는 요즘 디트로이트 팀에 무슨 문제가 있다는 소문을 듣기라도 했는지 이를 캐는 데 열심이다. 그리하여 편집회의에서 나온 결정은 내가 직접 취재에 나서서 뭔가 소득을 올려야 한다는 것이었다. 난 이런 쪽에 관심이 많지 않지만 스포츠는 이처럼 갖가지 억측과 잘못된 정보를 기초로 번성한다.

이혼녀인 론다는 크고 검은 벽으로 둘러싸인 웨스트 에이티스의 한 주택에서 고양이 두 마리와 함께 살고 있다. 업무시간이 끝나고 일을 마무리하고 있을라치면 그녀는 항상 빅터네 식당에서 같이 저녁을 먹자고 불러낸다. 그래서 난 아내와 이혼한 후 고통스러웠던 하루를 제외하면 그랜드 센트럴 기차역에서 술을 마신 뒤 론다를 간신히 택시에 태워 보내고 펜 기차역에서 기차를 타고 집으로 돌아오곤 했다.

삼십대 후반인 론다는 삐삐 마른 몸매에 키가 크고 머리는 은색이 감도는 금발이다. 그녀는 좀 촌스런 구식 옷을 입고 다니며 얼굴은 경주마를 닮았고 그래서 그런지 목소리도 크다. (아마 그 목소리를 듣고 나면 그녀에 대한 환상이 다 사라질 것이다.) 이혼 후 나는 한동안 모든 일에 냉소적인 사람이 되어 다른 사람들의 걱정거리를 한낱 재미로 취급하거나 비꼬았고 나아가 밤이 되면 오로지 내 기분을 좋게 하려고 타인의 고민에서 상대적인 위로를 얻으려 했다. 론다는 그런 나를 위해 함께 저녁식사를 하자고 제안하거나 내 책상에 '잭, 모든 상실감은 상대적인 거라오' '마음이 너무 아파 죽은 사람은 없어요' '어려서 죽으면 좋은 곳에 간답니다' 같은 말을 쓴 메모지를 붙여놓았다.

한번은 론다와 저녁식사를 같이 하고(웨스트 70번가에 있는 맬러리 식당이었다) 그녀의 집에까지 간 적이 있었다. 서로 얼굴을 마주 보며 바우하우스* 스타일의 의자에 앉아 있는데 갑자기 극심한 공포가 몰려들었다. 그 공포는 어디에선가 갑작스레 출현해서 내게 마구 소리를 질러대며 마치 광풍처럼 방 안에 휘몰아쳤다. 나는 론다에게 바람을 쐬고 싶다고 말했다. 그리고 독신생활에 새롭게 적응하느라 힘들기 때문이지 그녀와 단 둘이 있다는 사실에 왠지 겁이 나 당황해서가 아니라고 둘러댔다. 사려 깊게도 론다는 내 말을 그대로 믿어줬다. 그녀는 나와 함께 계단을 내려와 바람이 몰아치는 어두운 웨스트엔드 거리까지 같이 가주었고 우리는 잠시 인도에 서서 론다가 좋아하는 주제, 즉 미국 가구의 역사에 대해 이런저런 얘기를 나누었다. 이윽고 난 론다에게 감사의 인사를 전한 뒤 피난민처럼 택시에 가까스로 올라타 33번가까지 간 다음 거기에서 뉴저지 행 기차를 타고 돌아왔다.

지금도 마찬가지지만 그때 론다에게 진실을 말하지 못했다. 그것은 내가 어둠이 찾아온 뉴욕을 도저히 참지 못한다는 사실이었다. 휘황찬란한 밤을 자랑하는 고담을 나는 견디지 못한다. 번쩍거리는 술집 조명 아래에서 나는 어리둥절해지고 굉음을 내며 5번가를 지나 파크 애버뉴 터널을 질주하는 택시의 요란한 불빛에 혼란과 불안과 위험을 느낀다. 직원들이 시내 중심에 있는 사무실에서 빠져나와 이상한 옷을 걸치고 약속 장소나 별 쓸모도 없는 소프트볼 게임, 혹은 칵테일파티에 갈 때면 나 혼자 어쩔 줄 몰라하며 괴로워한다. 나는 복잡함을 참지 못한다. 내가 원하는 것은 아주 단순

---

* 원래는 독일 바이마르에 있는 조형학교를 가리키나 여기에서는 그와 같은 양식의 하나라는 의미로 씀.

하고 난해하지 않은 그 무엇이다. 이를테면 아늑함을 느끼게 해주는 전통적인 양식의 하담이나 마치 일몰 무렵의 광산 마을처럼 어둠이 짙게 깔린 뉴저지의 풍경, 또는 나를 태우고 집까지 먼 길을 씩씩하게 달려가는 야간기차다. 따라서 그날 밤 론다가 교차로에서 세 블록 떨어진 웨스트엔드까지 '같이 걸어가주겠다'고 했을 때 여간 고역이 아니었다. 그다음 상황은 더 나빴다. 마치 죽음의 리무진을 모는 운전기사의 창백한 손처럼 도시 전체가 나에게 마수를 뻗어 어딘가로 낚아채기도 전에, 쿵쾅거리며 요란하게 질주하는 택시와 빠르게 하강하는 에스컬레이터를 잇달아 타야만 했던 것이다. (그러는 동안 난 발이 얼어붙은 듯 아무것도 느낄 수 없었다.)

"배스컴, 왜 은둔자처럼 거기에 숨어 있지?" 오늘 아침 론다의 목소리는 평소보다 더 컸다. 그녀는 평등주의자여서 군대에서 그러듯 남자를 부를 때 이름이 아닌 성을 불렀다. 하지만 나는 나를 배스컴이라고 부르는 사람을 결코 좋아하지 않는다.

"사람들은 대부분 자신이 사는 곳에 머물죠. 나도 그들 중 한 명이라고요."

"젠장, 당신 꽤 재능 있는 사람이더군." 론다는 연필에 달린 지우개로 전화기 근처의 어떤 딱딱한 물체를 두드리는 소리를 냈다. "자네가 쓴 소설을 방금 읽었어. 꽤 괜찮던데."

"그렇게 말씀해주시니 고맙군요."

"다른 책을 써볼 생각은 없어?"

"없습니다."

"아니, 써야 돼. 그리고 여기로 이사도 오고. 어쨌든 거기엔 최소한도로 머물라고. 그럼 알게 될 거야."

"뭘 알게 된다는 거죠?"

"여기도 그리 나쁘진 않은 곳이라는 걸 말이야."

"멋진 곳을 놔두고 그리 나쁘진 않은 곳으로 가긴 싫은데요. 여기 생활에 아주 만족하고 있어요."

"뉴저지에서 말인가?"

"네."

"배스컴, 뉴저지는 촌구석이라고, 장미 냄새를 맡고 싶지 않나?"

"장미는 여기 정원에도 있습니다. 얼마나 예쁜지 뉴욕에 가게 되면 말씀드리죠."

"좋아." 론다는 큰 소리로 말한 뒤 수화기에 담배 연기를 내뿜었다. "마감 시한이 되기 전에 트레이드를 해볼 생각은 없어?" 회사엔 론다가 이끄는 사내 야구 리그가 있다. 나는 올해부터 참가했다. 여름을 보내기엔 야구만 한 것이 없다.

"아뇨."

"알았어. 그럼 NFL 드래프트*에 대한 정보나 좀 캐봐. 일요일 밤에 회사에서 관련 회의를 열 예정이니까. 필요하면 언제든 전화하고."

"고마워요, 론다. 최선을 다해보죠."

"프랭크, 대체 거기에서 무슨 꿍꿍이를 꾸미는 거야?"

"꿍꿍이 같은 건 없어요." 론다가 쓸데없는 상상을 하기 전에 나는 재빨리 수화기를 놓았다.

나는 서둘러 또 한 곳에 전화를 걸었다. 내가 발 부상에 대한 기획 기사를 쓰려고 접촉중인 디자이너인데 그는 덴버에 있는 회사

---

* National Football Legue. 미국 프로미식축구 리그. 드래프트(draft)는 신인선수 선발제도를 뜻함.

'스포츠 체크'의 직원이기도 하다. 그는 사람의 발뼈는 스물여섯 개이며 여덟 명 중 오직 두 명만 자기 발의 정확한 크기를 알고 있다고 말했다. 하지만 남자건 여자건 이 두 명 중 한 명마저 여든두 살이 될 때까지 영구적인 부상에 시달리는데 그 이유는 신발 제품의 결함 때문이라고 그는 덧붙였다. 내가 알기로 남자와 여자 중 발 부상을 당하는 비율은 체중이나 스트레스, 또 각종 운동활동으로 인해 남자가 더 높지만 발 부상의 민감도에 있어서는 여자가 남자보다 오히려 38퍼센트나 많다. 물론 대부분의 남자들이 표현을 잘하지 않는 편이기 때문에 남자의 부상 민감도는 표면적인 통계 수치보다 더 높다고 봐야 한다.

이어 나는 웨스트버지니아 주 페이엇빌의 카르멜 수녀회에 있는 한 수녀에게 전화를 걸었다. 과거 소아마비를 앓았던 그녀는 보스턴 마라톤 대회에 참가할 자격을 얻고자 애쓰고 있었다. 나는 우리 잡지의 '위대한 성취자들'이란 코너에 그녀의 글을 실을 수 있게 되어 마음이 가벼워졌다.

과거 라인맨을 맡았던 허브 월러거와 접촉하려고 디트로이트 미식축구팀의 홍보부 관계자에게도 전화를 걸었지만 아무도 받지 않았다.

할 수 없이 나는 월드레이크의 허브에게 곧 만나러 가겠다고 직접 전화를 걸었다. 이미 회사 자료팀에서 그에 대해 상당한 정보를 나에게 건네주었다. 그에 관한 언론기사와 사진은 물론 비버폴스*에 사는 그의 부모가 언론과 인터뷰한 내용, 앨러게니에 있는 대학의 코치, 의사, 그리고 허브가 스키 보트 사고를 당할 때 같이 있었

---

* 펜실베이니아 주에 있는 도시.

던 여자친구에 대한 내용까지 내 수중에 있다. 나중에 그 여자친구는 운명을 달리했다고 한다. 전화상으로 들리는 허브의 목소리는 매우 친근했고 비버폴스가 고향인 친구답게 (wouldn't를 wunt, shouldn't를 shunt 하는 식으로) 발음할 때 자음을 생략하는 버릇이 있었다. 나는 그가 한창 운동하던 시절과 현재의 사진을 다 갖고 있는데 각 사진 속 인물은 동일인으로 보이지 않았다. 과거의 모습은 마치 플라스틱 헬멧을 쓰고 트랙터 트레일러를 모는 농부 같았지만 현재의 그는 검은 테가 있는 안경을 쓴데다 체중이 줄고 머리도 좀 빠져서 과로에 시달리는 보험사 직원처럼 보였다. 라인맨을 맡고 있는 선수들은 다른 포지션에 있는 선수들보다 성격상 여유가 좀 있는 편이며 이런 면은 현역을 떠났을 때 더욱 두드러진다. 허브는 다가오는 가을엔 법과대학에 진학하기로 결심했다고 말하면서 아내 클래리스도 자기 계획에 동의했다고 덧붙였다. 또 기회가 있는데도 공부하려 들지 않는 사람을 이해할 수 없다면서 배움에 늦은 때란 결코 없다고 말했다. 난 그의 말에 전적으로 동의했지만 수화기 너머로 들리는 딱딱한 목소리에선 자신을 괴롭히는 뭔가가 있지만 지금은 이를 들추고 싶지 않다는 분위기가 은연중에 풍겨나왔다. 물론 소문으로 들었던 팀 내의 불화가 사실일 수도 있으리라. 어쩌면 휠체어 신세를 지게 된 사람들이 흔히 겪는 증상일 수도 있다. 몸을 일으킬 수 있게 되어 스스로 식사를 할 수 있고, 화장실에 갈 수 있고, 신문을 읽을 수 있고, 목욕을 할 수 있게 되면 텔레비전을 보는 것 말고 더이상 할 일이 뭐가 있겠는가? 결국 말수가 적어지거나 내성적으로 변할 수밖에 없다. 이럴 땐 자제하고 절제하는 능력이야말로 목숨을 끊고 싶은 충동을 이겨낼 수 있는 유일한 무기다.

"당신을 만나게 된다니 기쁘군요." 얼굴을 보기는커녕 고작 딱 한 번 통화했을 뿐인데도 나는 이미 그를 잘 알고 있는 것처럼 느꼈다.

"즐거운 시간이 되길 바랍니다."

"저 때문에 고생하셔서 어떡하죠?" 허브가 대꾸했다. "텔레비전이나 보는 게 편하실 텐데 말이죠. 하지만 그게 다는 아니죠."

"좋은 시간이 될 겁니다, 허브."

"그럼요, 그래야죠. 그럴 겁니다."

"네, 내일 뵙겠습니다."

"조심해서 오십시오."

"고맙습니다."

"약속시간에 늦지 마시구요. 그럼." 허브가 전화를 끊었다.

내 과거에서 뉴욕 생활은 더이상 특별히 언급할 만한 내용이 없다. 나는 미시간 대학 '문학 사회과학 대학'에서 인문학을 전공했다. (학생군사훈련단 생활도 병행했다.) 라틴어를 포함해 대학에서 이수해야 할 과목은 모두 수강했는데 그 밖에 '데일리'란 모임에서 짧으면서도 다소 과장된 영화 논평을 쓰거나 '시그마 치'*란 단체에서 활동하기도 했다. 1965년 가을에 아내를 만난 곳도 바로 여기였다. 그때 아내는 내 친척이자 벤턴하버**출신인 래디 노자르의 파트너로 학기 파티에 참석했다. 처음 아내를 봤을 때는 너무 진지하고 다루기 힘든 여자로 생각돼 전혀 데이트를 하고 싶지 않았다. 아내는 큰 가슴에 운동선수 같은 체구를 지녔으며 한쪽 발을 다른 쪽 발 앞으로 내밀고 팔짱을 낀 채 몸을 비스듬히 돌린 자세를

---

* 대학교 남학생 사교클럽 모임.

** 미시간 주 남서부에 있는 도시.

곧잘 취해서 장난기가 많아 보였다. 부티가 나긴 했지만 나는 부유한 미시간 여자를 좋아하지 않았다. 따라서 결혼하기 얼마 전에 그 우울한 1969년의 책 사인회 때에야 비로소 아내를 다시 만날 수 있었던 건 결코 우연이 아니었다.

아내와 첫번째 만난 직후 나는 학교를 그만두고 해병대에 들어갔다. 전쟁이 한창이었으므로 (군대 체질인 나로서는) 그렇게 하는 것이 올바른 행동이라고 생각했기 때문이다. 해군 학생군사훈련단은 애초부터 마음에 두지 않았던 터였다. 당시 나는 래디 노자르와 함께 해병에 입대했고 입대 동기가 그 밖에도 두 명이 더 있었다. 우리는 앤아버에 있는 낡은 우체국으로 가서 해병대에 지원했는데 거리에서 반전시위가 벌어져서 지원 절차를 밟기도 쉽지 않았다. 래디 노자르는 제3해병대에 들어갔다가 베트남 꼰 티엔에서 전사했다. 다른 두 명은 복무를 무사히 마치고 돌아와 일리노이 주의 오로라에서 광고대행사를 경영하고 있다. 나는 췌장에 관련된 질병에 감염됐다. 의사는 호지킨병*이라고 진단했지만 다행히 악성은 아니었다. 이로 인해 나는 레전 캠프에서 복무한 지 두 달 만에 제대해야 했다. 따라서 적군을 단 한 명도 죽이지 않고 전사하지도 않았지만 어쨌든 베트남 참전 공로를 인정받아 현재까지 혜택을 받고 있다.

스물한 살 무렵의 군 복무 시절을 얘기하는 이유는 바로 이때 태어나서 처음으로 환상에 잠기는 듯한 몽롱한 의식을 경험했기 때문이다. 하지만 그때 느낌은 기분이 좋다거나 편안한 게 아니라 우울함에 더 가까웠다. 나는 사우스캐롤라이나에 있는 해군병원의

---

* 목 부위의 림프샘이 붓는 데서 시작해 주기적인 발열이나 비종(脾腫) 따위가 나타나는 악성 림프종.

병상에 누워 그 무렵 아주 관심이 많았던 죽음만 생각했다. 즉 야구 경기의 전략을 짜는 것처럼 여러 문제와 선택권이 있다고 가정한 다음, 이번엔 이 방법, 다음엔 저 방법을 결정하면서 그에 따라 내가 죽었다가 살아나고 다시 죽는다는 식으로 상상의 나래를 펼쳤던 것이다. 하지만 결국 내게 주어진 선택권이란 없으며 삶과 죽음의 문제는 그런 식으로 결정되지 않는다는 것을 깨달았다. 나는 허탈해서 우울증에 빠졌다. 마침내 의사는 나의 무모한 사고를 중단하게 하려고 항우울제를 처방했으며 증세는 호전됐다. (어린 나이에 병에 걸린 사람들이 나 같은 증상을 많이 보인다. 이는 한 사람의 인생을 끝장낼 정도로 큰 영향을 미칠 수 있다.)

질병으로 얻은 선물은 복학이었지만 따져보면 군 복무를 했다 쳐도 겨우 한 학기만 빼먹었을 뿐이었다. 1967년에 나는 소설을 써야겠다는 생각에 사로잡혔는데 이는 론섬 파인스에서 조슈아 슬로컴*이 쓴 항해일지를 읽었기 때문이다. 구상한 소설의 줄거리는 이러했다. 남부 지역의 한 어리벙벙한 청년이 해군에 입대하지만 알수 없는 질병에 걸려 제대한다. 그는 뉴올리언스로 가서 섹스와 마약, 총포 밀수입에 관련된 세계에 빠져들지만 한편으론 해군 동료와 같이 죽지 못했다는 죄의식에 시달리면서 불안정한 현재와 화해해보려고 헛된 시도를 감행한다. 소설의 절정은 주인공이 감리교 목사 부인과 벌이는 애정행각으로, 그는 버려진 노예 숙소에서 자신을 유혹하는 부인과 밀회를 나누지만 이후 삶은 산산조각이 나고 마침내 텍사스의 유정지대로 가 영원히 이 세상에서 사라지고 만다. 모든 얘기는 누군가가 사건을 회상하는 식으로 풀어나갈

---

* 캐나다 출신의 선원, 모험가.

생각이었다.

이 소설의 제목은 〈나이트 윙〉으로, 시그마 치 회합실의 멋진 소파 위에 걸려 있던 항해 그림의 제목이기도 했다. (마벌*의 시에도 나오는 단어다). 나는 2학년 중반 무렵에 이 소설을 뉴욕의 한 출판사로 보냈는데 육 개월이 지난 후에야 '아주 유망해 보임. 다른 글도 보고 싶음'이라는 답장을 받았다. 하지만 정작 원래 원고는 나에게 반송되는 와중에 사라져버려 다시 볼 수 없었다. 물론 복사본도 없었다. 하지만 첫 문장은 바로 오늘 아침에 쓴 것처럼 정확히 기억할 수 있다. 화자는 소설의 시작인 밤을 이렇게 묘사한다. "때는 1944년 봄이었다. 멤피스에 층층나무 꽃이 활짝 피었다. 하지만 일본은 항복하지 않았고 전쟁은 이어졌다. 아버지는 직장에서 고된 일을 마치고 돌아와 술을 들이켰다. 그때 아버지의 머릿속엔 암호명을 가진 흰 제복의 남자들은 안중에도 없었고 오직 원자폭탄이……"

졸업 후 나는 자동차를 사서 캘리포니아의 맨해튼 비치로 곧장 달려갔다. 거기에서 방을 하나 빌린 다음 괜찮은 소재를 떠올리려고 모래 위를 걷거나, 지나가는 여자나 인근 유정시설을 뚫어져라 쳐다보면서 사 주 동안이나 애를 썼지만 별무신통이었다. 당시 나는 해군에게서 상해보상금을 수령하고 있었는데 이는 원래 등록금으로 할당된 것이었다. 하지만 나는 로스앤젤레스 시립대학의 회계사무소에 근무하는 여직원을 설득해 그 돈을 멕시코의 산 미구엘 테우안테펙**으로 보내도록 하는 데 성공했다. 내가 그곳에 간 이유는 진짜 소설가처럼 글을 써보기 위해서였다.

---

* 17세기 영국 시인.

** 멕시코 남동부에 있는 도시.

멕시코에 은거한 지 육 개월 만에 마침내 소설을 열두 편이나 한꺼번에 써냈고 그중 하나는 〈나이트 윙〉의 축소판이었다. 나는 한 출판사에 한 권씩 보내지 않고 전체를 묶어 이전에 출판 의사를 타진한 출판사로 보냈다. 한 달 후 그 출판사는 원고 중 일부만 수정한다면(난 기꺼이 그러겠노라고 대답했다) 책을 출판할 수도 있을 것 같다고 답해주며 내 원고들을 즉시 돌려보냈다. 출판사에서는 다른 글도 계속 써보라고 독려했고 실제 나도 작업에 착수했지만 솔직히 이전만큼 열정이 들어간 글은 아니었다. 일단 그 당시에 내가 쓰고자 한 글은 이미 다 써낸 것이나 마찬가지였기 때문이다. 따라서 그때 내가 더이상 글을 쓰지 않았다고 해도 하등 잘못되거나 이상한 일은 아니라고 생각한다. 나아가 나같이 생각하는 작가들이 많으면 많을수록 나쁜 책들의 상당수가 이 세상에 태어나지 않을 것이고 따라서 (남자와 여자를 포함해서) 그만큼 더욱 많은 사람들이 더 행복하고 생산적인 삶을 꾸려갈 수 있으리라 여겨진다.

어쨌든 추가로 쓴 책들에 나는 관심이 별로 없었다. 그러다가 『우울한 가을』이라는 내 소설이 공식적으로 출판된다는 소식을 산미구엘 테우안테펙에서 들었다. (출판사는 칠백 달러짜리 수표를 건네줬다.) 나는 소식을 듣고 그날 저녁 리틀 야구 경기가 벌어지는 뉴멕시코의 그랜트로 가서 나 자신과 나의 행운을 축하하며 콜드 덕 와인 한 병을 마셨다. 다음날엔 한 영화사에서 상당한 금액을 제시하며 내 책을 사겠다고 제안해서 뉴욕(나와 접촉한 출판사 직원은 살기 좋은 곳이라면서 뉴욕을 추천했다)에 도착할 무렵 나는 이미 부자가 돼 있었다. 적어도 1968년 당시 기준으로는 말이다.

나는 당장 그리니치빌리지의 페리 가에 있는 주택을 임대했고 평소 원했던 작가로서의 삶을 마침내 시작했다. 내 책은 봄에 출판

됐다. 나는 지방의 한 작은 대학에서 내 작품을 강의하기도 했고 라디오 인터뷰에도 응했으며 많은 여자와 만날 수도 있었다. 또 지금도 크리스마스 때마다 어김없이 카드를 보내오는 작가 에이전트와 인연을 맺었으며 한번은 『뉴스위크』에 내 사진이 실리기도 했다. 나는 새로 사귄 친구들과 어울려 거의 매일 저녁 늦게까지 술집에서 술을 마셨다. 하지만 이때 새롭게 써낸 글은 거의 없었다. (책상에 앉아 있는 시간은 많았다.) 그리고 스프링 가에서 연 사인회에서 아내를 만났으며 출판사에서의 내 지위도 올라가기 시작했다. 출판사는 내가 구상중인 글을 출판해주기로 약속했다. 하지만 사실 나는 글 쓰는 일에 의욕을 잃고 있었다. 대체 무엇을 소재로 소설을 써야 할지 좋은 아이디어가 전혀 떠오르지 않았던 것이다.

1969년 가을, 아내와 나는 둘만의 시간을 자주 보냈다. 처음으로 휴런 마운틴 클럽을 방문했고 그후 장인이 회원권을 갖고 있던 멋진 골프장에도 드나들었다. 아내는 첫인상과 달리 그리 뻣뻣하지도 지나치게 심각하지도 않았다. 오히려 남자라면 충분히 도전할 가치가 있는 매우 비범하고 매력적인 여성이었다. (당시 아내는 모델 일을 하면서 돈도 많이 벌고 있었다.) 우리는 1970년 가을에 결혼했고 나는 소설쓰기의 괴로움에서 벗어나고자 한 잡지사와 칼럼 연재 계약을 맺었다. 그때 내가 쓰던 소설의 제목은 〈탕헤르〉로, 탕헤르에서 벌어지는 사건을 소재로 한 글이었지만 실제로 그곳에 가본 적은 한 번도 없었다. 그저 멕시코와 비슷한 곳이 아닐까 상상했을 뿐이다. 〈탕헤르〉의 첫 구절은 이렇게 시작한다. '그해 아틀라스 산맥 저지대엔 가을이 늦게 찾아왔다. 카슨은 힘든 시기를 보내고 있었다.' 해병대 소속이었던 주인공이 자신만의 역사관을 찾고자 군대에서 탈영해 대륙의 가장자리를 방황한다는 내용으로,

일인칭 시점에 역시 회상하는 형식으로 글을 써나갔다. 그 글은 지금까지도 낡은 보험서류 증서나 카탈로그와 함께 뒤섞인 채 서랍에 간직돼 있다.

봄에도 내 책은 여전히 서점에 깔려 있었다. 뉴욕의 한 비평가가 내 책을 두고 '배스컴은 주목할 만한 작가다'라고 서평을 냈기 때문이다. 영화사에서는 내 소설을 영화로 만들고 싶다면서 돈을 주겠다고 약속했다. (하지만 전액을 다 주진 않았다.) 나는 나를 비롯해 모든 이들이 당연히 써야 한다고 간주한 〈탕헤르〉에 점점 더 집중했고 그 와중에 아내는 랠프를 임신했다. 아내와 나는 양키 스타디움에 가서 야구를 구경하거나 몬턱*으로 드라이브를 떠나기도 했고 연극이나 영화를 감상하며 즐거운 시간을 보냈다. 그리고 어느 날 아침, 침대에서 일어나 창문 밖으로 허드슨 강을 보고 있던 나는 뉴욕을 빨리 떠나야겠다는 생각에 사로잡혔다.

돌이켜보면 우리가 왜 그냥 더 큰 집으로 이사하지 않았는지 잘 모르겠다. 하지만 큰 집으로 이사하는 문제를 아내에게 물어봤어도 아내는 그럴 생각이 없다고 말했을 것이다. 어쨌든 난 몹시 뉴욕을 떠나고 싶은 생각에 빠져버렸다. 당시 나는 모든 일에 있어서 확신과 자신감이 가장 중요하다고 생각했다. 그러던 차에 그날 아침 뉴욕으로 가는 패스포트는 벌써 낡아버렸으며 세상이 어떤 식으로 돌아가는지 이젠 다 알고 있다는 자신감이 강하게 들었던 것이다. 다시 말해 나를 아는 사람이 아무도 없고 나 역시 누구도 모르는 곳으로 즉각 떠나야만 소설이 성공할 거라는 확신이 들었다. 완벽한 익명성이 보장되는 곳이라면 좋은 작품을 쓸 수 있을 것만 같았다.

---

* 뉴욕 롱아일랜드에 있는 도시.

일단 떠나기로 결정하자 아내는 코네티컷 주의 후사토닉 강 상류에 있는 라임록을 제안했다. 전에 한번 드라이브를 간 곳이었다. 하지만 당시엔 라임록만큼 내가 가기 싫은 곳도 없었다. 라임록 하면 연상되는 낮은 산과 슬퍼 보이는 셰틀랜드 스웨터*, 그리고 볼보 왜건 때문에 그곳은 절망과 음모, 조롱, 그리고 과도한 관심과 간섭이 존재하는 장소로만 보였다. 그런 곳은 진정한 소설가에게 어울리지 않으며 오직 돈벌이가 될 책만 찾아다니는 이류 출판사나 에이전트에게 적당한 장소라는 게 내 판단이었다.

니는 선택에 고심하다가 마침내 뉴저지에 한 표를 던졌다. 건조하고 호감이 별로 가지 않는 곳, 기대할 일이 별로 없는 곳이라고 여겼기 때문인데 내 생각은 정확했다. 언덕이 많고 수상한 기운을 풍기는 신학교가 있는 하담(나는 이곳을 『타임』 광고에서 보았는데 마치 버몬트 주의 우드스톡처럼 보였다)이 맘에 들어서 나는 영화사에서 받은 돈을 투자해 근사한 집을 지었다. (주택 건축은 올바른 결정이었다.) 하담에는 다양한 배경을 가진 사람들이 섞여 살고 있었으므로 밝은 희망을 안고 대작에 몰두하려는 작가에게 더없이 좋은 장소로만 여겨졌다. (결국 오판으로 드러났지만 이를 미리 알 순 없었다.)

아내는 뉴저지가 코네티컷보다 더 나을 게 없다고 말하면서도 내 의견에 동의했고 마침내 1970년 가을, 지금은 나 혼자 살고 있는 이 집으로 이사했다. 이사 후 아내는 랠프를 출산할 준비를 하기 위해 일을 그만뒀다. 나는 새로운 의욕에 가득 차서 3층에 나만의 작업실을 마련한 다음(지금 보소볼로가 세들어 사는 방이다) 글쓰

---

* 스코틀랜드 셰틀랜드제도에서 생산한 울로 만든 스웨터.

기에 좋은 습관을 들이는 데 신경 쓰면서 여름 동안 손을 놓았던 소설에 더 애착을 가지려고 노력했다. 몇 달 안 돼 우리는 젊은 사람들과 새로 사귀게 됐고(그들 중 몇 명은 작가나 편집자였다) 곧 칵테일파티를 돌아가면서 열거나, 가까운 델라웨어로 여행을 떠나거나, 문학행사에 참석하거나, 벅스 카운티에서 열리는 연극을 보러 가거나, 교외로 나가서 드라이브를 즐겼다. 사람들은 우리 부부가 책을 읽으며 저녁시간을 차분히 보내는 모습을 보고 요즘 젊은이답지 않다고 말하기도 했다. (당시 내 나이는 불과 스물다섯 살이었다.) 우리 부부는 우리의 삶과 결정에 만족했다. 나는 도서관에서 로터리 회원들을 대상으로 '작가의 탄생'이라는 주제로 강의하기도 했고 한 지역 잡지에 '내가 사는 곳에 내가 사는 이유'란 제목으로 칼럼을 쓰기도 했다. 이 칼럼에서 나는 좋은 작품을 쓰려면 도움이 될 적당한 장소가 필요하며 그런 곳은 대부분 자신과 큰 이해관계가 없는 중립적인 지역이라고 주장했다. 영화사에 줘야 할 시나리오를 집필하면서 틈틈이 몇몇 대형 잡지에 글을 싣기도 했는데 그중 하나가 예전에 샐리리그*에서 중견수로 활약했던 유명인에 관한 글이었다. 그는 야구선수 생활을 그만둔 후 석유왕이라 불릴 정도로 출세가도를 달렸지만 금융 사기를 벌이고 여러 여자와 결혼했다는 죄목으로 감옥에 들어가야 했다. 그러나 가석방을 받아 사회로 나온 그는 건조한 서부 텍사스의 펌프빌에 정착한 다음 뇌손상 아동 치료를 위한 수영장을 건설했으며 직접 멕시코 어린이 몇 명을 치료해주려고 입양하기까지 했다. 어쨌든 나는 그렇게 뉴저지에서 첫 일 년을 보냈다. 그리고 어느 날 갑자기 글쓰기를 중

---

* South Atlantic League의 약칭. 미국 프로야구 싱글 A로 분류됨.

단했다.

　사실 처음엔 나 자신도 왜 글쓰기를 그만뒀는지 알지 못했다. 한동안 나는 아침 여덟시만 되면 작업실로 올라갔다가 점심때 내려와 모로코에 대한 책을 뒤적이면서 집주변을 어슬렁거렸다. 머릿속으로는 '몇 가지 구조적인 문제에 대한 해결 방안', 다시 말해 작품의 줄거리 얼개와 주인공의 성격을 어떻게 설정할 것인지를 놓고 골똘히 생각했다. 하지만 실상 나는 많이 지쳐 있었다. 작업실에 들어가서도 내가 왜 여기에 있는지, 글을 쓴다는 것이 무엇을 의미하는지 따위는 까맣게 잊어버린 채 아무 생각 없이 가만히 앉아 있을 때가 종종 있었다. 그저 슈피리어 호수에서 배를 타는 상상 따위만 하다가(이전엔 결코 그러지 않았다) 아래층으로 내려와 낮잠만 잘 뿐이었다. 그러던 중 현재 나와 같이 일하고 있는 잡지의 편집장이 내가 지쳐버렸다는 사실을 확인이라도 해주듯 전화를 걸어와서는 나도 관심이 많았던 스포츠 기사를 전문적으로 써보지 않겠느냐고 제안해왔다. 그는 자신이 이런 글쓰기에 소질이 있는 사람을 잘 찾아낸다고 하면서 전과가 있는 텍사스의 착한 사마리아인에 대한 나의 글도 잘 읽었노라고 덧붙였다. 특히 한물 간 중견수를 악한이나 영웅 그 어느 쪽으로도 묘사하지 않는 내 글에서 나만의 고집을 느꼈다면서 소설보다는 오히려 이런 종류의 스포츠 기사에 더 탁월한 능력을 갖고 있진 않은지 의심된다고까지 말했다. 그는 자기 제안이 절대 농담이 아니라고 몇 번이나 강조했다. 나는 바로 다음날 아침 뉴욕행 기차를 타고 매디슨 45번가에 있는 해당 잡지사를 찾아가 편집장과 긴 대화를 나눴다. 편집장은 시카고 출신으로 뚱뚱한 체구에 파란 눈을 하고 있었는데 이름은 아트 폭스였다. 그는 내가 미국에서 쭉 자랐다면 스스로 스포츠 기자 일이 적성에 맞다는 사실을 알았을 거라고 말했다. 그리고 이런 일을 할 때 무엇보다 중요한 점은 유사해 보이는 어떤 사물을 기꺼이 반복 관찰하려는 의지로, 그렇게만 할 수 있다면 단 이틀 만에도 쉽게 글을 써낼 수 있다고 얘기했다. 더불어 스포츠 기사의 대상은 현재 자신이 하는 일을 진정으로 원했던 사람들만 해당됨을 항상 인지해야 한다고 말하면서 오직 스포츠 기사만이 그러한 간절한 소망을 감동적으로 전달할 수 있을 뿐 아니라 동시에 스포츠 자체에 내재하는 비일관성도 극복할 수 있다는 점을 그 이유로 들었다. 점심을 먹고 나서 나는 함께 있었던 사람들과 일일이 악수를 나눴는데 모두 자신의 생각을 말하기에만 바빴다. (즉 내 책에 대해 얘기하는 사람은 아무도 없었다.) 그날 오후 세시에 나는 한층 고무된 기분으로 집에 돌아왔다. 그리고 그날 밤 아내를 데리고 골든 페전트라는 레스토랑에서 매우 비싼 요리와 와인을 시켜 먹은 다음 전에는 한 번도 간 적이 없는 길로 달빛을 받으며 밤 산책에 나섰다. 산책을 하는 동안 나는 아내에게 내 계획은 물론, 우리에게 돌아오게 될 이익(나는 상당할 것으로 생각했다)에 대해서도 말해줬다. 아내는 잘된 일이라고 그저 간단히 대꾸할 뿐이었다. 나는 지금도 그날을 인생에서 가장 행복한 순간 중 하나로 기억한다.

그때부터 아들 랠프가 병에 걸려 죽기까지의 기간은 사람들이 흔히 말하듯 그저 과거일 뿐이다. 아들이 죽은 후 나는 자주 멍한 상태에 빠져들었다. 아들의 죽음 때문이었는지는 알 수 없지만 어쨌든 일정 정도는 영향을 끼쳤을 것이다. 그리고 연극 〈39계단〉을 보고 집으로 돌아온 날, 아내가 자기 보석 상자를 연기로 만들어 하늘에 날려보낸 바로 그날, 아내와의 관계도 끝이 났다.

내가 겪은 과거의 일 중 어느 하나라도 큰 의미가 있는지 의문스럽다. 우리는 모두 저마다 다른 사연을 지니고 있다. 어떤 이들은 훌륭한 과거를 갖고 있는 반면 어떤 이들은 비참한 과거를 갖고 있다. 그 하나하나의 과거가 현재의 우리를 만들어왔으므로 서로 다른 사람들을 같은 운명으로 이끌어주는 공통된 과거란 존재하지 않는다. 이러한 사실 때문에 한 개인의 과거 이야기는 결국 제한적일 수밖에 없고 별 유용성이 없다고 나는 판단하는 것이다. 과거는 불완전하게 이해되거나, 숨어서 드러나지 않거나, 나아가 조작될 가능성까지 있다. 그러므로 역사가 미스터리를 만들어낸다는 사실은 지극히 옳은 지적이라고 생각한다. 나는 항상 인생의 미스터리에 지대한 관심을 갖고 있지만 미스터리라는 것은 찾아내기가 결코 쉽지 않다. 또 이런 인생의 미스터리는 내가 언급한 몽롱함과 전혀 다르다는 점도 말해두고 싶다. 몽롱함이란 무엇보다도 인지의 보류 상태를 의미하며 동시에 너무나 복잡하고 쓸모없기만 한 사실관계에 대한 반응이기도 하다. 구체적인 증세로는 오랫동안 날씨에 관심을 기울인다거나, 항상 흥분된 감정 상태에 있다거나, 또는 과거를 제외하곤 마치 안개가 낀 것처럼 자신을 둘러싼 상황을 도저히 알 수 없는 현상 등을 들 수 있다. 젊을 때 이런 현상을 겪는다면 그리 나쁜 일도 아닐뿐더러 어떤 경우엔 정상적인 상태, 심지어 유쾌한 경험으로 간주할 수도 있다.

하지만 내 나이 정도에 이르면, 더구나 그것이 습관처럼 굳어진다면 몽롱함은 결코 유쾌한 경험이 아니다. 따라서 운 좋게도 자신이 이런 상태에 빠졌다는 사실을 알게 되면 그 즉시 피할 수 있도록 조처해야 한다. 하지만 대개는 그와 같은 증상에 빠져 있다는 사실조차 잘 알아차리지 못한다. 나도 한동안 그랬다. (랠프가 죽은 후 일정한 기간 동안 말이다.) 그저 막연히 뭔가 커다란 일(예를 들면 인생의 변화, 의지할 대상의 상실, 여자들, 여행 등)이 나에게 벌어지고 있는 게 아닐까 생각했지만 그것은 나의 착각이었다. 하긴 의문의 여지를 남겨놓는 편이 오히려 흥미로울지 모르겠다.

나는 왜 글쓰기를 그만두었을까? 스포츠 기자가 되려고 글쓰기를 그만뒀다는 답은 잠시 잊자. 왜냐하면 이런 대답은 스포츠 기자를 선택했다는 것이, 진정한 작가가 되기를 포기하고 그저 진귀한 가정용품이나 팔러 다니는 영업사원이 되기로 결심했다는 것처럼 부정적인 어감을 강하게 풍기기 때문이다. 사실 말이 나왔으니 하는 말이지만 많은 경우 글이란 독자를 대상으로 한 일종의 통화, 혹은 교환의 매개체에 불과해서 그 속에서 창조적인 사고를 발견하기란 힘들다. 그러니 나를 포함해서 이런 용도로 글을 쓰는 사람들은, 따지고 보면 파리채를 파는 장사꾼과 다를 바가 없다. 반면에, 스포츠 기사를 무시하거나 폄하하려는 뜻은 아니지만, 진정한 글쓰기란 (내가 현재 가장 큰 관심을 쏟고 있는) 스포츠와 관련된 그 무엇보다 복합적이고 난해하기 그지없는 작업이다.

원래 질문으로 다시 돌아와보자. 내가 글쓰기를 그만둔 이유는 그저 글쓰기라는 작업이 쉽지 않은 일이었기 때문일까? 개인적으로 인지한 사실을 애매모호하고 복잡한 문학적 형식으로 옮겨내기가 불가능해서였을까? 아니면 더이상 쓸 이야기가 없었기 때문인가? 자신 있게 꺼내놓거나 풀어놓을 만한 나만의 발견이 더이상 불가능해서 그랬을까?

내 대답은 이렇다. 위에 열거한 예보다 더 적당한 이유가 스무 가지는 넘는다. (별로 적당치 못한 이유까지 다 포함한다면 어떤 사람들은 책 한 권을 낼 수 있을 정도다.)

한 가지 확실한 사실은 스물다섯 살이 됐을 무렵 어떤 연유에서

인지 내가 예감을 잃어버렸다는 점이다. 예감이란 다음에 어떤 일이 벌어질지 어렴풋이 깨닫는 달콤한 고통으로 작가라면 반드시 갖추어야 할 덕목이다. 하지만 나는 다음에 무엇(다시 말해 어떤 문장)을 써야 할지 아예 처음부터 한 줌의 흥미도 느끼지 못했다. 또 소설을 쓴다고 해서 잃어버린 흥미를 되찾을 것 같지도 않았다.

예감능력을 잃어버린 다른 작가들처럼 나는 조바심에 사로잡혀 있다가 제법 규모 있는 한 잡지사로부터 이 주마다 새로운 흥밋거리를 찾을 수 있는 일감을 제안받았다. 잡지사가 요구하는 대로 글을 만들어내는 것은 크게 어렵지 않았다. (첫번째 내 특종은 수영에서 나왔고 그 과정에서 다른 기자와 큰 마찰을 빚었지만 이는 일상적으로 일어나는 일이다.) 비록 내가 스포츠 전문가는 아니었지만 그렇다고 특별히 문제가 되지는 않았다. 나는 마치 라커룸에서 수건을 걸치고 있는 선수처럼 일이 편안했으며 수많은 의견도 접할 수 있었다. 스포츠 정신으로 충만한 검고 흰 나체의 운동선수들을 보면서 이 일을 시작하길 잘했다는 생각이 들었고 누구나 간단히 대답할 수 있는 부담스럽지 않은 질문들을 자연스럽게 던지면서 이질감 없이 이쪽 세계에 동화되어갔다.

보수도 충분했다. 여행도 맘껏 다닐 수 있었다. 많은 사람들이 즐겨 보는 잡지엔 어김없이 '프랭크 배스컴'이란 활자가 찍혔다. 이따금 라디오에 출연해 나의 팬이라고 자처하는 세인트루이스나 오마하의 청취자들을 상대로 상담을 하기도 했다. (장소는 방송국이 아니라 우리 집 거실이었다.) 라디오 출연은 주로 내가 쓴 기사가 첨예한 논쟁을 촉발했을 때 이루어졌다. "배스컴, 저는 라클레드에 사는 에디라고 합니다. 요즘 대학 체육의 문제점이 무엇이라고 생각하시는지요. 정말 썩을 만큼 썩었다고 생각합니다." "안녕하세요, 에디. 아주 좋은 질문을 주셨군요……" 무엇보다도 (최소한 피상적으로라도) 의견을 공유할 수 있는 사람들을 많이 만날 수 있어 좋았다. 만약 내가 작가 생활에만 몰두했다면 이런 기회가 흔치 않았을 것이다.

나는 잡지사에서 원하는 모든 분야(보디빌딩, 스카이다이빙, 루지, 네브래스카 8인 미식축구 등)의 글을 다 써주겠다고 결심했다. 어떤 경우든 서로 다른 세 가지 종류의 글을 쓸 자신이 있었다. 한밤중에도 문득 아이디어가 떠오르면 침대에서 벌떡 일어나 작업실로 달려가 글을 써댔다. 단편소설을 쓰려고 그동안 모아둔 모든 정보(추론, 기억의 일부, 충동)까지 총동원해 나는 다양한 주제의 이야기들, 예를 들면 '나이와의 싸움' '현실 조건에서 바라본 미래 전망' 같은 글들을 무리 없이 써나갈 수 있었다.

대개의 경우 사람들은 자기 천직을 늦게 깨닫곤 하며 결국 제대로 업적을 이루지 못해 안타까워한다. 하지만 내 경우는 정반대였다. 나의 천직이 무엇인지 모르는 채 완벽한 기사를 써냈다. 나는 플로리다의 한 야구장에 앉아 훈련하는 운동선수들의 잡담 소리를 듣거나, 바람이 거센 와이오밍에서 코치나 장비 담당 직원과 의미 없는 대화를 나누거나, 일리노이 주의 한 테스트 캠프에 진을 치고 앉아 날아가는 공을 쳐다보거나, 아니면 스포츠와 관련된 각종 기록들을 열심히 살펴보다가 집이나 회사 사무실로 돌아와 기사를 작성했다.

무엇이 이보다 더 나을 수 있단 말인가? (그때나 지금이나 내 생각엔 변함이 없다.) 예감능력이라고 하는, 어쩌면 평생 겪게 될 그 고통을 완화하는 방법으로 스포츠 기사를 쓰는 것보다 더 효과적인 방법이 과연 있을까? 오직 도에 통달한 도인이나 혼수 상태에 빠진 환자들만 그러한 고통 없이 행복하게 살 수 있을 텐데도?

나는 바로 이 주제에 대해 버트 브리스커와 얘기를 나눈 적이 있다. 버트는 한때 스포츠 기자 생활을 하다가 지금은 유명한 주간지의 서평가로 활동하고 있는데 몸집은 곰처럼 크지만 술을 끊을 정도로 아주 점잖은 품성의 소유자다. 그는 우리 부부가 칵테일파티를 벌이고 다닐 무렵 사귄 친구로 지금도 친분관계를 돈독히 유지하고 있다. 당시 칵테일파티로 알게 된 사람들은 요즘도 나를 배려해 집에서 함께 저녁식사를 하자고 초대한다. 내가 버트의 집에 간 적은 딱 한 번뿐이었지만 당시 신경이 좀 예민해져 있던 버트는(아마 우리 사이에 대화거리가 완전히 떨어졌기 때문일 수도 있다) 보드카를 몇 병 비우더니 나를 벽에 내동댕이칠 만큼 술에 취해버렸다. 그후 우린 그저 뉴욕으로 가는 기차 안에서 일주일에 한 번만 만나는 사이가 됐다. 이야말로 현대적인 우정의 본보기가 아닐까?

버트는 한때 시인이었기 때문에 시집을 두세 권 냈다. 가냘플 정도로 얇은 그의 시집은 중고서점 책장에서 종종 발견할 수 있다. 한동안 그는 시 낭송회에서 수녀나 여성회원을 향해 지옥에나 가버리라고 고함을 쳐대는 것으로 악명이 자자했다. 그렇게 고래고래 소리를 지른 후 그 자리에 쓰러져 죽은 듯이 잠을 자다가 그래도 자신을 예술가라 여겨 집으로 초대한 교수를 상대로 주먹다짐까지 벌인 사람이 바로 버트다. 결국 미네소타에 있는 한 재활원에서 치료를 받고 뉴햄프셔 대학에서 시(한때 내가 담당했던 강의와 유사한 프로그램이었다)를 강의하기도 했지만 그마저도 해고당하고 말았다. 강의를 수강한 여학생 몇 명과 좋지 않은 관계를 맺은 사실이 탄로나고 말았던 것이다. 심지어 아내가 집에 있는데도 여학생들을 끌어들였다고 한다. 이젠 모두 몇 년 전의 일이 됐지만 사실 이는 드문 사건은 아니다. 그는 나와 비슷한 시기에 스포츠 기자가 되었고 지금은 하담 외곽의 농장에서 두번째 아내인 페니, 두 딸, 양치기 개와 함께 살면서 서평을 쓰고 있다. 버트의 주된 분야는 아이스하키였는데 그는 캐나다 팀의 재미없는 경기를 더 재미없게 쓰는 멋진 재주를 갖고 있었다. 스포츠 기자들의 경력을 보면 보통 전직 대학강사이거나 혹은 전직 작가 지망생, 그도 아니면 주식중개인이나 이혼 전문 변호사가 되기를 거부한 (하지만 간신히 졸업에 성공한) 아이비리그 출신이 대부분이다. 따라서 특히 디모인*의 『레지스터』 잡지사나 파고**의 『다코탄』 잡지사를 중심으로 무지막지한 기자들이 판을 치고 다니던 시절은 이미 지나갔다. 물론 내가 기자생활을 시작했던 십이 년 전엔 그렇지 않았지만 말이다.

뉴저지를 관통하는 기차 안에서 우리는 버트가 왜 시쓰기를 그만뒀는지, 나는 왜 글쓰기를 그만뒀는지를 주제로 대화를 나누곤 했다. 대화를 통해 우리는 둘 다 비관적이라는 점, 또 문학에 존재하는 밝음과 어둠이라는 두 속성을 잘 활용해야 하는데도 이에 대한 절대적 필요성을 이해하지 못한다는 점에 어느 정도 공감했다. 나는 내 소설이 아주 괜찮았다고 생각했다. (지금도 크게 다르진 않다.) 내 이야기들은 인간이 처한 딜레마를 다루고 있으며 사물을 바라보는 데 있어 완고하고 보수적인 시각을 갖고 있다. 내 소설엔 날씨나 달에 대한 묘사가 많이 등장하며 많은 부분은 캐나다 호수 근처의 사냥 캠프나 교외 지역, 애리조나, 버몬트 등 내가 한 번도 가본 적 없는 장소를 배경으로 하고 있다. 주인공은 뉴잉글랜드의 한 기숙학교에서 창문 너머로 내리는 눈을 한없이 응시하거나, 자

---

* 아이오와 주의 주도(州都).
** 노스다코타 주 동부에 있는 도시.

동차가 휙 스쳐 지나가는 어둡고 더러운 도로에 서 있거나, 손으로 벽을 마구 쳐대거나, 진정으로 사랑하지 않는 아내에게는 결코 말하지 못할 뭔가를 누군가에게 얘기하거나, 아니면 엄습해오는 공허감에 괴로워한다. 주인공은 또 침묵에 과도하게 의지하는데 나중에 알게 된 사실이지만 당시 내가 좋지 않은 고정관념에 빠져 있었던 것 같다. 한편 내 이야기에 등장하는 남자 주인공들은, (비록 중요성은 덜하지만) 여자 주인공들이 자유로운 사고를 하고 날카로운 기지를 보여주는 데 비해 항상 너무 심각하고 생각이 많으며 유머감각도 없다.

버트는 돌과 야생조류, 그리고 빈집(버트는 자기의 분신인 주인공이 희생의식을 통해 비참하게 죽어가는 무대가 바로 이 빈집이라고 했다)을 시로 묘사하던 시절이 자신이 가장 진지했을 때라고 말했다. 그리고 마침내 시를 한 줄도 쓰지 못하게 됐을 때 그는 술고래처럼 술을 마셔댔고 대낮에 바람을 피웠으며, 자기 제자들에게 시가 얼마나 중요한지 가르쳤다고 한다. 그는 당시 상황을 '지적으로 유순한 상태'로 남는 데 실패했다는 식으로 표현했다.

하지만 지식의 한계에 봉착한 아이들처럼 우리는 더이상 한 발자국도 진전하지 못했다. 나는 사람들이 가장 일상적인 문제에 대해 어떻게 느끼는지 알 수 없었다. 뭘 해야 할지, 어디를 쳐다봐야 할지도 몰랐다. 그리고 말할 필요 없이 바로 이런 지점이야말로 위대한 작가들(톨스토이나 조지 엘리엇)이 한계를 뚫고 비상하는 지점이기도 하다. 하지만 나는 위대한 작가들처럼 비상하지 못했고 버트도 마찬가지였다. 나는 우리가 너무도 분명하게 바로 이 지점에서 더 큰 상상의 나래를 펼치지 못했으며 따라서 한계에 봉착했다고 결론을 내렸다. 좀더 분명히 말하자면 그렇게 됨으로써 우리는 자신의 권위에 대한 믿음을 잃어버리고 말았던 것이다.

　나의 문학적 감성, 내가 쓴 문장과 문장들의 상관관계(내 문체는 나까지 포함해 누구도 읽기 싫어할 정도로 딱딱하게 변했다), 그리고 이야기의 주제는 점점 더 우울해졌다. (소설 〈탕헤르〉를 막 쓰기 시작할 무렵 나는 약간의 자서전적 의미를 부여하기 위해 군사학교를 무대로 설정했다.) 작품 속 주인공들은, 삶이란 언제나 저주받고 추하며 당혹스럽기 그지없는 비즈니스지만 어쨌든 헤쳐나갈 수밖에 없다는 태도를 취했는데 이런 태도는 필연적으로 엄청난 냉소로 귀결될 수밖에 없었다. 왜냐하면 사실 인생은 그렇지 않고 훨씬 더 흥미롭다는 사실을 알고 있었기 때문이다. 따라서 이런 식으로는 더이상 글을 써나갈 수 없었다. 하지만 이 사태가 벌어지기 전에 나는 이미 글쓰기에 흥미를 잃어버리고 다른 분야로 눈을 돌리고 있었다. 버트는 자신도 나와 거의 다르지 않다며 위로의 말을 건넸다. "매일매일 동굴의 끝자락에서 잠을 깬다네. 내 코엔 흙이 박혀 있고 입 안은 흙과 잡초뿌리, 동물의 뼈로 가득하지만 나는 분리된 존재를 꿈꾼다네." 어느 날 버트가 같이 기차를 타고 가다가 자기 시 중 일부를 내게 들려줬다. 이 시를 쓰고 얼마 되지 않아 버트는 글쓰기를 그만뒀고 그 허전함에서 벗어나려고 학생들과 놀아났다고 한다.

　나의 문학적 경력과 재능이 한계에 부딪혀 무릎을 꿇을 무렵에 내가 결혼을 했던 것은 결코 우연이 아니었다. 나는 문학의 밝음과 어둠을 찾아 필사적으로 헤맸지만 결과는 신통치 못했고 그에 대한 대체재로 결혼이나 사적 생활만 한 것이 없다고 결론 내렸다. 전처에게는 지금에야 보이기 시작했다는 그 길고도 공허한 수평선을 나는 그때 이미 보았고 따라서 문학이 아니라 다른 뭔가를 기대할 수 있는 인생으로 되돌아올 필요성을 느꼈던 것이다. 작가 한 명이 글쓰기를 멈추었다고 해서 인류에게 손해가 된다고는 전혀 말할 수 없다. 거대한 숲에서 고작 나무 한 그루가 쓰러진다 한들 그 나무에 살던 원숭이 말고 누가 이에 신경이나 쓰겠는가?

3

나는 오전 아홉시 사십오분까지 일을 다 끝내고 나서 말리부를 타고 호빙 가로 내려와 비키가 살고 있는 '페전트 런 앤 메도' 아파트로 향했다. 비키의 집은 하담보다 하이츠타운 쪽에 더 가까운 곳에 있었다.

이쯤에서 내가 십사 년 동안 살았고 앞으로도 쭉 살아갈 하담에 대해 간단히 설명해두는 편이 좋겠다.

마을을 상상하기는 어렵지 않다. 레딩 리지나 이스턴, 아니면 메리트 파크웨이 뒤편의 교외를 배경으로 자연석에 둘러싸인 작은 코네티컷 마을을 마음속에 그려보라. 하담은 이처럼 가든 스테이트*의 가장 전형적인 마을 형태를 이루고 있다.

1975년, 롱아일랜드 출신의 모직 상인 월리스 하담이 하담에 최

---

* 뉴저지 주의 별칭.

초로 정착했다. 하담은 지리적으로 델라웨어 동쪽 뉴저지의 중부 지역으로, 저지대는 거대한 숲에 둘러싸여 있고 언덕 곳곳에 약 십이만 명에 달하는 인구가 살아가고 있다. 뉴욕과 필라델피아를 잇는 철로의 중심에 있어 통근자들이 양방향으로 오가기 때문에 교외에 살고 있다는 느낌은 별로 들지 않는다. 하지만 뉴햄프셔만큼이나 주류에서 소외된 작은 마을이라는 의식이 엄연히 존재한다. 하담은 뉴저지가 제공하는 최상의 선물을 누릴 수 있다는 장점을 갖고 있다. 분명히 하담에서는 그 누구도 신비로움을 애타게 갈구하지 않지만 그렇다고 해서 의미 있는 신비로움까지 배척하진 않는다. 이는 뉴올리언스 입장에서 보면 분명 절망스러운 일이다. 뉴올리언스는 신비로움을 간절히 원하지만 그곳에 신비로움이란 존재하지 않으며 이는 앞으로도 마찬가지다. 그러므로 조언하자면 뉴올리언스는 하담을 조금이라도 닮으려고 노력해야 한다. 왜냐하면 현실주의자라 해도 세상을 향한 사색이 전혀 힘들지 않은 곳이 바로 하담이기 때문이다.

소규모 신학기관이 여기저기 흩어져 있고(이는 윌리스 하담이 남긴 유산이다), 그 신학기관들이 스코틀랜드 풍 강당을 하나씩 보유하고 있어 사흘에 한 번씩 오르간 연주를 곁들인 찬송가가 울려 퍼진다. 하지만 이곳도 다른 곳처럼 속세와 활발히 교통하고 있으므로 종교적으로 독실한 마을이라고는 할 수 없다.

북쪽을 바라보는 마을 중심에 주로 흰색으로 꾸민 식민지 시대의 작은 광장이 있으나 여기가 중심지는 아니다. 대부분의 주민은 다른 곳에 직장을 갖고 있거나 외곽에 위치한 기업연구소에 근무한다. 그렇지 않은 사람들은 신학교 학생이거나 은퇴한 부자, 아니면 160번 고속도로 부근에 있는 드토크빌 아카데미 부속기관에서 일하는 사람이다. 마을엔 고가를 자랑하는 남자 옷가게나 여성 속옷 상점이 있는데 요즘 더욱 증가하고 있다. 반면 서점 수는 점점 줄어들고 있다. 상점 주인은 성격이 공격적이고 때론 고약하기까지 한 이혼녀(그들 중 몇 명은 신학생의 전처다)가 대부분이다. 이들이 시시껄렁한 얘기로 광장을 왁자지껄하게 만들어버리는 정겨운 모습을 보고 있노라면 마치 카탈로그에나 나올 법한 멋진 인생이(나는 이런 풍경을 좋아하는 편이다) 저절로 떠오른다. 어쨌든 정신을 차릴 수 없을 정도로 바쁘게 돌아가는 마을은 아니다.

우체국은 이곳의 중심기관이다. 홈쇼핑족같이 우편을 이용해 일상을 꾸려가는 사람들이 많기 때문이다. 예약하지 않아도 이발이 가능하며 밤에 돌아다니다가(이혼 후 나는 자주 밤에 산책했다) '오거스트' 술집에 들어가면 격자무늬 바지를 입고 야구를 시청하는 노인 몇 명에게서 공짜 술을 얻어먹을 수도 있다. 이들은 아내가 있는 집으로 돌아가기보다는 아이젠하워에 관한 일화를 더 듣고 싶어하는 사람들이다. 가끔은 나른하게 늘어져 있는 여자를 다이키리* 몇 잔과 진지한 잡담만으로 꼬드기는 데 성공해 델라웨어 지역에 있는 여관으로 드라이브를 갈 수도 있다. 이런 밤이면 의외로 만족스런 결과를 얻어 정열적인 시간을 보내기도 한다. 이혼 후 몇 달간 나는 이런 방식으로 후회하지 않는 멋진 밤을 보낸 적도 있다.

부유한 뉴잉글랜드 이주민들이 케이프나 위네페소키 호수에 여름 별장을 마련해두고 필라델피아와 하담을 왕복하는가 하면, 남쪽에는 캐롤라이나 출신 사람들이 주로 신학교와 관련한 일로 거주하고 있다. 캐롤라이나 사람들은 보퍼트 아일랜드**와 몽테

---

* 칵테일의 한 종류.
** 사우스캐롤라이나에 있는 도시.

글*에 겨울 별장을 갖고 있다. 이곳에 처음 왔을 때 우리 부부는 둘 중 어떤 집단과도 성향이 맞지 않았지만 곧 더 큰 집단에 소속되었다. 바로 돈 때문이 아니라 (나는 그렇게 생각하지 않지만) 나름대로 자각한 바가 있어 근본적인 뭔가를 위해 사는 것처럼 행동하는 사람들의 집단이었다. 여기 하담에 상주한다는 사실을 자랑스럽게 여기는 그들이 자각한 바란 다음과 같다. '한 장소에 산다는 것은 올바른 행동을 배우기 위해 대학에 다니는 것과는 다른 문제다. 성인이 되고 적당한 시점이 도래한 지금, 우리는 우리의 가치를 지키면서 한 곳에서 살아가야 한다.'

이 지역은 주로 공화당 지지자들이 장악하고 있는데 그 결과는 생각보다 나쁘지 않다. 그들을 좀더 자세히 살펴보면 우선 예일 대학이나 OSS** 출신으로 하담에 정착한 지 얼마 되지 않은 나이 든 부류가 있다. 그들은 특징적으로 보통 큰 키에 백발, 깔끔히 면도한 얼굴을 하고 있다. 또 한 부류는 은퇴한 전(前) 상공회의소 회원들로, 사유재산과 사유기업에 관해 보수적인 견해를 견지하고 있으며 이 마을에서 태어나 성장한 까닭에 자신들만의 사교 모임을 별도로 갖고 있다. 가느다란 눈을 한 이탈리아인들은 경찰 쪽에서 종종 근무하는데, 신학교에 딸린 도서관을 지으려고 20세기에 미국으로 건너온 이민자의 후손으로서 현재 전처가 사는 '더 프레지던트' 가에 주로 거주한다. 그들 사이엔, 즉 공화당 지지자와 이탈리아인 사이엔 '위치는 정말 중요하다'는 원칙이 확고히 정착돼 있어서 서로 아무 마찰 없이 지역사회를 꾸려가고 있다. 이 두 계층의 결합이라면 미국 전체를 꾸려나간다 해도 아무 문제 없지 않을까

* 테네시 주에 있는 도시.
** 2차 대전 당시 미국의 정보기관.

생각될 정도다. (그런 면에서 내가 일찌감치 이곳에 정착한 것은 어찌 보면 행운이라 하겠다.)

하지만 나쁜 점도 있다. 바로 높은 세금이다. 하수도 시스템은 채권을 발행해 그 비용을 충당하는데 전처가 살고 있는 마을이 특히 그렇다. 하지만 범죄는 거의 찾아볼 수 없다. 의사는 넘쳐나며 병원은 친절하다. 남쪽에서 불어오는 미풍 때문에 볼티모어처럼 기후가 온화하다.

논설위원, 출판업자, 『타임』과 『뉴스위크』 기자, 중앙정보부 직원, 변호사, 경제분석가, 또 여론 생산자인 수많은 대기업의 총수 등이 시내나 외곽에 있는 큰 집에 살면서 뉴욕이나 필라델피아를 왕복한다. 하위계층이라 할 수 있는 윌리스 힐 아래쪽 마을의 흑인들도 자신들의 평온한 삶에 만족하며 살고 있다. 이들 또한 물론 각자 집을 소유하고 있다.

전체적으로 떠들썩하고 재미있게 살 수 있는 동네는 아니지만 이런 분위기를 좋아하는 사람들도 상당수 있게 마련이다.

영화관에서 영화 상영이 끝나도 조용하기만 하고 흡연도 금지돼 있다. 주간지엔 부동산 광고만 가득할 뿐 사람들은 이른바 빅뉴스에 무관심하다. 신학생과 기숙사 학생 들은 웬만하면 거리에 나오지 않고 자기 방에 파묻혀 있기를 좋아한다. 술집, 기차역, 서점에서는 말만 잘하면 외상도 가능하다. 가끔 랠프의 자전거를 타고 커피 스팟에 들르곤 했는데 그곳은 문을 여는 시각인 새벽 다섯시엔 공짜 커피를 제공한다. 이곳에 있는 세 은행은 수표를 거부하는 법이 없다. 흑인아이와 백인아이 들은 한데 어울려 운동을 하거나 대학 입학시험 준비를 한다. 혹시 지갑을 잃어버려도 걱정할 필요가 없다. (나도 지갑을 잃어버린 적이 있었다. 집과 대각선상에 있는 전 뉴저지 대법원 판사 소유의 세컨드 엠파이어 건물에서였다.) 저녁 무렵 전화 한 통이 걸려오고 곧 십대 소년이 신용카드가 고스란히 남아 있는 지갑을 들고 뛰어올 것이다. 물론 보수를 요구하지도 않는다.

혹시 요즘 세상 시류와 너무 동떨어진 마을이 아니냐고 투덜대는 사람들이 있을지도 모르겠다. 하담 밖 세상은 여기보다 열악하고 사악하며, 편하게 살아가기엔 골치 아프고 복잡한 일들이 너무나 많다면서 말이다.

이혼 후 이 년 동안, 나는 날이 어두워지면 가끔 사색에 잠긴 채 숲이 우거진 거리를 거닐다 거리에 늘어선 주택들을 가만히 쳐다보곤 했다. 밝은 빛이 새어나오는 창문, 길가에 세워진 차들, 거리로 흘러나오는 밝고 유쾌한 대화들…… (판사의 집을 볼 때 특히 이런 생각이 들었다.) 그러고는 생각했다. 이 얼마나 살기 좋은 곳인가. 이 얼마나 완전한 삶인가. 비록 나는 그 일부가 아니었고 또 선호하는 삶도 아니었지만, 그럴 때면 이 세상의 모든 사람들이 안정적으로 살아가고 있다는 착각에 빠져들었다.

하지만 누가 그렇게 자신 있게 말할 수 있겠는가? 아마 판사는 그 멋진 집에서 힘든 시간을 보내고 있을지도 모른다. 야드빌에 사는 가난한 사람들의 삶은 생각보다 팍팍할지도 모른다. 또 우리 집에서 흘러나오는 불빛을 보고(나는 보통 불을 환히 켜놓는다) 판사는 자신에게 다른 기회가 주어졌다면 얼마나 좋을까 하며 고독에 빠질지 모른다. 잡지 『링』을 읽거나 식사메뉴를 무엇으로 정할지 고민하면서 좋은 꿈만 꾸길 바라는 나의 모습이야말로 어쩌면 평균 이상의 삶인지 모른다. 하지만 이는 교외에서의 삶이 가장 이상적이며 또 이웃은 반드시 친절해야 한다는 편견을 품은 사람들만의 생각일 수도 있으리라.

확실히 세상에는 아주 많은 일들이 벌어지며 따라서 과연 어디에서 살아야 할 것인가라는 고민을 포함해, 무엇이 본질적으로 중요하고 중요하지 않은지 판단을 내리기가 점점 더 힘들어지고 있다. 이것이 바로 내가 진정한 글쓰기를 그만두고 스포츠라는 구체적이고 현실적인 비즈니스를 다루는 직업에 뛰어든 또다른 이유이기도 하다. 나는 넓은 세상을 향해 뭐라고 말해야 할지 확실히 알지 못했다. 골똘히 고민해본 적도 없었다. 그것은 지금도 마찬가지다. 단지 내가 최선의 노력을 통해 알아낸 사실은 우리 모두가 각자 처한 위치에서 희망적이고 긍정적으로 세상을 바라봐야 한다는 것이다. 하지만 내가 볼 때 이는, 비록 심각하게 고민해보지는 않았지만, 문학으로는 충분하지 않다. 요즘 나는 웬만하면 긍정적으로 사물을 보려고 노력한다. 내가 사는 마을, 이웃, 옆집 자동차, 어느 주택의 잔디정원, 울타리, 빗물 홈통 같은 것 모두에 대해. 당신 주변에 있는 것들을 최고로 대우하라. 그리고 깰 때 깨더라도 마지막 순간까지 숙면을 취하라.

오늘 아침 호빙 가는 쥐똥나무가 늘어선 영국의 어느 거리처럼 햇살이 밝고 따스하다. 저편에 있는 성 레오 성당에서 예배 시작을 알리는 종소리가 우렁차게 들려온다. 이탈리아 인부들이 정원에서 포시티아와 피라칸다*를 제거하는 모습을 볼 수 없는 것도 예배 때문이리라. 어떤 집은 현관에 부활절 백합을 예쁘게 장식해놓은 반면 어떤 집은 주교파의 전통을 지키느라 크리스마스 화환을 아직

---

* 각각 개나리 속, 장미과의 식물.

까지 걸어놓고 있다. 거리마다 종교적인 분위기가 흠씬 묻어난다.

광장은 부활절을 맞은 사람들로 몹시 붐볐으므로 나는 이를 피해 윌리스 힐 아래쪽을 지나 병원 응급실 입구 반대편에 있는 일방통행로를 통해 기차역으로 향했다. 이윽고 나는 해안도로로 이어지는 그레이트우드 가로 빠져나와 철로를 넘어 따뜻하고 포근한 뉴저지 해안 쪽으로 방향을 틀었다. 이 코스는 어제 오후 브릴로 드라이브를 갔던 바로 그 길이다. (오늘 있었던 랠프의 추모식 때문에) 어제는 다소 울적했지만 오늘은 마음이 가볍다.

새벽에 잔뜩 끼었던 안개는 이제 많이 옅어졌지만 33번 도로엔 아직도 안개의 잔재가 남아 있어 애즈베리 공원으로 향하는 차들이 질주할 때마다 안개도 조금씩 흔들렸다. 잠깐 내린 비에 먼지가 씻겨 내려갔는지 남쪽 지역 주변은 밝은 녹색으로 빛났고 제철이 지나 황량해진 농장과 빈 밭마저도 한결 부드럽게 보였다. 공사판 인부가 힘든 노동에 가쁜 숨을 몰아쉬는 모습도 눈에 띄었다. 나는 뉴저지가 불만족스럽지 않다. 결코. 하지만 내가 본, 아주 재미있고 재치 있는 다음 광고 문구를 본 미국인이라면 뉴저지에서 살기를 한사코 거부할지도 모르겠다. 늘 그렇지만 이 얼마나 미국적인 표현인가.

'매력적인 은퇴가 코앞에서 당신을 기다립니다.'

뉴저지에 한번 와보는 것도 나쁘지 않다. 공허한 콜로라도나 캘리포니아에 집착하거나, 혹은 과거에도 없었고 미래에도 존재하지 않을 이상적인 곳을 찾아 헤매는 것보단 훨씬 낫다. 그런 무모한 시도는 그만두라. 가능성이 있는 곳으로 눈을 돌려라. 말 그대로 노력만 하면 찾을 수 있다. 아늑한 분위기를 풍기는 곳, 과거의 케이프코드처럼 겉멋이라곤 없는 곳, 녹지와 선량한 이웃과 산업시설이 적절히 섞여 있는 곳, 그리하여 도시와 시골의 정취가 조화를 이루고 있는 곳. 여기에서라면 당신은 더이상 환상을 꿈꾸지 않아도 될 것이다.

그런 면에서 보면 페전트 런 앤 메도야말로 이상적인 은퇴 장소가 아닐까 생각한다. 나는 배수탑으로 가는 길과 맞닿아 있는 구불구불한 아스팔트 길로 들어섰다. (약 이 킬로미터 정도 떨어져 있는) 저 멀리엔 참피나무가 푸른 하늘을 배경으로 거대한 물결처럼 한데 모여 있다. 그 뒤에는 Y자 형태의 기다란 전주가 늘어서 있는데 저고도로 비행하는 비행기에 대한 경고 표시인지 오렌지색 공을 전선줄에 매달아놓았다.

좌측에 보이는 페전트 런은 신주거단지다. 거리 곳곳에는 한 가지 테마를 중심으로, 즉 앤드루 와이어스*의 작품을 떠올리게 하는 그림들로 장식해놓았다. 가로수는 심어놓은 지 얼마 되지 않은 듯 아직 어려 보였지만 눈에 보이는 도로마다 어김없이 멋진 차들이 주차하고 있다. 이전에 비키와 나는 부근을 드라이브하다가 옛날 벽돌로 지은 농장 형태의 멋진 가옥을 발견하곤 감탄을 연발한 적이 있었다. 옛날벽돌로 지었다고 하지만 팔려고 내놓은 그 주택의 가격은 십사 년 전 내가 3층짜리 건물을 지을 때 지불한 비용보다도 높았다. 비키의 친부와 계모는 그 주택이 있는 동네와 풍경이 거의 비슷한 바네갓 파인스에서 살고 있다. 왠지 비키 계모의 관심은 오직 부유해 보이는 남자와 함께 여기 같은 동네로 이사 오는 게 아니었을까 하는 생각이 든다.

페전트 메도는 빈 밭의 한쪽 끝에 자리 잡고 있다. 그 밭에는 갈

---

* 리얼리즘 화풍으로 유명한 화가. 펜실베이니아 주 출생.

색 널빤지로 지은 볼품없는 건물들이, 인공적으로 만든 진흙 연못과 노란색 불도저, 그리고 반쯤 지은 가건물들을 내려다보며 서 있었다. 내가 생각할 때 이곳은 도시계획만 잘 세운다면 지금 막 새롭게 출발하는 젊은이들에게 이상적인 곳이 될 것 같다. 비서, 자동차 영업사원, 간호사 등 직업도 각각인 이들이 언젠가 다시 매물로 나올 페전트 메도의 멋진 집들을 구입하게 될 것이다.

비키의 다트 자동차가 흑백으로 된 텍사스 주 번호판을 달고 깨끗이 세차한 모습으로 31번 도로 앞쪽에 정차해 있다. 내가 비키의 차 옆에 정차할 무렵엔 이미 비를 동반한 돌풍이 북쪽의 브런즈윅을 향해 한 차례 지나간 후여서 공기가 아주 맑았다. 나는 차에서 내리려다가 깜짝 놀라고 말았다. 앞좌석의 헤드레스트가 너무 큰 탓에 보이지 않았지만 비키가 자기 차 운전석에 앉아 있었던 것이다. 조수석 창문을 내리자 운전석에서 나를 쳐다보고 있는 비키의 모습이 보였다. 비키의 검은 머리는 잘 정돈되어 로레타 린*의 머리칼처럼 귀까지는 차분히 늘어져 있고 어깨까지는 소시지 모양으로 말려 있었다.

맞은편 공터에서는 새로운 주택이 한창 건설중이었는데 안전모를 쓴 인부 두 명이 잠시 휴식을 취하고 있었다. 그들의 행동으로 보건대 내가 도착하기 전부터 한창 재미있는 얘기를 나누고 있었음에 틀림없다.

"오늘 안 오는 줄 알았어요." 비키가 스쿨버스에 탄 여학생처럼 창문을 내리며 쾌활하게 소리쳤다. "전화기 옆에 앉아 있다가 혹시나 당신이 못 온다는 나쁜 소식이라도 걸려올까봐 얼른 자동차에

---

* 미국 가수.

탔죠. 슬퍼질 때마다 듣는 음악 테이프가 있거든요." 천성적으로 착한 비키가 환히 웃으며 말했다. "뭐 그렇다고 화내진 않을 거죠? 네?"

"이 초 안에 나한테 오면 화내지 않겠어."

"알았어요." 비키는 창문을 도로 올리더니 핸드백을 집어들고는 경쾌한 동작으로 재빨리 다가왔다. "속으로 이렇게 다짐했죠. '자동차로 가자. 그럼 그이가 올 거다.' 정말이네요."

비키를 태우고 차를 뒤로 돌릴 때 나는 인부들에게 전조등을 깜빡거려줬다. 앞으로 내가 기대하는 즐거움의 반이나마 그들도 누릴 수 있기를 바라면서. 하지만 물론 내 의도를 그들이 알 리는 없을 것이다. 그러거나 말거나 나는 그들에게 싱긋 웃어준 다음 페전트 메도에서 뉴저지 고속도로로 이어지는 33번 도로로 차를 몰았다. 비키가 내게 몸을 밀착하며 팔을 꽉 잡더니 가볍게 한숨을 내쉬었다.

"왜 내가 안 올 것 같다고 생각한 거지?" 비에 젖은 하이츠타운을 통과하며 내가 물었다. 문득 차에 벤치 시트*가 있었다면 좋았을걸 하는 생각이 머리를 스쳤다.

"아, 그냥 잠깐 바보 같은 생각을 했어요. 호사다마라는 말도 있잖아요?" 비키는 너무 꽉 끼지 않는 검은 바지에 주름장식이 달린 멋진 블라우스를 입고 머리엔 스카프를 맸다. 그 위에 파란 울트라 스웨이드 재킷을 걸치고 플라스틱 하이힐을 신었는데, 그 차림은 소형 나일론 배낭과 검은색 클러치 백과 함께 비키가 평소 선호하는 여행용 복장이다. 어느 모로 보나 비키는 현대적인 여성이었고

---

* 좌우로 나뉘지 않은 긴 좌석.

나는 그런 그녀의 세세한 부분에까지 관심이 갔다. 비키는 빠른 속도로 지나쳐가는 하이츠타운의 연방 건물을 뚫어지게 쳐다봤다. "거기에다 어제 갑자기 환자가 들이닥치는 바람에…… 내가 맡은 환자와 얘기하고 있는데 갑자기 한 여자애가 실려와서 계획에 없던 근무를 해야 했지 뭐예요. 사실 어제 비번이었거든요. 그나저나 내가 맡고 있는 환자는 지금 간이 무척 안 좋아요. 벌써 요독증으로 번졌죠. 그런데 환자들을 보면 죽음이 가까워오는 것도 그리 나쁘진 않은 듯해요. 자기 과거를 진지하게 되돌아볼 수도 있고 다른 사소한 문제에 초연하게 되니까요." (내 입에서 가벼운 안도의 한숨이 새어나왔다. 사실 어제 전화했을 때 아무도 전화를 받지 않아 매우 걱정했던 터였다.) "그래도 아직 죽음에는 익숙하지 않은가봐요. 그 때문에 응급실에 지원했죠. 직업인 이상 당연히 익숙해져야 하는데 잘 안 돼요. 보이지 않는 병으로 죽어가는 환자는 정말 곤혹스러워요. 차라리 피를 흘리는 환자가 낫지. 하여튼 이런저런 일로 슬슬 걱정이 되기 시작하더라고요. 오늘 아침에 당신이 아들 산소에 들르고 온다는 사실은 알고 있었어요."

"그 일은 잘 끝났어." 나는 간단히 대꾸했다.

비키가 지갑에서 라이터를 꺼냈다. 평소 자주 피우지는 않았지만 신경이 곤두설 때면 담배를 찾곤 했다. 나는 그녀의 허벅지에 손을 갖다대고 다리를 잡아당기며 비키를 내게로 밀착시켰다. 비키는 창문을 살짝 열고 담배 연기를 밖으로 흘려보냈다. "그건 그렇고 생일은 언제죠?"

"다음 주."

"흥, 그렇게 말할 줄 알았어요. 진짜 언제예요?"

"정말이야. 이제 곧 서른아홉이 돼." 나는 그녀를 힐끗 쳐다봤다. 이 새로운 소식에 그녀가 어떻게 반응할지 궁금했던 것이다. 비키와 교제했던 지난 여덟 주 동안 우리는 나이를 말한 적이 없다. 모르긴 몰라도 나를 실제 나이보다는 더 젊게 봤을 것이다.

"아닐걸요. 거짓말쟁이."

"나도 거짓말이었으면 좋겠군."

"그럼 선물로 내가 좋아하는 곡이 든 테이프를 줄게요. 맘에 들어요?" 비키는 내 나이에 더이상 반응을 보이지 않았다. 남자 나이에 신경을 쓰는 여자가 있는가 하면 전혀 개의치 않는 여자도 있다. 전처는 개의치 않는 쪽이었고 나는 이를 분별력의 증거로 간주했다. 비키의 경우는 이유가 조금 달랐다. 첫 결혼에 실패한 비키는 나이와 상관없이 그녀에게 잘해주는 남자가 우선순위일 것이다. 이런 바람직한 추세는 최근 늘어나고 있다. 아마 우리도 조만간 디트로이트에서 결혼한 뒤 비행기를 타고 페전트 런으로 이사해 다른 미국인들처럼 행복하게 살아갈지 모른다. 사실 특별히 문제될 것도 없지 않은가?

"그거 괜찮군."

"아까 내가 바로 뛰어오지 않았다고 화난 건 아니죠?"

"화를 내기엔 당신은 너무 예뻐."

"그런 뻔한 거짓말을 내가 믿을 것 같아요?"

우리는 고속도로에 도착해 티켓을 끊고 북쪽으로 향했다. 비키는 혹시 내가 언짢아하는 건 아닌지 걱정했는데, 자신이 평소와 달리 집에서 날 기다리지 않았기 때문이다. 꼭 필요한 의식이라도 되는 양 나는 아무리 바빠도 데이트를 할 때면 항상 비키의 집 앞에 차를 세우고 그녀가 나오기를 기다렸다. 나는 여자에게 예의를 정중히 갖추는 편이고 또 외지에서 일을 마치고 돌아올 땐 보통 선물을 준비했지만 전처와 함께 살면서 이런 버릇은 오래된 얘기가 됐다. 함께 오래 살다보면 이를 꼬박꼬박 챙기기란 결코 쉽지 않다. 그러나 비키만은 예외였다. 뉴욕에서 일을 마치고 돌아올 때마다 나는 항상 비키에게 줄 선물을 사가지고 왔다. (비키는 내게 뉴욕엔 딱 한 번 가봤을 뿐이며 그곳에선 전혀 살고 싶지 않다고 말했다.) 비키는 언제든 나를 만날 준비가 돼 있었지만 내가 방문할 때마다 머리핀을 입에 물고 있거나 머리를 뒤로 묶거나 바느질을 하거나 치마를 다리는 척하면서 짐짓 느긋하게 행동했다. 어떻게 보면 솔직하지 못한 모습이라 할 수도 있지만 나는 신경전을 벌이는 듯한 이런 미묘한 분위기가 마음에 들었다. 우린 서로를 진정 모르면서도 서로가 무엇을 원하는지 알고 있었던 것이다. 사실 이는 결혼생활 막바지에 이르렀을 때 전처와 내가 매우 고민한 문제였다. 비키와 내가 같은 곳을 지향한다는 느낌은 들지 않지만 그래도 내가 비키에게 끌리는 이유는 아마 내 나이 정도가 되면 덜 충족되고 덜 복잡한 상태에도 만족하기 때문이 아닐까?

무슨 이유에서든, 즉 하룻밤을 같이 보내자는 초대를 받았기 때문이든 아니면 어딘가로 출발하기 전에 잠시 기다리기 위해서든, 나는 마치 비키의 모습처럼 청순하고 깔끔히 정돈된 그녀의 집에 머물기를 매우 좋아했다. 비키는 부친의 도움을 받아 집을 구입한 듯했다. 그녀의 집엔 특히 이런저런 가구들이 많았는데 비키에 의하면 아버지와 함께 패러머스에 있는 '미러클 퍼니처 마일'이란 가게에 들러 몽땅 사가지고 왔다고 한다.

비키는 자신이 직접 집을 꾸며야 직성이 풀렸다. 파스텔 톤 휘장, 햇살을 떠올리게 하는 거울, 추상적인 무늬가 새겨진 양탄자, 말이 끄는 마차가 그려진 소파, 단풍나무로 만든 아담한 식탁, 검은 유약을 바른 중국풍 커피테이블, 갈색으로 통일한 각종 제품들, 그리고 소니에서 만든 우퍼 스피커…… 딸이 남편 에버렛과 헤어지고 나자 웨이드 아서놀트는 딸의 생활을 정상으로 돌려놓기 위해 원하는 물건이 있다면 뭐든 사주고 싶어했을 것이다.

방문할 때마다 모든 물건은 한 번도 사용하지 않은 것처럼 제자리에 정확히 놓여 있었다. 『간호사』 잡지 최신호, 드라마 녹화테이프, 텔레비전 프로그램 안내 책자, 그 밖에 고등학교 밴드부 시절 말고는 불어본 적이 없다는 색소폰까지 제자리를 지키고 있었다. 욕실엔 티 하나 찾아볼 수 없고 접시는 물론 깨끗이 닦여 있다. 마치 신혼부부가 묵게 될 고급 호텔의 준비된 객실처럼.

우리 집은 아주 대조적이다. 불필요한 물건이 많고 책장에는 잡지가 빽빽이 꽂혀 있다. 오래된 골동품, 삐걱거리는 창틀, 중년 남자라면 지니게 마련인 몇 가지 물품, 지난 삶의 목표가 무엇이었는지 보여주는 유물(물론 대개 충족하지 못했다)도 그 주인공들이다. 하지만 이것들은 방금 구입한 소파나 부엌용품 같은 최신 제품보다 그 사람의 인생에 대해 훨씬 많은 정보를 전해준다. 그런데 비키와 만나면서 나 역시 정리정돈을 점점 좋아하게 됐다. 비키의 집에 들를 때마다 화려하고 깨끗한 가구들이 반기는 기분 좋은 곳에서 인생을 새로 시작하고 싶다는 생각이 들었다. 폴과 클라리사가 아니었다면, 나 스스로 새로운 출발을 원한다는 것을 믿었다면, 또 내가 살고 있는 주택을 괜찮은 투자수단이라고 생각하지 않았다면 아마 좀더 일찍 새로운 생활을 시작했을지도 모른다. 어쨌든 지금까지는 모든 일이 그런대로 잘 풀렸다. 나는 숱한 밤을 떠돌면서 (그곳이 세인트루이스건 애틀랜타건 밀워키건, 아니면 페전트 메도건), 모든 이들이 열망하는 일과 여자라는 두 세계에서 나름대로 괜찮은 성공을 거두었다고 확신하며 잠에 들었던 것이다.

비키는 담뱃불을 끈 후 조수석에 달린 거울을 쳐다보며 머리를 매만졌다. "같이 여행을 간다니 좀 이상하지 않아요?" 고개를 돌리며 비키가 물었다. 하지만 표정으로 보아 그리 신통한 대답을 기대하는 눈치는 아니었다.

"우린 성인이야. 여행을 가든 호텔에서 멋진 시간을 보내든 아무 문제 없어."

"정말요?"

"그럼."

"뭐 그렇긴 하죠." 비키는 블라우스 소매에 꽂아둔 헤어핀을 뽑아 입에 물었다. "이런 일이 너무 생소해서요. 에버렛과 갤버스턴*에 몇 번 갔다 오긴 했죠. 멕시코도요. 물론 국경만 살짝 넘었지만." 비키는 헤어핀을 뒷머리 깊숙한 곳에 꽂았다. "그건 그렇고 당신의 정체가 궁금해요."

"나? 스포츠 기자잖아."

"그건 나도 알아요. 당신이 쓴 기사도 읽어봤어요." (이건 뉴스다! 과연 어떤 글을 읽었을까?) "내 말은 당신 별자리가 천칭자리인가 쌍둥이자리인가 하는 거라고요. 생일이 곧 다가온다면서요? 별자리로 당신을 알아보고 싶어요."

"난 황소자리야."

"황소자리의 특징은 뭐죠?" 비키는 머리핀을 다 꽂고 이제 제법 진지한 얼굴로 나를 쳐다봤다.

---

* 텍사스 주의 항구도시.

"난 아주 지적이고 똑똑하지. 또 원래 그렇진 않은데 사람을 보는 눈이 있어서 그런지 가끔 냉소적이 되더군." 사실 이 말은 손금을 봐주는 밀러 부인이 한 말이었다. 가끔 밀러 부인한테 손금을 봐달라고 하면 부인은 미래를 예측해주면서 성격에 대해서도 이런저런 말을 해주곤 했다. 난 적어도 이 주일에 한 번은 밀러 부인을 찾는다. "또 아주 관대하기도 해."

"나를 대하는 태도로 볼 때 관대하다는 건 인정해드리죠. 그런데 성격이 좋으면 꿈을 이루는 데 과연 도움이 될까요? 잘 모르겠어요."

"당신 꿈 중 혹시 실현한 게 있어?"

비키는 십대 여학생처럼 가슴 위로 팔짱을 낀 채 앞을 뚫어지게 쳐다봤다. 그런 비키는 누가 봐도 이혼한 서른 살 여자가 아니라 단 한 번도 불행을 경험한 적이 없는 열여섯 살짜리 소녀로 보였다. 사실 매일같이 힘든 나날을 보내고 있긴 하지만. "있잖아요." 여전히 고속도로를 뚫어지게 쳐다보며 비키가 물었다. "내가 항상 디트로이트에 가고 싶어했다는 걸 알고 있었어요?"

"아니."

"그랬군요. 당신이 디트로이트에 가자고 했을 때 난 쓰러질 뻔했어요." 비키는 뭔가 생각하는 것처럼 머리를 숙이더니 이내 작은 소리로 킬킬거렸다. "만약 당신이 워싱턴 DC나 시카고, 일리노이에 가자고 했다면 거절했을 거예요. 어렸을 때 아버지께서 항상 말씀하셨죠. '디트로이트는 만들고 세계는 그걸 산다.' 수수께끼 같은 말이라서 언젠가 한 번은 꼭 가봐야겠다고 생각했어요. 아주 낯설고 낭만적인 곳으로 여겨졌죠. 아버지는 한국전쟁에서 군 복무를 하고 돌아온 후 직장 때문에 디트로이트로 갔어요. 한번은 엽서

한 장을 들고 집에 오신 적이 있는데 길바닥에 대형 타이어들이 쭉 늘어서 있는 사진이었죠. 그 사진을 보니 더 가고 싶었지만 그럴 기회가 없었어요. 결혼하고 나서는 한동안 잊었고요. 그런데 이제 당신을 만나 디트로이트까지 같이 가게 됐군요."

비키는 싱긋 웃으며 내 허벅지 사이로 손을 넣었다. 전에는 결코 이런 행동을 한 적이 없었다. 나는 행여 사고가 나지 않도록 운전대를 잡은 손에 힘껏 힘을 줘야 했다. 우린 이제 막 뉴브런즈윅 9번 출구에 도착했다. 유리로 만든 부스가 쭉 늘어서 있었지만 딱 두 군데만 열려 있어 차량들이 그곳으로 통과하고 있었다. 부스 안에선 회색빛 그림자가 움직이며 피곤한 운전자들에게 잔돈을 내주거나 방향을 알려주려고 도로를 가리켰다. 순간 부드럽고 능숙하게 손가락을 움직이는 비키가 만약 저 톨게이트에 근무하는 사람의 외동딸이라면 이보다 더 우연하고 희한한 일이 어디 있을까 하는 생각이 들었다.

"제 이름이 맘에 들어요?" 여전히 허벅지를 어루만지며 비키가 물었다. 그녀의 손톱이 사각거리는 소리를 냈다.

"아주 맘에 들어."

"정말요?" 비키가 고개를 들었다. "전 좋아하지 않지만 어쨌든 고마워요. 아서놀트는 괜찮아요. 맘에 들거든요. 하지만 비키는 아니에요. 꼭 월그린 사에서 파는 팔찌 이름 같아서." 비키는 내 얼굴을 흘깃 쳐다보고는 곧 스태튼 섬과 앰보이를 향해 뻗어 있는 라리탄 강 어귀와 습지대로 고개를 돌렸다. "저긴 마치 세상의 끝처럼 보이지 않아요?"

"종종 가는 곳이야." 내가 말했다. "저기 있다보면 이집트가 상상되기도 해. 어떨 땐 세계무역센터까지 보이지."

비키는 애교스럽게 내 허벅지를 살짝 꼬집더니 앞을 바라보며 다시 자세를 고쳐 앉았다. "이집트요? 당신이 좋아하는 곳인가요? 그런데 당신 꼬마는 무슨 병으로 죽었어요?"

"라이증후군."

비키는 이해할 수 없다는 듯 고개를 저었다. "너무 안됐네요. 아들이 죽을 때 당신은 어떡하고 있었죠?"

내게 관심이 있기 때문에, 또 무난한 대답을 기대하며 던진 질문이었겠지만 나로선 흔쾌히 대답하고 싶지 않았다. 비키는 나만큼이나 성격이 솔직하고 남자의 심리도 잘 알고 있다.

"우리 부부는 병상 옆에 앉아 있었지. 이른 새벽이었어. 아마 잠깐 잠들었던 것 같아. 갑자기 간호사가 우릴 깨우더니 이렇게 말하더군. '안됐지만 배스컴 씨, 랠프는 사망했습니다.' 예상은 하고 있었지만 우린 멍해져서 잠시 그냥 앉아 있었어. 그러다 아내가 울기 시작했고 물론 나도 그랬지. 나는 나중에 집으로 돌아가서 베이컨과 토스트를 만들어 먹은 다음 텔레비전을 봤어. NBA 챔피언십 농구 경기를 녹화한 테이프가 있었는데 날이 밝아올 때까지 그걸 봤어."

"아들의 죽음 때문에 충격을 받아서 그런 거죠?" 비키는 몸을 뒤로 기대더니 무릎을 들어올린 후 팔로 감싸 안았다. 비행기 하나가(거대한 제트기였다) 눈에 들어왔다. 뉴어크* 공항으로 가는 것 같았다. 좋은 징조다. "어머니가 돌아가셨을 때 우리 가족은 뭘 했는지 아세요?" 내가 무슨 생각을 하는지 알아보려는 것처럼 비키가 나를 힐끗 쳐다봤다.

---

* 뉴저지 주에서 가장 큰 도시.

"아니."

"외식을 했어요. 폴리네시아 음식을 먹었죠. 어머니의 병세는 악화될 대로 악화돼 있어서 그리 놀랄 일도 아니었으니까요. 당시 난 텍사스 슈리너에 근무하고 있었는데 의사와 얘기하면서 알았어요. 어머니가 돌아가실 날이 얼마 남지 않았다는 사실을요. 아주 무더운 오후였죠. 나는 남편과 아빠, 케이드와 같이 갈런드 상가에 가서 돼지고기 요리를 먹었어요. 그냥 뭘 먹고 싶더군요. 누군가 죽으면 그렇게 하고 싶은가봐요. 우린 또 물건을 사들이기 시작했죠. 필요하지 않았지만 난 구슬이 달린 금목걸이를 샀고 아빠는 딜라드 상점에서 양복과 손목시계를 샀어요. 케이드도 뭔가를 샀고 남편 에버렛은 새 것이나 다름없는 중고 요트를 하나 사들였죠. 아마 지금도 갖고 있을 거예요. 이혼할 때 가져갔으니까." 비키는 얼굴을 찌푸리며 아랫입술을 꽉 다물었다. 아마 어머니의 죽음은 잠깐 잊은 채 전 남편의 요트만 머리에 선명히 떠오른 모양이다. 비키는 추상적이고 본질적인 면보다 구체적인 물건에 더 빨리 반응하는 편이었고 바로 그런 성격 때문에 말동무 상대로 더할 나위 없이 완벽했다.

하지만 그녀의 얘기를 듣고 나서 난 예기치 않은 우울에 빠졌다. 숨겨진 삶의 진실이 밝혀지는 순간 우리는 어쩔 수 없이 냉혹한 현실과 마주하게 된다. 한 육상선수가 경기 바로 전날 자신이 루게릭병이나 뇌종양에 걸린 사실을 알게 됐지만 이에 굴하지 않고 경기에 참가하기로 결심했다는 식의 얘기였다면 별 문제가 없었을 것이다. 하지만 비키의 얘기는 내가 죽음이라는 냉엄한 현실을 직시하게 만들었다. 나는 갑자기 오늘 아침에 느낀 감정을 생생히 떠올렸다. 바로 가까운 사람을 멀리 떠나보낸 상실감이었다.

지금껏 살아오는 동안 여자들은 항상 나의 부담을 덜어주는 존재

였다. 비틀거리는 나를 일으켜주고 뭐든 맘대로 해도 된다며 안심
시켜줬다. 물론 내 맘대로 할 수 있는 일은 없다. 그런 적도 없었다.

하지만 이번엔 비키의 말에서 위안을 찾을 수 없었다. 최악의 사
태가 벌어지기라도 한 것처럼 배가 아파왔고 입술은 창백해졌다.
이젠 여자들이 더이상 도와줄 수 없는 고립무원의 지대로 잠깐 빠
져나온 느낌이 들었다. (무시하며 지나쳤지만 오늘 아침 전처도 이
런 의미의 말을 했다.) 지금까지 품어온 막연한 믿음이 엄연한 현
실 앞에 산산이 부서지는 것 같았다. 이런 느낌이야말로 공허함의
본질일 것이다.

비키가 의아한 표정으로 나를 바라봤다.

"왜 그래요? 벌레한테 물리기라도 했어요?"

지금 우리가 빈스 롬바르디* 휴게소 부근에 있다면 삼십 분 정도
쉬면서 빈스의 업적에 대해 신나게 얘기해줬으리라. 빈스의 동상,
그 막강했던 선수들의 사진, 유명한 개버딘 코트를 보여주면서 말
이다. 더군다나 오늘은 시간도 넉넉하다. 그러나 이미 오래전에 자
이언츠 스타디움을 지나쳤다. 우리는 온통 정유공장밖에 보이지
않는 삭막한 곳에 와 있다.

"나 좀 안아주지 않겠어?" 내가 말했다. "당신은 정말 멋진 여자
니까."

비키가 즉시 두 팔을 벌려 나를 격렬하게 안았다. "오, 오, 오." 비
키가 내 귀에 입을 대고 나지막이 한숨을 쉬었다. 커다란 쾌감이 내
몸을 휩쓸었다. "내가 있어서 좋아요?" 비키는 내 볼을 살짝 매만
지며 나를 뚫어지게 쳐다봤다.

---

* 미국 프로미식축구 팀의 감독을 지낸 전설적인 인물.

"오늘 즐거운 시간을 보내자고. 기대해도 좋아."

"오, 당신은 착한 사람이야." 비키는 이렇게 중얼거리며 내 귀에 입술을 갖다댔다. 다리가 떨려왔다. 마음 같아서는 눈을 감고 운전대를 놓고만 싶었다. 그녀의 키스로 우리는 평소 모습으로 되돌아왔다. 다시 희망이 부풀어오르는 것을 느끼며 나는 공항을 향해 차를 몰았다.

난 손쉽게 공허함에서 탈출했다. 정말로.

이쯤에서 운동선수에 대해 흥미로운 얘기를 해보고자 한다. 운동선수가 되고 싶었던 적도, 이들을 진지하게 고찰해본 적도 없지만 나는 운동선수를 존경한다. 내가 볼 때 이들은 고대 그리스인만큼이나(물론 고대 그리스인보다 돈을 더 잘 벌긴 하지만) 순진하고 자기 중심적인 생활을 하는 듯하다.

운동선수들을 대체로 정의하자면 행동으로 자기 생각을 표현하거나 원하는 일을 하는 데 만족하는 사람들이라고 할 수 있다. 그러므로 값비싼 자동차 옆에 서 있는 운동선수에게 말을 걸다보면(나는 주로 라커룸이나 호텔 커피숍, 혹은 복도에서 말을 건넨다) 그가 당신에게 전혀 관심을 기울이지 않는다는 걸 알게 된다. 종종 그렇다. 그들은 다른 무엇에 신경을 쓴다거나 관심을 가진다거나 고민하지 않는다. 고작해야 맥주나 바비큐, 수상 스키를 탈 수 있는 인공 호수, 여자, 세금을 회피하려는 목적으로 소유한 디스코텍, 아니면 그저 자기 자신만 생각할 뿐 당신이나 당신의 생각에 대해서는 눈곱만큼도 신경 쓰지 않는다. 그들은 보기 드물게 이기적인 사람들로 자기 감정 이외엔 관심이 없다. 다시 말해 자신이 하는 말이나 사고 이외에 다른 대안이 있는지 알아보러 결코 눈을 돌리지 않는다. 사실 절정의 기량에 도달한 운동선수는 그저 자신이 하는 일에만 몰두함으로써 단순함을 불가사의한 예술로 승화시킨다.

그들은 수년 동안 육체적 훈련을 받으며 다음과 같은 사실을 배우게 된다. '의심과 모호함을 과감히 버리고 일이 좋게 흘러갈 것이라고 자신에게 암시하라. 단순히 챔피언 자리에 오르리라고 되뇌는 것만으로도 스포츠에서 즉각적인 보상을 받게 될 것이다.' 당신이 일상적인 목소리, 즉 우연성과 사색으로 가득 찬 목소리로 말을 건네기만 해도 당신은 운동선수가 가진 모든 것을 파괴해버릴 수 있다. 당신의 그러한 말투는 이 세계가(사실 운동선수들은 일상 생활에 서투른 경우가 많아서 때로 우울증에 빠진다. 또한 전성기가 지나고 하향세에 접어들면 재정적인 어려움을 겪기도 한다) 운동선수들이 훈련을 통해 알고 있는 세계보다 훨씬 더 복잡하다는 사실을 일깨워줌으로써 그들로 하여금 극도의 공포를 느끼게 할수 있기 때문이다. 그래서 운동선수들은 자신만의 어투, 자신에게 적합한 질문, 또는 팀 동료들의 재잘거리는 수다를 더욱더 선호한다. 따라서 당신이 스포츠 기자라면 대화 방식을 그들의 어투나 스타일에 맞출 필요가 있다. "이 팀을 어떻게 이길 생각인가요?" 물론 대답은 다음과 같을 것이다. "아, 그저 우리만이 할 수 있는 멋진 기량을 선보일 겁니다. 그렇게 해서 지금 여기까지 왔으니까요." 간단해 보이지만 이것이 운동선수에게서 볼 수 있는 단순한 진실이다. 복잡한 당신의 진실과는 다르다. 동감하지 못한다 해도 어쩔 수 없다. (물론 운동선수가 항상 멍청하다는 말은 아니다. 관심 있는 분야의 얘기가 나오기라도 할라치면 당신 귀에 딱지가 앉을 때까지 지적인 대화를 늘어놓을 것이다.)

그러므로 운동선수들은 비키가 방금 던진 것 같은 질문을 사전에 차단하려고 노력한다. 마음속으로는 진심으로 공감한다 해도 말이다. 그들은 그런 질문들이 자신을 괴롭히지 못하도록 막아야 한다고 훈련받는다. 혹시 어쩔 수 없이 그런 질문을 받아 너무 힘겨 위지면 밖으로 나가 몸이 완전히 지칠 때까지 티샷을 날리거나 달려야 한다고 훈련받는다. 나는 그들의 특성을 다른 그 누구보다도 높이 평가한다. 운동선수들은 무엇이 자신을 행복하게 해주는지, 무엇이 그들을 미치게 하는지, 다양한 상황에서 어떻게 대처해야 하는지 잘 알고 있다. 이런 측면에서 보자면 그들이야말로 진정한 성인(成人)인 것이다. (하지만 그 특성 때문에 운동선수와 친구가 되기란 거의 불가능하다.)

결혼생활이 막바지에 이르렀을 때, 나는 어떤 감정을 느끼든지 항상 그 감정의 또다른 측면을 살펴볼 수 있었다. 즉 극심한 광란 상태나 황홀경에 빠져 있다 하더라도 마음만 먹으면 그 감정을 쉽게 완화하거나 다른 방식으로 행동할 수 있다는 걸 (우울함이건, 분노건, 빈정댐이든, 관대함이든) 깨달았다. 나의 행동이 내가 진정으로 느끼는 바를 그대로 드러내고 있다는 확신이 들 때조차도 그와 다르게 행동할 수 있었다는 뜻이다. 인생을 살아가는 데 있어 이는 큰 도움이 된다. 왜냐하면 내가 진정 포용성 있는 사람이며 따라서 다른 사람의 견해에도 귀를 기울일 수 있는 사람임을 자각할 수 있기 때문이다.

심지어 나는 목소리까지 아주 다양하게 낼 수 있었다. 설득하는 목소리, 좋은 효과를 내기 위한 목소리, 사랑과 진지함을 표현하는 목소리, 타인을 행복하게 하는 목소리…… 비록 진실이 아니라 완전히 거짓이었다고 해도 말이다. 내 목소리는 언뜻 내 본연의 모습을 가장 잘 나타내는 것 같지만(이는 특히 심각하게 대립하지 않고 서로 공감하는 연인에게 효과가 크다) 실상 말에 따른 책임감은 전적으로 결여돼 있었다.

어떤 사람의 행동을 두고 '그 사람의 감정과 거리가 있다'라고 표현할 때 바로 이것을 의미한다. 나만의 생각이긴 하지만 성인이 된다는 것은 그 거리의 차이가 좁혀짐을 뜻한다. 즉 다른 대안은 없는지 더이상 고민할 필요 없이 그저 행동과 느낌을 솔직히 표현할 수 있을 때 진정한 성인이라고 할 수 있다. 하지만 나는 '다른 측면을 바라보는' 기술을 내 글과 이제는 포기한 소설에 (정작 나는 깨닫지 못했지만) 정확히 투영해버렸고 그래서 결국 글쓰기를 멈출 수밖에 없었다. 즉 나는 내가 쓰는 글에서나 내가 내는 목소리에서 원래 느낌과 감정을 항상 그와는 다르게 여러 방식으로 표현할 수 있었다. 더 솔직히 말하면 어떤 순간에도 한꺼번에 매우 다양한 사고를 할 수 있을 정도였다! 하지만 진정한 글쓰기에 있어 필수적인 것은 온전히 하나로 수렴된 그 작가의 관점이다. 나는 그렇게 많이 노력했어도 그 경지에 결코 다다를 수 없었고 그래서 침몰하고 말았다. 전처는 성격이 봄의 샘물처럼 맑아서 감정이나 행동의 이유가 하나같이 분명하고 일말의 의심이나 애매함도 허용하지 않았기 때문에 누구라도 그녀를 완전히 신뢰할 수 있었다. 그녀는 나 같은 사람에게 몹시 놀라운 존재였고 마침내 나는 결혼을 결심했다. 물론 지금도 그녀가 그러한지는 나도 모르겠다.

운동선수에 대해 한 가지 사실만 더 언급하고자 한다. 일반인도 그렇지만 운동선수도 가까이 지내다보면 더 잘 알게 된다. 하지만 너무 속속들이 알게 되면 오히려 역효과가 생겨 그 운동선수가 싫어지는 경우가 있다. 세세히 들여다볼수록 신비는 사라지고 단지 건조한 사실들만 남기 때문이다. 내가 가끔 아는 것보다 덜 말하는 이유도 이 때문이며 나와 같은 일을 하는 친구들이 심층 인터뷰에서 종종 실수하는 이유 역시 이 때문이다.

나는 지금이라도 사람들의 심금을 울리는 이야기를 쓸 수 있다. '플로리다 브레이든턴 출신의 빼빼 마른 흑인 어린이가 있다. 이 아이는 읽을 줄도 모르고 설상가상으로 구루병에 걸려 있으며 사소한 범죄도 저지른다. 하지만 성장한 후에 농구 장학금을 받고 중서부의 한 괜찮은 대학교에 들어가 스타로 성장한다. 글도 배운다. 나중엔 심리학까지 전공하고 백인 여자와 결혼하며 애크런에서 번듯한 컨설팅 회사까지 차린다.' 아주 좋은 이야기 아닌가? 백인 여자는 동유럽 출신이라도 무방하다. 물론 여자의 부모가 반대하겠지만 결론은 해피엔딩이다.

그럼 스포츠 기자가 하는 일이란 기껏해야 피상적인 면만 훑는 것이 아니냐고 이의를 제기할 수도 있겠다. 그렇다. 속성상 어쩔 수가 없다. 그렇다고 해서 스포츠 기자가 결코 나쁜 직업은 아니다. 내가 이 일에 전적으로 부합하는 인재는 아니라는 점 역시 솔직히 인정한다.

A 터미널로 들어선 우리는 곧 익숙한 여행객으로 변신했다. 내가 유나이티드 항공사 줄에 서 있는 동안 비키는 코에 가볍게 화장한 후 보험을 사기로 했다. 나는 비키와 만나면서 그녀가 나만큼이나 공항을 애용한다는 사실을 곧 알게 되었다. 전 남편 에버렛과 안 좋은 일이 있을 때마다 비키는 즉시 나에게 나오라고 전화를 한 후 나를 태우고 댈러스의 새로운 공항으로 달리곤 했다. 그러고는 마치 제시간에 타지 못한 비행기 승객처럼 하늘을 날아가는 비행기를 바라보았다. "이렇게 일 년만 공항에 있어보면," 짝을 찾아 두리

번거리는 연인 등 승객들로 가득 찬 매표창구를 날카롭게 쏘아보며 비키가 말했다. "이 세상 사람들을 다 볼 수 있을 거예요. 찰리 프라이드* 같은 사람을 최소한 백 번 이상 보게 된다니까요."

비키는 비행기 보험이야말로 가장 득이 되는 거래라고 믿는 사람이었다. 나는 수혜인 명단에 나를 넣지 말아달라고 했다.

"걱정 말아요." 비키가 얼굴을 약간 찡그리며 말했다. "이런 경우 난 항상 로마 가톨릭교회를 상속인으로 지정해두니까요."

"그렇다면 됐어." 사실 비키와 종교적인 대화를 나눈 적은 한 번도 없었다.

"에버렛과 결혼할 때 천주교 신자가 됐어요. 왜 그랬는지 궁금하죠?" 비키가 야릇한 미소를 띠며 말했다. "천주교회가 병원에 도움을 많이 주잖아요. 교황도 괜찮은 아저씨라 생각해요. 독실하진 않았지만 전엔 감리교 신자였죠. 침례교 신자가 아닌 다른 텍사스 사람들처럼 말이에요."

"훌륭하군." 비키의 팔을 꽉 잡으며 내가 말했다.

"우리에겐 선택의 자유가 있으니까요." 비키는 이렇게 말하며 보험 파는 곳으로 경쾌하게 걸어갔다.

나는 기분이 훨씬 나아졌다. 공공장소는 치유적인 힘을 발휘한다. 아마 내겐 밀실공포증이 조금 있나보다. 다른 사람들과 함께 호흡하는 공기가 좋다. 심지어 그레이하운드 터미널의 탁한 공기나 지하철 안의 음울한 분위기도 내겐 전혀 문제되지 않는다. 전처와 결혼한 후 우리는 첫 여름휴가를 휴런 마운틴 클럽에서 보냈고 나중엔 장인이 창립 회원으로 있던 버밍엄**의 수맥 힐스에서 보냈는

---

* 컨트리뮤직 가수.
** 미시간 주에 있는 도시.

데 정말이지 지루하기 짝이 없었다. 그곳의 잔잔한 공기가 특권층의 전유물로 여겨졌을 뿐 아니라 중서부 지역 특유의 조용하지만 은근히 성가신 소음이 나를 괴롭혔다. 나는 아이들에게도 좋지 못한 영향을 끼치리라 생각해서 랠프를 데리고 디트로이트 동물원과 벨아일 식물원, 곧이어 앤아버에 있는 수목원으로 이동했다. 전처는 특권적인 삶(클럽, 식당 예약석, 야구장 귀빈 관람석)에 매우 익숙했지만 분별력이 있는 사람들에게 이런 특권은 삶의 중요한 변수가 아니다. 다행스럽게 전처 역시 그런 분별력을 갖춘 사람 중 하나였다.

나는 비행기 출발 시간표를 보고 있다가, 문득 낯은 익지만 그냥 못 본 척하고 지나갔으면 싶은 얼굴을 발견했다. 바로 얼굴이 긴 핀처 박스데일이었다. 핀처는 하얀색 유나이티드 항공사 티켓을 손에 쥔 채 TWA 항공사 로고가 찍힌 골프 가방을 어깨에 둘러메고 있었다. 핀처는 내과 주치의로 나는 일전에 심장이 두근거려서 진찰을 받은 적이 있다. 그는 아마 나이 탓 같다고 하면서 많은 남자들이 사십대가 되면 의학적으로 딱히 설명하기 힘든 이런 증상을 겪는다고 말했다. 시간이 지나면 자연적으로 괜찮아진다고도 덧붙였다.

핀처는 털이 수북한 손에 처진 엉덩이를 가졌지만 몸매가 호리호리한 것이 어딘지 모르게 여성적인 분위기를 풍겼다. 이런 체형을 가진 사람은 대개 상대하기 지루한 변호사나 의사인 경우가 많다. 핀처와 그의 부인 더스티는 한때 우리 부부와 친하게 지냈지만 나는 이런 유형의 사람을 싫어하는 편이다. 핀처 부부를 하담에서 처음 알게 됐을 당시엔 『뉴스위크』에도 내 사진이 실렸을 때라 내 이름도 어느 정도 알려진 상태였다. 핀처는 밴더빌트 대학을 졸업했는데 나보다 최소한 세 살이 많지만 더 젊어 보인다. 그는 의학 공부를 마치고 홉킨스에서 수련의 생활을 했다고 한다. 주치의로서는 만족하는 편이지만 나는 그를 조금도 좋아하지 않는다. 나는 마음이 급해져 건조한 뉴어크의 지평선으로 서둘러 시선을 옮겼다. 핀처는 내 존재를 눈치 채고 말을 걸어주길 기다리고 있음에 틀림없었다. 그렇다 해도 난 그가 먼저 아는 체하기 전에는 결코 인사하고 싶지 않았다.

"아니, 이게 누굽니까. 이렇게 만나는군요, 프랭크." 남부의 바리톤 음색을 가진 핀처가 큰 소리로 말을 걸어왔다. 하얀 이가 씩 드러나는 미소, 볼에 밀착한 혀. 나는 굳이 고개를 돌리지 않고도 핀처의 얼굴을 생생히 떠올릴 수 있었다. 내 옆에 다른 누군가가 있는지 살펴보려고 시선을 이리저리 돌리는 행동까지도. 그는 나를 보지도 않고 손을 뻗어왔다. 우린 오랜 지인 사이가 아니다. 그렇다고 친척도 아니다. 한번은 핀처가 멤피스에 이모가 사는데 성이 배스컴이라면서 먼 친척뻘이 될지도 모른다고 말한 적이 있지만 나는 그럴 리 없다며 일축했다.

"사업상 일이 있어요, 핀처 씨." 짐짓 무관심한 태도를 취하면서, 하지만 비키가 나타나지 않기를 바라면서 나는 딱딱한 뼈가 느껴지는 그의 긴 손을 잡았다. 핀처는 호색가이기도 해서 혹시 내가 여행 파트너 때문에 불안해하지 않는지 호기심 어린 표정으로 나를 쳐다봤다. 공공장소의 나쁜 점 중 하나는 보고 싶지 않은 사람과 맞닥뜨릴 수 있다는 것이다.

핀처는 붉은 기가 교차적으로 그려진 어울리지 않는 녹색 바지에 오거스타 내셔널 골프 클럽 로고가 새겨진 파란 스웨터, 그리고 고급 구두를 신고 있었는데 내 눈엔 그저 멍청하게만 보일 뿐이었다. 아마 키아와* 섬에서 열리는 골프 모임에 참석하러 가는 길이거나(그곳엔 핀처가 소유한 콘도가 있다) 매년 여섯 번이나 여덟 번 참석하는 학술 세미나 때문에 샌디에이고에 가는 길일 것이다.

"핀처, 당신은 어쩐 일이시죠?" 하지만 난 솔직히 전혀 관심이 없었다. "잠깐 멤피스에 갑니다. 휴가를 냈거든요." 핀처는 발뒤꿈치를 흔들거리며 주머니에 들어 있는 뭔가를 열심히 손으로 굴렸다. 그의 아내에 대해서는 일절 언급하지 않았다. "아버님이 돌아가신 후로 더 자주 가지요. 다행히 어머니는 잘해나가고 계세요. 어머니 친구분들이 신경을 많이 써주시나봐요." 핀처는 바로 이런 사람이다. 기회만 있으면 자기를 아는 사람들이 자기 부모에 대해, 부모의 과거에 대해, 또 부모의 최신 소식에 대해 듣고 싶어한다고 믿어버리는 남부 사람이다. 얼굴은 젊어 보여도 행동하는 꼬락서니를 보면 예순다섯은 되는 것 같다.

"그거 참 잘됐군요." 혹시 비키가 다가올까봐 나는 델타와 앨러게니 항공사 매표창구를 힐끗 둘러봤다. 만약 핀처와 한 비행기에 타야 한다면 항공사를 바꿀 생각이었다.

"프랭크, 안 그래도 한번 만나고 싶었는데 잘됐어요. 최근에 사업 하나를 시작했거든요. 기간은 얼마 안 됐지만 아주 잘 풀리고 있답니다. 자본금 확보도 이미 끝났고요. 그래도 헤쳐나가야 할 일이 아직 많긴 하죠. 어쨌든 당신도 심각하게 숙고해봐요."

"지금은 얘기할 시간이 없을 것 같군요. 다음 주에 하죠."

"그런데 누구와 같이 가시나요?" 내가 실수했음에 틀림없다. 핀처는 사냥개처럼 주위를 이리저리 둘러봤다.

---

* 사우스캐롤라이나의 휴양지.

"네, 친구와 함께요."

"그렇군요. 그럼 간단하게만 말씀드리죠. 몇몇 동업자들과 멤피스 남부에서 밍크 사육 목장을 시작했어요. 오랫동안 제 꿈이었죠." 자신이 생각해도 대견한지 핀처는 갑자기 나를 향해 싱긋 미소 지었다. 아마 머릿속으로 쓸모없어 보이는 밍크 사육 목장을 연상하는 모양이었다. 도마뱀처럼 작은 그의 눈이 흐리멍덩해졌다. 전형적인 바보의 눈이었다.

"하지만 날씨가 곧 더워질 텐데 괜찮을까요?"

"아, 그래도 추운 지역이 있죠. 특히 산악지대 같은 곳 말입니다. 사업 전망은 아주 밝아요." 은행가처럼 핀처가 고개를 끄덕였다. 문득 생각난 회계 숫자들로 머릿속이 복잡해진 듯했다. 그는 여전히 두 손을 호주머니에 집어넣고 뭔가를 열심히 굴리고 있었다. 하지만 핀처가 무의식적으로 자기 신발을 쳐다볼 때 갑자기 숱이 적은 그의 정수리가 눈에 들어왔다. 그의 머리를 보니 머리카락을 고정하려고 머리에 무취의 교질(膠質)을 발랐던 1959년경의 탭 헌터*가 떠올랐다. 패션 감각이라곤 전혀 느낄 수 없는 옷을 입고 주머니에서 뭔가를 열심히 굴려대는 핀처는 그야말로 완벽한 남부 사람이다. 이런 사람은 오직 남부가 아닌 곳에서만 찾아볼 수 있을 것이다. 밴더빌트 대학에 다닐 때 그는 더 넓은 세상으로 나아가려고 공부에만 몰두하는 키 큰 청년이었다. 머리는 짧게 깎고 다녔고 헐렁헐렁하고 소매가 긴 옥스퍼드 셔츠에 흰색 사슴가죽 구두를 신었으며 주머니엔 뭔가를 항상 넣고 다녔다. 그리고 오만하고 자신감에 찬 시선으로 타인을 바라봤다(이런 태도는 지금도 마찬가지다).

---

* 미국의 배우이자 가수.

그러다 홉킨스 시절 구처 대학을 나온 아내를 만났고 나중에 결혼까지 했다. 그리고 지금은 주머니에서 뭔가를 열심히 굴려가며 자신과 비슷한 배경을 가진 반반한 남자들과 어울리면서 골프장이나 전전하는 것이다. 혹시 핀처를 위한 최후의 심판일이 다가온다면 난 되도록 그와 멀리 떨어져 있고 싶다.

"프랭크." 핀처가 나를 불렀다. 내가 혼자 생각에 잠겨 있을 때에도 핀처는 여전히 밍크 사육 목장에 대해 말하고 있었던 모양이다. "남부 지역에 새로운 바람을 몰고 올 것 같지 않습니까? 당신도 관심이 많으시죠?"

"아니, 꼭 그렇진 않아요." 사실 난 전혀 관심이 없다.

"이봐요, 프랭크. 모든 사람들이 토머스 에디슨을 미친 사람 취급했죠." 핀처는 뒷주머니에서 티켓을 꺼낸 다음 손에 대고 세게 치더니 나를 향해 히죽거렸다.

"아뇨, 그래도 사실은 천재라고 생각했을 겁니다."

"오, 바로 그거예요."

"어쨌든 혁신적인 아이디어 같군요. 대단해요."

뜻밖에도 핀처는 방금 내가 한 말이 줄곧 기다린 신호라도 되는 것처럼 갑자기 멍한 표정을 지었다. 우리는 잠시 동안 이리저리 떼 지어 몰려다니는 승객들 사이에서 조용히 침묵을 지키며 서 있었다. 핀처는 여전히 나의 완곡한 거절을 눈치 채지 못한 듯했다. 정말 대단한 능력이다.

"이런 말씀을 드리는 건 처음인 것 같군요." 핀처가 나이 든 현명한 재판관처럼 신중히 고개를 저으며 말했다. "그러니까 전 당신의 일과 삶의 방식을 존중합니다. 모두 그렇게 살고 싶어하지만 정작 그럴 용기나 성실성이 부족하죠."

"아니, 당신이야말로 저보다 더 잘해나가고 있는 것 같군요. 열심히 해보세요." 나도 모르게 발가락에 힘이 들어갔다.

"아닙니다. 아마 나한테 글이라도 한 줄 쓰게 하려면 체인으로 묶고 마구 때려야 할걸요?" 핀처는 표정을 숨기려는 듯 고개를 숙였다. 아마 자신이 나보다 훨씬 낫다고 여길 테지만 지금은 형식적으로나마 나를 칭찬해줘야 한다고 생각하는 것 같다. "사람들은 대부분 그저 쉽게 놀고먹기만 좋아하죠." 핀처가 윙크까지 날리며 말했다.

나는 끊임없이 출렁거리는 사람들의 물결 쪽으로 고개를 돌렸다. 보험용지를 손에 쥔 비키가 하이힐 때문인지 다소 불편한 걸음으로 다가오고 있었다. 그녀는 마치 급한 일이 있어 복사기를 향해 달려가는 비서처럼 양쪽 팔꿈치를 밖으로 내밀면서 몸의 균형을 잡으려 애썼다. 병원에서 근무하는 핀처가 비키를 알아보지 못할 리 없다. 나는 난처한 상황에 빠졌다.

우리 둘은 갑작스런 어색함에 휩싸였다. 내가 생각할 때 그는 믿을 수 없는 위인이었으므로 나는 소중한 것을 지키려는 사람처럼 강한 경계 태세에 들어가 핀처의 주의를 돌리려고 계속 대화를 유도했다. 하지만 핀처는 거리낌 없이 간섭할 태세였다. 사태를 방관한다면 생각하기도 싫은 짜증나는 상황이 벌어질지도 모른다.

"이제 그만 가보시는 게 어떨까요?" 핀처를 뚫어지게 쳐다보며 내가 말했다. 여차하면 그의 코에 주먹이라도 한 방 날려줄 셈이었다.

"잠깐." 핀처가 턱을 쳐들더니 반걸음 정도 물러서며 내 어깨 너머에 있는 비키를 힐끗 쳐다봤다. "프랭크, 어떻게 된 일이죠?"

"난 이제 누구의 남편도 아니오." 내가 사납게 말했다. "내가 뭘 하든 당신이 상관할 바 아니란 말이오."

"아, 물론이죠." 핀처가 또 이를 드러내며 웃었지만 그것은 내가 아닌 비키를 향한 웃음이었다. 낭패감과 더불어 핀처에 대한 원망이 동시에 밀려들었다.

"잘 모르면 그냥 한 곳에 있으라고 했잖아요." 비키가 내 팔을 꽉 잡으며 말했다. 핀처를 바라보는 비키의 냉담한 눈길이 그녀가 이미 내가 처한 상황을 간파했음을 말해주고 있었다. 이보다 더 사랑스러운 여자가 있을까.

"세상 참 좁군." 그리고는 핀처는 알아듣지 못할 소리로 더 중얼거렸지만 잘 들리지 않았다. 핀처의 얼굴이 딱딱하게 굳었다. "보험을 샀어요." 비키는 핀처의 존재를 완전히 무시하면서 내 앞에서 서류 뭉치를 흔들었다. "한번 봐요. 당신 이름도 있어요." 사랑스러운 그녀의 얼굴은 몹시 진지했다. 두 달 전이었다면 전혀 마음에 들지 않았겠지만 지금은 진심으로 환영하고픈 표정이었다. 나는 두꺼운 표지를 펼쳐 '뮤추얼 오마하' 보험계약서를 찬찬히 살펴봤다. 비키의 성명은 '비키 완다 아서놀트'로 표기돼 있었고 그 아래에 내가 수혜자로 등록돼 있었다. 총 수혜금액은 십오만 달러.

"교황은 어쩌고?" 내가 물었다.

"뭐 여전히 좋은 분이죠. 하지만 평생 한 번이라도 만날 수 있겠어요?" 나를 쳐다보며 그녀가 눈을 깜빡였다. "하지만 당신은 계속 볼 테니까."

나는 비키를 으스러지도록 힘차게 안고 싶었지만 핀처 때문에 참아야 했다. 포옹 장면을 본다면 핀처는 틀림없이 상상의 나래를 더욱 활짝 펼칠 것이다. 전혀 내키지 않는 일이다. 핀처는 입술을 둥글게 오므린 채 가만히 서 있었다. "정말 고맙군." 내가 말했다.

"나를 위해 돈과 시간을 많이 썼잖아요. 언제 어디 있더라도 그 생각만 하면 행복해져요. 그 돈과 시간이라면 콜벳이라도 살 수 있었을 텐데. 아니, 캐딜락을 좋아했나요?"

"난 당신만 원하오." 내가 말했다. "어쨌든 이제 비행기가 추락할 때도 우린 같이 있겠군."

비키는 고개를 들어 크리스털 조명이 설치된 공항의 천장을 가만히 쳐다봤다. "듣고 보니 맞는 말이네요." 비키는 바닥에 무릎을 꿇은 다음 보험계약서를 핸드백 안에 쑤셔넣었다.

"전 이만 가보겠습니다." 핀처의 얼굴이 벌겋게 달아올라 있었다. 아마 이처럼 무시당하는 경우는 처음이었으리라. 그는 허리를 약간 숙였는데 그런 그의 얼굴엔 이십 년 동안 겪지 못했을 당혹스러움이 서려 있었다.

'비행기가 출발합니다!' 라고 쓴 종이를 가슴에 부착한 사람들이 갑자기 나타나더니 여행객들을 데리고 36-51 게이트를 향해 걸어갔다. 공기가 갑자기 달콤해지고 아늑해졌다. 늦게 도착한 승객들 때문에 비행기 출발이 늦어진 모양이었다. 안도감이 봄바람처럼 우리 주변을 감쌌다.

"만나서 반가웠습니다, 핀처 씨." 내 인사를 받는 핀처는 다시 착한 이웃으로 돌아와 있었다. 그와 곧 헤어질 수 있다고 생각하니 마음이 편해졌다.

"정말요?" 비키가 내게 나지막이 속삭이곤 혐오스러운 표정으로 핀처를 쳐다봤다. 핀처는 비키의 표정을 순순히 받아들였다.

"서둘러야겠군요." 핀처가 미소 지으며 말했다.

"즐거운 여행 되십시오."

"아, 네." 핀처가 앙상한 어깨에 골프 클럽을 걸쳤다.

"호수에 공 빠뜨리지 마세요." 비키가 말했지만 핀처는 이미 저만치 멀어져 있었다. 핀처는 자기를 기다리던 다른 동료와 인사를 나눴다. 버펄로 출신으로 보이는 그 동료 역시 골프 클럽을 위로 높이 걸치고 있었다. 무척이나 반가운 듯 두 사람은 뭐라고 열심히 지껄이며 서로 팔을 꽉 잡았다.

"혹시 핀처와 안 좋은 일이라도 있었어?" 내가 되도록 부드러운 목소리로 물었다.

"아마 그랬을걸요." 비키는 무릎을 꿇고 배낭에 팔을 깊이 파묻은 채 배낭 바닥에서 뭔가를 열심히 찾고 있었다. 이제 곧 우리가 탑승할 차례였다. "별로 좋지 않은 사람이에요. 몰래 다가와 뒤통수를 칠 사람이죠. 직원 모두 조심하고 있어요."

"당신도 당한 적 있어?"

"아뇨." 비키가 놀란 표정으로 말했다. "그저 나쁜 사람이라는 거예요. 난 항상 조심하고 있고요."

"난 저 사람을 어떻게 생각할 것 같아?"

"글쎄요."

"질투하고 있지." 내가 말했다. "잘 몰랐지?"

"몰랐어요." 비키는 가방에서 작은 향수병을 하나 꺼낸 다음 공항 바닥에 무릎을 꿇은 채 뚜껑을 열고 목과 팔에 뿌렸다. 그러고는 나에게 야릇한 미소를 보냈다. 내가 자기 미소를 좋아하리라고 확신하는 표정으로. "전혀 걱정할 필요 없어요. 나한테 당신은 일인자니까. 이인자 따위는 없다구요."

"그럼 핀처에 대해 한번 말해봐."

"조만간 기회가 있으면요. 장담하지만 그리 놀랄 일은 없을 거예요."

"내가 무엇에 놀라는지 안다면 당신은 아마 매우 놀랄 거야."

"그건 별로 놀라운 사실이 아닌데요." 비키는 내 손을 잡고 사람들이 서 있는 줄로 나를 이끌었다. 촉촉한 그녀의 손에서 샤넬 No. 5 향수 냄새가 풍겼다.

"못 당하겠군."

"그럼요. 전 항상 이겨왔는걸요." 비키가 경쾌한 목소리로 말했다. 만약 순간(여행을 간다는 기쁨, 치명적인 사고, 놀라운 성공, 혹은 쓰라린 패배의 순간)을 영원히 간직할 수 있다면 난 그렇게 할 것이다. 비키의 뒷모습을 바라보며 나는 순간적으로 공항에서 떠나고 싶지 않다는 생각에 사로잡혔다. 현실로 돌아가고 싶지 않았다. 다음에 어떤 일이 닥칠지 미리 알고 싶지도 않았다. 물론 그럴 수 없다는 걸 나는 잘 안다. 하지만 당신이 나였다 해도 지금 이 순간 똑같은 생각을 했으리라.

4

　좌석에 앉자마자 나는 승객 대부분이 중서부 출신이라는 사실을 알게 됐다. 727기 객실은 짐을 정리하느라 부산을 떠는 승객들로 들썩였다. 몸집이 거대한 승무원 한 명이 다가오더니 미소띤 얼굴로 비키의 수화물을 가리키며 말했다. "죄송하지만 짐을 안쪽으로 안전하게 밀어넣어주시겠습니까?" 비키가 재빨리 손가방의 끈을 안쪽으로 밀어넣었다. "훨씬 나아 보이네요." '수'라는 명찰을 단 금발의 여자 승무원이 과장스런 감사 인사를 건넸다. "고마워요. 수화물 때문에 항상 신경이 쓰인답니다. 어디 가세요?" 입을 벌리며 활짝 웃는 수의 입 안으로 황갈색 송곳니가 살짝 드러났다. 아마 그녀의 부친은 공군 출신일 것이며 형제 중에는 운동선수가 있을 것이다. 내기를 해도 좋다. 경험상 그런 경우를 많이 보았으니까.

　"디트로이트." 비키가 내게 은밀한 시선을 던지며 자랑스럽게 대답했다.

금발의 수는 고개를 젖히며 말했다. "디트로이트를 사랑하시게 될 거예요."

"정말 기대돼요." 비키가 활짝 웃으며 대답했다.

"환영합니다!" 수는 인사하고 나서 음료수를 준비하려고 곧 자기 자리로 돌아갔다. 동시에 주위 사람들도 비음이 섞인 부드러운 목소리로 서로 대화에 열중하기 시작했다. 대학 시절에 만난 동료들 때문인지 그 발음이 낯설게 들리지 않았다. 잠시 들르는 비키나 나와 달리 모두 디트로이트 토박이로 휴가를 맞아 고향에 가는 듯했다. 근처에 있는 한 사람은 장시간 텔레비전을 보느라 밤을 새는 바람에 이틀 동안 근무를 망쳤다고 말했다. 웨인 주립대에 재학중인 것 같은 또 한 사람은 '시그마 뉴'* 단체에 가입했으며 부친이 운영하는 강판 사업장의 일을 돕기 위해 돌아간다고 했다. 이런저런 대화 소리로 기내엔 중서부 분위기가 물씬 풍겼다. 아늑한 기내, 안락하고 편안한 좌석, 먹을거리도 주문만 하면 빠른 시간에 갖다줬다. 왈츠의 고향이 빈인 것처럼 기내의 모든 것에서 중서부 지역만의 독창성이 묻어나는 듯했다.

승무원 바브와 수가 기내를 한 바퀴 돌고 난 후 우리 자리로 다가오더니 비키와 열띤 대화를 나눴다. 화제의 주인공은 비키가 가진 소형 가방으로, 둘은 그런 제품은 한 번도 못 봤다는 질문을 던져 비키를 행복하게 했다. 금발의 바브는 약간 진하게 화장을 하고 손이 다소 큰 편이었는데 로열오크**에 있는 자기 집 근처의 허드슨 매장에서는 비키의 것과 똑같은 가방을 보지 못했다고 말했다. 이어 '소매가격'과 '이윤폭의 평균가치'란 전문용어들이 바브의

---

* 남자 대학생 사교 클럽.
** 미시간 주 디트로이트 부근 도시.

입에서 튀어나와 나를 놀라게 했지만 이후의 대화를 통해 그녀의 대학 시절 전공이 소매업과 관련된 학문이었음을 알게 됐다. 비키는 조스케란 가게에서 가방을 샀다고 대답해줬고 대화 주제는 곧 댈러스로 옮겨갔다(바브와 수는 각기 다른 시기에 댈러스에 살았다고 했다). 비키는 댈러스에 있는 '스파이비'란 식당을 좋아했고 코크렐 힐의 '아토믹 립스'란 식당에도 자주 갔다고 수다를 떨었다. 셋 모두 대화에 매우 열심이었다. 펜실베이니아를 지나 이리 호로 향하는 비행기가 워청* 하늘의 구름과 강 사이로 둥실 떠올랐을 때에야 셋은 대화를 끝냈다. 비키는 팔걸이를 위로 치우고는 내게 몸을 가까이 밀착했다. 매력적인 허벅지가 눈에 들어왔다. 여행에 대한 흥분 때문인지 그녀의 숨소리가 가늘게 떨리는 듯했다. 마침내 바빴던 아침은 가고 둘만의 평온한 시간이 찾아온 것이다.

"무슨 생각 하고 있어요?" 비키가 핑크색 이어폰을 목에 걸며 물었다.

"당신 허벅지가 얼마나 아름다운지 새삼 감탄하고 있지. 정말 어루만지고 싶군."

"그럼 그렇게 해요. 수지와 바버라 말고는 우리한테 신경 쓸 사람이 없잖아요. 내가 옷만 벗지 않는다면 말이죠. 어쨌든 말도 잘 돌리네요. 그런 건 옛날 수법이라고요."

"사실 소형 몰래카메라와 말하는 우편함을 생각했어. 평생 그렇게 재미있는 물건은 처음 봤거든."

"아, 나도 그 프로그램 좋아해요. 거기에서 사회를 보는 앨런 펑크를 전에 병원에서 본 적이 있어요. 근처 어디에 살고 있다고 하더

---

* 뉴저지 주에 있는 도시.

라고요. 어쨌든 사람들은 다 비슷비슷한가봐요, 그렇죠? 음, 그건 그렇고 내 질문에 어서 대답이나 해요."

"당신은 정말 똑똑한 사람이야."

"기억력이 좋긴 하죠. 그래야 간호사 일도 할 수 있으니까. 하지만 정말 똑똑한 건 아니에요. 그랬다면 에버렛과 결혼하지 않았겠죠." 비키가 볼을 한껏 부풀리며 미소 지었다. "무슨 걱정되는 일이라도 있어요?" 이렇게 말하며 비키는 두 팔로 내 팔을 껴안고 힘껏 힘을 줬다. 비키는 이런 행동을 유난히 좋아한다. "말할 때까지 이 팔을 놓지 않겠어요." 비키는 힘이 세다. 하긴 간호사 일을 하려면 힘이 이 정도는 돼야 할 것이다. 하지만 비키가 정말 내 생각에 관심이 있는지는 모르겠다.

사실 딱히 대답해줄 말이 없었다. 물론 뭔가 생각하고 있었겠지만 바람처럼 머리에서 금방 사라져버려 기억이 전혀 나지 않는다. 이런 특성이야말로 작가를 힘들게 하고 짜증나게 만든다. 나는 낮이고 밤이고 우연히 좋은 생각이 떠오르면 그게 뭐든 즉시 자리에 앉아 써야 했다. 그렇지 않으면 잊어버리기 일쑤였는데 이 망각 증상은 내가 소설에 매달린 마지막 시기에 특히 심해졌다. 그러다 난 마침내 망각에 초연하기로 결심했고 그 결과는 만족스러웠다. 진정한 작가라면 주의 깊고 세심해야 했지만 나는 이에 그리 큰 관심이 없었던 것이다.

어떤 경우에도 타인의 생각을 알고 싶어하는 건 바람직하지 않다고 생각한다. (그렇게 원하는 순간 당신은 작가로 타락하게 된다. 왜냐하면 문학이란 누군가의 생각을 우리에게 들려주는 것이기 때문이다.) 내가 타인의 생각에 관심이 없는 이유를 대라면 아마 백여 가지도 넘을 것이다. 무엇보다 사람들은 진실을 말하지 않는다. 또 나를 포함해 대부분 사람들이 품는 생각은 그리 쓸모 있지도 않다. 또 진실 대신에 즉석에서 농담을 지어내기도 한다. 다른 면에서 살펴보자면 영원히 사적인 비밀로 간직해야 마땅할, 차라리 모르면 좋았을 타인의 진실을 듣게 됨으로써 심한 좌절에 빠지는 경우도 있다. 내가 미시시피에 살던 열다섯 살 때 일어난 일이다. (론섬 파인스에 진학하기 전이었다.) 친구 중 하나가 사고로 죽고 말았는데 바로 그날 밤 찰리보이 네블릿(이 녀석은 빌럭시에서 사귄 몇 명 안 되는 친구 중 하나다)과 나는 찰리보이의 자동차에 앉아 술을 마시면서 한때 테디 트위퍼드가 죽어버렸으면 좋겠다고 생각한 적이 있다고 서로에게 털어놓았다. 그리고 곧 서로를 용서했다. 만약 테디의 어머니가 그때 우리에게 뭘 생각했냐고 물었다면, 그리고 우리의 대답을 들었다면, 자기 아들 테디가 어떻게 이런 형편없는 친구를 사귀었는지 아마 깜짝 놀랐을 것이다. 하지만 우리는 그렇게 형편없는 친구들이 아니었다. 생각은 자기 맘대로 머릿속에 들어오므로 이는 우리의 잘못이 아니다. 나는 최근 몇 년간 우리는 우리가 생각하는 바에 책임감을 느낄 필요가 없고, 타인의 생각을 알아야 할 이유도 없다는 것을 깨닫게 됐다. 머릿속의 생각을 모두 밝히는 것은 누구에게도 도움이 되지 않으며 이미 들은 사실을 아예 듣지 않은 것으로 할 수 있는 능력의 소유자는 극소수에 지나지 않는다. 마음속에 품은 생각은 관련된 사람 모두에게 해를 끼칠 수 있다.

나는 버크셔 대학에 다닐 때 알게 된 레바논 출신 여자에게 사랑한다고 고백한 적이 있었다. 내 고백에 그녀는 이렇게 말했다. "당신한테 거짓말을 할 때 말고는 언제나 진실만 말하겠어요." 나는 이 말이 썩 괜찮은 변명 같아 보이지 않았다. 하지만 그 여자의 말을 곰곰히 생각해본 후에야 난 일말의 진실을 깨달았다. 결코 쉬운 조합은 아니지만 사람이란 진실과 신비로움을 동시에 갖춰야 한다. 즉 진실 중에는 내가 알아야 할 것도 있고 몰라야 할 것도 있게 마련이다. 난 내가 알게 된 사실만을 기초로 판단하고 기대하며 또 숙고한다. 혹시 내가 너무 바보스런 생각을 하는 건 아닐까 생각도 해봤지만 결국 그렇지 않다는 결론을 내렸다. 나는 그 여자의 의견에 동의할 수밖에 없었고 따라서 더이상의 고민에서 벗어날 수 있었다.

그녀는 문학적으로 말하자면 해체주의자에 속했고 또 그런 식의 교육을 받았다. 그녀가 인생에서 터득한 한 가지 교훈은 다음과 같다. '우리는 타인에 대해 과연 얼마나 많이 알 수 있을까?' 그 답은 '거의 없다'라는 것이었다. 함께 지낸 석 달 동안 그녀가 내게 거짓말을 했다고는 생각하지 않는다. 그렇게 할 이유가 없었기 때문이다! 나 역시 불분명한 진실을 얻기 위해 질문하는 어리석은 짓은 하지 않았다. 전처가 자기 보석 상자를 굴뚝의 연기로 만들어버린 그날 밤, 내가 쌍둥이자리와 카시오페이아 자리를 바라보며 경탄하고 서 있던 그날 밤, 만약 전처가 내게 뭔가를 설명해달라고 요구하지 않았더라면 아마 그녀와 나는 헤어지지 않아도 됐을지 모른다. 지금은 전처도 그때의 내 심정을 이해하고 있을지 모르겠다. 물론 이제야 이해하느냐고 불평을 늘어놓을 생각은 없다. 어쨌든 현실을 잘 헤쳐나가고 있지 않은가. 반대로 지금도 여전히 그때 상황을 이해하지 못한다 해도 이를 결코 비극이라고 말할 순 없다. 시간이 흐를수록 전처는 계속 나아질 테니까.

기내에 들어온 부조종사가 승무원들에게 뭐라고 비밀 사인을 보낼 무렵 비키는 이미 잠에 곯아떨어져버렸다. 나는 비행기가 막 지나가고 있는 푸른빛의 이리 호를 보여주고 싶었지만 비키는 작은 베개에 얼굴을 묻고는 입까지 약간 벌린 채 잠들어 있었다. 아마 오늘 이런저런 일을 많이 겪었기 때문일 것이다. 앞으로 닥칠 분주한 일을 생각하면 지금 숙면을 취해두는 것도 나쁘지 않으리라. 호수야 돌아가는 길에 또 볼 수 있으니까.

이제부터는 지난밤 일어난 이상한 일을 얘기해보고자 한다. 그일이 좀 전에 내가 언급한 타인의 비밀에 관한 것이기도 하고 그 때문에 지금까지 내내 마음이 심란하기 때문이기도 하다. 물론 비키에게 말할 생각은 없다.

나는 이 년 전 한 모임에 가입했는데 모임 이름은 '이혼남 클럽'이다. 회원은 모두 다섯 명으로 그동안 회원 구성에 한두 번 정도 변동이 있었다. 한 명은 재혼해 하담에서 필라델피아로 이사했고 다른 한 명은 암으로 사망했다. 하지만 때마침 나를 포함해 두 명이 금방 들어왔고 우리는 회원이 다섯이라는 사실에 만족했다. 5라는 숫자가 딱 적당한 숫자라고 생각됐기 때문이다. 이 모임도 엄연히 클럽이라 치면 나는 몇 번인가 탈퇴하려고 마음을 먹었다. 내가 최초의 회원도 아니었고 도움을 받을 일이 별로 없을 것 같아서였다. 모임에 나갔을 때 지루함을 느낀 적도 많았고 내면에 다시 집중하게 되면서부터 어쩐지 그들과 내가 어울리지 않는다는 생각까지 들었다. 하지만 결국 탈퇴하진 않았다. 비록 어느 누구도 자신이 다른 회원을 돕고 있다고 인정하지 않았지만, 선택의 문제로 이 모임을 떠나는 최초의 회원이 되고 싶지 않았던데다 다른 회원들과 차별되게 이혼남 클럽을 용감하게 탈퇴했노라고 외치는 내 모습이 왠지 우습게 여겨졌기 때문이다. 회원들 중 누구도 감상적이거나 우울하지 않다는 사실을 우선 밝혀두고 싶다. 우린 모두 고등교육을 받은 사람들로서 한 명은 은행에, 또 한 명은 연구소에 근무한다. 신학생도 있고 나머지 한 명은 증권분석가다. 하나같이 진지하다기보다는 장난을 좋아하고 또 익살스럽다. 한 달에 한 번 정도 만나서 하는 일이란 그저 오거스트 술집에 가서 술을 마시거나 담배를 피우거나 성공한 사업가인 양 대화를 나누거나 떠들썩하게 웃는 것뿐이다. 아니면 카터 노트의 오래된 밴에 우르르 올라탄 다음 필라델피아의 야구장으로 놀러가거나 해변으로 낚시를 가기도 했다.

내가 이 클럽을 떠나지 못하는 이유가 또 한 가지 있다. 우리 다섯 중 누구도 이혼남 클럽에 가입할 사람처럼 보이지 않는다는 것이다. (어떻게 보면 회원 누구도 여기 하담에 있을 사람으로는 보이지 않는다.) 우리는 한편으론 마치 총살 집행 부대에 보직을 임명받은 군인처럼 두려움과 소심함에 가득 차 있으면서도 불이 켜진 항구로 돌아가는 배에서 담배꽁초를 붙잡은 채, 또는 월넛 가에 있는 프레스 박스 술집에서 시간이 다 돼 쫓겨날 때까지, 로터리 회원 못지않은 정중한 자세로 밤이 새도록 인생과 스포츠, 비즈니스를 주제로 열정적인 수다를 떨었다. 내밀한 자신만의 얘기는 접어둔 채, 다른 회원들을 위해 최선을 다하면서 말이다. 사실 우리는 서로 잘 몰라서 어떨 때는 술 한 잔이 들어가기 전까진 대화를 이어가는 데 어려움을 겪기도 했다. 나 같은 경우 이를 참기 어려워 다시는 모임에 나가지 않겠다고 스스로 약속한 적도 있다. 하지만 모임의 성격을 볼 때 이야말로 누구나 꿈꾸는 바람직한 우정의 형태가 아닐까 생각한다. (그런 면에서 전처가 나에게 한 지적은 정확했다.) 하담은 깊은 우정을 쌓아가기엔 결코 적당한 장소가 아니다. 비록 우리가 서로 좋아한다고 말하지는 못해도 최소한 서로 싫어하지 않는다는 사실은 분명히 말할 수 있다. 그리고 이것이야말로 당신이 인생을 알게 되기 전에는 그 누구와도 공유하지 못했을 우정의 정수다. 내가 바로 그러했으며 다른 회원들도(비록 확신할 정도로 그들을 잘 알진 못하지만) 마찬가지라고 생각한다.

모임을 결성한 계기는 하담 고등학교에서 개설한 '행동으로 실천하기'란 프로그램을 회원들이 수강하면서부터였다. 이는 그때의 우리처럼 어떤 모임에도 만족하지 못하는 사람들을 대상으로 한 프로그램이었다. 나는 그중 '20세기 미국 대통령과 외교정책'을 신청했고 나머지 두 명은 '수채화의 기초'와 '솔직하게 말하기'에 참가중이었다. 우리는 휴식시간이 되면 새벽 네시마다 외로움에 울며 깨어나는 불쌍한 이혼녀들의 시선을 애써 외면하면서 커피포트 주변에 둘러서 있곤 했다. 그러다 차츰 얼굴을 익히게 되어 프로그램이 절반 정도 진행됐을 무렵엔 함께 오거스트 술집으로 몰려가기도 하고 알래스카로 낚시여행을 떠나거나 야구장을 찾기도 할 만큼 친해졌다. 우리는 각자의 개성에 착안한 재미있는 별명으로 서로를 부르기도 했는데 은행에 다니는 카터 노트에겐 노트헤드*, 프랭크 배스컴에겐 바셋 하운드**, 제이 필처에겐 제이제이***란 별명을 붙여줬다. 제이 필처는 미처 발견하지 못한 뇌종양으로 집에서 홀로 쓸쓸히 죽었다. 우리끼리야 서로 어느 정도 이해해줬다지만 알고 보면 실속 없는 어른들의 만남이었다.

어떤 사람들은 우리가 모임을 만든 이유가 상실감 때문이 아니냐고 말할지도 모른다. 물론 맞는 말이다. 하지만 우린 그 상실감을 우리가 동원할 수 있는 최대한의 예절과 약간의 호기심을 통해 편

---

* 얼간이라는 뜻.
** 다리가 짧은 사냥개.
*** 제이(Jay)엔 수다쟁이란 뜻이 있음.

안한 일상으로 정착시키려 애썼다. 따라서 우리 중 누구도 모임을 탈퇴하지 않은 까닭은 아마 굳이 탈퇴할 만한 이유가 없었기 때문일 것이다. 혹시 어느 날 모임을 탈퇴해야 할 훌륭한 이유가 생겨난다면 회원들은 즉시 실행에 옮기리라 생각한다. 나 역시 마찬가지다. 어쨌든 우리는 이왕에 갖게 된 모임을 되도록 즐겁게 보내려고 노력했다.

어제는 민어를 잡으러 브릴로 봄 낚시를 가기로 한 날이었다. 노트가 모든 일정을 잡기로 했다. 하지만 배를 갖고 있는 벤 모우자키스는 웃돈을 얹어준다 해도 우리 일행만 태워주는 사람이 아니었다. 오히려 웃가만 받고 마음이 맞는 다른 일행을 같이 태우는 일이 다반사였다. 우리가 하담으로 돌아가 이를 성토해댈 것이 뻔히 눈에 보이긴 해도 그를 다시 찾아올 수밖에 없다는 사실을 잘 알고 있기 때문이리라. 하지만 나는 그가 모임을 즐기고 있다고 생각한다. 오후를 유쾌하게 보내는 데 우리만큼 좋은 친구도 없을 테니까.

사실 하담을 떠날 때 나는 좀 우울했다. 랠프의 생일을 앞두고 있었기 때문이다. 오늘과 마찬가지로 어제도 오전 일찍부터 비가 내렸지만 내가 넵튠에 도착해 쇼어 포인트 남부로 향할 무렵에 비구름은 이미 앰보이로 멀찍이 물러나 있어 해변엔 햇살이 밝게 비치고 샤크 강 주변 도로는 다시 오가는 차들로 붐볐다. 하지만 물이 너무 불어서 뉴저지가 고향인 친구라도 사방을 알아보기 힘들 정도였다.

말이 나왔으니 하는 말이지만 나는 이런 익명성을 선호하는 편이다. 다행히 뉴저지는 충분히 숨을 수 있을 만큼 광대하다. 사실 해변에서 불어오는 부드러운 바람을 맞으며 플라스틱 깃발이 나부끼는 부두에 서 있는 버뮤다 반바지 차림의 이혼남 클럽 회원들을 쳐다볼 때면 문득 그들과 내가 동일하다는 착각에 빠지면서 묘한 안도감을 느끼곤 한다. 다른 사람을 나와 동일시하는 이런 버릇은 내게 항상 긍정적인 영향을 미치는 듯하다. 내가 남과 그리 다를 바 없다고 생각하는 편이(버크셔 대학에서 알게 된 다른 동료 교수들에게서도 이런 느낌을 받았다) 누구도 당신의 자리를 대신할 수 없다고 생각하는 편보다 더 낫다고 생각한다. 혹시 아무도 나와 같을 수 없다고 여긴다면 앞으로의 당신 인생은 전에 없이 우울해지거나 우스꽝스러워질 수도 있다. 대개의 경우 각자가 가진 차이는 그리 크지 않다. 한번 진지하게 주위를 둘러보라.

순전히 내 느낌 탓인지 몰라도 어제 부두에서 만난 버뮤다 반바지의 사나이들은 그리 기분이 좋아 보이지 않았다. 다소 거친 햇살 아래 팔짱을 끼고 있는 그들의 얼굴은 우울해 보이기만 했다. 아마 뉴저지 사람들에게서 종종 찾아볼 수 있는 비관주의가 그날의 일진이 별로 좋지 않을 것 같다는(아니 좋을 리가 없다는) 두려움을 불러일으킨 듯했다. 누군가가 별로 중요하지 않고 의미도 없는 서비스를 제공한 다음 과도한 대가를 요구해올지도 모른다는 두려움, 갑자기 문제가 생겨 어쩔 수 없이 일찍 배를 돌려야 할지도 모른다는 두려움, 생선이 전혀 잡히지 않아 결국 허름한 죽으로 배를 채우고 하루를 끝내야 할지도 모른다는 두려움…… 다시 말하자면 혹시 후회할 일만 우리 앞에 놓여 있진 않을까 하는 두려움이 그들을 사로잡고 있는 듯이 보였다. 나는 이렇게 외치고 싶었다. 힘들 내라고! 생각보다 기회는 얼마든지 있으니까! 좋은 일만 생길 거야! 시간은 충분해, 어서 배에 오르자구! 하지만 나 역시 어느 누구 못지않게 기분이 착 가라앉아 있었다.

그래도 어제 벌어진 일들을 생각하면 결국엔 내 말이 옳았다. 벤 모우자키스는 배의 반을 그리스 사람인 스파넬리스 가족에게 내주었다. 스파넬리스 가족은 벤의 고향인 이오니아 지방의 파르가 근처에 살았다고 한다. 이 새로운 가족을 맞아 이혼남 클럽 회원들은 갑작스레 성실한 민간 대사로 변신해 낚시질하는 여자들을 도와주거나 미끼를 달아주는가 하면 얽힌 릴을 풀어주기도 했다. 그런데 그리스인들은 미끼를 달 때 자신들만의 방법이 있어서 이를 배우는 데 상당한 시간을 들여야 했다. 이어 홍이 난 벤 모우자키스가 보관하고 있던 그리스 술을 꺼내들었고 마침내 낚시가 끝난 오후 여섯시경, 우리는 이른바 '비밀의 산호초'에서 잡은 얼마 되지도 않는 물고기를 아이스박스에 넣은 후 뉴브런즈윅의 한 그리스 라디오 방송국에 주파수를 맞춰놓고 옹기종기 선실에 모여 앉았다. 스파넬리스 가족, 즉 남자 두 명, 예쁜 여자 세 명, 어린이 두 명과 우리 이혼남 클럽 회원들은 선량한 이웃 국가의 주민이 되어 드라크마*의 가치, 멜리나 메로쿠리**, 그리고 스파넬리스 가족이 여건이 되면 6월에 가보고 싶다는 요세미티 국립공원 여행을 주제로 홍겨운 대화를 나눴다.

어제 모임을 평가하자면 대체로 만족스러웠다. 하지만 이런 친구들과 함께 있다보면 이따금 끔찍한 상실감에 사로잡힐 때가 있다. 어제 같은 경우는 그나마 나은 편이었다. 내가 볼 때 진지하고 선량한 사람들은 어떨 땐 오히려 나보다 더 혼자만의 세계에 빠져드는 듯하다. 그리고 당신이 어떻게 생각하든, 혼자만의 세계에 빠져 있는 사람들끼리는 서로 잘 동화되지 않는다. 상대방에게 도움이 될 만한 그 무엇을 거의 갖고 있지 못하기 때문이다. 불행은 동

---

* 그리스의 화폐 단위.
** 그리스의 영화배우.

료를 필요로 하지 않는다. 오직 행복만이 그러할 뿐이다. 일을 할 때 내가 다른 스포츠 기자와 (마치 피라니아*를 대하는 것처럼) 거리를 유지하는 이유도 바로 이 때문이다. 스포츠 기자야말로 혼자만의 세계에 빠져 사는 경향이 가장 강한 사람 중 하나다. 어둠이 잦아든 뉴욕에 내가 머물지 않는 이유도 일부 이에 기인한다. 3번 가의 인기 있는 술집 윌리에서 다른 스포츠 기자들과 술이라도 한잔하게 될라 치면 얇은 천장에 위태롭게 매달린 램프를 보기만 해도 불안이 물밀듯 밀려온다. 테이블 아래에서 다리는 덜덜 떨리기 시작하고 삼 분도 안 돼 자신감이 사라지면서 벙어리처럼 말이 없어진다. 결국 그저 자리에 가만히 앉아 벽에 걸린 그림들만 뚫어지게 쳐다보거나, 천장의 몰딩은 어떻게 돼 있는지 살펴보거나, 술집에 걸린 거울에 어떤 풍경이 비치는지 관찰하거나, 집으로 돌아갈 수 있다면 얼마나 행복할까 하는 몽상에 빠져들기만 할 뿐이다. 스포츠 기자들끼리 모여 얘기하다보면 시야가 좁아져 비관주의보다 더 나쁜 견해를 지니게 될 수도 있다. 왜냐하면 그들 중엔 스포츠 기삿거리에서 오직 나쁜 면만 드러내는 데 치중하면서 이를 빈정거리기 좋아하는 악질적인 인간도 있기 때문이다.

하지만 그렇다 치더라도 내가 썩 괜찮은 사람들과 대화하기조차 회피하는 이유는 무엇일까? 전혀 비꼬지 않고 결코 두려워할 필요도 없으며 최소한 동료애라는 애정을 품고 있는 사람들까지 말이다. (사실 동료애마저 없다면 이혼남 클럽 회원들과 낚시여행을 갈 이유가 어디 있겠는가?) 간단히 대답하자면 내가 어떤 조건에 영향을 받아 얽매이게 되거나 특정한 사실(동료애라는 아주 간단한

---

* 남아메리카에 사는 육식성 민물고기.

사실까지 포함해)로 인해 생각의 폭이 좁아지는 것을 싫어하기 때문이다. 나는 가능한 한 어떤 곳에서든지 커다란 놀라움을 경험하고 싶어하는 사람이다. 구체적으로 전문가들 사이의 동료애, 또래에서의 우정, 혹은 열정과 낭만이라 불러도 좋은 그 어떤 곳에서도 말이다. 그런데 어떤 만남에서 미지의 영역은 더이상 기대할 수 없고 오직 명확하고 분명한 사실만 남아 있다면 나는 이를 도저히 참기 힘들어 될수록 빨리 벗어나고 싶어지는 것이다. 그럴 때면 나는 비키에게 달려가거나, 간이식당의 메뉴판을 뒤지거나, 멋진 스포츠 기사를 쓰거나, 결코 다시 보지 않을 먼 도시의 여자를 만난다. 이는 우리가 어릴 때 기대에 찬 마음으로 가족휴가를 상상하는 것과 정확히 동일하다. 하지만 여행이 끝나고 나면 정작 우리에게 남은 거라곤 꿈의 텅 빈 껍데기와 앞으로의 인생도 이처럼 허무하지 않을까 하는 두려움뿐이다. 그게 무엇이든 이와 비슷한 종류의 경험이라면 그것은 앞으로도 내겐 언제나 두려움의 대상이 될 것이다.

그렇다 하더라도 이혼남 클럽 회원들과의 낚시여행은 항상 즐거운 편이다. 하지만 낚시는 내 주된 활동이 아니다. 그보다는 그저 주변을 걸어다니거나, 낚시에 완전히 정신이 팔린 친구들과 시시껄렁한 대화를 나누거나, 맥주를 갖다주거나, 선실에 앉아 텔레비전을 보거나, 아니면 벤 옆자리로 다가간 다음 어두운 초록색의 소나 스크린 위에 구름 형태로 나타나는 물고기 떼를 쳐다보길 더 좋아한다. 벤은 내 이름을 전혀 기억하지 못하다가 존이라는 이름으로 나를 불렀다. 우리는 경제나 러시아 어선, 또는 벤이 열광적으로 좋아하는 야구를 주제로 대화를 나눈다. 그중에서도 야구는 부담 없이 즐길 수 있는 화제 중 하나다.

어제 모임을 마치면서 나는 아주 행복했다. 만톨로킹 벨르 호의 선미에서 철제 난간을 붙잡고 서서 뉴저지의 밝은 불빛을 바라볼 수 있었던 것이다. 어둠이 내리는 뉴저지가 불빛으로 조금씩 밝아지는 모습을 보고 있노라니 환영을 보는 것처럼 놀라움이 나를 감싸기 시작했다. 어둠 속에서 차츰 모습을 드러내는 대륙을 발견하던 그 순간, 콜럼버스나 아메리카를 향해 떠난 청교도들도 아마 나와 똑같이 벅찬 감정을 느꼈으리라. 어제 저녁 나의 계획은 밤 여덟시까지 비키의 집으로 가서 함께 강가에 있는 램버트빌의 트루겔스 레드 플레이스 식당에 간 다음 우리가 사랑에 빠진 지 두 달이 됐음을 기념하며 독일식 만찬을 즐기는 것이었다. 어느 모로 보나 만족스러운 일정이었다.

그런데 문득 내가 서 있는 난간 아래쪽에 누군가 우울하게 서 있는 모습이 보였다. 판사만큼이나 생각이 많고 서늘한 봄밤만큼이나 과묵한 월터 러켓이었다. 월터는 얼굴을 손에 괸 채 몸을 잔뜩 웅크리고 있었다.

월터는 이혼남 클럽에 새로 가입한 회원이다. 그는 지금 로코 퍼거슨이 소유했던 집에서 살고 있다. 재혼한 로코가 필라델피아로 옮겨갔기 때문이다. 월터는 카터 노트와 함께 하버드 비즈니스 스쿨을 다녔다고 했다. 월터의 고향은 오하이오 주 코쇽턴으로 그리넬 대학을 나왔으며, 오하이오를 발음할 때 앞과 뒤의 O를 U와 비슷하게 발음하곤 했다. 현재 뉴욕에 있는 덱스터 앤 워버턴 사에서 특수산업 분석가로 일하고 있는데 귀갑으로 만든 안경과 매끈하게 다듬은 짧은 머리를 보고 있노라면 충분히 그런 일을 할 사람으로 보인다. 가끔 출근하려고 기차역에 서 있는 그의 모습을 본 적은 있지만 대화는 거의 나누지 않는 편이다. 카터 노트에 따르면 그의 아내 욜란다는 수상 스키 강사와 바람이 나서 비미니*로 떠나버렸다고 했다. 월터는 큰 충격을 받았겠지만 '이제 잘 견뎌내고' 있는 것처럼 보였다. 월터가 겪은 일은 누구에게나 충분히 있을 수 있는 일이다. 이혼남 클럽이야말로 바로 월터 같은 사람을 위한 모임이 아니겠는가.

가끔 나는 밤 열한시가 넘은 시각이면 위어키퍼 술집에서 술을 한잔하는데(큰 화면으로 스포츠 결과를 보려고 가끔 찾아간다) 그곳에서 월터를 본 적이 있다. 그때 그는 다소 취해서 말이 많아진 상태였다. 그가 나를 보고 "이봐, 프랭크! 그 많던 여자들은 다 어디로 간 거야?" 라고 외치는 바람에 나는 술집에서 바로 나와야 했다.

한번은 저녁시간에 커피 스팟에 앉아 있는데 월터가 들어왔다. 그는 내 맞은편에 앉았고 우리는 청년상공회의소에 대해 잠시 얘기를 나눴다. 월터는 상공회의소 회원들은 모두 사기꾼이라고 말하는가 하면 카탈로그에 나오는 실크 속옷의 품질이 어떤지 따위의 얘기를 늘어놓았다. 그에 따르면 그중엔 한국제품도 있지만 단연 최고는 중국제품이라고 하면서 자신이 그 제품을 담당하고 있다고 했다. 하지만 그후 우리는 한동안(거의 백 년처럼 여겨졌다) 그저 가만히 앉아서 눈을 어디에 둬야 할지 망설이다 끝내는 상대의 눈만 멀거니 쳐다봤다. 그렇게 괴롭기 짝이 없는 약 오 분이 흐른 다음 월터는 주문은커녕 인사조차 건네지 않고 자리에서 일어나 밖으로 나가버렸다. 이후 월터는 그 끔찍한 순간을 전혀 언급하지 않았으며 솔직히 나도 월터를 만나면 근처 어딘가로 휙 숨어버렸다. 그 뒤로도 두어 번 월터는 오거스트 술집에 들어왔다가 나를 보고는 다시 밖으로 나가버렸다. 하지만 전반적으로 말하자면 나는 월

---

* 플로리다와 쿠바 사이 바하마제도에 있는 섬.

터 러켓을 맘에 들어하는 편이다. 월터는 나만큼이나 이혼남 클럽에 어울리지 않는 사람이지만 나름대로 어울리려 애를 썼다. 그것은 그가 이혼남 클럽에 애착을 갖고 있다거나 평소 이런 모임에 가입하고 싶어했기 때문이 아니다. 어떤 면에서 이혼남 클럽이야말로 그에게 가장 어울리지 않는다고 판단했기 때문이며 이 이유 하나만으로도 그는 클럽 사람들과 잘 지내보고자 노력했던 것이다. 우리는 모두 사면초가에 빠져본 경험이 있으며 그럴 때 심정이 어떤지 이해할 필요가 있다.

"프랭크, 혹시 내가 여기 난간에서 해변을 바라보길 좋아한다는 사실을 알고 있나?" 내가 말을 걸려고 몸을 비스듬히 기울이자 월터가 부드러운 목소리로 물었다.

"그랬나?" 나는 그가 내게 아는 체를 했다는 사실에 매우 놀랐다. 월터는 오후 내내 민어 한 마리만 잡았을 뿐이지만 우리가 잡은 물고기 가운데 가장 컸다. 하지만 월터는 그 민어를 잡은 후 낚싯대를 벤치에 휙 던져놓곤 더이상 낚시를 하지 않았다.

"이렇게 새로운 각도에서 바라보는 걸 좋아하지. 무슨 말인지 알겠어?"

"물론." 내가 대꾸했다.

"매일 저곳에 파묻혀 살다가 이렇게 멀리 떨어진 곳에서 바라보니 느낌이 참 새로워. 어두워서 그런지 생소하게 보이긴 해도 그런대로 괜찮군. 안 그런가?" 월터는 나를 돌아봤다. 원래 별로 크지도 않은 체구가 오늘밤엔 하얀색 버뮤다 반바지와 헐렁헐렁한 파란색 테니스 셔츠, 그리고 데크 슈즈를 신고 있기 때문인지 더 작게 느껴졌다.

"그래 더 나아 보여. 그러니 가끔 이렇게 밖으로 나올 필요도 있다고."

"맞는 말이야." 월터는 한동안 어두워진 해변을 바라봤다. 파도가 밀려 들어와 배 옆면을 두드렸다. 번쩍거리는 애즈베리 공원의 회전식 관람차가 멀리 눈에 들어왔고 북쪽으로는 차가운 빛을 발산하는 뉴욕이 보였다. 저 불빛들과 거리를 두고 떨어져 있다는 생각만으로도 어느 정도 위로가 된다. 나는 갑자기 낚시하러 나오길 잘했으며 나를 바다에 나오게 한 이혼남 클럽 회원들이 몹시 고맙게 생각됐다. 지금 나머지 회원들은 스파넬리스 가족과 함께 선실에서 즐거운 시간을 보내고 있을 것이다. "이건 평소에 내가 사물을 보는 방식과 달라." 월터가 양손을 난간에 올려놓고 그 팔에 기대 몸을 앞으로 기울이면서 침착한 목소리로 말했다.

"평소엔 어떻게 보는데?"

"아, 그거? 어릴 땐 오하이오 주 동쪽에 살았는데 이따금 온 가족이 오래 여행을 떠났지. 아주 긴 여행이었어. 오하이오 주 동쪽인 코쇽턴에서 출발해 서쪽에 있는 일리노이 주 타임웰로 가는 여행이었다네. 자네도 알다시피 그 길은 지형이 그저 평탄해. 스쳐 지나가는 마을들이 다 똑같아 보이지. 그래서 여동생이 그저 그런 놀이를 하며 놀고 있을 때 나는 차창 밖으로 스쳐가는 풍경을 기억하는 데 몰두했어. 그러니까 집이라든가 헛간, 돼지떼, 부풀어오른 지형 같이 되돌아올 때도 다시 기억해낼 수 있는 그런 풍경 말이야. 그러다보니 집으로 돌아가는 길의 풍경도 결국 다 똑같아 보이더군. 전에 본 풍경을 기억하니까 말일세. 지금도 그 버릇이 남아 있어. 아마 다른 사람들도 나와 크게 다르지 않을걸? 자넨 안 그래?" 나를 쳐다보는 월터의 안경이 해변의 불빛을 반사하며 반짝거렸다.

"그렇다면 난 자네와 정반대군." 내가 말했다. "같은 고속도로라고 해도 나는 오고 갈 때 풍경을 다르게 보거든. 물론 지나고 나면 금방 잊어버리긴 하지만 말이야. 하긴 기억력이 특별히 뛰어난 편은 아니니까."

"내 방식보단 나아 보이는걸." 월터가 중얼거렸다.

"뭐든 똑같아 보이지 않으니 더 흥미롭긴 하지."

"그 방법을 배울 필요가 있겠어." 월터가 고개를 흔들며 말했다.

"월터, 무슨 걱정거리라도 있어?" 사실 쉽게 해서는 안 될 말이었다. 서로 과도한 관심을 자제해야 한다는 이혼남 클럽의 암묵적인 규칙에 어긋나기 때문이다.

"아니." 월터가 우울하게 말했다. "그런 거 없어." 월터는 유쾌하고 화려한 조명으로 번쩍거리는 저지 해변을 바라보며 한동안 서 있다가 이렇게 말했다. "한 가지만 물어볼게, 프랭크."

"응."

"자넨 누구를 가장 신뢰하나?" 비록 다른 쪽을 바라보고 있었지만 슬픔과 희망의 기색이 월터의 얼굴에 동시에 교차하고 있음을 난 알 수 있었다.

"글쎄, 사실을 말하자면 그런 사람이 없는 것 같군." 내가 말했다. "아무도 없어."

"아내도 신뢰하지 않는단 말인가?"

"그래." 내가 말했다. "둘이 많은 얘기를 나누긴 했지, 그건 분명해. 어쩌면 자네가 생각하는 신뢰와 내가 생각하는 신뢰가 서로 다를 수도 있겠군. 게다가 난 속내를 쉽게 털어놓는 사람도 아냐."

"좋아, 아주 좋아." 월터는 내 대답에 당혹해하면서 한편으론 만족해하는 듯했다. 아마 내가 최상의 대답을 한 모양이었다. "프랭크, 나중에 보자구." 월터는 내 팔을 가볍게 두드린 후 누군가 낚시를 하고 있는 어두운 갑판 한구석으로 천천히 걸어갔다. 날은 이미 어두워졌고 봄바람이 서늘했으므로 나는 선실로 들어가 텔레비전으로 양키스 경기를 시청했다.

하지만 내가 선실 안으로 들어갔을 무렵엔 이미 모두가 자리를 파하는 분위기였다. 헤어지기에 앞서 이혼남 클럽 회원들이 바다에서 잡은 물고기를 아이들에게 선물하는 동안 나는 비키를 램버트빌로 데려가려고 서둘러 주차장으로 향했다. 그때 어둠 속에서 월터 러켓이 나타났다. 마치 돈을 빌리러 온 사람처럼 어색한 동작으로.

"월터?" 인사를 건네면서도 나는 차의 열쇠 구멍을 찾아 더듬거렸다. 한 시간 정도밖에 여유가 없었으므로 서둘러야 했다. 비키는 다음날이 휴일일지라도 일찍 잠자리에 든다. 간호사 일에 정말 충실한 비키는 환자를 위해서라도 스스로 밝고 명랑한 분위기를 유지해야 한다고 믿었다. 많은 환자들의 경우 그 어려운 처지를 이해해줄 사람이 간호사인 자기 외에는 아무도 없으리라고 생각하기 때문이다. 그 결과 나는 어떤 급한 일이 있어도 밤 여덟시 이후엔 비키를 만날 수 없었다.

"정말 멋진 인생이지 않나, 프랭크? 안 그래?" 월터는 팔짱을 끼고 몸을 비스듬히 기울인 자세로 이혼남 클럽 회원들과 스파넬리스 가족의 차량을 싱긋 웃으며 쳐다봤다. 차들은 주차장을 빠져나와 헤드라이트 불빛을 사방으로 비쳐대며 35번 도로로 향하고 있었다. 회원들과 그리스 가족은 경적을 울리거나 소리를 질러댔고 아이들 역시 꽥꽥거리며 야단법석이었다.

"당연하지, 월터." 나는 문을 열고 어둠 속에 서 있는 월터를 쳐다봤다. 이제 월터의 손은 주머니에 들어가 있었고 어깨는 잔뜩 웅크린 채였다. 가만히 보니 구식 컨트리클럽 스타일의 연한색 스웨터를 걸치고 있었다.

"이 정도면 꽤 괜찮은 인생인 거야. 프랭크, 인생을 미리 설계할 수는 없겠지?"

"그럼."

"인생은 예측이 불가능하다지만 어쩌면 모든 것이 미리 정해져 있는지도 몰라."

"추워 보이는군, 월터."

"내가 한잔 사고 싶네, 프랭크."

"오늘밤은 곤란해. 할 일이 있거든." 나는 음모가 가득 담긴 미소를 월터에게 건넸다.

"가볍게 한잔하자고. 바로 저기 있는 매너스콴은 어떤가?" 지붕에 '바'라는 간판을 달아놓은, 주차장 건너편에 있는 어부들이 자주 드나드는 허름한 술집이 바로 매너스콴이다. 아까 갑판에서 세금 회피 수단에 대한 얘기를 하다가 벤 모우자키스는 아내의 동생 에번젤리스와 함께 그 술집에 투자했노라고 말했었다. "할 말이라도 있나?" 그러나 월터는 벌써 발걸음을 옮기면서 이렇게 대꾸했다. "그냥 가볍게 한잔하자고."

월터 러켓과 술을 마시긴 싫었다. 서쪽 하늘에 마지막 햇빛이 걸려 있는 동안 최대한 빨리 비키를 만나서 램버트빌로 가고 싶었다. 커피 스팟에서 있었던 끔찍한 일이 머리를 스치는 바람에 나도 모르게 차 밖으로 튀어나와 도망자처럼 주차장을 벗어날 뻔했다. 나는 텅 빈 주차장을 이미 반쯤 벗어나고 있는 월터를 멍하니 바라보기만 했다. 그러자 문득 월터가 몸을 돌려 나를 쳐다봤고 그때 그가 취한 자세는 오직 애절함이라고밖에는 달리 묘사할 수 없었다. 나는 '노'라고 말하지 못했다. 월터와 나는 공통점이 있다. 그리 중요하지는 않지만 그가 취한 애절한 태도에서 우리 사이엔 분명 부인하지 못할 공통점이 있다는 사실이 더욱 명확해졌다. 하긴 비키 같은 애인이 있건 없건, 램버트빌로 가야 하건 말건, 우선 둘 다 틀림없이 여자가 아닌 남자라는 점은 틀림없는 공통점이다.

"딱 한 잔이야." 어둠 속의 월터에게 내가 외쳤다. "데이트가 있다고."

"걱정하지 마." 월터는 브릴 해변의 흐릿한 조명 속에 묻혀버려 이젠 잘 보이지도 않았다. "내가 알아서 보내줄 테니."

월터와 나는 매너스콴 술집에서 스카치와 진을 각각 주문했다. 그리고 한동안 불편한 침묵 속에서 술집의 오래된 그림을 가만히 응시하기만 했다. 술집 내부를 여기저기 둘러보면서 나는 벤 모우자키스의 흔적을 몇 군데에서 발견할 수 있었다. 가슴이 떡 벌어진 건장한 오십대 인부, 셔츠 하나 걸치지 않은 근육질 몸을 뽐내며 큰 소리로 웃는 이민자, 카키 바지를 입은 키 큰 남자들, 그리고 서까래에 매달려 있는 이백 마리는 족히 넘어 보이는 생선.

매너스콴 술집은 타르 냄새가 풍기는 어두운 빛깔의 소나무로 내부를 꾸며놓았는데 사실 내가 가끔 들르기 좋아하는 장소였다. 누구도 먼저 친절하게 말을 건네진 않지만 그래도 관광객이 드나드는 해변 지역의 술집치고는 술의 양이라든가 가격이 꽤 괜찮았다. 가끔 클럽 모임이 있는 날 너무 일찍 도착하면 이 술집에 들어와 자리를 잡고 기름기 있는 햄버거를 하나 시킨 다음 신문을 읽거나 텔레비전을 보기도 했다. 보통은 워치캡*을 쓴 어부들이 바 한

---

* 모직으로 된 테 없는 모자.

쪽에 모여 잡담을 늘어놓거나 단골로 보이는 여자들이 낯선 손님에게 용감히 말을 거는 모습도 볼 수 있는데 그 느낌이 집에 있는 것처럼 아주 편안하다. 자주 들르다보면 은근한 행복을 맛볼 수 있는 곳이 바로 여기다. 물론 정신을 못 차릴 만큼 술을 퍼마신 경우만 빼면 여기 사람들과 당신 사이에 공통점이 전혀 없다는 것을 곧 깨닫게 되겠지만 말이다.

"프랭크, 혹시 운동을 해본 적 있나?" 지루하고 어색한 침묵이 지난 후 월터가 갑자기 물어왔다.

"응원단은 해봤지." 나는 월터를 안심시키려고 일부러 미소를 지어 보였다. 월터는 할 말이 있어 보였고 따라서 그가 얘기를 빨리 꺼내면 꺼낼수록 그만큼 비키에게 빨리 갈 수 있을 것이기 때문이다.

월터는 애매한 미소로 화답하더니 코를 매만지며 안경을 고쳐 썼다. 새삼 월터의 얼굴이 핸섬하다는 생각이 들었다. 사실 내가 그를 좋아하는 이유 중 하나도 그의 잘생긴 얼굴 때문이다. 잘생긴 사람들이 자연스럽게 행동하기란 쉬운 일이 아니며 그렇게 하려고 노력하기도 쉽지 않다. 월터가 말을 걸어오는 순간 나는 그가 자연스럽게 보이려고 노력한다는 것을 알았고 그 이유 때문에 마음이 다소 풀어졌다. 물론 평소에도 그럴 수 있다면 더 낫겠지만 말이다.

"미시간에서 대학을 나왔다고 했지?" 월터가 물었다.

"응."

"이스트랜싱이 아니고 앤아버로 알고 있는데 맞아?"

"응."

"그래, 둘은 서로 다른 곳이지." 월터는 신중히 고개를 끄덕인 다음 코를 킁킁거렸다. "거기에서는 운동하기 힘들었을 거야. 공장이 많아서 운동하기엔 썩 좋은 환경이 아니지."

"그래도 그렇게 나쁘진 않았어."

"난 그리넬 대학에서 운동선수 생활을 했어. 마음만 먹으면 누구라도 할 수 있었지. 지금은 달라졌지만 운동선수라고 뭐 큰 대접을 받았던 건 아니야. 어쨌든 그 시절로 돌아가고 싶은 생각은 전혀 없네."

"나도 앤아버로 돌아갈 마음은 없어. 그래, 무슨 운동을 했는데?"

"레슬링. 칼턴이나 매캘러스터 대학 선수들과 시합을 했지. 잘하는 편은 아니었어."

"좋은 대학들이군."

"그래, 맞아. 하지만 그래봤자 많이 알고 있진 않을걸. 그건 그렇고 모든 사람이 스포츠에 관해 얘기하길 좋아하지? 안 그래?" 월터가 심각한 표정으로 나를 바라봤다.

"그런 편이지." 내가 말했다. "사실 나보다 스포츠 지식이 더 해박한 사람들도 있어. 뭐 나쁠 건 없다고 생각해. 스포츠를 얘기할 때 사람들은 좀더 순수해지거든. 인간관계를 좋게 하는 효과도 있고 말이야." 나는 내가 왜 그랜틀랜드 라이스*가 디너쇼에서 연설하듯 월터에게 스포츠 얘기를 시작해야 하는지 알 수 없었다. 그저 그때는 월터가 진심으로 스포츠에 관심이 많은가보다 생각했을 뿐이다. (정말로 그렇게 생각했다. 더구나 아무도 읽지 않을 골치 아픈 책에 대해 떠들어대느니 스포츠 얘기가 훨씬 낫지 않은가.)

월터는 손가락으로 유리잔 속의 얼음을 살짝 건드렸다. "프랭크, 자네 직업의 가장 안 좋은 점이 뭐라고 생각하나. 여행을 싫어하지

---

* 20세기 초에 활약한 스포츠 기자.

만 어쩔 수 없이 많이 다녀야만 한다?"

"아니야." 내가 말했다. "살아가다보면 반드시 필요한 것이 있는 법이지. 쉽게 말해 난 지금 외롭게 혼자 살고 있지 않나."

"알았어." 월터는 스카치를 단숨에 들이켜더니 종업원에게 손가락으로 신호를 보내 한 잔을 더 주문했다. "여행은 아니다 그거군. 좋아."

"자네가 질문해서 하는 말이네만 내 직업에서 가장 어려운 점은 사람들이 너무 큰 기대를 한다는 거야. 내가 인터뷰를 하러 가거나 기사를 쓰거나 그저 전화만 해도 부자라도 된 듯 좋아하지. 돈에 대해 얘기하려는 게 아닌데도 말일세. 내 직업에 대해 사람들이 흔히 품기 쉬운 환상이라고 해두지. 사실을 말하자면 이따금 우리 기자들은 상황이 나빠지지 않도록 하거나 오히려 상황을 악화시킬 뿐이야. 개인의 처지를 더 낫게 만들어줄 순 없지. 단체라면 혹시 모르겠지만. 뭐 그것도 항상 그렇다는 말은 아니고."

"흥미롭군." 고개를 끄덕였지만 월터의 표정은 전혀 흥미로워하는 기색이 아니었다. "상황을 악화시킨다는 말은 무슨 뜻이야?"

"그러니까 나아지기는커녕 오히려 뜻하지 않게 일이 꼬이는 경우가 있을 수 있다는 거지. 심각하게 고민해본 문제는 아니지만 아마 내 말이 맞을 거야."

월터가 진지하게 말을 받았다. "자네가 더 나은 인생을 선물해줄 거라고 마음대로 생각할 권리가 그들에겐 없지 않을까? 하긴 누구나 그렇게 되고 싶겠지만. 이해해."

"권리까지는 모르겠어." 내가 말했다. "만약 우리가 그럴 수 있다면 물론 좋은 일이겠지. 그런 생각을 전혀 안 해본 건 아니니까."

"나하곤 상관없는 얘기군." 월터가 말했다. "빌어먹을 내 결혼이 그걸 증명해."

"그건 실망스러운 거지. 결혼 자체가 그렇다곤 생각 안 해. 그저 이렇게 끝났구나 하고 생각하라고."

"그래." 월터는 희미한 전등 아래에서 에번젤리스와 함께 카드놀이를 하는 어부들을 물끄러미 바라보았다. 갑자기 한 명이 큰 웃음을 터뜨렸지만 카드놀이는 이미 다 끝났는지 또다른 한 명이 씩 웃으며 카드 패를 코트 주머니에 집어넣자 대화는 곧 조용해졌다. 나는 이렇게 월터와 답답한 얘기를 나누느니 차라리 저 무리에 끼어 마구 웃어대며 카드놀이나 하고 싶었다.

"그럼 자네 결혼은 그렇게 실망스럽지 않았나보지?" 월터의 말에 왠지 모욕을 당한 느낌이 들었다. 월터는 가느다란 손가락 끝으로 스카치 잔을 두드리며 비난하는 듯한 표정으로 나를 바라봤다.

"반대로 정말 멋진 결혼이었어. 내가 기억하는 한 말이야."

"내 아내는 지금 비미니에 있어." 월터가 말했다. "아, 이젠 전처라고 불러야 하나? 어쨌든 에디 핏콕이란 놈과 함께 그곳에 갔어. 녀석에 대해선 이름 말고는 하나도 몰라. 그 이름도 내가 고용한 탐정을 통해 알아낸 거고. 뭐 더 많은 정보를 얻을 수도 있겠지만 그게 무슨 소용이겠나? 에디 핏콕이라…… 유부녀와 바람피울 만한 그런 이름 같지 않아?"

"이름은 그냥 이름일 뿐이야, 월터."

월터가 다시 코를 매만지며 킁킁거렸다.

"그래. 자네 말이 맞아. 하여간 뭐 이건 내가 하고 싶은 얘기는 아냐."

"그럼 스포츠 얘기로 다시 돌아가지."

월터는 바 뒤에 있는 물고기 그림을 골똘히 쳐다보더니 코로 큰 숨을 내쉬었다. "다짜고짜 여기로 자네를 데려와서 미안해. 사실 난 자존심이 별로 없는 사람이라서…… 이렇게 살고 싶진 않은데 말이야." 월터는 스포츠 얘기를 하자는 내 제안을 깡그리 무시했다. 그뿐만 아니라 그보다 더 심각한 얘기를 꺼내려는 모양이었다. 나는 은근히 불안해졌다. "참 재미없는 인생이야. 정말 그래."

"이해하네." 내가 말했다. "그저 편히 얘기를 들어줄 수 있는 누군가와 술집에서 술이나 한잔하고 싶었던 거 아닌가? 충분히 있을 수 있는 일이야. 나도 그랬으니까."

"프랭크, 이틀 전 뉴욕의 술집에서 한 남자를 만났어. 그리고 그 사람과 호텔에 가서, 아메리카나 호텔이었던가? 하여튼 그 남자와 같이 잤지." 월터의 시선은 벽에 걸린 물고기 그림에 고정돼 있었다. 어찌나 뚫어지게 쳐다보던지 마치 월터에겐 1956년 7월의 어느 날로 표기돼 있는 그 그림 속의 어부처럼 되고 싶은 마음 이외엔 어떤 다른 욕망도 존재하지 않는 것처럼 보였다. 카키색 작업복을 입은 그림 속 어부들은 따사로운 햇볕 아래 펄떡이는 농어를 바라보며 행복하기 그지없는 표정을 짓고 있었다. 1956년이라면 (월터와 내가 동갑이라고 가정할 경우) 월터와 내가 열한 살일 때다. 물론 나 역시 저렇듯 따뜻한 그림 속의 주인공이 될 수 있다면 월터보다 훨씬 더 기쁠 것이다.

"그게 자네가 말하고 싶었던 얘긴가?"

"그래." 엄청나게 심각한 표정을 짓고 있는 월터는 몸이 굳어버린 듯 꼼짝도 하지 않았다.

"뭐," 내가 말했다. "나하곤 상관없는 얘기군."

"알아." 마치 자신에게만 보내는 비밀신호인 것처럼 고개를 미묘하게 끄덕이면서 그가 말했다. "나도 그렇게 생각해."

"좋아, 그럼 더이상 신경 쓰지 않아도 되겠네." 내가 말했다. "그렇지?"

"그런데 기분이 아주 안 좋아, 프랭크." 월터가 말했다. "더럽다거나 수치스럽다는 뜻이 아니야. 또 내가 어리석었다고 느껴야 할 텐데 그렇지도 않아. 그저 기분이 안 좋다는 말이야. 뭔가 찝찝하고 그래."

"또 남자하고 잘 건가?"

"설마. 그런 일이 없었으면 좋겠어." 월터가 말했다. "그는 아주 괜찮은 사람이었지. 그건 분명히 말할 수 있어. 뭐 거칠고 우락부락하게 생겼다거나 혹시 자네가 상상할지 모르는 그런 사람이 아니라고. 그야 나도 마찬가지긴 하지만. 그 남자는 가족과 함께 북부 저지에 살고 있어. 퍼세이익에 말이야. 아마 다시 만날 일은 전혀 없을걸? 나도 그러고 싶지 않고. 그럴 수 있을 거야. 하지만 설사 내가 또 그런 짓을 한다 해도 신경 쓸 사람이나 있겠어? 안 그런가?" 월터는 재빨리 스카치를 마신 다음 나를 힐끗 쳐다봤다. 나는 혹시 우리 목소리가 너무 커서 어부들이 듣지 않았는지 신경이 쓰였다. 만약 그들이 우리 대화에 끼어든다면 분명 월터의 경험에 대해 해줄 말이 많으리라.

"왜 나한테 털어놓을 생각을 했지?"

"그야 자넨 이런 얘기에 별로 신경 쓰지 않을 것 같았거든. 그런 성격이지 않을까 짐작했어. 하지만 설사 자네가 관심을 갖는다 해도 기분은 나아질 걸세. 사실 난 자네를 높이 평가해. 모임에서 알게 된 후 도서관에 가서 자네가 쓴 책도 찾아봤어. 솔직히 말하면 아직 다 읽지는 못했지만. 어쨌든 자넨 의견을 숨기는 그런 사람은 아니라고 생각했네."

"난 의견이 아주 많은 사람이야." 내가 말했다. "하지만 표현을 거의 안 하지, 보통은."

"알아. 그래도 이런 문제에 대해서는 아닐 거야. 안 그런가?"

"나완 상관없는 일이야. 혹시 어떤 생각이 떠오른다 해도 나중의 일이겠지."

"나중이라면, 이건 진심인데, 자네 생각은 말해주지 않았으면 하네. 그래봤자 좋을 일이 없을 것 같아. 이건 고백이 아닐세, 프랭크. 왜냐하면 난 진실로 자네의 대답을 듣고 싶지 않으니까. 또 자네 역시 고백 따위는 좋아하지 않으리라 생각해."

"그래." 내가 말했다. "얘기하지 않았으면 훨씬 좋았을 거야."

"인정해." 월터가 담담하게 대답했다.

"하지만 결국 말하지 않았나, 월터."

"프랭크, 내겐 이 상황을 설명해줄 누군가가 필요했다구. 친구 좋다는 게 뭐겠어?" 월터는 능숙한 손동작으로 컵 안에 담긴 얼음을 건드렸다.

"글쎄." 내가 말했다.

"이런 일은 남자보다 여자가 더 잘하지." 월터가 말했다.

"생각해본 적 없어."

"프랭크, 여자들은 동성끼리 잤다고 해도 크게 신경 쓰거나 고민하지 않아. 욜란다도 마찬가지겠지. 그런 걸 보면 결국 여자들 사이의 우정이 더 강한 게 아닐까?"

"그러니까 자넨, 이름은 모르겠지만, 어쨌든 함께 잔 그 남자가 자네의 친구라는 거야?"

"그렇진 않겠지. 하지만 자네와 난 친구 아닌가. 지금 나한테 자네만큼 좋은 친구는 이 세상에 없어."

"그 말 고맙군. 기분이 좀 나아졌나?"

월터는 가운뎃손가락으로 눈썹 사이를 어루만지더니 다시 큰 한숨을 내쉬었다. "아니, 아니, 아니야. 솔직히 말해 기분이 나아지리란 생각은 해보지도 않았어. 그러려고 자네한테 말을 했던 게 아냐. 그저 비밀로 해두고 싶지 않았을 뿐이야. 난 비밀을 좋아하지 않으니까."

"그럼 지금 기분은 어떻지?"

"뭐에 대해서?" 월터가 이상하다는 표정을 지으며 나를 쳐다봤다.

"그 남자와 잔 사실에 대해서. 그것 말고 우리가 나눈 얘기가 또 있었나?" 나는 술집 내부를 둘러봤다. 어부 한 명이 우릴 쳐다보며 앉아 있었고 또다른 어부 한 명은 금전등록기 위에 설치한 텔레비전으로 양키스 야구 경기를 보고 있었다. 어부들은 술에 취해 있었으므로 우리가 하는 말을 듣지 못했을 것이다. 물론 순전히 추측에 불과했지만. "아니면 내게 털어놓은 기분이 어떤지 말이야." 나는 거의 속삭이듯 말했다. "뭐 아무거나 얘기해봐."

"프랭크, 혹시 가난을 겪어본 적이 있나?" 월터가 어부를 쳐다보다가 내게 고개를 돌리며 말했다.

"아니."

"나도 그래. 나도 가난한 적은 없었어. 하지만 지금 내가 느끼는 기분이 바로 그래. 갑자기 가난해진 것 같단 말이야. 뭐가 부족해서가 아냐. 뭘 잃어버린 것도 아니고. 그냥 기분이 안 좋아. 그렇다고 자살할 일은 없겠지만."

"그러니까 가난해진 느낌이라고? 기분이 안 좋다는 뜻이?"

"응, 아마." 월터가 말했다. "그렇게밖에 말하지 못하겠군. 자넨 더 쉬운 비유를 들어 얘기할 수도 있겠지만."

"아니, 아냐. 훌륭해."

"아마 우린 한 번쯤은 가난해질 필요가 있는지도 몰라. 단 한 번 말이야. 다시 살아갈 힘을 얻기 위해서."

"그럴지도 모르지. 하지만 난 그러고 싶진 않아. 가난을 싫어하니까."

"하지만 그럴 때가 있지 않나, 프랭크? 내내 정상(頂上)의 삶을 살고 있는 줄 알았는데 알고 보니 한없이 밑으로 내려가는 느낌 말이야."

"아니, 그런 적은 전혀 없었어. 난 언제나 나한테 맞는 인생을 살고 있다고 생각해."

"그렇다면 정말 다행이군." 월터는 무뚝뚝하게 말하며 탁자 위에 올려놓은 안경을 툭툭 건드렸다. 에번젤리스가 쳐다보자 월터는 아무 일도 아니라는 신호를 보내고는 입 안에 넣은 얼음을 혀로 잠시 이리저리 돌렸다. "데이트가 있다고 했지?" 얼음을 문 채 억지로 미소 짓는 월터가 왠지 멍청하게 보였다.

"그랬지."

"걱정하지 마." 월터는 이렇게 말하며 빳빳한 오 달러짜리 지폐를 꺼내 식탁 위에 놓았다. 틀림없이 저 주머니엔 지폐가 가득할 것이다. 월터가 스웨터를 고쳐 입으며 말했다. "이만 나가자구."

우리는 텔레비전 아래에 서서 야구 경기를 보고 있는 에번젤리스와 어부를 지나쳐 술집 밖으로 나갔다. 아까 우리를 쳐다보던 한 어부는 여전히 우리가 없는 빈자리를 응시하며 가만히 앉아 있었다. "또 오세요." 이미 문을 열고 나왔는데도 에번젤리스가 큰 소리로 외쳤다.

한바탕 비가 쓸고 지나간 후라 그런지 매너스콴 강의 밤공기는 모든 인간의 고민을 순식간에 해결해줄 것처럼 생각보다 훨씬 신선하고 시원했다. 바다에 떠 있는 배의 철제 돛대에 매달린 밧줄이 어둠 속에서 우아한 소리를 내며 흔들렸다. 저 멀리 있는 강둑 위로 불이 켜진 주택들이 보였다.

"궁금한 게 있어." 월터가 깊은 한숨을 내뱉었다. 낚시 장비와 플라스틱 미끼통을 들고 있는 흑인 청년 두 명이 곧 출항할 만틀로킹벨르 호의 트랩에서 어슬렁거렸다. 벤 모우자키스는 어두운 선장실에 서서 그런 흑인 청년들을 물끄러미 바라보고 있었다.

"말해봐." 내가 말했다.

월터의 얼굴은 아까보다 다소 밝아져 있었다. "소설은 왜 안 쓰나?"

"말하자면 길어." 나는 주머니에 손을 찌른 채 차 쪽으로 서둘러 발걸음을 옮겼다.

"그렇겠지. 짐작은 했네. 깊은 사연이 있겠지."

"나중에 얘기하자고. 지금은 안 돼."

"좋아. 난 그런 대화를 정말 좋아해. 언제 술 한잔하면서 실컷 얘기해보자고. 우리가 살아온 인생에 대해서, 응?"

"내 인생은 아주 단순해."

"괜찮아, 나도 단순한 인생이 좋거든."

"잘 가게, 월터. 내일이면 기분이 좀 나아질 거야."

"그래, 잘 가."

월터는 주차장 한쪽에 있는 자기 차를 향해 돌아섰다. 내 차에서 약 이십 미터밖에 떨어지지 않은 곳이었지만 어찌 된 일인지 월터는 달리기 시작했다. 그의 모습이 곧 희미해지더니 이윽고 허둥거리는 흰 바지와 얇은 다리만 짙게 깔린 어둠 속에서 어렴풋이 눈에 들어왔다.

이미 여덟시가 넘은 시각, 센트럴 저지는 달콤하고 나른한 봄기운 속에 조용히 잠들었고 마침내 해안가에 다다른 톰스 강은 바다와 합쳐지면서 나지막이 으르렁댔다. 어둠이 내리고 사방이 고요한 가운데 결국 나는 비키와 만나는 행운을 얻는 데 실패했다.

프리홀드 부근에 차를 세운 후 비키의 집으로 전화를 걸었지만 응답이 없었다. 혹시 몰라 다급히 병원으로 전화를 걸자(그 전화번호는 위급한 상황에 대비해 가족들만 아는 번호였다) 전화를 받은 직원은 일정표에 따르면 비키 아서놀트는 근무중이 아니라고 대답했다. 급한 일이냐고 묻는 직원에게 나는 아무 일도 아니라고 대답한 후 전화를 끊었다.

나는 몇 가지 이유 때문에 집으로 전화를 걸었다. 자동응답기에서 튀어나오는 내 목소리는 듣기 거북할 정도로 쾌활했다. 다음날 아침 랠프의 묘지에서 만나자는 전처의 메시지가 단정하고 군더더기 없는 목소리로 녹음돼 있었지만 나는 메시지를 다 듣기도 전에 전화를 끊어버렸다.

한번은 우리가 키우던 바셋 하운드 종 미스터 토비가 호빙 가에서 자동차에 들이받혀 죽었다. 그때 전처는 눈물을 흘리며 시간을 되돌릴 수만 있다면 얼마나 좋을까 하고 한탄했다. 그럼 미스터 토비가 사고를 당하지 않도록 어떤 조치든 취할 거라면서. 개를 묻으려고 울타리 근처의 땅을 파면서 나는 '고작 개가 죽었을 뿐인데 말도 안 되는 넋두리나 해대며 슬퍼하다니 여자는 어쩔 수 없군' 하고 생각했다. 내가 생각할 때 성숙이란 인생에서 무엇이 중요한지, 혹은 무엇이 특별한지 알아챌 수 있는 능력이다. 특정한 일엔 특정한 방식이 있다는 사실을 받아들이고 항상 최선의 방법을 찾을 줄 알아야 성숙하다고 말할 수 있다. 그러나 어제 비키와 만나지 못하게 됐을 때 내가 절실히 필요로 했던 것이 바로 전처가 말했던 바였다. 소중한 시간을 되돌릴 수만 있다면! 월터의 슬픈 고백을 데이트가 끝날 때까지 연기할 수만 있다면! 하지만 안타까워해봤자 아무 소용 없는 일이었다.

우정을 측정하는 진정한 척도는 무엇인가?

감히 말하겠다. 그것은 바로 누군가의 재앙이나 고통에 동참하는 데 할당하는 당신의 소중한 시간이다.

그 결과 나는 하이츠타운을 통과해 어두운 거리를 쓸쓸히 걸어가야 했고, 맛없는 음식을 먹은 사람처럼 기분이 불쾌해졌다. 하다못해 창문을 닫아도 스멀스멀 기어 들어오는 짙고 으스스한 안개처럼 도둑 패거리로 보이는 한 일당이 은밀하게 내 차에 접근해오기까지 했다.

당신이 좋아하는 여자가 어디에선가 오직 당신만을 생각한다는 사실만큼 희망을 주는 일은 없을 것이다. 반대로 이 세상 어디에서고 당신을 생각하는 여자가 전혀 없다는 사실만큼 절망적인 일도 없다. 아니 더 나쁜 일도 있다. 누구도 아닌 바로 당신의 멍청한 행동 때문에, 그 여자가 당신에 대한 관심을 끝내버리는 일이다. 이는 비행기 창문 너머를 멍하니 바라보다, 문득 어느 순간 땅이 사라져버린 것을 알게 되는 것과 마찬가지다. 그 어떤 외로움도 이를 능가할 순 없다. 그리고 조용한 뉴저지는 다른 장점에도 불구하고 바로 그런 외로움을 느끼기엔 최적의 장소다. 물론 미시간도 이에 못지 않다. 슬프도록 아름다운 풍경, 자그마한 목조 가옥 너머로 사라지는 고독한 석양, 무성한 숲, 밋밋한 고속도로, 도웨지액이나 뮤니

싱*처럼 초라한 마을…… 그러나 말 그대로 '못지않을' 정도에 그치고 만다. 뉴저지야말로 이 세상에서 가장 순수한 고독의 땅인 것이다.

월터 러켓은 전혀 드러낼 필요가 없는 친근감을 보임으로써(그는 조언을 필요로 하지 않았다) 내 기대를 망쳐버렸고 몰랐더라면 좋았을 인생의 쓴맛을 보여준 셈이 되었다.

이 세상에는 알 필요가 없는 것들이 너무나 많다. 두 남자가 한 호텔에서 뒹굴었다는 유쾌하지 못한 얘기 역시 그 자체로는 전혀 신비하지 않은 일개 현상에 불과하다. 그것은 이미 모든 원리가 밝혀진 전자기타나 트위스트 춤이나 낡은 스튜드베이커 자동차와 다를 것이 없다. 그저 일개 사실일 뿐이다. 월터가 하룻밤을 같이 보냈다는 그 남자와 함께 살든 말든, 골동품을 팔든 말든, 부동산을 사든 말든, 한국인 고아를 입양하든 말든, 유언을 작성하든 말든, 바이널헤이번**에 있는 여름 별장을 사든 말든, 그 남자와 거듭 헤어졌다 만나든 말든, 다음엔 여자와 사랑에 빠져 마침내 훌륭한 시민으로 돌아가든 말든 내가 알아야 할 필요는 전혀 없다. 그것은 지금도 마찬가지다.

지금 와서 생각해보면 아마 비키는 지루해져서 동료 의사와 함께 그의 재규어를 타고, 콘솔 위에 놓인 마이타이주 병이 석양빛에 흔들리고 잉글버트 험퍼딩크***의 노래가 흘러나오는 가운데 서둘러 떠나버렸는지도 모른다.

그럼 어제 같은 상황에서 내가 할 수 있는 최선의 일은 무엇이었

---

* 둘 다 미시간 주에 있음.
** 메인 주에 있는 섬.
*** 영국 출신 미국 가수.

을까?

　나는 1번 국도로 들어선 다음 엑슨 사와 러스티 존스 사 중간에 있는 풀이 무성한 넓은 주차장에 차를 세웠다. 바로 여기에 밀러 부인이 사는 작은 벽돌집이 있기 때문이다. 주차장에는 낡은 차 몇 대만 있었고 커튼 사이로 불빛이 새어나왔다. 하지만 '리더 어드바이저'*라는 간판은 이미 꺼져 있었다. 나는 이곳에도 너무 늦게 도착한 것이다. 그러나 커튼 사이로 흘러나오는 불빛이 저 안에서 은밀한 말들이 오가고 있음을 보여주었다. 나의 궁금증을 풀어줄, 아니 머리에 가득 찬 우울한 생각 때문에 필라델피아 방향으로 차를 몰아 여기에 도착한 모든 사람의 궁금증을 충분히 풀어줄 비밀스런 대화가.

　나는 전처와 이혼한 뒤 이 년 동안 밀러 부인을 꾸준히 만났다. 이 집은 규모에 비해 가구가 너무 많이 들어차 있었는데 나는 밀러 부인을 만나려고 자주 드나드는 모든 남자와 여자에게 잘 알려진 존재가 됐다. 그들은 커피를 마시면서 종일 낮은 목소리로 비밀스런 얘기를 나눈다. 오늘도 그랬겠지만 아마 이 시간쯤이면 모두 돌아갔을 것이다. 사실 지금 내가 들어간다 하더라도 나는 일을 늦게 끝내고 이번 주 남은 일진이 어떨지 자문 받으려고 방문한 손님 자격으로 밀러 부인의 환영을 받았을 것이다. 하지만 난 밀러 부인의 사생활을 존중하고 싶었다. 작가와 마찬가지로 이곳 역시 그녀의 사무실인 동시에 집이기도 하기 때문이다.

　내가 밀러 부인을 만나게 된 동기는 지극히 단순하다. 예전에 쇼핑차 상점에 가기 위해(우리는 자전거용 펌프를 살 참이었다) 클라

---

　* Reader Adviser, 조언자라는 뜻이 있음.

리사와 폴을 뒷좌석에 태우고 1번 국도를 운전하다가 '리더 어드바이저'라는 간판을 보고는 그냥 차를 세웠던 것이다. 그동안 같은 길을 백번은 넘게 지나쳐 갔지만 한 번도 이 집의 존재를 알아채지 못했다. 그때 기분이 별로여서 그랬는지는 기억나지 않는다. 나는 모든 걸 기억할 수 없으니까. 하지만 비록 미신이라고는 해도, 리더 어드바이저라는 간판을 볼 때 우리가 항상 이성의 힘을 발휘해 본능을 거역할 수 있다고는 생각하지 않는다.

나는 차를 세운 뒤 헤드라이트를 끄고 잠시 가만히 앉아 있었다. 밀러 부인, 그녀의 집, 그녀의 일, 그녀를 찾는 사람들, 그리고 그녀의 인생이 비록 작지만 진정한 기쁨과 놀라움을 선사한다는 느낌을 받았기 때문이다. 그래서 나는 일주일에 한 번씩 정기적으로 밀러 부인을 방문했고 어제도 그런 이유로 그녀의 집에 갔다.

사실 밀러 부인의 조언은 여느 점쟁이와 별 다를 바가 없었다. 아니, 틀릴 때가 더 많았다. "곧 큰돈을 벌겠어."(사실이 아니다.) "장수하겠네."(반박하고 싶진 않지만 그럴 것 같지 않다.) "당신은 마음이 참 따뜻한 사람이야."(그럴까?) 어떨 땐 날씨에 근거해 비슷한 조언을 거의 매주 해주었다. "곧 좋은 날이 올 거야."(비 오는 날에.) "미래가 아주 불투명하군그래."(구름이 잔뜩 낀 날에.) 심지어 나를 알아보지 못해 당황하는 날도 있었다. 일이 끝나고 나면 마지막 인사는 항상 "다음에 봐"였다. (결코 이름을 부르는 법이 없다.) 종종 양각으로 글자를 새긴 자기 명함을 내밀 때도 있었는데 문구는 다음과 같았다. '친구처럼 편안한 곳, 어색함이라곤 전혀 없는 곳―그렇다고 집시는 아니랍니다.'

분명히 말하지만 난 그곳에 가는 게 어색하지 않다. 오 달러를 건네면 밀러 부인은 어두운 조명에 두꺼운 커튼이 드리워진 뒷방으로 나를 끌고 간다. (난 그곳에 아랍 사람이라도 앉아 있는 줄 알았지만 아니었다.) 조명은 푸른빛이 감도는 호박색이며 작은 라디오에서는 그리스 풍의 플루트 음악이 나지막하게 흘러나온다. 카드 테이블엔 흐릿한 크리스털 공과(하지만 사용하는 모습은 한 번도 보지 못했다) 커다란 타로 카드 몇 패가 놓여 있다. 일단 자리에 앉고 나면 밀러 부인은 내 손을 잡고 손금을 세심하게 짚다가 어려운 문제라도 생긴 양 이마를 찌푸리거나 당황하는 표정을 짓는다. 이어 안도하는 표정으로 낯빛을 바꾸며 결국 낯선 사람에게서는 결코 기대하기 힘든 사려 깊고 희망찬 말을 들려주는 것이다.

그녀는 타인의 인생을 매우 심각하게 걱정하는 낯선 사람이다. 그녀는 우리가 항상 만나고 싶어하는 그런 사람이다. 그녀는 우리와 불화하지 않고 무력감을 없애주는, 아니 엄밀히 말해 상대하기에 짜증나지 않는 그런 사람이다.

삼십대나 사십대로 보이는 밀러 부인은 얼굴이 반듯하고 약간 비만이고 피부는 거무스름하다. 생색을 종종 내지만 얼굴만 봐도 상대의 기분을 상쾌하게 만드는 능력을 분명히 갖고 있다. 일이 다 끝나고 나면 마치 보너스를 주는 것처럼 기분을 풀어주는 질문을 한두 개 정도 던져준다. 나는 평소 질문할 사항을 메모지에 적어놓지만 결국 메모지를 잃어버려 아주 단순한 질문만 하고 돌아올 때가 많았다. 예를 들면 이런 식이다. "폴과 클라리사가 이번 주를 안전하게 보낼 수 있을까요?"(나는 주로 사람들, 특히 나의 안위를 걱정하는 질문을 매번 던진다.) 그러면 밀러 부인은 내 아이들에게 중점을 두면서 항상 밝은 미래를 암시하는 대답을 들려준다. "자네가 좋은 아빠로 남는 한 위험한 일은 없을 거야."(오래전에 랠프 일을 말한 적이 있었기 때문이다.) 한번은 이와 전혀 다른 질문을 했다. 타이거즈가 아메리칸리그 동부지구에서 공동 1위를 할 수 있겠느냐고 질문했다. 당시 타이거즈는 한 게임만 이기면 볼티모어와 동률을 이뤄 최종 승자를 결정하는 경기를 치를 수 있었다. 하지만 내 질문은 밀러 부인을 화나게 했다. 그녀는 그런 질문은 오 달러 이상을 내야 한다면서 대답은커녕 무조건 십 달러를 요구했다.

어느 정도 시간이 지나면 그녀의 답이 틀렸다는 것을 알게 되지만 그래도 일이 뜻대로 되지 않은 이유는 다 내 탓이라고 편하게 생각해버린다.

한번 생각해보라. 대체 어디에서 우리가 요구만 하면 미래에 영감을 주는 사람을 만날 수 있단 말인가? 바람이 많이 부는 1월의 어느 우울한 날, 대체 어디에서 오 분만 차를 몰고 가면 당신은 존중받을 자격이 있으며 지금의 어려움도 곧 스쳐갈 것이라고 용기를 주는 사람을 쉽게 만날 수 있단 말인가?

프로이트라고 그렇게 많은 용기를 줄 수 있을까? 그가 당신에게 그런 말을 해줄 성싶은가? 이혼 후 힘든 나날을 보내던 어느 날, 나는 세인트루이스에 사는 한 여자를 알게 됐다. (나이는 이십대 중반으로 쾌활한 미녀였다.) 그때까지 그녀는 거금을 들여 부근에서 가장 유명한 정신과 의사에게 정기적인 상담을 받고 있었다. 하지만 상담을 그만두게 된 계기가 아이러니했다. 그녀는 어느 날 의사에게 달려가 말했다. "선생님! 오늘 아침에 일어났을 때 내가 다 나았다는 걸 알게 됐어요! 이제 병원이 아니라 저 세상으로 나가서 멋지게 살아봐야겠어요. 이렇게 행복해지다니, 다 선생님 덕분이에요." 하지만 그 사기꾼은 이렇게 말했다고 한다. "정말 나쁜 소식이군요. 치료를 그만두려는 생각 자체가 당신의 증상이 악화되고 있다는 분명한 증거입니다. 상황이 정말 심각한 것 같군요. 자, 어서 여기 앉아요."

밀러 부인은 절대로 이런 말을 하지 않는다. 실제 점괘보다 훨씬 희망적인 미래를 얘기해준 다음 오 달러를 행운의 표지로 삼아 악수하며 이렇게 말한다. "힘들면 언제든지 와." 말하자면 그녀의 철학은 이것이다. '좋은 날은 좋은 날이다. 그런 날은 인생에 그리 흔히 찾아오지 않는다. 나가서 마음껏 즐겨라.'

밀러 부인이 내게 제공해주는 바를 무엇이라 불러야 가장 좋을까? 서비스? 치료? 그보다는 미스터리라고 하는 편이 더 낫겠다. 왜냐하면 미스터리는 내게 중요한 자리를 차지하고 있고 또 현재내 인생에서 미스터리야말로 가치 있다고 생각되는 유일한 것이기 때문이다.

미스터리란 당신이 조금밖에 알지 못하거나 아예 모르는 그 어떤 것(사물이나 행위, 혹은 사람이 될 수도 있다)이 소유한 매력적인 속성이다. 이는 또한 알려지지 않은 것(효과, 상호작용, 막연한 느낌)의 예측 불가능한 장래라고도 말할 수 있는데 깊이 탐구할 생각은 단념하는 편이 현명하다. 자칫하면 막다른 골목에 갇혀 좌절에 빠질지도 모르기 때문이다.

미스터리의 전형적인 예를 들자면 이렇다. 전혀 좋아하지도 않는 클리블랜드로 가서 아주 아름다운 여자와 만난다. 당신과 여자는 저녁식사로 가재요리를 먹으며 얘기하다가 둘 모두 메인 주의한 섬에서 첫사랑과 근사한 시간을 보낸 적이 있음을 알게 되고, 이에 과거의 멋진 추억이 되살아난 두 사람은 당장 장소를 옮겨 사랑을 나눈다. 다음날 아침이 와도 문제될 것은 없다. 당신은 어제의여자는 잊어버리고 다른 도시로 날아간다. 하지만 이후 당신 인생에서 클리블랜드는 좀 다르게 느껴지는 도시가 될 것이다. 그 이유가 정확히 무엇 때문인지는 잘 알지 못한 채로.

나는 자문을 구하고자 오 달러를 들고 밀러 부인을 찾아가지만 그녀는 세상에 대한 진실도, 미래도 알려주지 않는다. 그저 안심시키고 격려하면서 자기 인생을 둘러싸고 있는 미스터리를 간간이 내게 내비친 다음 나를 희망으로 가득 채워 집으로 돌려보낸다. 그녀를 보면 나는 가장 낮은 차원의 호기심과 궁금증에 휩싸인다. 만약 집시가 아니라면 밀러 부인은 대체 누구인가? 유대인인가? 모로코 사람인가? 밀러는 진짜 이름일까? 그녀의 집 안에 있는 사람들은 대체 누굴까? 친척? 남편? 아니면 그냥 시민? 그들은 저기에서 무슨 일을 하는 걸까? 혹시 총을 파는 건 아닐까? 여권 위조? 외화 위조? 좀더 차원 높은 질문은 이렇다. 밀러 부인에게 나는 과연 어떤 상태에 있는 사람으로 보일 것인가? (답답한 사람이라면 누구든 담당의사에게 이런 질문을 던지고 싶을 것이다.) 하지만 난 방문 목적인 그때그때의 질문을 빼고는 더이상 아무것도 궁금해하지 않으려고 필사적으로 애를 썼다. 혹시 더 많은 사실을 알게 될 경우 패배자의 비참함만 느끼게 되거나, 무미건조한 현실의 늪으로 빠져버리고 말거나, 더 많은 미스터리를 찾아 헤매야 하거나, 아니면 아예 미스터리와 담을 쌓고 지내야 할지도 모른다는 생각이 들었기 때문이다.

기대했던 대로 커튼 사이로 흘러나오는 따뜻한 빛(마치 고대 시대 분위기를 풍겼다) 근처에 있기만 해도 나는 그토록 원하던 히치하이킹에 성공한 사람처럼 기운이 솟아났다. 그런 적은 없었지만 갑자기 모든 일이 잘 풀릴 것만 같았다. 나는 왠지 모를 향수에 잠겨 밀러 부인의 작은 집을 쳐다보다가 앞문이 약간 열려 있다는 사실을 알게 됐다. 누군가가 밖에 누가 있는지 궁금해하며 나를 지켜보고 있을지도 모른다. 저기 주차한 또다른 차의 주인은 누구일까? 연인? 경찰? 아니면 술 취한 사람? 이제 생각해보니 그때 집 문이 정말 열려 있었는지도 확실치 않다. 혹시 나를 지켜보는 사람이 있었다면 그도 나처럼 혼란스러웠으리라. 중년의 나이임에도 갓 태어난 아이처럼 다시 기분이 편안해진 나는 살그머니 차를 돌려 남쪽으로 향하는 차량 속으로 숨어들었다.

나는 사과 과수원과 잔디밭, 비펄로* 목장, 드토크빌 아카데미 운동장, 잘 꾸민 잔디밭을 차례대로 거쳐 그레이트우드 가로 되돌아왔다. 지나온 장소들은 하나같이 많은 차량으로 답답하기 쉬운 하담의 숨통을 틔워주는 역할을 하고 있다. 즉 옆 도시로 향하는 1번 국도 주변으로 농장과 현대적인 건물이 공존하고 있는 것이다. 나는 아직 잠자리에 들고 싶지 않았다. 전혀 생각이 없었다. 냉정한 현실과 이에 따라 일어났던 고독은 서서히 잦아들고 대신 어떤 예감이 고개를 들었다. 나른한 봄 저녁의 공기 또한 내 안에 있는 모험심을 천천히 충동질했다.

나는 교외의 봄바람이 풍기는 레몬향을 맡으며 조용하고 텅 빈 세미너리 가 주변을 어슬렁거렸다. 횡단보도 양쪽의 신호등이 깜박거리며 노란색으로 바뀌었고 한쪽에서는 경찰 한 명이 지직거리는 무전기 소리를 들으면서 과속 차량을 단속하려고 대기중이었다. 고딕 양식으로 지어져 근엄함을 풍기는 신학교는 여전히 고요했지만 느릅나무와 버튼나무 사이로 보이는 창문에서는 환한 불빛이 흘러나왔다. 아마 중간고사가 임박해 학생들이 공부에 열중하

＊ 버펄로와 축우를 교배해 개량한 식육소.

고 있기 때문이리라. 경찰차의 배기통만 낮게 그르렁거릴 뿐 사방이 고요한 가운데 나무 위로 비치는 저 먼 뉴욕 시의 불빛이 어두운 하늘을 수놓고 있었다.

부활절을 앞둔 목요일 밤 아홉시. 이 시간 교외 지역에 있는 거의 모든 마을은 자신만의 비밀을 간직한 듯 고요하게 보인다. 하지만 하담만은 예외다. 어디에서나 눈에 잘 띄는 붉은 소화전처럼 솔직하고 숨김이 없다. 그리고 바로 이런 점 때문에 하담은 그 어떤 곳보다 유쾌한 장소가 된다.

만약 모든 곳이 불평불만이 가득한 시카고나 썩은 내가 나는 로스앤젤레스, 혹은 온갖 음모가 난무하는 뉴욕과 다를 바 없다면 아무도 이를 견뎌낼 수 없을 것이다. 우리는 모두 하담처럼 단순하고 분명하고 복잡하지 않은 마을을 필요로 한다. 테러호트*든 비즈마크**든, 여기처럼 안정적인 부동산 가치를 지니고 정확한 쓰레기 처리 시스템과 완벽한 배수시설을 갖추고 넓은 주차장이 마련돼 있으며 공항에서 가까운 마을이 있다면 내게 제시해보라.

나는 장로교회를 엿보려고 운동장 가장자리에 차를 세웠다. 일요일이 되면 가끔 찬송가를 듣고 힘을 얻으려고 교회에 들렀다. 여기로 처음 이사 온 후 우리 부부는 꼬박꼬박 예배에 참석했지만 전처는 곧 흥미를 잃어버렸고 나 역시 일요일에도 일을 해야 할 경우가 많았다. 대학 2학년 때, 만사가 힘들고 알 수 없는 죄책감에 시달리던 나는 이를 해결하려고 메이너드 가에 있는 웨스트민스터 교회에 나갔다. 키가 크고 여드름이 잔뜩 났으며 체구는 허수아비처럼 **삐삐** 말랐던 그 교회의 목사는 자신을 일종의 '중재자'로 자

---

* 인디애나 주에 있는 도시.
** 노스다코타 주의 주도.

처하면서 강론 시간이 되면 유엔이나 세토* 등을 언급하며 세계적인 기아 현상에 대해 자신의 의견을 피력했다. 식욕부진으로 보이는 역시 삐쩍 마른 아내가 그의 보조자였고(그들은 모두 머스키건** 출신이었다) 신도들은 대개 남편을 잃은 나이 많은 교수 부인, 교회에 들어온 지 얼마 안 되는 신참 신자, 혹은 고민을 해결하고 싶어하는 동성애자였다.

나는 다섯 주 정도 교회에 다니다가 성경을 저만치 팽개치고는 토요일 밤이면 학교 클럽에서 술을 마셨다. 당시 앤아버의 다른 모든 것과 마찬가지로, 신앙 역시 너무 실증적인 측면과 문제 해결 방안에만 치우쳐 있었기 때문이다. 영혼의 문제는 그야말로 육신의 문제로 그 차원이 완전히 바뀌어버렸다. (내가 기대했던) 광희와 흥분은 혼탁했던 당시 세계에서 전혀 불가능했고 결과적으로 나는 교회에 나가야 할 의미를 잃어버렸다.

그러나 하담의 장로교회에서는 더욱 안전하면서도 괜찮은 해결 방법을 제시했다. 즉 하담의 교회는 신도들의 정신을 고양함으로써 오히려 냉엄한 현실을 직시할 수 있도록 유도했다. 일종의 고난도 정신요법이라고 불러야 할까. 신도들은 자신이 교회에 왜 있는지에 대해 전혀 의심을 품지 않았다. 그들은 구원받기 위해, 또 그 구원을 일반에 널리 알리기 위해 교회에 왔노라고 믿었다.

그런데도 여기 교회에 처음 갔을 때 내 눈에 띈 문구는 언뜻 봐도 이상했다.

'무덤을 향한 질주.'

곰곰이 따져보니 이는 아마 일 년에 한 번만 교회에 다니는 나

---

* SEATO, 동남아시아 조약기구.
** 미시간 주 서부에 있는 항만도시.

같은 사람들의 생각을 바꾸기 위한 교묘한 미끼 같았다.

이 교회 목사는 틀림없이 눈썹을 치켜올리며 활짝 웃는 위트 있는 사람일 것이다. 그는 아마 신자들에게 다음과 같은 말로 말문을 열 것이다. "신자 여러분, 예수님은 정말 징글징글한 사람이죠?" 물론 신도들은 그렇다고 우렁차게 화답할 것이며 곧바로 부활 사건은 당연한 일이라고 말하면서 주님의 운명을 어떻게 하면 자신의 것으로 만들 수 있는지 목소리를 높여댈 것이다.

나는 단속에 별로 성과가 없었는지 우울한 얼굴로 돌아오는 경찰에게 엄지손가락을 펴 보인 후 프레지던트 가(타일러 가 위쪽과 피어스 가 아래쪽에 있다)와 클리블랜드 가를 향해 곧장 차를 몰다가 커다란 니사나무 아래에 차를 멈췄다. 전처가 몰고 다니는 사이테이션이 건너편 좁은 도로 한쪽에 주차돼 있었고 모델명을 알 수 없는 파란색 자동차 한 대도 근처에 같이 있었다.

나는 차에서 재빨리 내려 길을 건넌 다음 모델명을 알 수 없는 파란색 자동차 후드 위에 손을 얹었다가(가까이에서 확인해보니 선더버드였다) 클리블랜드 가를 지나는 사람들의 눈에 띄기 전에 얼른 내 차로 돌아왔다. 내심 바란 대로 선더버드는 차갑게 식어 있었다. 여기에 사는 사람, 혹은 그 사람을 찾아온 친척일 가능성이 크다고 생각하니 내심 안도가 됐다. 하지만 문득 그 차의 주인이 내가 전혀 모르는 구애자(컨트리클럽에 다니면서 신용카드를 긁어대는 뚱뚱한 남자)일지도 모른다고 생각하자 안도감은 슬그머니 의심으로 번졌다.

나는 자연스런 방문으로 위장하려고 마음먹었는데 굳이 여기 온 이유는 거의 나흘이나 폴과 클라리사를 보지 못했기 때문이다. 둘은 학교가 끝나고 귀가하면 보통 같이 왈츠를 추거나, 샌드위치를 먹거나, 앉아서 잡담을 하거나, 집 안 곳곳을 샅샅이 훑고 다니며 장난을 치거나, 얏지나 클루 게임*을 하곤 했다. 그리고 나는 그런 애들 옆에서 과거에 그랬던 것처럼 아빠의 존재감을 계속 심어주려고 노력했다. 아이들을 못살게 굴거나, 같이 장난치거나, 질문에 답해주거나, 그것도 아니면 아주 노골적인 방법으로 자식들의 사랑을 애걸했던 것이다. 아이들은 내 의도를 잘 알고 있었고 아이들 역시 나를 사랑했으므로 전혀 문제될 것이 없었다. 이혼으로 갈라서긴 했지만 우리 네 명은 이렇게 매우 견고한 가족 형태를 유지하면서 최선을 다해 서로의 의무를 충실히 이행했다.

어젯밤 나는 전처 집에 가서 아이들이 잠들어 있는 모습을 보고 술이나 한잔하면서 전처와 삼십 분 정도 수다를 떨다가 소파에서 자고 싶었다. (비키와 만난 후론 소파에서 잔 적이 거의 없었지만 유독 그렇게 하고 싶었다.)

나는 아버지의 정을 보여주기 위해 예의를 차려 방문하고 싶었지만 혹시 민망한 상황과 마주치지 않을까 걱정이 되었다. 전처가 오늘밤만 아이들을 다른 곳으로 보내고 분위기 있는 조명 아래에서 다른 남자와 좋은 시간을 보내고 있다면? 말끔하게 차려입은 한 신사가 내가 잠들고 싶은 소파에 앉아 사랑이 가득한 눈으로 전처를 바라보고 있다면? 그렇다면 전처는 갑작스럽게 침입한 나를 보고 분노할 것이며 그 남자는 나를 쫓아내거나 주먹을 한 대 먹일지도 모른다. 결국 남자 둘이 이 집을 떠나는 것으로 오늘 사태를 마무리할지도 모른다. (이런 경우 남자들은 항상 우울한 밤거리를 배회하게 된다. 물론 그 남자와 나중에라도 우연히 술집에서 마주친

---

* 각각 주사위 게임과 보드 게임의 일종.

다면 종종 친구가 되는 경우도 있긴 하지만 말이다.)

　그러나 나만의 시나리오는 곧 머리에서 떠나갔다. 나는 결국 전
처의 이웃집 차로 보이는 파란 자동차만 우두커니 응시하며 가만
히 어둠 속에 서 있었다. 넓은 문, 커다란 뽕나무, 그리고 곧장 뻗은
인도를 보니 젊은 이혼녀가 안정된 수입에 자기주장을 지키며 자
녀들과 살아가기에 이곳 프레지던트 가가 더없이 적당한 곳으로
여겨졌다. 길을 따라 늘어서 있는 주택 안에는 생각이 자유로운 젊
은이들이 살고 있을 것이다. 그들은 눈매가 날카롭고 투자도 적당
하게 하며 행동이 민첩하고, 따라서 상당한 부를 지니고 있다. 반면
정작 여기 집들을 지은 이탈리아 이민자의 후손들은 페전트 런과
켄들 파크를 선호하는 젊은이들에게 자리를 내주고 자신과 비슷한
나이의 사람들이 사는 델레이 비치나 포트마이어스*로 떠나갔다.
은행은 이 동네 주민들에게 인심을 후하게 베풀어 주택저당 증서
와 변동금리를 기꺼이 제안했고 그에 따라 재산권에 민감한 젊은
자유주의자들(대부분은 주식 중개사나 관선 변호사이다)은 서로의
아이들을 돌봐주고 집에서 에스프레소를 갈아 마시면서 자부심 강
하고 유대 깊은 이웃관계를 발전시켰다. 밝고 화사한 현관, 멋진 페
인트 색, 언제나 새것처럼 보이는 발판, 비에 젖지 않도록 차양으로
덮인 층층계단, 아르데코** 스타일의 숫자들, 세심하게 다듬은 스
테인드글라스…… 하나하나가 모두 현대적이며 부유한 인상을 풍
겼다.

　내 생각일 뿐이지만 전처는 여기에서 행복하게 지내고 있다. 아
이들도 가까이 있는 학교를 다니면서 친구나 나와 잘 지낸다. 물론

＊ 모두 플로리다 남부에 있는 도시.

＊＊ 1920, 1930년대에 유행한 장식 디자인으로 1960년대에 다시 부활함.

한때 안락했던 호빙 가에서의 생활과 같지는 않을 것이다. 하지만 누구도 미래의 변화를 알 수는 없다. 아무리 똑똑하고 선의를 지니고 있다 해도 이는 어쩔 수 없는 일이다. 랠프가 죽을 줄 누가 알았겠는가? 확실성이 그렇듯 쉽게 사라지리라고 누가 생각했겠는가? 우리 가정이 파괴되어 갑자기 헤어지게 될 줄 누가 예상했을까? 이미 아내와 헤어져 큰 변화를 겪어야 했던 월터 러켓이 이틀 전 어떤 남자를 만나 인생에 큰 변화를 맞게 될 줄 누가 알았겠는가? 아무도 알지 못한다. 우리의 인생은 진정 평범하지 않다. 풀기 어려운 기하학 숙제처럼 인생은 온통 문제투성이다. 맑은 날씨가 언제 그랬냐는 듯 비 오는 날씨로 바뀌듯 인생도 그렇게 쉽게 변한다. 물론 바뀐 인생 역시 어느 순간 다른 방향으로 변할 것이다.

성 레오 성당의 시계가 열시를 가리켰을 때 클리블랜드 가 116번지에 자은 변화가 일어났다. 현관등이 켜지고 열린 문 사이로 훈계하는 목소리가 잠시 흘러나오더니 곧 아들 폴이 밖으로 걸어나왔다.

폴은 테니스 바지에 내가 출장에서 돌아올 때 사준 미네소타 트윈스 야구팀 셔츠를 입고 있었다. 폴은 이제 열 살이 되었는데 작은 체구에 똑똑한 편도 아니었지만 나름 진지하고 마음이 착하며 둘째아들이 갖추어야 할 온갖 미덕, 즉 인내와 호기심, 창의력이 있었고 또 감상이 풍부했다. 아직 책을 완전히 이해하며 읽을 수준은 안 되지만 어휘력도 제법 높았다. 자연에도 관심이 많아서 자기 방(나와 자주 노는 장소이다)을 시에라 클럽이나 오듀본 등 자연보호협회에서 발행한 오리, 병아리 같은 포스터 사진으로 꾸며놓았다. 그리고 그 사진들 앞에 서서 중대한 어떤 사건이 분명 자신을 기다리고 있을 거라는 표정을 지으며 멀뚱히 쳐다보곤 했다. 나는 폴이 앞으로 인생을 별 문제 없이 잘 헤쳐나갈 수 있으리라고 되뇌곤 한다.

나아가 폴과 클라리사 모두 자랑스럽다. 아이들은 임무에 열심인 군인처럼 지금 상황을 묵묵히 잘 견디고 있기 때문이다.

폴은 비둘기장에서 새 한 마리를 가지고 밖으로 나왔다. 멋진 날개를 가진 얼룩덜룩한 양비둘기였다. 폴은 능숙한 솜씨로 비둘기를 인도 쪽으로 툭 날렸다. 나는 운전대를 잡은 채 스파이처럼 폴을 가만히 쳐다봤다. 폴은 새에 집중하고 있었고, 커다란 니사나무가 그림자를 드리우고 있었기 때문에 나를 알아보기 힘들었을 것이다.

잠시 후 폴은 인도에 떨어진 새를 작은 팔로 집어올려 주머니에 조심스럽게 넣었다. 새는 신경질적으로 머리를 들어 여기저기 둘러보더니 폴의 친숙하면서도 근엄한 얼굴을 보고는 곧 얌전해졌다.

폴은 한동안 비둘기를 열심히 관찰하고 나서 다시 양손으로 끄집어냈다. 이어 폴의 목소리가 어둠 속에서 선명히 들려왔다. 연습한 언어를 새에게 열심히 가르치는 모양이었다. "이 집을 기억해." "저렇게 한 바퀴 도는 거야." "저건 위험물이니 피해야 돼." "우리가 연습한 내용을 기억해." "누가 적이고 친구인지 알아둬." 모두 더할 나위 없이 좋은 충고였다. 훈계를 다 끝내고 폴은 비둘기를 코에 가까이 대고 킁킁거렸다. 잠시 후 폴이 눈을 감았다 다시 뜨는가 싶더니 새가 밤하늘로 훌쩍 날아올랐다. 비둘기의 하얀 날개는 나무가 그려놓은 경계선을 돌파하며 점점 작아지다가 곧 사라졌다.

폴은 잠깐 고개를 들어 하늘을 쳐다보고는 이제 새에는 더이상 관심 없다는 표정을 지으며 내가 숨어 있는 차 쪽으로 천천히 걸어왔다. 내가 있는 줄 벌써 알아차렸지만, 자신이 관찰당하고 있다는 사실을 알고 있었지만, 어른스럽게 이에 신경 쓰지 않고 일을 끝낸 후 아빠에게 가겠다고 미리 작정했던 것일까?

자신만의 독특한 걸음걸이로 나를 향해 걸어오는 폴의 얼굴엔 낯선 사람을 대할 때의 미소가 어려 있었다.

"안녕, 아빠." 폴이 창문을 통해 인사를 건넸다.

"안녕, 폴."

"웬일이세요?" 폴은 아무것도 모르는 순진한 아이처럼 미소 지었다.

"그냥 앉아 있어."

"괜찮아요?"

"물론이지. 그런데 저기 있는 차는 누구 차니?"

폴은 고개를 돌려 선더버드를 쳐다봤다. "라이츠 씨네 차예요." (그는 이웃집에 사는 변호사다. 역시 아무 일도 아니었다.) "안으로 들어오실래요?"

"아니, 그냥 너희가 잘 있는지 보러 온 거야. 순찰차처럼 말이야."

"클라리사는 자고 있어요. 엄마는 뉴스 보고 계시구요." 폴은 정관사를 생략하고 말했는데 전처의 발음과 완벽히 닮아 있었다.

"방금 자유롭게 풀어준 새는 뭐였지?"

"올 바사." 폴이 거리를 두리번거리며 말했다. 그애는 새의 이름을 (어니스트, 체트, 로레타, 보비, 제리 리처럼) 소박하게 짓는 편이었고 이름 앞에는 귀엽다는 뜻으로 보통 '올'을 붙여주었다. 생각 같아서는 창문 너머에 있는 폴을 붙잡아 울음이 터질 때까지 껴안고 싶었다. "하지만 완전한 자유를 주진 않았어요."

"그럼 그 올 바사에게 무슨 임무라도 부여했다는 거니?"

"네." 폴은 대답하면서 도로를 쳐다봤다. 지금 나는 분명히 폴의 사생활을 침해하고 있다. 하지만 폴이 바사에 대해 얘기하고 싶어한다는 사실 역시 분명했다.

"그 임무가 뭔데?"

"랠프 형을 보고 오는 거예요."

"랠프? 왜 지금 랠프를 봐야 하는 거지?"

폴이 한숨을 내쉬었다. 아까 걸어올 때 보여준 어른스러움은 이제 사라졌다. "잘 있는지 보고 우리 안부도 전해달라고요."

"보고하라고 한 거야?"

"네." 폴은 여전히 도로만 바라보고 있었다.

"우리 모두에 대해서?"

"네."

"진에도 임무를 줬니?"

"네. 잘했어요." 폴이 시선을 피했다.

"아빠 소식도 알려줬고?"

"뭐 간단하게요. 어쨌든 전해줬어요."

"고맙구나. 그래, 올 바사는 언제 돌아오지?"

"안 돌아와요. 케이프 메이에서 살아도 된다고 말해줬거든요."

"아니 왜?"

"형이 죽었으니까요."

작년 가을에 딱 한 번 폴과 클라리사를 케이프메이에 데리고 간 적이 있다. 사람이 죽으면 케이프메이에 산다고 폴이 생각하는지 문득 궁금해졌다. "그럼 일종의 일방적 임무로구나."

"맞아요."

폴은 내가 아니라 차의 문만 뚫어져라 쳐다봤다. 그 모습을 보며 나는 폴이 죽은 사람과 관련한 이 모든 대화에 혼란스러워하고 있음을 직감했다. 이따금 위선적인 태도를 취하는 성인과 달리, 즉 자기 생명을 위협하는 존재가 바로 앞에 있다 해도 애써 태연한 척하는 어른과 달리 아이들은 솔직함과 진실함을 좋아하며 (당연한 애기지만) 차가운 시체가 아닌 생명체에 더 큰 친밀감을 느낀다. 나로 말하자면 서로에 대한 솔직함과 진실성을 바탕으로 폴과 굳건한 우정을 지켜왔다.

"그래, 오늘은 무엇으로 아빠를 기쁘게 해줄 거지?" 폴은 즐거운 농담거리를 많이 갖고 있어서 이미 철이 지난 농담이라도 상대방을 아주 웃기는 재주가 있다. 물론 이따금 입을 꽉 다물고 아무 얘기도 하지 않을 때도 있지만. 지금도 나는 폴의 기억력에 감탄하곤 한다.

하지만 내가 질문하자 폴은 잠시 침묵에 빠졌다. 생각하는 척하며 고개를 젓더니 모든 농담이 그곳에 있는 것처럼 나뭇가지를 가만히 응시했다. (아까도 말했지만 인생이 어떻게 변할지 아무도 모른다. 어두운 거리를 질주할 때 아들과 얘기할 수 있으리라고 어떻게 생각이나 했겠는가? 그것도 진형을 기억하는 기특한 아이다. 게다가 잠시 기다리면 선물로 농담까지 받을 수 있지 않겠는가?)

"음, 좋아요." 폴이 준비를 마쳤는지 주머니에 손을 넣고 입을 약간 비틀었다. 그런 표정이 웃기게 보인다고 여기는 것 같았다.

"준비됐어?" 다른 사람에게 이런 말을 했다면 농담을 망쳐놨을 테지만 이건 폴과 나만의 신호였다.

"준비됐어요." 폴이 곧 말을 이었다. "아일랜드 말을 하면서 뒤뜰에 뒹구는 사람의 이름은?"

"모르겠는데?" 내가 솔직히 대답했다.

"패디 오퍼니쳐!"* 폴은 터져나오는 웃음을 참지 못했고 나도 마찬가지였다. 우린 각자 있는 곳에서(폴은 거리에서, 나는 차 안에

---

* 야외용 가구 생산업체 이름으로, 패디는 아일랜드 사람을 뜻하는 별칭.

서) 낄낄대며 웃었다. 나중에는 눈물까지 마구 흘릴 정도여서 자제하지 않았다면 아마 전처가 나와 나의 '판단력'에 의구심을 품었을 것이다. 하지만 인종학은 우리 모두가 좋아하는 주제 아니던가.

"일등상 감이군." 내가 눈물을 닦으며 말했다.

"다른 것도 있어요. 더 재미있다고요." 계속 나오는 웃음을 애써 참으며 폴이 말했다.

"이젠 집에 가야 해. 하지만 기억해뒀다가 다음에 꼭 얘기해줘야 한다."

"안 들어오세요?" 폴과 내 눈이 서로 마주쳤다. "소파에서 주무시면 되잖아요."

"오늘밤은 안 돼." 가슴에 깊은 기쁨이 밀려들었다. 할 수만 있다면 폴의 초대를 받아들여 전처 집으로 들어가 침대에서 폴을 재웠을 것이다. "레인 체크."* (이 말 역시 우리의 오랜 신호였다.)

"엄마한테 말해도 돼요?" 내가 들어가지 않자 폴은 갑자기 근심 어린 표정을 지었다. 이제 폴에게 가장 큰 고민거리는 바로 폭로일 것이다. 과연 어떤 일이 일어났는가? 아직 폴은 이런 일에 있어선 아빠를 따라올 수준이 되지 못했다. 물론 곧 따라잡겠지만.

"그냥 우연히 아빠가 차를 몰다가 여기에 왔고 옛 친구처럼 잠깐 얘기만 나눴다고 해."

"사실이 아닌데도요?"

"응, 사실이 아닌데도."

폴은 호기심 어린 표정으로 나를 쳐다봤다. 내가 폴에게 얘기하라고 한 건(폴은 자기 판단에 따라 얘기할 수도, 하지 않을 수도 있

---

* 우천 교환권. 즉 옥외 경기가 열리지 못할 때 관람객에게 나눠주는 표로 나중에 다시 기회를 준다는 뜻임.

다) 거짓말이 아니라 있었던 일에 대한 것이었다.

"올 바사가 형을 찾는 데 얼마나 걸릴 것 같아요?" 폴이 심각한 표정으로 물었다.

"아마 지금쯤 만났을걸?"

폴의 얼굴이 신부님처럼 엄숙해졌다. "영원히 만나지 못하는 건 아니겠죠? 너무 오래 걸리면 싫어요."

"잘 자라, 아들아." 전혀 다른 종류의 어떤 예감에 나는 갑자기 출발을 서둘렀다.

"잘 가요, 아빠." 폴이 미소 지었다. "좋은 꿈 꾸시고요."

"너도 좋은 꿈 꿔."

폴은 클리블랜드 가에 있는 전처의 집으로 돌아갔고 나는 집을 향해 천천히 어둠 속으로 기어 들어갔다.

5

공장이 많은 곳답게 대도시 디트로이트의 공기는 가볍고 파삭파
삭한 느낌이다. 도로마다 번쩍거리는 차들이 돌아다니고 화려한
전자간판은 폴 앵카가 오늘밤 코보 홀에서 공연한다는 안내문을
쉬지 않고 반복했다. 호텔은 궁전처럼 화려하고 사람들은 정겨운
분위기를 풍긴다. 여기에선 흑인조차 여느 지역과는 다른 느낌으
로 다가왔다. 서류가방을 들고 다니는 흑인들의 옷차림이 예사롭
지 않았고 하나같이 건강하며 밝고 부유해 보였다.

비행기에 같이 탔던 승객들은 환영 나온 사람들을 만나느라 정
신이 없었다. 앞에서 말했지만 이들은 미시간 주민이 아니라 원래
여기에 살던 사람들이었다. 친척으로 보이는 환영객 또한 승객들
과 별반 다르지 않아 보였다. 은색이 감도는 금발에 히피처럼 차려
입은 여자들은 미소를 짓고 있고, 단정히 매만진 머리에 티롤 식*
으로 개량한 구식 외투를 입은 남자들은 비밀을 간직한 듯 과묵한

표정을 하고 있지만, 실은 진심으로 기뻐하며 악수를 청해온다. 짧은 외투와 환대가 넘치는 아름다운 곳, 올 수 있어 기쁜 곳, 디트로이트는 바로 그런 곳이다.

붉은 재킷에 핸드백을 걸친 바버라와 수가 바퀴 달린 가방을 끌고 우리에게 다가왔다. "즐거운 주말 보내세요." 둘 다 매우 즐겁다는 표정으로 몸을 내밀며 인사했고 특히 수는 비키에게 의미심장한 윙크를 지어 보였다. 바버라는 수가 레이크 오리온** 출신의 섹시한 남자와 곧 결혼할 예정이며 그 때문에 일을 그만둬야 할지도 모른다고 말했다. 그리고 자신과 남편 론은 직업 특성상 계속 외식을 해야 하는 형편이라고 덧붙였다.

"바버라의 말은 무시하세요." 수가 환하게 웃으며 큰 소리로 말하고는 머리를 매만지며 이렇게 말했다. "말은 저렇게 해도 바버라는 파티를 무척 좋아해요. 그 파티들을 일일이 열거하자면 책 한 권은 족히 될 거예요. 아마 오늘도 파티가 있을걸요."

"농담이니까 신경 쓰지 마세요." 바버라가 말했다. "두 분 모두 즐거운 여행 되세요."

"그럴 거예요." 비키가 자랑스럽게 웃으며 말했다. "두 분도 멋진 날이 되기를."

"당연하죠." 수는 화답하고 나서 바버라와 함께 승무원들이 체크인을 하는 곳으로 걸음을 옮겼다. 둘의 모습은 마치 거짓말로 사감을 속인 후 멋진 컨버터블을 대동하고 나타난 남자친구에게 달려가는 여대생 같았다.

"참 좋은 사람들이죠?" 하지만 비키는 부산하게 움직이는 수많

* 오스트리아의 티롤 지역을 말함.
** 미시간 주에 있는 도시.

166

은 디트로이트 사람들에게 다소 거리감을 느낀 듯 잠시 아무 말도 하지 않았다. 앞으로 벌어질 일에 어떤 예감이라도 들었기 때문일까. 비키는 나만큼이나, 아니 나보다 더 예감에 민감한 사람이다. 하지만 활발한 비키는 이내 원래 모습을 되찾을 것이다. "저렇게 멋진 사람들일 줄은 미처 몰랐어요."

"정말 멋지군." 나는 잠깐 레터 스웨터에 주름치마, 바비 양말을 신은 바버라와 수를 떠올렸다.

"얼마나 멋진데요?" 비키가 의심스럽다는 미소를 지으며 물었다.

"당신의 반만큼?" 부드러운 비키의 팔을 잡아끌며 내가 말했다. 우리 주변으로 거대한 디트로이트 사람들의 물결이 밀려왔다가는 곧 사라졌다.

"라일락도 예쁘지만 한군데 몰려 있으면 별로죠." 뭔가를 알고 있다는 듯 비키의 눈이 작아졌다. "당신 표정을 봤어요. 전처가 왜 이혼을 결심했는지 알겠네요."

"지난 얘기는 하지 말자고." 내가 말했다. "나한텐 당신밖에 없어. 당신이 원한다면 여기에서 당장 결혼할 수도 있지."

"나도 해봤지만 별로 오래 못 가던걸요?" 나를 째려보며 비키가 말했다. "결혼이라니 무슨 바보 같은 말인지. 난 여기 놀러 왔다고요. 그러니 어서 가기나 해요." 비키는 뭔가에 당황한 듯 이마를 잠깐 찌푸렸다가 다시 밝고 환한 미소를 지었다. 하지만 난 순간이나마 비키와 결혼하는 상상을 했다. 여기 공항에 있는 한 예배당에서 공항 수하물 직원을 신랑의 들러리로, 바버라와 수를 신부의 미용사와 들러리로 삼아서 말이다. "뭐 해요? 짐을 찾아야죠." 역시 비키는 활달한 성격으로 돌아와 있었다. "혹시 짐이 파손되지 않았는지 가봐야겠어요." 비키가 윙크를 날리는 모습에서 나는 간호사에게서만 찾아볼 수 있는 비밀스러운 성적 매력을 발견했다. 그러니 내가 어떻게 거부할 수 있겠는가? "왜 그렇게 멍하게 서 있는 거예요?" 십 미터쯤 떨어진 곳에서 비키가 외쳤다. "어서 가자고요."

비키는 선뜻 동의하기 어렵겠지만 낯선 도시에서는 무슨 일이든 벌어질 수 있다. 나는 얼굴 가득 미소를 짓고 발걸음도 가볍게 수하물이 빙빙 돌아가는 곳으로 향했다.

차갑고 냉정한 우리네 삶처럼, 잃어버린 산업 도시 디트로이트가 우리 주변을 떠돌았다. 하늘은 잿빛이었고 바람은 횡횡 몰아쳤다. 센터 시티로 가는 포드 고속도로 주변에선 이리저리 흔들리는 바람을 따라 종이와 셀로판지가 마구 휘날렸다. 도심과 산업 지역이 복잡하게 얽혀 있는 도로 양쪽으로는 평평하거나 만사드 지붕* 모양을 한 집들이 늘어서 있었다. 낯선 곳이면 늘 그렇듯 낯선 공기가 우리를 휘감았다. 이제부터 마음을 단단히 먹어야 한다. 왠지 유용한 비관주의가 아니라면 여기에서 버티기가 쉽진 않을 성싶었다.

시간이 지나면 뉴욕을 포함한 미국의 모든 곳이 중서부 지역처럼 변할 것이라고 어떤 책에서 말했지만 그렇게 된다 해도 전혀 나쁠 것 같지 않았다. 이곳은 사랑에 빠지기에도, 무상교육을 받기에도 아주 적당한 곳이다. 디트로이트는 우울한 햇빛이 파랗고 검은 어둠으로 바뀔 때 별과 냉정한 빌딩을 배경 삼아 경기를 관전하기에 안성맞춤인 장소다. 바지를 무릎까지 걷어붙인 친근한 흑인이나 폴란드인과 나란히 앉아 호수 위로 불어오는 차가운 캐나다 바람을 맞으면서 말이다. 디트로이트는 그런 미국인의 삶이 가능한

---

* 2단 경사 지붕.

곳이다.

내가 만약 뉴저지에 정착하지 않았다면 여기에서 완벽한 원주민으로 행세할 수 있을 것이다. 여기로 이사 와서 미시간 대학 동창 클럽에 가입하고 공장에서 막 생산한 새 자동차를 매년 구입해보는 건 어떨까. 중년이 된 지금, 로열오크나 디어본*으로 이사 와 삼나무로 만든 멋진 집에 정착한 다음 또다른 미시간 여자를 찾아나서는 것보다 더 나은 일이 있을까 하는 생각이 들었다. 회사는 나를 이곳 지부장으로 임명하면 그만일 터이다. 이어 나는 더 모험적인 일, 예를 들어 호수를 안내하는 가이드 일을 해볼까 하는 데까지 생각이 미쳤다. 왜냐하면 이런 유쾌한 곳에서 시도하는 변화는 항상 창조성을 일깨우는 묘약이 될 테니까.

"여긴 아직도 겨울 날씨 같네." 색이 들어간 버스 창문에 비키가 코를 대며 말했다. 버스를 탄 지도 꽤 되었다. 버스에 타고 있는 동안 비키는 마냥 신기한 듯 계속 창문 밖만 내다봤다. "오," 네브래스카 주처럼 납작하고 넓은 포드 공장이 마침내 시야에서 사라지자 비키가 말했다. "이제야 다 지나갔네."

"'날씨가 마음에 들지 않으면 십 분만 기다려라.' 대학 다닐 때 유행한 말이었지."

월터 루서 거리가 번개처럼 나타났다 사라지고 저 멀리 피셔 빌딩과 육중한 올림피아 건물이 회색 하늘을 배경으로 어렴풋이 모습을 드러낼 때에도 비키는 여전히 창에 볼을 대고 있었다. "내가 텍사스에 있을 때도 그랬어요. 그 말은 어디에서나 하는 것 같아

---

* 미시간 주 디트로이트 부근에 위치한 도시.

요." 비키가 눈길을 돌려 도시 전체를 둘러보며 말했다. "아빠가 디트로이트에 대해 어떻게 말했는지 알아요?"

"그리 좋아하시진 않았을 것 같은데?"

"오늘 당신과 같이 여기에 온다고 하니까 이렇게 말씀하시더군요. '만약 디트로이트가 다른 주에 속해야 한다면 그건 뉴저지일 거야.'" 비키가 귀엽게 웃었다.

"디트로이트 풍경은 단조롭지. 뭐 나야 둘 다 좋아하지만."

"아버진 뉴저지를 좋아하지만 이런 곳은 싫어하세요." 버스는 로지 고속도로의 긴 콘크리트 터널을 빠져나와 곧 시내로 향했다. "아버지가 좋아하는 곳은 참 드물죠. 하지만 까다로울 필요는 없다고 생각해요. 여기도 그리 나빠 보이진 않잖아요? 너무 형형색색이라 눈이 어지럽긴 하지만 뭐 괜찮아요. 어쨌든 사람들이 살아가는 모습이니까." 약간 심각한 표정을 짓던 비키는 전등을 컨 터널 안으로 버스가 다시 들어서자 내 손을 끌어다 힘을 주어 꾹 잡았다. 이 터널을 통과하면 강변지대가 나오고 곧 폰차트레인 호텔에 도착하게 된다.

"여긴 내가 처음으로 만난 새로운 도시였지. 대학에 다닐 때 시내로 들어가 쇼를 보거나 시가를 피우곤 했어. 나한텐 미국에서 가장 멋진 도시로 보였지."

"댈러스가 바로 그랬어요. 하지만 막상 떠나고 보니 크게 아쉽진 않아요. 아니, 사실 전혀 아쉽지 않아요." 비키는 입맛 다시는 소리를 내며 내 손을 헐겁게 풀어줬다. "그만큼 내 인생이 전보다 나아졌다는 뜻이겠죠."

"당신이 정말 머물고 싶은 곳은 어디지?" 제퍼슨 가의 가로등 불빛이 어두운 버스 안으로 스며 들어올 때 내가 비키에게 물었다.

얼마 후 승객들은 시끄러운 소리를 내며 통로에 짐을 내놓기 시작했다. 정류장이 아닌 곳에 내려달라고 특별히 부탁하는 승객도 있었다. 모두 어서 버스에서 내리고 싶은 모양이었다.

그런데 비키는 이렇게 들떠 있는 사람들이 무안해질 정도로 갑자기 근엄한 표정을 지었다. 어떻게 해야 남에게 심각하게 보이는지 제대로 아는 여자라고 할까. 나는 내심 나만 있으면 어디든 좋다고 말해주기를 바랐다. 하지만 그건 내 욕심에 불과할 것이다. 또 내가 그녀의 모든 꿈을 채워줄 수도 없을 것이다. 비키는 나처럼 아직 디트로이트의 추위에 적응하지 못한 듯했다. 그 때문에 나는 왠지 모르게 우쭐해졌다.

"여기에 있는 대학에 다녔다고 말하지 않았어요?" 비키가 골똘히 생각에 잠겨 있다가 뭔가 갑자기 떠올랐는지 이렇게 물어왔다.

"여기에서 약 육십 킬로미터 떨어진 곳이지."

"거긴 어때요?"

"나무로 둘러싸인 아주 좋은 곳이야. 봄날 오후의 풍경이 근사했던 멋진 공원도 있고 거기에 괜찮은 교수들까지."

"그때가 그립죠? 당신 인생에서 가장 좋았을 때라고, 그때로 다시 돌아가고 싶다고 생각하죠? 아마 내 짐작이 맞을 거예요."

"아니." 내 말은 사실이었다. "난 그때와 지금을 결코 바꿀 생각이 없어."

"음……" 비키는 회의적인 표정을 짓다가 갑자기 몸을 돌려 이렇게 물었다. "그 말 맹세할 수 있어요?"

"맹세하지."

비키는 입술을 오므리며 입맛 다시는 소리를 내더니 눈길을 돌리고 다시 생각에 빠졌다. "나도 당신과 함께라면 어디든 좋아요.

이게 아까 당신이 한 질문에 대한 답이에요."

"오."

우릴 태운 버스가 느릿하게 호텔 앞에 도착했다. 버스의 앞문이
조용히 열렸고 승객들이 복도로 쏟아져나왔다. 버스 유리창 너머
로 차들이 열심히 오가는 제퍼슨 가가 내다보였고 폴 앵카가 오늘
밤 공연한다는 코보 홀도 눈에 들어왔다. 강 너머 저 멀리로는 캐나
다 도시인 윈저의 스카이라인이 눈에 들어왔다. (랠프를 땅에 묻은
뒤 내가 한 첫번째 일은 할리데이비슨 오토바이를 사서 서쪽으로
질주하는 것이었다. 그때 나는 버펄로까지 갔는데 피스 브리지* 중
간쯤까지 오토바이를 몰고 가다가 더이상 가고 싶지 않아 뒤돌아
섰다. 캐나다 공기에 포함된 그 뭔가가 의욕을 앗아간 모양이었다.
어쨌든 당시엔 결코 다시 오지 않으리라 다짐했지만 물론 그렇게
되지 않았다.)

"그 질문 때문에 생각난 게 있어요." 비키가 꿈꾸듯 몽롱한 표정
으로 말했다. "와코에 있는 간호학교에 처음 간 날이었죠. 우리 학
생들은 기숙사 로비의 안내 데스크에서 문이 있는 곳까지 한 줄로
쭉 늘어서 있었어요. 모두 오십 명이었죠. 내가 서 있는 근처에 작
은 유리창이 하나 있었는데 그 위에 종이가 붙어 있더라고요. 하얀
종이에 검은색으로 이렇게 써 있었죠. '여러분을 진심으로 환영합
니다!' 느낌표까지 덧붙여서 말이에요. 전 그때 유리창에 비친 내
모습을 보면서 생각했어요. '너는 사람들을 도우려고 여기에 왔다.
너는 참 예쁜 사람이다. 앞으로 멋진 인생이 펼쳐질 것이다.' 아직
도 생생히 기억나요. 멋진 인생을 다짐하던 그때가 참 좋았는데."

---

* 캐나다의 포트 이리와 미국의 버펄로를 연결하는 다리.

비키가 머리를 흔들며 말을 이었다. "그 다짐을 한 번도 잊지 않았어요." 사람들은 거의 다 버스를 빠져나갔다. 우리가 마지막 승객이었다. 버스에서 내리니 운전기사가 수하물 칸의 문을 닫고 있었다. 우리 짐은 사람들로 분주한 축축한 인도에 놓여 있었다. "이런, 엉뚱한 얘기로 분위기를 망친 것 같네요."

"아냐." 내가 말했다. "전혀 그렇지 않아."

"설마 오해하는 건 아니겠죠? 당신과 여기에 와서 기쁘지 않다는 말은 절대 아니에요. 오히려 너무 좋은걸요. 정말 이렇게 행복한 기분은 참으로 오랜만이에요. 이 큰 도시도 몹시 맘에 들고요. 그런데 생각해보니 당신 질문에 바로 대답하고 말았군요. 하긴 그게 내 약점이죠. 어떤 질문이든 굳이 다 대답해버리고 만다니까요."

"내가 괜한 질문을 한 것 같군. 어쨌든 이제부터 당신을 행복하게 해주겠어, 알았지?" 나는 긍정의 답을 희망하며 미소를 지었다. 이럴 때는 과연 어떻게 행동해야 하는지 알 수가 없다. 스스로 생각해도 답답할 만큼.

"참 행복해요. 오, 정말이에요." 비키는 나를 끌어안고 내 뺨에 눈물을 흘렸다. (나는 행복의 눈물이라고 믿었다.) 운전기사는 우리를 보고 손을 흔들었다. "당신과 결혼할래요." 비키가 말했다. "놀리려고 하는 말이 아니에요. 언제든 빨리 당신과 결혼하고 싶어요."

"이런, 그럼 서둘러 일정을 잡아야겠군." 눈물로 촉촉한 비키의 뺨을 어루만지며 내가 말했다. 눈물을 흘리던 비키가 살며시 미소 지었다.

이윽고 우리는 디트로이트의 축축한 공기 속으로 발걸음을 옮겼다. 짐이 놓여 있던 거리엔 오래되어 더러워진 눈이 아직 녹지 않은 채 쌓여 있었다. 짐을 들어올리자 비키가 내 팔을 가만히 잡으며 어깨에 머리를 기댔다.

짐을 들고 호텔로 걸어갈 때 내가 느낀 바는 정확히 무엇이었던가?

최소한 수백 가지의 생각이 나를 차지하려고 경쟁이라도 벌이듯, 그래서 인생의 본질이 무엇인지 분명히 알게 해주겠다는 듯 머릿속으로 동시에 달려들었다.

사소한 듯 보이지만 사실 문학은 우리에게 악의에 찬 거짓말을 하고 있다. 다시 말하자면 아주 중요한 순간에, 즉 터치다운을 기록하거나, 녹다운되거나, 사랑하는 사람을 무덤에 묻거나, 혹은 오르가즘에 도달하거나 하는 명백히 중요한 순간에, 우리는 우리가 느끼고 있거나, 느끼려고 하거나, 느끼고 싶어하는 감정을 탐지하지 못한 채 우리 자신 안에 갇혀버리고 만다는 거짓말이 바로 그것이다. 만약 문학의 기능이 이 같은 순간에 일어나는 감정을 정확히 포착해내는 데 있다고 가정한다면 일반적으로 문학은 그 기능을 제대로 수행하지 못하고 있다는 것이 내 생각이다. 그리고 여기엔 작가의 잘못이 크다. (나는 방금 언급한 문제를 버크셔 대학의 학생들에게 조이스의 '에피파니'*란 개념을 통해 설명하려고 노력한 적이 있다. 하지만 누구도 내가 설명하려는 바를 제대로 이해하지 못했고, 그렇다면 이는 불운하지만 학생들로서는 어쩔 수 없는 일이 아닌가 하고 차츰 생각했다. 내가 강사 일을 그만둬야겠다고 결심한 이유도 이에 기인한 바 크다.)

버스가 다른 호텔로 떠나가고 벨보이가 두꺼운 유리창 뒤에서 나를 도우러 걸어나오던 바로 그때, 축축한 콘크리트 보도에서 가

---

* 영적 현시(靈的顯示). 제임스 조이스에 의하면 이는 '어떤 사물이나 본질에 대한 직관. 일상에서 갑자기 찾아오는 깨달음과 진리가 나타나는 순간'이라고 한다.

방을 집어들고 걸음을 옮기던 바로 그때, 내 머리에 떠오른 생각을 한 단어로 축약해 고백하자면 바로 '혼란'이었다. 나는 마치 존귀하지만 포기할 필요가 있는 그 무엇을 내팽개쳐버리고 있는 듯이 여겨졌다. 갑자기 맥박이 빨라지는 듯했고 어딘가에 악마가 도사리고 있다는 느낌이 강하게 들었다. 또한 내가 윤리의식이나 일관성이라고는 전혀 없는 사람이라는 확신이 들었고 곧 엄청나게 후회할 일이 벌어질 것 같은 느낌을 받았다. 그리고 이런 느낌을 (비키나 내가 아는 사람이 아닌) 누군가에게 고백할 필요가 있다는 생각에 사로잡혔다. 말 그대로 나 자신이 이리저리 흔들리며 방황하는 이주민처럼 느껴졌다. 호텔 쪽으로 걸음을 옮기던 그때 지금까지 나열한 모든 느낌과 생각이 한순간에 나를 덮쳤고 그 때문에 나는 이런 상황에 처했을 때 나약한 인간들이 보통 그러는 것처럼 (억제하던) 울음을 터뜨리고만 싶은 심정이었다.

이상이 당시에 내가 정확히 느끼고 생각했던 바다. 여기에서 조금이라도 덜하거나 더한 부분이 있지 않을까 캐묻는 것만큼 바보스런 일은 없을 것이다. 하지만 유능하지 않은 스포츠 기자들은 진실을 추호도 알고 싶지 않으면서, 또 기사로 쓸 생각도 결코 없으면서 항상 뭔가 더 알아내고 싶어한다. 운동선수들은 중요한 순간과 맞닥뜨리더라도 일반인보다 훨씬 더 적게 생각한다. (그들이 받는 훈련 덕분이다.) 물론 그렇다고 해서 운동선수가 한번에 여러 가지 느낌을 받지 못한다거나 생각하지 못한다는 말은 아니다.

"내 짐은 이리 줘요." 여전히 행복의 눈물을 흘리고 있는 비키가 나를 밀치며 말했다. "가벼우니까 괜찮아요."

"이제부터 당신에겐 재미있는 일만 벌어질 거야." 비키의 짐을 다시 뺏으며 내가 말했다. "당신은 그저 나한테 웃어주기만 하면 된다고."

비키가 활짝 웃으며 대꾸했다. "이봐요, 난 어린애가 아니라고요." 호텔 문이 부드럽게 돌아가기 시작했다.

호텔방에 도착한 시각은 네시 삼십분이었다. 작은 사각형 방은 중서부풍으로 깔끔하게 정돈돼 있었는데 과일 상자와 국내산 샴페인 한 병, 수레국화가 꽂힌 중국산 도자기, 싸구려 냄새를 풍기는 빨간 벽지로 장식돼 있었고 한편에는 커다란 침대가 있었다. 방이 위치한 11층에서는 강 위쪽에 있는 호리호리한 르네상스 센터 빌딩, 그 중간쯤에 있는 벨 섬이 잘 내다보였다. 이제 어슴푸레 켜지기 시작한 불빛은 저 멀리 북쪽과 서쪽으로 끝없이 이어졌다.

비키는 감시자의 눈길로 사방을 둘러보았다. 옷장, 샤워기, 책상 서랍 등을 살펴보며 감탄사를 연발하던 비키는 화장실을 거쳐 창가에 있는 안락의자에 몸을 파묻는 것으로 순례를 끝냈다. 그녀는 샴페인 병을 들어 마개를 따고는 거침없이 들이켰다. 모두 내가 바라던 바였다. 눈앞에 펼쳐진 멋진 풍경에 감탄하며 만족하는 것. 지금까지는 모두 내 생각대로 흘러가고 있다.

비키가 샴페인을 마시는 동안 나는 몇 군데에 전화를 넣었다.

우선 내일 일정을 확정하려고 허브에게 확인 전화를 걸었다. 허브는 호탕하게 웃으면서 노비*에 있는 레스토랑에서 아내 클래리스와 저녁식사를 하지 않겠느냐고 제안했지만 나는 피곤해서 힘들 것 같다고 말한 후 혹시 내일 일정에 차질은 없을지 물었다. 허브는 괜찮다고 흔쾌히 대답했다. 그의 목소리는 아침과 다르게 매우 들

---

* 미시간 주에 있는 도시.

떠 있는 것 같았다. (틀림없이 기분안정제를 복용했을 것이다.) 용건을 마치고 전화를 끊은 지 이 분도 채 안 돼 허브가 다시 전화를 걸어왔다. 그는 만날 장소와 관련해 I-96 도로에서 시작하는 지름길을 자신이 제대로 얘기해줬는지 확인하고 싶다고 했다. 그리고 사고 후에 가벼운 난독증 증세가 생겨 가끔 숫자를 거꾸로 읽는 경우가 있다고 하면서, 그래서 때론 어처구니없는 일을 겪기도 한다고 덧붙였다. "저도 가끔 그런 실수를 합니다, 허브." 내가 말했다. "그건 정상이라고 말해주고 싶네요." 허브는 아무런 인사도 없이 전화를 끊었다.

다음에 나는 버밍엄에 사는 전처의 부친 헨리 다익스트라에게 전화를 했다. 이혼한 후에도 그와 나는 꾸준히 연락하고 있다. 전처와 나의 결혼이 변호사 손에 넘어가면서부터 어색하고 공식적인 관계가 된 건 사실이지만 사실 이전보다 더 가깝고 솔직한 관계가 됐다. 헨리는 우리의 결혼이 끝장난 것은 단지 랠프의 죽음 때문이라 믿었고 그래서 내게 연민을 품고 있었다. 랠프나 결혼에 대한 나의 생각은 그보다 훨씬 더 복잡하지만 그의 연민에는 그다지 신경 쓰지 않는다. 거기에다 나는 그의 전처 어마의 소식을 전해주는 역할도 하고 있다. 그녀는 미션 비에조에 살면서 내게 꾸준히 편지를 보냈다. 나는 헨리에게 전할 소식이 있으면 망설이지 말라고 했고 그런 연유로 참으로 시시콜콜하고 사적인 소식까지도 그때그때 두 사람에게 알릴 수 있었다. "그 낡은 쟁기는 아직도 쓸 만하다고 전해주게." 헨리는 심지어 이런 내용까지 전해달라고 부탁했는데 내가 아는 한 어마는 아직까지 이 질문에 아무 응답도 없다. 한때 가족이었던 사람을 완전히 떼어놓기란 거의 불가능하다. 나는 이를 잘 알고 있다.

헨리는 일흔하나였지만 여전히 건장하고 아직 재혼을 하지 않았다. 하지만 가끔 그의 입에서는 뜬금없이 여자 이름이 튀어나왔다. 추측건대 그는 전처를 낳은 후 어마를 설득했든 어쨌든 자신만의 삶을 즐기며 행복하게 살았을 것이다. 그는 회사 일에 열심히 매진함으로써 승진을 거듭했고 가족끼리의 친근한 정과 거의 담을 쌓고 지냈다. 나는 그것이 헨리만의 잘못은 아니라고 주장했지만 전처는 다르게 생각했고 그래서 가끔 아버지가 싫어질 때도 있다고 말했다.

"이러다간 파산하고 말겠어." 헨리가 성난 목소리로 말했다. "나라 전체가 노조한테 발목이 잡혔어. 하긴 이게 다 그 같잖은 것들을 당선시킨 덕분이지. 이건 아주 중요한 문제라고. 빌어먹을 공화당. 그놈들 하는 일을 내가 지지하나봐라. 내가 훈 족의 아틸라* 같은 심정이라면 이해하겠나?"

"제가 그쪽 분야는 잘 몰라서요. 어쨌든 근사한 표현으로 들리네요."

"근사해? 전혀 아냐. 만약 내가 공장 사람들을 속이고 다 해고한다면 지금 사는 수준대로 최소한 백 년은 더 살 수 있네. 하지만 그럴 생각은 없어. 난 그만두지 않아, 결코 물러서지 않아! 프랭크, 원인은 워싱턴에 있는 악당들이야. 한두 놈도 아니고 몽땅 다. 빌어먹을 악당들 같으니. 내 인생을 파멸에 빠뜨리려는 작자들이지. 날이 업계에서 은퇴시키려고 노리는 놈들이라고. 뭐 그건 그렇고 자넨 어떻게 지내나? 아직 이혼한 그대론가?"

"아주 잘 지내고 있습니다. 참, 오늘이 랠프 생일이었어요."

---

* 5세기 초 유럽에 침입한 훈 족의 왕.

"그래?" 헨리가 랠프 얘기를 좋아하지 않는다는 사실을 알고 있었지만 내겐 아주 중요한 날이었으므로 말하지 않을 수 없었다.

"살아 있었다면 아주 의젓하게 자랐을 텐데요."

잠시 우리 둘은 의젓한 모습으로 자란 랠프를 상상하느라 침묵에 빠졌다.

"여기에 한번 오지 않겠나? 술이나 한잔하세." 헨리가 갑자기 제안했다. "마침 좋은 오리 고기도 있어. 내가 직접 잡았지. 여자도 부를 수 있어. 전화번호를 챙겨놨거든. 설마 그럴 리 없다고 생각하는 건 아니겠지?"

"아쉽군요. 전 혼자가 아니라서요."

"그저 그런 여자라도 대동했어?" 헨리가 껄껄 웃었다.

"아뇨, 아주 멋진 여자죠."

"지금 어디에 머물고 있나?"

"시내에 있지만 내일 돌아가봐야 해요. 일 때문에 왔으니까요."

"좋아, 좋아. 그런데 한 가지 물어봄세. 자네는 내 아내가 왜 날 떠났다고 생각하나? 솔직히 말해봐. 웬일인지 오늘은 자꾸 그 생각이 맴도네그려."

"나름대로 생각해둔 인생이 있었겠죠. 그 외에 뭐가 더 있겠어요?"

"그 여자는 항상 내가 자기 인생을 파괴했다고 말했지. 정말 지긋지긋해. 난 누구 인생도 망친 적이 없어. 물론 자네도 마찬가지일 테지만."

"지금 장모님은 절대 그렇게 생각하지 않을 겁니다."

"아니, 지난주에 그 소리를 들었다니까! 정말이야. 그래도 나이가 들어서 다행이야. 이젠 그런 말을 들어도 참을 수 있을 만큼 충분히 오래 살았나봐. 웬만한 건 초월하게 된다니까."

"그 정도가 되려면 전 아직 한참 멀었군요. 노력은 하지만 스스로 생각해도 아주 한심할 때가 있다니까요."

"다 잊어버려." 헨리가 말을 이었다. "하느님도 노아를 용서했지. 자네도 자네를 용서하라고. 그래, 그 정체 모를 아가씨는 누군가?"

"아마 맘에 드실 겁니다. 이름이 비키거든요." 비키가 미소 띤 얼굴로 나를 쳐다보더니 샴페인 잔을 들며 건배했다.

"여기로 데려오게, 만나고 싶군. 비키라니 얼마나 근사한 이름인가 말이야."

"다음 기회에요. 일정이 빠듯해서요." 비키는 다시 몸을 돌려 어둠이 밀려오는 디트로이트의 풍경을 응시했다.

"뭐 그럼 할 수 없지." 헨리는 탁한 목소리로 계속 말했다. "자네도 잘 알겠지만 좋아서 함께 살다보면 역설적이기도 그 사람과 더이상 함께 살 수 없다는 것을 깨닫게 되기도 한다네. 어마와 내가 바로 그랬지. 한번은 1월에 어마를 캘리포니아로 보낸 적이 있어. 한 이십 년은 됐나보군. 그렇게 해주니까 어마가 엄청 좋아하는 거야. 자네도 비키인가 뭔가 하는 여자와 같이 있다보면 실감하게 될 걸세."

"사람을 속속들이 알기란 힘들죠. 인정합니다."

"그래도 부정적이 아니라 긍정적인 시선으로 사람들을 봐. 그게 자네 정신건강에도 좋아. 물론 내 딸도 포함해서."

"정말 찾아뵙고 술이라도 한잔하고 싶군요. 진심이에요. 이렇게 격의 없는 사이가 돼서 참 좋습니다. 장모님이 미션 비에조에서 〈판타스틱〉이란 멋진 공연을 봤다고 하더군요. 그걸 보니까 장인 생각이 났다고 전해달랬어요."

"어마가?" 헨리가 말했다. "그 〈판타스틱〉이란 게 대체 뭔가?"

"연극입니다."

"좋은 뜻으로 한 말이겠지?"

"달리 전하고 싶은 말씀은 없으세요? 다음 주에 편지를 쓸 생각이거든요. 저한테 생일 카드를 보내셨더라고요. 답장할 때 전해드릴게요."

"난 어마를 한 번도 제대로 알지 못했어. 정말 중대한 결함이지."

"일하느라 정신이 없어서 그러셨겠죠."

"혹시 어마한테 남자친구가 생겼더라도 알 도리가 없었을 거야. 아니 지금은 오히려 그 편이 더 낫지 않았을까 하는 생각이 드네. 정말이야."

"너무 걱정 마세요, 아주 잘 지내고 계시니까요. 연세가 일흔이신데도 말이죠."

"7월이면 그렇게 되는구먼."

"전할 말씀이 없으신가요?"

"내가 방광암에 걸렸다고 전해주게."

"정말이세요?"

"그렇게 될 거야. 다른 병에 먼저 걸리지 않는다면. 나 같은 늙은이를 누가 신경이나 쓰겠나?"

"제가 신경 쓰죠. 다른 말씀 없으시면 제가 알아서 안부를 전해야겠군요."

"폴과 클라리사는 어때?"

"잘 지냅니다. 이번 여름에 이리 호수에 같이 캠핑 갈 생각이에요. 그때 한번 찾아뵙죠. 아이들은 벌써부터 들떠 있어요."

"상부 반도에도 가볼까?"

"아마 그럴 시간은 없을 겁니다." (사실 내가 가고 싶지 않았다.)
"아이들도 할아버지 얼굴만 보고 싶을 뿐이래요. 할아버지를 정말 좋아하죠."

"왜 좋아하는지 모르겠지만 어쨌든 기분은 좋군. 그래 프랭크, 메이즈 앤 블루에 대해선 어떻게 생각하나?"

"정말 강팀입니다. 2학년생이 모두 복귀한데다 펠스톤 출신의 그 스웨덴 녀석도 합류했거든요. 대단한 팀이 됐다고 알고 있어요. 아마 멋진 경기가 될 겁니다." 우리 대화에서 이런 얘기는 한 번도 빠진 적이 없다. 나는 항상 미식축구 선수들의 근황을 파악해야 했고 이에 특히 많은 도움을 주는 사람은 약간 신경쇠약 증세를 보이는 보스턴 출신 편집장 에디 프리더였다. 나는 에디에게서 받은 내부 정보를 헨리에게 알려주곤 했는데 비록 대학을 나오진 않았지만 울버린의 광적인 팬이었기 때문이다. 헨리가 내 직업과 관련해 관심을 갖는 화제는 오직 이것뿐이었다. 아마 헨리는 이런 얘기를 하면 내가 좋아하리라 생각하는 모양이지만 나는 미식축구 자체엔 큰 관심이 없는 편이다. (그런 면에서 사람들은 스포츠 기자에 대해 큰 오해를 하는지도 모른다.) "가을이 되면 정말 환상적인 수비 라인을 갖추게 될 겁니다. 믿어도 좋아요."

"아니, 그 팀이 가장 먼저 해야 할 일은 멍청한 감독을 바꾸는 거야. 솔직히 말해 그놈은 싹수가 글러먹었지. 가끔 이기는 건 다 운이 좋아서라고."

"하지만 제가 듣기에 선수들은 감독을 좋아한다던데요?"

"그 어린애들이 뭘 알아? 이봐, 수단이 항상 목적을 정당화할 순 없는 거야. 우리 나라의 문제점이 바로 그거지."

"맞는 말씀인지도 모르죠."

"스포츠는 인생의 축소판이야, 안 그래? 아니라면 누가 스포츠 따위에 신경이나 쓰겠나?"

"다른 사람들도 그렇게 생각하긴 하죠. (사실 난 이런 생각은 되도록 피하는 편이다.) 하지만 너무 과도한 비약이에요. 스포츠와 인생은 엄연히 다르니까요."

"어쨌든 그 감독부터 치워버리라고 해. 나치 같은 놈이라고."

"하지만 인기가 너무 많은데 어떡하죠?" 사실 헨리가 싫어하는 그 감독은 아주 뛰어난 명장으로 오하이오 주 캔턴에 있는 명예의 전당에 입성할 가능성이 매우 컸다. 인간적인 면에서 보자면 그와 헨리는 일치하는 부분이 꽤 많았다.

폰차트레인 호텔 주위로 불빛이 내려앉고 있었다. 비키는 내게 등을 돌린 채 무릎을 껴안은 자세로 붉은색과 황금색으로 번쩍거리는 시그램 사의 광고판을 바라봤다. 내가 가본 적 있는 저 먼 어둠 속의 캐나다 집들에도 전깃불이 하나둘씩 들어오기 시작했다. 지금 이 순간 내가 바라는 것은 오직 그녀를 껴안고 룸서비스 웨이터가 문을 두드릴 때까지 행복하게 뒹구는 것이었다. 하지만 지금 비키는 자기 기대를 충족했다는 커다란 안도감에(이야말로 얼마나 큰 축복인가!) 살짝 잠들어 있는 듯 보였다. 같은 시간, 같은 장소에 있더라도 각자 느끼는 감정은 정말이지 천차만별이다. 지금 비키와 나만 해도 그렇다. 손만 뻗으면 그녀의 어깨를 만질 수 있을 만큼 가까운 거리에 있으면서도 이렇게 몹시 그리워하니 말이다.

"이번에 생일이 돌아오면 몇 살이지? 곧 생일이라고 하지 않았나?"

"다음 주에 서른아홉이 됩니다."

"서른아홉이면 아직 젊다고 할 수 있지. 나이는 아무것도 아냐.

그리고 자넨 참 대단한 인물이라는 사실도 알아둬."

"전 그렇게 생각하지 않는데요."

"틀린 말이 아닐지도 모르지. 하지만 스스로 존경하라고 조언하고 싶군. 만약 내가 나를 완벽한 사람이라고 생각하지 않았다면 아무것도 이루지 못했을 걸세."

"생일선물이라 생각하고 감사히 듣겠습니다. 큰 힘이 될 것 같군요."

"자네에게 가죽지갑을 하나 보낼 테니 가득 채워봐."

"그저 두껍기만 한 지갑보다는 그 편이 훨씬 나을 것 같네요."

"지금 비키란 여자하고 같이 있나?"

"네."

"그래. 누구나 인생에서 비키 같은 여자를 필요로 하지. 두 명 이상이라면 더 좋고. 하지만 결혼은 하지 말게, 프랭크. 내 경험상 비키 같은 여자는 결혼엔 적합하지 않아. 그저 즐기는 대상이지."

"이제 그만 끊어야겠어요." 우리의 대화는 자주 이런 식으로 끝난다. 마음씨 좋은 아저씨처럼 친근하던 헨리에게 갑자기 꺼져버리라고 욕을 해주고 싶은 순간이 거의 공식처럼 찾아오는 것이다.

"알겠네, 화가 난 모양이군. 하지만 오해하지 말았으면 좋겠어. 진심이니까."

"그럼 제 감정이 어떤지도 제발 알아주셨으면 좋겠군요."

"알아. 난 자네처럼 바보가 아니거든."

"제가 대단한 인물이라고 말씀하시지 않았나요?"

"아, 그야 물론이지. 자넨 대단한 인물이야. 그래서 자넬 아들처럼 사랑한다네."

"이제 정말 끊어야겠습니다. 반가웠어요."

"원한다면 내 딸과 다시 결혼하게. 흔쾌히 허락함세."

"그럼 좋은 시간 보내십시오." 하지만 헨리 역시 허브 윌러거처럼 이미 전화를 끊어버렸으므로 내 인사를 듣지 못했을지도 모른다. 나의 마지막 인사는 황야의 울음소리처럼 전화선을 타고 어딘가로 허무하게 사라져버렸다.

예상한 대로 비키는 의자에 앉은 채 잠들어 있었다. 창밖 아래로는 자동차의 차가운 불빛이 물결을 이루며 지나갔고 제퍼슨 가 너머엔 공원과 농장, 해변, 숲, 주택단지가 안정되고 깔끔하게 자리 잡은 그로스 포인트*가 흐릿하게 모습을 드러냈다.

비키를 깨우려 할 즈음 갑자기 배가 몹시 고파왔다. 으리으리하고 멋진 식당에서 내놓는 크랩 수플레나 랍스테이크가 눈앞에 어른거렸다. 하지만 비키는 다른 요리를 먹고 싶어할지도 모른다. 그리고 남자는 앞으로 양로원 신세를 면하고 싶다면 웬만하면 여자의 입맛에 따르는 편이 낫다. (비키는 샴페인 한 병을 완전히 비워버려 기분이 매우 좋아진 상태였다.)

순간 비키가 자신이 앉아 있는 의자로 나를 느닷없이 끌어당겼다. 비키의 숨에서 부드러운 올리브향이 풍겨왔다. 창밖으로는 별하나 없는 디트로이트의 밤하늘을 배경으로 붉고 푸른 조명으로 치장한 바지선이 이리 호수를 관통해 클리블랜드로 향하고 있었다.

"오, 귀여운 당신." 비키가 몸을 흔들며 말했다. 그녀는 내 입에 부드럽게 입맞춤하더니 고개를 숙이며 뭐라고 중얼거렸다. "어디선가 들었는데 황소자리인 남자가 사랑한다고 말하면 그 말을 믿

---

* 디트로이트 북동부에 위치한 거주 지역.

으랬어요. 정말일까요?"

"당신은 참 멋진 여자야."

"어, 프랭크……" 비키가 살짝 미소 지으며 또 뭐라고 중얼거렸다.

비키의 풍만한 가슴이 손에 느껴졌다. 이 얼마나 부드러운가! 로
맨스에 관심 있는 남자라면 비키야말로 보물 같은 존재가 아닐까.
"내 말을 들으니 기분 좋죠?"

"물론이지. 나한텐 당신뿐이야." 비키는 몽상가가 아니라 말 그
대로 현실주의자라는 것을 난 잘 알고 있다. 하잘 것 없는 일이라
할지라도 세상이 자기 뜻에 맞게 돌아갈 때 행복을 느끼는 여자다.
(극소수지만 여기에 해당하는 사람들이 있다. 특히 여자는 더욱 그
렇다.) 춥고 음산한 낯선 마을에서 나와 사랑에 빠졌다고 믿는 것
이 결코 쉬운 일은 아니겠지만 말이다.

"오, 당신." 비키가 속삭였다.

"뭘 하면 당신이 행복할지 말해봐. 내가 여기 있는 이유는 그 때
문이니까."

"밤새 이 의자에 앉아 있긴 싫어요, 저기 있는 푹신한 침대가 장
식품은 아니잖아요? 난 당신 생각만 하면서 여기 앉아 있었어요.
그런데 계속 전화만 하고……"

"이제 끊었소."

"그래요? 다행이네요."

차가운 방 공기가 느껴질 때 우리는 거친 바다에서 흔들거리는
뗏목처럼 서로를 껴안고 상대에게만 몰두했다. 금발에 살결이 부
드러운 텍사스 여자. 나에게 보여달라, 그 누가 지금 이 여자보다
더 진실하고 사랑스러울 수 있단 말인가?

랠프가 죽고 우리의 결혼생활이 끝날 때까지 이 년간, 즉 내가 할리데이비슨 오토바이를 사서 버펄로까지 운전했던 그때, 대학에서 강사 생활을 했던 그때, 최근 더욱 심해지는 몽롱한 의식에 차츰 젖어가기 시작하던 그때, 전처와의 사이가 서서히 어긋난다는 자각도 하지 못하던 그때, 나는 열여덟 명에 이르는 여자와 잠을 잤다. (열여덟 명 이상은 아닐 거라고 생각한다. 그렇다면 당시 상황으로 볼 때 분명히 수치스럽고 놀라운 일이니까.) 단언컨대 전처는 나의 이런 생활을 알았을 것이다. 하지만 그녀는 그런 나에게 적응하려고 무던히 애썼다. 추궁하는 질문을 던지거나 스포츠의 메카(덴버나 세인트루이스)에 가지 않은 날에 무엇을 했는지 자세히 캐묻지 않음으로써 내가 비참해지지 않도록 배려했다. 돌이켜보면 전처는 틀림없이 내가 언젠가는 그런 생활에서 벗어나 제자리로 돌아오리라고 기대했을 것이다.

만약 내가 당시 만난 여자들을 상대로 위험한 지점까지 도달하지 않았다면 최악의 사태는 피할 수 있었을지도 모른다. 위험한 지점이란 낯선 여자와도 완전한 몰입이 가능한지 시도해봤다는 의미다. 이런 시도는 일 때문에 어쩔 수 없이 여행을 다녀야 하는 나 같은 사람에겐 바람직하지 않은 태도다. 모든 상황이 점점 어려워질 무렵, 나는 경기가 끝나면 콘크리트나 철로 만든 거대 경기장이나 프레스박스에 홀로 남을 때가 많았고 따라서 이따금 마지막 기사를 내보내고 정리에 들어가는 여자 리포터를 발견할 때가 있었다. (내 날카로운 눈은 그렇게 홀로 남은 여자를 놓치지 않는다.) 이어 우리는 전망이 좋은 술집에서 마티니를 같이 마신 뒤 내 차를 타고 한적한 교외에 있는 그녀의 아파트로 들어가곤 했다. 등나무로 만든 카펫, 엄마를 기다리는 딸아이(이름이 맨디였던가, 그레첸이었던가?), 그리고 남편이 없는 그 집에서 우리는 아이가 잠들고 난 뒤 음악을 틀어놓거나 와인을 마시고는 곧 함께 잠자리에 들었다. 그다음엔? 그렇지! 갑자기 나는 온 진심을 다해 그 여자 인생의 한 부분이 될 수 있기를, 또 그녀의 작은 삶에 (비록 잠깐일지라도) 완벽히 동화할 수 있기를 갈망했으며 나아가 그 여자가 간직한 비밀스런 환영과 희망을 공유하고 싶어했다. "당신을 사랑하오." 나를 스쳐간 베키, 샤론, 수지, 마지에게 최소한 한 번 이상은 이런 말을 했을 것이다. 만난 지 네 시간 십오 분밖에 안 된 여자들에게 말이다! 하지만 그때 나는 분명히 진지했고 내 진심을 증명하기 위해 인간적으로 궁금한 질문을 던졌다. 아니 그것은 차라리 요구였다고 표현하는 편이 맞을 것이다. 상대의 인생에서 일어난 사건을 대상으로 '왜' '누구를' '무엇을' 같은 질문을 마구 던진 것이다. 나는 그 질문들이 긍정적으로 작용해서 둘 사이에 놓인 거리감을 좁혀주기를 바랐다. 닫힌 공간에 함께 있으면서 몇 시간에 걸쳐 상대에 대한 깊은 친밀감과 관심, 그리고 기대를 펼쳐 보인 후 비록 거칠고 짧기 그지없지만 하룻밤의 로맨스를 통해 이 모두를 용해하고 해결해버리고만 싶었다. 내 질문들은 이를테면 다음과 같은 식이었다. "브린마워로 갈 수 있었는데 왜 펜실베이니아로 간 거죠?" "알 만해요." "남편과 사이가 완전히 틀어진 건 언제였죠?" "흠." "왜 당신보다 당신 여동생이 부모님과 사이가 더 좋은 걸까요?" "이해가 안 되는 바도 아니군요." (마치 그게 뭐든 상대에 대해 뭔가를 안다는 사실이 대단히 중요하기라도 한 것처럼 말이다.)

하지만 이 같은 태도야말로 세상에서 가장 비겁한 냉소이며 누구에게도 방해받지 말아야 하는 사랑을 나누는 데 조금도 도움이 되지 않는다. 정작 나 자신은 어떤 얘기도 해줄 마음이 없으면서,

책임이라는 의무에서 벗어나려고 그 여자와 '친구로 머물 것'을 희망하면서도, 다음날 아침이 되면 직장이나 집을 향해 서둘러 빠져나갈 것이 뻔하면서도 상대에게 대답을 강요하는 것은 비겁하다. 더불어 이는 최악의 감상적인 태도라 할 만하다. 외로움(인정하긴 싫지만 내가 항상 느낀 감정이다)에 빠진 한 여자의 삶에 대한 연민은 애절함으로 바뀌다가 흥미로 변한 후 결국 섹스로 귀결되고 만다. 이것은 이제 막 흠씬 두들겨 맞고 나온 운동선수에게 스포츠 기자가 얼굴을 들이밀며 "마리오, 상대가 당신 머리를 완전히 죽사발로 만들어버리는 동안 무슨 생각을 했나요?"라고 질문을 던지는 것과 다를 바 없다.

내가 시도한 바는 누군가에게 되도록 가까이 다가감으로써 나 자신 안에 안주하려 한 것이었다. (나는 이런 사실을 버크셔 대학에서 강사 자리를 얻고 나서 삼 개월 뒤, 자기 일을 얘기하는 데 전혀 관심이 없던 셀마 자심과 어울리면서 깨달았다.) 하지만 이는 로맨스를 추구하는 새로운 접근 방법도 아닐뿐더러 효과도 없다. 오히려 끔찍한 몽롱함과 최악의 비현실성, 그리고 허무함을 맛볼 뿐이다.

전처와의 결혼생활에서는 시도조차 하지 않았으면서 어떻게 거의 모르는 일레인이나 바버라, 수, 샤론에게 그런 기대를 할 수 있느냐는 질문은 참으로 날카롭다. 하지만 난 분명하게 대답할 수 있다. 아내에겐 그럴 수 없었노라고.

버트 브리스커였다면 당시의 나에게 아마도 '지적인 판단이 약해진 상태'라고 말해주지 않았을까 싶다. 왜냐하면 내가 그때 추구한 바는 단기간에 밀폐된 곳에서 완전한 환영을 꿈꾸는 것이었기 때문이다. 어쩌면 당시 내게 필요했던 건 어떤 질문에도 방해받지 않고 (우연히 마음에 들게 된) 한 여자가 내게 줄 수 있는 단순하고 말초적인 광희를 나눈 다음 집으로 가서 예전 방식 그대로 삶을 꾸려가는 것이 아니었을까. 물론 이미 운이 다한 남자가 친숙한 일상에서 놀라움을 발견하기란 매우 어려운 일이다. 그리고 실제로도 그러했다.

그 이 년의 막바지, 즉 삼 개월에 걸친 강사 생활을 그만둘 무렵 나는 여자 문제를 완전히 청산했다. 하지만 집에서 폴과 클라리사하고만 지낸 전처는 나와 얘기를 나누려 하지 않았다. 그리고 『뉴 리퍼블릭』『더 내셔널 리뷰』『차이나 투데이』 등 전엔 보지도 않던 잡지들을 읽으면서 나와 거리를 두려는 듯 행동했다. 나는 즉각 다정한 일부일처제 남편으로 돌아왔지만 막연한 불안이 현실화되기까지 전처는 굴욕감만 느꼈을 뿐이다. 나는 누구에게도 유익한 일을 하지 않으면서 그저 매일 집주변을 어슬렁거리거나, 카탈로그만 읽어대거나, 내면을 드러내지 않기 위해 시시껄렁한 잡담만 늘어놓거나, 아이들에게 그저 씩 웃어주기만 하거나, 어색한 행동을 취하거나, 일주일에 한 번 밀러 부인을 방문하거나, 내게 쏟아질 질문에 냉소적인 대답을 준비하거나, 스포츠 방송이나 조니 카슨 쇼를 보거나, 엘엘빈 사에서 만든 바지와 격자무늬 셔츠를 입거나, 스포츠 기자의 직분을 충실히 이행하기 위해 일주일에 한 번 뉴욕에 다녀오거나 할 뿐이었다. 그동안 전처의 얼굴은 점점 무표정하게 굳어졌고 더불어 내 목소리도 점점 작아져 나 자신에게도 더이상 잘 들리지 않을 정도에 이르렀다. 당시 전처의 생각은 (최소한 그때 전처의 행동으로 미뤄봐서) 나를 더이상 신뢰하지 못하겠다는 것이었고 이는 나로서도 전혀 충격적인 일이 아니었다. 실제 그랬을지도 모르니까. 하지만 전처가 의혹을 해소하기 위해 내 생활을 완전히 공개하라고 요구한다면 난 차라리 도망쳐버릴 생각이었다. 이런 내 생각을 눈치 챈 전처는 최악의 사태를 가정하면서 의심의 눈초리를 보냈다. 물론 그런 태도는 결코 좋지 않다고 충고해줄 수도 있었겠지만 지금 와서 전처를 탓할 생각은 없다. 감히 말하지만 그 모든 상황에도 불구하고 나는 스스로 신뢰할 만한 사람이었다고 자부한다. 사랑한다는 나의 말(이건 사실이었다)을 전처가 그대로 믿어줬더라면 얼마나 좋았을까. (비록 모든 사실을 속속들이 알게 됐다 해도 결혼생활에선 그 어떤 신비로움이 필요한 법이다.) 그랬다면 머지않아 난 다시 제자리로 돌아왔을 것이라고 확신한다. 제자리로 돌아와 상황이 조금씩 나아지기를 희망하면서 변하지 않고 남아 있는 일상에 행복해했을 것이라고 나는 분명히 말할 수 있다. 모든 걸 잃어버렸다고 쳐도 희망은 언제나 다시 찾을 수 있는 법이니까.

하지만 집에 도둑이 들고 집 안 곳곳에 폴라로이드 사진이 흩뿌려져 있던 그때, 마침내 캔자스의 한 여인이 내게 보냈던 편지까지 발견되자 전처는 마침내 우리가 이미 돌아오지 못할 경계를 지났으며 더이상 관계를 회복하기는 힘들다고 갑자기 결론지어버렸고 우리는 그렇게 갈라서게 됐다. 어느 작가가 말한 것처럼 전혀 야만적이거나 비극적이지 않게, 다만 불가피하게……

인생을 살다보면 인내해야 할 일을 수없이 겪게 된다. 부모님이 돌아가시거나(내 경우는 이미 돌아가셨다), 결혼생활이 파탄나는 어려움이 닥치거나, 자녀가 병으로 죽거나, 직업에 회의가 생기기도 한다. 모든 희망이 사라질 수도 있다. 그게 뭐든 단 하나의 사건으로 당신은 낙담할 수도 있다. 하지만 이 같은 결과를 초래한 원인이 도대체 무엇인지 알아내기란 매우 힘들다. 어떤 의미에선 모든 것이 모든 것의 결과를 초래하기 때문이다.

내게 이렇게 물을 수도 있겠다. 지금까지 말한 것이 모두 사실이라면 어떻게 내가 비키 아서놀트에게 "사랑해"라고 말할 수 있는가? 어떻게 나의 본능을 다시 신뢰한다고 말할 수 있는가?

더 큰 혼란이 올까봐 두려웠을 뿐 나 자신에게 같은 질문을 해보지 않은 것은 아니다. 그리고 이에 대한 답은 다른 신뢰할 만한 모든 답이 그러하듯 불완전하고 부분적인 설명에 그칠 수밖에 없다.

나는 많은 것을 포기했다. 더이상 누군가의 비밀스런 내부로 접근해 완전한 유대관계를 이뤄야 한다는 조급함에 시달리지 않기로 했다. 이유는 간단하다, 불가능하기 때문이다. 그 결과 더없이 상쾌한 미스터리만 남았다. 나는 덜 근엄해지기로 했고 작가다운 진지함도 포기했으며, 사물의 복잡한 면에 더이상 신경 쓰지 않기로 했다. 또 어떤 것에 대해 내가 느끼는 감정이 무엇인지 살피는 일도 중단했다. 열여덟 명의 여자와 만나는 동안 나는 인생이 품은 그 복잡 미묘한 환상을 창조하고 해결하는 데 너무 집중한 나머지 정작 내게 필요한 바가 무엇인지 까마득히 잊어버리고 말았다.

만약 당신이 감정에 충실하다면, 그리고 그 감정이 단순하고 매력적이라 여겨진다면, 또 그 감정과 더불어 어렴풋이 느끼는 다른 감정 간의 거리가 매우 밀접하게 생각된다면 당신의 본능은 신뢰할 만하다. 이것은 빅트라우트 호수*의 관리인이 되기 위해 하던 일을 그만둔 사람과, 어느 어둑어둑한 저녁 카누를 몰고 호수로 나갔다가 넋을 잃고 아름다운 석양을 바라보던 중 자신이 빅트라우트 호수의 관리인이 되기를 얼마나 갈망했는지 그제야 깨달은 사

---

* 캐나다 온타리오 주 북부에 있는 호수.

람, 그리고 역시 카누를 몰다가 똑같이 아름다운 석양을 봤지만 만약 관리인이 되어야만 한다면 이익을 따져봤을 때 빅트라우트가 아니라 차라리 윈디고 호수*여야 한다고 생각하는 사람 간의 차이다.

혹은 실제적인 사람과 사실적인 사람의 차이로도 설명할 수 있다. 실제적인 사람은 비행기가 연착하더라도 시카고 공항을 어슬렁거리며 오가는 사람들을 관찰하고 즐긴다. 한편 사실적인 사람은 왜 솔트레이크 발 비행기가 연착되는지 끊임없이 의아해하면서 기내에서 간단한 스낵이 나올 것인가, 제대로 된 기내식이 나올 것인가 궁금해한다.

결론적으로, 내가 비키 아서놀트에게 "당신을 사랑해"라고 말한다면 이는 오직 명백한 사실만을 말한 것이다. 설사 내가 그녀를 영원히 사랑하지 않는다 해도 누가 신경이나 쓰겠는가? 그녀가 나를 영원히 사랑하지 않는다 해도 마찬가지다. 영원한 것은 없다. 나는 지금 그녀를 사랑한다. 나 자신이나 그녀를 기만하려는 말이 아니다. 이것이 진실이 아니라면 대체 무엇이 진실이란 말인가?

잠에서 깨니 밤 열두시 삼십분이다. 비키는 가늘게 코를 골며 내 옆에서 자고 있다. 잠에서는 깼지만 어둠 속에서 할 수 있는 일이란 오직 다시 잠드는 것밖에 없어 보인다. 새벽이 오려면 몇 시간을 더 기다려야 하는 걸까? 이러다 또 까닭 모를 절망에 빠지는 건 아닐까? 뭘 하며 시간을 보내야 하나? 사실 나는 잠을 깊게 자는 편이어서 그동안 이런 선택의 문제에 빠진 적이 거의 없었다. 누워서 가만히 생각해보니 내가 곤혹스러운 이유 중 하나는 마음만 먹으면

---

* 위스콘신 주 북부에 있는 호수.

무엇이든 할 수 있는 상황에 처해 있다는 점이다. 그것은 마치 수업을 때려치우고 놀러 나온 학생이 느끼는 가벼운 스릴과 비슷하다. 오늘 같은 밤이라면 옷깃을 세우고 어두운 거리를 혼자 걸어다니며 뭔가 골똘히 생각하기에 딱 좋으리라. 하지만 애석하게도 깊이 생각해야 할 문제가 전혀 없다.

나는 소리를 죽인 채 텔레비전을 켰다. 밖에서 일해야 할 때면 선수의 기록을 살펴보거나 기사를 정리하는 동안 자주 이렇게 텔레비전을 본다. 그럴 땐 텔레비전만큼 좋은 친구도 없어서 낯익은 뉴스 캐스터가 평범하기 그지없는 옷차림을 하고 건조한 세트 앞에서 친숙한 네브래스카 억양으로 말하는 모습을 보고 있노라면 낯선 곳이라 해도 왠지 모를 안도감이 밀려든다. (그런데 무엇에 대한 뉴스인지는 전혀 생각나지 않는다.) 아득히 멀리 떨어진 평범한 돔구장에서 화려한 조명을 받으며 펼쳐지는 흥미진진한 경기도 마찬가지로 마음을 편안하게 해준다.

기쁘게도 텔레비전에서는 프로농구 경기를 재방송하고 있었다. 디트로이트 대 시애틀의 경기였다. (재방송은 게임을 속속들이 파악할 수 있다는 장점이 있어 실제 경기장에서 벌어지는 경기보다 훨씬 낫다. 막상 현장에 나가보면 지루해지기 일쑤여서 종종 왜 그곳에 있는지 완전히 잊어버린 채 다른 일에 더 관심을 쏟는 경우가 허다하다.)

잠시 후 나는 비키의 가방을 뒤져 메리츠 담배 한 개비를 꺼내 불을 붙였다. 담배를 마지막으로 피운 때가 최소한 이십 년은 됐을 것이다. 대학 신입생 때 한 클럽 모임에 참가한 적이 있었는데 그 클럽의 상급생 한 명이 체스터필드 담배를 권해 피웠다. 당시 나는 주머니에 손을 찌른 채 벽에 등을 기대고 서서 누구나 회원으로 가입시키고 싶을 만큼 매력적으로 보이려고 애를 썼다. 조용하고 날렵하며 또래에 비해 성숙한 눈을 가진 아이, 웬만한 경험은 다 섭렵한 것처럼 노련미를 풍기는 아이, 그래서 꼭 가입시켜야 할 것 같은 그런 아이로 보이도록 말이다.

담배를 꺼낼 때 가방 안에 들어 있던 소지품들이 떨어졌다. 묵주(예상한 물건이다), (꼬깃꼬깃 구겨진)『유나이티드 인플라이트』 매거진, 여분으로 지니고 다니는 듯한 진주색 단추, V라는 이니셜이 새겨진 커다란 놋쇠 반지, 그 반지에 매달려 있는 다트 자동차 열쇠, 전에 비키와 내가 함께 본 영화 티켓(찰턴 헤스턴이 나오는 영화였는데 중간에 나는 잠이 들어버렸다), 항공보험 약관, 시몬 라느와르라는 작가가 쓴 『사랑의 마지막 여행』이라는 페이퍼백 소설 등이 가방 안에서 고개를 내밀었다. 마지막으로 커다란 말 머리를 새긴 두툼한 갈색 지갑이 눈에 들어왔다.

지갑 안에는 내가 전혀 본 적 없는 남자의 사진이 들어 있었다. 멕시코 계로 보이는 그 남자는 얼굴이 잘 생겼고 깃이 없는 하얀 셔츠와 커다란 니트 카디건을 입고 있었다. 두껍고 검은 눈썹, 단정히 다듬은 짙은 빛깔의 검은 머리, 오만한 자세, 날카로운 미소, 자기만족에 취한 표정의 가무잡잡한 얼굴, 목에 걸려 있는 황금 십자가…… 틀림없이 에버렛이었다.

사진 속의 에버렛은 라스베이거스의 어느 삼류 모텔을 배경으로 심술궂은 한량 표정을 짓고 있었다. 이런 친구들은 대개 셔츠 소매에 담배를 꼬불쳐 다니고, 팔은 길고 얇은데다 손가락은 단단해 보이며, 밤낮으로 술집에 죽치고 앉아 값싼 맥주를 엄청나게 마셔댄다. 우리는 어디서든 이런 유형의 친구들을 발견할 수 있다. 내가 학교를 다녔던 론섬 파인스 역시 그 어떤 사악한 범죄라도 충분히 저지를 법한 이런 녀석들로 우글우글댔다. 에버렛의 사진을 보고 나는 당혹스러웠고 동시에 더할 나위 없이 실망했다. 물론 내 생각과 달리 사실 아주 괜찮은 친구일 수도 있다. 만약 그와 내가 (그러고 싶진 않지만) 한 번이라도 만날 기회가 있었다면 아마 이 세상에 대한 서로 다른 견해를 쏟아내면서 진지한 토론을 벌였을지도 모를 일이다. (그런 면에서 사실 스포츠란 만약 스포츠가 아니었다면 험악한 주먹질로 끝나고 말았을 남자친구와 남편 간의 성숙한 대결을 지칭하는 또다른 용어라 하겠다.)

하지만 에버렛의 장점 따위에 신경 쓰고 있을 여유가 없었다. 난 이내 에버렛의 사진을 변기에 처넣고 물을 내려버리고픈 충동에 사로잡혔다.

나는 신경질적으로 담배를 한 모금 빤 다음 그 어렵다는 프렌치 인헤일*을 시도했다. 대학에 다닐 때 시도해본 적이 있긴 했지만 연기가 코가 아닌 목으로 다시 기어들어가는 바람에 갑자기 질식할 듯한 상태에 빠져버렸다. 행여 비키가 깨지 않도록 나는 금방이라도 나올 것 같은 기침을 간신히 참으며 황급히 화장실로 들어가 문을 잠갔다.

화장실 거울을 들여다보니 내 모습이 마치 비참한 몰골을 한 성범죄자 같기만 했다. 손가락에 걸린 담배, 마구 헝클어진 파란색 파자마, 흡연으로 일그러진 얼굴, 강렬한 화장실 불빛 때문에 에버렛처럼 찡그린 눈…… 내 얼굴은 전혀 멋져 보이지 않는다. 그런 나를 보고 있자니 기분이 몹시 언짢았다. 나는 마땅히 홀로 거리로 나가야 했다. 그리고 뭔가를 이해하기 위해 또다른 뭔가를 이해하려

---

* 입에서 나온 담배 연기를 코로 들이마시는 기술.

고 노력해야 했다. 살다보면 반드시 유익하게 이용해야 하는 어떤 특정한 상황과 맞닥뜨리게 된다. 그런 특정한 상황에 처했을 경우엔 무조건 옛사람들의 충고를 따라야 한다, 무조건. 즉 배에 탔다면 갑판으로 나가서 떠오르는 태양을 봐야 한다. 함께 있던 애인이 잠들었다면 늦은 밤의 수영을 즐길 줄 알아야 한다. 친구 별장에 가게 됐다면 근처 숲으로 하이킹을 떠나 폭포나 낡은 헛간으로 통하는 새로운 길을 개척해야 한다. 만약 이런 호기심을 채우는 데 소홀히 한다면 오늘처럼 언젠가 반드시 그 대가를 치르게 된다. '난 지금까지 그렇게 해왔어, 뭔가를 알아내기 위해 여기저기 돌아다녔다고.' 하지만 이는 사실이 아니라는 것을 나 스스로 잘 알고 있다. 비키의 지갑에서 에버렛의 사진을 발견했을 때보다 더 큰 실망감이, 즉 나 자신에 대한 실망감이 나를 괴롭혔다. 따지고 보면 그 사진은 있어야 할 곳에 있었던 셈이고 반면에 현재 나는 비키에게 어떤 요구도 할 수 없는 입장에 있지 않은가 말이다.

잠시 후 화장실에서 나오니 텔레비전은 꺼져 있고 검은 크레이프드신 나이트가운과 이에 어울리는 슬리퍼를 신은 비키가 한쪽 팔꿈치를 의자 등에 걸친 자세로 메리츠 담배를 피우며 화장대 쪽에 서 있었다. 나는 비키의 옷차림과 분위기가 맘에 들지 않았다. 문득 비키의 이런 모습을 에버렛이 좋아하지 않았을까 생각됐기 때문이다. 비키가 입은 옷은 아마 에버렛이 마지막 기념품으로 사준 것일지도 모른다. 당장 갈아입으라고 소리치고 싶었지만 알다시피 내겐 그럴 권한이 없다.

"깨울 생각은 없었어." 나는 중얼거리면서 비키에게서 이 미터 정도 떨어져 있는 침대 한쪽 끝으로 가 조용히 앉았다. 갑자기 날카로운 발톱을 감춘 악마가 이 방에 숨어 있는 것은 아닐까 하는 엉뚱한 생각이 머리를 스쳤다. 오늘 아침 잠에서 깰 때처럼 심장이 두근거리기 시작했고 내 목소리가 귀에 잘 들리지 않았다.

나는 위험에 빠졌다. 어서 지금 이 어색한 순간을 탈출해야 한다. 분노와 후회, 그리고 비키와 나 사이를 방해하는 뭔가를 막기 위해 최선을 다해야 한다. 핑곗거리가 필요했다. 뇌종양이 있다고 말할까? 그래서 가끔 나도 설명하지 못할 행동을 한다고 말해버릴까? 아니면 프로농구 기사를 써야 하기 때문에 시애틀 경기를 봐야 한다고 말해볼까? 언제나 그렇듯 결국 경기의 승패는 마지막 슛에 달려 있다고 얘기하면서? 이렇게 훌륭히 둘러대는 능력이야말로 진정한 사랑의 기술이다.

하지만 옷에 살짝 감춰진, 조각처럼 아름답기만 한 비키의 무릎을 보고 있자니 어찌해야 좋을지 아무 생각도 나지 않았고 어딘가로 도망쳐버리고 싶은 생각뿐이었다. 더불어 그 순간에 느낀 또다른 감정은 당장이라도 우리 사이를 뒤집고 들어올 것 같은 상실감이었다.

"그래, 내 가방에서 뭘 찾던 거죠?" 비키의 얼굴에 잠깐 경멸의 표정이 드러났다. 나는 순간적으로 선생님의 학생기록부를 몰래 훔쳐보는 나쁜 학생이 되었고 비키는 척 보기만 해도 이런 나쁜 학생을 잡아낼 수 있는 친근한 여선생으로 변신했다.

"아무것도 찾지 않았어, 정말이야." 거짓말이 필요할 때가 있긴 하지만 이번엔 적절치 못했다. 비키와의 첫 접전은 아무래도 실패 같았다. 내 목소리가 갑자기 움츠러들었다. 전에도 그랬던 것처럼.

"난 비밀 같은 건 없어요." 비키가 무덤덤하게 말했다. "뭐 당신은 아니겠지만."

"맞아, 난 때론 비밀이 있지." 밑져야 본전인 무난한 답변이다.

"때론 거짓말도 하구요."

"정말 필요할 때만 하지, 그렇지 않으면 결코 안 해." (솔직히 털어놓는 것보다는 나은 대답이다.)

"예를 들면 나를 사랑한다는 말 같은 거요? 네?"

아름다운 소녀는 진실만 말하는 법이다. 갑자기 방 안에 숨어 있던 악마가 나타나 나를 꾸짖는 듯하다. "애석하지만 틀렸어." 지금 상황에서 이보다 더 진실한 말이 어디 있겠는가.

"음……" 비키가 검사처럼 눈썹을 찡그렸다. "그 말을 믿어야 하나요? 자고 있는 동안 내 물건을 뒤지고 내 담배까지 피우는데?"

"믿으려고 노력할 필요 없어. 엄연한 사실이니까." 나는 무릎에 팔꿈치를 대고 앉았다. 이렇게 하면 진실하게 보일까?

"난 뱀이 싫어요." 옆에 놓인 재떨이 주변을 차가운 시선으로 둘러보며 비키가 말했다. 마치 뱀 한 마리가 진짜 그곳에 웅크리고 있기라도 한 것처럼. "정말이에요. 근처에도 안 가요. 뱀 같은 사람은 아주 많죠. 그런 사람을 알아보는 건 별로 어렵지 않아요." 현관에서 거실로 시선을 옮기며 비키는 우울한 미소를 지었다. "방금 나한테 거짓말했죠? 그렇죠?"

"진실을 판단하는 유일한 방법은 멀찍이 떨어져서 아무 생각도 하지 않는 거야." 경찰의 사이렌 소리가 어둡고 차가운 거리를 훑으며 멀리서 들려왔다. 누군가 지금의 나만큼 어려운 상황에 처해 있음에 틀림없다.

"결혼에 대해서는요?" 비키가 장난스럽게 말했다.

"그것도 마찬가지지."

비키는 살짝 미소 짓다가 환멸 어린 표정을 지으며 천천히 고개를 젓고 담배꽁초를 조용히 재떨이에 비벼 껐다. 모텔 방, 낯선 곳에서 맞이하는 새벽 두시, 도시의 소음, 사이렌 소리, 남자와의 즐거운 하룻밤, 그리고 공허한 순간. 그녀는 이런 경험이 낯설지 않을 것이다. 어쨌든 최악의 화해가 혼자서 궁리해내는 최선의 방책보다 분명히 낫다.

"내 가방엔 훔칠 만한 거라곤 전혀 없어요. 눈을 씻고 찾아봐도 없다고요." 자기 가방을 담담히 바라보며 비키가 말했다. 마치 잃어버렸지만 그리 아깝지 않던, 하지만 해변으로 쓸려온 덕택에 수년 만에 되찾은 물건이라도 쳐다보는 것처럼. "돈이라면," 비키가 느릿하게 말했다. "난 특별한 곳에 숨겨둬요. 만약 내게 비밀이 있다면 그것뿐이죠. 하지만 당신은 찾지 못할 거예요."

전혀 그럴 분위기가 아니었지만 난 그녀의 무릎을 꼭 껴안고 싶었다. 하지만 잘못했다가는 여기에서 네 블록이나 떨어진 다른 곳(예를 들면 셰러턴 호텔)으로 숙박 예약 전화를 건 디음 캐니디의 축축한 공기를 흠뻑 들이마시며 길거리로 나서야 할지도 모른다.

비키는 담뱃갑 옆에 열린 채 방치돼 있는 자기 지갑을 흘깃 쳐다봤다. 얼간이 같은 에버렛의 얼굴이 지갑 사이로 삐죽 빠져나와 있었다.

"내가 이 세상에서 사랑하는 사람은 오직 여섯 명뿐이에요." 에버렛의 사진을 쳐다보며 비키가 말했다. 비키의 목소리는 이제 다소 부드러워졌다. "당신도 그중 한 명이죠. 내게 중요한 사람. 하지만 당신은 그동안 많은 여자를 만나왔겠죠? 뭐 지금도 그럴지 모르죠."

"그래, 앞으로도 그럴 수 있지."

비키가 불신하는 표정으로 나를 쳐다봤다. "그거 알아요? 나는 눈을 중요하게 여겨요. 영혼을 보여주는 창이기 때문이죠. 그런데 당신의 눈은…… 난 눈을 통해 당신의 영혼을 알 수 있다고 생각했어요. 하지만……" 비키가 의심스럽다는 듯 고개를 저었다.

"그래, 내 눈을 통해 뭐가 보이지?" 하지만 대답을 듣고 싶진 않았다. 밀러 부인에게도 던진 적 없는 질문이었다. 혹 그랬다 해도 밀러 부인은 일고의 가치조차 두지 않았을 것이다. 넘치는 진실은 죽음보다 더 나쁠 수 있으며 더구나 그 후유증은 꽤 오래 지속된다.

"몰라요." 비키가 가늘게 떨리는 목소리로 말했다. 비키 스스로 대답한다면 모를까, 더이상 추궁하지 않는 편이 낫겠다고 생각했다. "내 이복형제에 그렇게 관심이 많아요?" 비키가 딱딱한 얼굴로 물었다.

"난 당신의 이복형제가 누군지 몰라."

비키가 지갑 안에서 사진을 꺼내 바로 코앞에 들이미는 바람에 나는 가무잡잡하고 교만해 보이는 그 얼굴을 다시 마주해야 했다. "그래요?" 비키가 말했다. "바로 여기 있잖아요."

우리네 인생에서 벌어지는 대부분 일은 예측할 수 없다. 이 상황을 설명해줄 수 있는 수백 가지 말이 목까지 치밀어 올라왔지만 나는 꾹 참고 삼켜야 했다. 사실 할 말이 딱히 없었다. 부질없는 모든 변명과 마찬가지로 어떤 해결 방법도 시간보다 우월할 순 없다. 갑자기 정신이 몽롱해지면서 이제 친숙한 현기증이 주위로 몰려들었다. 내가 지금 말하려고 한다면 입술은 움직이겠지만 어떤 말도 튀어나오지 않을 것이다.

"이 불쌍한 오빠는 이미 죽어서 하늘나라로 갔어요." 마치 꼼꼼히 평가하는 것처럼 사진을 자신 쪽으로 돌려 쳐다보며 비키가 말했다. "오클라호마의 포트 실에서 군용 트럭에 치여 죽었죠. 새 엄마의 아들이었어요. 이름은 버나드 트윌, 우린 비니라고 부르지만

요." 비키는 지갑을 탁 하고 소리 내어 닫고는 탁자에 올려놓았다. "난 오빠를 잘 몰라요. 오빠가 죽었을 때 새엄마 리넷이 지갑에 넣어두라고 사진을 주더군요." 비키가 다정스런 눈길로 나를 쳐다봤다. "이젠 화도 별로 안 나네요. 어차피 아무것도 없는 낡은 지갑일 뿐이니까. 하지만 유달리 여자들은 지갑을 보여주기 싫어하죠."

"다시 침대에 누워야겠어." 내가 혼잣말처럼 중얼거렸다.

"남이야 어찌 됐든 나만 행복하면 된다는 건가요? 참 속 편한 태도네요. 안 그래요?"

"듣고 보니 정말 그렇군." 나는 차가운 침대에 몸을 눕혔다. "아무튼 지갑을 뒤진 건 미안해."

비키는 턱까지 시트를 끌어올리는 나를 바라보며 살며시 미소 지었다. 나는 시트를 덮으면서 비록 순탄치는 않았어도 나와 비키가 상상조차 어려울 만큼 힘들게 살았다고는 결코 말할 수 없다고 생각했다. 사실 나와 비키의 삶은 여느 평범한 인생만큼이나 만족스러웠다. 여느 평범한 인생이란 무엇일까? 그것은 바로 소박한 성공과 행복, (내가 전에 '사랑한' 여자 열여덟 명과 나눈 섹스보다 더 나은) 섹스, 역사를 연구하고 음미하는 삶, 친한 친구와의 낚시, 나를 꼭 닮은 아이들, 캠핑카를 사서 전국 각지를 구경하며 돌아다니는 여행이다. 나는 원한다면 폴과 클라리사를 데리고 함께 여행할 수도 있고 당장이라도 지금의 집을 팔아버린 후 페전트 런이 아닌 벅스 카운티*로 이사할 수도 있다. 또 세월이 어느 정도 흐르고 나면 평화봉사단이나 빈민구제 자원봉사단에 가입해 삶의 의미를 돌아보며 가치 있는 활동도 할 수 있을 것이다. 원한다면 더이상 낯

---

* 필라델피아 북부에 있는 도시.

선 곳에서 방황할 필요도 없고 과연 감정에 충실하게 살아가고 있는가 따위로 고민할 필요도 없다.

내가 열거한 미래의 모습에 혹 잘못된 점이라도 있는가? 사실 이런 미래야말로 우리 모두가 원하는 바가 아닌가? 저 멀리 수평선을 바라보며 우리를 기다리는 밝고 희망찬 미래를 상상한다고 해서 무슨 문제가 있을 것인가? 매력적인 은퇴는 누구나 바라는 바가 아니던가?

비키는 텔레비전을 켠 후 깜박거리는 화면을 뚫어져라 주시했다. 오스트리아의 한 빙상 경기장이 비치고 있었는데 전광판에 친자노*와 롤렉스 상표가 뚜렷했다. 잠시 후 마침내 타이와 랜디가 등장했다. 랜디는 카멜 회전, 더블 살코 점프같이 멋진 기술을 자랑하는 남자 스케이팅 선수이며 타이는 남자 선수라면 누구나 선망하는 스케이트 짝꿍으로, 외모는 연약한 듯 보이지만 동작만큼은 매우 열정적이고 백조처럼 우아하다. 전성기 때 이들이 보여준 기량은 10점 만점이 모자랄 정도로 완벽했다. 둘은 마치 한 사람이 움직이는 것처럼 더블 액셀, 트리플 토 룹, 루츠 점프를 함께 선보이더니 마침내 타이는 하얀 빙판 위에서 현기증이 느껴질 정도의 회전을 선보이고 랜디는 이를 훌륭히 보좌하는 것으로 대단원의 막을 내렸다. 오스트리아 관중은 연신 감탄하는 박수를 쏟아냈다. 이들은 프로토포프 커플**과 견주어도 손색이 없는 미국 피겨 선수들이다. 그들이 올림픽에서 메달을 따지 못했다고 해서 누가 문제 삼을 수 있을 것인가? 솔직히 타이와 랜디는 서로 경멸하는 사

---

* 와인 상표명.
** 동계 올림픽에서 금메달을 차지한 러시아의 스케이트 선수들로 루드밀라 벨루소바와 올레그 프로토포프를 가리킴.

이였다고 말한들 누가 이를 중요하게 여기겠는가? 자세히 보면 타이는 썩 괜찮은 미인은 아니라고 말해봤자 누가 신경이나 쓰겠는가? 당당한 허벅지와 멋진 가슴을 가진 타이는 지금도 베르베르족*만큼이나 이국적인 풍모를 풍긴다. 중요한 점은 그들이 자기 분야에 모든 것을 바쳤다는 데 있다. 이것이 지금 이 순간 오스트리아인이 잠시나마 자신도 미국인이었으면 하고 생각하는 이유이리라.

"저 두 사람 참 멋지죠?" 다리를 꼬고 앉아 조용히 시청하던 비키가 물었다. 비키는 화려한 꿈을 훔쳐보기라도 하듯 밝은 텔레비전 화면을 노려보았다.

"정말 근사해." 내가 말했다.

"가끔은 내가 저 여자처럼 될 수 있다면 얼마나 좋을까 하고 생각한다니까요." 입으로 담배 연기를 날리며 비키가 말했다. "오, 저 랜디는 정말이지……"

관중의 박수 소리가 계속되는 동안 나는 눈을 감고 잠을 청했다. 아까 들린 첫 사이렌 소리를 따라 더 많은 사이렌 소리가 차가운 디트로이트 거리를 휘감고 돌아다녔다. 이 밤에 들리는 저 사이렌 소리는 혹시 그 누구도 아닌 오직 나 때문에 울리는 건 아닐까? 그 순간 나는 다음에 어떤 일이 벌어질지 모르는 편이 차라리 마음 편하다는 사실을 문득 깨달았다.

---

* 북아프리카에 거주하는 종족.

6

눈이다. 침대에서 일어나니 부드러운 미시간 하늘에서 떨어져 내린 하얀 이불이 코보에서 르네상스 센터에 이르는 콘크리트 강둑을 온통 흰색으로 만들어놓았다. 봄은 갑자기 사라지고 겨울이 성큼 다가선 느낌이었다. 분명 내일이면 똑같은 날씨가 뉴저지에도 펼쳐지겠지만(뉴저지의 날씨는 이곳과 하루의 시간차를 보인다) 시간이 흐르면 여기의 눈도 녹으면서 날씨는 다시 온화해질 것이다. 날씨가 마음에 들지 않는다면 십 분만 기다려보라.

어젯밤 일이 떠오르면서 나는 비키와 솔직한 대화를 나누고 싶었다. 둘 다 더 긍정적인 시선으로 서로를 바라볼 필요가 있다는 생각이 들었기 때문이다. 하지만 비키는 어젯밤에 입은 검은 크레이프드신 옷차림 그대로 아주 깊이 잠들어 있었다. 망설인 끝에 비키를 깨우지 않기로 했다. 대화할 시간이야 나중에라도 얼마든지 있을 테니까.

월드레이크로 가기 전에 아침식사를 해야 했으므로 나는 우선 샤워를 한 다음 주머니에 메모지와 소형 녹음기를 찔러넣고 외출 준비를 서둘렀다. 탁자 위엔 정오까지는 돌아올 것이며 그때까지 비디오 영화를 보거나 멋진 아침식사를 주문해 먹으라는 내용의 메모지를 놓아두었다.

공항으로 출발하는 몇몇 사람들이 체크아웃을 하려고 줄을 서 있긴 했지만 폰차트레인 호텔 로비는 토요일 오전에만 느낄 수 있는 특유의 기분 좋은 한산함으로 가득했다. 신문 가판대에서 일하는 흑인 소녀는 내가 요청한 〈프리 프레스〉 신문을 건네다 자기도 모르게 큰 하품을 하고는 스스로 멋쩍었는지 크게 웃으며 이렇게 말했다. "너무 일찍 나와서 그래요." 가판대엔 우리 회사에서 출간한 잡지도 놓여 있었는데 내가 쓴 '멕시코에 부는 싱크로나이즈드 스위밍 바람'이란 제목의 기사도 한 자리를 차지하고 있었다. 하지만 거의 모든 취재 자료는 편집부 직원들에게서 나온 것이다. 나는 내가 쓴 기사를 흑인 소녀에게 보여줄까 망설이다가 그냥 식당으로 향했다.

'라메디테라네 룸'으로 들어간 나는 웨이터에게 삶은 달걀 두 개와 토스트, 주스를 주문하면서 시간이 별로 없으므로 아메리칸리그 동부지구 선두팀을 확인할 동안 서둘러 가져다달라고 부탁했다. 〈프리 프레스〉의 스포츠 면은 내가 좋아하는 코너 중 하나다. 일단 사진이 많았고 콜드 타이프 활자가 굵직굵직해서 전체적인 레이아웃이 눈의 피로감을 덜 수 있도록 짜여 있기 때문이다. 문체 또한 읽기에 아주 편할 만큼 친근하다. 개중에는 다소 멋을 부린 글도 있지만 대부분은 다음 기사처럼 사색이 아닌 정보 전달을 위한 글들이다. "필 스타란스키는 브라더 라이스 고교 출신으로 지난 수

요일에 벌어진 더블헤더 경기에서 4 대 3으로 따라붙는 적시타를 두 개나 쳤다. 미시간과 트럼불의 많은 전문가들은 필 스타란스키가 이 팀의 3루수로 기용될 가능성이 크다고 이미 예상한 바 있다. 투수 코치인 에디 곤살레스는 햄트랙*이 배출한 이 선수가 해당 프로팀의 장기적인 계획에 딱 부합한다고 언급하면서 다른 팀에는 애초부터 갈 생각이 없었던 것으로 보인다고 덧붙였다." 나는 대학 시절에도 아침에 일어나자마자 이 신문을 펼쳤고 하담으로 처음 이사했을 때는 우편으로 구독하기까지 했다. 이따금 잡지 일을 그만두고 지방에서 스포츠 칼럼이나 써볼까 생각해본 적도 있었으나 지금은 너무 늦었다. (지방 스포츠 지는 전국적으로 발행하는 스포츠 지의 기자를 채용하려 들지 않는다. 임금이 비싸기 때문이다.)

디트로이트의 호텔에 나를 아는 사람이 있을 리 없어 마음이 편하긴 했지만 그래도 어쩐지 기묘한 느낌이 엄습하더니, 그 신호는 점점 분명해졌다. 불쾌하다고까지 말할 순 없었지만 그 기묘한 느낌은 계속해서 내 신경을 건드렸다. 그러고 보니 체크아웃을 위해 줄에서 기다리는 한 남자는 월터 러켓을 연상하게 했고 신문을 판 흑인 소녀는 페기 코노버를 떠올리게 했다. 내게 편지를 보내 결국 아내와 헤어지게 한 캔자스의 그 여자 말이다. 하지만 페기는 스웨덴 여자로 그녀가 흑인과 약간이나마 닮았다는 말을 듣는다면 아마 웃을지도 모르겠다. 다른 모든 신호와 마찬가지로 이 느낌은 좋은 쪽일 수도, 나쁜 쪽일 수도 있다. 하지만 나는 이를 통해 일반적인 통념과는 달리 사람들의 인생은 서로 단절돼 있거나 임의적이지 않으며, 우리 모두는 마음 깊은 곳에서 가능한 한 많은 보상이

---

* 미시간 주에 있는 도시.

기대되는 접촉을 추구한다는 사실을 어렴풋이 깨달았다.

어젯밤 비키가 잠들고 난 뒤 나는 이전엔 한 번도 꾼 적이 없고 또 다시는 꾸고 싶지도 않은 이상한 꿈을 꾸었다. 난 꿈을 자주 꾸는 사람도 아니거니와 혹 그렇다 해도 눈을 뜨자마자 곧 잊어버리는 일이 다반사다. 또 꿈을 꾸는 이유를 보통 오후에 먹은 음식이나 읽던 책의 탓으로 돌리는 편이지만 사실 곰곰이 생각해보면 음식이나 책과는 거의 상관없는 내용이 대부분이다.

꿈에서 나는 안면 있는 사람(지금은 누구인지 잊어버렸다)과 마주쳤지만 순간적인 장면만 언뜻언뜻 떠오를 뿐 구체적으로 어떤 상황이었는지 잘 기억나지 않는다. 그 남자는 내가 부끄러운 짓을, 그야말로 부끄럽기 짝이 없는 짓을 했다고 질책했다. (구체적으로 무슨 말을 했는지는 생각나지 않는다.) 나는 그가 뭔가 더 많은 사실을 알고 있는 듯하고, 또 절대 잊어버려서는 안 되는 어떤 일을 내가 잊고 있는 듯하여 엄청난 공포를 느꼈다. 놀라 잠에서 깰 정도는 아니었지만 내겐 큰 충격이었다. 그리하여 마침내 여덟시가 되어 자리에서 일어났을 때, 비록 나를 비난했던 남자의 이름이나 얼굴, 또 내가 저질렀을지도 모를 수치스러운 행위는 잘 기억나지 않았지만 꿈의 전체 내용만은 방금 벌어진 일처럼 머리에 생생히 남아 있었던 것이다.

나는 꿈을 잘 기억하지 못할 뿐 아니라 꿈에 큰 중요성을 부여하지도 않는다. 꿈에 관해 주변 사람들과 얘기를 나눠보면(다행히도 꿈에 관한 한 밀러 부인 역시 나와 성향이 정확히 일치해서 그것이 누구의 꿈이든 알려고 들지 않는다) 사람들은 항상 자신의 꿈을 불쾌하고 으스스한 그 무엇으로, 혹은 잠재의식이라는 동굴 속에 갇혀 있지만 틈만 나면 언제고 큰 곤경을 초래할 수 있는 그 어떤 떳

떴지 못한 욕망으로 받아들였다.

나로 말할 것 같으면 망각의 지지자라고 할 수 있다. 꿈이건 나쁜 일이건, 혹은 누군가가 지닌 성격상 결함이건 우리는 잊을 수 있어야 한다. 이미 뱉어버린 말이나 지나간 일을 잊지 못한다거나 이를 용서하지 못한다면 우리에게 희망이란 결코 있을 수 없다.

간밤의 꿈이 계속 나를 성가시게 한 이유는 바로 여기에 있었다. 그것은 다름 아닌 망각에 관한 꿈이었고 또한 꿈에서 본 남자는 나를 결코 용서하려 들지 않았다. 그렇기 때문에 키예프*에 사는 카자흐스탄 사람처럼 편안하기 그지없는 이 오래된 도시에서, 바라는 것이라곤 오직 현재의 행복과 (항상 그렇듯이) 스스로 잘 풀려가길 바라는 미래밖에 없는 이곳에서 나는 깊은 잠에 빠진 상태에서도 커다란 충격을 받을 수밖에 없었던 것이다. 나는 모든 신호를 긍정적으로 받아들이는 편이며 나아가 아예 신경조차 쓰지 않을 때도 있다. 하긴 주위를 둘러보면 한 가지에 집중하기 어려울 정도로 이 세상은 온갖 좋지 않은 신호로 가득하다. (《뉴욕타임스》를 한번 읽어보라.) 다시 어제 꾼 꿈을 언급하자면 아무리 고민해봐도 내가 근심해야 할 일이 대체 무엇인지 생각해낼 수가 없었다.

사실 전처가 페기 코노버 때문에 나를 떠난 사실은 아이러니 중의 아이러니다. 페기와 나는 부정한 행위를 저지른 적이 결코 없기 때문이다.

페기와 나는 캔자스시티에서 미니애폴리스로 가는 비행기에서 만났다. 비행기 안에서 보내야 하는 오후와 저녁 시간에 우리는 기내식을 함께 하고 약간의 대화를 나누며 손님으로 만난 사람들이

---

* 우크라이나 공화국의 수도.

친해지는 딱 그 정도만큼만 서로에 대해 알게 됐다. 하얗고 큰 치아, 파이처럼 생긴 얼굴에 체구가 통통한 서른두 살의 페기는 매력적인 여성은 결코 아니었다. 그녀는 캔자스에 사는 남편과 네 명의 자녀를 떠나 언니와 같이 살려고 미네소타로 가고 있었고 새로운 정착지에서 시인이 되고 싶어했다. 착한 심성의 소유자로 잔잔한 미소가 일품인 페기는 비행기 안에서 자기의 인생 역정을 펼쳐 보였다. 요약하자면 그녀는 앤티오크*에서 역사를 공부했으며 필드하키를 즐겼고, 평화운동에도 참가했는가 하면 시도 썼노라고 말했다. 부모가 스웨덴 출신의 이민자여서 당황스러웠다고도 했고 거대한 트럭이 절벽을 올라가는 꿈을 꾸는 바람에 공포에 질려 잠에서 깬 적이 있다고도 했다. 또 마지못해 자랑스럽게 생각한다고 말해주긴 했지만 남편인 밴은 그녀가 쓴 시를 보고 마구 비웃었다고 한다. 대학생 시절, 페기는 스스로 섹시한 매력이 넘친다고 생각했으며 오하이오 주의 마이애미 출신인 밴을 만나 결국 결혼에 이르렀다. 하지만 둘의 교육 수준은 서로 달랐고 이는 결혼할 당시엔 별 문제가 되지 않았으나 끝내는 불화의 원인으로 불거져 페기는 남편을 떠나기로 결심했다고 한다.

페기는 공항에 서 있던 내게 다가와 함께 저녁식사를 하지 않겠느냐고 제안했다. 나와의 대화가 너무 즐겁다는 것이 그 이유였다. 나는 달리 특별한 일정이 없었으므로 그녀의 제안을 받아들였다.

이후 다섯 시간 동안 우린 뷔페식당에서 저녁식사를 함께 한 후 그녀가 언니에게 주려고 샀다는 독일산 와인을 마시려고 내 숙소로 갔다. 와인을 마시면서 나와 페기는 이런저런 주제로 이야기를

---

* 캘리포니아 주에 있는 도시.

나눴다. 페기는 루터교를 믿지 않기로 한 이유, 자녀 양육에 대한 철학, 추상표현주의에 대한 견해, 지구촌에 관한 생각, 그리고 언젠가 기회가 되면 학생들을 대상으로 강의하고 싶은 '위대한 도서들'에 대해 언급했다.

밤 열한시 십오분, 페기는 갑자기 말을 멈추더니 자신의 통통한 손을 내려다보며 미소 띤 얼굴로 이렇게 말했다. "프랭크, 오늘 만나는 내내 당신과 자고 싶다는 생각을 했어요. 하지만 그래서는 안 된다고 생각해요." 페기가 고개를 저었다. "우린 우리의 감성이 지시하는 바에 따라 행동해야 한다는 걸 잘 알아요. 나는 지금 당신에게 큰 매력을 느끼고 있죠. 하지만 그건 옳은 행동이 아니에요. 그렇죠?"

페기는 잠시 괴로운 표정을 짓다가 이내 희미한 미소를 지으며 나를 쳐다봤다. 내가 그녀를 바라보며 느낀 감정은 엄청난 노스탤지어였다. 세파에 떠밀리며 외롭게 살아가야 하는 그녀의 심정을 과거의 내 경험을 통해 정확히 이해할 수 있었기 때문이다. 해군학교에 다니던 시절, 믿을 사람이라곤 오직 불친절한 간호사와 의사밖에 없는 상황에서 나는 알 수 없는 질병에 시달리며 혹시 원하지 않는 때에 죽어야 하는 건 아닐까 하며 괴로움에 시달렸다. 그런 생각 때문에 나는 페기 코노버와 사랑을 나누고 싶다는 강렬한 욕망에 사로잡혔다. 매력이라곤 전혀 발견할 수 없는 여자에게도, 함께 저녁식사를 하고 싶지 않았던 여자에게도, 칵테일파티의 파트너로 삼고 싶지 않았던 여자에게도, 또는 엘리베이터에서 단지 몇 번 마주쳤을 뿐인 여자에게도 갑자기 끌리는 일이 가능하다. 페기의 경우가 바로 그랬다.

하지만 내 입에서 나온 말은 의외였다. "그래요, 페기. 그건 옳지 않다고 생각해요. 번거로운 일이 많이 생길 테니까요." 내가 왜 그런 말을 했는지는 모르겠다. 당시 내 감성과 배치하는 대답이었으니까.

페기의 얼굴에 기쁨과 놀라움의 빛이 동시에 떠올랐다. (바로 이런 때가 그와 같은 만남의 시간에서 가장 마음이 약해질 때다. 나쁜 일을 저지르고 싶은 자신을 무한히 용서하고픈 마음이 생기고 그러다 서로 몸을 감싸 안고 침대 위를 뒹굴게 된다. 물론 우리는 그런 유혹에 넘어가지 않았다.) 페기는 내가 앉아 있던 침대 옆자리로 다가오더니 내 손을 꾹 잡고는 볼에 가볍게 키스한 후 미소 띤 얼굴로 나를 쳐다봤다. 이어 그녀는 그날은 마음이 아주 약해져 있어서 어떤 유혹에도 넘어가기 쉬웠을 것이라며 나 같은 사람을 만나게 되어 얼마나 다행인지 모르겠다고 말했다. 또 와인을 다 마시고 취해 잠들었다가 다음날 아침에 깼을 때 자기 기분이 과연 어떨지 얘기하면서 아마 우리는 커피를 많이 마시게 될 거라고 덧붙였다. 페기는 내가 쓴 글을 읽고 싶다면서 그 글을 읽은 후 자신이 느낀 바를 편지로 보내도 되느냐고 물었고 나는 그렇게 해도 좋다고 대답했다. 잠시 후 페기는 이불을 덮고 내 옆에 눕더니 곧 잠에 곯아떨어졌다. 나는 그날 밤 옷을 입은 채 페기 옆에 그냥 누워 있었다. 아침이 밝자 나는 축구팀 감독을 인터뷰하기 위해 잠자는 페기를 남겨두고 조용히 방에서 빠져나왔다. 그리고 다시는 그녀를 만나지 않았다.

약 한 달 후 두툼한 편지봉투 하나가(페기가 몇 번 보낸 편지들 중 첫번째였다) 집에 도착했다. 편지엔 그녀의 근황, 즉 몸무게, 고민거리, 다시 같이 살기로 결심한 남편, 향후 인생 계획에 관한 유쾌한 얘기는 물론 내가 쓴 글을 읽고 난 견해(페기는 내 글의 일부만 마음에 들어했다)도 들어 있었다. 페기의 모든 글은 우리가 대화를 나눴을 때처럼 유쾌한 어조였고 항상 '프랭크, 진심으로 보고 싶어요. 사랑하는 페기'라는 인사로 끝맺었다. 나는 그녀의 편지에 기뻐하면서 한두 번은 답장을 보내주었다. 지금도 그렇지만 우린 서로 예의를 지켜주는 친구 이상은 결코 아니었다. 나는 어느 먼 곳의 누군가가 전혀 나쁘지 않은 이유로, 아니 오히려 좋은 이유로 나를 생각해준다는 사실에 기쁘지 않을 수 없었다.

전처가 잃어버린 물건을 찾으려고 내 책상 서랍을 뒤지다 발견한 편지는, 결과적으로 우리의 결혼생활을 파탄내고 지금까지 결합이 불가능하도록 만들어버린 편지는 바로 페기의 편지였다. (하긴 예전의 결혼생활로 돌아가기엔 이미 너무 많은 불행한 일이 벌어지긴 했다.) 내 생각이지만, 전처는 페기 코노버의 편지를 읽고 나서 이 정도로 격의 없이 쓴 편지를 서랍 속에 숨겨뒀다면(물론 숨기려는 의도는 전혀 없었다) 그보다 더한 내용으로 가득 찬 편지들이 분명 어딘가에 있으리라고 믿어버린 것 같다. 나아가 이 집엔 자기 물건은 더이상 존재하지 않으며 내게 있어 사랑이란 일시적인 상품 정도에 불과하다고 판단했을 것이다. (아마 그럴지도 모른다.) 마침내 이는 결코 자신이 원하는 인생이 아니라고, 따라서 나 같은 사람과 결혼생활을 지속할 순 없다고 갑작스럽게 결론을 내리지 않았을까 싶다. 지금까지 말한 내용이 바로 페기 코노버 편지 사건의 전말이다.

밖을 쳐다보니 비록 눈은 그쳤어도 차를 렌트해 직접 몰고 가기엔 너무 위험해 보였다. 여기에서 비키와 함께할 수 있는 시간도 이젠 조금밖에 남지 않았다. 나중에 비키를 데리고 식물원으로 놀러

갈까 생각해보았지만 날씨가 험해서 별로 내키지 않았다. 물론 비키라면 이런 날씨 정도는 개의치 않겠지만.

하지만 밖에 나온 나는 차를 빌리지 않은 것을 곧 후회했다. 말이 나왔으니 하는 말이지만 편안한 좌석에 육중하고 굳게 닫히는 문이 있는, 연료를 가득 채운 크고 멋진 차에 앉아 '또다른 차의 새로운' 냄새를 맡는 것만큼 강렬한 경험도 없을 것이다. 우리는 자기가 소유한 차보다 더 고급스런 차를 빌릴 수 있다. (어떤 고급 차든지 가능하다. 마음에 들지 않는 순간 차종을 바꿔달라고 얘기하면 그만이니까.) 이는 감내할 수 있는 범위 내에서의 자유라고도 할 수 있다. 그런 순간으로 인해 새로운 오늘, 새로운 내일, 아니 마음만 먹는다면 영원히 새로운 느낌을 만끽할 수 있는 것이다.

내가 탄 택시의 운전기사는 로렌조 스몰우드라는 덩치 큰 흑인으로 배우 시드니 그린스트리트를 떠올리게 했다. 그는 두 팔을 앞으로 쭉 뻗은 자세로 운전했다. 대시보드 위엔 아기 사진 액자, 아기 신발 두 켤레, 흰색 장식용 술이 가지런히 정돈돼 있었다. 과묵한 로렌조는 우중충한 창고와 오래된 호텔을 지나쳐 교외 북서쪽으로 차를 몰았다. "오늘은 차가 별로 없군요." 로렌조는 무관심한 어조로 단 한 마디만 내뱉고는 북쪽을 향해 쭉 늘어서 있는 허름한 집들에 눈길 한 번 주지 않고 쏜살같이 지나쳤다.

우리는 유대인 거주 지역을 통과해 스트래스모어, 브라이트모어, 레드포드, 리보니아 같은 작은 마을들을 잇달아 지나친 다음 마침내 깨끗한 집과 쇼핑몰이 들어선 대로로 진입했다. 한결같이 날씨에 적합한 옷차림을 하고 있는 미시간 사람들은 날씨에 대처하는 법을 잘 알고 있다는 표정을 짓고 있었다. 이들에게 심술궂은 봄눈 정도는 아무런 문제도 되지 않는 듯했다. 여기 사람들은 점퍼 케이블이나 제설차 같은 기계장비 정도는 능숙히 다룰 줄 알기 때문이다. 기계에 관한 한 그 어떤 불편함도 느끼지 못하는 곳이 바로 이곳이다.

저 멀리 그랜드 강가에 늘어선 수많은 레스토랑을 보고 나는 외식을 즐기는 인구가 엄청나다는 사실에 새삼 놀랐다. 자동차만큼이나 끼니 역시 사람들에겐 중요한 관심거리다. 다른 것들에 비해 사람들이 스테이크 식당이나 맥주홀, 카페 등에 쏟는 관심이 사소하게 보일 수도 있지만 나는 우리가 체험하는 인생의 부분적인 정수(精髓)는 바로 이런 곳들에서 펼쳐진다고 생각한다. 어느 봄날 저녁 만약 우울함과 외로움이 느껴진다면 이 식당들 중 한 곳에라도 들러보라. 또다른 밤을 견딜 수 있을 만큼 충분한 격려를 얻을 수 있을 것이다.

스몰우드는 '스퀴터'라는 패스트푸드점에 차를 대더니 도넛을 먹겠느냐고 물어왔다. 나는 아침식사를 충분히 했으므로 괜찮다고 말한 뒤 폰차트레인 호텔에 전화를 걸려고 차 문을 열고 밖으로 나왔다. 새로운 아침에 느끼는 힘찬 활력을(괴롭던 복통도 서서히 잦아들었다) 비키와 나누고 싶었다. 간밤의 일을 생각해볼 때 밝은 햇빛에 드러난 하얀 눈의 세계를 비키가 아직 보지 못했을 것이라고 짐작했기 때문이다.

"그냥 텔레비전을 보면서 누워 있어요." 밝은 목소리로 비키가 대답했다. "당신이 그 귀여운 메모지에 적어놓은 그대로 말이죠. 그런데 볼 만한 게 없네요. 뭐 아무 영화라도 곧 시작하겠지만."

"간밤에는 미안했어." 목소리가 갑자기 작아진데다 그랜드 강 주변을 오가는 차량들의 소음으로 내 말조차 거의 귀에 들리지 않았다.

"간밤에 무슨 일이 있었는데요?" 텔레비전 소리와 얼음이 유리잔에 부딪히는 소리가 수화기를 통해 들려왔다. 문득 비키가 있는 호텔방이 그리워지면서 지금이라도 당장 비키를 안고 영화나 보고 싶어졌다.

"내가 소홀한 점이 많은 것 같아, 앞으로 노력할 테니 이해해." 스쿼터의 송풍기 바람을 통해 다진 고기 요리와 와플, 그리고 토스트 냄새가 풍겨오는 바람에 갑자기 배가 고파졌다.

"여기 호텔은 당신 돈을 펑펑 쓰기에 딱 맞군요." 내 사정을 아는지 모르는지 비키가 무심하게 말했다.

"그럼 펑펑 쓰도록 해."

"지금은 다큐멘터리를 보고 있어요. 매주 십오 톤에 이르는 낡은 지폐를 정부가 어떻게 회수하는지 보여주는데 과정은 간단해도 비용이 제법 든다네요. 백 달러짜리 지폐의 수명이 몇 년 정도밖에 안 된데요, 뭐 난 별로 만져본 적도 없지만. 재활용 방법을 고민하고 있다는데 현재로선 기껏해야 메모지 정도만 만들 수 있대요."

"기분은 괜찮은 거야?"

"지금까지는요." 비키가 유쾌하게 웃었다. 그때 한 손엔 하얀 종이 봉지, 입엔 도넛을 물고 있는 스몰우드가 스쿼터에서 차를 몰고 나오는 모습이 보였다. 눈은 이미 녹기 시작해서 길가는 진창이 되어 있었다.

"사랑해." 순간 갑자기 오한이 나면서 심장박동이 거세지기 시작했다. 금방이라도 눈에 핏발이 서는 느낌이 들면서 혹시 이대로 공중전화 부스에 엎어져 인생을 마감해버리는 건 아닐까 하는 생각이 들었다. "사랑해." 내가 다시 간신히 말을 내뱉었다.

"난 걱정 마요. 어떨 땐 당신이 참 바보 같아 보여요." 비키가 명랑한 목소리로 말했다. "그래도 난 당신이 좋으니 이 노릇을 어떡하죠? 그런데 그 말 하려고 전화한 거예요?"

"금방 돌아올 테니 조금만 기다리고 있어." 나는 간신히 말을 이었다. "난……" 하지만 무슨 이유에서인지 말을 끝맺지 못했다.

"왜요, 아내가 보고 싶어지기라도 했나요?" 비키는 여전히 쾌활했다.

"말도 안 되는 소리 하지 마."

"알았어요, 알았어." 그릇과 받침잔이 딸깍거리는 소리를 배경으로 비키의 목소리가 희미하게 들려왔다. "어서 돌아와 텔레비전이나 같이 보자고요." 비키가 말하는 동안에도 딸깍거리는 소리는 여전히 내 귀를 쉴 새 없이 때려댔다.

십분 후 우리는 디트로이트 교외로 들어섰다. 눈에 싸인 농장과 오두막이 호숫가를 둘러싸듯 늘어서 있는 랜싱에서 그리 멀지 않은 지역이다. 스몰우드는 여기에서 미터기를 꺾고 균일요금을 청구하더니, 근처에 있는 윅섬의 친구에게 가 있다가 내가 돌아올 무렵에 와도 괜찮겠느냐고 물었다. 나는 흔쾌히 승낙하고 정오까지 돌아와달라고 부탁했다. 윅섬이란 말을 듣는 순간 대학 시절 친구였던 윅섬 출신의 에디 루키넌이 떠올랐다. 문득 에디가 어떻게 살고 있는지 궁금해졌다. 고향에서 자동차 영업사원을 하고 있을까? 아니면 로열오크에서 건축회사를 경영하고 있을까? UP*의 유리 칸막이 창구에 앉아 열심히 일하고 있을지도 모른다. 매년 차를 갈아치우거나 시장점유율을 확인하거나 금연을 하거나 섬으로 휴가를

---

* 미국 운송 회사.

가거나 또는 마누라에게 잡혀 살고 있을지도 모른다. 이것들이 바로 1967년에 우리가 예상했던 미래의 삶이었다. 물론 훌륭한 선택이다. 우리 모두는 그리 과격하거나 거칠지 못했으니까. 주위를 둘러보면 알게 되겠지만 내 또래 세대들은 앞으로 삼십 년 동안 인생에서 일어날 놀라운 일을 기대하며 살아갈 수 있다는 점을 감사하게 생각한다. 해피엔딩의 가능성 말이다. 물론 나도 예외는 아니다.

우리는 허브의 집을 찾으려고 주유소를 두 군데나 들러야 했다. 두 주유소 주인 모두 허브의 차를 수리해주고 있다면서 그를 잘 안다고 했다. 동시에 마치 내가 허브의 명성에 흠집을 내거나 해를 끼치러 온 나쁜 사람인 것처럼 의심스런 눈초리를 보냈고 따라서 우리는 출발할 때 두 주인이 어딘가로 열심히 전화하는 장면을 목격해야 했다. 우리의 정체를 오해한 나머지, 아마 같은 동네에 사는 주민으로서 낙미한 고향의 영웅을 지켜주려는 것이리라. 그들을 보면서 나는 새삼 실감했다. 내가 모르는 사람들, 나를 모르는 사람들, 또 이 프랭크 배스컴을 오직 스포츠 기자로 아는 사람들과 내가 얼마나 자주 어울리며 살고 있는지를. 단 한 명의 절친한 친구나 진정 나를 도와줄 한 명의 동지도 없이, 또 비키 아서놀트 같은 연인도 없이 이 세상과 맞선다는 건 최선의 방책이 아닐 가능성이 높다. 하지만 내 과거와 성격에 비추어 보면 지금의 어정쩡한 상황이 어쩌면 내겐 최선일지도 모른다. 그렇지 않았다면 그게 뭐든 사태가 더 악화될 수도 있었을 테니까. 현재로선 한 타인으로서, 또 스포츠 기자로서 나는 사람들에게 최소한 해는 끼치지 않고 살아왔다고 생각한다. 오히려 냉소주의와의 정면 대결에서 승리해야 하는 세상 사람들을 위해 등을 두드려주고 용기를 불어넣어주며, 부정적인 생각에 빠지지 않고 더 나은 길을 찾을 수 있도록 도와준다고 자부한다.

허브의 집 앞에 다다랐을 때 갑자기 옆쪽에서 "어이, 여기예요!" 라고 외치는 목소리가 들렸다. 택시 안에 앉아 있던 스몰우드가 소리 나는 곳으로 고개를 돌렸다. 스몰우드는 허브를 안다고 말했지만 허브가 흑인이며 현재 불운한 상황에 처했다는 정도의 근황에 불과했다. 어쨌든 스몰우드는 윅섬으로 가기 전에 허브의 얼굴을 한번 보고 싶다고 말해둔 터였다.

허브의 집은 윌드레이크에서 백 미터도 안 되는 거리에, 또 여름에만 운영하는 놀이공원에서 멀지 않은 곳에 있다. 오래전 대학에 다닐 때 나는 윌드레이크 카지노라는 댄스홀에 간 적이 있다. 당시 미시간에서 라인 댄스*가 큰 인기를 끌 때여서 여자라도 어떻게 꼬셔볼까 하는 마음에 친구 두 명과 함께 앤아버에서 여기까지 차를 몰고 왔던 것이다. 하지만 성과가 전혀 없어서 우린 결국 지친 몸을 이끌고 허름하기 짝이 없는 술집에 들어가 세상에 대한 불평을 쏟아내며 위스키를 탄 콜라만 마셔댔다. 스몰우드에 의하면 그 카지노는 이후 화재가 나 없어졌다고 한다.

허브의 집은 주변의 다른 집들과 별로 다르지 않아 창이 많이 나 있고 전면엔 대형 유리창이 설치돼 있었다. 그 집은 전문 업자가 아닌 평범한 목수의 작품으로 보였는데 아담한 뜰과 차 두 대를 주차할 수 있는 차고 등 1950년대의 전형적인 주택 구조를 갖추고 있었다. 마당으로 이어지는 차도에는 파란 미시간 자동차 번호판에 '허브'라는 이름이 새겨진 밴이 주차돼 있었다.

이윽고 주택 한편에서 허브가 휠체어를 굴리며 나타났다. 허브

---

* 일단의 사람들이 연속적인 스텝 동작으로 줄을 이루어 추는 춤.

가 나타나자마자 스몰우드는 나와 허브 윌러거만 앞뜰에 달랑 남겨놓고는 마치 부랑자를 피해 달아나듯 붕 하는 소리와 함께 모퉁이 쪽으로 차를 끌고 사라졌다.

"생각보다 체구가 크진 않군요." 허브가 큰 치아를 드러내며 활짝 웃었다. 악수하며 포옹할 때 내 손을 너무 세게 잡은 나머지 하마터면 넘어질 뻔했다.

"당신은 생각보다 체구가 크군요, 허브." 하지만 이는 거짓말이었다. 그의 체구는 내가 생각한 것보다 작았다. 다리는 줄어든 듯 보였고 어깨엔 뼈가 그대로 드러났다. 오직 두꺼운 뿔테 안경을 걸친 얼굴과 팔만 정상적인 크기로 보였다. 허브는 두 차례나 안경을 벗어들고는 휴지로 정성스레 닦았다. '바이오닉'이라는 글이 새겨진 티셔츠와 글렌 체크무늬 반바지를 걸쳤으며 발에는 빨간 테니스 신발을 신고 있었다. 허브가 운동선수였다는 사실을 믿을 수 없었다.

"이런 날이면 밖으로 나오고 싶죠. 날씨가 정말 좋지 않습니까?" 오랫동안 갇혀 있다 나온 사람처럼 고개를 들어 주위를 둘러보며 허브가 말했다. 머리가 힘없이 흔들렸다.

"그렇군요." 하지만 허브의 말은 사실과 전혀 달랐다. 하늘만 봐서는 오전이 채 지나기도 전에 눈이 다시 쏟아질 것 같았기 때문이다.

"매일매일이 봄날 같다면 좋을 텐데요. 요즘엔 오토바이나 멋진 차를 사볼까 생각한답니다. 그간 자동차만 네다섯 대 갈아치웠고 오토바이도 두세 대나 몰았었는데 말이에요." 허브가 길 건너편 집들을 쳐다보다가 내게 눈길을 돌리며 말했다. 길 건너의 집들은 지붕 색깔만 제외하면 허브의 집과 똑같았다. 허브 뒤편으로 밝은 햇살을 반사하는 월드레이크 호수가 펼쳐져 있었다. 허브가 과거형으로 말했다는 사실이 마음에 걸렸다. 좋은 징후가 아니기 때문이다. "프랭크, 이제 어디로 모실까요?" 허브는 투박한 캔자스 사투리로 외치듯 물었다. 그는 다시 아주 밝게 웃어 보이더니 지금 하고 싶은 일은 오직 휠체어에서 튕겨 나와 나를 붙잡는 것이라는 듯 양손으로 의자의 팔걸이를 움켜쥐었다. "집 안으로 들어가시겠습니까, 아니면 호수로 가시겠습니까? 좋을 대로 하세요."

"그럼 호수로 가볼까요?" 내가 말했다. "대학 시절에 한 번 와봤습니다. 다시 오게 돼서 기쁘군요."

"클래리스!" 허브는 앞문을 향해 크게 고함을 지르고는 자신이 가고 싶은 방향으로 휠체어를 조종하려고 몸을 이리저리 움직였다. 그는 내 과거에 관심이 없다. 물론 탓할 생각은 전혀 없다. 나 자신조차 내 과거에 큰 관심이 없으니까.

"클래리스!"

곧 강화유리를 부착한 문이 살짝 열리더니 홀쭉한 체구에 짧은 머리, 그리고 예쁜 용모를 한 흑인 여자가 청바지 차림으로 천천히 걸어나왔다. 나를 본 여자는 보일 듯 말 듯 옅은 미소를 지어 보였다. "클래리스, 프랭크 배스컴 씨야. 나한테서 뭔가 얻어내려고 오신 모양인데 글쎄, 내가 그렇게 호락호락할지 모르겠어. 지금 호수로 가야 하니 수영복 좀 준비해줘, 혹시 수영을 하게 될지도 모르니까." 허브가 짓궂은 미소를 지어 보였다.

"아무래도 이 사람과 안전거리를 유지해야겠군요, 월러거 부인." 나 역시 옅은 미소를 지어 보이며 여자에게 인사를 건넸다.

"요즘 수영 얘기를 너무 많이 해요." 클래리스는 개구쟁이를 쳐다보는 엄마처럼 고개를 저으며 허브를 바라봤다.

"이런, 아내를 화나게 하면 안 되겠죠?" 허브가 짐짓 엄살을 부리며 재치 있게 말을 받았다. 서로 완전히 다른 두 인종을 동시에 보고 있으려니 느낌이 좀 묘했다. 허브는 비록 오십대로 보이지만 나이는 서른넷에 불과하다. 클래리스는 중년 여성으로 나이를 가늠하기 어려워 보였다. 비록 클래리스의 실제 나이가 서른일 수도 있겠지만, 그보다 중요한 사실은 그녀가 허브의 아내라는 것이며 바로 이 점 때문에 다른 모든 조건(인종, 나이, 희망)은 별 의미가 없어졌다. 어쨌든 내 눈엔 두 사람 모두 원하던 바를 아직 손에 넣지 못한 채 일선에서 물러난 은퇴자로 보였다.

고개를 돌리자 벌써 휠체어를 굴려가며 거리로 내려선 허브의 모습이 보였다. 나는 클래리스에게 손을 흔들고는 재빨리 허브의 뒤를 쫓았다.

"좋아요, 프랭크. 이제 어떤 거짓말을 해주면 되죠?" 허브가 앞으로 나아가면서 무뚝뚝한 목소리로 말했다. 길 하나를 건너자 고속도로로 이어지는 큰 거리가 나타났고 그 너머로 호수가 펼쳐져 있었다. 호수 주변엔 아마도 도시에 거주하는 사람들의 소유일 것으로 짐작되는 작은 집들이 삥 둘러서 있었는데 겨울인 탓인지 하나같이 굳게 잠겨 있었다. 그저 그런 집들이 아무렇게나 자리 잡고 있을 뿐 여기는 그리 괜찮은 곳이 아니다. 허브에게 전혀 어울리지 않는 곳이다.

"당신에 관한 정보를 새롭게 정리하려는 거죠. 허브 윌러거는 어떻게 지내고 있나, 그의 계획은 무엇인가, 그에게 인생은 어떤 의미인가. 당신과 비슷한 고민에 빠진 사람들에게 영감을 줄 수 있을 겁니다. 뭐, 일종의 낙관적인 기사라고나 할까요."

"알았어요." 허브가 말했다. "아주 훌륭해요, 훌륭해."

"영감을 불어넣는 코치라는 직업을 당신이 어떻게 수행해내는지 독자들의 관심이 많아요. 당신과 함께 선수 생활을 한 사람들에게도 남은 인생을 어떻게 살아가야 할지 매우 도움이 될 겁니다."

"이제 그런 건 더이상 안 하려구요, 프랭크." 바퀴를 더욱 강하게 굴리며 허브가 굳은 얼굴로 말했다. "은퇴할 생각이니까요."

"왜요, 허브?" (이건 생각지 못했던 좋지 않은 뉴스다.)

"원래부터 탐탁지 않았거든요. 그동안 아주 많은 일들이 있었습니다."

우리가 길을 건너 호수로 가는 동안 불편한 침묵이 흘렀다. 녹으면서 회색으로 변한 눈이 곳곳에 널려 있었고 행인들이 간간이 어깨에 묻은 눈을 털며 지나가는 모습이 눈에 띄었다. 백 년 전 이곳은 나무로 가득 차 있었을 것이고 호수는 아름다운 장관을 뽐냈을 것이다. 소풍을 가기엔 더할 나위 없이 완벽한 그런 장소 말이다. 하지만 그 아름다움은 이제 사람들이 만든 집과 차량으로 파괴되고 말았다.

허브는 울타리를 친 작은 집들 사이를 통과해 보트 램프 쪽으로 내려간 다음 부두를 향해 열심히 휠체어를 굴렸다. 호수 건너편으로 고속도로가 보였고 호수에 위치한 집들 너머의 하늘엔 롤러코스터 트랙이 곡선을 그리며 지나갔다. 기억하기로는 분명히 근처에 카지노가 있어야 했지만 어쩐 일인지 흔적조차 찾기 힘들었다.

"재미있어요." 호수가 훤히 내려다보이는 위치까지 이동한 다음 허브가 마침내 입을 뗐다. "처음 당신을 봤을 때 당신 머리 주위로 후광을 봤죠. 아주 큰 황금색 후광이었어요. 혹시 알고 있었나요, 프랭크?" 허브는 나를 쳐다보며 씩 웃더니 이내 호수 쪽으로 고개를 돌렸다.

"나한테 후광 같은 건 없습니다." 계단 난간에 엉덩이를 걸치며 내가 대꾸했다. 난간은 알루미늄 보트 두 척이 얕은 물에서 나란히 달리는 부두의 끝부분까지 이어져 있었다.

"그래요? 어." 허브는 잠깐 생각에 잠겼다. "당신을 만나게 돼서 기뻐요, 프랭크." 내 얼굴은 쳐다보지도 않고 그가 말했다.

"저도 여기 오게 돼 기쁩니다."

"전 이따금 아주 미쳐버릴 것 같아요, 빌어먹을. 그냥 무지 화가 날 때가 있어요." 허브는 갑자기 커다란 손으로 팔걸이를 탁 하고 내려치며 고개를 흔들었다.

"이유가 뭐죠?" 나는 메모는커녕, 형편없는 기억력 때문에 가끔 이용하는 소형 녹음기도 켜놓지 않았다. 녹음기는 챙겨야 할 내용이 너무 많아 상대방의 말에 일일이 신경 쓰지 못할 때 유용하다. 하지만 지금 같은 경우는 아직 정식 인터뷰가 아니라고 생각해서 쓰지 않을 뿐이다. 허브와 나는 개인적으로 좀더 친해질 필요가 있다. 그렇지 않고 무작정 인터뷰를 할 경우 (내 경험에 따르면) 기사가 옳지 못한 정보들로 가득 차 정작 인터뷰한 당사자는 자신이 완전히 다른 사람으로 변해버렸다는 것을 알게 된다. 좋지 않은 기사의 표본인 셈이다.

"프랭크, 혹시 예술에 대해 당신만의 견해를 갖고 있나요?" 허브가 주먹에 턱을 괴며 말했다. "쉽게 말해 예술가가 바라보는 장면이 종국적으로 캔버스에 어떻게 펼쳐지는가에 대해 당신만의 확고한 견해를 갖고 있느냐 이겁니다."

"아뇨, 없어요." 내가 말했다. "하지만 윈슬로 호머*는 좋아하죠."

---

* 보스턴 태생의 미국 화가.

"그래요, 참 훌륭한 예술가죠." 허브의 미소에 어쩐지 힘이 없어 보였다. 나는 곧 이렇게 덧붙였다.

"그 사람도 월드레이크 호수를 그렸어요. 그 그림 역시 지금 보이는 풍경처럼 매우 아름답죠."

"호머도 자기 그림을 보면서 그렇게 생각했을 겁니다." 호수를 바라보며 허브가 대꾸했다.

"프로선수 생활은 몇 년 동안이나 하신 거죠?"

"십일 년이요." 허브가 우울한 목소리로 대답했다. "일 년은 캐나다에서, 또 일 년은 시카고에서 지냈죠. 다음엔 여기로 와서 그 이후로 쭉 머물렀습니다. 그런데 혹시 아시는지 모르겠지만 전에 율리시스 그랜트*의 전기를 읽어본 적이 있어요." 그는 무겁게 고개를 끄덕였다. "그랜트는 죽을 때 이런 말을 남겼죠. '나는 내가 인칭 대명사라기보다는 동사(動詞)라고 생각한다. 동사는 존재, 활동, 고통을 의미하며 나 역시 이 세 가지 모두를 의미한다.'" 허브는 훈련으로 단련된 커다란 손가락으로 안경을 벗어들고는 테를 자세히 들여다봤다. 그런 그의 눈시울은 붉어져 있었다. "그의 말은 일말의 진실을 담고 있다고 생각해요. 그런데 프랭크, 도대체 그가 하고 싶은 말은 뭐였을까요? 동사라뇨?" 허브는 근심 가득한 얼굴로 나를 바라봤다. "난 몇 주 동안 그 문제로 고민했어요."

"글쎄요, 뭐라 말하기 어렵네요. 그저 자기 삶을 돌아본 게 아닐까요? 우린 가끔 어떤 것의 가치를 실제 이상으로 높이 평가하지요."

"좋은 답변 같진 않네요, 안 그래요?" 허브가 안경을 쳐다보며 말했다.

---

* 제18대 미국 대통령.

"어려운 질문이군요."

"이제 당신의 후광은 사라졌어요, 알아요? 다른 사람들처럼 평범해졌단 말입니다."

"상관없어요, 난 그런 데 신경 안 씁니다." 허브는 명백히 극심한 감정의 동요를 보이고 있었다. 진정제 복용 시간을 놓쳤는지도 모르겠다. 그는 아주 솔직하게 말하고 있지만 이런 태도가 인터뷰에서 그리 유리하다고만 할 순 없다. 인터뷰란 대상자가 세상에 대해 느끼는 바가 확실할 때, 그래서 언급할 준비가 돼 있을 때 좋은 내용이 나오기 때문이다.

"그럼 내가 말해보죠." 허브가 미간을 찌푸렸다. "그는 자신을 하나의 행위로 간주한 겁니다. 프랭크, 이해하나요? 그런데 그 행위가 끝나간다는 뜻이었죠."

"알겠소."

"그런 상황을 지켜보는 건 정말이지 끔찍해요. 의미 없는 존재로 변하는 것 말입니다."

"그건 그랜트의 견해일 뿐입니다. 그 사람도 잘못 생각한 적이 있었죠, 아니 아주 많았어요."

"아뇨, 현실은 부인할 수 없어요. 좀더 진지하게 생각해보라고요!" 허브의 얼굴이 갑작스런 감정의 표출로 잠시 이지러졌다가 이내 평소 모습으로 돌아왔다. "얼마 전에 신문기사를 읽었는데 미국인은 자신의 진정한 삶이 다른 어딘가에 있다고 항상 느낀대요. 하지만 진정한 삶은 다름 아닌 바로 여기, 즉 현실에 존재하죠." 허브가 다시 팔걸이를 손바닥으로 세게 내리쳤다. "제 말이 무슨 뜻인지 아시겠어요?"

"네, 이해하려고 노력하고 있습니다."

"젠장!" 허브가 거칠게 숨을 내쉬었다. "메모도 하지 않는군요."

"여기에 하고 있어요." 나는 손가락으로 내 머리를 가리켰다.

허브는 막막한 표정으로 나를 바라봤다. "다리를 쓸 수 없다는 게 어떤 느낌인지 아십니까?"

"아뇨, 허브. 정말 몰라요."

"가까운 사람을 저세상으로 떠나보낸 적이 있나요?"

"네." 하지만 솔직히 대답을 끝내기도 전에 짜증이 밀려왔다.

"좋아요." 허브가 말했다. "다리를 쓸 수 없다는 게 어떤 느낌이냐 하면 다리가 조용해지는 겁니다. 난 내 다리가 움직이는 소리를 더이상 들을 수 없어요." 허브는 말하는 동안 미소를 지어 보였고 그 미소를 통해 내가 모르는 더 많은 애기들이 있음을 암시하고 있었다. 사람들은 항상 상대방을 오인하는 경향이 있다. 인터뷰 대상자도 마찬가지여서 그들은 인터뷰를 하러 온 사람은 자신이 알고 있는 사실을 더욱 확고히 하려는 목적으로 인터뷰를 이용할 뿐이라고 오해하기 일쑤다. 하지만 나에 관한 한 이는 잘못된 견해다. 사실 나는 간접적으로 들은 허브 월러거와 내가 실제로 만난 허브 월러거가 다르기를 기대했다. 간접적으로 전해 들은 허브 월러거란 당당한 체구에 막강한 자신감, 그리고 좋은 품성을 가진 운동선수로, 필요하다면 위기에 빠진 사람을 구하기 위해 소형차도 거뜬히 들어올릴 수 있는 사람이다. 하지만 내가 만나본 허브 월러거는 올빼미처럼 힘이 없고 몽롱했다. 그렇다고 놀랐다는 말은 아니다. 다만 당신이 모를 수밖에 없는 사실을 알고 있다고 착각한 상태에서 인터뷰를 하지 말라는 뜻이다. 이는 취재가 일상인 기자에겐 교과서처럼 명심해야 할 가장 중요한 규칙이다. 많은 경우 타인의 인생은 예측할 수 없으며 그런 예측불가능성은 당신이 어느 정도 많이 알고 있다고 여기기 쉬운 운동선수에게도 똑같이 적용된다는 점을 잘 알아야 한다.

다리를 쓸 수 없다는 것이 무슨 뜻인지 아느냐고 허브가 질문한 후 우리 사이엔 무겁지만 의미 있는 침묵이 흘렀다. 나로선 쓸모없는 침묵이 아니었으므로 낙담하진 않았다. 오히려 좋은 기삿거리가 생길지도 모른다고 생각했다. 약을 제때 복용하지 않음으로써 허브가 예기치 않은 흥미로운 이야기를 번갯불처럼 털어놓을지도 모르기 때문이다. 결코 드문 경우는 아니다.

"운동하던 시절이 그리울 때가 있나요?"

"네?" 유리처럼 잔잔한 호수를 바라보며 잠시 생각에 잠겨 있던 허브가 마치 생전 처음 보는 사람처럼 고개를 돌려 나를 쳐다봤다. 트럭 한 대가 랜싱으로 향하는 고속도로를 굉음을 내며 달려갔다. 바람이 우리 쪽으로 불어오기 시작했다.

"운동하던 시절을 그리워한 적이 없냐고요."

허브가 꾸짖듯이 나를 노려봤다. "당신은 정말 멍청하군요, 프랭크."

"무슨 뜻이죠?"

"당신은 나를 몰라요."

"그래서 여기에 온 겁니다. 당신을 알고 싶고 그렇게 알게 된 사실로 좋은 기사를 쓰고 싶어요. 당신 그대로의 모습을 말이죠. 굉장히 복잡하면서도 흥미로운 기사가 될 겁니다."

"당신은 멍청해요. 내게서 어떤 영감 따위는 결코 얻을 수 없을 테니까. 모든 걸 체념했거든요. 이제 난 누구를 위해 일할 필요가 없어요. 특히 당신 같은 사람들 말입니다. 공도 더이상 차지 않고요." 허브는 방금 볼을 닦은 휴지를 쳐다봤다. 피가 묻어 있었다.

"영감이 문제라면 기꺼이 포기할 각오가 돼 있습니다. 그건 인터뷰 목적의 일부에 불과할 뿐이니까요."

"내가 반복해서 꾸는 꿈이 뭔지 아십니까?" 허브는 손가락으로 휴지를 만지작거리다가 곧 휠체어를 끌고 부두로 나아갔다. 나는 난간에 가만히 앉아 그의 뒷모습을 바라봤다. 퇴화한 날개처럼 보이는 어깨뼈, 가느다란 목, 숱이 없는 노르스름한 머리칼…… 나는 문득 내가 여기에 있다는 사실을 그가 의식하고 있는지, 아니 현재 자신이 있는 곳을 제대로 알고 있기나 하는지 궁금해졌다.

"무슨 꿈이죠?"

마치 이젠 차갑게 식어버린 자신의 꿈을 담고 있는 양 호수를 물끄러미 바라보다가 허브가 입을 열었다. "어두워진 도로에 차를 세워둔 나이 든 여자 세 명이 있어요. 그중 두 명은 차에 있던 할머니를 부축해 차에서 내리도록 돕는 중이죠. 양로원에나 있어야 할 아주 늙은 할머니예요. 뭐 뉴욕이나 펜실베이니아 주에 있는 그저 그런 양로원 말입니다. 조금 있으면 내가 지프차를 몰고 와서, 예전에 지프차를 본 적이 있습니다, 차를 멈추고 혹시 도와줄 일이 없는지 물어요. 세 명 모두 그래달라고 대답하죠. 하지만 아무도 내 곁에 오려고 하지 않습니다. 나를 경계하는 거죠. 심지어 도와주기도 전에 한 여자는 내게 돈을 주려고 해요. 어쨌든 자동차를 살펴보니 타이어에 펑크가 나 있는 거예요. 내 차의 헤드라이트로 펑크 난 차를 비추며 자세히 살펴보니 아까 두 명이 내리도록 돕던 할머니가 고개를 숙인 채 앞좌석에 앉아 있는 겁니다. 병든 닭처럼요. 다른 여자 두 명은 타이어를 갈아 끼우는 동안 나를 쳐다보며 서 있습니다. 그런데 타이어를 교체하다가 문득 여자 세 명 모두를 죽이고 싶다는 생각이 드는 거예요. 목 졸라 죽인 다음 차를 몰고 떠나버리는 거죠. 살인자가 누구인지 아무도 모를 테니까. 사람들은 내가 그럴 사람이 아니라고 생각할 테고 내가 거기에 갔다는 사실을 아는 사람도 없어요. 그런데 주위를 둘러보니 사슴 한 마리가 숲속에서 나를 쳐다보는 겁니다. 그 노란 눈으로 말이죠. 이게 다예요. 그러고는 꿈에서 깨어나죠." 허브는 휠체어를 만지작거리다가 나를 쳐다보며 얼굴을 찡그렸다. "내 꿈이 어떤 것 같습니까? 어떻게 생각하죠? 어, 후광이 돌아왔군요. 그런데 참 바보처럼 보여요." 허브가 갑자기 크게 웃는 바람에 한순간 그의 몸이 출렁거렸다. 허브의 입은 대협곡처럼 벌어졌다. 그는 영락없이 미친 사람으로 보여서 나는 가능한 한 아주 먼 곳으로 도망치고 싶었다. 인터뷰건 영감이건 다 때려치우고 말이다. 미치지 않은 사람이 미친 사람을 인터뷰하는 것은 시간 낭비에 불과하다. 순간적으로 허브가 휠체어 신세를 겨야 한다는 사실이 고맙게 여겨졌다. 그러려고 마음만 먹는다면 허브는 충분히 손쉽게 나를 목 졸라 죽일 수 있다.

"돌아갈 때가 된 것 같군요, 허브."

허브는 여전히 크게 웃으면서 안경을 벗어 티셔츠에 대고 문질렀다. "그래요, 그럽시다."

"필요한 얘기는 다 한 듯하네요. 날씨도 점점 추워지고요."

"당신은 정말 바보 멍청이야." 허브가 빈 부두를 바라보며 말했다. 오리 한 쌍이 재빠른 동작으로 물 표면을 낮게 비행했다. 그러다 갑자기 방향을 바꾸면서 빛나는 물결 위를 스치는가 싶더니 이내 시야에서 사라졌다. "프랭크, 당신은 정말 바보 멍청이예요." 허브는 고개를 흔들면서 계속 껄껄 웃어댔다.

인터뷰가 엉망진창이 된 이유를 나는 정확히 알지 못했다. 아마 내가 그에게 좋지 못한 영향을 끼쳤을지도 모른다. 하긴 때로 어떤 사람들은 스포츠 기자가 자신과 다를 바 없는 평범한 사람이라는 사실을 아는 순간 분노하기도 한다. (사람들은 자주 남들이 자신보다 더 나은 사람이길 원한다.) 어쨌든 이런 상황에선 어떤 훌륭한 노력도 소용없게 마련이다. 사실 가장 좋은 방법은 자리를 박차고 약국으로 달려가는 것일 수도 있다. 여기와 달리 뉴저지엔 약국이 아주 많다.

"그러고 보니 미식축구에 대해선 아무 말도 안 했군요." 허브가 생각에 잠긴 표정으로 말했다. 어느새 그는 평소 모습으로 되돌아와 있었다.

"별로 말할 게 없나보군요."

"지금 생각해보니 별 의미가 없는 것 같아요. 인생에서 미식축구는 그리 큰 의미가 없음을 깨닫게 됐죠."

"하지만 미식축구 선수 생활을 한 사람들에게 도움이 될 만한 교훈이 여전히 있다고 봐요. 인내심이나 팀워크, 동료애, 뭐 그런 것들 말입니다."

"프랭크, 그 따위엔 신경 쓰지 말아요. 이제부터는 다른 인생을 살기로 했습니다. 아주 원대한 꿈을 갖고 있죠. 내게 스포츠는 그저 추억에 불과해요."

"로스쿨을 말하는 건가요?"

허브가 진지하게 고개를 끄덕였다. "네."

"정말 대단한 용기군요. 당신처럼 용기 있는 사람은 아마 없을 겁니다."

"아마도요." 허브는 잠시 생각에 잠긴 듯했다. "하지만 때로 죽을 만큼 겁이 날 때도 있죠." 우린 서로 잘 아는 사람처럼 얘기를 나누고 있다. 바로 내가 바라던 방식이다. 솔직한 인터뷰야말로 가장 큰 효과를 불러일으킨다. 나는 손을 더듬어 녹음기를 찾았다.

"저도 그럴 때가 있습니다. 모두가 그렇지 않을까요?"

"맞아요." 이어 허브는 동의할 수밖에 없지 않느냐는 듯 껄껄 소리 내어 웃었다.

길을 돌아서니 허브의 집 앞에 스몰우드의 택시가 서 있었다. 윅섬에서의 일이 틀어졌음에 분명했다. 계속 바깥에만 있어서 그런지 한기가 느껴졌다. 하늘은 더욱 낮아져 있었다. 밤이 되면 제법 많은 눈이 내릴 것이고 비키와 나는 기쁜 마음으로 이곳을 떠나게 되리라. 크게 놀라진 않았지만 예상과는 달리 미시간에선 뜻밖의 사건들이 계속 이어지고 있다.

허브의 집을 향해 열심히 걷고 있는데 갈색 코트를 입은 한 남자가 자기 집에서 모터오일 캔을 들고 밖으로 나왔다. 원래 사유도로였던 곳에 방이 하나 추가된 것만 제외하면 그의 집 구조는 허브의 집과 똑같았다. 그는 차 옆에 도착하자 걸음을 멈추고는(차는 올즈모빌이었고 후드가 열린 채였다) 허브에게 손을 흔들며 말했다. "요즘 어떠세요?"

"아주 좋습니다." 관중에게 손을 흔들듯이 허브가 미소 띤 얼굴로 팔을 우아하게 움직였다. "이분이 저를 인터뷰하는 중이죠. 아주 멋진 시간을 보내고 왔어요."

"이상한 질문엔 대답하지 말아요!" 남자는 이렇게 외치며 열린 후드를 향해 땅딸한 상체를 굽히고는 일에 열중했다.

스몰우드의 택시로 다가가는 동안 허브는 놀라움에 가득 찬 눈으로 나를 쳐다봤다. "어떻게 된 거죠? 사실대로 말해봐요."

그가 왜 이런 말을 하는지 짐작이 갔지만 난 짐짓 이렇게 물었다. "뭘 말하라는 거죠?"

허브는 연신 두리번거렸다. "스포츠를 별로 좋아하시지 않는 것 같아서요, 그렇죠?"

"어떤 종목은 광적일 정도로 좋아합니다." 그리 드문 질문은 아니다. 정말로.

"하지만 다른 분야를 더 좋아하지 않나요?" 허브가 여전히 고개를 이리저리 흔들며 물었다. "예를 들어 윈슬로 호머를 어떻게 생각하시죠?"

"언제 기회가 되면 얘기를 나눠보죠. 어떤 일을 하는 것과 그에 대해 글을 쓰는 것은 정말 다릅니다. 이해가 되나요?" 갑자기 배가 아파왔다.

"정말 흥미로운 이론이군요." 말 그대로 감탄의 빛이 서린 눈으로 허브가 나를 쳐다봤다. "내가 인터뷰를 잘했는지 모르겠습니다. 도움이 됐다면 좋을 텐데요."

"원래 자기 인생을 얘기하기란 쉬운 일이 아니죠." 뒤틀리듯 배가 아파왔다. 하지만 지금 허브에겐 세상 자체가 이처럼 아프게 느껴질 터이다. "오히려 내가 너무 말을 많이 하진 않았는지 걱정스럽습니다. 당신에게 질문을 많이 하고 싶었는데 말이죠."

"나는 동사예요, 프랭크. 동사는 질문에 대답하지 못하죠."

"그런 식으로 생각하지 말아요, 허브." 고통이 더 심해졌다. 우리가 함께 보낸 시간은 한 시간도 안됐지만 나는 그가 오직 누군가를 목 졸라 죽이고 싶은 강렬한 충동에 휩싸여 있음을 알 수 있었다. 평생을 한 분야에만 몸 바쳐 살아온 사람이 어느 날 갑자기 이를 멈추고 가만히 앉아 있기란 거의 불가능하다. 과거에 집착하지 않을 수 없는 것이다. 어쨌든 지금 허브를 제대로 인터뷰하기란 어려워 보였다. 나는 이만 그와 헤어져야겠다고 마음먹었다. "멋진 글을 써보죠, 허브." 스몰우드의 차로 걸어가며 내가 인사했다.

클래리스 월러거가 앞문으로 걸어나와 우리를 가만히 지켜보다가 허브의 이름을 부르며 희미하게 미소 지었다. 허브가 이룬 영웅적 성취에 대해 그녀와 얘기하고 싶지만 오늘은 그럴 기회가 없을 것이다. 어쨌든 난 그녀가 깊고 어두운 밤에도 뭔가 위안을 찾을 수 있기를 희망했다.

"허브!" 차가운 미시간의 바람을 가르며 클래리스가 아름다운 목소리로 불렀다.

"알았어!" 허브가 큰 소리로 외쳤다. "이만 가봐야겠습니다. 기사 잘 써주세요. 잘하면 그 기사로 큰돈을 만질지도 모르잖아요?" 우리는 마지막 악수를 나눴다. 악수를 하려고 다가온 허브에게서 휠체어의 금속성 냄새가 확 끼쳐왔다. 면도하다 베인 볼에서는 여전히 피가 조금씩 흘러나왔다. "이전 경기 장면을 보여드리고 싶었어요. 다 없애버리려다 남겨뒀죠."

"다음에 보죠, 허브. 약속해요."

시동을 건 스몰우드가 차를 몰고 다가왔다.

"가끔 무슨 일이 일어나는지 전혀 모를 때가 있어요." 슬퍼 보이는 허브의 파란 눈에 눈물이 고였다. 허브는 머리를 흔들어 눈물을 흩어냈다. 그것은 허무하고 희미하게만 보이는 인생, 불공평한 상실감, 그리고 앞으로 감당해야 할 힘든 미래에 대한 눈물이었다. 다시 말하자면 자신에 대한 연민의 눈물로, 허브의 입장에선 어쩌면 당연한 일이기도 했다. 나는 그런 경험을 결코 하고 싶지 않다. 아무렇게나 행동해버린 결과로 후회하는 것은 그렇다 치더라도 잘못된 행동을 전혀 하지 않았는데도 후회해야 하는 경우가 생긴다면 이보다 더 끔찍한 일도 없으리라.

나는 재빨리 허브에게서 물러났다. "허브, 만나서 반가웠습니다."

나를 빤히 쳐다보는 허브의 얼굴은 불행으로 얼룩져 있었다. "저도요."

나는 곧 택시 뒷좌석에 올라탔고 나를 태운 스몰우드는 곧장 앞으로 달리기 시작했다. 클래리스에겐 작별 인사도 하지 못했다. 허브는 텅 빈 도로에서 꼼짝도 하지 않았다. 멀어지는 우리를 향해 손을 흔드는 허브의 얼굴은 말 그대로 막막한 절망과 눈물로 뒤범벅돼 있었다.

7

호텔로 돌아가는 동안 스몰우드는 최고의 친구가 되어주었다.

"보아하니 기운을 북돋을 뭔가가 필요하시겠군요." 그러면서 스몰우드는 병이 반쯤 드러나 있는 종이 봉지를 내게 건넸다. 박하로 만든 음료수로 기침약처럼 단맛이 났다. 나는 기분이 좋아져서 한 모금 더 들이켰다. "피곤해 보이시네요." 호안도로에 늘어선 허름한 건물들을 빠르게 지나치며 스몰우드가 말했다. 무리에서 홀로 떨어진 작은 집들이 간간이 창밖으로 내다보였다. 그중 헛간이 딸린 가장 커다란 건물은 한때 퀸셋*으로 이용한 듯했지만 지금은 검게 그을린 목재 위에 하릴없이 눈만 쌓여 있을 뿐 사람의 손길은 찾아볼 수 없이 주변엔 잔디만 무성히 자라 있었다. 문득 이 땅의 새로운 용도를 찾아낼 수 있는 사람은 아무도 없으리라는 생각이 들

---

*벽과 지붕을 반원형으로 연이은 숙사.

었다. 무용지물이 돼버린 땅이 황폐하고 혼란스럽기만 한 내 과거를 떠올리게 했다.

"여기 사는 사람들은 좀 이상해요." 한 손으로 운전대를 잡은 스몰우드가 나머지 한 손을 능숙한 동작으로 뒷좌석 쪽으로 뻗으며 말했다. "교외에 사는 사람들 말입니다. 집을 총들로 가득 채운데다 항상 불안정해 보이죠. 아무래도 진정제가 필요한 사람들 같아요. 그건 그렇고 예전엔 자주 온 곳인데 몇 년 만에 와서 그런지 좀 헷갈리네요." 이윽고 우리는 디트로이트로 안내해줄 고속도로 입구에 거의 도착했다. 잔뜩 찌푸린 하늘이 곧 닥쳐올 눈 폭풍을 예고하고 있었다. "저기, 이봐요." 거울을 통해 나를 바라보던 스몰우드가 몸을 뒤로 잔뜩 기대며 말했다. "혹시 돈을 얼마나 갖고 있죠?"

"그건 왜요?"

"그게…… 백 달러 정도면 여기 주유소에서 전화를 걸어 손님의 기분을 좋게 해줄 누군가를 불러올 수 있거든요." 뒷좌석으로 고개를 돌리며 스몰우드가 의미심장한 미소를 지었다. 나는 잠시 동안 백 달러에 달려올 매춘부와 그녀가 선사할 선물을 생각했다. 모르긴 몰라도 그녀는 약사가 건네주는 비싼 약처럼 큰 효과를 발휘할 것이다. 그게 아니면 스몰우드는 뜨거운 온천에라도 다녀오자는 것일까? 하긴 때론 아무 생각 없이 몰두할 수 있는 활동이야말로 새로운 힘과 긍정적인 태도를 얻을 수 있는 최상의 방법이다. 너무 심각한 대화나 자기 변명은 오히려 독이 될 수 있다.

지금 허브에게 필요한 것은, 하지만 그럴 수 없는 것은 바로 대낮에 종이 뭉치로 누군가를 실컷 패버리고 골치 아픈 예술이론 따위는 잊어버리는 것이다. 그는 정말 절실히 스포츠가 필요할 때에 정작 스포츠를 즐길 수 없게 된 사람이다. 하지만 행운이 약간 따라

준다면 경기 장면이 담긴 비디오를 통해 전성기 시절의 기억을 생생히 되살림으로써 그가 지닌 본래의 모습을 회복함과 동시에, 현재 느끼고 있는 소외감과 우울한 의심을 떨쳐내어 결국 모든 사람이 기대하는 긍정적인 영감을 동료에게 전해줄 수 있을 것이다.

내가 사양하겠다고 하자 스몰우드는 약간 무안했는지 계면쩍은 표정을 지으며 껄껄 웃어댔다. 이후 시내로 돌아갈 때까지 우린 아무 말도 하지 않았다.

타이거즈 홈구장 주변에 이르렀을 때 스몰우드는 한 주류 상점 앞에 차를 멈췄다. 스몰우드는 이곳은 자기 처남이 운영하고 있으며 도난 방지를 위해 강철로 된 그물과 방탄유리를 갖추었다고 말해줬다. 그 가게 맞은편에 바로 대형 야구장이 버티고 있다. 경기장에 딸린 차양엔 다음과 같은 글귀를 적어놓은 종이가 붙어 있었다. "오늘은 경기가 없습니다. 좋은 하루 되십시오."

스몰우드가 어슬렁거리며 가게로 들어가 슈납스* 한 병을 들고 돌아왔고(술은 내가 사겠다고 우겨서 택시 안에서 값을 치렀다) 덕분에 짧은 시간이나마 그 술을 음미하며 폰차트레인 호텔로 돌아갈 수 있었다. 스몰우드는 자신이 타이거즈 팬이며 올해엔 타이거즈가 우승할 것으로 믿는다고 말했다. 또 부모가 사십대이던 시절에 아칸소 주 매그놀리아에서 이사해왔으며 결혼하기 전에 웨인 주립대학을 잠깐 다녔고 이후 다지 메인 공장에 일을 얻었다는 말까지 덧붙였다. 스몰우드는 대량 해고가 있기 전에 공장 일을 그만두고 택시를 몰기 시작했으며 지금은 가족과 매일 집에서 점심식사를 하고 잠깐 쉰 다음 인파가 붐비는 오후에 다시 일하러 나온다

---

* 일반적으로 독한 술을 의미함.

고 했다. 스몰우드는 언젠가 은퇴하면 아칸소로 되돌아가고 싶다는 말까지 했다. 그러나 나에 대해선 전혀 질문하지 않았다. 너무 예의가 바르기 때문이거나 아니면 오직 자기 인생에만 관심이 있기 때문이리라. 그는 자신보다 못한 처지에 있는 사람이라면 분명 부러워할 유쾌한 삶을 즐기는 듯했다.

호텔에 도착하자 스몰우드는 뒷좌석으로 몸을 돌려 택시에서 내리는 나를 바라봤다. 악수를 청하려나 싶었지만 곧 그 때문이 아니라는 것을 알아차렸다. 난 이미 약속한 금액을 지불했고 내가 산 선물, 즉 슈납스 술병도 여전히 육중한 그의 허벅지 옆에 놓여 있다.

"라니드 가에 괜찮은 중국음식점이 있습니다." 관광 가이드 같은 목소리로 스몰우드가 말했다. 하지만 그가 계속 히죽히죽 웃는 바람에 나는 처음엔 나를 놀리는 줄 알고 의아해했다. "이렇게 커다란 스테이크도 팔죠." 그는 두툼한 손가락으로 최대한 큰 모양을 만들었다. "여기에서 걸어갈 수 있는 거리에 있어요. 저도 가끔 아내와 함께 들르죠. 와인을 마시면서 근사한 시간을 보낼 수 있어요." 나는 곧 그의 웃음이 자신이 사는 도시를 홍보하려는 민간 대사의 선한 웃음임을 알아챌 수 있었다.

"고맙습니다." 하지만 사실 나는 듣는 둥 마는 둥이었다. 겨울바람이 휙휙 불어오며 내 귀를 스쳐 지나갔다. 눈이 다시 내리고 있다.

"날씨가 좋을 때 다시 들르세요." 스몰우드가 말했다. "지금보다 훨씬 마음에 들 겁니다."

"그때가 언제죠?"

"십분 후쯤?" 스몰우드가 재치있게 말하며 미소 지었다. 백 달러가 있느냐고 물었을 때 보여준 바로 그 웃음이었다. 택시에서 내려 문을 닫자마자 스몰우드는 바람 부는 거리에 나만 외롭게 남겨둔 채 쏜살같이 앞으로 내달렸다.

그러나 외로움은 그리 오래가지 않았다.

호텔방으로 돌아와보니 텔레비전은 음이 소거된 채 켜져 있고
거의 반나체 차림인 비키는 잔뜩 헝클어진 침대에 누워 세븐업을
마시며 공항에서 발행한 잡지를 읽고 있었다. 나른하고 부드러웠
던 간밤의 공기는 무덥고 답답한 공기로 바뀌어 있었다. 그 공기를
맡는 순간 문득 랠프가 죽고 난 후 꿈꾸듯 몽롱하게 지낸 과거가 떠
오르면서 당시 느꼈던 슬프고도 친숙한 감정이 되살아났다. 잘 알
지도 못하는 여자와 낯선 마을을 헤매는 느낌, 그 어떤 것에도 관심
이나 흥미를 느끼지 못하는 상태, 단조로움과 우울함, 확신이 없는
가운데서도 확신을 갖고 싶다는 간절한 소망……

"당신이 돌아와서 정말 기뻐요." 깜박거리는 텔레비전 화면의
불빛을 받으며 비키가 행복한 미소를 지었다. "그래, 미식축구 선
수 인터뷰 건은 어떻게 됐어요?"

"아주 잘됐어." 나는 창가로 다가가 커튼을 걷고 바깥을 내다봤
다. 눈발이 바로 코앞에서 어지럽게 날리더니 곧 제퍼슨 가를 향해
하늘하늘 떨어져내렸다. 강도 하얗게 물들었다. 거리엔 제설차가
노란 불빛을 반짝거리며 등장했다. 제설차의 눈 치우는 소리가 귀
에 선명히 들려오는 듯했지만 물론 그것은 나만의 착각이었다. "날
씨가 맘에 들지 않아. 아무래도 계획을 바꾸는 게 좋겠어."

"좋을 대로 해요." 비키가 말했다. "난 당신과 함께 있는 것만으
로도 행복하니까요. 수족관에 가볼까 생각해봤지만 어디든 다 그
게 그거겠죠." 비키는 세븐업을 배 위에 올려놓고는 무슨 생각을
하는지 한참 노려봤다.

"당신한테 멋진 휴가를 선물하려고 이런저런 계획도 세워놨는데……"

"그럼 잊지 말고 기억해둬요. 나야 언제든지 시간을 낼 수 있으니까. 참, 새우 요리를 주문해 먹었어요. 그것만으로 충분히 식사가 되더라고요. 밖으로 나가서 괜찮아 보이는 가게에도 들어가봤는데 댈러스와 별로 다르지 않던데요? 폴 앵카 비슷한 사람도 봤지만 맞는지는 모르겠어요. 폴 앵카의 체구가 원래 작긴 하지만 그렇긴 해도 너무 작아 보였으니까."

나는 커피테이블 옆에 있는 의자에 걸터앉았다. 그리고 비키의 아름다운 몸매에 새삼 놀라움을 금치 못했다. (사실 아무리 익숙한 것이라도 언제든 우리를 놀라게 할 수 있고 또 그럴 수 있어야 한다.) 비록 평범하다면 평범한 나신이었지만 매끄러운 곡선을 뽐내는 가슴, 통통한 허벅지, 가늘고 섬세한 발목, 저의라곤 전혀 찾아볼 수 없는 저 편안한 미소…… 낯선 곳에서 지루한 시간을 보내야 하는 외로운 남자에게 이보다 더 나은 선택은 없을 것이다.

텔레비전에서는 창백한 얼굴을 한 기자가 무언극을 하는 것처럼 뭐라고 열심히 지껄이고 있었다. 믿으세요! 그의 눈이 내게 말했다. 이것이야말로 절대적인 진리입니다. 바로 당신이 원한 거라고요!

"남자와 여자가 친구가 될 수 있다고 생각해요?" 비키가 물었다.

"응." 내가 대꾸했다. "서로 한바탕 난리법석을 겪고 난 다음이라면 말이지. 난 그 난리법석을 좋아하는 편이지만."

"내 생각도 그래요." 비키가 팔짱을 끼며 싱긋 웃었다. 비키는 아마 자신이 좋아하거나 공유하고 싶은 어떤 생각에 골똘히 빠져 있었던 듯했다. 따지고 보면 그녀만큼 마음이 따뜻한 여자도, 훌륭한 아내의 자질을 가진 여자도 없다. 단지 몇 가지 이유 때문에 그녀와 나의 만남이 순탄하게 보이지 않을 뿐이다. 바람이 강하게 부는 오늘, 비키 역시 나와 같은 생각에 빠져 있는지 모른다. 나처럼 고민하는지도 모른다.

"에버렛에게 전화했어요." 자기 무릎을 물끄러미 내려다보며 비키가 말했다.

"어떻게 지낸대?" 물론 난 에버렛을 한 번도 본 적이 없다.

"잘 지내고 있나봐요. 곧 알래스카로 갈 거라더군요. 거기에선 카펫이 필요하다나 뭐라나. 아, 최근 머리를 완전히 밀었대요. 난 지금 르네상스 센터가 내다보이는 호텔방에 있다고 얘기해줬죠. 정확히 어디라고 말하진 않고요."

"그러니까 뭐래?"

"특별한 말은 없었어요. 그저 이혼할 때 내가 가져온 스테레오를 혹시 되돌려줄 수 없겠느냐고 묻더라고요. 또 보고 싶으면 와보라고도 했어요."

"알래스카에 당신과 함께 가고 싶어하던가?"

"아뇨, 나도 그럴 마음은 없어요. 에버렛 같은 사람과 결혼하는 건 한 번으로 족하죠. 두 번이라면 정말 끔찍해요. 그런데 아무래도 여자가 생긴 것 같기도 해요."

"그럼 도대체 그가 원하는 게 뭐지?"

"전화한 사람은 나라고 말했잖아요, 잊었어요?" 얼굴을 찌푸리며 비키가 말했다. "그냥 갑자기 생각이 나서 전화했어요. 당신은 그런 적 없어요?"

"있지, 단 외롭다고 느낄 때만. 하지만 당신도 그러리라곤 생각하지 않는데?"

"맞아요." 비키는 가볍게 대꾸하고는 잠자코 텔레비전만 쳐다봤다.

디트로이트는 내가 기대한 만큼 비키에게 좋은 영향을 끼치지 못한 것 같았다. 비키는 꽤 예민한 상태가 돼버렸다. 무엇에 대해? 아마 로비를 지나다 자신과 비슷하게 생긴 여자를 발견했을지도 모른다. (이는 경험이 많지 않은 여행자에게 흔히 일어나는 현상이다.) 더 나쁜 일이 있었을 수도 있다. 자신이 아는 사람과 비슷하게 생긴 사람을 한 명도 만나지 못한 경우다. 어느 쪽이건 고향에서 멀리 떨어져 있어 우울한 사람에겐 좋지 않은 영향을 끼칠 수 있다. 그럴 땐 옛 연인이나 전남편에게 전화하는 것이 완벽한 해독제가 된다. 그들과 대화하면서 과거 자신이 어디에 있었는지, 또 어디로 가야 할지 다시 방향을 가늠할 수 있기 때문이다. 어디에 있든지 (그곳이 비록 눈 내리는 디트로이트라 할지라도) 바로 그곳이 자신이 지구상에 있어야 할 유일한 장소로 여겨진다면 이는 행운이다. 비키가 지금까지 그런 행운을 잡아왔는지 나는 모른다. 어쩌면 옛 연인에 대한 감정이 아직까지 남아 있다는 사실에 당혹스러워하는지도 모르겠다.

"에버렛과 친구 사이로 지내고 싶어?" 가장 예민한 질문을 나는 최대한 순수함으로 가장하며 물었다.

"전혀 아니에요." 비키가 몸 위로 시트를 끌어당겼다. 비키는 더 예민해진 듯했다. 할 말이 있지만 어떻게 말해야 할지 몰라 고민하는 걸까? 만약 내가 그 가당치도 않은 우정에 헌신해야만 한다면 친구 입장에서 한 가지는 해줄 수 있다. 바로 그녀를 그냥 내버려두는 것이다. 사실은 비행기에 몸을 실을 때까지 저 침대에서 비키와 뒹굴고 싶은 마음이 굴뚝 같지만.

"그럼 혹시 전화를 끊을 때 나와 친구 사이로 지내고 싶다는 생각이 문득 들기라도 했나?" 내가 슬쩍 미소를 흘리며 물었다.

비키는 침대에서 잠시 뒤척거리더니 흰 시트를 턱에 바짝 갖다 대며 벽 쪽으로 고개를 돌렸다. 바삭바삭한 호텔 이불이 비키의 몸에 뱀처럼 꼬불꼬불 감겼다. 나는 비키의 약점을 찌른 셈이 됐다. 나와 함께한 낮과 밤 시간을 통해 비키는 차라리 에버렛이 더 나았다고 생각했을지도 모른다.

"아뇨, 그저 친구 사이로 지내긴 싫어요, 정말로." 이불에 막혔기 때문인지 비키의 목소리가 아주 작게 들렸다. "그게 아니라 당신과 새롭게 출발할 생각을 하고 있었다고요."

"그런데 왜 갑자기 고민에 빠진 거지? 어제 내가 당신 지갑을 뒤졌다는 사실 때문에?"

"아뇨. 그건 별로 중요한 문제가 아니에요. 때론 어쩔 수 없는 경우도 있으니까. 뭐 당신 나름대로 사정이 있었겠죠. 어제가 올해 당신이 겪은 최악의 날이었을 수도 있고."

"그럼 뭐가 문제지?" 문득 지금까지 살면서 나를 스쳐간 여자들에게 이와 비슷한 질문을 얼마나 많이 던졌는지 궁금해졌다. 이를테면 뭘 생각해? 왜 그렇게 말이 없어? 오늘은 이상하게 달라 보이네? 뭐가 문제지? 같은 질문 말이다. 이런 질문들이 의미하는 바는 결국 내게 관심을 가져달라는 뜻이며 그게 힘들다면 최소한 양보라도 해달라는 뜻이기도 하다. 만약 이마저도 어렵다면 그럴 수 없는 이유를 내게 충분히 설명해줘야 함은 물론, 그럼에도 가급적이면 내 뜻대로 행동해주길 원한다는 뜻이다.

강에서 불어온 차가운 바람이 호텔을 때리며 날카로운 비명 소리를 냈다. 우울한 디트로이트의 오후다. 다섯시경이면 비가 내릴지도 모르지만 여섯시쯤엔 별이 나타날 것이고 그럼 나와 비키는 밤하늘을 배경 삼아 이리저리 걷다가 마침내 라니드에 있다는 중국 식당에서 스테이크를 먹게 될 것이다. 하지만 여기에선 그 무엇도 확실하다고 말할 수 없다. 금방 잠잠해질 바람이라 해도 어쨌든 맞서 싸워야 하는 것이 우리 인생이니까.

비키가 이불과 베개로 만든 동굴 속에 파묻혀 있다가 내 쪽으로 고개를 돌리며 말했다. "당신이 나간 사이에 아래층으로 내려갔어요. 왜 내려갔는지 알아요? 혼자 있기 싫어서였죠, 다른 사람들과 어울리고 싶었어요. 단지 그뿐이었죠. 가판대로 가서 무심코 책 한 권을 집어들었는데 바턴 박사가 쓴『어떻게 이 세상의 주인공이 될 것인가』라는 책이더군요. 아까 말한 대로 난 새로 시작하고 싶었어요. 당신과 나 말이에요. 그래서 가판대에 서서 책을 펼쳐들고 '새로운 유형의 사람들'이란 부분을 읽었죠. 새로운 유형의 사람들은 감자튀김을 피하고 자기 발견에 힘쓰는 한편, 생수를 마시고 자주 문학토론을 한다고 나오더군요. 또 자기감정을 쉽게 표현할 수 있어야 한다고 생각하는 사람들이래요. 그래서 나는 울기 시작했죠. 당신이 바로 그런 유형의 사람이라는 걸 깨달았으니까요. 반대로 난 그런 사람이 전혀 아니죠. 당연히 감자튀김을 먹는데다가 내적인 성찰을 하는 사람도 아니에요. 여기까지 와서도 내가 할 수 있는 일이란 고작해야 새우 요리를 먹거나 텔레비전을 보거나 우는 것뿐이었죠. 나는 불안해졌어요. 그러다 문득 당신이 원했다면 우린 그냥 친구 사이로 남았을지도 모르겠구나 하는 생각이 들더군요. 그래서 에버렛에게 전화를 걸었어요. 혹시 기분이 괜찮아져서 눈물이 그칠까 하구요." 커다란 눈물이 비키의 눈에서 코로 흘러내리더니 곧 베개 사이로 사라졌다. 두 시간 동안에 난 눈물을 흘리는 사람을 두 명이나 보았다. 내가 뭔가 잘못하고 있는 걸까? 그렇다면 그 이유는 무엇일까?

그렇다, 냉소다.

난 늙은 이아고보다 더 냉소적이 되어버렸다. 평생 저 터널 끝에서 오직 자기 자신만을 찾으려고 애쓰는 것보다, 즉 자기애만 추구하는 것보다 냉소적인 삶도 없기 때문이다. 나는 당혹스러웠다. 마찬가지로 누군가가 자신을 도우려고 애쓰고 있다고 생각하게 만드는 것만큼 상대방을 스스로 무가치하게 느끼도록 하는 것도 없다. 비키가 말한 냉소적인 '새로운 유형'의 사람, 즉 자기 내면에만 집착하고 감자튀김을 꺼리며 기분 나쁠 정도로 자기 표현에 솔직한 유형의 사람이 바로 나였다. 비록 내가 그런 사람들 중 가장 극단에 서 있다고는 생각하지 않지만 말이다.

이제 내 유일한 희망은 모든 것(우정, 환상, 난처함, 미래, 과거)을 부인하고 오로지 현재에 나를 맞추는 것뿐이었다. 이 이상한 오후에 내가 비키를 안고 키스함으로써 그녀의 근심을 저 멀리 날려버릴 수 있다면, 그래서 따스한 햇살이 비치고 잔잔한 바람이 부는 봄날 저녁을 맞이할 수 있다면 나는 그녀를, 그녀는 나를 영원히 사랑할 수 있을 것이다. 그리고 이 모든 수상한 상황은 이상한 마을에서 마신 슈납스와 눈물을 뿌린 허브 월러거, 그리고 충분치 못한 잠 때문이라고 치부할 수 있을 것이다.

"난 그런 유형의 사람이 아냐." 침대에 걸터앉아 비키의 뺨을 어루만지며 내가 말했다. 그녀의 볼은 아기의 볼처럼 부드럽고 따뜻했다. "오해하지 마, 난 오히려 구식 유형의 사람일 뿐이야. 비키, 우린 방금 여기에 도착했고 이제 밤이 됐다고 생각하자. 나도 구식 유형의 사람처럼 널 사랑해줄게."

"오, 자기." 내 어깨를 가볍게 애무하며 비키가 말했다. "나를 이상한 애라고 생각하죠?" 그녀가 코를 훌쩍거렸다. "질질 짜고 혼자서는 아무것도 하지 못하는 애라고 생각하죠?"

"아니, 절대 그렇지 않아. 비키, 이제부턴 좋은 일만 생각해. 다른 건 신경 쓰지 말고."

"책을 읽지 않았어야 했어요. 독서는 나와 잘 안 맞나봐요." 비키가 양손으로 내 목을 강하게 감아왔다.

"오." 나는 나도 모르게 신음 소리를 냈다. 스키선수가 텔레비전에 등장하더니 힘차게 출발선을 박차고 나와 내가 지금까지 본 그어느 선수보다 더 높이, 더 멀리 날아갔다. 스키장엔 눈이 한없이 내리고 있었다. 아무리 돈을 많이 받는다 해도 나 같으면 결코 저런 짓을 하지 않을 것이다.

"오, 프랭크."

"당신은 정말 근사한 여자야." 내가 말했다. "누가 당신을 사랑하지 않을 수 있을까?"

창밖으로 보이는 차가운 도시에서 바람이 다시 휭 하고 불어오더니 눈발이 창문에 마구 부딪혔다. 눈은 인생에 대해 뭔가 안다고 우쭐대는 디트로이트 사람들 위로도 어김없이 내리고 있을 것이다. 나는 텔레비전을 끄지 않고 놔두었다. 텔레비전이 우리를 엿보고 있다는 사실이 웬일인지 위로가 됐기 때문이다.

우리는 제퍼슨 가에서 택시를 잡아타고 벨아일의 식물원까지 찾아갔지만 왠지 모를 지루함만 느끼며 오후 다섯시경에 호텔로 돌아왔다. 스포츠 기자라면 왠지 모를 지루함을 충분히 이해할 것이다. 우린 마치 세일즈맨인 아빠를 따라 낯선 도시에 도착한 가족 같았다. 아빠가 일을 보는 동안 예기치 않은 모험이라도 벌어지지 않을까 내심 기대하며 돌아다니지만 결국 남아도는 시간을 주체할 수 없어 괴로워하며 끝없이 뻗어 있는 낯선 도시의 거리를 헤매는, 그래서 할 일이라곤 오직 호텔 로비에 앉아 오가는 사람을 쳐다보는 것밖에 없는 그런 가족 말이다.

식물원은 실망스러웠다. 여러 종류의 양치류 식물과 시계풀, 그리고 선인장이 자라는 곳을 둘러보긴 했지만 걷는 내내 공기는 차가웠고 모두 낯설었다. 흥미롭게 보이는 곳은 하나같이 문을 닫아버렸다. (유리 너머로 구경할 수밖에 없었지만 그나마 유일하게 우리의 눈길을 잡아끈 것은 다시 만들어내는 데 성공했다는 18세기경의 프랑스 산 허브였다.) 한 시간도 안 돼 우리는 씽씽 불어오는 바람을 맞으며 콘크리트 계단을 따라 눈이 날리는 차가운 거리로 나와야 했다. 하얗게 변해버린 강은 아예 보이지 않았고 그 아래쪽엔 포플러 묘목들만 나란히 늘어서 있었다. 이렇듯 처음엔 아주 매력적으로 보이다가도 곧 실망감만 안겨주는 관광지가 이따금 있게 마련이다.

호텔 근처에 다다랐을 때 나는 '내가 아는 훌륭한 스테이크 요리를 먹으러' 라니드까지 잠깐 걷지 않겠느냐고 비키에게 제안했다. 하지만 우드워드까지 걸어갔을 때 주변에 보이는 사람이라곤 흑인과 험상궂은 사람뿐, 불가사의하게도 경찰이나 택시 따위는 거리 그 어디에서도 보이지 않았다. 내 곁에 바짝 붙어선 비키가 캐나다에서 불어오는 겨울바람을 맞으며 몸을 떨었다.

"옷을 더 입고 올 걸 그랬어요." 비키가 겁먹은 미소를 띠며 말했다. "그냥 저기 있는 투나 알라딘 커피숍에나 가는 게 좋겠네요, 당신만 괜찮다면."

"그래, 도대체 어디 있는지 식당도 보이지 않는군." 주말인데도

우드워드와 그랜드 서커스엔 인적이 드물었다. 대학에 다닐 때 나와 루키넌, 커클랜드는 이곳의 극장과 술집을 전전하다가 결국 육십 킬로미터를 달려 캠퍼스로 되돌아갈 수밖에 없었다. 그것이 마냥 웃을 수만은 없는 세상을 향해 돌진하기 직전에 있었던 마지막 휴가의 추억이다. 그런데 당시가 1953년이나 1973년이 아니라 1963년이라는 것이 한때 잘 납득되지 않았다. 가끔 내 나이가 몇인지, 올해가 몇 년도인지 잊어버릴 때가 있다. 어떤 경우엔 거친 세상에 막 들어서서 혼란스러워하는 순진한 이십대로 착각하는 경우도 있었다.

"마을 분위기가 이상하네요." 내가 슬픈 상념에 잠겨 있음을 알아챈 비키가 내 몸을 감싸 안았다. "가보면 알겠지만 댈러스도 마찬가지예요. 한적한 교외처럼 아주 을씨년스럽게 보일 때가 있죠."

"최고급 와인을 파는 식당도 있었는데 찾질 못하겠어." 스테이크하우스, 낡은 셰러턴 호텔, 버려진 듯 외롭게 서 있는 섹스 클럽, 화이트캐슬 식당, 나이트클럽 등 눈에 들어오는 건물들을 차례대로 쳐다보며 내가 말했다. 모두가 하나같이 눈을 뒤집어쓰고 있었다.

"나는 체다 치즈도 좋아해요." 비키가 애써 밝게 웃으며 말했다. 아마 투나 알라딘에서 파는 치즈를 말하는 듯했다. "호텔에서도 당신이 말한 그 와인을 반값이면 살 수 있을 거예요. 그러니 호텔로 돌아가는 길에 혹시 다른 괜찮은 식당이 있는지 살펴보자구요. 물론 당신이 한턱내는 걸로 하구요." 비키가 서둘러 내 몸을 떠밀었고 우리는 곧 눈이 쌓인 보도를 밟으며 폰차트레인 호텔이 있는 곳으로 발걸음을 돌렸다. 호텔로 가는 동안 비키와 나는 마치 방금 대회를 마치고 해방감을 만끽하는 선수들처럼 내내 깔깔거렸다.

계절답지 않은 날씨와 어수선한 거리 분위기 때문에 우리는 예정보다 일찍 돌아가기로 하고 남은 시간이라도 최대한 즐겁게 보내기 위해 '프롱트낙 그릴' 식당에 들러 보졸레 와인을 곁들여 배가 터지도록 식사를 했다. 호텔로 돌아온 후 침대에서 잠깐 눈을 붙이고 일어난 나는 창가로 다가가 눈이 내린 슈피리어 호수 위를 떠가는 바지선을 무심히 바라봤다. 아마 어제 클리블랜드나 애슈터뷸라*를 향해 떠났다가 돌아오는 배이리라. 지금이라도 허브나 클래리스에게 전화를 걸어볼까 생각했지만 뭐라고 말해야 할지 막막해 결국 단념했다. 론다 마투작에게 미식축구 관련 전략회의에 도움이 될 만한 자료를 찾지 못했다고 전화해야 할까? 주말인 오늘도 직원들은 그 회의 때문에 근무중이다. 물론 내게 큰 기대를 거는 사람이 있을지는 의심스럽지만 말이다.

"이제 뭘 해야 할지 말해줄게요." 기념품 가게에서 산 나바호 귀고리를 만지작거리며 비키가 말했다. 작은 핀 머리가 히아신스 모양이라서 아주 귀여워 보이는 귀고리였다.

"뭔데?" 행사 안내 책자를 뒤적거려봤지만 구미가 당기는 행사라곤 찾을 수 없었다. 이미 이곳을 떠난 폴 앵카의 공연도 마찬가지였다. 타이거즈 경기장을 구경하고 멕시코 요리를 먹는 이벤트도 시시하게만 여겨졌다.

"공항으로 가서 비행기 좌석이 날 때까지 기다리는 거예요. 토요일에는 이동하는 사람이 많지 않으니까. 그냥 재미로 공항에 놀러 간 적이 있는데 가만히 보니까 비행기 시간이 달라도 좌석이 남으면 태워주더라고요. 그런 일에 익숙한 사람들이 꽤 많던데요?"

"멋진 밤을 보낼까 했는데 왜?" 내가 심드렁하게 대꾸했다. "그

---

* 오하이오 주 북동부에 위치. 애슈터뷸라 강 어귀의 이리 호 연안에 있음.

리스 사람들이 많이 사는 곳도 괜찮을 것 같고, 알아보면 이것저것 볼거리가 꽤 있을 거야."

"혹시 싫어서 하는 말인데 알고 있죠? 내일 정오까지 부모님 집에 가기로 돼 있잖아요. 서두르는 것도 나쁘지 않아요."

"수블라키*나 바클라바**를 놓쳐도 실망하지 않을 자신 있어?"

"어느 나라 음식인지도 모르는데 실망하고 안 하고가 있겠어요? 그런 음식을 하는 식당에 가려면 눈을 헤치고 차를 몰고 가야 할걸요?"

"충분히 놀지도 못했어. 지금까지 뭐 하면서 보냈는지 기억도 잘 안 나."

"그야 아무 일도 없었으니까요." 거울을 쳐다보며 비키가 말했다. 비키는 귀고리가 잘 매달렸는지 보려고 머리를 제쳤다. 포동포동한 볼 뒤로 나바호 귀고리가 드러났다. 더 자세히 보려고 옆으로 돌아선 비키가 거울을 통해 나를 바라보며 싱긋 미소 지었다. "재미를 느끼려고 회전목마를 탈 필요는 없어요. 뭘 하느냐보다 누구와 함께 있느냐가 더 중요하죠. 당신과 함께 있다는 것만으로도 나는 최고의 시간을 보냈다고 생각해요. 이해할지는 모르지만."

"공항이 폐쇄됐다면 어떡해?"

"그럼 내가 영화잡지를 보면서 재미있는 얘기를 읽어줄게요. 공항에서 밤을 보내는 것보다 더 끔찍한 일도 많아요. 시시한 곳에 가느니 차라리 공항이 낫겠다고 생각할 때도 있다니까요."

"그렇게 나쁜 일은 아니다?"

"그럼요. 텔레비전도 마음대로 볼 수 있고 근사한 식당이 있으니

---

* 어린 양고기로 만든 꼬치구이 요리.
** 근동(近東) 지역 과자의 일종.

멋진 식사도 할 수 있죠. 물론 구두도 닦을 수 있고요. 기억에 남을 만큼 멋진 시간을 보낼 수 있게 내가 도와줄게요."

"벨보이를 불러야겠군." 일어서면서 내가 말했다.

"왜 이제야 그 생각이 났는지 모르겠어요." 비키가 웃으며 말했다.

"뭔가 흥미진진하고 별난 경험을 하고 싶었어. 항상 바라는 바지. 그게 내 약점이야."

"프랭크, 뭔가를 기다리다 지루해지면 이렇게 말해봐요. '웃으라고, 몰래카메라가 지켜보고 있잖아' 라고요. 그럼 언제든 미소 지을 수 있어요."

전화기가 있는 곳으로 가면서 나는 비키에게 미소를 보냈다. 별로 나쁘지 않은 매우 평범하고 소박한 미래가 내 앞에 펼쳐지는 듯했다. 잔뜩 끼었던 구름은 다이얼을 돌릴 때에야 비로소 서서히 흩어지기 시작했다.

열시경 우리는 마치 시간여행이라도 한 듯 뉴저지로 다시 돌아왔다. 무미건조한 중서부 땅에서 다채로운 해안으로 복귀한 것이다. 이리 호수를 건널 때 비키는 이번에도 잠을 잤다. 자기 전에 비키는『데이타임 컨피덴셜』이란 책의 일부를 읽어줬고 나는 그 때문에 껄껄 웃었지만 비키는 뭔가 깊이 고민하는 듯 내내 심각한 표정만 지었다. 비키가 자는 동안 나는『사랑의 마지막 여행』을 읽었는데 그런대로 시간을 보낼 만했다. 과거로 돌아간다는 식의 진부한 구성도 없었고 자연스럽게 다음 페이지로 이야기를 이끌어가는 작가의 솜씨는 감탄스러울 정도였다. 내가 비키를 깨운 것은 딱 한 번으로 레드 뱅크로 추정되는 곳에서 비행기가 우회 비행을 할 때였다. 저 멀리 뉴욕 시의 불빛이 들어왔고 (자유의 여신상이 작지만 아주 분명히 보였다) 뉴저지가 휘황찬란한 다이아몬드처럼 아래에 펼쳐졌으며 대서양과 펜실베이니아가 점차 모습을 드러내기 시작했다.

"저건 뭐죠?" 문명의 불빛들이 늘어선 지점을 가리키며 비키가 물었다.

"고속도로. 우드브리지의 가든 스테이트와 고속도로가 어디에서 만나는지, 또 어떻게 뉴욕으로 이어지는지 볼 수 있지."

"이야!"

"여기에서 보면 참 아름다워."

"당신이라면 그렇게 생각할 수도 있겠죠." 비키가 말을 받았다. "그 밖에 또 뭐가 아름답다고 생각하는지 궁금하네요. 혹시 쓰레기장?"

"아니, 당신이 참 아름답다고 생각해."

"쓰레기장보다는 아름답겠죠. 내 말 맞죠?"

"뭐 틀렸다곤 할 수 없겠군." 나는 비키의 팔을 강하게 잡아 내 쪽으로 끌어당겼다.

"재치 있는 말이지만 쓰레기장보다 아름답다는 말은 좀 화가 나네요." 정말 화가 나기라도 한 것처럼 비키의 눈이 작아졌다. "당신의 그런 점을 좋아하지만 이런 식이라면 얼마나 갈지 장담 못해요."

"설마 내 마음을 아프게 하진 않겠지?"

"내가 당신의 마음을 아프게 한다 해도 그게 내가 처음은 아니겠죠?"

"비키, 난 당신 생각보다 더 괜찮은 사람이야."

"지금 와서 그런 말을 하다니, 너무 늦었어요." 비키가 말했다. "앞으로는 이것저것 잘 따져보고 말하라고요." 비키는 자기 말을 강조하듯 머리를 한번 흔든 뒤 곧 눈을 감더니 우리를 태운 은색 비행기가 지상에 안전하게 착륙할 때까지 다시는 깨지 않았다.

　열한시 십오분경에 우리는 페전트 메도에 도착했다. 디트로이트의 날씨가 여기에도 불어닥치리란 징후는 어디에서도 찾아보기 힘들었다. 여위어가는 달이 뜬 밤하늘은 점점 맑아졌다. 내가 몽롱해져서 방향 감각을 잃어버렸던 바로 그날 밤의 날씨와 똑같다! 내가 뜰에 서 있는 동안 전처가 보석 상자를 불태워버리던 그 밤, 덤불 옆에서 카시오페이아와 쌍둥이자리를 찾던 그 밤…… 높은 빌딩 꼭대기까지 올라갔지만 아래를 내려다보길 주저하는 사람처럼 그날 밤 이후 나는 깨끗하고 맑은 밤하늘을 바라볼 때마다 한 번도 마음이 편하지 않았다. (그래서 깨끗하고 별이 총총한 하늘보다는 차라리 구름이 낀 흐린 하늘을 좋아하게 됐다.)

　"따라올 필요 없어요." 이미 차 문을 열고 밖으로 나선 비키가 창문으로 나를 들여다보며 말했다. 안전모를 쓴 어제의 인부들은 보이지 않았지만 만사드 지붕은 완성돼 있었다. 비록 그와 똑같은 지붕을 한 주택은 부근에서 전혀 찾아볼 수 없었지만 말이다. 난 당연히 비키가 집으로 초대해주길 바랐다. 자기 전에 마시면 좋은 알코올도 약간 기대하면서. 하지만 그 희망이 성취될 가능성은 희박했다. 비키는 어느새 겁먹은 소녀가 되어 위층에서 누가 기다리고 있기라도 한 것처럼 불안해했던 것이다.

　"내일은 그분이 죽은 자들 사이에서 돌을 굴리고 부활하신 날이군요." 마치 내가 시편이라도 암송해주길 바라는 것처럼 똑바로 쳐다보며 비키가 진지한 표정으로 말했다. 핸드백을 어깨에 걸친 비키의 귀엔 여전히 나바호 귀고리가 걸려 있었다. "내일 일찍 미사에 참석할 생각이에요. 우리에게 축복을 내려달라고 기도하려고요. 하이츠타운에 있는 감리교회에 갈지도 모르죠. 당신도 함께 가자고 말하고 싶지만 그러지 않으리란 걸 잘 알아요."

"난 음악을 듣는 걸 좋아하지."

"좋을 대로 해요." 우린 낯선 곳을 돌아다니면서, 한 침대에서 자면서, 또 때론 침묵하면서 결혼한 사람처럼 상대에게 기쁨을 주려고 노력하며 이틀을 함께 보냈다. 이젠 헤어질 시간이 됐고 지금보다 더 완벽한 이별은 없을 것이다. 하지만 비키는 어떤 면에선 경박하고 유치하다. 그리고 난 지루할 정도로 격식을 차리는 성격이다. 이런 특성들은 조화를 이루기 어렵다.

"내일 데리러 오지." 비키의 뒤로 커다란 파란색 물탱크가, 그리고 그 너머로 커다란 부활절 달이 떠 있었다.

"제시간에 오는 편이 좋을 거예요. 아버진 까다로운 분이니까. 거기까지 가려면 한 시간은 잡아야 해요."

"엄청 기대되는군." 본심은 아니지만 이렇게 말해야 한다. 내일 이맘때쯤 내 기분이 어떨지 나는 솔직히 두려웠다.

"내일은 아빠는 물론 새엄마도 만나게 될 거예요. 새엄마는 좀 유별나죠. 만약 새엄마가 마음에 든다면 당신도 브로콜리를 좋아하는 사람일 거라고 확신해요. 하지만 중요한 사람은 아빠예요. 혹시 아빠가 당신을 탐탁지 않게 생각하는 눈치라 해도 너무 신경 쓰지 말아요. 진짜 생각은 다를지도 모르니까."

"나를 사랑해?" 키스하려고 몸을 굽히며 물었을 때 비키는 뭔가 평가하는 듯한 표정으로 나를 바라봤다. 그녀의 표정을 보며 나는 혹시 비키가 에버렛을 생각하는 건 아닌지, 알래스카에 가고 싶어하는 것은 아닌지 궁금해졌다.

"아마도요. 그런데 왜 묻는 거죠?"

"그럼 내게 키스하고 오늘밤 같이 있자고 말해줘."

"그건 안 돼요." 비키는 다이나 쇼어*처럼 자기 손에 키스한 뒤 그 손으로 내 뺨을 살짝 때렸다. "다음엔 그럴게요. 이건 내 약속의 표시예요." 말을 마친 비키는 곧 듬성듬성한 잔디밭을 지나 어두운 집 쪽으로 사라졌다. 불이 켜진 현관에 잠시 비키의 모습이 보이는가 싶더니 이내 사라졌다. 홀로 남은 나는 차 안에서 유리처럼 투명한 달을 가만히 응시했다. 마치 그 달이 모든 미스터리와 예감의 상징이라도 되는 것처럼, 마치 그 달이 한편으론 멀리하고 싶지만 다시 새로운 모습으로 나타나준다면 우리를 더욱 행복하게 해줄 것만 같은 그 무엇이기라도 한 것처럼.

---

*미국의 가수이자 영화배우.

8

이상한 일이었다. 거실에서 불빛이 새어나오고 있었다. 게다가 전에 보지 못한 자동차 한 대도 길가에 주차돼 있었다. 자정이 넘었음에도 3층의 보소볼로 방엔 전기스탠드 조명이 켜져 있었다. 부활절이라는 특별한 날을 맞아 보소볼로가 강론을 준비하고 있는 듯했다. 신학교 산하의 한 작은 교회에서 틈틈이 활동하는 그는 복음 말씀을 전하기 위해 치밀한 준비를 하고 있음에 틀림없다. 현관엔 보소볼로가 걸어놓은 것 같은 화환이 하나 걸려 있었는데 이는 사전에 내 허락을 받고 한 일이었다. 토요일치고는 기이하게도 호빙가의 모든 집들은 하나같이 고요한 가운데 불이 꺼져 있었다. 보통 때라면 지금쯤 즐거운 모임을 갖느라 불을 밝게 켜놓아야 정상이다. 버튼나무와 튤립나무 위로 내다보이는 하늘은 아주 맑아서 팔십 킬로미터나 떨어져 있는 뉴욕의 불빛들이 그대로 들어왔다. 분명 화려한 행사들이 벌어지고 있을 테지만 나는 이렇게 떨어져서 바라보는 편이 오히려 더 행복했다.

집 안에 들어선 나는 깜짝 놀랐다. 월터 러켓이 와 있었기 때문이다.

더 정확히 말하자면 프랑스 풍 문 손잡이가 달리고 물품을 가득 담아놓은 가구와 빛이 새어나가지 못하도록 만든 놋 램프, 천장까지 닿는 책장, 그리고 이사 올 때 들여온 자주색 카펫이 깔린 내 서재에 월터가 서 있었다. 비록 큰 애착을 갖고 있진 않아도 서재는 나만의 공간이라 여겼던 곳이다. 보소볼로조차 사전에 양해를 구하기 전엔 얼씬하지 않는 곳이다. 내가 〈탕헤르〉를 마지막으로 집필한 곳이고 기사의 대부분을 완성하는 곳이며, 따라서 나만의 타이프라이터를 가져다놓은 곳이다. 전처와 헤어지고 나서 마음이 진정될 때까지 잠을 청한 곳도 바로 여기였다. 다른 대부분의 사람들도 집을 갖게 되면 보통 이처럼 편안하고 중요한 혼자만의 장소를 마련해놓는다. 바로 그런 나만의 공간 한가운데에 월터가 자기 연민의 미소를 띤 채 서 있었던 것이다.

나는 매우 피곤했고 더구나 열두 시간 전만 해도 멀리 떨어져 있는 월드레이크에서 한 남자와 별 소득 없는 인터뷰를 하고 난 뒤였기에 난데없이 찾아온 월터가 전혀 반갑지 않았다. 모든 걸 일단 뒤로 미루고 오직 잠에만 빠져들고 싶었다. 늘 그렇듯이 푹 자고 일어나면 멋진 내일을 맞이할 수 있을 테니까.

월터는 카탈로그로 보이는 종이를 들고 서 있다가 나를 보자마자 메가폰 모양으로 종이를 둘둘 말며 말했다. "프랭크, 집사가 안으로 들여보내주더군. 안 그랬으면 이 늦은 시간에 여기에 있진 않았을 거야, 정말이야."

"괜찮아, 월터. 그런데 그 사람은 집사가 아냐, 이 집에 세들어

사는 사람이지. 그래, 무슨 일이야?"

나는 월터가 들고 있는 카탈로그의 광고를 보고 구입한 가구 중 하나에 걸터앉았다. 나는 이 방을 아주 좋아한다. 페인트가 살짝 벗겨지고 닳아서 반질반질한 가구, 눈에 편한 색감…… 질서정연하지 않고 무심코 아무렇게나 놓아둔 듯한 가구 배치도 마음을 편안하게 한다. 여기라면 방 아무데나 몸을 눕혀도 일고여덟 시간 정도는 평온하게 잠들 수 있다.

샌들을 신고 격자무늬 안감을 댄 재킷을 걸친 월터는 이틀 전 매너스콴에 갔을 때 입은 것과 똑같은 파란색 테니스 셔츠와 짧은 반바지 차림이었다. 짐작건대 아마 월터는 그리넬 대학에 다니던 시절부터 이와 같이 캐주얼 복장을 하고 다녔을 것이다. 월터의 눈은 패배자의 눈처럼 흐릿했고 영업사원마냥 머리에 짝 들러붙은 머리카락은 몇 번을 감아도 그대로일 것 같았다. 정황으로 보아 월터는 뭔가 할 말이 있어 이 시간에 방문한 듯했다.

"프랭크, 사흘이나 잠을 못 잤어." 천천히 내게 다가오며 월터가 말했다. "그때 해변에서 자네와 얘기를 나눈 뒤부터 말이야." 월터는 카탈로그 종이를 최대한 단단히 돌돌 말았다.

"내가 술을 내오지, 월터. 그 카탈로그는 이제 나한테 넘겨."

"아냐, 오래 있진 않을 거야."

"맥주는 어떤가?"

"맥주는 안 마셔." 월터는 맞은편에 있는 커다란 안락의자에 털썩 주저앉더니 양손을 무릎에 대고는 뒤로 몸을 기울였다. 우리 감리교 신자들은 잘 모르지만 아마 고백성사를 한다면 저런 자세이리라.

월터가 자리 잡은 곳은 액자에 넣어 걸어둔 블록 아일랜드* 지도 바로 아래였다. 블록 아일랜드는 전에 전처와 내가 배로 가봤던 곳이다. 생일선물로 아내에게 줬지만 이혼할 때 돌려달라고 부탁해 지금은 내가 갖고 있다. 전처는 불평을 늘어놓으면서도 내게 특별한 의미가 있는 물건이라는 말을 듣고는 군말 없이 반환했다. 단순하고 슬픔이 없던 시대를 떠올리게 해주는 그 지도는 내게 있어 일종의 박물관 역할을 하는 소중한 물건이기 때문이다. 따라서 괴로운 표정을 짓는 월터의 얼굴이 바로 그 밑에 있다는 사실이 내 맘을 불편하게 만들었다.

"정말 멋진 집이야.'이 정도 집이니까 영국식 발음을 하는 집사를 뒀구나'하고 당연히 생각했을 정도로 말이야." 월터가 눈을 크게 뜨고 두리번거렸다. "언제부터 이 집에서 살았지?" 꼬마가 처음으로 자전거를 얻었을 때처럼 월터가 환하게 웃으며 물었다.

"십사 년 됐어." 나는 아동용 세계문고 뒤에 놓아둔 술병을 들어 입에 들이붓고는 꿀떡꿀떡 삼켰다.

"제법 오래됐군. 여기 위치와 당시 이자율을 감안하면 충분히 살 만했을 거야. 내 고객 중 한 명인 냇 파커슨이란 노인도 이 동네에 살고 있다네. 내가 사는 쿨리지 가도 그리 나쁜 곳은 아니지, 안 그런가?"

"아내는 클리블랜드 가에 살아. 아니, 정확히 말하면 전처라고 해야겠군."

"내 아내는 에디 핏콕이란 녀석과 함께 비미니에 있어."

"알아, 전에 얘기했잖아."

내 말이 맘에 들지 않는 듯 월터는 눈을 가늘게 뜨고는 얼굴을

---

* 로드아일랜드 주에 있는 섬.

찌푸리며 나를 잠깐 쳐다봤다. 잠시 침묵이 감돌았다. 내 입에서 슬슬 하품이 터져나오기 시작했다.

"프랭크, 어떻게 해야 할지 모르겠어. 그 아메리카나 호텔 일이 있고 나서 계속 정신을 못 차리고 있어. 그 일 때문에 요즘 생활이 모두 엉망이 돼버렸지. 하긴 지금까지 평생 멍청한 짓만 해왔어. 스무 살 때는 열세 살짜리 여자아이와 잤다고 친구들한테 떠벌리고 다니기도 했으니까. 사실은 말 그대로 그냥 잠만 같이 잔 건데 말이야, 순진한 아기처럼! 물론 더 나쁜 경험도 많았지만 요즘 겪는 일은 도대체 나 자신도 이해가 잘 안 돼. 어느새 서른여섯 살이 됐지만 상황은 점점 악화되고만 있어. 더이상 가망이 없을 거란 생각도 들고. 언제나 힘든 일만 닥치는 것 같아." 지친 월터의 얼굴에 희미한 미소가 스쳐 지나갔다. 월터는 머리를 절레절레 흔들었다. 그의 얼굴엔 전쟁에 지치고 부상마저 당한 노병의 표정이 떠올라 있었다. 이건 개인적인 문제였다. 문제를 해결해야 할 사람은 다른 누구도 아닌 바로 당사자다. "지금 뭘 생각하고 있나, 프랭크?" 월터가 희망 섞인 표정으로 물었다.

"아무 생각도 안 했어, 정말이야." 내 말이 진심이라는 것을 보여주려고 월터에게 고개를 끄덕였지만 사실 난 비키를 생각하고 있던 참이었다. '혹시 내가 전화해주기를 기다리진 않을까?' '앞으로 나와 비키는 계속 잘해나갈 수 있을까?'

월터는 무릎 쪽으로 몸을 기울였다. 그의 표정은 더 심각해졌다. "이틀 전에 내 얘기를 했을 때 자넨 어떻게 받아들였나? 바보 멍청이라고 생각했겠지?"

"바보 같다는 생각은 안 했어. 그런 일은 누구에게나 일어날 수 있으니까."

"맞아, 내가 아기를 냉장고에 넣어버린 것도 아니잖아? 엄청난 사고를 치진 않았다구, 안 그래?"

"응."

개척지를 눈앞에 둔 사람처럼 월터는 근엄한 표정으로 아무 말도 하지 않았다. 월터는 그가 원하는 질문을 내가 해주길 바라고 있다. 나로선 알고 싶지 않은 자기 얘기를 한바탕 털어놓으려고 말이다. 하지만 나는 일단 들어주기로 했으면 질문 따위는 하지 않는다. 이야말로 진정한 친구의 도리라고 믿기 때문이다. 친구의 일에 호기심을 품어서는 안 된다. 월터의 얘기가 닭에게 운전을 가르치는 법처럼 기상천외한 것이라 하더라도 자세한 내막을 알고 싶진 않았다. 게다가 지금은 너무 늦은 밤이다. 난 언제든 침대에 쓰러져 잘 준비가 돼 있다. 이런 상황엔 어떻게 대처해야 하는지 경험해본 적도 없다. 잘해야 이렇게 말할 수 있을 뿐이다. '괜찮아, 친구. 그냥 병원에 가서 제정신으로 돌아오게 해주는 진정제나 맞으라고.'

"요즘 자네의 고민은 뭐지? 질문이 기분 나쁘지 않다면 대답해줘." 월터는 여전히 유령처럼 조용하기만 했다.

"고민하는 건 없어. 이따금 밤이 되면 심장이 뛰지만 그것도 불을 켜면 곧 정상으로 돌아와."

"자넨 규칙을 중요하게 여기는 사람이지. 이 말이 귀에 거슬리는 건 아니지? 중요한 문제들에 대해선 아주 도덕적인 것 같아."

"귀에 거슬리지 않아, 월터. 하지만 내가 도덕적이라고는 전혀 생각하지 않네. 다만 최대한 민폐를 끼치지 않으려고 노력할 뿐이지. 그렇지 않으면 오히려 내가 힘들어." 내가 온화한 미소를 지으며 말했다.

"프랭크, 내가 세상에 해를 끼친다고 생각하나? 자네가 나보다 더 낫다고 생각해?"

"솔직히 그건 중요한 문제가 아냐. 우린 모두 그저 그런 보통 사람일 뿐이니까."

"답을 피하는군. 사실 나도 규칙을 중요시하는 사람이야. 모든 일에서 말이지." 월터는 팔짱을 긴 채 물러앉아 내 얼굴을 뚫어지게 쳐다봤다. 월터와의 대화가 결국 주먹질로 끝날 가능성도 있다. 물론 그런 일이 벌어진다면 난 얼른 문을 열고 도망쳐버리겠지만. 술을 마셔서 그런지 취기가 올라오면서 머리가 어지러웠다. 아무 생각 없이 그냥 침대에 엎어져 잠들고만 싶었다.

"거참 훌륭한 자세군." 나는 건성으로 대꾸하며 수년 전 나와 전처가 여행했던 지점을 찾으려고 블록 아일랜드 지도를 열심히 들여다봤다. 내가 찾는 장소는 샌디 포인트였다.

"프랭크, 한 가지 물어볼게. 뭔가가 자꾸만 걱정스러울 때 자네는 뭘 하나? 아무리 애를 써도 자꾸 걱정이 되면 말이야." 월터의 눈이 반짝거렸다. 마치 자신을 내치려고 위협하는 어떤 존재가 있다면 당장이라도 쳐부술 듯한 태세로.

"뭐 뜨거운 물에 목욕하거나 한밤중에 산책을 하지. 카탈로그를 뒤적이거나 술을 마시기도 해. 침대에 누워 음탕한 생각을 할 때도 있어. 그렇게 하면 언제나 기분이 한결 좋아지거든. 라디오를 들어도 괜찮아, 아니면 조니 카슨 쇼를 보든지. 하지만 그렇게 심각하게 걱정할 일은 별로 없는 편이야." 최소한 관심은 있다는 것을 보여주려고 나는 살짝 미소를 지었다. "그런 내가 혹시 비정상적인 건가?"

보소볼로가 욕실로 걸어가는 소리, 이어 문이 닫히고 변기의 물을 내리는 소리가 위층에서 들려왔다. 이제 일을 마치고 잠자리에 드는 모양이었다. 이 얼마나 편안하고 아늑한 가정의 소음인가. 피곤에 지친 지금, 보소볼로만큼 부러운 사람도 없었다.

"내가 뭘 생각하는지 아나, 프랭크?"

"뭘 생각하고 있지?"

"자넨 자신이 곧 죽을 운명에 있다고 믿는 사람은 아닌 것 같아. 그냥 그런 생각이 들었어." 누군가에게 위협이라도 받는 사람처럼 월터가 갑자기 머리를 푹 숙였다.

"맞을지도 모르지." 난 여전히 가식적인 미소를 지었다. 하지만 월터의 말을 듣자 아주 선명한 이미지가 떠올랐다. 일단의 사람들이 소나무로 만든 관 위에 흙을 흩뿌리고 단단히 다진 다음, 타고 온 뷰익에 다시 올라타고 일제히 출발하는 장면이 머리를 스쳤다. 젠장, 그 따위 장면을 상상하고 싶은 사람이 어디 있겠는가? 지금은 새벽 한시다. 바로 예수님이 세상을 새롭게 만드시고자 부활하신 날이란 말이다.

"월터, 지금 자네에게 필요한 건 웃음 같군. 나도 매일 웃으려고 노력하지. 농담 하나 해줄까? 브래지어가 모자에게 뭐라고 말했는지 알아?"

"몰라. 뭐라고 말했지?" 월터의 표정엔 변화가 없었다. 나도 웃을 기분은 아니었다.

"'너 먼저 가. 난 이 두 개를 들어올려줘야 하니까.'" 나는 월터를 가만히 바라봤다. 표정이 조금 달라지긴 했지만 웃는 얼굴은 아니었다. "별로 웃긴 얘기가 아니라 해도 웃어야 하네, 월터. 사실 정말 재미있는 얘기잖아." 월터가 너무 심각한 분위기를 띠고 있어 농담할 분위기가 전혀 아니었지만 사실 난 터져나오려는 웃음을 간신히 참아야 했다.

"취미나 뭐 그런 게 필요하다고 생각하겠지?" 이제야 월터가 싱긋 웃었지만 여전히 부자연스럽기만 했다.

"다른 각도에서 사물을 볼 필요가 있어, 월터. 그러면 돼. 혹시 최근 너무 무리해서 일하진 않았나?" 모르긴 몰라도 창녀 백여 명과 만나보는 것도 사물을 다른 각도에서 바라볼 수 있는 한 방법이다. 아니면 야간에 개설하는 천문학 교양강좌를 들어도 좋을 것이다. 나는 나이 서른일곱이 되어서야 북극성이 단일한 하나의 별이 아니라는 사실을 알게 됐으니까. 그것은 내게 큰 충격이었고 놀랍기는 지금도 마찬가지다.

"프랭크, 진실 한 가지를 말해줄까?"

"뭔데?"

"성인이 되는 그 순간 우린 더이상 관찰자가 아니라 관찰당하는 신세가 돼버린다는 거지. 무슨 말인지 이해가 돼?"

"그런 것 같군." 당연한 말이지만 난 월터의 말이 무엇을 의미하는지 알고 있다. 이혼은 이혼남 클럽 회원들에게 많은 교훈을 가르쳐줬다. 만약 내가 성스러운 교회 축일을 무시하고 월터와 함께 시간을 보낸다면 우리를 바라보는 주위의 시선은 그야말로 차디찰 것이다. 하긴 이혼남 클럽 회원들 사이의 관계가 그 정도로 친밀하진 않지만.

"월터, 난 지금 아주 피곤해. 종일 시달렸다고."

"자네가 묻진 않았지만 한 가지 말해줄 게 있어. 난 사실을 무시하려고 냉소적으로 되진 않을 거야. 또 취미를 찾거나 유머 사전을 들추지도 않을 거야. 물론 냉소주의자가 되면 똑똑하지 않아도 똑똑하게 보이긴 할 테지만."

"그렇겠지. 하지만 난 자네에게 취미를 가져보라고 제안한 적은 없어."

"프랭크, 내가 어쩌다 이 지경이 됐는지 모르겠어. 아무리 똑똑한 척하려고 해도 그럴 수가 없어. 그랬다면 여기에 오지도 않았겠지. 너무 혼란스러워, 무서워 죽겠다고." 월터는 절망적으로 고개를 흔들었다. "귀찮게 해서 미안하네. 나 혼자서도 잘 헤쳐나가면 좋을 텐데."

"자네가 얼마나 잘해나갈진 나도 모르지만 어쨌든 괜찮아질 거야. 간단히 술 한잔하는 게 어떻겠나." 잘 헤쳐나간다는 그의 말에 문득 나는 월터를 다시 생각하게 됐다. 월터야말로 새로운 유형의 사람으로 나와 다를 바가 없었다. 좀 진정하고 나면 월터는 자신에게 닥친 일을 현명하게 처리할 수 있을 것이다. 말이 나왔으니 하는 말이지만 내겐 월터를 도울 수 있는 힘이 더이상 없다. 밤을 거뜬히 새울 수 있었던 체력도, 명예에 관련한 문제에 목소리를 높이거나 힘든 시련을 겪는 선량한 친구의 기운을 북돋워줄 기력도 이젠 남아 있지 않다. 비록 아주 많은 나이는 아니지만 그런 일을 하기엔 세월이 너무 흘러가버렸다. 그보다는 다음날이(즉 새로운 하루가) 무척 중요해졌다. 앞으로 과연 어떤 일이 펼쳐질지, 미래는 어떻게 흘러갈지가 내 주요 관심사가 된 것이다. 따라서 내가 지금 월터에게 줄 수 있는 유일한 선물은 월터가 불을 켠 채 잠들 수 있도록 공간을 내주는 것뿐이다.

"프랭크, 술이나 한 잔 줘. 부탁해, 그럼 여기에서 나가지."

"난 상관없으니까 그냥 오늘밤은 여기에서 자도록 해. 소파에서 자도 되고 아이들 방엔 침대도 있어." 나는 진을 유리잔에 따라 월터에게 건넸다. 대학에 다닐 때 사둔 통통한 모양의 볼티모어 콜트*

---

* 미식축구 프로팀.

유리잔이다. 당시는 유니타스와 레이먼드 베리*가 스타로 활약할 때였다. 지금이야말로 이 유리잔을 사용할 최적의 시기다. 인생의 가장 우울한 순간에 스포츠만큼 기분 전환에 그만인 매개체도 없으니까.

"술 맛이 참 괜찮군그래." 월터가 약간 감탄하는 표정으로 파란 콜트 유리잔 뒷면을 바라보며 말했다. 콜트 잔에 새겨진 문양은 상당한 시간이 지났는데도 새 제품처럼 반짝거렸다. "훌륭한 잔이야." 월터는 내게 전혀 관심이 없다. 아마 월터 역시 내가 자신에게 전혀 관심이 없다는 사실을 약간 눈치 챘을지도 모른다. 나는 그저 나를 죽이고 싶을 만큼 원한을 품고 있는 사람이 아니라면 그 누구에게든(특히 여자에게) 베풀 수 있는 사마리아인의 의무를 다하고 있을 뿐이다. 또 나의 기본적인 성향상 끝없이 이어지는 월터의 생각을 깨뜨리지 못하고 있을 뿐이다. 월터는 순은으로 만든 크리스털 잔을 갖고 있다. 굽 모양의 손잡이가 달려 있고 연어가 새겨진 잔으로 만약 욜란다가 가져가지 않았다면 월터의 집에 그대로 남아 있을 것이다. 꼼꼼한 월터의 성격으로 보아 욜란다가 그 잔을 가져갔을 가능성은 희박했다.

"건배." 월터가 낮은 목소리로 말했다.

"건배."

월터는 한 모금을 마시자마자 잔을 탁자에 내려놓고는 손가락으로 의자의 팔걸이를 톡톡 두드리며 나를 뚫어지게 쳐다봤다.

"그는 평범한 남자였어, 프랭크." 코를 훌쩍인 후 머리를 강하게 흔들면서 월터가 말했다. "나와 거래하는 금융분석가지. 자녀는 두

---

* 둘 다 미식축구 선수.

명이고 아내 이름은 프리실라인데 뉴펀들랜드에 있댔어."

"그곳까지 가서 뭘 한대?"

"아니, 뉴저지에 있는 뉴펀들랜드 말이야. 퍼세이익 카운티에 있는 곳." 그곳은 어느 일요일에 전처와 함께 드라이브를 가서 온갖 장식으로 치장한 칠면조 요리를 먹었던 곳이다. 미국의 전형적인 목가적 풍경을 갖춘 곳으로 뉴욕에서 한 시간 정도 걸리는 거리에 있다. "자네가 그와 나를 어떻게 생각할지 모르겠군."

"특별히 할 말은 없어."

"내가 말하고 싶은 건 그가 괜찮은 사람이라는 거야, 알겠나?" 손으로 무릎을 탁 친 뒤 월터가 약간 상처받았다는 표정으로 나를 쳐다봤다. "고객이 증권을 현금으로 바꿔달라고 해서 업무차 만났지. 그러다 대화를 하게 됐어. 그가 내 투자신탁 건도 맡고 있었거든. 일을 끝내고 보니 시간이 너무 늦어서 우린 교통체증이 풀릴 때까지 퍼니큘러에서 술을 마시기로 했네. 술 마시며 얘기하니 아주 다양한 화제들이 나오더군. 석유화학에서 대학 미식축구팀 얘기까지 말이야. 알고 봤더니 그는 디킨슨 대학을 졸업했더라고. 그런데 중요한 건 한창 대화를 하다가 문득 시계를 보니 아홉시 삼십분이나 됐다는 거야. 그러니까 우린 무려 세 시간 동안이나 떠들었던 거지!" 월터는 잘생긴 그의 얼굴로 손을 가져가더니 안경 밑으로 눈을 문질렀다.

"별로 이상한 일도 아니잖아, 그저 악수를 나누고 집으로 돌아가면 그만 아닌가? 누구라도 그렇게 할 거야. 대부분 그렇게 끝낸다고." (또 그래야만 하는 게 아닐까?)

"프랭크, 나도 알아." 자세를 고쳐 앉으며 월터가 말했다. 나는 해줄 얘기가 하나도 없었다. 월터는 무아지경에 빠진 사람처럼 행동했다. 그에게 정신을 차리게 한답시고 무리한 방법을 동원한다면 월터는 더 혼란스러워하면서 계속 나를 붙잡고 얘기하려 들 것이다. 나는 그런 상황이 두려웠다. 어쨌든 부디 행운이 따라줘 이 상황이 끝나기만 한다면 곧바로 침대에 뛰어들고 말리라. "얘기를 듣고 싶지 않나, 프랭크?"

"곤란한 얘기라면 듣고 싶지 않아, 전혀. 내가 자네를 많이 아는 것도 아니고."

"곤란한 얘긴 아니야." 월터는 몸을 돌려 잔을 집어든 뒤 희망 섞인 표정으로 나를 바라봤다.

"술이나 한잔해." 잔을 가리키며 내가 말했다.

월터는 잔에 술을 따르고는 의자 깊숙이 몸을 밀어넣으며 한 잔을 다 들이켰다. 볼팅, 미시간에서는 잔에 담은 술을 한 번에 다 마시는 행위를 볼팅이라고 부른다. 문득 비키와 이 시간에 미시간에 있었다면 얼마나 좋았을까 하는 생각이 들었다. 앤아버로 차를 몰고 간 다음 프레첼 벨 식당에서 매운 겨자에 버무린 붉은 양배추와 스테이크로 늦은 저녁식사를 할 수도 있었는데. 난 중요한 실수를 저지른 느낌이 들었다. "프랭크, 아이다 심스가 누군지 아나?" 신중한 표정으로 나를 바라보던 월터가 입을 열었다. 그는 윗입술로 아랫입술을 지그시 눌렀다. 표정을 보니 냉정을 되찾으려는 기색이 역력했다. 지금부터는 오로지 확실한 사실에 기초해 얘기를 진행하겠다는 의지를 드러내고 있었다. 아마 더이상 감정에 휘둘려서는 안 되겠다고 판단한 듯했다.

"어디서 들어본 이름 같긴 한데 잘 모르겠는걸?"

"작년에 모든 신문에 그 여자 사진이 실렸어. 1940년대 헤어스타일을 한 노부인이었지. 광고처럼 보이기도 했어. 그런데 알고 보니 실종된 여자였던 거야. 줄을 맨 푸들 두 마리를 데리고 펜실베이니아 역에서 내린 후부터 그녀를 본 사람은 아무도 없었다고 하더군. 그러니까 가족이 신문에 사진을 실어서 혹시 목격한 사람이 있으면 연락을 달라고 한 거지. 행방을 아는 누군가가 제발 나타나주길 간절히 기원하면서." 월터가 머리를 세차게 흔들었다. "정신적으로 문제가 있어서 병원에 입원시켰는데 혼자 몰래 빠져나왔다는 거야. 그러니 가족 입장에서 아무래도 불안할 수밖에 없지. 우울증이 도져 자해를 할지도 모르니까."

월터가 파란 눈동자를 반짝거리며 하도 뚫어지게 쳐다보는 바람에 나는 어쩔 수 없이 블록 아일랜드 지도로 눈길을 돌려야만 했다. "하지만 사람 일은 아무도 모르는 거야. 십 년 동안이나 사라졌다가 어느 날 갑자기 세인트피터즈버그의 선샤인 스카이웨이에 아무 일도 없었다는 듯 떡하니 나타날 수도 있잖나."

"물론 그럴 수 있지." 월터가 다리로 시선을 떨어뜨리며 계속 말을 이어갔다. "우린 그 일에 대해 많은 얘기를 나눴어. 욜란다와 나 말이야. 욜란다는 그 사진이 퇴폐업소를 운영하는 사기꾼 같은 놈들이 만들어낸 가짜라고 하더군. 하지만 난 그렇게 생각하지 않았어. 물론 사진 속의 여자를 모르기는 나나 욜란다나 마찬가지였지만 말이야. 여기 그 사진이 있네. 전형적인 어머니의 모습 아닌가? 1940년대에 유행한 구식 헤어스타일하며 척 보면 흔히 볼 수 있는 평범한 어머니의 모습이야. 한번 자세히 보게. 겁먹은 미소가 곧 자신에게 닥칠 위험을 예감한 것 같지 않아? 그래서 난 욜란다에게 가짜 사건으로 생각해서는 안 된다고 말해줬어. 무슨 말인지 알겠나?"

"응." 사실 나는 그 사진을 스무 번 이상은 봤다. 누구 머리에서 나온 아이디어인지는 모르겠지만 그 사진은 〈타임스〉의 부고 기사 다음에 이어지는 스포츠 난에도 올라와 있어서 어김없이 눈에 들어왔던 것이다. 당시 나는 그 사진을 보면서 만약 아이다 심스라는 이름이 성매매업소의 상호가 아니라면 누군가 자기 어머니 사진을 이용해 광고를 하는 게 아닐까 생각했다. 물론 그 사진은 곧 잊어버리고 트레이드 소식이 실린 스포츠 기사로 눈을 돌리긴 했지만.

"그러던 어느 날," 월터가 입을 뗐다. "나는 신문을 보다가 혼잣말로 이렇게 말했지. '이 불쌍한 여자는 어디에 있을까?' 그러자 욜란다가 예의 그 태도로 이렇게 말하더군. '여자는 없어, 월터. 그저 사기꾼 같은 놈들이 지어낸 거라고. 내 말을 믿을 수 없다면 직접 전화해서 확인해줄 수도 있어.' 난 그러지 말라고 했지."

"그래서 어떻게 됐나? 말해봐."

"하지만 욜란다는 결국 전화를 걸었고 한 남자가 그 전화를 받았어. 욜란다는 '전화 받으신 분은 누구죠?' 하고 물었어. 그 남자는 이렇게 말한 것 같더군. '저는 심스라고 합니다. 혹시 제 아내 소식을 알고 계신가요?' 욜란다가 말을 받았어. '아뇨. 하지만 정말 실종 사건이 맞는지 알고 싶어서요.' 남자의 대답은 이랬지. '실종됐어요. 2월부터 나타나질 않아요. 정말 걱정돼 미치겠군요. 찾아주시면 보답하겠습니다.' 욜란다는 그냥 이렇게만 말했어. '미안해요, 저도 아는 바가 전혀 없군요.' 그러고는 전화를 끊어버린 거야. 이게 욜란다가 그 핏콕이란 놈하고 떠나기 육 주일 전에 있었던 일이라네." 마치 라이플총으로 상대를 조준하는 것처럼 월터의 눈이 가늘어졌다.

"그게 대체 뭐가 문제란 거지?"

"너무 냉소적이라는 거야. 내가 하고 싶은 말은 그거야."

"자네 너무 까다로워진 거 아닌가?"

"그럴지도 모르지. 하지만 나도 어쩔 수 없어. 한 불쌍한 여자는 어딘가로 실종돼버려 누구도 소식을 몰라. 그런데 사람들은 모두 그 사진이 퇴폐업소 광고네 뭐네 하면서 농담만 해대는 거야. 난 사람들의 그런 태도가 너무나 싫어."

"세상엔 별의별 일이 다 있잖나." 참으려 했지만 입에서 하품이 터져나왔다.

월터가 갑자기 탄원하는 표정으로 나를 쳐다봤다. "그래, 자네 말이 맞아. 하지만 내가 그 얘기를 워런에게 했을 때 그는 매우 비극적인 일이라고 말했어. 누구도 그 가족에게 위안이 될 소식을 전해주지 않았다는 건 부끄러운 행동이라고까지 말했다고. 설사 그것이 사망했다는 소식일지라도 말이야."

"글쎄, 과연 그럴까?"

"내 말이 맞아. 우린 모두 죽을 운명을 갖고 있지. 그렇다면 죽음도 그리 비극적인 일은 아니야. 정말 나쁜 행동은 심술궂고, 냉소적이고, 무관심한 태도야. 욜란다 같은 사람이 단지 호기심을 해소하려고 그 불쌍한 가족에게 전화를 걸고 있어. 이게 말이 돼?"

"그래, 알았어."

"미안하네, 프랭크. 내 말에 너무 신경 쓰지 마. 그런데 아직 할 말이 남았어. 뭐 곤란한 얘긴 아냐."

하지만 월터의 말을 어떻게 더이상 들어줄 수 있단 말인가? 그가 들려줄 얘기는 산업훈련 관련 다큐멘터리나 물리학 강의만큼 지루할 것이 뻔했다. 설사 흥미 있는 주제라 하더라도 내가 이해할 수 없는 얘기라면 어떻게 귀를 쫑긋 기울일 수 있겠는가? 공적인 문제가 아닌 개인의 사적인 얘기라면 아무런 흥미도 없었다.

"그건 우정 같은 것이었어, 프랭크." 침울한 표정으로 월터가 말했다. "믿어줄진 모르겠지만. (대체 내가 두 사람의 관계에 대해 뭐라고 말할 수 있겠는가?) 자네에게 내 감정을 제대로 전하지 못한 것 같아. 내가 아는 건 그가 이렇게 말했다는 것뿐이야. '죽음은 비극이 아닙니다.' 선뜻 이해가 안 되는 말이었지. 나는 그냥 이렇게 대꾸했어. '여기에서 나갑시다.' 한눈에 반한 여자한테 말하듯이 말이야. 둘 다 충격 따위는 받지 않았어. 우린 퍼니큘러에서 나온 다음 택시를 타고 시내로 향했지."

"아메리카나 호텔을 선택한 특별한 이유라도 있었나?" 하지만 궁금해서 던진 질문은 결코 아니었다. 그저 월터의 옷깃을 움켜잡고 밖으로 내던지고 싶은 마음뿐이었다.

"늦게까지 일하는 직원을 위해 워런의 회사에서 미리 예약해둔 방이 있다고 하더군. 그런 용도의 방을 이용했으니 좀 웃기지?"

"어쨌든 둘만의 장소가 필요했을 테니까."

"지금 생각해봐도 웃기긴 해. 월스트리트에 근무하는 두 남자가 아메리카나 호텔로 들어간다? 자네도 가끔 자신이 저지른 바보 같은 행동에 실소한 적이 있을 거야, 그렇지?" 월터는 힘겹게 말을 이어나갔다.

"그래, 앞으로 어떻게 할 셈인가? 워런인가 뭔가 하는 그 사람을 계속 만날 거야?"

"그야 나도 모르지. 아마 만날 일은 없을 거야. 그 사람은 뉴펀들랜드에서 잘 살고 있으니까. 사실 결혼은 영속성이라는 신화 위에서 있는 제도라고 나는 생각해. 하지만 내겐 바로 여기, 그리고 현재라는 시간이 중요할 뿐이야." 월터가 코를 훌쩍였다. 월터가 대체 무슨 얘기를 하는 건지 짐작조차 되지 않았다. 차라리 스와힐리

어로 게티즈버그 연설문을 낭송해주는 편이 나으련만. "하지만 워런의 생각은 나와 달랐어. 뭐 별 문제는 아니지. 어쨌든 내가 다른 사람과 비슷한 생각을 하며 살아야 하는 건 아니니까. 솔직히 말해 난 인생에서 그 누구와도 가깝게 지낸 적이 없어. 욜란다가 그랬고 아버지, 어머니도 그랬지. 그저 겁이 많은 오하이오 주 농장 출신의 어린아이였을 뿐이야." 월터는 잠시 말을 멈추더니 오하이오 주 출신 어린이다운 미소를 지어 보였다. "난 사람들이 영원하다고 믿는 결혼이란 비즈니스를 그만뒀네. 왜냐하면 결국 결혼은 죽음에 대한 공포를 그 바탕에 깔고 있는 셈이니까. 아마 자네도 알 거야. 물론 결혼은 매우 거대한 비즈니스지. 하지만 난 갑자기 죽는다 해도, 또 그로 인해 모든 게 엉망이 된다 해도 전혀 두렵지 않아. 자넨 어떤가?"

"솔직히 좀 떨리는걸."

"자네 생각은 어떤지 한번 얘기해줘."

"난 아직 그 영속성이란 개념에서 벗어나지 못한 것 같군. 전통적인 사고방식에 젖어 있다고나 할까. 그렇다고 자네 생각이 틀리다는 말은 아니야. 정말이야."

바로 이때 월터는 기대하지 않은 좋은 소식을 들었다는 표정으로 나를 바라봤다. 이어 마치 지나가버린 과거처럼 이젠 어두침침해진 긴 복도를 응시하듯 슬퍼 보이는 파란 눈을 가늘게 치켜떴고 그런 눈으로 약 삼십 초간 나를 가만히 쳐다봤다. 난 그가 뭘 보는지, 뭘 보려 애쓰는지 정확히 알 수 있었다. 이따금 나도 똑같은 걸 보려고 열심히 노력했던 적이 있었기 때문이다. 전처와 함께, 전처가 나를 영원히 떠나기 이전에.

그가 찾는 것은 바로 자기 자신이다! 월터 러켓도 나처럼 약간 구식인 사고방식을 갖고 있다면 좋으련만. 그럼 월터가 처한 작금의 상황도 더이상 악화되진 않을 것이다. 경위야 어찌 됐든 월터는 결과적으로 어딘지 분간도 되지 않는 음습한 곳에 자기 자신을 몰아넣고는 과연 혼자의 힘으로 자신을 구원할 수 있는지 궁금해하고 있었다. (그러나 비록 부주의한 면이 있긴 해도 월터는 기본적으로 사리분별력이 있는 성인이다. 미지의 대상을 맹목적으로 추구하는 사람은 아니다.)

"프랭크." 자세를 고쳐 앉은 후 어색하게 고개를 젓던 월터가 만면에 미소를 띠며 입을 열었다. "혹시 누군가가 자네를 강제로 낚아채 저 먼 곳으로 데려가주길 바란 적은 없었나?"

"수도 없이 많았지. 내가 이 직업을 택한 이유 중 하나도 바로 그거야. 비행기를 타고 떠돌아다니는 일은 이제 일상이 됐지. 오늘도 여행을 다녀오는 길이야."

"오늘 자네 집에 왔을 때 처음 느낀 점이 바로 그거였네. 그 집사가 나를 안으로 들여보내기 전까지 난 하릴없이 여기저기 기웃거리며 자네를 기다렸어. 갈 만한 곳은 아무데도 없다고 느꼈지. 난 엄청난 혼란의 소용돌이 한가운데에 빠져버렸고 상황은 갈수록 악화된다고만 생각했어. 하지만 어릴 적엔 그랬잖아, 어디든 갈 수 있을 거라고. 물론 책임감에 시달릴 필요도 없었고 말이야."

"맞아, 좋은 시절이었어." 하지만 정작 난 대학 시절을 떠올렸다. 화려했던 날들, 위스키와 카드 게임, 그리고 여자.

"오늘밤 여기로 오기 전엔 나를 둘러싼 모두가 시시하고 의미 없다고 생각했어."

"자네가 찾아와줘서 반가웠네."

"나도 그래. 어쨌든 자네 덕분에 기분이 한결 나아졌어. 대화란 역시 좋은 거야. 갑자기 어떤 새로운 기회가 다가온다는 느낌이 드는군. 그런데 프랭크, 혹시 오리 사냥 해본 적 있나?" 월터가 환한 얼굴로 물었다.

"아니."

"그럼 나와 함께 오리 사냥을 해보는 건 어때? 나한테 여러 종류의 총이 있거든. 어제도 깨끗이 닦아뒀다네. 마음에 들면 하나 가져도 좋아. 코숙턴엔 우리 가족도 살고 있으니 겸사겸사 인사도 하고. 돌아오는 가을쯤이 좋겠군. 오하이오 강은 정말 멋진 곳이라네, 어렸을 때는 하도 많이 돌아다녀서 안 가본 곳이 없을 정도야. 최근엔 못 가봤지만 조만간 들러볼까 해. 우리 가족도 이젠 나이가 많이 들었지. 자네 가족도 그렇겠지? 부모님은 어디에 계셔?"

"모두 돌아가셨어, 월터."

"아, 그렇군. 누구나 언젠간 다 그렇게 되지. 그래, 괜찮겠어?"

"뭐가 말인가?"

"이번 여름에 시간이 괜찮으냐고." 월터의 표정은 한결 밝아져 있었다. 하지만 난 그가 어서 돌아가기만 바랐다.

"여름엔 아이들과 함께 이리 호수에 갈 생각이야." 내가 어떤 계획을 갖고 있건 대체 무슨 상관이란 말인가? 하긴 지금 월터에겐 하나하나가 중요하게 여겨질지도 모른다.

"그거 아주 좋은 생각 같아."

"지금 막 떠오른 계획이야. 그건 그렇고 오늘은 하루가 무척 길게 느껴지는군."

"프랭크, 여기에 올 때까지만 해도 난 절망에 가득 차 있었어. 모든 게 부질없다고 느꼈지. 하지만 지금은 아냐. 뭘 하면 좋을까? 나와 같이 나가서 달걀 요리라도 먹겠나? 1번 도로에 아주 괜찮은 식

276

당이 하나 있어. 거기에서 식사라도 할까?" 월터는 주머니에 손을 찌른 채 자리에서 일어나더니 구두로 바닥을 툭툭 건드렸다.

"아니, 지금 내게 필요한 건 잠이야. 자넨 소파에서 자든지 말든지 좋을 대로 해."

월터는 콜트 잔을 들고 다시 한번 감탄스런 눈길로 쳐다보더니 곧 잔을 내게 넘겼다. "차를 타고 잠깐 드라이브나 해야겠어. 그럼 기분이 더 나아지겠지."

"그럼 문을 열어두지."

"알았어." 월터가 껄껄 웃으며 말했다. "프랭크, 우리 집의 여분 열쇠를 자네에게 주겠네. 갑자기 어딘가로 사라지고 싶다는 생각이 들 때도 있을 거야. 그때 우리 집이 필요하다면 언제든 와도 좋아."

"잠시 집이라도 비울 생각인가?"

"그럴지도 모르지. 하지만 그거와 상관없이 문득 세상에서 사라지고 싶다는 생각이 들거든 부담 갖지 말고 우리 집으로 와." 월터가 집 열쇠를 건넸다. 그가 왜 내가 이 세상에서 사라지고 싶다는 생각을 할 수도 있다고 믿는지 이유를 알 수 없었다.

"자넨 참 친절한 사람이야." 월터의 집 열쇠를 주머니에 집어넣으며 내가 말했다. 그리고 이만 나가달라는 의미로 미소를 지어 보였다.

"프랭크." 내 이름을 부른 월터는 전혀 뜻밖에도, 그리고 미처 손을 쓸 겨를도 없이 내 볼을 붙잡고는 키스를 퍼부었다, 키스를! 아무 말도 나오지 않았다. 나는 힘껏 월터를 밀쳐낸 후 외쳤다. "무슨 짓이야, 월터!"

얼굴이 붉어진 월터가 멍한 눈길로 나를 바라봤다. "그래, 그래. 알았어." 월터의 의도가 뭔지 알 순 없었지만 나는 불쾌하기 짝이 없었다. 월터에게 키스를 당하다니! 아무리 우리 집이 편하게 여겨졌다 해도 이는 있을 수 없는 일이다.

월터는 눈을 깜박거리며 우두커니 서 있었다. "내가 점차 자제력을 잃어가는군, 그렇지?"

"그만 가봐, 월터." 나는 역정을 냈다.

"그래. 알았어." 월터는 이내 백전노장처럼 여유 있는 미소를 띠고는 발길을 돌려 문밖으로 나섰다.

잠시 후 월터의 차가 출발하는 소리가 들렸다. 헤드라이트를 켜고 부르릉 소리를 내며 거리로 나서는 차가 창밖으로 내다보였다. 월터는 경적을 몇 번 짧게 울리더니 곧 커브 길을 돌아 시야에서 사라졌다. 집에 도착하면 월터는 분명 전화를 걸어올 것이다. 나는 전화선을 뽑아버린 다음 과거 아내가 집에 없을 때면 늘 그랬듯 카탈로그 한 장을 손에 든 채 옷 입은 그대로 소파에 몸을 눕혔다. 이런 행동은 세상에 지친 마음을 편안하게 해주는 작은 행복이자 특권이다. 나는 마음속으로 중얼거렸다. '전화하지 마, 월터. 난 지금부터 잠을 잘 거야, 달콤한 꿈을 꾸면서. 전화하지 마, 우정이란 살다보면 어쩔 수 없이 하게 되는 거짓말일 뿐이라고. 그러니 전화하지 마.'

랠프가 죽고 나서 육 개월간, 내가 몽롱한 상태로 허우적거리던 그때, 나는 우편으로 각종 카탈로그를 수집하기 시작했다. 처음 삼 개월 동안엔 최소한 마흔 개 이상의 카탈로그가 우리 집에 배달될 지경에 이르러 결국 새로 도착할 카탈로그를 위해 우편함을 바꿔야 할 정도였다. 전처는 처음엔 별로 신경 쓰지 않았지만 나중엔 나만큼이나 관심을 갖게 됐다. 그 기간 동안 우리는 적어도 일주일에 한 번은 일광욕실이나 식탁에 자리를 잡고 화려한 컬러를 뽐내는 카탈로그들을 뒤적이며 원하는 물품이 있는 페이지를 접어놓거나 매직펜으로 표시를 해나갔다. 또 혹시 필요할지도 모른다는 생각에 무료 주문 전화번호를 메모해놓기도 했다. (심지어 주문할 경우에 대비해 신용카드 번호까지 적어놓았지만 실제로 주문한 제품은 소수에 불과했다.)

염색한 아기 토끼 사진, 개목걸이, 아프리카 여행에 어울릴 법한 수화물 가방, 독신여성과 함께 떠나는 외국 탐방, 모든 날씨와 다양한 모임에 어울리는 외출복은 물론 희귀도서, 레코드, 이색적인 수공구, 이탈리아 제 잔디 장식품, 꽃씨, 총기, 성인용품, 해먹, 바람개비, 바비큐 요리 도구, 이국적인 애완동물, 스퍼틀* 등 카탈로그 종류는 무궁무진했다. 당시 나는 거의 모든 종류의 카탈로그를 갖고 있어서 원하는 물품이 있을 때는 언제든 즉시 주문할 수 있었다.

한동안 전처와 나는 카탈로그를 통해 구매욕을 충족하는 행위야말로 우리 상황에 딱 맞는 생활방식이라고 믿었다. 우리는 필요한 물품을 찾으려고 뉴욕이나 하담의 번잡한 쇼핑몰에서 시간을 허비하기보다는 카탈로그를 이용해 구매하는 것이 더 낫다고 생각하는 부류에 속했다. 실제로 우리가 아는 많은 사람들도 우리와 똑같은 방식으로 구매를 하고 있었는데 이는 카탈로그를 이용할 경우 용도에 딱 맞는 제품은 물론 구하기 힘든 제품도 살 수 있다는 장점이 있기 때문이다. 주위로 눈을 돌려봐도 해먹이나 스모킹 재킷을 비롯해 바비큐용 장갑이라든가 해적이 약탈한 보물함 모양의 우편함 등 포장을 풀어봐야만 알 수 있는 온갖 물품을 배달하려고 거리를

---

* 스코틀랜드에서 유래한 주방 도구.

질주하는 UPS 트럭을 매일같이 발견할 수 있다.

하지만 내가 카탈로그를 일일이 뒤적거려가며 네브래스카에서가 아니면 구하기 힘든 진귀한 스크루드라이버나 병따개를 주문하는 까닭은 단순히 구매의 용이성 때문만은 아니었다. 카탈로그에 표현된 인생이 아주 매력적으로 보였기 때문이다. 나는 이국적으로 보이는 카탈로그 속의 물건들과 사랑에 빠졌다. (하지만 실제 배달된 물품들을 살펴보면 항상 이국적이진 않았다.) 카탈로그에 실린 선량한 얼굴의 미국인이 마음에 들었다. 나는 낚싯대를 들고 있거나, 새로운 스크루드라이버로 발전기를 고치고 있거나, 새들 옥스퍼드 신발을 신고 있거나, 혹은 울로 만든 잠옷을 입고 있는 미국인의 모습을 좋아했다. 친숙해 보이는 벽돌난로나 덮개 딸린 침대를 배경으로 서 있는 사람들의 모습을 보고 있노라면 내 인생 밖에 존재하는 다양한 삶이 여전히 평안하게 잘 돌아가고 있구나 하는 묘한 안도감이 슬며시 밀려들었다. 벽난로에 불을 지피려고 점화 막대기를 들고 있는 남자와 여자의 표정은 누가 봐도 행복하기만 했다. 사진 속의 세상에선 모든 것이 예측 가능하고 안전하며 건강했고, 필요한 것이 있다면 뭐든 손에 넣을 수 있었다. 카탈로그 속의 세상이야말로 건조한 현실이 어떻게 따뜻하고 부드러운 신비로움으로 바뀔 수 있는지 보여주는 완벽한 사례였던 것이다.

가끔 전처와 나는 아무런 대화도 없이(화가 났다거나 부부싸움을 해서가 아니었다) 저녁 바람을 맞으며 가만히 앉아 있곤 했는데 그럴 때면 아주 희미하나마 완벽한 일상으로 돌아온 느낌을 받았다. 심각한 문제라곤 오직 핼러윈데이까지 마음에 드는 적당한 옷을 구할 수 있을지, 최고급 매트를 손에 넣을 수 있을지, 아니면 트럭에 깔린 당신의 개를 친구들이 무사히 구해낼 수 있을지 정도밖에는 없는 잔잔하고 평범하기 그지없는 일상 말이다.

우리는 위로를 받을 수 있을 만한 곳에서 위로를 찾는다. 하지만 그런 위로를 찾을 수 있는 곳은 이렇다 할 정당한 이유도 없이 한 생명이 종언을 고하고 만, 그래서 몽롱함과 침묵이 무겁게 감도는 이 크고 오래된 집은 최소한 아닐 거라고 나는 생각했다. (그렇다고 버몬트나 위스콘신, 시애틀 같은 다른 도시로 옮기고픈 마음은 없었다. 그래봤자 달라질 일은 없을 것이기에.)

이후 나는 다른 여자들에게 점점 더 많은 관심을 쏟았고 전처는 전처대로 아들을 잃은 상실감을 달래고자 무슨 일에든 열심히 매달렸다. 그렇게 수개월이 지난 어느 날, 강의 때문에 버크셔 대학에 머물던 나는 학교 측에서 임대해준 숙소에 앉아 이전부터 해온 일, 즉 카탈로그를 뒤적이며 신중히 제품을 고르는 일에 몰두하고 있었다. (카탈로그는 교수실에도 가득했다.) 그때 나는 값비싼 사냥 도구들을 살펴보던 참이었는데 해당 제품을 생산하는 회사는 내가 있는 곳에서 백삼십 킬로미터밖에 떨어지지 않은 뉴햄프셔 주 화이트 마운틴 바로 아래쪽에 있었다. 그날 밤엔 숙소와 가까운 학교 언덕에서 학생 몇 명이 노래를 부르고 있었고 그 노랫소리와 더불어 싱그러운 사과 냄새 역시 창문을 넘어 내 방으로 들어왔다. 나는 카탈로그에 나온 소풍용 바구니들의 크기를 꼼꼼히 비교하다가 카탈로그와 함께 동봉돼 있던 흑백 전단지를 집어 세관을 통과한 물품 목록을 쭉 읽어 내려갔다. 잠시 후 나는 간편한 휴대용 손전등과 발목 보호용품에 생각이 미쳐 다시 카탈로그로 눈길을 돌렸다. 바로 그 순간 내 눈은 정확히 카탈로그의 88페이지에 가서 딱 멈췄다. 익숙한 얼굴이 눈에 들어왔던 것이다.

아, 얼마나 많은 시간이 흐른 것일까? 백 번도 넘게 봤을 반쯤 가늘게 감은 눈과 명랑한 미소가 88페이지에서 빛나고 있었다. 발라클라바* 모자를 쓰고 대만제 실크 속옷을 입은 그 모델의 눈은 내게 무척 익숙했다.

이미 어둑어둑해진 학교 언덕에서는 〈스카버러의 추억〉을 부르는 노랫소리가 들려왔고 근처 느릅나무와 사과나무 냄새도 창문을 통해 사정없이 밀려들었지만 나는 거기에 신경 쓸 여유가 없었다.

정신을 차리고 카탈로그의 나머지 페이지를 재빨리 넘겨보니 민디 레빈슨이 곳곳에서 내게 미소 짓고 있었다. 긴 갈색 머리, 모호한 미소, 어깨에 걸친 스웨덴 제 앙고라 재킷…… 버몬트 주의 한 농가로 보이는 곳에서 해리스 트위드 사의 캐주얼 재킷을 입고 오만한 포즈로 서 있는 사진도 있었다. (민디는 유대인이지만 사진으로는 전혀 그렇게 보이지 않았다.) 오스트리아에서 수입한 모자를 쓴 화보에선 잘못을 뉘우치는 듯한 표정을 짓고 있는가 하면, 멋진 뉴햄프셔 주방을 배경으로 오리머리 모양 점화기를 든 채 불꽃을 쳐다보고 있거나, 토끼털 모자를 쓴 아이들 여러 명과 찍은 사진도 실려 있었다.

민디는 내가 대학 시절에 사귄 첫번째 여자로, 당시 우린 종종 수업을 빼먹고는 로열오크에 있는 민디의 집으로 가서 며칠이고 같이 침대에서 뒹굴곤 했다. 헤밍웨이를 주제로 한 여행에 나를 따라나서서 반딧불이 아름다운 왈룬 호수**에서 멋진 시간을 함께했던 여자가 바로 민디였다. 하지만 이후 민디는 부동산 개발업자인 스펜서 카프란 남자와 결혼했고 부모가 사는 디트로이트의 교외 지역 헤이즐 파크에 가정을 꾸렸다. 그리고 내가 대학을 졸업하기

---

* 어깨까지 덮는 털실 모자.
** 미시간 주에 있는 호수. 헤밍웨이의 유년기 여름 별장이 있음.

도 전에 아이를 가졌다.

　친근하고 따뜻한 미소를 띤 얼굴, 전혀 기대하지 않았던 과거의 얼굴을 내 눈으로 보는 순간 나는 너무나 놀라 카탈로그만 멍하니 바라볼 수밖에 없었다. (이는 자주 겪는 경험이 아니다.) 여기 그토록 자주 나를 위해 환히 웃어준 민디의 미소가 있다. 만약 내가 로스쿨에 진학해 뉴햄프셔에서 법률사무소를 열었다면, 그래서 아내에게 고급 의상실도 마련해줄 수 있었다면 아마 그녀와 함께 멋진 인생을 살았을지도 모른다. 한 줌의 소외감도 느낄 필요가 없고 한밤중에 가슴이 쿵쿵 뛰는 경험을 하지 않아도 되는 근사한 인생, 모든 성인이 꿈꾸는 동화 같은 인생을 말이다.

　민디와 스펜서 카프는 어디에서 살고 있을까? 민디는 왜 유대인처럼 보이지 않는 걸까? 그녀는 여전히 디트로이트에 살고 있을까?

　나는 즉시 수화기를 들고 이십사 시간 무료통화 번호로 다이얼을 돌렸다. 졸음에 겨운 상담원의 목소리가 들리자 나는 토끼털 모자 사진이 나와 있는 페이지 숫자를 불러주며 물품 세 개를 주문했다. 그리고 신용카드 번호를 알려줄 즈음에 광고에 나온 여자가 이상하게 낯이 익다면서 아무래도 입양기관에서 헤어진 누이 같아 보인다고 자연스럽게 말을 붙였다. 그러면서 혹시 해당 회사에서 지역 주민을 모델로 쓰기도 하는지 물어봤다. "네." 상담원의 대답은 딱딱하고 간단했다. 그럼 혹시 이 광고에 나온 사람이 누구인지 아느냐고 물어보자 잠시 침묵이 흘렀다. "저는 자세히 모릅니다." 이번엔 의심스러워하는 대답이었다. "구매하실 물건은 이게 전부인가요?" 나는 사야 할지 말아야 할지 좀더 고민해보겠다고 대답한 후 전화를 끊었다.

　창문 너머에 있는 단풍나무와 오크나무, 그리고 햇빛에 노랗게 물든 계곡을 응시하며 난 잠시 생각에 잠겼다. 밖에서 들려오던 노 랫소리는 〈스카버러의 추억〉에서 〈마이클, 해변으로 노를 저어요〉, 그리고 우연의 일치였겠지만 〈기억해봐요〉란 노래로 서서히 바뀌 어갔다. 우연치고는 참 신기하다는 생각과 함께 난 들려온 노래의 제목처럼 과거를 기억해내려 애썼다. 민디에 대해, 그리고 아주 오 래전 앤아버에서 민디와 함께했던 시간에 대해. 검은 발라클라바 모자 안쪽에서 반짝이던 갈색 눈과 유대인 같지 않은 그 미소가 마 음에 잔잔한 파문을 일으켰다.

모름지기 난해한 미스터리를 풀기 위해선 면밀한 조사가 필요 한 법이다. 기초 조사만으로 쉽게 해결할 수 있는 미스터리란 흔치 않다.

나는 다음날 새벽 일찌감치 일어나 카탈로그를 발행한 상점을 직접 찾아가 광고 모델로 등장한 여자가 누구인지 점원에게 단도 직입적으로 물어봤다. 그리고 괜한 의심을 피하기 위해 광고 모델 이 아무래도 베트남 전쟁포로 수용소에서 헤어진 후 소식이 끊긴 옛 대학 동창의 부인 같다는 설명을 덧붙였다.

점원은 광고에 나오는 여자의 이름은 민디 스트레이혼이며 시내 에서 치과병원을 운영하는 피트 스트레이혼 박사의 부인이라고 친 절히 알려줬다. 따라서 병원을 방문하기만 하면 그 의사가 당신의 친구가 맞는지 금방 알 수 있을 거라고 하면서, 나 말고도 광고 모 델이 옛 친구 같다며 찾아오는 사람이 제법 되지만 모두 착각으로 밝혀졌다는 정보까지 귀띔해줬다.

황급히 상점을 빠져나온 나는 바로 병원으로 가는 대신, 길 건너 편 지프차 대리점 앞에 있는 공중전화 부스로 달려가 숨도 쉬지 않 고 민디에게 전화를 걸었다. (래플스 가에 있는 스트레이혼의 병원이 맨눈으로도 보였기 때문이다.)

"프랭크 배스컴?" 혼잡한 지하철에서도 금방 알아챌 수 있을 정도로 민디의 목소리는 쾌활하기 그지없었다. "세상에. 내 전화번호는 대체 어떻게 알아낸 거야?"

"카탈로그에서 봤어."

"아, 그렇구나." 민디는 웃긴 했지만 약간 당황한 듯했다. "웃기지 않니? 난 옷을 싸게 구입하려고 모델을 했을 뿐인데 피트는 영 마뜩찮은가봐."

"좋아 보이더라."

"정말?"

"물론이지. 예전보다 더 예뻐진 것 같아, 훨씬 더."

"스펜서와 결혼한 다음에 코 성형 수술을 했거든. 스펜서가 마음에 들어하지 않아서 말이야. 어쨌든 보기 좋다니 고마워."

"스펜서와는 어떻게 됐지?"

"이혼했어. 형편없는 놈이었잖아, 알면서." (당연히 알고 있었다.) "여기에서 십 년째 살고 있어. 멋진 치과의사와 결혼했지. 덕분에 치아가 정말 튼튼해. 아이들도 있고."

"그래, 아주 잘 사는 것 같군. 모델까지 하고 말이야."

"그게 그렇게 대단한 일인가? 참, 넌 어때? 지난 십칠 년 동안 많은 일이 있었을 것 같은데."

"그야 그렇지." 내가 말했다. "하지만 별로 얘기하고 싶진 않아."

"알았어."

지프차 대리점에 주차한 체로키와 아파치 자동차 두 대가 뉴잉글랜드의 햇살을 날카롭게 반사했고 그 바람에 차에서 뿜어져나온 붉은색과 은색이 내 눈을 아프게 찔렀다. 곧 겨울이 다가올 것이다.

이 지역의 고도를 감안하면 산은 이미 붉은색과 노란색으로 서서
히 물들고 있을 것이다. 내키진 않지만 나는 곧 학생들을 상대로 강
사 생활을 해야 한다. 새로운 시작의 순간이 다가오는 것이다. 하지
만 그 전에 민디 레빈슨 카프 스트레이혼을 꼭 만나고 싶었다. 그동
안 많은 것이 바뀌고 변했지만 민디가 과거의 민디라면 나 역시 과
거의 나로 돌아갈 수 있다.

"민디?"

"응."

"정말 보고 싶어."

"그래 언제가 좋아?"

"십 분 안에 올 수 있어? 지금 네가 사는 곳에 있어. 일이 있어 가
는 길에 들렀지."

"십 분? 좋아. 우리 집은 찾기 쉬워. 위치를 알려줄게."

이후 민디와 만난 시간은 비록 얼마 되지 않았지만 내가 기대했
던 대로 달콤한 시간이었다. (그렇다고 당신이 생각하는 그런 일은
일어나지 않았다.) 나는 서둘러 민디의 집으로 차를 몰았다. 민디
의 집은 새로 개축한 농가주택으로 담에 덩굴이 쳐져 있고 헛간 같
은 별채가 많았으며 하늘이 그대로 비치고 거위가 수영하는 호수
까지 갖추고 있었다. 각각 열 살과 여덟 살로 보이는 어린 꼬마들과
열일곱으로 보이는 큰딸이 엄마와 함께 떠나는 나를 복도 끝에서
가만히 쳐다봤다. 민디와 나는 내 차를 타고 서나피 호수를 향해 달
렸다. 호수로 가는 동안 나는 전처와 랠프 등 가족에 대한 얘기를
해준 뒤 잠깐 소설을 쓰다가 지금은 스포츠 기자로 활동하고 있으
며 한동안 강의도 하게 될 거라고 근황을 말해줬다. 내 얘기에 그리
관심 있어 보이진 않았지만 민디는 미소 띤 얼굴로 귀를 기울여줬

다. (이는 내가 기대했던 그대로였다.) 민디 역시 스펜서 카프와 현재의 남편, 그리고 아이들에 관한 소식을 말해주면서 자신이 살고 있는 '북쪽 지역' 사람들의 일반적인 성향에 만족한다는 말을 덧붙였다. 또 이 세상은 나아지기보다는 오히려 타락하는 쪽으로 변해왔다면서 다시 디트로이트로 돌아갈 일은 절대 없을 거라고도 말했다. 고속도로를 달릴 때 민디는 처음엔 말도 별로 하지 않고 차 문에 바짝 다가앉아 경계하는 자세를 취했고 관광 가이드처럼 말투와 어조도 건조하기만 했다. 아마 내가 이젠 구닥다리가 된 추억을 미끼로 안정적으로 돌아가는 자기 세계를 파괴하러 온 것이 아닐까 생각한 듯했다. 하지만 내가 단 몇 시간만이라도 같이 있고 싶은 순수한 감정으로 찾아왔을 뿐, 콩코드로 가는 길에 있는 한 허름한 모텔로 자신을 끌고 갈 생각이 결코 없다는 것을 확인하고는(과거엔 그렇게 하곤 했다) 본래의 모습으로 돌아가 활짝 웃으며 남은 만남의 시간을 즐겼다. 그러다 결국엔 그녀를 알아볼 수 있는 사람이 거의 없을 정도로 멀리 떨어진 곳에 이르러서야 간간이 나를 안거나, 어깨에 머리를 기대거나, 심지어 키스까지 해왔다. 민디는 내가 찾아온 사실을 남편 피트에겐 알리지 않을 거라면서 그래야 이 만남을 짜릿한 추억으로 간직할 수 있지 않겠느냐고 웃으며 말했다. 그런 그녀에게 내가 어떻게 키스해주지 않을 수 있단 말인가.

나는 민디와 함께 드라이브와 대화만 즐긴 뒤 차를 몰고 다시 민디의 집에 도착했다. 민디는 카탈로그에 나오는 박하 색깔의 던들식 스커트*를 입었는데 차에 앉으면 그 치마 위로 멋진 무릎이 드러났다. 민디는 사진보다 실물이 훨씬 더 예뻤다. 하지만 지금도 내

---

* 알프스 산간지방의 여성용 민속의상에서 유래한 스커트. 화려한 자수와 프린트 무늬가 특징임.

가 기억하는 민디는 카탈로그 사진 속의 민디다. 계절별로 찍은 사진 속에서, 또 화사한 옷을 입고 찍은 사진 속에서 민디는 언제나 완벽한 미래를 상징하는 하나의 이미지로 기억에 남을 것이다.

코네티컷과 그림엽서처럼 아름다운 버몬트를 지나 버크셔 대학으로 돌아가는 길 내내 나는 전보다 기분이 더 나아져 있었다. 결혼 생활을 되돌아보면 그 결말과 상관없이, 완벽한 인생을 구현하기엔 나 자신과 전처 모두 너무나 메말랐고 각박했다. 카탈로그를 보며 내가 느꼈던 문자 그대로 완벽한 삶을 나는 민디와의 만남을 통해 목격한 듯했다. 나는 내 느낌을 솔직하게 표현했고 바로 그런 내 모습을 보고 민디는 자연스럽게 키스하고 포옹했을 것이다. 난 아무것도 잃지 않았고 아무것도 파괴하지 않았다. (하지만 한 번만 더 키스했더라면 콩코드에 있는 모텔로 그녀를 데리고 갔을지도 모른다.) 비록 짧고 서툴렀지만 한때 나는 진실한 사랑을 했다. 그리고 당시의 내겐, 아니 좀더 나은 인생을 꾸려가기 위해 애쓰고, 사물의 밝은 면만 보려고 노력하며, 수시로 찾아드는 몽롱함을(나는 이 증상이 서서히 잦아든다고 생각했지만 완전히 착각이었다) 끝장내고 싶어하는 모든 사람에겐, 그것만으로도 충분했다.

9

온몸에 한기가 들어 깨어나보니 옷도 벗지 않은 채 판자를 베개 삼아 위층 베란다 방에 누워 있었다. 날씨 탓인지 판자는 매우 차가웠고 심지어 이슬까지 맺혀 있었다. 전처와 헤어지고 난 뒤 난 자주 이런 자세로 잠에서 깼다. 보통은 카탈로그를 읽다가 어젯밤처럼 소파에 누워, 혹은 침대나 식탁에 엎어져 잠에 곯아떨어졌지만 아침에 눈을 떠보면 지금처럼 입고 있던 옷차림 그대로 미라처럼 뻣뻣한 자세를 취한 채 추운 곳에서 깨어나기 일쑤였다. 자던 중간에 잠자리를 옮긴 기억은 전혀 없다. 이 버릇을 어떻게 고쳐야 할지 아직도 모르지만 그렇다고 나쁜 징조로 여기진 않았으며 그것은 지금도 마찬가지다. 그런데 그동안 이런 버릇에 제법 익숙해진 탓인지 차가운 아침 공기를 맞으며 잠에서 깨어날 때면 왠지 모를 그리움과 함께 그냥 이대로 심장박동 소리를 들으며 가만히 누워 있고만 싶어지는 것이었다. 오늘은 부활절이다.

지금 귀에 들리는 소리는 일요일에 들을 수 있는 전형적인 소음이다. 가까운 정원에서 누군가 낙엽을 쓸어 담는 소리, 집안일을 하느라 시끄러운 소리, 첫 기차가 울리는 기적 소리, 아침 일찍 교회에 가려고 서두르는 아빠와 엄마의 소리, 길 위로 날리는 종이 소리, 이른 새벽부터 이웃집 데페예스 부부가 분주하게 움직이는 소리, 조깅하는 사람들이 뜀박질하는 소리, 보소볼로가 방 안에서 움직이는 소리, 그리고 라디오에서 흘러나오는 낮은 복음성가 소리까지. 마침내 조용하기 이를 데 없는 이른 새벽을 뚫고 부활절을 알리는 교회 종소리가 들려왔다. 하지만 이런 소리 외에 하나가 더 있었으니, 바로 울음소리였다. 묘지 어디에선가 아주 낮은 소리로 흐느끼는 비탄의 울음소리가 들려왔다.

나는 창가로 다가가 너도밤나무와 튤립나무의 나뭇잎 사이로 밖을 내다봤지만 창백한 구름과 별을 머금은 하늘 아래엔 아무것도 보이지 않았다. 오직 하얀 묘비와 나무의 그림자만 새벽을 지키고 있을 뿐이었다. 나를 훔쳐보는 사슴도 물론 없었다.

이런 울음소리는 전에도 들어본 적이 있다. 하긴 이른 새벽의 교외는 깊은 슬픔에 잠기기엔 그만이다. 편의점으로 가는 길 중간쯤에 위치한 묘지는 우리 집에서 삼 킬로미터 정도 떨어져 있다. 우는 사람의 얼굴은 한 번도 본 적이 없다. 하지만 그 소리는 언제나 똑같았다. 바로 외로움과 후회에 눈물짓는 여자의 울음소리였다.

나는 침대에 누워 부활절 소리에 조용히 귀를 기울였다. 낙관론자들의 휴일이며 성격이 밝고 믿음이 강한 자들을 위한 휴일, 맑은 날이건 흐린 날이건 우리가 평생 언제나 소중하고 기분 좋은 날로 기억할 바로 그 휴일의 소리. 기억하기에 부활절치고 비가 내리거나 태양이 밝게 비치지 않은 적이 없다. 어찌 됐건 신자들에게 죽음은 인정하고 싶지 않은 미스터리다. 그것은 순순히 받아들이기엔 너무나 냉혹한 현실이라고 우리는 생각한다. 따라서 인간은 죽음에 대한 공포를 극복하기 위한 수단을 강구하기에 이르렀다. 바로 태양은 항상 밝게 빛나야 한다고 요구하는 한편, 신자들에게는 다음과 같은 열렬한 설교를 해대는 것이었다. "비록 우리는 현실에 살지만 항상 진정한 기적을 위해 마음을 열고 있어야 합니다." (물론 이때 목사는 모든 진리를 다 알고 있다는 근엄한 미소를 지어야 한다.) "그럼 어디 한번 플라스마 물리학이나 거품 이론, 혹은 쿼크 이론가들에게 이런 현상을 설명할 수 있는지 물어봅시다." (목사는 만면에 미소를 띠고 신자들은 고개를 끄덕인다. 유리창으로 들어온 햇빛은 교회를 환하게 비추고, 오르간 소리는 장엄하게 울려 퍼지며, 승리의 날을 기대하는 신자들의 가슴은 힘차게 고동치기 시작한다.)

하지만 내 유일한 바람은 부활절 하루뿐이라 해도 귀여운 아들 랠프 배스컴이 저 야외 침대에서 깨어나는 것이다. 그리하여 예전에 그랬듯이 나와 한바탕 씨름하며 놀아주길 원한다. 일 년에 단 하루만이라도 그런 날이 올 수 있다면 얼마나 좋을까! 귀여운 내 아들 랠프! 그럴 수만 있다면 많은 것이 달라졌으리라. 나를 스쳐간 그 많은 변화는 결코 일어나지 않았으리라.

나는 전처가 폴과 클라리사를 교회에 데리고 가지 않아 걱정스럽다. 아이들의 신앙심이 무뎌질까봐서가 아니다. (나는 이에 전혀 신경 쓰지 않는다.) 그로 인해 지나치게 현실적이고 계산에 밝은 아이들이 되진 않을지, 혹은 알려지지 않은 그 무엇을 존중하거나 사색하는 마음을 잃어버리진 않을지 걱정스럽기 때문이다. 그렇게 되면 부활절은 곧 광적인 사람들만의 관례적인 행사로 변질될 것이고 따라서 아이들은 사춘기가 지나기도 전에 중요한 한 가지를 까마득히 잊어버리게 될 수도 있다. 바로 신화, 또는 신비로움 말이다. 당연한 말이지만 사실과 숫자만 중요시했던 딕스트라* 가정에선 종교를 위한 시간이라곤 전혀 없었다. 어마는 이에 관해 홀리 롤러리즘**이 대안이 될 수 있는지 지켜보는 중이라고 했지만 또다른 극단주의인 홀리 롤러리즘 역시 미덥지 않기는 마찬가지였다. 잘못하다간 복구가 불가능할 정도의 커다란 손실을 초래할 수 있기 때문이다. (어쨌든 며칠 전 폴이 비둘기를 자기 특사로 파견한 일은 다행히 내 우려를 불식할 수 있는 고무적이고 긍정적인 신호였다.)

(비록 겉으론 태연한 척하지만) 어쩌면 아이들은 이미 엄마와 아빠에 대해 너무 많이 알고 있을지도 모른다. 어떻게 보면 이혼만큼 실제적이고 분명한 사실은 없기 때문이다. 이성적으로 그토록 많은 설명을 해야 하고 또 지극히 사무적으로 처리해야 하는 일이 이혼이다. 부모의 잘못을 알게 된 후 많은 아이들이 어린 냉소주의자가 되어 아빠와 엄마를 자주 그저 이름으로만 부른다는 사실을 나는 알게 됐다. 자녀들이 단지 이름으로만 불러댄다면 그 부모의 기분은 얼마나 씁쓸하겠는가?

나는 부모의 이름을 (톰과 아그네스, 에디와 완다, 테드와 도리하는 식으로) 함부로 부르지 않았던 세대에 속한다. 일반인을 지칭하듯 부모의 이름을 부른다는 것은 언뜻 민주적인 것처럼 보여도 그저 상자 속에 들어 있는 제비를 뽑듯이 자녀들에게 무차별하게 인식되고 있음을 뜻할 뿐이다. 나는 부모를 이름으로 부르지 않았

---

* 네덜란드의 성(姓)인 Dykes가 미국식으로 변한 형태. 여기서는 미국의 미시간, 뉴저지, 일리노이 등지로 이주한 네덜란드 북부의 프리슬란트 주민을 지칭함.
** 일반적으로 예배중에 지나치게 열광하는 종파를 말함.

음은 물론, 당신들의 삶이 나와 같을 것이라고도 결코 생각하지 않았다. 그들이 느끼는 두려움이 내가 느끼는 두려움과 같을 것이라고, 그들의 작디작은 소망이 다른 사람들의 소망과 동일하리라고 여기지 않았다. 바로 내 부모님이었기 때문이다. 그들은 언제나 절대적으로 먼 곳에, 알 수 없는 먼 곳에 있었다. 나는 부모님이 자동차 구입대금을 어떻게 마련했는지 모른다. 두 분이 어떻게 좋아하고 사랑했는지 알지 못한다. 보험도 어떻게 처리했는지, 의사들이 진찰 결과를 어떻게 말해줬는지 알지 못한다. (물론 결국 나쁜 소식을 들으셨겠지만.) 그저 두 분은 나를 사랑해주셨고 나도 마찬가지로 그들을 사랑했다. 그 외의 일에 대해서는 내게 설명해야 할 까닭을 달리 알지 못하셨다. 부모님이 남겨준 가장 위대한 유산과 교훈이 있다면, 바로 비록 궁금할 수는 있지만 굳이 알 필요까지는 없는 중요한 일이 항상 존재한다는 사실을 깨닫게 해주셨다는 점이다. "넌 알 필요 없어." 이것이 내가 항상 부모님에게서 들은 말이었다. 말을 해주지 않는 부모님의 의도를 난 알 수 없었다. 그 의도란 것도 아마 애초부터 없었을지 모른다. 아니면 언젠가는 나 스스로 진실(사실)을 알게 되리라고 생각하셨을 수도 있다. 그것도 아니면(이것이 내가 추정하는 진짜 이유지만) 내가 부모님의 일을 결코 이해할 수 없을 것이고 또 설사 이해할 수 있다 해도 그로 인해 행복해지리라고 생각하진 않으셨던 것 같다. 다시 말해 모르고 있다는 그 사실 자체만으로도 매우 의미 있고 만족스러운 일이라고 여기셨으리라.

사실 부모님의 이러한 생각은 얼마나 옳았던가! 랠프와 달리 죽지 않고 살아남은 내 아이들이 그 멍청한 사실주의나 끝도 없이 계속되는 이런저런 설명에 고통받지 않고 인생의 미스터리를 즐길 수 있다고 생각해보라. 이 얼마나 희망적인가! 가능하다면 난 내 아이들을 천박한 사실주의로부터 보호하고 싶다. 하지만 한 가지 문제가 나를 가로막고 있다. 즉 매일매일 최선의 노력을 다하고 있긴 하지만 이혼과 그에 따른 불충분한 양육으로 인해 이런 바람을 충족할 여지가 거의 없어졌다는 사실이다.

내가 사는 곳과 비슷한 규모의 마을에서 이혼이란 결코 유쾌한 경험이 아니다. 물론 다양한 방법으로 이혼에 관한 정보와 도움을 받을 수 있다는 점은 인정한다. (전처는 이혼을 결정한 그날 한 여성단체에게서 전화를 받았다.) 하지만 평소 주차비를 내거나 잃어버린 자전거를 찾아오던 그곳에서, 건전한 시민으로 인정받던 바로 그 건물에서 갑자기 이혼 소송의 당사자로 변신한다는 건 쉬운 일이 아니다. 마치 파산해버린 듯한 기분이 든다. 그 이유를 들자면 이 지역의 법이 단순히 어떤 사건을 처리하고자 만들어진 것이 아니라 때로는 존경의 눈길을, 때로는 냉담한 눈길을 받도록 만들어졌기 때문이다. 내가 알기로 라스베이거스에서의 이혼은 여기보다 훨씬 낫다고 한다. 아무도 이런 일에 특별한 관심을 표명하지 않기 때문이다.

우리 부부는 순조롭게 이혼했다. 물론 상황이 호전되길 기다려 혼인관계를 유지할 수도 있었겠지만 그런 일은 일어나지 않았다. 미들베리 출신으로 과거 평화봉사단에서 일한 바 있고 알코올 중독에 걸린 적도 있으며, 재규어 XKE와 큰 가슴을 가진 여자를 꿈꾸는 전처의 변호사 앨런은 한 시간도 채 안 되어 이혼 합의를 이끌어냈다. 전처가 제시한 요구 사항은 많지 않았지만 난 원칙적으로 모든 사항에 순순히 동의했다. 나는 내 예금의 절반을 전처가 새집을 사는 데 보태는 조건으로 지금의 집을 내 소유로 만들었고 블록 아일랜드 지도를 비롯한 물품 몇 개를 넘겨달라고 요구했다. 우리는 성격 차이로 이혼한다는 데 동의했고 법정에 들어가서는 둘의 이름이 호명될 때까지 서로 불편한 대화를 나눠야 했다. 그렇게 한시간 이내에 (미시간에서 흔히 말하듯) 모든 일을 '종결지었다.' 이혼 절차를 마무리한 후 전처는 아이들과 함께 맥키낵 섬*으로 떠나 골프와 수영을 즐겼고 나는 차를 몰고 집으로 돌아와 떡이 되도록 술을 마신 다음 어둠 속에서 홀로 울었다.

그 밖에 내가 뭘 할 수 있었단 말인가? 난 그저 한없이 흘러내리는 뜨거운 눈물을 연신 닦아낼 뿐이었다. 루퍼트 브룩의 시나 『예언자』를 읽고 싶었지만 책이 어디에 있는지 찾을 수 없었다. 오후 여덟시, 소파에 누워 NBA 슬램덩크 비디오테이프를 보면서 피망을 넣은 치즈 샌드위치를 먹고 나자 비로소 기분이 좀 나아졌고 나중엔 조니 카슨 쇼를 보다가 잠이 들었다. 그리고 처음으로 꿈도 꾸지 않고 아주 깊은 잠을 잤다. 눈을 떠보니 다음날 오후 여덟시 삼십분이었으며 맹렬하게 배가 고파왔다.

나는 고립감을 느꼈던가? 우울했던가? 부끄러웠던가? 격려가 필요했던가? 초조했던가? 꼭 그렇진 않았다. 그보다는 몽롱함과 외로움을 느낀 것 같다. 어쨌든 얼마 후 나는 이혼이라는 큰 사건의 후유증을 그런대로 극복하고 평상심으로 돌아왔다. 아침식사를 끝내자마자 메이저리그를 심층 분석하는 등 회사 일을 처리하느라 분주했으며 이후에도 미처 다른 생각에 잠길 틈도 없이 연속해서 또다른 일에 파묻혀 지냈다. 이혼 직후의 나날들을 난 그렇게 보냈다. 버트 브리스커는 말하기를 자신은 이혼 후 거의 미칠 지경이 되

---

* 미시간 주 북부에 있는 섬.

어서 전처가 휴가차 집을 비운 동안 그 집에 들어가 텔레비전에 벽돌을 던지거나, 침대에서 자거나, 고양이 똥으로 서랍을 채우는 등 온통 난장판으로 만들어버렸다고 한다. 하지만 그것은 내가 전혀 생각해본 적 없는 방식이었다. 우리는 가끔 스스로 너무 많은 불행을 초래하기도 한다.

　해병대에 입대한 이후(내가 해병대에 근무한 기간은 육 개월에 불과했다) 나는 일찍 일어나는 습관을 들였고 하루 중 생각이 가장 잘 정리되는 시간도 바로 이른 아침이었다. 나는 벙커에 누워 기상 나팔 소리를 기다리며 마음을 찬찬히 가다듬었다. 어떻게 해야 오늘 하루를 잘 보낼 수 있을까, 어떻게 해야 해병대에 내 존재를 분명히 인식시키고 드러낼 수 있을까, 동료 장교들 역시 고민중에 있는 군대 내의 모순과 공포를 어떻게 극복할 것인가, 어떻게 해야 빨리 진급할 수 있을까. 내가 이런저런 고민을 많이 했던 이유는 그래야만 혹시라도 베트남에 파견됐을 경우 두려움(예를 들어 폭탄에 맞아 산산조각 나진 않을까 하는 두려움)에 휩싸일 것이 뻔한 부하들의 목숨을 최대한 보호할 수 있다고 생각했기 때문이다. 그때 나는 고등교육을 받은 내가 부하들보다 더 많이 보고 들을 수 있어야 한다고 생각했다. 물론 이런 생각을 바보 같다고 말하는 사람도 있을 것이다. 하지만 젊은 시절엔 대부분의 사람들이 철부지 같은 생각을 하게 마련이다.
　(곧 본격적인 부활절이 시작되려는 지금) 나는 가만히 누워 허브에 대한 기사를 어떻게 써야 할지 생각에 잠겼다. 기사를 작성하는 데 유용한 한두 가지 아이디어를 떠올릴 수만 있다면 일은 쉽게 풀릴 수 있다. 이는 재능 있는 스포츠 기자들이 흔히 사용하는 방법이

다. 훌륭한 아이디어를 기대하며 그저 가만히 자리에 앉아 백지만 쳐다본다면 결코 좋은 글을 쓸 수 없다. 그 가능성은 확률적으로 매우 희박하다. 대신 우리의 본능을 존중해 모든 아이디어를 받아들일 수 있도록 스스로를 무방비 상태에 놓아두어야 하며, 이 상태에서 전혀 기대하지 않은 문장을 써나갈 수 있어야 한다. 마치 공기가 우리 일상에 자연스럽게 녹아들듯이, 우연히 일어난 바람이 호수의 표면을 그 어떤 독특한 방식으로 스쳐 지나가듯이 말이다. 그래야만 나중에 확인해보면 필연적일 수밖에 없는 멋진 얘기를 술술 써나갈 수 있다. 여러 아이디어가 머리에 떠오르면 우선 이를 노트에 적어놓는다. 다음엔 그 아이디어들에서 적당한 의제들이 자연스럽게 생성될 수 있도록 참을성 있게 기다려야 한다. 이후엔 생성된 의제들을 그저 분류하기만 하면 되고 바로 이때가 글을 써야 할 시점인 것이다.

하지만 허브의 기사를 쓰기란 보통 까다로운 일이 아니었다. 그는 카뮈 소설에 나오는 주인공들만큼이나 세상에서 소외돼 있었다. 그와 관련해 내가 어떤 영감을 받았다거나 인용할 만한 적당한 소재를 갖고 있었다면 글쓰기에 도움이 됐겠지만, 나는 지금 알고 있는 내용 이상으로 뭘 더 말하고 생각해야 할지 알 수 없었다. 공기가 우리에게 녹아들거나 바람이 변해가는 방식, 또는 드라이브를 할 때 라디오에서 흘러나오는 노랫소리 등 그 무엇도 허브에 관한 글을 쓰는 데 적절한 관련성을 찾을 수 없었다. 다만 간단하고 선언적인 문장보다는 약간은 차분하고 가정(假定)적이며 불확실한 뉘앙스를 풍기는 문장이 적절하지 않을까 생각했다. 허브 월러거는 요즘 미래에 큰 관심을 보이고 있다. (최소한 그가 복용한 진정제가 효력을 다하기 전엔 말이다.) 허브 월러거는 다양한 측면에서 인생을 바라보고 있다. (하지만 실제론 그 무엇도 크게 고려하고 있진 않다.) 허브 월러거로서는 비관적인 인생관을 갖기가 훨씬 쉬웠을 것이다. (사실 이미 거의 미치기 직전까지 갔다.)

물론 나 같은 직업에 종사하는 사람 중 싸구려 드라마 스타일을 좋아하는 작가라면 별 고민 없이 허브에 대한 글을 쓸 수 있을 것이다. 이들은 실패의 냄새를 맡는 데 귀신으로, 한 선수가 서른이 넘어 절정기를 구가하기라도 하면 혹시 비정상적인 방법을 쓰진 않았는지 넌지시 암시하거나, 야구선수가 타격에 새롭게 눈을 떠 주자들을 진루시키며 점수를 뽑아내기 시작하면 손목에 수상한 조치를 취하진 않았는지 의심하기도 한다. 즉 이들은 승리가 아닌 패배, 노력이 아닌 야합이라는 병든 세균만 찾아내기에 바쁘다.

스포츠 기자들은 때론 지독히 나쁜 사람으로 변해 거짓말과 거짓 비극으로 점철된 인생을 창조해내기도 한다. 허브의 경우를 예로 들면, 티셔츠와 운동화 차림으로 휠체어에 앉아 있는 허브의 힘없는 눈동자를 부각시킴으로써 마치 감옥에 갇힌 아동 성추행범처럼 보이게 만들거나, 극적 효과를 높이기 위한 방법으로 허브가 사는 마을의 꾀죄죄한 풍경을 담는다거나, 또는 클래리스를 허브 주변에 적절히 배치하여 대평원지대에 남겨진 수척한 노예, 혹은 누군가에게 버림받은 노예로 보이게끔 만들어버린다. 그리고 다음과 같은 문장으로 글을 써나가기 시작한다. "허브 월러거여, 어디로 가시나이까!" 이런 글을 읽은 사람이라면 허브에게 강한 동정심을 갖게 되고 더불어 허브의 진실과는 거리가 먼 엉뚱한 생각을 품을 수밖에 없다. 또 자신들은 그와 별 다를 바가 없으며 따라서 우리 역시 비극에서 자유롭지 않다고 확신하게 된다. 하지만 이중 무엇도 진실이 아니다. 왜냐하면 우선 허브는 그렇게 호감을 주는 남자도 아닐뿐더러 우리 대부분이 휠체어 신세를 지고 있지 않기 때문이다. (만약 내가 급여를 지급하는 사장이라면 이런 못된 기자들을 거리로 쫓아내버려 어떤 해도 끼칠 수 없는 다른 직업을 찾도록 만들어버리겠다.)

그럼 어떡해야 그들보다 더 나은 글을 쓸 수 있을 것인가? 아직은 잘 모르겠다. 스포츠 기자의 관점에 들어맞지 않는 인생도 있게 마련이니까. 하지만 어쨌든 주변부터 파고들면서 허브가 지닌 생존 의지의 핵심을 찾아내야 한다. 그리하여 저녁식사 전인 일요일 오후에 수많은 독자가 마티니를 마시면서 기쁘게 읽을 수 있는 글을, 더 치열한 인생을 생각해볼 수 있는 그런 글을 써내야 한다. (매체마다 중점적으로 관리하는 독자층이 있게 마련이다.) 이것이 바로 내가 지금부터 해야 할 작업이다. 잠시 후 나는 글을 쓰는 데 있어 몇 가지 기본지침을 마련했다. 낮은 수준에서 다른 사람의 인생에 잠깐만 관여하기, 평이하면서도 진실이 담긴 글을 쓰기, 스스로 너무 심각해지지 말기. 왜냐하면 스포츠 기사를 쓰는 것과 온전히 한 인생을 사는 것은 궁극적으로 전혀 다른 문제이기 때문이다.

나는 아홉시가 돼서야 자리에서 일어나 작업복으로 갈아입은 다음 뜰로 나가 마치 사냥개처럼 화단에 코를 대고 킁킁거렸다. 글을 어떻게 써야 할지 생각을 거듭하다가 잠깐 잠이 들었고 다시 깨어나자 머리가 매우 맑아지면서 기분도 가벼워졌다. 너도밤나무 사이로 따뜻하게 내리쬐는 햇살이 음습하기만 했던 디트로이트의 날씨를 저 멀리 날려버렸다. 시간을 보니 비키의 집을 방문하기로 한 약속 시간까지는 아직 두 시간의 여유가 남아 있는데다 특별히 해야 할 일도 없었으므로 나는 잠시 정원을 거닐기로 했다. 독신생활에서 좋지 않은 점 가운데 하나는 이따금 어떤 행위를 하는 데 있어 정확히 얼마만큼의 시간이 소비되는지 과도하게 신경 쓰게 된다는 점이며, 그러는 동안 점차 알 수 없는 그리움에 자연스럽게 익숙해 진다는 것이다.

울타리 너머로 하얀 테니스복 차림으로 정원 의자에 앉아 신문을 읽고 있는 델리아 데페예스 부인의 모습이 보였다. 지금까지 수도 없이 봐온 익숙한 모습이다. 남편 카스파는 오전에 함께 테니스를 치고 나서 낮잠을 자러 들어간 모양이었다. 데페예스 부부와 나 사이엔 암묵적인 약속이 있었는데, 오늘처럼 정원에서 상대방과 눈이 마주쳤을 때 특별한 경우가 아니라면 아무 말 없이 (가벼운 미소와 함께) 손을 흔들어 정중히 인사만 한 다음 다시 각자 볼일을 본다는 것이었다. 하지만 예기치 않은 대화라고 해서 꺼리는 편은 아니다. 정원에서 잡지를 읽거나 꽃을 살펴볼 수 있는 부담 없는 시간대라면 누구라도 기꺼이 만날 용의가 있다. 최근엔 델리아 부인이 집필하는 책(주제는 뉴저지의 건축물에 투영된 유럽의 전통 양식이다)을 화제로 부인과 많은 얘기를 나누기도 했다. 나는 상대방과 대화할 때 되도록 상식 수준에서 평이하고 간단명료하게 말하고자 노력한다. "안목 있고 능력 있는 편집자라면 세세한 부분까지 신경 쓰는 부인의 노고를 마땅히 알아줘야 합니다. 그런 일은 그냥 넘겨서는 안 돼요, 물론 제 생각입니다만." 델리아 부인은 상대방의 조언을 기꺼이 경청하고 수용할 줄 아는 현명한 사람이다. 올해로 여든두 살인 델리아 부인은 보호령하의 모로코에 살던 유서 깊은 집안의 자손으로, 나이가 들면서 더 넓은 세상에 눈을 뜨게 됐다고 한다. 카스파는 외교관으로 활동하다가 은퇴한 후 윤리학을 가르치려고 신학교로 왔다. 두 사람 모두 이제는 살날이 별로 남지 않은 노인이다.

　잠시 후 의자에서 일어난 델리아 부인은 곧 꽃을 피우려는 장미 봉오리를 손가락으로 톡톡 건드리더니 고개를 돌려 나를 힐끗 쳐다보고는 고개를 저으며 울타리 가까이로 다가왔다. 이는 그녀가 말을 걸고 싶다는 일종의 신호였다. 우리의 모든 대화는 지난번에 마지막으로 나눴던 대화에서 시작한다. 물론 대화 주제는 전과 달라질 수도 있고 어떨 땐 새로운 대화를 재개하기까지 수개월이 걸리기도 한다.

　"프랭크, 이것 좀 봐." 뭔가 보여줄 게 있는 듯 델리아 부인은 손에 〈타임스〉지 앞부분을 펼쳐들고 있었다. 바로 그 순간 교회 종소리가 울리기 시작하더니 곧 마을 구석구석으로 퍼져나갔다. 사람들은 집에서 나와 주일학교를 향해 출발했으며 거리엔 부활절 기운이 서서히 번져갔다. 부활절을 맞아 깨끗이 세차한 자동차들은 신차처럼 반짝반짝 빛났고 일상적인 분쟁이나 다툼은 나중의 적당한 때로 미뤄졌다. "우리 나라가 중미에 있는 불쌍한 사람들에게 무슨 짓을 하고 있는지 아나?"

　"아뇨, 그쪽 분야는 제가 잘 몰라서요." 내가 울타리 쪽으로 발걸음을 옮기며 말했다. "무슨 문제라도 생겼나요?"

　델리아 부인은 놀라움에 파란 눈을 크게 뜨고 있었다. "글쎄, 그쪽 나라의 모든 항구에 지뢰를 설치하고 있대." 〈타임스〉지로 눈길을 돌리며 델리아 부인이 말했다. "니카라과 말이야." 델리아 부인은 분노가 치미는지 해당 페이지를 손으로 꽉 구겨버렸다. 비록 체구도 작고 온몸은 주름투성이였지만 그녀는 국제적인 문제에 나름대로 강력한 주장을 갖고 있다. 그리고 그런 자기 견해에 맞게 세상이 돌아가야 한다고 생각했다. "카스파는 정말 실망이 이만저만 큰

게 아냐. 또하나의 베트남이 탄생할 거라고 하더군. 대체 무슨 일이 벌어지는 건지 지금 지인들에게 전화를 걸고 있어. 아직까진 자기가 영향력을 행사할 수 있다고 생각하는 모양이지만 난 별로 기대 안 해."

"며칠 동안 어디 좀 다녀오느라 신문을 제대로 읽지 못했네요." 나는 델리아 부부가 멕시코에서 가져온 작품 한 쌍을 감탄하는 눈길로 쳐다봤다. 플라밍고 형태로 만든 분홍색 도자기였다.

"다른 나라 항구에 왜 지뢰를 설치해야 하는지 그 이유를 모르겠어. 자네 생각은 어때?" 정부에 정말 실망했다는 표정으로 델리아 부인이 고개를 절레절레 흔들었다. 마치 지금까지 애정을 쏟아왔건만 갑자기 이해되지 않는 행동을 하는 친구를 대하는 것처럼. 하지만 난 신학교에서 울려오는 매혹적인 종소리를 듣느라 델리아 부인의 말을 귀담아듣지 않았다. '내게로 오라. 너희는 반드시 깨어 있어야 한다. 이제 세상을 뒤엎을 때가 왔도다.' 이상한 일이지만 현재 우리 나라 대통령이 누구인지 이름과 얼굴이 전혀 생각나지 않았다. 우스꽝스럽게도 그 대신 배우 리처드 체임벌린이 에드워드 왕 시대에 어울리는 멋진 턱수염을 붙이고 머리엔 두건을 쓴 모습이 떠올랐다.

"무슨 사정이 있겠죠. 어쨌든 좋아 보이진 않네요." 나는 가지런히 정리한 울타리 너머로 미소를 보냈지만 동시에 자못 진지한 표정을 지어야 했다. 델리아 부인과는 나이 차이가 너무 많이 나서 (아마 사십오 년 정도일 것이다) 간혹 내가 열 살밖에 안 된 어린아이로 느껴질 때도 있기 때문이다.

"만약 그게 국가정책 때문이라면 우린 모두 위선자야. 디즈레일리가 보수 정부를 향해 뭐라고 질타했는지 혹시 아나?"

"아뇨, 모르겠는데요."

"위선적이라고 쏘아붙였지. 난 그의 말이 틀렸다고 생각하지 않아."

"위선 없는 세상을 만들자는 토머스 울프*의 글이 떠오르는군요. 뭐 같은 맥락은 아니겠지만요."

"카스파와 나는 미국이 멕시코 경계를 따라 벽을 쌓아야 한다고 생각해. 만리장성만큼이나 큰 벽을. 그리고 그곳에 무장 경비 병력을 배치하는 거지. 우린 우리 문제도 해결하기 힘들다는 사실을 분명히 알리는 의미에서."

"그거 좋은 생각이군요."

"그럼 적어도 흑인 문제는 풀 수 있을 거야." 문득 델리아와 카스파가 보소볼로를 어떻게 생각하는지 궁금해졌지만 묻지는 않았다. 델리아는 식민주의에 강한 반감을 가진 반식민주의자다.

"이봐, 작가 양반. 어떤 바람이 불어오더라도 항상 항해할 준비가 돼 있어야 해."

"네, 그 바람이 아주 재미있는 곳으로 날 보내줄지도 모르니까요. 저에 관해 또 무슨 얘기라도 들으셨나보죠?" 내가 짐짓 심각한 표정을 지으며 말했다. 물론 델리아 부인은 내 마음을 훤히 꿰뚫고 있을 것이다.

"자네 전부인을 식료품점에서 만났는데 그리 행복해 보이진 않더군. 참, 아이들도 같이 봤어."

"아니, 다들 잘 지내고 있어요. 그날따라 기분이 안 좋았나보죠. 골프가 잘 풀리지 않으면 우울해하거든요. 사실 처음부터 골프에

---

* 20세기 초에 활동한 미국 소설가.

관심이 많았는데 그 길을 가지 못했죠. 잃어버린 시간을 만회하려고 열심히 노력하고 있을 겁니다."

"나도 그렇게 생각해, 프랭크." 델리아는 고개를 끄덕인 후 신문팔이 소년처럼 옆구리에 신문을 끼웠다. 나도 장미와 야생능금이 있는 곳으로 다시 발걸음을 옮기려 했다. 델리아와 나는 서로의 생각에 공감하는 편이며 둘 다 이를 잘 알고 있다. 그리고 나는 그 이상 더 바랄 것이 없다. 돌아서니 델리아 부인이 키우는 샴 고양이 프리스커가 눈에 들어왔다. 프리스커는 하이비스커스 주변을 어슬렁거리다가 카스파가 꽂아둔 것으로 보이는 깃대 위를 한참 노려보았다. 방금까지만 해도 검은방울새가 앉아 있던 곳이다. 가끔 프리스커가 우리 집 지붕을 배회하며 울어대는 통에 몇 번인가 단잠을 망치곤 해서 언젠가 새총으로 혼내주리라 다짐했지만 아직까진 생각에 그치고 있다.

"남자는 혼자 살 수 없어, 프랭크." 갑자기 델리아가 나를 유심히 쳐다보며 말했다.

"그래도 나름대로 좋은 점이 있죠. 전 잘 적응하고 있어요."

"『태양은 다시 떠오른다』*를 언제 마지막으로 읽었지?"

"꽤 됐을걸요."

"그럼 다시 읽어봐. 아주 중요한 교훈이 있다구. 그 사람은 뭔가 알고 있었으니까. 카스파가 파리에서 한 번 만난 적도 있지."

"저도 좋아하는 작가예요." 실제론 아니었지만 어쩔 수 없다. 이 세상에 대한 델리아 부인의 견해가 1925년경부터 시작한다는 사실에 나는 종종 놀라곤 한다. 아마 지금보다는 당시가 더 나은 세상이

---

* 1926년에 출간된 헤밍웨이의 소설.

아니었을까.

"카스파와 나는 육십대에 결혼했다우."

"그랬군요."

"그래. 카스파에겐 뚱뚱한 아내가 있었는데 나중에 세상을 떠났지. 나도 딱 한 번 봤어. 물론 불쌍한 내 남편은 이미 세상을 떠난 후였고. 1942년에 페스*에서 카스파의 아기를 가졌지. 그 이후부터 카스파와 계속 연락을 주고받았어. 그런데 질녀와 같이 메인에 살고 있을 때 카스파의 아내 알마가 죽었다는 소식을 들었어. 두 달후 우린 결혼했고 곰에 있는 마운트 리카너선스 아래쪽에 살림을 꾸렸지. 그곳은 카스파의 마지막 부임지이기도 해. 프랭크, 난 내가 인생에서 뭘 얻게 될지 큰 기대를 하지 않았네. 그렇다고 시간을 낭비하지도 않았어." 델리아는 나를 향해 활짝 웃어 보였다. 마치 내미래를 볼 수 있다는 듯이, 그러나 그 미래는 그리 근사하지 못하다고 생각한다는 듯이.

"오늘 날씨 참 좋죠?"

"그래, 정말 좋아. 부활절이라서 그런가?"

"이렇게 좋은 날씨는 최근 없었던 것 같네요."

"나도 그래, 프랭크. 저기, 이번 주에 우리 집에 와서 카스파와 술이라도 한잔하는 게 어때? 그이는 남자끼리 얘기하는 걸 좋아하니까 자네가 오면 아주 기뻐할 거야. 안 그래도 지금 이 기사 때문에 잔뜩 골이 나 있으니 말이야." 나는 여기에서 십사 년 동안 살면서 데페예스 부부 집에 딱 두 번 가보았다. (그것도 모두 뭔가를 고쳐주기 위해서였다.) 델리아 부인은 이번에도 별 생각 없이 그저 인

---

* 북아프리카 모로코의 고도(古都).

사치레로 나를 초대했을 것이다. 이렇게 오전에 나눈 이웃 간의 대화는 방문을 권유하는 인사말로 자연스럽게 끝났지만 너무 예의가 바른 델리아 부인은 선뜻 먼저 자리를 뜨지 못했다. 내가 그녀를 좋아하는 이유 중 하나이기도 하다. 나는 부활절 분위기가 물씬 풍기는 거리로 시선을 옮기다가 예기치 않은 광경과 마주쳤다. 놀랍게도 커다란 열기구가 하늘에 떠 있었던 것이다. 줄에 매달린 열기구 표면엔 붉고 큰 달 그림과 미소 짓는 얼굴이 그려져 있었고 그 안에 탄 두 사람은 델리아 부인과 내가 있는 쪽을 내려다보고 있었다.

어디에서 온 사람들일까? 가까운 곳에서 왔을까? 델라웨어의 한 부호가 띄운 풍선일까? 이런 날엔 얼마나 먼 곳까지 맨눈으로 볼 수 있을까? 저 사람들은 안전할까? 아니 안전하다고 느낄까?

델리아 부인은 아직 열기구를 보지 못한 듯했다. 그녀는 그저 자기 초대에 대한 대답만 기다리고 있었다.

"그러죠." 내가 웃으며 말했다. "이번 주에 한번 들르겠다고 전해주세요. 박장대소할 아주 재미있는 얘기도 들려드리죠."

"화요일만 아니면 언제든 괜찮아." 약간은 근심스런 미소를 지으며 델리아 부인은 신문을 옆구리에 낀 자세 그대로 햇살이 비치는 잔디밭과 테니스장을 향해 걸어갔다.

마을에 종소리가 울려 퍼지고 있었다. 댕, 댕, 댕, 댕, 댕.

열시가 되기 전에 나는 전처 집으로 전화를 걸었다. 아이들에게 부활절 축하 인사를 전하기 위해서였다. 아이들 입장에선 아버지 없이 맞이하는 첫 부활절이다. 그러나 아무도 없는지 전화기에선 전처가 녹음한 메시지만 들려왔다. 골프에 관심이 있다면 이름과 전화번호를 남겨달라는 메시지였다. 녹음된 전처의 목소리 뒤로 클라리사의 "나중에, 이 멍청이!"라는 말소리와 갑작스레 터뜨리는 웃음소리도 희미하게 들려왔다. 전처의 목소리는 다소 날이 서 있었는데 평소 듣지 못한 톤이어서 낯설게 느껴졌다. 한편으론 은행원처럼 사무적이고 딱딱한 목소리를 내는 그녀의 부친과 비슷하다는 생각도 들었다. 아무도 전화를 받지 않자 나는 혹시 온 가족이 소프트웨어나 부동산 업계에 종사한다는 전처의 남자친구와 함께 어디로 놀러간 것은 아닐까 궁금해졌다. 털이 숭숭 난 굵은 팔뚝에 녹색 스포츠 재킷을 즐겨 입고 다니며 물건은 온통 외상이나 할부로만 구입해대는 그런 남자 말이다.

잠시 망설이던 나는 음성 메시지를 남기지 않기로 했다.

이어 나도 모르게 월터 러켓에게도 전화를 걸었지만 전화벨이 한참 울리도록 역시 아무도 받지 않았다. 신호가 가는 동안 나는 거리를 수놓은 페이즐리 무늬*를 뚫어져라 쳐다봤다. 만약 내가 월터라면 지금 어디에 가 있을까? 웨스트 빌리지의 어느 술집? 아니면 까닭 모를 분노에 사로잡혀 뉴펀들랜드의 느릅나무 거리를 걷고 있을까? 그것도 아니면 고등학교 체육관에서 땀을 흘린 후 로스트 브리지 쇼핑몰에 가서 영화 〈성의(聖衣)〉나 보고 있을까? 잠시 후 내가 진정 월터 러켓을 걱정하는 것인지 헷갈리기 시작했다. 어떤 사람은 진정한 친구를 만나지 못할 운명을 타고 태어난다는데 내가 바로 그랬다. 다른 이유에서이긴 하지만 월터도 마찬가지가 아닐까 하는 생각이 들었다. 내 입장에선 다른 사람과 그저 아는 사이로 지내는 것만으로도 충분했다. 이는 모두 버크셔 대학에서 만난 레바논 여자친구, 즉 셀마 자심에게서 얻은 교훈 중 하나였다. 사

---

* 올챙이와 비슷한 곡옥 모양의 무늬.

람들이 말하는 상호 신뢰란 사실 거짓말에 불과하다고 셀마는 말하곤 했다.

나는 혹시 겪을지도 모를 큰 후회를 피하기 위해 버크셔 대학 강사 자리를 받아들였다. 소설쓰기를 그만두고 스포츠 기자가 되기로 결심한 이유와 동일하다. 하지만 나뿐만 아니라 다른 대부분의 사람들도 이와 똑같은 이유로 원래의 길에서 벗어나 좌우로 극적인 변화를 시도하며 그래서 그중 일부는 도랑에 처박히기도 한다.

랠프가 죽고 일 년이 지난 어느 날 아침. 잡지사에서 또다른 기획 취재를 시작하기 전에 직원들에게 재충전을 겸한 휴가를 내주었고 덕분에 나는 일주일 동안 집에서 쉬던 참이었다. 식탁에 앉아 『라이프』지를 들여다보고 있을 때 전화벨이 울렸다. 전화한 남자의 이름은 아서 윈스턴으로, 그는 나의 저작권 대리인인 시드 플라이셔의 누이 베스 윈스턴의 남편이라고 자신을 소개했다. 시드 플라이셔는 내게 조문 카드를 보낸 이후 전혀 연락이 없던 상태였다. 아서 윈스턴은 매사추세츠에 있는 버크셔 대학 영문학부의 학장이라고 신분을 밝힌 뒤 카토나에 있는 시드의 집에서 얘기하다가 나를 알게 됐노라고 말했다. 즉 시드가 자신이 대리인으로 활동했던 한 작가를 알고 있으며 그 작가는 훌륭한 소설을 썼는데도 첫 소설을 마지막으로 집필을 중단했다고 말해줬다는 것이다. 윈스턴은 직접 내 소설을 구입해 읽었고, 감탄해마지 않았다고 덧붙였다. 아서는 내가 아직도 소설을 쓰는지 물었지만 난 쓰고 있다는 뜻으로도 해석할 수 있는 애매한 말로 대답했다. 또 특별한 계기가 있다면 더 많은 소설을 쓸 수도 있노라고 말했다. (물론 전부 거짓말이다.) 그는 그렇다면 자신에겐 선택의 여지가 거의 없을 것 같다면서 다음과 같은 얘기를 전했다. 버크셔 대학에 재직중인 한 강사가(그의 이름은 잊어버렸다) 갑자기 성격이 포악해지더니 급기야 지난 봄학기 말에 몇몇 사람과 주먹질을 벌였다는 것이다. (그중엔 여자도 끼어 있었다고 했다.) 이후 그는 코트에 총을 넣어 다니기까지 하다가 결국 보호소에 수용됐고 가을학기까진 돌아올 수 없을 것 같다는 내용이었다. 그러면서 가능성이 희박하다는 사실은 알지만 내가 매우 '흥미가 끌리는' 인물로, 글쓰기를 그만둔 후 '아주 독특하게' 살고 있다는 시드의 말에 혹시 다시 글을 쓰는 데 강의가 도움이 되지 않을까 생각해봤다고 말했다. 만약 내가 그의 제안을 받아들인다면 매우 감사할 것이며 원하는 과목 중 하나를 선택할 수 있게 해주겠다고 제안했다. 나는 "그거 괜찮겠군요"라고 간단히 대답한 뒤 가을학기부터 시작하겠노라고 말했다.

당시 내가 정확히 무슨 생각으로 그 제안을 승낙했는지는 아직도 모르겠다. 강사라는 직업은 평생 생각해본 적이 없었기 때문에 어떤 면에서 보면 그보다 미친 짓은 없다고까지 말할 수 있겠다. 다행히 잡지사에서는 경험을 넓히기 위한 이유라면 장기간 휴가도 기꺼이 내줄 수 있다는 입장을 전해왔다. 하지만 전처에게 이 사실을 알렸을 때 그녀는 그저 부엌에 가만히 서서 창밖으로 데페예스 부부의 테니스 코트만 우두커니 바라볼 뿐이었다. 폴과 클라리사는 카스파가 같은 팔십대 노인들과 테니스를 치는 모습을 구경하고 있었다. (모두 흰색 테니스복을 입고 오렌지색 공을 때려댔다.) 한동안 말이 없던 전처가 마침내 입을 열었다. "그럼 우리는? 우린 매사추세츠로 갈 수 없어. 그곳에 가기 싫단 말이야."

"걱정할 거 없어." 잠깐 동안 나는 고딕 풍의 캠퍼스에서 사각모에 진홍색 가운을 입고 졸업식 연습을 지휘하는 나의 멋진 모습을 상상했다. "학교 근처에 숙소를 정해 통학할 생각이니까. 당신과 아이들은 주말에 와서 같이 지내면 되지 않겠어? 아마 멋진 시간을 보낼 수 있을 거야. 너무 걱정하지 마." 말을 하는 동안 갑자기 하루라도 빨리 대학에 출강하고 싶어졌다.

"당신 제정신이야?" 전처는 이미 그렇게 생각했다는 표정으로 나를 쳐다보며 억지 미소를 지었지만, 그 미소엔 좋지 않은 일이 일어나고 있으며 그것을 막을 힘이 자신에겐 없다는 암시가 강하게 배어 있었다. (당시 나는 만나던 여자들과 최악의 시기를 보내던 중이었고 아내는 이런 나를 참아내느라 무척 애쓰고 있었다.)

"그래, 난 제정신이야." 나 역시 죄책감이 깃든 억지 미소를 짓지 않을 수 없었다. "늘 원했던 일이라구." (물론 완전히 거짓말이다.) "지금만큼 좋은 시기도 없을 것 같아서 그래. 당신 무슨 생각해?" 전처에게 다가가 팔을 잡으려 했지만 그녀는 바로 몸을 돌려 뜰로 나가버렸다. 이후 전처와 나는 이 문제로 한 번도 대화하지 않았다. 나는 곧 대학에 연락해 거주할 집을 확정해달라고 부탁했고 잡지사에는 휴가 연장을 신청했다. 그리고 9월 첫날 짐꾸러미를 차에 싣고 대학으로 출발했다.

대학에 들어가고 나서 알게 된 사실은 학생들 앞에서 강의를 하는 것이 오리가 자전거를 배우는 것만큼이나 어렵다는 것이었다. 다시 말해 그렇게 노력했는데도 내가 가르칠 것이 전혀 없음을 알게 됐다.

이 세상은 마이크로칩처럼 복잡하고 따라서 우리는 세상에 대해 천천히 배워갈 수밖에 없다는 것을 기정사실로 가정한다면 다른 사람들 역시 나와 다르진 않을 것이다. 물론 내겐 지금까지 인생을 살면서 터득한 많은 지식이 있다. 하지만 모두 나와 관련이 있고 오

직 나에게만 중요한 지식일 뿐이다. 나는 그나마 내 지식을 오십 분
짜리 강의용으로 줄이거나 열여덟 살 학생들이 효과적으로 이해할
수 있는 단어로 가다듬는 데도 신경 쓰지 않았다. 이렇게 되면 자칫
학생들의 사기를 저하하거나 곤혹스럽게 만들어버릴 위험이 있다.
그렇지 않으려면 당신 자신을, 당신의 감정을, 당신의 가치체계를,
나아가 당신의 인생을 흥미로운 학과 수업 주제로 바꿔야만 한다.
이는 분명 '주변 사람을 의식하는' 태도와 관련이 깊다. 당시 나는
내가 주변 사람들을 의식하고 있다는 것을 깨닫고 여기에서 빠져
나오고자 무진 애를 썼다. 주변 사람을 의식하지 않을 때는 자신이
알고 있는 바를 오직 본연의 목소리로 말하는 데 치중할 뿐 대중의
승인을 얻으려 매달리지 않는다. 하지만 주변 사람을 의식하게 되
면 상대방을 기쁘게 해주려고 무엇이든(음흉한 거짓말이든 우스꽝
스러울 정도로 어리석은 말이든) 기꺼이 내뱉게 되는 것이다. 감히
말하지만 가르치는 입장에 있는 사람은 보통사람보다 훨씬 더 주
변 사람을 의식하기 쉬우며 이 때문에 경우에 따라선 최악의 결과
를 초래하기도 한다.

　나는 스포츠에 관련된 일화나 해병대에서 겪은 일, 대학가에 떠
도는 유머, 때로는 잘 알려진 윌리엄스의 시를 들려주기도 하고 라
틴어로 조크를 던지거나 열정적인 시인처럼 팔을 휘두르며 수업을
하기도 했다. 하지만 이는 모두 오십 분이라는 수업 시간을 때우기
위해서였다. 그렇다 해도 막상 수업에 본격적으로 들어가면 문학
이란 것이 그 범위가 너무 넓게 느껴져 감을 잡기 힘들었다. 도대체
어디에서부터 손을 대야 할지 막막했다. 학생들이 자신이 발견한
흥미로운 단편소설을 예로 들며 토론하는 동안 나는 창가에 서서
죽어가는 느릅나무와 초록색 잔디, 그리고 보스턴으로 이어지는

도로를 바라보다가 백 년 전에는, 즉 신축 도서관과 학생회관, 비행 시대를 기념하는 복엽비행기 동상이 잔디에 세워지기 전에는 이곳이 과연 어떤 모습이었을까 하는 상념에 잠기곤 했다. 현대문명으로 엉망이 되기 이전의 과거 풍경을 말이다.

당신이 믿든 말든 대학의 동료 강사들은 정말 뛰어난 사람들이었다. 그들은 나를 멋진 시작 후에 찾아오는 침체기를 이겨내려 노력하는 '뛰어난 작가'로 인정하면서 지금 나는 '전도유망한 시작' 이후에 따르는 휴식기를 보내고 있을 뿐이며 따라서 멋지게 재기할 수 있을 거라고 맘대로 생각해버렸다. 나는 그런 그들을 더 만족시키기 위해 스포츠 기자 생활을 하면서 겪었던 경험을 토대로 새로운 작품을 구상중이라고 떠벌리고 다녔다. 하지만 캠퍼스에서 나오는 순간 그런 생각은 흔적도 없이 사라져버렸다. 나는 이따금 내가 쓴 책을 다른 교수의 집이나 만찬회에서 발견하곤 했다. 누구도 그 책을 언급하진 않았지만 나는 곧 사람들이 내 책을 관심 있게 읽고 있으며 개인적으로 굉장히 높은 평가를 내리고 있음을 알 수 있었다. 서늘한 10월의 어느 저녁, 디킨스 학자의 집에 초대받은 나는 그 집의 커피테이블에 놓인 내 책을 발견하고는 아무도 모르게 화로에 집어던진 후 책이 불타는 모습을 가만히 지켜봤다. (아마 전처도 자기 보석 상자를 태우면서 나와 똑같이 만족스러웠으리라.) 그러고는 만찬 식탁으로 돌아와 치킨 키예프*를 먹으며 T. S. 엘리엇의 작품에 나타난 정치 역학과 반유대주의에 대해 열심히 떠들었다. 만찬이 끝나고 난 뒤에는 뉴욕 전차선 부근에 있는 술집에 앉아 미국 노동운동의 가치나 에밀 마제이**의 다채로운 경력에

---

* 닭고기 가슴살로 만든 요리.
** 전미 자동차조합의 대표를 역임했음.

대해 셀마와 논쟁을 벌이다 결국엔 모텔로 갔다.

　동료 강사들은 모두가 스포츠, 특히 그중에서도 야구에 엄청난 관심을 갖고 있었다. 그들은 통계에 숨어 있는 거짓부터 시작해 타격 범위에 관한 문제, 그리고 역사상 가장 뛰어난 후보 선수가 누구였는가에 이르기까지 중요한 야구 정보를 마구 쏟아내며 늦은 저녁까지 떠들어댔다. 또 많은 경우 나보다 뛰어난 지식을 갖고 있어 예외적으로 적용할 규칙엔 무엇이 있는가, 더블 스틸을 할 때는 어떤 수비수가 루를 지켜야 하는가, 혹은 각 구장의 특성은 어떠한가를 주제로 얘기해보자고 내게 떼를 쓰기도 했다. 그뿐 아니라 아예 운동선수들이 주로 쓰는 말투나 억양을 구사하면서 마치 칵테일파티를 하는 것처럼 몇 시간이고 얘기를 이어나가는 데는 그야말로 놀랄 지경이었다. 그들 중 어떤 이들은 내 직업이 부럽다고 말하면서 어린 시절엔 어떤 진로를 선택해야 하는지 알 수 없어 스포츠 기자라는 직업은 생각도 하지 못했다고 털어놓기도 했다. 물론 내가 지금 얘기하는 대상인 그들은 대학을 나와서 경쟁 끝에 졸업을 한 후 그들을 위해 마련된 다양한 직업 중 한 가지를 택해 안정적인 생활을 하는 사람들이다. 하지만 나는 설사 그들이 어릴 때 진로를 고민해볼 기회가 있었다 하더라도 과감한 결단을 내리진 못했을 거라고 생각한다. 왜냐하면 학창 시절에 스포츠 쪽으로 주력하다보면 나쁜 성적이나 좋지 못한 평가, 그저 그런 시시한 교수 추천서 등 썩 유쾌하지 못한 경험을 할 수도 있기 때문이다. 아마 이 모든 것이 두려워 지레 포기하고 말았으리라.

　그런데도 (자신들의 인생이 그야말로 평범하기 짝이 없다고 생각하는) 그들은 자신에겐 일어나지 않은 어떤 사건이 내게는 일어났고 그 결과 내가 그런대로 나쁘지 않은 인생을 살고 있다고 믿는 듯했다. 그들은 내게 미소를 보내거나, 머리를 흔들거나, 팔짱을 끼거나, 파이프를 꽉 물거나, 넥타이를 고쳐 매면서 (그때나 지금이나 여전히 이해할 수 없지만) 어떤 이유에서인지 내 얘기에 귀를 기울였다! (하지만 대조적으로 내가 아닌 다른 동료들의 말에는 단일 초도 귀를 기울이지 않았다.) 아마 나를 다른 멋진 삶도 충분히 존재할 수 있다는 대표적인 사례로 간주했기에 부러운 마음에서 그러지 않았을까 짐작할 뿐이다.

내 생각이지만 그들이 스포츠 글에 끌린 이유는 내가 끌렸던 이유와 별 다를 바 없으며 여기엔 이런 분야의 글이 갖게 마련인 이색성도 했을 거라고 여겨진다. 하지만 스포츠 글의 적나라한 사실성은 때론 그들을 당혹스럽게 만들거나 두려움에 빠뜨려 감히 더이상 다가서지 못하도록 만들어버렸다. 그런데도 동료들 모두 내가 사실적인 글쓰기에 도전하는 모습에서 큰 힘을 얻는 듯했다. 원하는 일을 시도하다 고귀하게 실패하고 마는 모습은 충분히 이해할 수 있는 일이었기 때문이다. 나아가 그들은 작은 실패의 고귀성을 매우 높이 평가했는데, 이는 작은 실패야말로 그들에겐 없는 부족한 부분임을 인식했기 때문이라고 생각한다. 하지만 내 격려에도 불구하고 동료들은 스스로를 너무 야박하게 평가하는 바람에 사실 우리 모두가 한 배를 탄 같은 입장에 있음을 깨닫지 못했다.

교수들이 작가를 좋아하는 이유는 작가의 경우 그들에 비해 더 원대하고 어리석게, 따라서 더 분명하게 실패해버리고 말기 때문이라는 오랜 믿음이 있다. 하지만 나는 이에 동의하지 않는다. 오히려 반대로 교수들은 항구적인 목표를 설정하고 이에 전력을 다하는 모습을 좋아한다. 물론 그중엔 실패를 목격하고 싶어하는 교수도 있을 수 있다. 하지만 분명히 말하건대 이들은 절대로 냉소적이지 않다. 나는 애초부터 아예 그 어떤 목표도 설정하려 들지 않았기에 그나마 호평 받는 책이라도 한 권 남길 수 있었던 게 아닐까 생각한다. (하지만 교수들은 내가 어떤 목표를 갖고 있음에 틀림없다고 지레 추측해버렸고 그런 이유로 나를 좋게 평가했다.)

확실히 나와 별로 사이가 좋지 않은 부류는 사회에 진출한 지 얼마 되지 않은 전도유망한 젊은 교수들이었다. 그들은 나를 보는 것조차 극도로 싫어했다. 아마 내가 그들과 매우 유사한 듯 보이면서도 동시에 왠지 모를 불쾌감과 분노를 불러일으키는 이질적인 면도 지니고 있었기 때문이 아닌가 한다. 사실 자기 일에서 크게 두각도 나타내지 못하면서 잘해보겠다는 의욕마저 별로 없는 사람을 보는 것만큼 경멸감을 불러일으키는 일도 없다. 이들은 마치 내 직업이 비웃어줄 만한 실패와 동의어라도 된다는 듯 혐오에 가득 찬 표정으로 나를 대하면서 말도 거의 건네지 않았다. 한편으로 생각해보면 이런 태도는 자신과 비슷한 면을 내게서 언뜻언뜻 발견하고는 만약 일이 잘못 풀렸을 경우 그들이 맞닥뜨릴 미래가 바로 내 모습이 아닐까 두려워했기 때문일 수 있다. 이미 형을 언도받은 사람이 그렇지 않은 사람보다 교수대에 대한 공포가 덜한 이치와 같다고나 할까.

나는 그들에게 만약 종신교수직을 얻지 못한다면 스포츠 기자 일도 심각히 고려해보라고 별다른 악의 없이 조언했다. 이는 그들에게뿐 아니라 비슷한 상황에 처해 있는 다른 사람들에게도 내가 던지는 조언이다. 하지만 젊은 교수들은 내 조언을 결코 좋아하지 않았다. 아마 그들은 직업을 바꾼다는 생각 자체를 해본 적이 없었을 것이다. 실제로 그들 중 교수가 되고 나서 다른 직업을 고려해본 사람은 아무도 없었다.

나는 끝없이 이어지는 교수회의엔 전혀 관심이 없어서 그저 의미 없는 미소만 띤 채 아무 생각 없이 앉아 있기만 했다. 학생들에게 내가 본 세계를 보여줄 준비가 되어 있지 않았으므로 '교육'이란 단어가 귀에 들릴 때면 콧방귀만 나올 뿐이었다. (그들만의 언어에서 이 단어가 대체 무엇을 뜻하는지 나는 이해하지 못했다.) 결국 난 내 강의를 들어야 하는 남학생들에게는 가슴 아픈 연민과 자책을 느끼며, 또 여학생들에 대해서는 그들의 속옷 아래 나체는 과연 어떤 모습일까라는 야릇한 상상을 하며 회의 시간을 때우기 일쑤였다. 하지만 동료 교수들의 프로 정신은 감탄을 자아내기에 손색이 없었다. 이들은 '자신들의 저서'가 도서관 어디에 있는지, 새로 들여온 책은 어디에 놓아두는지 귀신같이 알고 있어서 도서목록 카드를 뒤적이는 데 시간을 전혀 낭비하지 않았다. 가끔 도서관에서 우연히 만나기라도 하면 우리는 서로 옆구리를 툭툭 치면서 여직원에 대해, 종신교수직에 대해, 또 어디선가 주워들은 스캔들에 대해 쓸데없는 잡담을 늘어놓았다. 만약 내가 그들과 같은 길을 갔다면 나 역시 그들이 보여주는 행동과 사고방식에서 크게 벗어나지 않았을 것이다. 피셔맨즈 스웨터*, 왈라비**, 담배 파이프, 사전(事典) 게임, 제스처 게임, 디너파티, 대학입학 자격시험, 자폐증에 관한 경험적인 치료, 동성애자에 관한 솔직한 견해, 그리고 포클랜드 섬***의 권리(나는 아르헨티나에 있다고 생각한다) 등 온갖 다양한 주제에 대한 나와 그들의 입장은 별반 다르지 않았다. 심지

---

* 북극 등 추운 지역의 어부들이 입었던 두툼한 스웨터에서 유래.
** 호주에 서식하는 작은 캥거루.
*** 남미에 있는 영국 식민지로 1982년에 이를 두고 영국과 아르헨티나가 분쟁을 벌였다.

어 한 걸음 더 나아가 간밤에 함께 저녁식사를 한 사람들과 우편함을 통해 이런저런 글을 주고받기까지 했다. 어떤 친구는 간밤에 떠든 얘기 중 하나를 큰 비밀이나 되는 듯 넌지시 상기시키며 이렇게 말하기도 했다. "프랭크, 이 메모지를 『캔토스』*에 끼워서 한번 슬쩍 보여줘보라고. 과연 제대로 해석할 수 있는지 너무 궁금해서 말이야. 하하!"

'각자의 생각을 존중하라.' 바로 이것이 나의 모토였기에 가장 노골적인 이익집단에 속한 사람들과 만나면서도 난 전혀 불편하지 않았다.

그 누구보다도 죽이 잘 맞았던 친구들은 쾌활하고 순진무구한 젊은이들이었다. (그중에는 동성애 커플도 있었다.) 이들은 항상 천진난만해서 과도하게 심각해지는 법이 없었고 술을 몇 잔 들이켜면 다른 사람들과 마찬가지로 실없는 농담을 해대며 웃고 떠들기를 좋아했다.

나만의 생각이지만 젊은이들은 나를 진심으로 좋아했다. 아마 내가 그들을 존중하며 대해줬기 때문일 것이다. 특히 동성애 커플은 이를 매우 감사히 여기는 것 같았다. 될수록 오랫동안, 과장해서 말하자면 영원히 내가 그들 곁에 있어주기를 바랐고 안 좋은 일이 생겨 내가 걱정하거나 우울해할 때면 '함께 있으면서' 기분을 풀어주려고 노력했다. 물론 사려 깊은 사람들이었으므로 내가 걱정하고 우울해하는 구체적인 이유는 일체 묻지 않았다.

그러나 결국 평가서 제출은 물론 제대로 인사조차 하지 않고 대학을 떠날 수밖에 없었던 이유는 혐오스럽게도 (셀마를 제외한) 대

---

* 미국 시인 E. L. 파운드의 연작 장편시.

부분 교수들이 (남자든 여자든) 완벽히 반(反)신비주의자라는 사실에 있었다. 이들은 모두가 어떤 사실을 설명하거나 상술하거나 분해해버리는 기술에 탁월한 전문가였으며 이를 통해 영원불멸성을 강조하고 진작하고자 했다. 나로선 최악의 절망이 아닐 수 없었고 희망에 찬 얼굴로 히죽거리는 이른바 선생이라는 작자들의 얼굴을 시간이 갈수록 도저히 참아줄 수가 없었다. 내가 생각할 때 선생이란 작자는 가장 천한 계층에 속한 타고난 사기꾼이다. 왜냐하면 이들이 인생에서 얻고자 하는 바는, 다시 말해 시간에 구애받지 않는 불변의 진리라든가 영원한 젊음 따위는 결코 달성할 수 없기 때문이다. 결과적으로 이들은 끔찍한 사기를 저지르는 셈이 되고 진리에서 멀어지는 기차에 탑승해버리는 꼴이 되고 만다. (영원하리라 여기는 문학이야말로, 비유하자면 그들의 탑승권이다.)

그들은 자신을 둘러싼 모든 것은 도서관의 벽돌이나 문학책처럼 영원해야만 한다고 생각했으며 이런 집착은 특히 자기 전공과 관련된 분야에서 더욱 두드러졌다. 진정한 신비는 그들에게 있어 분해하고, 정제하고, 밖으로 꺼내 조각조각 내버려야 하는 대상에 지나지 않았다.

그러므로 학생을 가르치는 직업에 종사하는 사람들은 서른두 살이 되면 자리에서 물러나게 한 다음 예순다섯이 되기 전엔 강단에 복귀하지 못하도록 해야 한다고 나는 생각한다. 그래야 감히 남을 가르치려 들지 않고 스스로의 삶을 온전히 살아갈 수 있을 것이기 때문이다. 그들이 살아야 할 삶은 애매함과 덧없음, 후회, 그리고 놀라움으로 점철되어야 하며, 그리하여 말년에 이르기 전엔 감히 대중 앞에서 아무것도 가르치려 들지 못하도록 해야 한다. 우리가 겪는 어려움은 바로 모든 현상을 설명하려 드는 오만함에 있기 때문이다.

사실대로 말하자면 그들이 취하는 태도는 내가 취하는 태도, 즉 되도록 후회를 멀리하거나 피해보려는 태도와 정확히 일치한다. 그리고 이는 그 의미를 정확하게 이해하고만 있다면 현명한 처사라고 말할 수 있다. 하지만 그들이 나와 달랐던 점은 그게 무엇이든 후회할 필요조차 없다고, 또 영원하지 않은 것에 대해선 책임질 의무조차 없다고 단정지었다는 데 있다. 다시 말하자면 이른바 타인으로부터 비난받지 않는 삶을 추구하고자 한 것인데 이는 절대로 현명한 태도가 아니다. 왜냐하면 후회 없는 인생을 살아가기란 불가능하며 따라서 우리에게 주어진 최선의 방책은 기껏해야 새롭게 출발할 수 있는 힘을 얻기 전까지 그 후회가 우리의 인생을 망치지 않도록 노력하는 것뿐이기 때문이다.

그 결과 반신비주의자들은 설명하기 힘든 현상이나 후회스러운 일에 갑자기 맞닥뜨릴 경우 아무 일도 아니라는 듯 간단하기 짝이 없는 말로 두루뭉술하게 넘어가거나 아니면 오히려 반대로 요점이라곤 없는 장황한 말만 늘어놓으면서 본질을 슬쩍 회피해버리고 만다. 즉 이런 문제를 해결하기엔 몹시 서툴고 준비가 덜 돼 있는 상태이므로 스스로 생각해봐도 이해가 불가능한 현실과 맞닥뜨리면 아주 쉽게 자포자기하며 무너지고 마는 것이다.

어떤 것들은 결코 설명할 수 없다. 그저 그 자체로 존재할 뿐이다. 그러다 시간이 어느 정도 흐른 뒤 문득 뒤돌아보면 어느새 사라지고 없거나(보통 다시는 나타나지 않는다) 혹은 전과 다른 모습으로 등장한다. 문학이 주는 위로는 일시에 불과하지만 인생은 언제나 다시 시작된다. 굳이 곰곰이 따지려 들거나 설명하려 들 필요가 없다. 개인적으로는 이러한 이치를 모르는 사람이나 이를 인생의 원칙으로 삼지 않는 사람들과 시간을 보내야만 하는 일보다 곤혹스럽고 짜증 나는 일도 없다고 생각한다.

한때는 덧없음의 매력에 너무 깊이 빠진 나머지 셀마 자심과 함께 술을 흥청망청 마셔대며 후회와 그 후회로 인해 겪어야 했던 상실감의 기억을 지우려고 시도하기도 했다. (이슬람교도는 덧없음의 개념을 이해하는 사람들이다.)

혹자는 (아내와 아이들을 집으로 돌아가는 버스에 태운 바로 그날 밤, 버몬트 양키 여관에서 낭만적인 저녁식사를 한 후에) 셀마와 나 사이에 있었던 일은 그저 흔해빠진 의미 없는 장난에 불과하지 않느냐고 말할지도 모른다. 즉 계속해서 이어지는 무료한 날들 속에서 딱히 할 일이라곤 없었기에, 새로운 생활에 순탄하게 적응하지 못했기에 그랬을 거라면서 말이다. 그렇다면 내 대답은 다음과 같다. 당신이 지독한 몽롱함에 빠져 있을 경우엔 아무리 하찮은 인간관계라 할지라도 자신이 살아온 날들을 증명해주는 흔적이 될 수 있다고. 나아가 때로는 복잡하게 꼬여 있는 인생을 실제로 개선해줄 수도 있다고.

내가 버크셔 대학에 도착하고 난 그다음 주말에 아내는 아이들과 함께 숙소를 방문했다. (내가 민디 레빈슨을 만난 지 얼마 되지 않았을 때였다.) 아내는 놋쇠 촛대 한 쌍으로 내 숙소를 깔끔하게 꾸며주기도 하고 내가 맡은 수업을 참관하기도 했으며 학부 교수 모임에도 이틀 밤 연속으로 참석해주었다. 나와 산책을 할 때는 예전에 책에서 읽은 적이 있다면서 아이들과 함께 빅 벤드 컨트리*로 소풍을 가자고 제안하기도 했다. 적어도 겉으로 볼 때 아내는 큰 불

---

* 텍사스 주에 있는 국립공원.

만이 없어 보였다. 하지만 아내와 아이들을 뉴저지 행 버스에 태워주려고 정류장으로 차를 몰고 있을 때 아내는 옆에서 나를 비스듬히 쳐다보다가 이렇게 말했다. "당신이 대체 여기에서 뭘 하고 있는 건지 정말 이해할 수가 없어. 내가 어리석다고 생각해도 좋아. 당장 그만두고 집으로 돌아와. 당신이 없으니 견디기 힘들어."

물론 나는 그만둘 수 없다고 대답했다. (지금 하는 말이지만 만약 그때 학교를 그만뒀다면 결혼생활을 유지할 수 있었을지도 모른다. 또 아내의 견해가 놀라우리만치 옳았다고 감탄했을지도 모른다. 아내는 내가 강사 일을 당장 그만두더라도 스물네 시간 안에 실패한 또다른 작가가 어디선가 불쑥 튀어나올 것이며 아서 윈스턴은 내 얼굴 따윈 곧 까마득히 잊어버릴 게 분명하다고 말했다.) 나는 그 뭔가가 나를 여기까지 이끌어왔고 우스꽝스럽게 여겨질지도 모르지만 그것이 뭔지 꼭 알아야만 한다고 생각했다. 그래서 아내에게 이런 결심을 말한 뒤 앞으로 매주 방문해주길 바라며 나아가 아예 아이들을 데리고 이곳으로 이사해 같이 사는 게 어떻겠냐고 제안하기까지 했다.

아내는 내 말을 듣고 난 후 정차중인 버스를 한동안 바라보더니 큰 한숨을 내쉬며 슬픈 목소리로 이렇게 말했다. "프랭크, 난 더이상 오지 않을 거야. 여기에 있으니 왠지 더 나이가 든 것 같고 나 자신이 어리석게만 느껴져. 그러니 이제부턴 혼자 지내도록 해."

아내는 곧 아이들과 버스에 올라탔고 버스는 나만 덩그러니 남겨둔 채 우는 아이들과 아내를 태우고(아내는 울지 않았다) 시야에서 차츰 멀어졌다.

그날부터 내가 뉴저지로 돌아가 마침내 이혼하기까지 십삼 주 동안, 나는 덧없음의 의미를 되새기며 셀마와 함께 시간을 보냈다.

셀마는 거무스름한 피부와 냉정한 눈을 가진 미인으로 나이는 서른여섯이었지만(나와 동갑이다) 외모상으로는 나보다 더 나이 들어 보였다. 셀마는 단지 비자를 얻으려고 그해 가을 파리에서 버크셔 대학으로 왔으며, 비자가 필요한 진짜 이유는 기업을 운영하는 부유한 미국인과 결혼해 행복한 여생을 보내기 위해서라고 내게 말했다.

그 학기가 끝날 때까지 나는 한 번도 집으로 돌아가지 않았고 전처 역시 편지는 물론 심지어 전화 한 통조차 하지 않았다. 즐거운 시간을 보내기 위해 셀마와 나는 침대에서 빈둥거리거나 대학에서 되도록 멀리 떨어진 곳으로 드라이브를 하면서 몇 시간이고 흥미를 끄는 주제를 놓고 수다를 떨었다. 우리는 보스턴, 메인, 웨스트체스터, 버몬트, 빙엄턴* 등지를 돌아다녔고 작은 모텔이나 여관에 머물면서 모호크, 이글, 애덤스 같은 간판을 내건 술집에서 술을 마셨다. 모두 세상과 동떨어진 느낌을 주는 어두컴컴하고 외진 장소에 위치한 술집으로, 아는 사람이라곤 한 명도 없어 주위 시선을 전혀 의식할 필요가 없었다. 매끄러운 검정색 실크를 두르고 프랑스 담배를 피우는 아랍 여자, 크루넥 스웨터에 치노 바지를 입고 존디어 트랙터 회사 모자를 쓴 평범한 남자. 그들에게 우린 어딘가에서 와서 금방 어딘가로 사라져버리는 관광객일 뿐이었다.

우리는 문학적인 주제에 대해서는 거의 얘기하지 않았다. 셀마는 나만큼이나 혹평을 서슴지 않는 이론가여서 모든 문학에 경멸적인 태도를 보였다. (그녀는 재미 삼아 스콧 피츠제럴드의 한 작품에서 'I'란 대명사를 모두 빼버리고 이에 대한 문학이론을 세운

---

* 뉴욕 주 남부에 있는 도시.

다음 강의까지 한 적이 있었는데 모든 동료 교수가 '천재적'이라며 감탄을 금치 못했다.) 대신 우리는 소소한 일상을 주제로 대화를 나눴다. 특정한 사탕단풍나무는 왜 각기 다른 시기에 잎의 색깔을 바꾸는가? 그것은 질병과 관련이 있는가? 런던에서 운전할 때는 주로 어떤 느낌을 받는가? (난 가본 적이 없지만 셀마는 런던에서 유학했다.) 영국인이었던 그녀의 첫 남편은 어떤 남자였는가? 그럼 나의 아내는? 셀마는 왜 한때 꿈꾸었던 배우의 길을 포기했는가? 강제징병제도에 관한 나의 견해는 어떠했던가? 그 어떤 대화 주제도 민감한 이해관계와는 상관이 없었다. 우리는 생각나는 대로 열심히 각자 의견을 피력했지만 미래를 들먹이는 일은 없었다. (둘 다 전혀 미래에 환상을 품지 않았기 때문이다.) 비록 자잘하기 이를 데 없는 주제들에 불과했지만 강의 때문에 다시 대학으로 돌아가야 하는 우리의 고통을 잊게 해주기에 전혀 손색없는 얘깃거리들이었다. (그 무렵부터 나는 강의를 지독히도 싫어하게 됐다.) 이런 과정을 겪으면서 셀마에 대해 매우 많은 정보를 얻을 수 있었지만 일부러 질문해 알아낸 정보는 하나도 없었고 그나마 대부분은 내 머리에 들어오자마자 바로 사라졌다.

한번은 일주일 내내 그녀 생각만 나서 혼자 온갖 불가능하고 로맨틱한 상상을 하다가 결국엔 제풀에 지쳐버린 적도 있다. 셀마와 만나는 동안 나는 킬킬거리면서 셀마에게 사랑한다는 말을 수없이 했지만 둘 다 내 말이 한갓 농담에 불과하다는 사실을 잘 알고 있었다. 왜냐하면 셀마는 평소 자신은 애정과 유사한 그 어떤 감정도 경멸한다면서 사랑이란 감정엔 전혀 관심이 없다고 말해왔기 때문이다.

하지만 그녀도 유독 집착하는 감정이 있었으니 바로 이타주의였다. 우리가 처음으로 같이 자고 일어난 그날 아침, 그녀는 이에 대해 내게 아주 자세히 설명해준 바 있다. 그날 셀마는 햇살이 밝게 비치는 내 방에서 옷도 걸치지 않은 채 창밖만 바라보며 우두커니 서 있었다. 그녀는 이타주의가 아랍인을 거의 미치게 만든다고 말했다. 왜냐하면 이타주의는 항상 '사기(그녀가 좋아하는 단어였다)'에 불과하기 때문이라는 것이었다. 말을 하는 동안 점점 분노가 치밀어오르는지 그녀는 미친 사람처럼 머리를 사방으로 흔들며 고함치거나 웃어댔고 나는 침대에 앉아 그런 그녀의 모습을 그저 존경 어린 시선으로 바라볼 뿐이었다. 그녀가 생각하기에 이 세상을 증오의 불길로 불타오르게 하는 요인은 종교나 경제가 아닌 바로 이타주의였다. 그날 아침, 그녀는 심각한 표정으로 열여덟 살이 됐을 무렵 마약중독에 빠진 적이 있으며 테러리스트 단체와도 '깊은' 관계를 맺었다고 말했다. 이후 납치와 폭력, 감금 등을 일삼는 어둠의 세력과 한동안 어울리기도 했는데 이를 통해 세상을 더 깊이 이해할 수 있었고 평소에 품은 신념, 즉 사람들이 파괴적인 행위를 일삼는 이유는 단지 자기 자신을 만족시키기 위해서라는 믿음을 확신하게 되었다고 한다. 될수록 인적이 드문 곳을 선호하는 이유도 바로 이 때문이라고 그녀는 덧붙였다. 셀마는 (유대인이 아니라) 크리스천이라고 자처하는 사람들을 싫어했지만 이는 그들이 보여주는 경멸스럽기 그지없는 천박한 행위 때문이 아니었다. 셀마가 자칭 크리스천이라고 자부하는 이들을 싫어한 이유는 그들이 자신을 이타적인 사람이라고 믿을 뿐 아니라, 나아가 관대하고 선량한 사람이라도 되는 듯 가식적으로 행세하기 때문이었다. 따라서 셀마가 볼 때 이타주의를 치료할 수 있는 치료제는 모두 아주 가난해지거나, 반대로 모두 어마어마한 부자가 되는 것뿐이었고 그녀는 그중 부자 쪽을 선택했던 것이다.

어쨌든 내게 셀마는 대단히 매력적인 사람이었다. 셀마가 나를
어떻게 생각했는지는 잘 모른다. 존경할 만한 사람이라고 말하긴
했지만 실제로 그렇게 생각했는지는 알 길이 없다. 이따금 나는 갑
작스런 흥분 상태에 사로잡혔고 그럴 때면 정신질환을 앓는 환자
처럼 한마디 말도 없이 우울해하거나 내가 전혀 모르는 그 어떤 대
상에게 악의에 찬 말을 퍼부었다. 학기 말에 가서는 그 대상이 주로
나를 멸시한다고 여겨지는 동료 강사일 때가 많았는데 따져보면
단지 피상적으로만 아는 사람이거나 심지어 한 번도 만난 적이 없
는 사람일 경우도 있었다. 셀마는 나의 이런 면을 언급하면서 나 같
은 사람은 한 번도 본 적이 없다며 놀리곤 했다. 즉 한편으로는 매
우 똑똑하고 냉정하기 짝이 없는 현실주의와, 또 한편으로는 상처
받기 쉬울 만큼 진심 어린 마음과 배려심이 함께 자리하고 있는, 상
이한 두 성향이 혼합된 특이하고 멋진 성격이라는 것이었다. 또 내
가 글쓰기를 그만두고 스포츠 기자가 되기로 선택한 것은 매우 바
람직한 결단이었다면서 비록 내 직업에 대해 알고 있는 바는 아무
것도 없지만 기자라는 직업도 생계수단으로는 그리 나쁘지 않은
것 같다고 얘기했다. (전처가 말했듯이) 셀마는 자신과 마찬가지로
나 역시 버크셔 대학에 있다는 사실이 우스꽝스럽게 보인다고 말
했다. 하지만 아마 마음 깊은 곳에선 한곳에 정착하지 못하고 떠도
는 내 모습에서 자기 처지를 떠올리며 동질감을 느끼지 않았을까
짐작한다. 그리고 가끔 나와 좋은 관계를 계속 유지할 수 있는 방법
을 고민해보기도 했을 것이다. "당신이 이슬람교도였다면 좋았을
텐데." 셀마는 길고 날카로운 코를 치켜들며 종종 이렇게 말했다.
그런 행동은 그녀의 말이 진심이라는 것을 알려주는 버릇이었다.

그럼 나도 이렇게 대꾸해줬다. "당신이야말로 스포츠 기자가 됐어야 했는데 말이야." (내 말에 우리는 미친 사람처럼 깔깔 웃어댔지만 정작 나는 내가 무슨 의도로 이런 말을 했는지 알지 못했다.)

어쩌면 셀마와 내가 냉소주의의 극단을 달린 사람으로 보일지도 모르지만 이는 완전히 잘못된 생각이다. 왜냐하면 진정 냉소적인 사람이 되기 위해서는 (내가 경기장을 다니며 열여덟 명의 여자와 로맨스를 나눴을 때처럼) 자기감정을 외면할 수 있어야 하기 때문이다. 하지만 우리는 우리가 뭘 하고 있는지, 우리가 어떤 토대 위에 존재하는지 정확히 알고 있었다. 그 토대란 거짓 사랑이나 거짓 감정이 아니었고 거짓 관심이나 거짓 연민도 물론 아니었다. 그것은 바로 '예감'이라는 토대였으며 이는 사랑을 포함한 그 어떤 것만큼이나 선하고 좋은 가치가 될 수 있다. 셀마는 기대 수준이 높아지면 높아질수록 서서히 문제가 생기기 시작한다는 점을 너무나 잘 알고 있었다. 그녀는 나에게 아무것도 바라지 않았고(나는 부유한 기업가가 아니라 필요 이상으로 문제가 많은 남자였다) 나 역시 그녀를 내 차에 태우거나, 내 침대에 초대하거나, 또는 아름다운 뉴잉글랜드 풍경을 함께 감상하며 웃고 떠드는 것 외엔 원하는 바가 전혀 없었다. 결국 둘 사이에 문제가 일어날 소지란 전혀 없었던 셈이다. (나는 이를 나중에야 깨달았다. 서로 이에 관해 한 번도 얘기한 적이 없었기 때문이다.)

우리가 예감했던 사실은 완전하고 독립적인 삶을 살 수 있는 사람은 아무도 없으며 설사 그런 삶이 가능하다 해도 오래 지속되기를 기대할 순 없다는 점이었다. 근사한 레스토랑에서의 만찬, 한밤의 드라이브, 한기가 느껴질 만큼 서늘한 가을의 숲과 언덕, 평온한 늦가을에 갑자기 울리는 전화벨 소리, 밖에서 들려오는 자동차

소리, 쾅 하고 문 닫히는 소리, 친숙한 소음, 전화기 주변으로 흩어지는 담배 연기, 얼음이 유리잔에 부딪히는 소리, 잠결에 들리는 강물 소리, 모든 걸 잃지 않을 수도 있다는 희망적인 느낌, 하지만 곧 뒤따르는 체념에 찬 한숨 소리…… 그러나 셀마는 현실에 굴복하는 듯하면서도 결코 굴복하지 않는 모습을 보였고 바로 이런 이유 때문에 그녀에게선 신비로운 기운이 불현듯 뿜어져나오곤 했다.

감히 말하지만 셀마와 나 사이엔 아무 일도 일어나지 않았다. 그리고 둘 사이에 순간보다 중요한 가치는 없었다. 특별한 일도 마치 원래 그랬던 것처럼 우리에겐 평범하게만 보였다. 우리는 짧으나마 완벽한 순간을 만들어냈고 그 순간은 완벽한 만큼 곧 끝나버렸다.

어쨌든 내가 그 이상으로 뭘 고대해야 했단 말인가? 내가 맡았던 강의? 그저 그런 미소와 동료들과의 관계? 첫 아들을 잃고 살아가야 하는 삶? 점점 의미가 없어지는 전처와의 결혼생활? 난 모르겠다. 당시에도 몰랐다. 난 그저 우리는 다른 사람의 삶을 이해할 수 없으며 이해하려고 노력하지 않는 편이 낫다는 사실을 알았을 뿐이다. 셀마와의 만남이 완전히 끝났을 때(우린 베이 스테이트 술집에서 술을 한 잔 마신 후 방금 만난 사람처럼 간단히 인사하고 헤어졌다) 난 학교에 평가서도 제출하지 않고 어둠 속으로 차를 몰아 뉴저지로 향했다. 그때 내 심정은 열정적이고 근심 많은 순례자의 심정과 다르지 않았지만 그렇다고 상실감이나 자책감을 느꼈다는 말은 전혀 아니다. 내가 뉴저지로 돌아오자마자 모든 것이 제자리로 돌아갔다. 누구도 상심하거나 후회하거나 또 상처받지 않았다. 하지만 명심해두는 편이 좋다. 복잡한 세상에서 이는 그다지 자주 일어나는 현상이 아니라는 사실을.

갑자기 대학을 떠났던 그날 저녁, 올드 마더 도서관에 있는 사무실 창가에 서서 학생들의 최종 논문을 읽으며 어떻게 평가 점수를 매겨야 할지 궁리하고 있는데 노크 소리가 들렸다. (나는 작품을 써야 한다는 이유를 대며 외진 곳으로 사무실을 옮겨달라고 부탁했다. 하지만 진짜 이유는 학생들이 되도록 사무실에 들르지 못하게 함으로써 셀마와 나의 사생활을 즐기기 위해서였다.)

문을 열어보니 최근에 알게 된 젊은 조교수의 부인이 서 있었다. 그 조교수는 행동이나 표정으로 보아 나를 탐탁지 않게 생각하는 것 같았지만 이름이 멜로디라는 그의 부인과 나는 신년을 기념해서 윈스턴이 주최한 칵테일파티(전처도 함께 참석했다)에서 오래도록 화기애애한 대화를 나눈 적이 있었다. 그때 대화의 주제는 〈불새〉*였는데 사실 나는 이 공연을 본 적도 아는 바도 전혀 없었다. 이후 나를 좋게 봤는지 멜로디 부인은 나와 마주칠 때마다 항상 미소를 지어 보였다. 촉촉이 젖은 듯한 갈색 눈을 가진 멜로디 부인은 입술도 매우 매혹적이었다.

문가에 서 있는 멜로디 부인은 초조해 보이고 다소 당혹스러워하는 듯했지만 어서 안으로 들어오고 싶어하는 눈치였다. 때는 12월로 눈에 대비한 옷차림을 하고 있어서 머리엔 귀 덮개가 달린 페루 모자를 쓰고 발엔 부츠를 신고 있었다.

내가 문을 닫자 멜로디 부인은 학생용 의자에 앉아 담배를 피우기 시작했다. 나도 창가를 등지고 앉은 다음 미소를 지으며 그녀를 바라봤다.

"프랭크." 마치 머릿속에서 마구 떠돌아다니던 그 단어가 우연히 밖으로 터져나오기라도 한 것처럼 갑자기 그녀가 내 이름을 불렀

---

* 스트라빈스키가 작곡하고 러시아 안무가 포킨이 대본과 안무를 맡은 발레 작품.

다. "아직 우리가 서로에 대해 잘 모른다는 사실은 인정해요. 하지만 파티에서 멋진 대화를 한 이후로 계속 다시 만나고 싶다는 생각을 했어요. 제겐 매우 중요한 대화였죠. 당신이 알아줬으면 해요."

"저도 매우 즐거웠습니다, 멜로디 부인." (하지만 어떤 대화를 나눴는지 잘 기억나지 않았다. 멜로디가 한때 댄서를 꿈꿨다는 것, 하지만 아빠가 반대했다는 것, 그래서 아빠를 비롯한 모든 남자에게 반항심을 품게 됐다는 것 정도였다. 또 내가 '그래도 나는 다른 남자와는 다르게 봐줄 수도 있겠구나' 하고 생각했던 기억이 난다.)

"시내에 댄스 교습소를 차렸어요." 멜로디 부인이 말했다. "시에서 보조금도 받았죠. 버크서 대학 학생들이나 대학 당국에도 홍보를 할 참이에요. 개인적으론 춤을 더 배우려고 보스턴에 일주일에 두 번씩 가요. 세스가 아이들을 돌봐주죠. 많이 바쁘지만 그래도 내겐 아주 중요한 일이니까요. 제대로 된 성과가 나오려면 아무리 빨라도 내년 가을은 돼야겠죠. 이 모든 일이 우리가 파이어버드에 관해 얘기한 후부터 시작됐답니다."

"그거 참 기쁜 소식이군요." 내가 말했다. "존경스럽습니다. 세스도 부인을 자랑스럽게 여길 거예요. 내게 몇 번이나 말하더라니까요." (순전히 거짓말이었다.)

"프랭크, 내 인생은 이제 바뀌었어요. 세스와 관련해서 특히 그렇죠. 그와 헤어질 생각은 없어요, 지금 당장은요. 하지만 내게 자유를 달라고 요구했답니다. 내가 원하는 사람과 함께 내가 하고 싶은 일을 할 수 있는 자유를요."

"훌륭해요." 하지만 정말 훌륭하다는 생각은 들지 않았다. 나는 몸을 돌려 학생 몇 명이 눈으로 성을 만들고 있는 모습을 창밖으로 바라보았다. 그리고 선약이라도 있는 것처럼 벽에 걸린 시계를 쳐다봤다.

"프랭크. 어떻게 말을 꺼내야 할지 모르겠지만 꼭 해야겠어요, 어쩔 수 없이 이런 식으로. 당신과 자고 싶어요. 저한테 시간을 내 줬으면 해요." 멜로디 부인이 가볍게 미소를 흘렸다. 순간 멜로디 부인의 입술이 당장 키스하고 싶을 정도로 매혹적으로 변했다. "셀 마와의 관계도 잘 알아요. 하지만 그렇다고 나와 만나지 못할 이유 는 없잖아요? 안 그래요?" 무거운 코트의 버튼을 풀자 멜로디 부 인 뒤편으로 코트가 스르륵 떨어졌다. 이내 레오타드만 걸친 부인 의 몸이 드러났다. 한쪽은 자주색, 한쪽은 흰색인 레오타드였다. "이 정도면 괜찮은 편이죠?" 멜로디 부인이 어깨 부분의 레오타드 를 벗겨내자 아주 어여쁜 가슴이 모습을 드러냈다. 그녀는 나머지 한쪽 어깨의 레오타드도 마저 벗었다.

"잠깐 기다려요. 너무 튀는 행동이군요."

"늘 그랬죠. 난 준비가 됐어요. 아무 걱정 말아요."

"알겠습니다." 내가 말했다. "하지만 여기에서 잠깐만 기다려줘 요. 급히 처리해야 할 일이 있어서요. 일단 코트부터 입고 계세요." 나는 떨어진 코트를 주워 이젠 아예 그 사랑스러운 가슴을 대놓고 드러낸 그녀의 어깨에 둘러주었다. 멜로디 부인의 입술은 한껏 부 풀어올라 그렇게 아름다울 수 없었으며 레오타드는 허리 근처까지 내려가 있었다. 나는 복도로 나와 문을 닫고 코트를 걸친 다음 자 동차가 있는 곳으로 발걸음을 옮겼다. 눈으로 성을 만들던 학생들 은 이젠 눈싸움을 벌이느라 소리를 지르고 있었다. 하긴 오늘 수업 은 이미 끝났고 시험기간은 걱정하지 않아도 될 만큼 한참이나 남 았다.

발걸음을 옮기던 나는 책 한 보따리와 스쿼시 라켓을 들고 열심히 걸어오는 멜로디의 남편 세스 페어뱅크스와 마주쳤다. 그는 마른 몸매인데도 콧수염을 길러 강인한 이미지를 풍겼으며 뉴욕 대학을 졸업했고 몇몇 현대소설과 더불어 18세기 문학이 전공분야였다. 세스와는 딱 한 번 얘기를 나누었다. 하지만 내가 좋아하는 주제는 모두 그가 싫어하는 주제로 드러났고, 때문에 나는 그 이유에 대한 세스의 장황한 설명을 어쩔 수 없이 한동안 들어줘야만 했다.

"배스컴 교수, 어디 가세요?" 세스 페어뱅크스가 조소에 가까운 미소를 띠며 말했다. "도서관에 가시나요?" 나는 벌벌 떨면서 나를 기다리고 있을 그의 부인을 떠올리며 씩 하고 웃어줬다. 창문 밖으로 쳐다보면 틀림없이 나와 세스가 보일 것이다. (아직까지 기다리고 있다면 말이다.) 하지만 벌써 다섯시가 다 되어 사방이 어두워지고 있었으므로 보이지 않을 가능성도 컸다.

"에세이 때문에 집에 가려고요." 즐거운 목소리로 내가 대답했다. "로브그리예에 대한 글을 써오라고 과제를 냈거든요. (사실은 거짓말이었다. 학생들은 이미 과제를 완수했고, 받고 싶은 점수까지 내게 말했으니까.) 그는 정말 대단한 사람 같아요."

"어떤 과제를 냈는지 궁금하군요. 내일 오전에 제 사물함에 한번 넣어주시죠. 배울 점이 있을지도 모르니까요. 그의 작품 『엿보는 사람』은 제가 강의중인 과목이기도 하죠." 세스는 억지로 웃음을 참는 것처럼 보였다.

"그러죠." 나는 잠깐 동안 세스와 함께 주차장으로 걸어갔다. 이윽고 케이크 같은 눈을 한껏 짊어진 내 차가 눈에 들어왔다. 건너편의 체육관에서 새어나온 노란 불빛이 근처의 어둠을 환히 밝혀주고 있었다. 이제 날씨는 점점 추워질 것이고 곧 오랜 겨울이 시작될 것이다.

"이번 계절학기에 공포를 주제로 한 강좌를 개설할 생각입니다."
세스가 차가운 공기 속으로 입김을 내뿜으며 말했다. "기괴하고 이
상한 사건을 다룬 책들이 많이 나왔죠. 싸구려 삼류소설이 아니라
문학성이 뛰어난 훌륭한 책들이에요. 그에 따른 이론도 완성해놨
습니다. 누군가는 꼭 읽어봐야 할 책들이죠."

"대단하군요." 내가 말했다.

"강의계획서를 보내드릴 테니 한번 보세요. 다음 주엔 점심이나
같이 합시다."

"기대하겠습니다."

"여긴 참 괜찮은 곳이에요. 그러니 한 학기 더 강의해보시는 건
어때요? 스포츠 기사는 언제고 쓸 수 있으니까요. 아마 여기가 마
음에 들어서 계속 있고 싶어질지도 모릅니다." 그의 말에 진심이
담기지 않았다는 사실 정도는 나도 알고 있었지만 모른 체하기로
했다.

"생각해봐야겠군요. 고마워요."

"그럼 이만." 자동차가 있는 곳에 다다르자 세스는 라켓을 들어
작별 인사를 건넨 후 체육관 쪽으로 걸어갔다. 나는 고개를 들어 세
스의 아내가 있을지도 모를 내 사무실 창문을 쳐다봤다. 아무래도
이젠 집으로 돌아간 듯했다. 아니, 그렇게 생각해야 마음이 편할 것
이다. 나는 시동을 걸고 집을 향해 차를 몰았다.

오전 열시 삼십분, 나는 샤워와 면도를 한 뒤 부활절에 입는 시어
서커* 옷으로 갈아입었다. 대학 시절에 샀던 옷이다. 옷을 갈아입

---

* 의류 소재 중 하나로 드레스나 파자마 등에 주로 사용함.

고 나오는데 보소볼로가 현관으로 들어섰다. 그는 프리스커를 안으로 들여보낸 후 나를 지나쳐 부엌으로 들어갔다.

나는 잠시 복도에 서서 보소볼로를 아래위로 자세히 쳐다봤다. 근엄한 얼굴에 탄탄한 체격을 가진 이 아프리카인을 나는 항상 존경의 눈초리로 바라봤다. 아마 그는 분명 원주민처럼 튼튼한 성기도 갖고 있으리라. 우리 둘은 약간 엉뚱하고 독특한 유머감각을 지녔다는 공통점이 있으며 그런 이유로 서로 인정하고 존중해주는 편이다. 보소볼로는 혼자 생활하면서도 자기 연민에 빠지지 않는 나의 태도를 높이 평가했고, 나 또한 신학교의 과도한 영성을 완화하기 위한 목적으로 홉스를 연구하는 그를 존경했다.

검은색 신학교 바지와 하얀색 반팔 상의, 그리고 샌들을 신은 보소볼로는 어울리지 않게도 오렌지색 넥타이를 매고 있었다. 넥타이는 (가봉에서 출발한) 그가 미국에 처음 도착한 날 42번가에서 샀다고 하는데 그 때문에 보소볼로는 마치 블루스 가수처럼 보였다. 나는 최근 두 번에 걸쳐 그가 신학교의 한 여직원과(체구가 땅딸한 여자로 나이는 보소볼로의 절반에 불과해 보였다) 팔짱을 끼고 집 근처를 걸어가는 모습을 목격했다. 아마 그 여자의 집, 아니면 바로 내 집에서 뜨거운 사랑을 나눴을지도 모르리라. 이 얼마나 이국적인 풍경인가! 아버지뻘인 나이 든 야만족 왕자와의 데이트라니!

전처가 숙모에게서 물려받았다는 크리스털 램프 곁에서 걸음을 멈춘 보소볼로는 아주 먼 곳에 있는 사람을 응시하듯 나를 쳐다봤다.

"신학교 일은 잘됐어?" 나는 왠지 터져나오려는 웃음을 꾹 참으며 물었다. 언젠가부터 우리는 늘 은근히 비꼬는 식으로 대화를 해오고 있다.

"응, 아주 잘됐어." 보소볼로가 심각한 표정을 지으며 말했다. "그래, 여행은 재밌었는지 모르겠군. 난 방금 높으신 분들에게 부활 신화의 기원을 설명해주고 오는 길이야." 높으신 분들이란 보험사와 은행 고위간부로 구성된 협회 회원들을 말한다. 보소볼로는 오만한 표정을 지었다. "네안데르탈인은 동굴에 있던 곰이 죽은 줄 알았지만 알고 보니 살아 있었다고 말해줬지." 네안데르탈인이라니! 그 사람들이 보소볼로의 말을 듣고 무슨 생각을 했을지 충분히 짐작이 갔다. 아마 지금쯤 분노에 찬 그들은 하워드 존슨 레스토랑에 모여 이러쿵저러쿵 떠들고 있을 것이다.

"거스, 너무 인격적으로 대해준 거 아냐?" 거스는 신학교 교수들이 보소볼로에게 붙여준 애칭이다. 그의 이름이 부르기 어렵다는 게 이유였는데 보소볼로 역시 거스라는 이름을 좋아하는 듯했다.

"어쨌든 우리의 목적은 화해에 있어." 한 걸음 뒤로 물러서며 보소볼로가 말했다. "다른 말로 하자면 신은 누구든 차별하지 않으신다는 거지." 나는 새로 생긴 여자친구 얘기를 꺼내 보소볼로의 속을 긁고 싶었지만, 그럼 그는 분개할 것이 뻔했다. 보소볼로는 어린 아내를 여러 명 두고 있긴 해도 결코 결혼을 장난삼아 하는 위인은 아니었다. 아무래도 난 핀처 박스데일처럼 남을 괴롭히는 성격은 못 되는 것 같다.

나도 짐짓 심각한 표정으로 머리를 흔들었다. "자네가 정말 신학을 잘 알고 있는지 회의적인 생각이 드는군." 그와 나는 복도에 선 채 한동안 대화에 열중했다. 분위기가 너무 심각한 탓에 제3자가 있었다 해도 감히 끼어들지 못했을 것이다.

"아인슈타인도 신을 믿었다네." 보소볼로가 재빨리 말했다. "자네의 질문은 논리적으로 명쾌히 설명할 수 있지. 언제 토론회에 한

번 참석해보라고." 보소볼로는 검은 표지로 된 복음성가 책을 들고 있었는데 두꺼운 손가락 때문에 제목이 잘 보이지 않았다.

"그러다 종교의 신비가 사라질까 두렵군."

"우린 바흐의 음악에 대해 말하고 있는 게 아냐." 보소볼로가 말했다. "이건 신앙과 관련한 문제라고. 어쨌든 토론한다고 손해 볼 건 없잖나." 그는 내가 존경하는 바흐를 끌어들인 데 대해 스스로 대견해하는 듯했다.

"그들 중에 의심하는 자들도 있던가?"

"응, 많았지. 어쨌든 난 틀림없는 진리를 알려줬어. 언젠가 죽고 나면 그때는 알게 되겠지."

"너무 냉정하군."

보소볼로의 눈이 반짝거렸다. 그는 이 분야에 관한 한 전문가다. "좋아, 여행 갔다 돌아올 때쯤이면 토론하고 싶은 생각이 들지도 모르지."

보소볼로는 잠깐 눈살을 찌푸리더니 계단 쪽으로 천천히 걸어갔다. 보소볼로는 어제 월터가 방문한 일에 대해서는 전혀 언급하지 않았다. 월터가 자신을 집사로 착각했다는 말을 듣는다면 아마 아주 재미있어할 것이다. 그때 갑자기 보소볼로의 거친 땀 냄새가 코로 밀려 들어왔고 그 냄새는 다음과 같은 경고를 던지는 듯했다. '보소볼로는 장난이나 칠 그런 사람이 아냐. 그에게 종교는 스포츠가 아니라고.'

"홉스는 어떤가?" 이제 곧 그를 놓아줄 생각을 하며 내가 물었다. "그들에게도 홉스 얘기를 했나?"

"홉스도 신자였어. 속세의 일에 더 관심이 많았을 뿐이지." 그에게 딸 같은 나이의 여자와 데이트하고 있지 않느냐고 말한다 해도 그는 굳이 부인하진 않을 것이다. 갑자기 내 일에나 신경 써야겠다는 생각이 들었다. "자네도 교회에 나오는 게 어때?"

"속세의 일들이 너무 많아서 말이야."

"그렇다면 오늘이 딱 좋은 날이겠군." 보소볼로는 내게 손을 흔든 뒤 한 걸음에 두 계단씩 올라갔다. "오늘 신은 자네에게 미소를 보내고 계시네." 위층에 올라가 이젠 보이지도 않는 보소볼로가 나에게 소리쳤다.

"알았어." 내가 대꾸했다. "나도 미소를 보내드릴 테니 걱정 마." 돌아보니 프리스커가 이미 주방의 한 자리를 차지하고 앉아 있었다. 나는 걸음을 서둘렀다.

시내로 들어선 나는 세미너리 가를 향해 차를 몰았다. 모두 교회에 가고 없는지 광장엔 사람들이 별로 없었다. (대신 엄청나게 많은 차들이 주차돼 있었다.) 오렌지색 재킷을 입고 휠체어에 탄 남자가 문이 닫힌 아이스크림 가게를 엿보고 있었고 시내에 한 명뿐인 흑인 경찰은 완전무장 복장으로 길가에 서 있었다. 드토크빌 미니버스 한 대가 나를 지나쳐 가더니 곧 월리스 가를 향해 사라졌다. 신호등은 햇빛 속에서 초록색으로 깜빡거렸다. 강도가 활동하기에 지금만큼 좋은 때도 없을 것이다.

나는 바네갓 파인스를 향해 남쪽으로 차를 몰다가 갑자기 유턴한 다음 장로교회 한쪽에 있는 장애인용 주차장에 차를 세웠다.

나는 시동을 켜둔 채 차 뒷문에 기대서서 주변을 살폈다. 부활절 예배 안내문을 한 아름씩 든 교회 안내원들이 분주히 움직이고 있었다. 하나같이 갈색 양복에 핀을 꽂은 넥타이를 맨 이들은 누구든 잘 알고 있다는 듯 "어서 오세요"를 외치며 빈자리로 신도들을 안

내해준다. 기도, 영광송, 성찬의식이 진행되는 동안에는 들여보내지 않으며 찬송가, 공지 시간, 헌금 시간에야 재빨리 안으로 들여보내준다.

뒷문과 가장 가까운 곳이 바로 내가 제일 좋아하는 자리다. 빌럭시에 있었을 때도 어머니는 내 손을 잡고 이와 비슷한 위치에 서 있곤 했다. 이상하게도 나는 자리에 가만히 앉아 있기가 힘들었고 게다가 항상 다른 사람보다 일찍 빠져나오는 편이어서 옆 사람들을 귀찮게 하기 일쑤였다.

내게 인사를 건넨 안내인의 이름표엔 '알(AL)'이라는 글자가 쓰여 있었는데 가까이 다가가보니 누군가가 그 앞에 '큰(big)'이라는 글자를 빨간 매직으로 써놓은 것이 보였다. 철물점과 커피 스팟에서 그를 만난 적이 있다. 오십대인 그는 빨간 매직으로 쓴 글자 그대로 체구가 컸는데 역시 커다란 옷에서 담배 냄새와 아쿠아 벨바로션 냄새가 풍겨왔다. 그는 기도하는 신자들이 들여다보이는 문에 서 있다가 내가 안으로 들어서자 그 큰 손을 내 어깨에 얹고는 이렇게 말했다. "곧 좌석으로 안내해드리겠습니다. 앞쪽엔 자리가 많아요." 안내문을 받아든 나는 머리가 아플 정도로 강렬한 아쿠아 벨바 냄새를 맡으며, 거북한 숨소리를 내는 그 앞에 서 있어야 했다. 다른 신자들은 결의에 찬 표정으로 자신들의 발과 바닥에 깔린 붉은 카펫을 뚫어져라 노려보며 기도에 열중하고 있었다.

"아니, 괜찮습니다. 여기에 잠시만 서 있을게요." 내가 속삭이듯 작은 목소리로 말했다.

"그러시죠, 짐. 편한 대로 하세요." 알은 흔쾌히 대답한 뒤 다른 신자들의 동작에 맞춰 고개를 정중히 숙였다. (그는 나를 다른 사람으로 착각했지만 놀랄 일이 아니었다. 교회에서 신자라는 내 신분만큼 더 중요한 사실은 없을 테니까.)

예배당 안은 화려한 교회 전등과 빽빽이 들어선 신도들, 그리고 그 신도들의 입에서 나오는 기도 소리로 가득 찼다. 목사는 내게서 팔백 미터 정도 떨어진 곳에 하얀 턱받이를 하고 서 있었는데 가슴이 떡 벌어지고 턱수염이 풍성한 것이 한눈에 봐도 건강미가 철철 넘쳐났다. 분명히 신학교 교수이리라. 그는 배우처럼 큰 목소리로 기도했지만 양팔을 들 때는 검은 가운이 위로 치켜올라가는 바람에 흡사 백합으로 가득 찬 제단에서 날개를 활짝 펴고 있는 박쥐처럼 보였다. "오늘은 우리에게 아주, 아주 기쁜 날입니다. 새롭게 살게 된 날이죠. 땅에서 살고 있는 우리들은…… 매일매일을……" 나는 마치 완전히 새로운 소식을 듣는 사람처럼 눈을 크게 뜨고 목사의 말에 귀를 기울였다. 목사의 설교를 듣는 동안 나는 저 먼 도시로 전도하러 가야 할 것만 같은 충동에 사로잡혔다. 그리고 또 내가 느낀 것은…… 과연 무엇이었을까?

이는 신앙의 기초가 튼튼한 나 같은 신자에게는 아주 훌륭한 질문이다. 비록 그 답은 분명하고 간단하지만 말이다. 그렇지 않았다면 처음부터 여기에 오지 않았을 것이다.

나는 황급히 도착한 교회에서 원했던 감정을 느꼈고, 그것은 갑자기 유턴을 단행해 교회 주차장으로 차를 몰았을 때부터 이미 작정한 일이었다. 성직자 같은 강렬한 열정, 높은 곳을 향한 자유로운 비상, 발끝에서 느끼는 짜릿짜릿한 기운…… 대통령이 함선을 방문했을 때 수병들이 느끼는 흥분도 아마 이와 다르지 않으리라. 근심과 두려움, 심지어 부담스런 경외심마저 문득 사라지면서 집에 와 있는 것처럼 마음이 편안해졌다. 이어 나 자신과 나를 둘러싼 모든 사람들에게 매우 만족스럽고 감사한 마음이 들었다. 독실한 신자처럼 보이도록 애쓸 필요도 없었다. 나는 눈으로는 보이지 않는 그 어떤 초월적인 존재가 주변을 감싸고 있다는 흔치 않은 느낌에 휩싸였다. 물론 지금의 이런 느낌과 감정은 사실 엉터리에 불과해 자동차로 걸어가는 그 짧은 시간 동안 다 사라져버릴 것임에 분명하다. 그러나 아무런 감정도 느끼지 못하는 것보다는 낫다. 비록 그것이 공허한 슬픔이라 해도, 후회라 해도, 또 가슴 아픈 외로움이라 해도.

갑자기 내 입에서 찬송가가 흘러나왔다. "내 영혼을 깨우고 날개를 활짝 펴라, 덧없는 삶에서 벗어나 천국으로 향하라, 너의 목적지인 그곳으로……" 내 목소리는 강하고 분명했다. 뒤에서 참회의 노래를 부르는 알의 바리톤 음성이 들려왔다. (하지만 이 찬송가의 가사가 뭘 뜻하는지, 어떤 의미를 함축하는지 나는 알 수 없었다.) 오르간 소리는 창문을 흔들고 지붕을 들썩였으며, 안내인과 목사를 비롯해 교회에 모인 모든 사람을 흥분에 떨게 만들었다.

이제 떠날 때가 됐다.

그 무엇이라도 다 이해할 수 있다는 표정으로 두 손을 경건히 모으고 있는 알을 향해 나는 이만 나가보겠다는 비밀 신호를 보냈다. 이제 '무덤을 향한 질주'를 해야 할 때다. 그리고 내게 타인의 전도는 더 필요치 않다. 나는 이미 원하는 바를 얻었고 나만의 방식으로 (당분간에 불과했지만) 구원받았다. 어두운 속세를 향해 깃발을 휘날리며 행진할 준비는 모두 끝났다.

10

선바이저 밑에는 독립 200주년을 맞이해 제작된 '조니 호라이즌 렛츠 클린 업 아메리카'* 지도가 걸려 있고 대시보드엔 바네갓 파인스로 가는 지름길 약도가 테이프로 붙여져 있다. (비키가 직접 그려줬다.) 약도에는 206-A, 530-E, 70-S 도로를 거쳐 숫자 없이 '더블 트러블 가'라고만 적힌 길로 들어서도록 표시돼 있었다.

비키가 지시한 대로 경로를 따라가보니 평범하면서도 멋진 뉴저지의 풍경이 나타났다. 그리고 그 풍경은 우리 모두가 인생을 살면서 한 번쯤은 가봤을 법한 그 어떤 장소를 떠올리게 했다. 그야말로 창문을 활짝 내리고 시원한 바람을 맞으며 달리기에 안성맞춤인 도로였다.

하지만 급커브 길이 많아 동서남북의 기본 방향을 일관성 있게

---

* 1970년대에 미국에서 중점적으로 펼쳐진 환경보호 캠페인.

기억하기가 매우 어려웠다. 남동쪽으로 차를 몰다가도 묘하게 남서쪽으로 가는 기분이 들어 길을 잃어버렸다는 생각이 들거나 때로는 내가 어디에 있는지조차 헷갈렸다. 친환경 산업과 관련된 공장이 곳곳에 보였고 밸브 공장, 콩고리움 회사 공장, 유홀 회사 창고, 유리 공장 및 그 옆의 모래와 자갈이 가득한 웅덩이, 에어데일 케널 회사, 퀘이커교도 마을, '바로 여기입니다!'라고 쓴 간판 등 무수히 많은 풍경이 곁을 스쳐 지나갔다. 이어 갑자기 넓은 하늘이 나타나면서 플로리다와 비슷한 경치가 등장하더니 약 이 킬로미터가량 차를 더 몰고 가자 이번엔 미시시피 삼각주가 펼쳐졌다. 문명화된 평탄한 대지 위로 전력선과 광활한 밭, 흑인이 낚시중인 다리가 차례대로 늘어섰고 델라웨어가 나오기 바로 직전엔 저 먼 수평선 위로 마운트 홀리가 홀연히 등장했다.

나는 포트 딕스* 근처의 펨버튼이란 마을에 차를 세운 후 부활절 인사를 하러 다시 전처의 집으로 전화를 걸었다. 여전히 사무적이고 딱딱한 녹음 메시지가 흘러나왔고 난 이번엔 비키 부모 집의 전화번호를 남겼다. 이제 나와 통화가 가능한 장소는 그곳뿐이었기 때문이다. 다음엔 계속 마음에 걸렸던 월터에게 전화를 걸었다. 하지만 역시 아무도 전화를 받지 않았다.

뱀버에 이르렀을 때(우체국과 530번 도로를 가로지르는 호수가 전부인 곳이었다) 나는 목을 축이려고 흐릿한 노란색 간판을 단 술집에 차를 세웠다. 간판엔 '스위트 루의 스포츠맨 술집'이라고 쓰여 있었는데 안으로 들어가보니 1956년도 자이언츠팀의 센터로 활약했던 스위트 루 칼카뇨란 유명 선수의 술집이라는 안내판이 보

---

* 뉴저지에 위치. 주요 군사시설이 배치돼 있음.

였다. 잭 뎀프시, 스파이크 존스, 루 코스텔로, 아이크 같은 유명 선수들이 스위트 루의 친한 친구였던 모양으로 서로 껴안고 미소 짓는 사진이 벽마다 걸려 있었다. 스포츠 머리에 깃 없는 셔츠를 입은 그들의 체격은 아주 건장해 보여서 축구공이라도 단숨에 먹어치울 기세였다.

스위트 루는 보이지 않았지만 내가 자리에 앉을 때쯤 비하이브 헤어스타일*을 한 오십대 여성이 뒷문을 열고 나와 재떨이를 치우기 시작했다.

"루는 오늘 어디 갔나요?" 위스키를 주문한 후 내가 물었다. 머릿속으로 '그들은 지금 어디에 있나?'라는 제목의 연재물을 구상하면서. 글은 이렇게 시작할 것이다. "전 자이언츠의 주축 선수였던 루 칼카뇨는 한때 꿈을 품었다. 하지만 그것은 리그 챔피언십 결정전에서 멋진 터치다운을 하거나 명예의 전당에 들어가는 것이 아니었다. 바로 고향인 뉴저지의 뱀버라는 곳에서 소박하고 조용한 술집을 차리는 것이었다. 그곳을 찾아온 친구나 팬과 함께 과거의 영광을 추억하면서……"

"루 누구요?" 담뱃불을 붙인 오십대 여자가 연기를 후 하고 내뿜으며 되물었다.

나는 씩 웃으며 말했다. "스위트 루 말입니다."

"그야 지금 있는 곳에 있겠죠. 여기에 온 지 얼마나 되셨죠?"

"얼마 안 됐습니다."

"그럴 거라 생각했어요." 눈을 가늘게 뜨며 여자가 말했다.

"과거에 정말 열렬한 팬이었죠." 하지만 거짓말이었다. 그의 이

---

* 뒤로 머리를 빗어넘겨 둥근 돔처럼 들어올린 헤어스타일. 1960년대에 미국에서 유행함.

름을 들어봤는지조차 확신이 서지 않았다. 그러나 솔직히 말하자면 순간 바보가 된 기분이었다.

"그는 죽었어요. 죽은 지 얼마나 됐나? 한 삼십 년?"

"유감이군요."

"그래요." 재떨이를 다 치운 여자가 말했다. "난 그와 결혼했던 여자랍니다." 여자는 커피를 한 모금 마신 다음 나를 노려봤다. "당신의 꿈을 깨고 싶진 않지만…… 그간의 사정은 아시죠?"

"무슨 일이 있었나요?"

"어," 여자가 입을 뗐다. "마운트 홀리에서 갱들이 몰려오더니 친구처럼 가장해서 주차장으로 데리고 나가더군요. 거기서 총을 쏴 죽였어요. 거의 스무, 서른 발 정도나 쐈대죠."

"무슨 원한이라도 있었나요?"

여자가 고개를 저었다. "몰라요. 그때 난 지금처럼 여기에 앉아 있었는데 그들이 들어왔어요. 세 명 모두 쥐새끼처럼 생겼더군요. 얘기할 게 있다면서 루를 데리고 나가더니 총으로 쏴버렸어요. 아무런 설명도 없이."

"범인들은 체포했습니까?"

"아뇨. 잡힌 사람은 없었어요. 어쨌든 그 때문에 나와 루는 이혼을 하게 된 셈이죠. 하지만 이렇게 여전히 그를 위해 일하고 있답니다."

나는 아마 루가 친구들과 팬에 둘러싸여 앉아 있었을지도 모를 어두운 술집 내부를 찬찬히 바라보았다. 성공적인 선수 생활을 마친 그는 고향으로 여겨지는 이곳 뱀버에서 여유로운 삶을 꿈꿨겠지만 비참한 종말을 맞고 말았다. 이건 본격적인 만찬을 시작하기 전에 차가운 마티니를 마시며 읽을 만한 일반적이고 훈훈한 얘기가 아니다.

내부를 둘러보니 고급 양복을 입은 노신사가 붉은 바지 차림의 젊은 아가씨에게 뭐라고 열심히 얘기하는 모습이 눈에 들어왔다. 그들은 창가 쪽 구석자리에 앉아 있었는데 그 위로 곰 머리 모양의 커다란 장식물이 매달려 있었다.

나는 헛기침을 하며 루의 미망인을 바라봤다. "당시와 똑같이 술집을 보존하시다니 대단하군요."

"유언에 그렇게 해달라고 했거든요. 그 유언만 아니었어도 벌써 개조해버렸을 거예요. 그이는 자기 이름을 쓸 수 있는 술집은 여기 말고는 절대 안 된다고 했죠. 그게 아니었으면 티넥*에 있는 그의 사촌들이 벌써 그이의 이름을 팔아먹었을걸요? 하지만 난 별로 흥미가 없어요. 저 사진 속의 사람들이 누군지도 알지 못하니까."

"그러니까 여전히 당신이 이 집의 주인인 건가요?"

"아뇨. 두번째 결혼으로 얻은 내 아들이 주인이죠. 술집 문제는 아들이 다 알아서 결정해요." 여자는 코를 훌쩍이며 담배를 한 모금 빨고는 간판 불빛이 어스름하게 비치는 작은 현관의 유리문을 멍하니 바라봤다.

"그나마 유언을 남겨서 다행이군요."

"그 사람이 한 짓 중에 그래도 가장 낫다고 해야겠죠, 물론 죽고 나서 한 일이긴 하지만. 그런데 당신은 누구죠?"

"프랭크 배스컴이라고 합니다. 스포츠 기자예요." 나는 술값을 테이블에 올려놓은 다음 주문한 위스키를 입에 털어넣었다.

"필립스." 고개를 흔들며 여자가 말했다. "두번째 남편 이름인데

---

* 뉴저지 주에 있는 도시.

그이도 죽었어요." 여자는 테이블에 놓여 있던 크래커 봉지를 찢었다. "기자는 참 오랜만에 만나보네요. 전엔 기자들이 끊임없이 찾아와서 필립스와 얘기를 나누었죠. 필립스는 재미있는 유머를 많이 알고 있어서 내내 그들을 웃게 만들었어요." 여자는 과자 봉지를 재떨이에 넣은 다음 크래커를 부러뜨려 두 조각으로 만들었다.

"죄송합니다. 루에 대해 잘 몰랐어요." 나는 연민의 미소를 띠며 자리에서 일어났다. 어서 출발하고만 싶었다.

"솔직히 그이에 대해선 나도 잘 몰라요, 그러니 미안해할 필요 없어요." 필립스 부인은 과자를 먹기 전에 꽁초를 비벼 껐다. 그리고 루 칼카뇨를 생각하듯 꽁초만 가만히 쳐다보다가 입을 열었다. "아니, 그이를 잘 모른다는 말은 취소해야겠네요. 항상 좋은 사람만은 아니었어요." 여자가 쓴 미소를 지었다. "기사에 써도 좋아요. 항상 좋은 사람은 아니었죠." 여자는 돌아서서 텔레비전이 있는 곳으로 씩씩하게 걸어갔다. 다른 손님 두 명도 자리에서 일어서고 있었다. 나는 억지로 미소 지으며 이렇게 말할 수밖에 없었다. "네, 고맙습니다. 참고할게요."

주차장으로 걸어나오니 햇살은 여전했지만 날씨가 변할 조짐이 보였다. 축축한 바람이 먼지를 일으키며 뱀버 호수 위를 훑고 지나갔다. 바람은 호숫가의 집들을 따라 늘어선 소나무를 흔들고 스포츠맨 술집의 간판을 흔들었다. 아까 본 노신사와 빨간 바지의 젊은 여자는 빨간색 캐딜락에 올라타고는 서쪽으로 사라졌다. 차가 사라진 방향의 둑 위로 펼쳐진 낮은 하늘에 이젠 제법 많은 구름이 몰려들고 있었다. 나는 차 옆에 서서 이곳에서 슬픈 최후를 맞았다는 루 칼카뇨를 생각했다. 그리고 오늘 아침에 봤던 열기구가 강한 바람이 몰려오기 전에 제대로 착륙할 수 있을지도 궁금해했다. 나는 집에서 멀리 떨어져 있어 기뻤다. 알지 못하는 낯선 풍경 한가운데에 와 있는 것이 기뻤다. 모르는 곳에서 모르는 사람과 만나게 되어 기뻤다. 살다보면 인생이란 그렇게 위대하진 않지만 그럭저럭 살아갈 만하다는 생각을 하게 될 때가 있다. 비록 황홀경까지는 아닐지라도 그저 살아 있다는 자체로 행복할 때가 있다.

나는 차가운 공기를 맞으며 전속력으로 차를 몰았다. 이제 얼마 후면 이곳 뱀버를 벗어나 내가 가야 할 곳인 더블 트러블 가에 진입하게 될 것이다.

비키가 그려준 약도는 완벽했다. 나는 바네갓 파인스의 작은 해안 마을을 통과해 도개교 하나를 건넌 다음 해변의 방갈로 길로 들어섰다. 이어 반도 근처의 길을 따라 나란히 펼쳐진 '셰리린 숲'이란 곳을 지나쳤는데 이름과 달리 숲이라곤 전혀 보이지 않았다. 부근에 있는 집들은 모두 작은 부두를 갖추고 있었고 부두마다 배 한 척이 정박해 있었다. 거리에 보이는 주택들은 캘리포니아 풍 외관을 갖추었지만 마을은 전체적으로 은근히 어촌 분위기를 풍겼다.

아크틱 스프루스 1411번지에 있는 아서놀트의 집 역시 다른 집들과 별 다를 바 없었으나 독특한 조형물 하나가 눈에 띄었다. 베이지색 벽 뒤쪽에 놓인 십자가로, 그 위엔 실제 사람 크기 정도의 예수상이 조각돼 있었다. 고통 어린 표정과 피로 물든 눈, 연약한 몸, 축 처진 발 모양 등이 누가 봐도 예수가 사망했음을 확실히 알리고 있었다. 예수상은 베이지색보다 더 옅은 색으로 채색됐으며 실제 지중해 사람처럼 보일 정도로 그 분위기가 사실감 있게 묻어 나왔다.

나는 주택 현관에 걸린 아서놀트란 명판을 뒤로하고 비키의 다트가 주차된 곳으로 얌전히 차를 몰고 들어갔다.

"리넷이 십자가상을 저렇게 방치해뒀어요." 문을 들어서자마자 비키가 화난 표정으로 속삭였다. "세상에 저렇게 초라한 십자가상도 없을 거예요. 내가 가톨릭 신자인데 말이죠. 그런데 삼십 분이나 늦었네요." 비키는 분홍색 저지 드레스에 장미색 힐을 신고 있었고 집이라서 그런지 머리는 단정히 말아 올린 모습이었다.

그녀는 지금 온 가족이 집 안 어딘가에 흩어져 있다고 말했다. 그래서 내가 만날 수 있었던 유일한 가족은 개목걸이를 한 하얀색 푸들 엘비스 프레슬리였다. 엘비스는 새엄마 리넷이 키우는 개라고 비키가 일러줬다. 잠시 후 앞치마를 두르고 손에 스푼을 든 리넷이 주방에서 나와 내게 인사를 건넸다. "안녕하세요." 리넷은 밝은 붉은색 머리에 엉덩이가 불쑥 튀어나온 활달하고 예쁜 여자였다. 비키는 리넷이 웨스트버지니아 주 로디 출신으로 촌티가 풀풀 풍긴다고 말했지만 난 비키가 허락만 한다면 그녀와 쉽게 친해질 수도 있을 것 같았다. 고기 요리를 하고 있는지 집 안엔 더운 공기가 감돌았다. "많이 익힌 양고기를 좋아할지 모르겠네요." 주방으로 사라지며 리넷이 말했다. "웨이드 아서놀트가 그렇게 먹길 좋아해서요."

"괜찮습니다. 저도 무척 좋아해요." 나는 문득 내가 초대에 늦었을 뿐 아니라 꽃이나 감사 카드, 부활절 사탕과자 같은 방문 선물도 사오지 않았다는 사실을 깨달았다. 비키도 이미 알아차렸을 것이다.

"내 방에 많이 있는 민트 젤리라도 사오지 그랬어요?" 이어 비키는 내 귀에 대고 이렇게 속삭였다. "솔직히 많이 익힌 고기는 좋아하지 않죠?"

우리는 아크틱 스프루스 가가 훤히 보이는 전망 창을 뒤로하고 커다란 소파에 자리를 잡았다. 커튼은 말끔히 걷혀 있었고 호박색 전등이 방 안을 은은히 비추었으며 그 불빛 아래 반 고흐의 그림, 컨스터블*의 그림, 〈푸른 옷을 입은 소년〉** 등 대작가의 그림들이 걸려 있었다. 아서놀트의 집은 플러시 천으로 만든 파란색 카펫을 바닥 전체에 깔아놓았는데(카펫은 아무래도 에버렛이 깔아놓지 않았을까 싶었다) 전체적으로 비키의 집과 비슷한 분위기를 풍겼다. 하지만 나는 왠지 비키에게 형편없는 중간고사 점수를 준 뒤 이를 최종 확정하기 전에 그녀의 집을 방문한 선생님이라도 된 느낌이었다. 그리 나쁜 기분은 아니다. 저녁식사가 끝나면 선생님이 으레 그러하듯 서둘러 자리에서 일어나면 될 테니까.

소리는 나오지 않았지만 텔레비전에서는 NBA 농구 경기를 방송하고 있었다. 나는 만찬 따위는 상관없으니 비키가 『사랑의 마지막 여행』이란 책을 읽는 동안 그저 오후 내내 농구 경기만 구경하고 싶었다.

"덥네요. 당신도 그렇죠?" 비키가 자리에서 일어나 방의 온도를 대폭 낮추자 즉시 높은 곳에 있는 공기 조절기에서 차가운 공기가 뿜어져나왔다. 그 바람에 원치 않게도 매력적인 엉덩이를 내게 보여준 비키는 곧 뒤돌아서서 역시 사람을 잡아끄는 매력적인 미소까지 지어 보였다. 집에 있는 비키는 평소와 완전히 달라 보였다. "일부러 덥게 지낼 필요는 없잖아요."

---

* 19세기 영국의 낭만파 화가.

** 18세기 영국 화가인 토머스 게인즈버러의 작품.

우리는 잠시 소파에 앉아 뉴욕 닉스와 클리블랜드 캐벌리어의 경기를 텔레비전으로 지켜봤다. 클리블랜드는 예의 그 멋진 플레이를 선보였고 반면에 뉴욕은 왠지 어정쩡한 경기를 하는 듯했지만 점수는 오히려 뉴욕이 더 많이 올리고 있어 클리블랜드 팬들은 흥분에 휩싸였다. 흑인 선수 두 명이 주인 없는 공을 향해 달려들었고 이어 험악한 몸싸움이 벌어졌다. 흑인과 백인 선수가 한데 뒤엉켜 나무처럼 바닥에 쓰러지자 주심이 곧 프리볼을 선언했으나 한번 싸움이 난 양 팀 선수들을 말릴 순 없었다. 급기야 안전요원들까지 투입했음에도 상황은 점점 악화될 뿐이었다.

순간 비키가 소파에 있던 리모컨으로 갑자기 텔레비전을 끄는 바람에 나는 어리둥절해졌다. 비키는 옷매무새를 가다듬고는 구직자가 면접을 보는 자리에 나온 것처럼 자세를 고쳐 앉았다. 하지만 내겐 옷 안으로 비치는 비키의 브래지어만 눈에 들어올 뿐이었다. 브래지어는 다소 커 보여서 적당한 사이즈로 바꿔야 할 것 같았다. 나는 그녀를 끌어당겨 아직 시도하지 못한 부활절 키스를 하고 싶었다.

"오늘자 『퍼레이드』지 봤어요?" 반 고흐 그림 아래에 놓인 전자 오르간에 시선을 못 박으며 비키가 물었다.

"아니." 순간 나는 내가 무슨 목적으로 여기에 와 있는지 생각나지 않았다. '아, 그래. 비키 가족과 식사를 해야 해. 그게 오늘 할 일이야.'

"월터 스콧이란 사람이 글을 썼는데 벌꿀 샴푸를 사용한 여자가 머리를 말리지 않고 밖으로 나갔다가 벌에 쏘여 죽었대요." 비키가 의심스런 눈초리로 나를 쳐다봤다. "사실일 것 같아요?"

"그럼 맥주로 머리를 감으면 어떻게 되지? 폴란드 사람과 결혼하게 되나?"

비키가 고개를 저었다. "농담치고는 재미없네요."

그때 리넷이 그릇을 떨어뜨렸는지 주방 쪽에서 요란한 소리가 들려왔다. "미안해요." 리넷이 큰 소리로 외쳤다.

"또 반지를 만지다 그릇을 떨어뜨린 거예요?" 비키가 큰 소리로 물었다.

"소리 지르지 마라." 리넷이 대꾸했다. "나도 한마디 해주고 싶지만 오늘은 부활절이라 참는 거야."

"그거 참 고맙군요." 비키도 지지 않았다.

"예전엔 더 큰 반지를 꼈는데……" 리넷의 목소리는 어느새 부드러워져 있었다.

"그래, 그 반지를 준 사람은 지금 어디에 있죠?"

비키는 화가 단단히 난 표정이었다. 나는 둘이 비록 친하지 않아도 오늘 오후만은 친한 척해주기를 간절히 빌었다.

"그 불쌍한 사람은 아주 오래전에 암으로 죽었다." 리넷이 가볍게 대꾸했다.

"그래서 개종했나보죠?"

리넷이 화난 얼굴로 주방에서 고개를 내밀었다. 눈매 역시 날카로웠다. "그래, 바로 직후에 종교를 바꿨지. 맞아."

"하긴 아무래도 도움이 필요했을 거예요."

"누구나 도움을 필요로 해. 저기 있는 프랭크 씨도 말이야."

"저 사람은 장로교 신자예요."

"어, 그래?" 리넷은 이내 스토브가 있는 주방으로 사라졌지만 말소리만은 계속 들려왔다. "내가 살던 마을에서는 장로교 신자 모임을 컨트리클럽이라고 불렀지. 뭐 물론 제2차 바티칸 공의회 이후

부턴 신심이 아주 돈독해지긴 했지만 말이야. 내 생각에 가톨릭은 좀 느슨해졌고 반대로 다른 종파들은 더 엄격해져야만 했어."

"글쎄요, 가톨릭이 과연 조금이라도 느슨해졌을까요?" 내 말에 비키는 표정으로 더이상 말하지 말라는 강한 경고를 보냈다.

갑자기 리넷이 다시 나타나 이마에 드리운 붉은 머리칼을 쓸어 올리며 전적으로 동의한다는 듯 고개를 끄덕였다. 누구라도 호감을 가질 만한 좋은 인상이었다. "그럼요, 이 세상과 한통속이 되면 안 되죠. 신앙심이 느슨해져선 안 돼요."

"리넷은 포크트 리버에 있는 가톨릭 긴급센터에서 일하고 있어요." 비키가 심드렁하게 말했다.

"그건 아주 좋은 일이란다, 비키." 리넷은 미소를 지으며 주방으로 사라졌고 이어 그릇이 달그락거리는 소리가 들려왔다. 비키가 역겨워하는 표정을 지으며 말했다.

"그래봤자 전화 받는 일뿐이에요." 속삭이듯 말했지만 누구도 들을 수 있을 만큼 비키의 목소리는 컸다. "거기서는 그걸 긴급상황 연락망이라고 부르더군요." 소파에 몸을 푹 파묻은 비키가 벽을 쳐다보며 말했다. "뭐 그런 일이 한두 번은 있었죠. 언젠가는 한 남자가 센터에 쳐들어왔는데 포경수술이 잘못됐다나 어쨌다나. 결국은 다 꿰매서 돌려보냈대요, 글쎄."

"곤경에 처한 사람을 모른 체해서는 안 돼." 열정적인 리넷의 목소리가 주방에서 들려왔다. "요즘 들어 소외현상이 많이 나타나고 있단다. 다시 말하면 도움을 필요로 하는 사람이 아주 많아졌다는 거지. 하지만 난 도움을 주는 대가로 종교를 강요하진 않아. 어떤 경우엔 여덟 시간이나 상담해줄 때도 있지만 그렇다고 그 사람이 가톨릭으로 개종하는 건 아니거든. 덕분에 난 이틀이나 침대에 누워 있어야 했지만 말이야. 헤드폰을 쓰는 일만 해도 보통 고역이 아니라고." 마치 농부의 아내처럼 리넷이 한 팔 가득 그릇을 안고 나타났다. 그녀의 표정은 온화하면서도 열정이 가득했다. "또 반드시 피를 흘려야만 긴급상황인 건 아냐."

"그래요, 대단하세요." 비키가 눈을 굴리며 말했다.

"글을 쓰신다면서요?" 리넷이 내게 물었다.

"그렇습니다."

"정말 멋져요." 리넷은 뭔가를 생각하는 듯 그릇들을 한참 내려다보았다. "종교에 관한 글도 써보셨나요?"

"아뇨. 전 스포츠 기자입니다."

텔레비전을 다시 켠 비키가 한숨을 내쉬었다. 텔레비전 화면에선 흑인 남자가 하얀 파도가 입을 벌리고 있는 물속으로 다이빙을 하고 있었다. "아카풀코*군." 비키가 중얼거렸다.

리넷은 미소 띤 얼굴로 계속 나를 쳐다봤다. 내가 어떤 대답을 했든 그건 중요한 문제가 아닌 듯했다. 그저 내 모습을 찬찬히 살펴보고 싶었던 모양이다.

"한 시간이고 두 시간이고 계속 쳐다보지 그래요?" 비키가 팔짱을 끼며 화난 얼굴로 말했다.

"그저 자세히 보고 싶었을 뿐이야. 이렇게 사람을 전반적으로 살펴보는 것도 나쁘지 않단다. 그 사람을 더 잘 알 수 있거든. 그렇다고 큰 폐를 끼치는 것도 아니고. 프랭크 씨는 내가 무슨 뜻으로 하는 말인지 잘 알 거야, 그렇죠?"

"그럼요." 나도 웃음을 지어 보였다.

---

* 멕시코 남서부 태평양 연안의 휴양지.

"따로 살아서 얼마나 다행인지." 비키가 또 중얼거렸다.

"그래서 아주 좋은 곳에서 살고 있잖니. 물론 네 집에 초대받은 적은 한 번도 없다만." 리넷은 다시 고기 냄새가 진동하는 주방으로 사라졌다. 다시 둘만 남은 비키와 나는 절벽에서 다이빙하는 흑인 남자만 우두커니 지켜봤다.

"우린 대화가 필요해요." 비키가 갑자기 눈시울을 적시며 말했다. 긴장된 분위기가 둘 사이로 밀려들었다. 엘비스가 종종걸음으로 우리에게 달려왔다. "나가, 엘비스 프레슬리." 엘비스 프레슬리는 겁을 집어먹고는 식탁 쪽으로 휙 사라졌다.

"뭐에 대해서?" 내가 물었다.

"아주 많은 일에 대해서요." 비키는 고개를 숙인 후 손가락으로 눈물을 훔쳤다.

"당신과 나에 대해서?"

"그래요." 골이 난 것처럼 비키가 입술을 앞으로 쭉 내밀었다. 긴장한 때문인지 내 가슴이 빠르게 요동쳤다. 무슨 말을 하려는 걸까? 나를 구원해주기라도 하겠다는 건가? 비키와 나 사이에 어떤 말이 오갈지 짐작조차 할 수 없었지만 비키의 분위기로 봐 그리 행복한 얘기는 아닐 것 같았다.

어째서 나를 둘러싼 모든 것들은 (오늘만이라도) 진득하게 기다려주지 못하는 걸까? 아무 변화 없이 지금 이 상태 그대로 내버려둘 순 없는 걸까? 나는 우리가 알고 있는 혹은 알고 있다고 생각하는 달콤한 현실이 멈추거나 종료되지 않았으면 좋겠다. 조금이라도 더 오래 지속했으면 좋겠다. 생각해보면 그 불행한 월터 러켓이 나에게 했던 지적은 더할 나위 없이 옳았다. 나는 어떤 일이건 그것이 끝장나거나 심지어 변화하는 것조차 좋아하지 않는다. 종료, 즉 죽음은 내 친구가 아니다. 죽음 역시 나를 친구로 삼고 싶지 않을 것이다.

하지만 지금 상황으로 봐서는 미룰 수도 없거니와 굳이 그러고 싶지도 않다. 오늘 비키의 분위기가 심상치 않았기 때문이다. 물론 어떤 얘기인진 몰라도 하필 오늘 꼭 말해야 하는지 여전히 의문이긴 하지만 말이다. (쿵, 쿵, 쿵, 심장이 뛰기 시작했다.) 우린 아직 양고기 요리를 맛보지 못했다. 비키의 부친이나 남동생을 만나지도 못했다. 만에 하나 비키와 나 사이의 일이 잘 풀리지 않는다 해도 그녀의 부친과 허물없는 친구 사이가 될 수 있는 가능성을 포기하고 싶지 않다. 그렇게 된다면 비가 오는 날 혹시 그가 차를 몰고 가다 (내가 사는 동네 부근인) 하담이나 하이츠타운에서 타이어가 고장 나더라도 내게 부담없이 전화할 수 있고 나 역시 그를 도와주러 얼른 달려갈 수 있을 것이다. 그럼 그는 정비소에서 타이어를 수리하는 동안 나와 같이 술을 마신 후, 항상 신뢰할 수 있고 인생관도 비슷한 친구가 있다는 것에 감사하며 집으로 돌아갈 수 있을 것이다. 아니면 낚시를 하러 매너스콴에 같이 갈 수도 있다. (물론 여자는 필요 없다.) 비키는 스위트 루 칼카뇨의 아들인가 하는 남자와 결혼해 루 칼카뇨 맥주를 팔고 시끌벅적한 아이들을 키우면서 살 수도 있을 터이다. 그럼 나는 비키 가족에게 흉금을 털어놓을 수 있는 좋은 친구로 남을 수 있겠지. 혹시 비키와 결혼하지 못한다 해도 이 정도면 충분하다.

비키는 소파에 팔을 걸친 채 아크틱 스프루스 가를 따라 늘어선 집들을 한동안 바라봤다. 가끔 비키의 얼굴에선 나이가 든 후의 모습이 엿보이곤 하는데, 체구가 더 커지고 턱 부근에 살이 붙는다면 지금보다 더 진지한 얼굴로 보이지 않을까 생각됐다. 나이가 들면 분명 살이 더 찌긴 할 것이다. 그것이 항상 바람직한 현상이라곤 말할 수 없지만.

잔디는 햇살을 받아 더 푸르러 보였고 인도가 없는 찻길엔 (크라이슬러, 올즈모빌, 뷰익 등) 새 차들이 주차하고 있었다. 하나같이 덩치가 크고 값도 꽤 나가게 생긴 차들이다. 추운 날씨가 아닌데도 하얀 벽돌로 지은 굴뚝에선 연기가 솟아나왔다. 어떤 집 대문엔 크리스마스 때 달아놓은 것 같은 화환이 아직도 걸려 있었다.

앞뜰로 시선을 돌리니 규정 거리보다 가까운 간격으로 나란히 박아둔 막대 두 개가 눈에 들어왔다. 아마 누군가가 크로케 경기를 하려고 설치해둔 모양이었다. 문득 지금의 공허한 순간을 탈출할 수 있는 좋은 방법이 떠올랐다.

"우리 밖으로 나가지." 비키의 팔을 잡으며 재촉했지만 이는 결코 비키와의 대화를 피하려는 책략이 아니다. 그저 우리가 맞닥뜨린 어색한 침묵을 깨뜨리기 위해서다.

비키는 놀란 표정을 지으며 눈을 크게 떴다. "바람이 심해요, 비가 올지도 모르구요."

"어쨌든 지금은 안 오잖아."

"이런, 이런." 비키는 잠깐 생각하는 표정을 짓더니 대꾸했다. "좋을 대로 해요." 비키는 곧 채를 찾으러 위층으로 사라졌다.

텔레비전에서는 CBS가 다시 농구 경기를 중계하고 있었다. 좀 전에 일어난 소동은 해결된 모양이다. 그런데 카메라는 체크무늬 스포츠 재킷을 입은 땅딸한 남자를 계속 따라다녔다. 그 남자는 짧은 팔을 휘두르며 혐오스럽다는 표정으로 뉴욕 팀의 누군가에게 연신 "빌어먹을, 나가 죽어!"라고 소리질렀다. 그는 내가 좋아하는 인물로 클리블랜드의 단장인 머트 그린이다. 내가 스포츠 기자로 나선 후 그와 딱 한 번 인터뷰를 한 적이 있다. 당시 그는 시카고 팀 감독이었지만 이후 뜻한 바가 있었는지 다른 도시의 농구팀 단장으로 자리를 옮겼고, 내가 보기에 그는 새로운 일에 꽤 만족해하는 듯했다. 인터뷰 당시 그는 이렇게 말했다. "프랭크, 사람들이 얼마나 어리석은지 알고 있나? 정말 놀라지 않고는 못 배길 걸세." 우리는 시카고 농구 경기장의 단장 사무실에서 만났고 그는 값비싼 시가를 입에 물고 있었다. "이 말도 안 되는 비즈니스에 사람들이 얼마나 많은 시간을 들여 떠들어대는지 자넨 모를 거야. 사람들은 농구에 대해 이러쿵저러쿵 거창한 의견인 양 포장해서 떠들지만 그건 그저 자기 지식을 자랑하려는 데 지나지 않아. 물론 흥미롭게 여기는 사람들도 있겠지만 내 의견은 다르다네. 보잘것없는 바위 하나를 두고 산맥이라고 떠벌리는 것과 다를 바 없다고. 지금 사람들은 유용한 일에 쓰기도 모자란 귀중한 시간을 낭비하고 있어. 이건 그냥 게임이야. 보고 나서 금방 잊어버려도 되는 게임이라고." 이후 우리는 배수시설이 엉망인 곳에 거주할 때 겪어야 하는 애로 사항에 대해 심도 있고 진지한 대화를 나누었다. 지대가 높은 힐턴 헤드에 집이 있는 그로서는 매우 심각한 문제였던 것이다.

그와의 인터뷰는 애초의 주제, 즉 '신장의 차이를 무시할 수 없는 농구에서 가장 관건이 되는 점은 무엇인가'라는 주제와 들어맞지 않았으므로 생산적인 인터뷰였다곤 할 수 없었다. 하지만 비록 그의 주장에 모두 동의하진 않았어도 나에게는 매우 유익한 만남이었다. 게다가 그는 젊은 스포츠 기자에게 인생의 교훈을 알려준다는 사실에 매우 만족해했다. "전체적인 안목으로 모든 일을 바라보면서 이에 끊임없이 매진하라. 그런 연후에 혹시 시간이 된다면 바빠서 오랫동안 듣지 못했던 카운트 베이시*의 음악을 듣거나 카

356

탈로그를 뒤적이거나 혹은 칵테일 웨이트리스에게 관심을 가져라." 이것이 바로 그날 밤 내가 셰러턴 커맨더 호텔로 돌아왔을 때 함께 가져온 그의 교훈이었다. 이중 하나는 기쁘게도 그동안 내가 꾸준히 해온 일이기도 하다.

코트에 나선 선수 모두가 험악한 표정을 지으며 위협을 가하듯 손가락질을 해댔다. 흑인 선수들이 특히 더 사납게 행동했고 백인 선수들은 소동에 휘말리기 싫다는 표정을 역력히 드러내며 동료들을 떼어놓거나 진정시키기 바빴다. 한편에선 흰색 바지를 입은 트레이너가 머트 그린을 경기장 밖으로 끌어냈지만 머트는 아랑곳하지 않고 미친 듯이 삿대질을 해댔다. 그에게 있어 진정한 인생은 현재 벌어지고 있는 게임이었던 것이다. 그의 행동은 결코 남에게 보이기 위한 쇼가 아니었다. 그는 다른 문제는 모두 잊어버리고 오직 지금 이 순간만은 닉스 선수들의 행태에 마음껏 분노하고 있었다. 단장인데도 자기 소신을 행동으로 보여주려고 자리를 박차고 일어난 그를 나는 존경스럽게 쳐다봤다. 분명 그는 치열했던 과거의 선수 시절을 아쉬워하고 있으리라.

갑자기 화면이 휙 바뀌더니 금방이라도 뛰어내릴 자세로 발밑의 허공을 응시하는 다이버가 나타났다. 소동이 계속되자 CBS에서 화면을 돌리기로 작정한 모양이다.

어디선가 갑자기 등장한 엘비스 프레슬리가 머리를 치켜들고 코를 킁킁거렸다. 아직 내 정체를 의심하고 있음에 분명하다. 하긴 누가 엘비스를 탓할 수 있으랴.

그때 엘비스 뒤로 리넷이 나타나 뭔가 몰래 살피는 눈빛으로 나

---

* 미국의 피아니스트.

를 바라봤다. "엘비스 프레슬리는 가족한테도 잘 달려든답니다."
리넷이 발가락으로 엘비스 프레슬리를 가볍게 두드렸다. "그래도
물진 않으니 걱정할 필요 없어요. 사람은 아니지만 우리 모두 엘비
스를 사랑하죠."

엘비스 프레슬리는 문가에 가만히 앉아 나를 노려봤다.

"영리한 개 같군요."

"비키가 당신을 걱정하는 것 같지 않던가요?" 리넷의 목소리는
조심스러웠다. 그녀는 아주 느린 동작으로 팔짱을 끼고는 관찰하
는 눈으로 나를 쳐다봤다.

"아뇨, 별 문제 없는데요?"

"둘이 함께 디트로이트로 갔을 때 뭔가 안 좋은 일이 있었나보
던데."

그랬구나! 엘비스 프레슬리를 포함해 모두가 다 알고 있었구나.
그래서 중요한 일이든 아니든 자기 멋대로 생각하고 있었구나. 서
로 비밀이 없는 가족이로군. 가족 전체에게 거부당할 우려가 있는
독단적인 결정이 아닌 한 비밀이라곤 없는 가족이었어. 아무래도
비키는 자세히는 아니더라도 우리 일을 대강 가족에게 말한 것 같
았고 리넷은 비키의 말이 맞는지 확인하고 싶어하는 듯했다. 하지
만 이는 내가 기대하는 비키의 모습이 아니다. 나는 이 순간부터 비
키를 전처럼 완전히 신뢰하진 않을 것이다.

"제가 알기론 아주 잘 지냈습니다."

"아, 그렇다면 다행이고요." 리넷이 환하게 웃으며 고개를 끄덕
였다. "우린 모두 비키를 사랑해요. 그애가 행복하기만을 바라죠.
아주 괜찮은 아이랍니다."

난 아무 말도 하지 않았다. "왜 괜찮은 애라고 생각하죠?" "에버

렛은 어떻게 생각하시나요?" "사실은 그저 겉으로만 착한 척하는 게 아닐까요?"라고 질문하고 싶었지만 참기로 했다. 대신 그저 싱 긋 웃어주며 "맞아요, 아주 멋진 여자죠."라고만 대꾸해줬다.

"그럼요." 리넷은 강한 경고가 엿보이는 미소를 내게 보낸 다음 엘비스를 복도에 놓아둔 채 다시 어딘가로 가버렸다.

채를 가지러 간 비키는 아직 돌아오지 않았고 대신 이번엔 남동 생 케이드가 내 앞에 나타났다. 아마 자기 배인 보스턴 웨일러 보트 에 방수포를 씌우고 돌아온 모양이었다. 악수해보니 그의 손은 바 위처럼 차갑고 단단했다. 스물다섯인 케이드는 톰스 강 근처에서 보트 정비 일을 하고 있다. 하얀 티셔츠에 청바지를 입은 그의 손은 아주 큼지막했다. 비키의 말에 따르면 케이드는 주립 경찰 아카데 미에 지원해 대기명단에 올라 있는 상태였고, 그래서 그런지 또래 의 활동적인 젊은이답지 않게 경찰에게서 흔히 볼 수 있는 무관심 한 표정을 짓고 있었다.

"하담에 사신다고요?" 악수를 나눈 뒤 어색한 침묵을 깨고 케이 드가 입을 열었다. 그의 말엔 전에 살던 텍사스 지역 억양이 남아 있었지만 전체적으로는 전형적인 뉴저지 젊은이의 분위기를 풍겼 다. 그는 내 곁에 가만히 서서 한동안 창밖만 바라보다가 이윽고 이 렇게 말했다. "예전에 사우스 브런즈윅에 사는 여자애를 사귄 적이 있었죠. 130번 도로를 타고 스케이트장에 데려다주곤 했어요. 혹 시 그곳을 아세요?" 그의 입술에 미소가 어렴풋이 흘렀다.

"아, 알죠." 주머니에 손을 찔러넣으며 내가 대답했다. 실제로 나 는 나의 소중한 두 아이(세 명일 때도 있었지만)가 숨을 헉헉대면 서 스케이트장을 몇 시간이고 도는 모습을 감탄하며 멍하니 쳐다 본 적이 있다.

"지금은 아마 다른 건물이 들어섰을 겁니다." 하지만 케이드는 나와의 대화가 당황스럽고 어색한 듯 불안한 시선으로 거실 여기 저기를 둘러보기만 했다. 아마 마음 같아서는 내게 수갑을 채운 뒤 보트 뒷좌석에 처박아놓고 싶으리라. 그리고 경찰차에 나를 태운 후 시내로 돌아가면서 동료 경찰(물론 으레 그렇듯 스페인 계 친구일 것이다)과 시시껄렁한 농담이나 하고 싶으리라. 아마 나를 불편하게 여기는 이유는 내가 정비기술을 전혀 모르는 문외한임에도 그가 수리하는 값비싼 보트를 소유하고 있는 못마땅한 부자로 보이기 때문일 것이다. 더구나 그런 사람과 저녁식사를 같이 한 경험이 분명 없을 터이므로 나와의 대면이 힘겨울지도 모른다.

비록 입 밖에 내진 않았지만 난 그에게 나 같은 사람에게 익숙해지는 편이 좋을 거라고 충고해주고 싶었다. 왜냐하면 나는 그가 조만간 교통딱지를 떼게 될 시민이며, 함부로 비아냥거렸다간 언젠가 큰 곤욕을 치를지도 모를 건전한 도덕성을 가진 보통 시민이기 때문이다. 실제로 그가 마음을 열기만 한다면 그에게 바깥 세상을 아는 데 유용한 가르침을 선사할 용의가 있다.

"누나는요?"

"크로케 채를 가지러 갔어요."

비키가 의자 뒤에 숨어 있기라도 한 것처럼 방 안을 두리번거리던 케이드는 갑자기 한 손에 쥐고 있던 은색 공구 하나를 내게 보여줬다.

"그건 뭐죠?"

케이드는 관(管)처럼 생긴 이 인치짜리 공구를 내려다보며 입맛을 다셨다. "스페이서예요." 케이드는 잠시 말이 없다가 다시 입을 열었다. "독일제죠. 세계 최고의 제품입니다. 아주 물건이에요."

"그렇군요. 어디에 쓰죠?" 나는 주머니 속에서 주먹을 쥐었다. 지금부터는 스페이서에 열중해야 한다.

"보트요." 케이드가 조용히 말했다. "우리 나라엔 아직 이 정도 수준의 제품이 없죠. 국산품은 오래 못 쓰겠더라고요."

"아, 그렇군요."

"만약 바다 한가운데에 있는데 이 스페이서에 금이 간다면 어떻게 해야 할까요? 그러니까 이렇게 금이 간다면 말입니다." 매끈하게 생긴 케이드의 손가락이 머리카락처럼 가늘게 금이 간 스페이서의 옆면을 가리켰다. 주의 깊게 보지 않으면 눈치 채지 못할 만큼 미세한 금이었다. "독일의 수리센터에 맡겨야 할까요?" 멍하니 스페이서를 바라보는 나를 그는 잠시 쳐다보다가 이렇게 말했다. "폭풍이 다가올 땐 그저 안녕이라고 인사해주면 됩니다." 케이드는 무겁게 고개를 끄덕이고는 갑자기 주먹을 움켜쥐었다. 내가 볼 때 케이드는 거의 독선에 가까운 견해를 갖고 있다. 사실 아무리 강한 체인이라도 그 체인을 구성하는 가장 약한 고리보다 결코 강하지 않다. 하지만 케이드는 그 약한 고리가 되지 않겠다고 굳게 결심한 듯했다. 이런 생각이야말로 모든 비극의 원인이며 이는 내게 놀라운 일이 아니다. 쉽게 말하자면 그는 경찰로서의 시각을, 나는 스포츠 기자로서의 시각을 갖고 있다. 솔직히 약한 고리는 주의해서 지켜볼 필요가 있으며 혹시 문제가 생길 때를 대비해 여분을 준비해두는 편이 낫다. 하지만 그 약한 고리가 좋은 조건에서는 물론, 반대로 열악한 상황에서도 어떻게 잘 버텨나가는지 지켜보는 일은 매우 흥미롭다. 나는 스스로를 항상 역경과 운명에 맞서 싸우는 약한 고리형 인간이라 생각했고 이는 앞으로도 변함없을 것이다. 반면에 케이드 같은 사람은 나처럼 약한 고리라고 여겨지는 사람을 은근히 적대시하면서 범죄자라도 되는 양 한곳에 가두고 싶어한다. 우리가 다시는 햇빛을 볼 수 없도록, 그리하여 다시는 성가신 존재가 되지 않도록. 결과적으로 내가 볼 때 케이드와 나는 좋은 친구가 될 가능성이 거의 없었다.

"혹시 최근에 애틀랜틱시티*에 다녀오신 적 있어요?" 의심스러운 눈초리로 나를 쳐다보며 케이드가 물었다.

"오래전에요." 애틀랜틱시티라면 전처와 내가 허니문을 보낸 곳이다. 우린 그때 바닷가를 함께 산책하며 최고의 시간을 보냈다. 하지만 이후론 가라테 경기를 취재하러 다시 찾기 전까지 한 번도 들르지 않았고 그마저 어둠 속에 비행기를 타고 갔다가 두 시간 만에 돌아온 것이 전부였다. 난 케이드가 진정 애틀랜틱시티에 흥미가 있는지 의심스러웠다.

"거긴 이제 완전히 난장판이 됐어요." 고개를 저으며 케이드가 말했다. "사방에 보이는 거라곤 매춘부와 철없는 십대뿐이죠. 예전엔 좋은 곳이었는데 말입니다."

"많이 변했다고 들었어요."

"변해요?" 케이드가 미소 지었다. 최초로 본 그의 진짜 웃음이었다. "나가사키의 경우에도 변했다고만 말하던가요?" 갑자기 케이드가 주방 쪽을 바라보았다. "쇠라도 집어삼킬 만큼 시장하네요." 그의 얼굴에 기묘하고도 행복한 미소가 흘렀다. "씻으러 가야겠어요. 안 그러면 리넷한테 쫓겨날지도 모르니까."

케이드는 갑자기 기분이 좋아진 듯했다. 그를 괴롭혔던 그 무엇이 지금은 사라지고 없다. 애틀랜틱시티, 약한 고리, 스페이서, 스

---

* 뉴저지 주 남동부에 있는 휴양지.

페인 계 동료 경찰, 언젠가는 체포해 그의 경찰차에 태우게 될 범인 등 모두. 나는 미처 예상하지 못했다. 그는 쉽게 잊고 만족해한다. 그리고 이것이야말로 진정한 강점이다. 풍성한 만찬이 우리를 기다리고 있다. 더불어 텔레비전과 맥주까지. 인생의 폭풍을 넘어 순항할 시간이 가까이 왔다. 결국 폭풍도 그리 나쁘진 않은 법이다. 너무 의식하지만 않는다면 말이다.

비키는 내게 크로케 볼을 잘 칠 수 있는 방법을 보여주었다. 다리를 적당히 벌린 안정적인 자세로 공을 치고는 의도한 대로 공이 굴러가자 환호성을 질렀다. 나는 천성적으로 대각선 방향으로 약간 비스듬히 서서 치는 편인데 이는 전처와 결혼한 후 론섬 파인스에서 골프를 배울 때도 마찬가지였다. 비키는 내 자세가 마음에 들지 않는다는 표정을 짓더니 곧 더 안정적인 자세로 모범적인 스윙을 선보였다. 비키의 스윙 동작을 따라 치마가 무릎 부근에서 찰랑거렸다. 비키는 내가 첫 후프를 통과하기도 전에 코스의 반 정도를 통과했지만 사실 내 마음은 이미 게임에서 떠나 있었다.

디트로이트의 날씨가 마침내 여기까지 도달한 듯했으나 폭풍이 닥칠 기미는 없었다. 그저 약간 강한 돌풍과 함께 차가운 비 정도만 내릴 낌새였다. 늦은 오후로 접어들면서 햇살은 점점 사위었다. 십자가의 예수가 지켜보는 가운데 이렇게 야외에서 크로케를 치고 있지만 이 정도 날씨라면 집을 떠나 어딘가로 외출하기에도 모자람이 없다. 나는 문득 비키의 부친은 어디에 있는지 궁금해졌다. 아직껏 나타나지 않는다는 것은 나의 방문을 환영하지 않는다는 뜻일까? 지금 나는 여기에서 뭘 하는 것일까? 엄연히 정식 초대를 받은 손님이지만 나는 비키의 집에서 마치 유목민처럼 왠지 모를 외로움을 느꼈다.

"재미있어요?" 비키가 물었다. 비키는 자신의 초록색 공으로 내 노란색 공을 맞추려고 시도했지만 발밑에서 출발한 공은 잔디를 지나 금어초가 핀 화단 속으로 사라져버렸다.

"한때는 나도 그런대로 잘했는데."

"가서 새 공 좀 가져와요. 이번엔 빨간색으로. 내겐 행운의 공이죠." 비키가 벌목꾼처럼 라켓을 어깨에 걸친 채 말했다. 비키가 통과해야 할 후프는 이제 두 개밖에 남지 않았다.

"그만할래." 내가 웃으며 말했다.

"뭐라고요?"

"당신도 체스할 때 그러잖아. 난 상대가 안 되는 것 같군. 발치에도 못 따라가겠어."

"갑자기 체스는 무슨. 게임하자고 한 건 당신이면서 이젠 그만하겠다고요? 가서 공이나 가져오라니까요."

"싫어. 사실 난 게임을 잘 못해."

"텍사스에선 크로케 경기로 내기도 한다고요. 진지하게 해야죠."

"내가 비키보다 못하는 이유가 그거였군."

나는 비키가 벗어놓은 빨간 신발 옆 계단에 앉아 사위어가는 햇살과 부드럽게 휘며 멀리 뻗어 있는 거리를 바라보았다. 뱀처럼 구불구불하게 생긴 이 반도 지역은 어느 의욕적인 개발업자가 트럭에 흙을 싣고 와서 늪을 메운 개간지다. 대단한 아이디어다. 나는 잠시 눈을 감고 평화로운 하이애니스 포트*를 떠올렸다.

비키는 공을 찾아냈지만 나 때문에 의욕을 잃었는지 시위라도

---

* 매사추세츠 주 남동쪽에 있는 항만도시.

하듯 아무렇게나 쳐버렸다. "어렸을 때 케이드와 함께 〈이상한 나라의 앨리스〉란 영화를 본 적이 있어요. 그 영화 알죠?" 내가 듣고 있는지 보려고 비키가 고개를 들었다. "영화에서는 분홍색 새였는데 타조였는지 정확히 모르겠네요. 하여간 타조의 머리로 크로케를 하는 장면이 나왔죠. 그걸 보고 나는 마구 울었어요. 나쁜 살인자가 주인공들을 해치지 않을까 싶어서요. 그렇게 어릴 때부터 아파하는 사람을 보면 참질 못해서 간호사가 됐는지도 모르죠."

"홍학이야." 웃으며 내가 말했다.

"그랬나요? 어쨌든 엄청 울었어요." 갑자기 큰 소리가 났다. 비키의 초록색 공이 후프를 강하게 맞히고는 왼쪽으로 굴러 내려갔다. "당신의 잘못이 뭔지 알려주죠." 나는 호기심 어린 눈으로 비키를 쳐다봤다. "경기는 전혀 하지 않으면서 글만 쓴다는 거예요. 그래선 좋을 게 없다고요."

"난 그런 방식이 좋아."

"케이드는 만나봤어요? 어때요, 괜찮은 애죠?"

"그렇더군."

"내 말대로 옷만 챙겨 입어도 훨씬 멋져 보일 텐데. 케이드에겐 여자친구가 필요해요. 하지만 지금은 온통 경찰 일에만 신경 쓰고 있죠." 비키는 나보다 아래쪽 계단에 앉아 팔로 무릎을 감싸 안았다. 머리에서 달콤한 향기가 풍겼다. 샤넬 No.5를 상당히 많이 뿌린 모양이다.

케이드 얘기를 하고 싶진 않았지만 달리 할 말도 없었다. 비키는 곧 있을 NFL 드래프트나 동부지구에서 초반 선두를 달리는 타이거즈 팀 소식, 또 앞으로 닉스 팀에서 활약할 선수 따위에는 전혀 관심이 없다. 그래도 짭조름한 공기 냄새를 맡으며 일찍 떠오른 달을 조용히 바라보고 있자니 기분이 한결 좋아졌다. 많은 영감을 불러일으킬 수 있는 괜찮은 날씨다.

"그래, 여기에 온 소감이 어때요?" 비키는 어깨 너머로 나를 쳐다본 후 길 건너편 집들로 시선을 옮겼다.

"좋아."

"아닌 것 같은데요?"

"그런 건 별 문제가 안 돼. 난 당신을 보러 여기에 온 거니까."

"물론 그렇겠죠." 비키는 다시 팔로 무릎을 강하게 감싸 안았다.

"당신 아버지는 어디에 계시지? 혹시 나를 피하는 건가?"

"그럴 리가요."

"폐나 끼치는 거라면 당장이라도 떠나겠어."

"그래요, 물건을 부수고 음식을 쏟고 케이드를 못살게 굴 작정이라면 어서 떠나줘요."

비키는 마치 되지도 않는 라틴어로 주기도문을 암송하려는 사람을 노려보듯 내게 눈을 흘겼다. "실없이 굴지 말아요, 아빠는 그런 사람이 아니에요. 취미생활 때문에 지하실에 계시다구요. 취미생활을 너무 열심히 하느라 당신이 왔다는 사실조차 잊으신 모양이지만." 비키가 험악해지는 하늘을 바라봤다. 나는 몸을 굽혀 비키의 어깨를 세게 안았다. 아크틱 스프루스 가를 지나가는 사람은 아무도 없었고 혹시 있다 해도 우리에게 신경을 쓸 것 같진 않았다. 여긴 현명하게 처신해야 하는 미시간과는 아주 다른 곳이다. 이대로 비키를 안고 애무하며 뒹군다 해도 그 누구도 눈치를 주진 않을 것 같았다.

비키는 잠깐 어깨를 움직였지만 내가 계속 껴안고 있자 곧 잠잠해졌다. "이럴 기분이 아니에요." 비키가 말했다.

"안 좋은 소식이라면 꺼내지도 마."

비키가 이마를 찌푸렸다. "프랭크."

"이대로 있어. 뭐든 나중에 얘기해도 충분해. 내 말대로 해." 나는 비키의 머리에 코를 박고 큰 숨을 내쉬었다.

"당신한테 해줄 말이 있어요."

"이 오후를 망치고 싶지 않아."

"할 수 없어요."

"정말 꼭 말해야겠어?"

"네, 그래야 한다고 생각해요." 비키가 한숨을 쉬었다. "지난번 공항에서 만났던 그 기분 나쁜 외과의사 말이에요. 내가 무시하는 표정을 지었던 사람."

"당신과 핀처 사이의 일은 알고 싶지 않은걸. 그날 그 녀석을 만나서 기분이 별로였어. 그 사람 얘긴 하지 마." 나는 고개를 들어 하늘을 쳐다봤다. 세스나 비행기 한 대가 요란한 소리를 내며 하늘을 가로질러 날아갔다. 아마 폭풍이 닥치기 전에 마나호킨이나 쉽 보텀에 착륙하려는 것이리라. 오늘은 부활절 느낌이 나지 않았다. 원래 특별한 날보다 평범한 날을 더 좋아하긴 하지만 이번 부활절 역시 피곤한 일만 일어나는 여느 날과 전혀 다를 바 없어 보였다. 하긴 휴일이라 해도 막상 닥치고 보면 역시나 하는 실망감과 후유증에 시달리게 마련 아니던가.

"사실 그 사람 얘기를 하려는 게 아니에요."

"좋아. 한결 기분이 좋아지는군."

"당신 전처 때문에요. 핀처와 어울리는 모습을 봤죠. 서너 번인가 병원 응급실 앞에서 그 남자를 태우고 가더군요. 전처의 차가 옅은 갈색 사이테이션 맞죠?"

"정말?"

"네." 비키가 말을 이었다. "만약 남자가 키스를 하지 않았다면 그저 우연의 일치라고만 생각했을 거예요. 내가 공항에서 유별나게 굴었던 이유도 다 그 때문이었죠. 둘이서 싸우기라도 하면 어떡하나 걱정했으니까."

"다른 사람일 수도 있잖아." 내가 말했다. "그런 차는 수도 없이 많아. 똑같은 차를 제너럴 모터스에서 수백만 대나 만들었다고."

"맞는 말이긴 하죠." 비키가 천천히 고개를 가로저었다. "하지만 제너럴 모터스에서 당신 전처한테만 그 차를 팔지 않는 건 아니잖아요?"

갑자기 머리가 빈 것처럼 아무 생각도 나지 않았다. 이런 경우는 그동안 종종 있어왔고 그럴 땐 그 무엇도 정상으로 되돌리는 데 도움이 되지 않았다. 랠프가 누운 침상 곁에 앉아 있을 때 담당 간호사가 내게 다가와 말했다. "유감이군요, 랠프는 죽었습니다." (실제로 내가 주먹을 만졌을 때 랠프의 몸은 이미 차갑게 식어 있었다. 아마 그 상태로 한 시간은 흐른 뒤였을 것이다.) 랠프가 죽었다는 것을 알았을 때도 지금처럼 아무 생각이 나지 않았다. 아들의 죽음과 연관된 생각은 물론 그 어떤 기억도, 그 어떤 시도, 그 어떤 계시도 떠오르지 않았다. 햇살은 점점 약해지고 어둠이 시시각각 다가왔지만 누군가 그날의 병실 풍경을 봤다면 아마 어떤 움직임도 찾아볼 수 없는 한 폭의 그림 같았을 것이다. 망원경을 거꾸로 들고 사물을 볼 때처럼 당시 내 머리는 그야말로 진공 상태였다. 사람들은 이를 자신을 보호하려는 심리적 메커니즘이 작동한 결과라면서 어쩌면 감사해야 할 일이라고 내게 말했다. 그러나 나는 감당할 수 없는 슬픔으로 인한 과도한 피로 탓이라고 확신한다.

나는 예상치 못한 비키의 얘기에 기분이 멍해졌다. 곧 몰려올 폭풍으로 주변 공기가 심상치 않게 요동쳤고 여전히 거리엔 누구도 얼씬대지 않았다. 어느새 내 시선은 건너편에 있는 굴뚝에 고정되었다. 하얀색 굴뚝에서 흘러나온 연기는 정확히 수직으로 불어오는 바람을 맞고 하늘로 퍼져갔다. 눈에 보이는 창문이란 창문은 죄다 커튼에 가려져 있었으며 음산한 공기를 머금은 탓에 잔디의 푸른색은 더욱더 짙어졌다.

나는 상당히 놀랐다고 솔직히 인정해야 할 것 같다. 사이테이션 앞좌석에 탄 전처가 (방금 병실에서 나와 질병 냄새를 풍기는) 핀처 박스데일에게 키스하는 불쾌한 장면이 어느새 머릿속에 그려졌다. 이어 미리 세워둔 근사한 계획을 실행하기 위해 어딘가로 떠나는 전처와 핀처의 모습이 생생히 떠올랐다. 나는 순간적으로 치밀어오르는 배신감, 아니 정확히 말하자면 핀처의 아내 더스티와 나를 향해 달려드는 배신감과 맞서 싸웠지만 사실 더스티에 관한 한 이는 부당했다. 더스티는 전혀 신경 쓰지 않을지도 모를뿐더러 무엇보다 그녀에 대해 아는 바가 전혀 없기 때문이다. 하지만 핀처의 그 더러운 행위엔 혐오감이 들지 않을 수 없었다.

나는 되도록 생각 자체를 하지 않으려 애썼다. 방금 내가 들은 바를 어떻게 종합해서 이해하고 대책을 세워야 할지 생각조차 하고 싶지 않았다.

즉 나는 말 그대로 전혀 반응하지 않았다. 다만 다음과 같은 한 문장만 머릿속을 맴돌았다. 사람들은 언제든 우리를 놀라게 할 수 있다.

"아마 잘못 봤을 거야." 여전히 멍한 얼굴로 하늘을 바라보며 내가 말했다.

비키는 내 무릎에 얼굴을 기대며 근심스런 표정을 지으면서도 동시에 분위기를 새롭게 바꿔보려 애썼다. "뭘 생각하고 있어요?"

"아무 생각도 안 해." 힘겹게 미소 지었지만 내 몸은 혐오감으로 부르르 떨려왔다. 나는 마음속으로 조용히 중얼거렸다. "그건 불가능해." 무엇이 불가능하단 말인가? 댄스? 비행(飛行)? 아리아? 타인에 대한 지배? 늘 행복하기? "지금 꼭 얘기해야 한다고 생각한 이유는 뭐지? 그렇게 중요했어?" 부드러운 말투로 내가 물었다.

"난 비밀 같은 건 싫어요. 지금까지 말하지 않고 참은 것도 용한 일이죠. 당신이 점점 기분이 좋아지면 계속 말할 수 없게 되거나 어렵게 말한다 해도 하루를 완전히 망쳐버릴 수 있잖아요. 디트로이트에서 털어놓을까 했지만 분위기가 너무 나빠질 것 같아 못했어요." 비키가 무거운 표정으로 고개를 천천히 흔들었다. "지금이 딱 좋아요. 마음을 진정할 시간적 여유도 있고."

"생각해줘서 고마워." 하지만 비밀을 너무 쉽게 말해버린 비키가 맘에 들지 않았다.

"우리는 오랜 좋은 친구잖아요, 안 그래요?" 내 무릎을 가볍게 두드리며 비키가 말했다. 그리고 기다렸다는 듯 환한 미소를 지어 보였다. 천진한 미소는 언제 봐도 기분이 좋다.

"뭐라고?"

"오랜 좋은 친구요. 어렸을 때 아빠한테도 똑같이 말해주곤 했죠." 비키가 윙크하며 말했다.

"아니, 난 그 이상이야. 뭐 전엔 확실히 친구 사이긴 했지만." 나는 갑자기 눈가에 맺힌 눈물을 참느라 필사적으로 애써야 했다.

"물론이죠." 비키가 말했다. "하지만 동시에 친구도 될 수 있잖아요? 난 언제나 당신의 친구가 되고 싶어요." 비키의 입술이 내 차가운 뺨에 와 닿았다. 하늘에선 바람이 소용돌이치며 맴돌았고 눈물은 비키의 키스에 씻겨 내려갔다. 그리고 드디어 이때를 마냥 기다렸다는 듯 굵은 빗방울이 떨어지기 시작했다.

스포츠머리에 얼굴이 넓은 웨이드 아서놀트는 성격이 활달하고 웃음 또한 호탕했다. 그동안 9번 도로 톨게이트에서 수백 번도 넘게 돈을 건넸으므로 난 그를 즉각 알아볼 수 있었지만 그는 나를 알아보지 못했다. 체구는 그리 크지 않아 키도 리넷보다 약간 더 큰 정도였다. 손을 씻고 있던 그는 나를 보자마자 닦지도 않은 손으로 악수를 청했다. 카키색 소매 아래로 불거져나온 손은 햇볕에 그을려서 그런지 아주 힘 있고 단단해 보였다. 그는 방금 그만의 '악마의 소굴'에서 선빔 사의 프라이팬을 수리하고 나오던 참이었다. 이제 곧 리넷은 그 프라이팬으로 그녀가 좋아하는 부활절 후식인 더치 베이비*를 만들 것이다. 수리한 팬은 주방용 조리대에 자랑스럽게 놓여 있었다.

웨이드는 애초 내가 예상했던 분위기와는 전혀 다른 분위기를 풍겼다. 나는 그가 깐깐하고 사람을 잘 훑어보는 총포상 주인, 즉 깡마른 허벅지엔 여자 문신이 있고 흑인에게 편견을 가진 사람 정도로 추측했다. 이는 악한의 전형적인 모습이다. 아마 글을 쓰면서 나만의 악당을 마음속에 품어왔는지도 모르겠다. 하지만 이 세상은 글쟁이의 상상보다 더 부드럽고 동시에 덜 극적이다. 웨이드와 나는 한동안 적당한 대화 주제를 찾지 못한 채 아무 말 없이 수리가 끝난 프라이팬만 쳐다봤다.

"그래, 오는 길은 괜찮았나?" 웨이드가 껄껄 웃으며 물었다. 그

---

* 독일식 팬케이크.

에게서는 개척자에게 느낄 수 있는 거칠면서도 믿음직한 매력이 쏟아져나왔다. 뭐든 에둘러 표현하지 않고 직설적으로 얘기하며, 상대방이 과연 어떤 말로 자신을 기쁘게 해줄까 기대하면서 눈빛을 반짝이는 그런 사람 말이다.

"네, 펨버튼과 뱀버를 거쳐서 왔습니다. 좋아하는 드라이브 코스 중 하나죠. 조만간 랜코카스*에서 카누도 타볼까 합니다. 아프리카 해안과 분위기가 비슷한 곳 말입니다."

"그렇군. 하지만 여기도 멋지다네, 프랭크." 케이드와는 달리 웨이드에게선 텍사스 특유의 발음을 전혀 들을 수 없었다. "여긴 우리에게 에덴동산 같은 곳이지. 그래서 직장에서 팔십 킬로미터나 떨어진 이곳에 정착했어. 외지인이 이곳을 망치지 못하도록 주민들도 신경 쓴다네. 뭐 그렇다고 도개교 통행까지 막을 계획은 없지만." 웨이드의 눈이 다리의 출입을 통제하는 관리처럼 반짝거렸다. "하지만 최근엔 여기 주민들의 출신 지역도 아주 다양해졌어. 토박이들조차 이젠 그러려니 할 정도로."

"개간이라니 참 멋진 아이디어입니다."

"그래서 골치야. 바닷물이 침식해 들어와서 말일세." 타월로 젖은 손을 닦은 후 웨이드가 말했다. "하지만 그 문제를 해결할 기술자를 구했네. 러트거스 대학을 졸업한 피트 칼카뇨란 젊은인데 아주 똑똑한 친구지."(내가 아는 이름이 나왔다!) "직접 굴삭기를 동원해서 일하고 있어." 웨이드가 나를 정면으로 쳐다보며 말을 이었다. "'대부분의 사람들은 제대로 일하고 싶어한다', 바로 내 믿음일세."

---

* 뉴저지 남서부 델라웨어 강 지류에 위치.

"공감합니다." 진심에서 우러나온 말이었다. 나 역시 그러할 뿐 아니라 의심할 여지없이 웨이드도 마찬가지였다. 그는 이혼한 딸에게 새로운 가구로 가득 찬 새집을 마련해줬다. 딸을 위해 아낌없이 수표에 서명함으로써 비키가 낯선 환경에서 훌륭히 적응할 수 있도록 도왔다. 많은 사람이 자신도 그렇게 할 수 있다고 말하겠지만 행동으로 직접 보여주기란 결코 쉬운 일이 아니다.

웨이드는 장난스런 표정을 지으며 지하로 통하는 문으로 시선을 돌렸다. 내 행동이나 말이 맘에 들었는지 구경시켜주려고 마음먹은 듯했다. "리넷! 식사 전에 이 친구에게 악마의 소굴을 보여주고 싶은데 괜찮겠어?" 내게 윙크를 보내며 웨이드가 큰 소리로 외쳤다. (그런 그를 보며 혹시 나와 비키의 일이 잘 풀리지 않더라도 웨이드와 낚시여행을 떠날 수 있으리라는 생각이 들었다.)

리넷이 미소 띤 얼굴로 나타나더니 손을 흔들며 말했다. "그랜트 장군이라 해도 어디 당신을 막을 수 있겠어요?"

거실 쪽을 보니 소파에 나란히 앉아 얘기를 나누는 비키와 케이드의 모습이 눈에 들어왔다. 옷차림과 사회생활의 연관성에 대해 누나 비키가 틀림없이 또 일장 연설을 하고 있으리라.

웨이드는 쿵쿵거리며 지하실로 내려갔고 나는 그 뒤를 조용히 따랐다. 어느 순간 주방에서 흘러나오던 따뜻한 공기는 언제 그랬냐는 듯 사라지고 곧 차가운 공기가 달려들었다. 지하실에서 흔히 맡을 수 있는 화학약품 비슷한 냄새도 풍겨왔다.

"거기 잠깐만 서 있게, 프랭크." 그러나 목소리만 들릴 뿐 웨이드는 어둠에 가려 보이지 않았다. 곧 콘크리트 바닥을 걸어가는 발자국 소리가 선명히 들려왔다.

"잠시만 기다려." 웨이드는 어떤 일에든 진지한 사람이었다.

나는 계단 난간을 잡고 가만히 서 있었다. 너무 어두워서 한 발짝도 옮길 엄두가 나지 않았다. 하지만 내 앞에 뭔가 커다란 물체가 자리 잡고 있다는 사실만은 알 수 있었다.

금속으로 만든 물체를 만지작거리는 소리. 아마 램프나 퓨즈 상자, 아니면 열쇠 박스를 찾고 있는 듯했다. 잠시 후 나지막하게 중얼거리는 웨이드의 목소리가 들려왔다. "아, 이제야 됐군."

갑자기 불이 환하게 켜졌다. 작은 램프가 아니라 환한 빛을 내는 형광등이었다. 동시에 전혀 생각하지 못한 광경이 눈앞에 나타났는데 먼저 시선을 끈 것은 벽에 붙여놓은 사진 한 장이었다. 우주에서 찍은 지구 사진으로 이웃한 바다와 선명한 경계를 이루고 있는 북아메리카 대륙이 또렷이 드러나 있었다.

"한번 보게. 어떻게 생각하나."

웨이드를 찾던 나는 깜짝 놀랐다. 커다란 검은색 자동차 한 대가 지하실에 떡 하니 놓여 있었던 것이다. 너무 가까운 곳에 있어서 처음엔 자동차라고 생각하지 못했지만 분명 자동차였다. 얼마나 공들여 닦아놨는지 검은색은 유리처럼 번쩍거렸고 격자 모양의 방열공 위엔 '크라이슬러'란 글자가 선명했다.

"세상에!" 차 뒷부분에 손을 얹은 채 붉은 미등 근처에 서 있는 웨이드의 모습은 영락없는 자동차 영업사원이었다. 그의 얼굴엔 마침내 정말 특별한 자동차, 여성이 탐낼 수밖에 없는 자동차, 소유하는 자체로 자부심을 느낄 수 있는 가치 있는 자동차를 공개한다는 영업사원의 미소가 흘러넘쳤다.

커다란 박스 형태를 띤 차체는 매우 단단해 보였고 범퍼는 위풍당당하기 그지없었다. 내 말리부가 아주 초라하게 여겨질 만큼 멋진 차였다.

"이젠 더이상 생산하지 않는 차라네." 웨이드는 말을 마친 후 잠시 침묵하다가 이렇게 말했다. "내가 복구해놨어. 케이드도 도와주긴 했지만 모터를 고친 후에는 곧 싫증내더군. 자네도 이 차를 한번쯤은 봤을 거야. 처음 이 차를 샀을 때는 스위스 치즈처럼 여기저기 구멍이 많았지. 그리고 이쪽은 크롬으로 도금돼 있었어, 지금은 많이 벗겨졌지만." 웨이드는 마치 크라이슬러와 대화라도 하듯 가만히 차를 바라보았다. 지하실의 추운 공기 때문인지 크라이슬러는 검은 다이아몬드처럼 아주 단단하고 차가워 보였다. "내부는 좀더 손을 봐야 돼."

"대체 여기엔 어떤 방법으로 들여놨죠?"

웨이드가 씩 하고 미소 지었다. 이 질문이 나오길 고대했다는 듯이. "원래 저기 뒤쪽에 문이 하나 있었다네. 이 차를 들여놓을 때 트럭이 깔아뭉개는 바람에 지금은 없어졌지만 말이야. 나와 케이드가 경사로를 직접 만들었어. 덕분에 용접을 새로 배워야 했지. 혹시 용접에 대해 좀 아나?"

"전혀 모릅니다. 하지만 알아둬야 할 것 같네요." 나는 우주에서 찍은 지구 사진을 다시 쳐다봤다. 넓은 관점을 기르는 데 이보다 더 좋은 교재는 없으리라. 사진 속의 지구는 저 먼 나라에서 만든다는 이국적인 융단처럼 아주 특이하게 보였다.

"어렵지 않네." 웨이드가 엄숙한 표정으로 말했다. "원리를 알면 간단하지. 저항 부분만 통달하면 끝이라고. 금방 배울 수 있어." 숙련공이 된 내 모습을 상상이라도 하듯 웨이드가 싱긋 미소 지었다.

"이 자동차로 뭘 하시려는 거죠?" 나는 갑자기 궁금해져서 물었다.

"그런 건 생각해본 적 없어." 웨이드가 말했다.

"차가 움직이긴 하나요?"

"오, 물론이야. 다만 보다시피 공간이 넓지 않아 앞뒤로 약간씩만 움직여봤지." 웨이드는 주머니에 손을 찌른 자세로 차에 기대어 어두운 지하실을 두루 살펴봤다. 잠시 후 누가 주방과 거실 사이를 돌아다니는지 위에서 발자국 소리가 희미하게 들려왔다. 쿵쿵거리는 발자국 소리는 케이드가 옷을 갈아입으러 위층으로 올라가며 내는 소리가 분명했다. 엘비스 프레슬리가 발톱으로 바닥을 긁는 소리까지 들려왔지만 곧 조용해지면서 한동안 아무 소리도 나지 않았다. 나와 웨이드도 아무 말 없이 크라이슬러만 바라보며 그냥 가만히 서 있었다.

물론 이런 상황은 대개 그렇듯 결코 견디기가 쉽지 않다. 문득 웨이드가 갑자기 곤란한 질문을 던지지 않을까 하는 두려움이, 나아가 혹시 그런 질문에 딱히 대답할 말이 없어 하염없이 서 있어야만 하는 건 아닐까 하는 공포가 나를 사로잡았다. 어서 지하실에서 빠져나가 닉스가 캐벌리어를 사정없이 난타하는 경기를 시청하고 싶었다. 이렇듯 실상 스포츠란 당신과 당신의 가치체계가 (악의는 없지만) 예고 없이 날아드는 난감한 질문으로 공격당할 때 피신하기에 안성맞춤인 적당한 은신처인 것이다.

"자넨 어떤 사람이지?"(그야말로 순수한 호기심에서 던지는 질문이다.) '내 딸을 어떻게 생각하나?"(이 질문에 "잘 모르겠습니다"라는 대답은 전혀 어울리지 않을 것이다.) "자넨 스스로를 어떻게 평가하나?"(정말 곤란한 질문이다.) 웨이드에게선 어떤 저의도 엿보이지 않았지만 나는 갑자기 몸이 떨려왔다. 물론 그는 내가 존경할 만한 사람으로 나 역시 그가 호감을 가져주길 원한다. 하지만 가장 좋은 징후는 달리 말하자면 실상 가장 나쁜 징후와 동의어라

할 수 있다. 웨이드는 반짝거리는 검은색 자동차 펜더 위에 손가락을 갖다대고는 그 손가락을 뚫어지게 쳐다봤다. 깨끗이 닦은 차는 너무 번들번들해서 거울을 마주하고 있는 것처럼 전신이 다 들여다보였다.

"프랭크." 웨이드가 드디어 입을 열었다. "해산물을 좋아하는지 모르겠군." 웨이드의 얼굴엔 긍정의 대답을 원하는 표정이 역력했다.

"물론 좋아합니다."

"정말인가?"

"그렇습니다."

웨이드는 반짝거리는 자동차로 눈길을 돌리며 말을 계속했다. "편한 시간에 레드 랍스터 식당으로 가서 함께 식사하면 어떨까 하고 문득 생각해봤다네. 여자들은 떼놓고 말이야. 식사하면서 진지한 대화도 나눌 수 있겠지. 혹시 그 식당에 가본 적 있나?"

"네. 여러 번 갔죠." 정말이었다. 전처와 이혼하고 나서 한동안은 그 식당만 들락거렸다. 당연히 레드 랍스터 종업원들은 내가 너무 많이 익히지 않은 블루피시 요리를 좋아한다는 사실을 알게 됐고 단골이기 때문인지 때론 부담스러울 정도로 과잉친절까지 베풀었다.

"난 그 식당의 대구 요리를 좋아한다네." 웨이드가 말했다. "그 자체로 훌륭한 식사가 되지. 난 그 대구 요리를 가난한 자들의 랍스터라고도 불러."

"언제 같이 가시죠. 기대되는군요." 나는 차가워진 손을 재킷 주머니에 찔러넣었다. 여기에서 빠져나갈 기회가 생기면 언제든 낚아챌 준비를 하면서.

"부모님은 어디에 계신가?" 웨이드가 진지한 표정으로 물었다.

"두 분 모두 돌아가셨습니다." 내가 대답했다. "아주 오래전에."

"나도 그렇다네." 웨이드가 고개를 끄덕였다. "하긴 우린 모두 결국엔 고아가 되지, 안 그런가?"

"네, 시간이 약이더군요."

"그래, 맞아. 자네 말이 맞아." 웨이드는 팔짱을 끼더니 크라이슬러 펜더에 몸을 기댔다. 그는 나를 똑바로 쳐다보다가 지하실 바닥으로 시선을 돌렸다. "뉴저지에는 어떻게 오게 됐지? 작가라고 했던가?"

"다 말씀드리기엔 얘기가 깁니다. 지금은 이혼한 상태죠. 아이들은 하담에 있고요." 나는 그가 전혀 개의치 않을 것임을 알면서도 이제 그만 나가보자는 뜻으로 미소를 보냈다. 분명 그는 내게 우호적인 행동을 하고 있다고 생각할 것이다.

"프랭크, 난 여자를 좋아하네. 자네는?" 웨이드가 씩 웃으며 말했다. 즐거움과 유쾌함을 기대하는 솔직한 표정이 그의 얼굴에 드러났다. 행복은 멀리 있지 않다. 그는 대구 요리만큼이나 이런 상황을 즐거워하리라. 아니 오히려 이 편이 훨씬 흥미로울 것이다. 인생은 요리처럼 간단하지 않기에.

"저 역시 그런 것 같군요." 활짝 웃어 보이며 내가 말했다.

웨이드는 이미 짐작했다는 듯 익살스런 표정을 지으며 나를 쳐다봤다. "지금껏 여자가 아니라 남자와 외출해보겠다는 생각은 전혀 안 해봤네. 그게 무슨 재미가 있겠나."

"재미있진 않죠." 그러면서 나는 '행동으로 실천하기' 강좌를 들으러 다녔던 우울한 밤들, 이혼남 클럽, 그리고 마치 작심한 듯 만톨로킹 벨르 호의 옆면을 끊임없이 공격하던 차가운 바닷물을 떠올렸다. 그리고 다시는 그 생활로 돌아가지 않겠다고 마음속으로 조용히 맹세했다. 이젠 그런 생활과 작별을 고하리라.

"프랭크, 내 말 오해하지 말고 들어주게." 조심스런 표정으로 말했지만 웨이드는 내가 아닌 다른 곳에 시선을 두고 있었다. "난 자네와 비키 사이의 일에 끼어들 생각이 없어. 어떻게 되든 둘이서 알아서 처리하라고."

"그 말씀을 들으니 머리가 더 복잡해지는군요."

"그럴 거야. 나이에 따라 뭘 어떻게 해야 하는지 판단하기란 쉬운 일이 아니거든. 참, 그런데 나이는?"

"서른여덟입니다." 내가 말했다. "실례지만 웨이드 씨는요?"

"쉰여섯. 아내는 내가 마흔아홉일 때 암으로 죽었고."

"일찍 돌아가셨군요."

"그때 우린 텍사스 어빙에 살고 있었지. 난 집에서 약 이 킬로미터 떨어진 곳에 있는 부틀러 오일 회사에서 석유 엔지니어로 일했네. 비키도 텍사스 시절에 결혼했고. 우린 나름대로 잘 살고 있다고 생각했어. 그런데 아내가 죽은 거야. 우리 가족 모두 상심이 컸지. 순식간이더군, 단 하룻밤에 모든 게 바뀌어버렸어. 비키와 케이드도 많이 힘들어했네." 슬펐던 그 시절을 생각하는 듯 웨이드는 고개를 주억거렸다.

"정말 힘든 시기였겠군요."

"이혼 역시 그와 비슷한 큰 사건이야. 리넷은 아주 괜찮은 남자와 살다 이혼했지. 리넷의 두번째 남편이었다는데 나도 만나봤어. 비록 친구 사이는 아니었지만 내가 봐도 괜찮은 남자였네. 하지만 둘이 잘 맞지 않았나보더군. 그건 비난받을 일은 아냐. 참, 리넷도 아들을 잃었어. 오클라호마에서 사고를 당했지."

비키가 랠프 일까지 얘기한 것이 틀림없었지만 나는 개의치 않았다. 어찌 됐건 랠프는 내 인생에 영원히 남을 기록이 될 테니까. 앞으로 아들의 죽음은 나를 정확히 아는 데 절대로 빠질 수 없는 사건이 될 것이다. 어쨌든 기쁘게도 웨이드는 나를 개인 대 개인으로 존중해주려 애쓰고 있다. 그는 전엔 전혀 몰랐고 또 마음에 들지 않을 수도 있는 나와 가까워지기 위해 자신이 먼저 솔직하게 말하고 이를 통해 나의 솔직한 반응을 이끌어내는 방법을 선택했다. 여기 지하실에서 나를 더 고문해댈 수도 있었겠지만 그는 그렇게 하지 않았다. 그의 호의에 감사를 표하고 싶었으나 적당한 방법이 떠오르지 않았다. 그는 내 예상과는 달리 자신의 생각을 분명히 밝힘으로써 뭐라 딱히 할 말을 잃게 만들었다.

"고향이 텍사스 주 어디입니까?" 내가 미소를 머금고 물었다.

"텍사스가 아니라 네브래스카 북동부 지역 출신이네. 네브래스카의 오클랜드." 웨이드는 손등을 긁었다. 그곳의 밀밭을 생각하는 걸까? "대학은 텍사스에서 다녔어. 1953년에 A&M 대학에 들어갔네. 그때는 이미 결혼한 상태여서 아내는 비키를 임신중이었지. 졸업하기까진 시간이 꽤 오래 걸렸어. 졸업 후에는 유정(油井)에서 일했고 말이야. 첫 아내 에스더가 죽었을 때 나는 더이상 여자에게 흥미를 품지 못할 거라고 생각했지. 실제로도 여자한테 관심이 전혀 일지 않더군. 그건 정력의 문제가 아니라 바로 여기에 문제가 있다는 뜻이야." 웨이드는 나를 바라보며 손가락으로 자신의 이마 한가운데를 가리켰다. "자신과 소통하는 방법을 잊어버렸다고나 할까." 웨이드는 말을 이어나갔다. "다시 말해 필요한 게 뭔지 몰랐던 거야. 정말 그랬네. 비키가 잘 알고 있지. 그때 그애가 나한테 신경을 많이 썼으니까." 웨이드는 말하는 동안 장난스럽게 눈을 굴렸다. 나는 그와 똑같은 행동을 비키한테서 수도 없이 봤다. 아마 비키에게서 배운 버릇이리라. 이는 여자들이 흔히 취하는 제스처라서 웨이드를 여성적으로 보이게 만들었다. 어쩌면 웨이드는 인생이 던져준 힘든 시련을 견디기 위해 차라리 여성적인 태도를 취했는지도 모른다. 어떤 고통은 남자보다 오히려 여자가 잘 버텨내니까. "당시 나는 말도 안 되는 미친 짓을 하기도 했네." 자신을 용서한다는 표정을 지으며 웨이드가 말했다. "쇼핑몰에서 아기를 유괴했지. 정말 미친 짓 아닌가?" 스스로 놀란 표정을 지으며 웨이드가 나를 바라봤다. "유색인종 아기였는데 내가 왜 그랬는지 지금 생각해도 모르겠어. 자포자기 심정이었을까? 아무도 들어주지 않는 광야에서의 울부짖음 같은 거 말일세. 그때 경찰에 체포됐다면 정말 사형수 감방 안에서 울부짖으며 지냈을지도 몰라. 물론 당연한 죗값이었겠지만." 웨이드는 무거운 표정으로 한곳을 응시하며 고개를 끄덕였다. 마치 한때 자신을 지배했던 검은 유혹이 바로 그곳에 갇혀 있기라도 한 듯, 따라서 이제 더는 자신을 건드리지 못할 거라고 확신한다는 듯.

"끔찍한 일이 있었군요. 그래서 어떻게 됐습니까?"

"다행히 아기는 그 부모에게 돌려보냈네. 하지만 보내기 전에 실제로 아기를 내 차에 태웠어. 다시 말해 그때 어떤 결과가 나올 것인가는 오직 신만이 알고 있었다는 얘기지. 예측 불가능한 순간 말이야."

"하지만 정말 납치할 생각은 없었을 겁니다. 주제넘은 말 같지만 당신이 살아온 모습을 보면 금방 알 수 있지 않습니까?"

"그런 것도 같군. 말이 나온 김에 그후에 있었던 일도 말해주지. 어느 날 대학 동문회에서 벅 라슨이란 동기 녀석을 우연히 만났어. 이십육 년 만에 말이야. 얘기를 나누다 알게 됐는데 그 친구는 도로

공사에서 일하더군. 우린 너무 반가워서 이 얘기 저 얘기로 정신없이 떠들었네. 아내 에스더의 죽음부터 아이들, 여자, 그리고 댈러스를 떠나고 싶다는 말까지. 난 그때야 알았어. 내가 댈러스를 떠나고 싶어했다는 사실을. 이해할 수 있나? 아마 이해할 거야. 자넨 작가니까."

"그럼요, 이해합니다." (어쨌든 벅과 모텔로 갔다는 얘긴 아니지 않은가.)

"때론 자신이 뭘 원하는지 본인도 정확히 모를 때가 있지, 안 그런가?" 웨이드가 동조를 구하는 미소를 지었다.

"맞습니다, 그런데 소설 속 주인공은 대개 그렇지 않더군요."

"그런 것 같기도 하군. 나도 대학에 다닐 때는 제법 많은 책을 읽었지. 뭐 그렇게까지 많이는 아니지만." 웨이드와 나는 서로 마주보며 씩 웃었다. "자넨 어느 학교를 나왔나?"

"미시간 주립대학입니다."

"이스트랜싱에 있지?"

"아뇨, 앤아버에 있습니다."

"어쨌든 나보다는 책을 많이 읽었을 거야."

"아무리 둘러봐도 말씀하신 사건 이후론 별 문제가 없으셨던 것 같습니다."

"나도 그렇게 생각해." 마른 콘크리트 바닥에 대고 한쪽 발을 끌던 웨이드는 발이 더 나가지 않을 때까지 힘을 주다가 고개를 저으며 말했다. "인생이 어떻게 변해갈진 아무도 몰라."

"그렇습니다."

"난 그 친구의 도움으로 도로공사에 일자리를 얻었어. 어빙에 사는 에스더 가족에게 케이드를 맡겨놓고 한 일 년 동안 혼자 살았네.

순식간에 이전과 전혀 다른 인생을 살게 된 거지. 일주일 만에 텍사스의 엔지니어에서 뉴저지의 통행료 징수원으로 변신한 거야. 쉽게 말하자면 강등됐다고나 할까, 급여도 대폭 깎였고. 하지만 난 개의치 않았어, 더 나빠질 수도 없었으니까. 난 다시 시작해야 했지. 새로운 곳, 전혀 모르는 이곳에서. 하지만 별로 문제될 건 없었어, 사실 난 타고난 문제 해결사거든. 엔지니어들이 대개 그렇지. 더구나 다른 문제도 아니고 바로 내 문제였으니. 한 가지 덧붙이자면 미국인은 강등에 너무 민감하게 반응하는 경향이 있어. 겪어보면 그리 나쁜 일도 아닌데 말이야."

"그렇다고 좋은 일도 아니지요. 어쨌든 말씀을 듣고 보니 제 고민 따위는 상대적으로 초라해 보입니다."

"어느 쪽이 쉽고 어느 쪽이 어렵다는 말이 아냐." 웨이드는 계속 말을 이어나갔다. "톨게이트에서 허드렛일을 하는 친구 한 명이 있네. 이름은 말하지 않겠어. 평생 옐로스톤 근처에서 살았지. 아내는 물론 자녀도 세 명이나 있었어. 물론 저당 잡힌 집까지. 그 친구의 인생은 오직 집과 직장만 오가는 단조로운 생활이었네. 그러던 어느 날 퇴근길에 잠깐 술집에 들렀다 차를 타고 다시 집으로 향하는데 큰 소리가 들리더라는 거야. 차를 멈추고 뒤돌아보니 산사태가 나서 방금 나온 술집을 덮쳐버렸다더군. 조금 전까지만 해도 환하게 빛나던 불빛이 다 사라져버렸대. 그 거대한 산사태 때문에 말일세. 자신만 빼고 모두 죽었다더군. 그런데 그 친구가 그 광경을 보고 어떤 생각을 했을 것 같나?" 웨이드가 눈을 치켜뜨며 곁눈질로 나를 바라봤다.

"어떤 생각을 했죠?"

"그 길로 동쪽으로 차를 몰았대. 그때 누군가가 자기 귀에 대고 이렇게 말하는 것 같았다고 하더군. '이봐, 친구. 여기 인생을 새롭게 시작할 기회가 생겼어. 과연 이번엔 잘할 수 있을까?' 아이다호인가 와이오밍인가, 하여간 어떤 주에 그의 사망신고가 접수됐지. 물론 보험금도 지급됐고 말이야. 그는 자기 가족이 어디에 사는지 몰라, 알려고 하지도 않고. 하지만 내가 볼 때 더할 나위 없이 행복하네. 그 친구나 나나 새로운 기회를 잘 활용했다는 점에선 다를 바 없어. 그럴 확신도 있었고 말이야. 어쨌든 그에 비하면 난 그래도 행운아라고 할 수 있지 않나?" 웨이드는 심각한 표정으로 나를 바라보며 차 문의 손잡이를 만지작거렸다. 그는 인생 후반에 이르러 중요한 진리를 깨달았다고 내게 말해주고 싶은 것이다. 다람쥐 쳇바퀴처럼 살아가는 사람은 발견할 수 없는 가치 있는 진리를 알아냈다고 말해주고 싶은 것이다. 하지만 난 엉뚱하게도 웨이드가 말한 그 사람의 아내가 어느 날 9번 톨게이트를 통과하다가 자기 남편을 우연히 목격하기라도 한다면 과연 어떤 기분에 사로잡힐지 궁금해졌다. 사람 일은 모르는 법이다. "프랭크, 다시 결혼하고 싶은가?"

"잘 모르겠습니다."

"좋은 대답이야." 웨이드가 말했다. "나도 내가 재혼하리라곤 생각하지 못했네. 이십구 년이나 결혼생활을 하고 보니 혼자 사는 것도 그리 나쁘지 않더군."

"나름대로 장점이 있겠죠. 리넷은 여기에서 만났습니까?"

"록 콘서트장에서 만났다네. 삼 년 전이었고 애틀랜틱시티에서였지. 내가 왜 그런 곳에 갔는지 묻진 말아주게. 단 이것만 말해두지. 어디 소속되길 싫어하고 혼자 있길 좋아하는 사람은 가끔 자신의 독립적인 성향을 엉뚱한 곳에서 굳이 확인하고 싶어한다는 사실을 말이야."

"저도 비슷한 성향이지만 보통은 그냥 집에서 책이나 읽습니다. 가끔 종일 운전만 할 때도 있고요."

"별로 맘에 드는 방법은 아니군."

"물론 다른 좋은 방법도 있겠지요."

"어쨌든 그 콘서트에 리넷이 왔다네. 지금 자네 나이쯤 됐을 때였을 거야. 그때 리넷은 이혼한 상태였는데 스물다섯 정도 돼 보이는 스페인 녀석과 함께 콘서트에 왔더군. 그런데 이 친구가 아무 말도 없이 어딘가로 사라져버린 거야. 뭐 그럴 만한 사정이 있었지만 미주알고주알 말하진 않겠네. 하여간 리넷과 난 고속도로 휴게소에 있는 식당에서 다음날 새벽 네시까지 매우 진지하게 대화를 나눴어. 그리고 대화하면서 나나 리넷이나 이제 남은 시간 동안 뭔가 유용하고 긍정적인 일을 하고 싶어한다는 점을 알게 됐지. 둘 다 완벽주의자가 아니라는 사실까지도. 다시 말해 우린 재혼을 결심할 때부터 서로가 상대에게 완벽한 배우자감이 못 된다는 사실을 알고 있었던 거야." 팔짱을 낀 웨이드의 표정이 단호해 보였다.

"그후 재혼까지 얼마나 걸렸습니까? 아마 그리 오래 걸리진 않았을 성싶은데요." 나는 웨이드에게 미소를 지어 보였고 예상한 대로 웨이드 역시 그때 기억이 떠오르는지 밝은 표정을 지었다. 그는 아마 별이 총총히 빛나던 애틀랜틱시티 고속도로의 밤을 떠올렸을 것이다. 리넷과 웨이드에게 그날의 만남은 뗏목을 타고 망망대해를 표류하다 마침내 해안에 도착할 때처럼 짜릿한 순간이었을 테지. 이 정도면 그런대로 멋진 추억이다. 몇 번이나 미소 지어도 질리지 않을 만큼.

"맞아." 그리운 추억에서 깨어난 것처럼 웨이드는 평소 얼굴로 돌아왔다. "리넷은 이미 이혼해서 오래 기다릴 필요가 없었지. 어쨌든 리넷은 가톨릭 신자라네. 이혼은 별로 바람직하지 않은 일이지. 리넷이 같이 살길 원하지 않았다면 나도 굳이 고집하진 않았을 거야. 하지만 우린 만난 지 한 달 만에 결혼했고 마침내 이 집까지 장만했어!" 웨이드는 알 수 없는 인생의 신비에 감탄하듯 고개를 저으며 웃어댔다.

"정말 일이 잘 풀렸군요."

"리넷은 나와 성격이 대조적이라네. 무슨 일에든 태도가 분명하지만 난 그렇지 못해. 또 신심이 대단히 깊어. 아들이 사고를 당한 후로 더욱더. 나도 가톨릭 신자가 되긴 했지만 다 리넷을 위해서였을 뿐 같이 미사를 드린다거나 하진 않아. 그래도 중요한 공통점이 있네. 첫째 우린 부자가 아니라는 것, 둘째 비록 서로를 진정으로 사랑하고 필요로 하는지 확신하진 못하지만 남은 인생 동안 상대방에게 긍정적인 영향을 미치고 싶어한다는 것. 바로 이 두 가지야." 말을 마친 웨이드는 계단에 서 있는 나를 올려다보며 자기 얘기를 충분히 이해해주길 바란다는 표정을 지었다. 그가 오늘 처음 만난 내게 집안 내력을 자세히 늘어놓은 이유는 내가 새로운 가족이 될 경우에 대비해 가족이 처해 있는 상황을 정확히 알려주고 싶었기 때문이었다. 만약 여기가 레드 랍스터 식당이었다면 더 깊은 대화를 나눌 수 있었을 것이고 나 역시 많은 말을 했으리라. 비키 가족은 내가 예상한 바와 달랐다. 다시 말해 예상보다 훨씬 훌륭했다. 웨이드는 자기 인생을 달콤하고 그럴듯한 말로 포장하지 않고 있는 그대로 얘기해줬다. 이런 가족이라면 결혼할 만하지 않은가? 주말과 휴일에 비키와 함께 찾아올 만하지 않은가? 케이드와도 친구가 될 수 있을 것이다. 그래서 괜찮은 대학에 추천장을 써준다거나 경찰이나 총이 아닌 마케팅 기법에 흥미를 갖도록 도와줄 수 있을 것이다. 혹시 아는가, 케이드의 조언을 받아 내가 배라도 구입하게 될지. 이 얼마나 평범하면서도 바람직한 인생인가.

"프랭크." 마치 관찰하듯 눈을 가늘게 뜨며 웨이드가 말했다. "자네의 솔직한 의견을 듣고 싶네. 자네는 아주 하찮게 생각하는가? 그러니까 통행료를 징수하거나, 가족을 부양하거나, 이런 낡은 차나 만지작거리거나, 아들과 함께 낚시하거나, 아니면 아내를 사랑하거나 하는 그런 일들 말일세."

나는 숨도 쉬지 않고 말했다. "아뇨." 내 대답은 거의 외침에 가까웠다. "전혀 그렇게 생각하지 않습니다. 오히려 위대하다고 생각해요. 당신은 정말 행운아입니다."

"자넨 나보다 더 낭만적인 사건을 겪었을 거야. 지금껏 짧지 않은 인생을 살았지만 아직도 내가 모르는 일들이 아주 많다네."

"사실 우리네 인생이란 게 다 거기서 거기입니다. 감히 말하자면 당신은 더 낫다고 할 수 있고요."

"하물며 여기 있는 이 낡은 자동차마저도 정말 많은 일을 겪었지." 조금 전 내가 한 답변이 맘에 들었는지 웨이드는 무척 고무된 표정을 지었다. "얼마나 많이 손을 댔는지 다 설명할 수가 없네. 어떨 때 새벽 네시에 여기 내려와 낮이 될 때까지 차를 수리해. 집으로 돌아올 때도 온통 이 자동차 생각뿐이지. 여기에 있다가 밖으로 나가면 기분이 아주 좋아. 그럴 수밖에, 내 속에 있던 악이란 악은 악의 소굴인 여기에 모조리 털어놓고 나가니까."

"그거 참 근사하군요."

"자동차 수리는 어렵지 않아. 전선이나 볼트에 대해서만 좀 알면 되지. 금방 배울 수 있어. 혹시 궁금한 점이 있다면 물어보게, 다 알려줄 테니." 이상한 일이지만 웨이드의 눈길과 마주치는 순간 내 머리엔 긴 병원 복도를 홀로 걸어가는 그의 이미지가 떠올랐다. 가방을 들고 걸어가던 웨이드는 번호판도 붙어 있지 않은 한 병실 앞에서 걸음을 멈추고는 머뭇거리며 안을 들여다본다. 병실의 침상은 반으로 접혀 있고 다른 물건들은 모두 깨끗이 정돈돼 있다. 오직 창문을 통해 강한 햇살만이 내리쬐고 있을 뿐이다. 그는 지금 검진을 받으려고 병원에 왔다. 그것도 아주 많은 종류의 검진을 받아야 한다. 그리고 일단 병실로 들어서면 쉽게 살아서 나오진 못할 것이다. 바로 끝의 시작이다. 갑작스런 두려움이 나를 에워쌌고 몸이 덜덜 떨려왔다. 나는 웨이드를 안아주고 싶었다. 그리고 어서 병실에서 나가라고, 집으로 돌아가서 편한 죽음을 맞이하라고 말해주고만 싶었다.

위층에서 소란스러운 소리가 들려오더니 누군가가 전자오르간으로 〈내가 말한 것〉이란 노래의 베이스 파트를 치기 시작했다. 레이 찰스가 불렀던 노래로 가사가 나오기 직전의 간주 부분이다. 위에서 오르간 소리가 들려오자 지하실에는 좀 전과 다른 새로운 분위기가 감돌았다.

웨이드는 고개를 들어 위층을 힐끗 쳐다봤다. 그 누구보다 행복한 표정으로, 이런 일이 일어날 줄 미리 알고 있었다는 표정으로. 마치 오르간 소리를 자기 집이 평온하게 돌아가고 있다는 긍정적인 신호로 받아들이는 듯했다. 그는 감정을 감추거나 숨기는 사람이 절대 아니다. 이 세상 누구보다도 현실에 생생히 반응하는 사람이다.

"그런데 프랭크, 자네 얼굴이 아주 낯익어. 어디에서 본 것 같단 말이야. 이상하지 않나?"

"그야 직업상 많은 사람을 봐야 할 테니까요, 충분히 그럴 수 있죠."

"하긴 뉴저지에 사는 사람이라면 최소한 한 번쯤은 봤겠지." 싱긋 미소 짓는 웨이드는 이제야 평소 내가 알고 있던 통행료 징수원으로 돌아와 있었다. "하지만 많이는 기억 못 해. 그래도 자네 얼굴은 정말 친숙하군. 처음 볼 때부터 그렇게 생각했어."

나는 웨이드에게 그가 통행료 1.05달러를 내게서 수백 번이나 징수했으며 다시 차를 출발시킬 때마다 "좋은 하루 되십시오"라고 인사했다는 사실을 말할 수 없었다. 그의 특별한 질문에 대해 너무나 평범한 대답으로 여겨졌기 때문이다. 이는 마치 원래 미스터 스몰우드는 디트로이트 출신으로 전직 정비공이었으며, 그래서 나는 알아채지 못했지만 매번 내 차에 기름을 채워주고 윤활유를 발라줬다는 말을 갑작스레 듣게 되는 상황과 다를 바 없다. 현실이 삶의 미스터리를 파괴하는 순간이다. 의심의 여지없이 웨이드는 삶의 미스터리를 쫓아 여기까지 왔다. 나는 차라리 설명이 불가능하고 예상을 벗어나는 미스터리의 편에 서기로 했다.

뒤편에서 주방 문이 열리는 소리가 들리더니 곧 리넷의 아름다운 얼굴이 나타났다. 리넷은 재미있다는 표정으로 우리를 내려다봤고 그녀의 얼굴엔 왠지 모를 안도감이 드러나 있었다. 순간 나는 이 지하실에서의 대화가 사전에 예정된 것이었으며 웨이드와 나를 언제 불러야 하는지를 놓고 리넷이 신중히 고민했다는 것을 알 수 있었다. 두 사람은 나를 겨냥해 치밀한 계획을 세웠던 것이다. 하지만 이는 선의에서 나왔을 뿐, 결코 내게 해를 끼치기 위해서가 아니었다. 그들의 배려에 마음 한구석이 따뜻해졌다.

노래를 부르는 비키의 목소리가 점점 더 커졌다. "종일 고물차 얘기를 해도 말리지 않겠지만 지금은 가족이 기다리고 있어요." 리넷의 눈이 쾌활하게 반짝였다. 지하실에 관한 한 리넷은 웨이드에게 거의 간섭하지 않는 것 같았고 그것은 현명한 행동이었다. 그녀와 좋은 친구가 되고 싶다는 생각이 문득 머리를 스쳤다.

"이제 양고기를 먹어보는 게 어떻겠나? 하느님의 어린양 말일세." 웨이드가 리넷에게 윙크하며 껄껄 웃어댔다.

"틀렸어요." 리넷이 장난스럽게 눈을 굴리며 말했다. (비키와 웨이드에게서 본 바로 그 버릇이다.) "하느님의 어린양은 바로 우리 인간이라고요."

"미리 말해두지만 너무 질겨서 씹기 힘들지도 모르니 각오해두라고." 우리는 서늘한 지하실을 빠져나와 따뜻한 공기와 햇살이 반기는 식당으로 향했다. 이제 아서놀트 가족이 한데 모여 일요일의 식사의식을 진행할 시간이 다가왔다.

저녁식사는 예상보다 더 격식 있게 진행됐다. 리넷은 크리스털 촛대로 장식한 샹들리에와 은제 식기, 그리고 리넨 식탁보를 이용해 식당을 멋지게 꾸며놓았다. 그러나 자리에 앉자마자 리넷이 기도를 하겠다며 서로 손을 잡으라고 말하는 바람에 나는 어색한 동작으로 웨이드와 케이드의 손을 꽉 잡아야 했다. (케이드는 별로 꺼리는 기색 없이 내 손을 잡았다.) 그렇게 손을 잡고 눈을 감고 있는 동안 나는 잠시 내가 끝을 알 수 없는 지옥의 심연 앞에 서 있으며 그 안으로 떨어지지 않도록 나를 꽉 붙잡고 있는 사람은 오직 웨이드와 케이드뿐이라는 착각에 빠졌다. 마치 피오리아*에서 온 친

---

* 일리노이 주 중부에 있는 도시.

척처럼 아서놀트 가족에게서 이토록 큰 환대를 받다니 나는 얼마나 운이 좋은가. 문득 지금 이 순간 내 아이들과 전처는 과연 어디에 있을지 궁금해졌다. 그리고 아버지가 없는 부활절 식사가 되지 않도록 전처가 그 핀처인지 하는 녀석과 애즈베리 공원의 한적한 라마다 해변에서 즐거운 시간을 보내고 있기를 바랐다. 세상일은 누구도 모른다고 하지만 만약 비키에게서 그 소식을 듣지 않았다면 난 더 행복한 부활절을 보내고 있을 것이다. 나중에야 알게 된 사실이지만 분명 문명이라는 야만적이고 황량한 정글 속에서 방황해야 했던 가엾은 월터 러켓에 비하면 부활절인데도 끼니를 때우려고 식당을 전전할 필요가 없었던 나는 운이 좋았다. 물론 오래가지 못할 행운이었지만.

리넷의 기도는 고맙게도 길지 않았다. 리넷은 부활절과 우리가 사는 험난한 세상을 위해 기도했다. 그러나 나를 배려해서인지 바티칸이나 성인(聖人) 등 가톨릭 색채가 짙은 용어는 기도에 담지 않았다. 리넷은 포트 딕스 군인 묘지에 묻힌 아들 비니를 추모하며 기도를 끝맺었다.

웨이드와 케이드는 화려한 꽃무늬 타이와 스포츠 재킷을 입고 있어 연극배우처럼 보였다. 리넷은 내 미소에 역시 미소로 화답하면서 내가 낯선 가족과 무리 없이 어울릴 수 있도록 눈에 보이지 않게 애를 썼다. 양고기를 먹는 동안 우리의 대화는 가벼운 날씨 얘기에서 정치로 옮겨갔다. 이어 과연 케이드가 경찰 아카데미에 바로 입학할 수 있을지, 아니면 추가 테스트를 거친 후에야 가능할지를 놓고 잠깐 얘기를 나누기도 했다. 케이드는 이에 관해 비관적인 의견을 내놓는 한편 일반인이라면 시속 구십 킬로미터로 운전해도 상관없겠지만 경찰에 지원하는 자신은 아무래도 삼가야 하지 않겠느냐고 말했다. 리넷의 긴급센터 업무와 비키의 병원 일도 화제에 올랐다. 가족은 둘 모두 고된 일이지만 타인에게 큰 도움을 주는 서비스라는 데 의견 일치를 봤다. (정확히 말하자면 리넷보다는 비키의 일을 더 높이 평가하는 분위기였다.) 하지만 나와 비키의 디트로이트 여행을 궁금해하는 사람은 아무도 없었다. 비록 리넷이 어느 정도 짐작이 간다는 표정을 지으며 은근히 화제에 올리고 싶어 했지만 무리하게 캐물어오진 않았다. 이혼한 다른 여자들처럼 비키 역시 자기 문제는 스스로 알아서 처리할 수 있으리라 생각했기 때문일 것이다.

케이드가 묘한 미소를 지으며 아메리칸리그 팀 중 어떤 팀을 가장 좋아하느냐고 물어오기에 나는 보스턴이라고 대답했다. (사실은 가장 싫어하는 팀이다.) 그러나 지금까지 내가 변함없이 응원한 팀은 디트로이트로, 디트로이트는 조만간 선수 트레이드를 단행하고 새로운 투수 코치를 영입해 9월엔 선두를 향해 치고 나가게 될 것이다.

"보스턴이라, 아하." 케이드가 자기 접시를 힐끗 쳐다보며 말했다. "그 팀의 경기는 한 번도 못 봤어요."

"기회는 많아요." 단정적인 말투로 내가 말했다. "일 년에 162게임이나 치러야 하니까. 보스턴은 선수 트레이드를 통해 전력을 보강할 예정이죠. 앞으로 아주 유리한 위치에 서게 될 겁니다."

"타이 코브* 같은 선수라도 영입할 건가보죠?" 케이드는 갑자기 웃음을 터뜨리며 디너 롤을 입에 한가득 물고 있는 웨이드를 쳐다봤다.

---

* 1905년 디트로이트 팀에 입단해 이후 메이저리그 타격왕을 12회나 차지한 전설적인 선수.

392

나도 케이드를 따라 크게 웃었고 비키는 그런 나를 의아한 눈빛으로 쳐다봤다. 케이드를 웃게 했다는 사실이 신기한 모양이었다.

리넷은 조심스런 미소를 지으며 앞에 놓인 양고기와 완두콩, 민트 젤리를 능숙한 솜씨로 입에 집어넣었다.

리넷은 이해심 많은 청취자이기도 했지만 동시에 긴급센터에 장난 전화라도 걸었다간 혼쭐이 나겠다고 여겨질 만큼 자기 생각을 솔직하고 거침없이 말하는 여자였다. 식사 내내 리넷은 내게 관심을 보이다가 마침내 질문을 던졌다. "프랭크, 군대는 다녀왔어요?"

"해병대에 복무했습니다. 하지만 건강상의 이유로 전역했어요."

리넷이 진심으로 걱정스러운 표정을 지었다. "아니 왜요?"

"진찰 결과 암으로 판정할 만한 증상이 발견됐나보더군요. 나중에 오진으로 밝혀졌지만 한동안은 정말 그런 줄로만 알았습니다."

"어쨌든 참 다행이네요." 그렇게 말하며 리넷은 포트 딕스의 가톨릭 묘지에 잠든 가엾은 비니를 생각하는 듯했다. 인생은 누구에게든 공평하지 않은 법이다.

"약 육 개월 동안 복무했습니다."

"그랬군요." 리넷은 주위를 둘러보다가 웨이드와 눈이 마주치자 살짝 미소를 보냈고 웨이드 역시 예의 바른 남부 신사처럼 답례의 미소를 보냈다. "전남편은 베트남에서 해안경비대 소속으로 복무했어요." 리넷이 말했다. "사람들은 베트남에 해안경비대가 있었는지조차 모르더군요. 하지만 메콩 삼각주와 사이공의 우편도장이 찍힌 편지를 내가 직접 받아봤으니 틀림없어요."

"그럼 그 편지는 대체 어디에 숨겨놓으신 거죠?" 비키가 히죽거리며 물었다.

"과거는 과거일 뿐이야. 바로 저기에 앉아 있는 남자를 만나자마자 쓰레기통에 던져버렸지." 리넷이 미소 띤 얼굴로 웨이드를 바라봤다. "부부 사이에 비밀이 있어서야 되겠니. 케이드만 빼놓곤 다들 결혼해본 사람들이니 잘 알 거다."

순간 케이드가 아무것도 모르는 순진한 소처럼 눈을 깜빡거렸다.

"그곳에 간 군인들은 정말 힘든 시간을 보냈을 거야." 웨이드가 말했다. "리넷의 전남편 스탠이 나한테 이런 말을 했지. 아마 자기는 얼굴도 보지 못한 적들을 이백 명 정도는 죽였을 거라고. 낮이고 밤이고 총을 갈겨댔을 테니 그럴밖에." 웨이드가 고개를 저었다.

"정말 그랬겠군요."

내 말에 케이드가 비꼬는 말투로 맞장구를 쳤다. "그러게요."

"설마 그런 경험을 못했다고 해서 유감으로 생각하는 건 아니죠?" 리넷이 나를 쳐다보며 물었지만 비키가 갑자기 끼어들었다. "그래도 많이 목격했을 거예요. 그건 제가 잘 알아요."

리넷이 미소 띤 얼굴로 부드럽게 꾸짖었다. "너한테 물은 게 아니잖니, 그건 예의가 아냐."

"별 문제 없다고 생각하는데……" 비키가 대꾸했다. "제가 잘못한 거예요?"

"양고기가 맛있군요. 더 먹어야겠어요. 케이드, 잠깐만." 내가 일어나 양고기를 접시에 담는 동안 케이드는 내내 내게 시선을 고정하고 있었다. 어떤 이유에서인진 몰라도 나는 스포츠를 대화의 주제로 올리지 못했다. 컴퓨터처럼 머리를 재빨리 굴려봤지만 그저 타율이나 날짜, 관객 수용능력, 작년 슈퍼볼 결승전 팀들의 터치다운 비율 같은 기본적인 데이터만 머릿속에서 맴돌 뿐 대화에 적합한 주제가 잘 떠오르지 않았다. (하지만 정작 어떤 팀들이 결승전을 벌였는지는 기억나지 않았다). 가끔은 이렇게 스포츠가 전혀 도움이 못 될 때도 있다.

"프랭크, 한 가지 물어보겠네." 웨이드가 양고기를 쐐기 모양으로 썰어 삼키며 말했다. "자네 같은 언론인이 볼 때 현재 이 나라는 전전(戰前) 상황과 비슷한가 아니면 전후 상황과 비슷한가? 어떻게 생각하지?" 웨이드는 정말 궁금하다는 표정으로 머리를 약간 흔들었다. "요즘 들어 왠지 모든 일이 못마땅하게 보여서 말이야."

"솔직하게 말씀드리면 요 몇 년 동안 정치엔 관심이 별로 없었습니다. 그러니 제 의견은 전혀 도움이 안 될 거예요."

"난 내가 너무 나이 들기 전에 세계대전이라도 터져버렸으면 좋겠어." 케이드가 끼어들었다.

"비니도 그렇게 생각했다." 리넷이 케이드를 향해 얼굴을 찌푸렸다.

웨이드가 앞에 놓인 접시를 가만히 쳐다보다가 다시 입을 열었다.

"아무리 스포츠 기자라도 어떻게 스포츠에만 관심을 둘 수 있지? 좀더 넓은 시각도 필요하지 않을까?" 웨이드는 나를 괴롭히려고 질문한 것이 아니었다. 정말 궁금해서 물어봤을 뿐이다.

"저는 스포츠 기사를 씁니다. 그러니까 만약 내가 스포츠를 소재로 미국인의 팀 정신에 어떤 변화가 일어나고 있는지 멋지게 써낼 수 있다면 그것만으로 만족스러운 일이겠죠. 애국적이기도 하고 말씀하셨듯이 스포츠 분야에만 고립되는 현상도 피할 수 있고요."

"일리 있는 얘기야." 웨이드는 수긍한다는 표정으로 고개를 끄덕이더니 식탁에 팔꿈치를 대고 두 손을 꼭 쥐었다.

"미국인의 팀 정신에 무슨 변화라도 일어났나요?" 리넷이 차례대로 우리를 둘러보며 말했다. "사실 난 그 팀 정신이란 게 구체적으로 뭘 뜻하는지도 잘 모르겠어요."

"자세히 얘기하자면 좀 복잡할걸?" 웨이드가 말했다. "프랭크, 자네가 말해주겠나?"

"현장의 선수나 감독 대부분이 다음과 같은 의견에 고개를 끄덕일 겁니다. 즉 야구든 미식축구든 모든 선수에겐 각자의 역할이 있고 그 역할을 충실히 이행하지 않는 선수는 해당 팀의 장기적인 계획에 부합하지 않는다는 의견 말입니다."

"당연한 말처럼 들리는데요?" 리넷이 말했다.

"그게 뭐든 알 게 뭐야." 케이드가 자기 손을 노려보며 중얼거렸다. "다들 쓰레기야. 팀 정신이라니, 팀이 뭔지도 모르는 주제에. 다 자기가 잘났다고 떠들어대지만 그중 절반은 머리가 이상한 놈들이라고요."

"정말 똑똑하구나, 케이드." 비키가 말했다. "재치 있는 말솜씨에 감탄을 금치 못할 지경이야. 어디 네 철학에 대해 더 말해보지그래?"

"태도가 그게 뭐니, 케이드." 리넷이 눈을 흘기며 말했다. "프랭크가 얘기하고 있잖아."

"젠장." 케이드가 못마땅한 표정을 지었고 비키는 케이드를 잡아먹을 듯이 노려봤다.

"어디서 그런 못된 말버릇을 배웠지? 배를 수리하는 사람들은 다 그래?"

"이봐, 프랭크." 판사처럼 신중한 태도로 나를 바라보던 웨이드가 입을 열었다. 흥미로운 얘깃거리를 발견한 그는 이제 본격적으로 대화에 뛰어들 참이었다. "리넷이 아주 좋은 질문을 한 것 같아."(잠시였지만 웨이드는 케이드의 존재를 완전히 잊은 듯했다.) "자네는 팀 정신을 어떻게 생각하나? 나도 유정에서 일해봤지만 그곳에서도 팀 정신이 아주 중요하다네. 아까 자네가 말한 대로 하면 큰 문제 없이 잘 돌아갔어."

"하지만 시야를 넓힐 필요가 있어요. 감독이나 코치가 생각하는 팀 정신은 제가 볼 때 너무 기계적입니다. 방금 말씀하신 유정에서의 일처럼요. 다시 말해 직접 운동장에서 뛰는 선수 입장을 전혀 고려하지 않은 견해라는 거죠. 선수들을 마치 기계의 부속품처럼 간주하기 때문입니다. 열심히 하건 안 하건, 전력을 다하든 말든, 매일매일 특정한 결심을 하는 주체는 바로 선수인데 말이에요. 선수는 기계와 다릅니다. 그런 견해는 발전기 같은 기계가 대거 등장하기 시작한 19세기식 견해죠. 전 동의하지 않습니다."

"하지만 어떤 견해든 결국 목표는 동일하잖아, 안 그래?" 웨이드가 심각하게 말했다. "승리에 대한 목표 말일세." 그는 눈을 깜빡거렸다.

"모두가 이겨야겠다고 결심한 상태에서 승리했다면 맞는 말씀입니다. 승리란 바로 그런 결정에 따른 유기적인 플레이를 통해 나타난 결과물이니까요. 하지만 제가 강조하고 싶은 건 결정의 주체는 선수라는 겁니다. 만약 선수에게 이기려는 의지가 없다면 승리는 불가능하지 않겠습니까?"

"그런 선수는 팀에 소용없지." 웨이드가 곤혹스런 얼굴로 말했다. (뭐 당연히 그렇다.) "이 말에는 동의하겠지?"

"엄청난 돈을 받으면서 약물이나 복용하는 애들은 다 깜둥이예요." 케이드가 또 끼어들었다. "제길, 누구든 총을 가질 수 있다면 세상이 훨씬 더 잘 돌아갈 텐데."

"오, 이런." 비키가 냅킨을 집어던지며 케이드를 노려봤다.

"그래도 신은 널 용서하실 거다, 케이드 아서놀트." 리넷이 무뚝뚝하지만 단호한 어조로 케이드를 꾸짖었다. "계속 그런 식으로 나올 작정이라면 나가서 너와 죽이 잘 맞는 이상한 사람들하고나 어울리렴. 웨이드, 어서 말해요. 이 집을 나가라고."

"케이드." 웨이드가 케이드를 노려봤다. "이제 그만해라."

하지만 케이드는 뭐가 그렇게 우스운지 몸을 뒤로 기대며 킬킬거렸다. 성이 난 웨이드가 주먹을 쥔 양손으로 리넨 테이블보가 덮인 식탁을 쾅하고 두드렸다. 그러면서도 여전히 팀 정신에 대해 궁금한 점이 많은 듯했다. 그런 얘기라면 이 집에 있는 동안 얼마든지 할 수 있지만 나는 어쩐지 불편해지기 시작했다.

"그러니까 정리하자면 자네 말은," 웨이드가 미소를 지으며 계속 말했다. "그런 기계적인 견해는 인간적인 요소를 무시한다 이건가? 맞아?"

"바로 그겁니다." 나는 완전히 동의한다는 뜻으로 고개를 끄덕였다. 웨이드는 마침내 자신이 아는 용어로 내 생각을 이해하는 데 성공한 것이다. 나는 매우 만족스러웠다. "팀이란 매우 흥미로운 대상입니다. 그저 하나의 사물이 아니라 생명체죠. 시계가 아니라 시간이에요. 인간적인 요소를 배제한 채 단순히 기계나 역할의 문제로 축소해버려선 안 됩니다."

웨이드가 턱을 괸 자세로 고개를 끄덕였다. "그래, 그래. 완전히 이해했네."

"기계적인 견해로 팀을 보면 영웅은 설 자리가 없게 됩니다. 전 개인적으로 영웅의 존재를 높이 평가하는 편이죠. 타이 코브는 주어진 역할만 잘 수행하는 그런 선수는 아니었어요." 이 말을 하면서 케이드를 힐끗 쳐다봤지만 케이드는 눈살을 찌푸리며 여전히 화가 난 표정을 짓고 있었다.

"그렇게 되면 위대한 선수란 탄생할 수 없죠. 타이 코브나 베이브 루스도 때론 자기 역할을 수행하지 못했어요. 최고의 팀이 지는 이유도, 이기지 못할 것 같은 팀이 승리하는 이유도 이로써 설명할 수 있습니다. 바로 제가 생각하는 팀 정신으로요. 많은 사람들이 얘기하는, 즉 선수의 역할에만 주목하는 기계론적 견해는 맞지 않다고 생각해요."

"이젠 알 것 같아요." 리넷이 고개를 끄덕이며 말했다. "결국 모든 운동선수나 스포츠 관계자가 다 똑똑한 건 아니군요."

"설득력 있는 이론이야." 웨이드가 말했다. "물론 맞아떨어질 때도 있고 아닐 때도 있겠지만." 웨이드는 내 의견이 무척 신선하다고 생각했는지 한동안 내 얼굴만 쳐다봤다.

나는 아직 손도 대지 않은, 하지만 이젠 더 먹고 싶지 않은 두번째 접시의 음식을 내려다봤다. 양고기는 나무처럼 딱딱하게 굳어버렸고 손대지 않은 콩과 브로콜리는 오래된 크리스마스 장식처럼 접시의 한 자리를 외롭게 지키고 있었다. "나중에 제가 '편집장의 견해'라는 우리 잡지의 칼럼에 지금까지 얘기한 주장을 펼친다면 아까 말씀하신 넓은 시각에 좀더 접근하는 셈이 되겠죠. 다음엔 또 어떤 글을 쓰게 될지 아직 모르겠지만요."

"'우선 지금의 일에 충실하라', 이게 나의 신조예요." 리넷이 말했지만 사실 그녀의 관심은 이제 다른 곳에 가 있었다. 리넷은 누가 식사를 끝냈고 못 끝냈는지 살피느라 눈을 두리번거렸다.

주방에 있는 커피메이커가 짤깍거리는 소리를 내더니 곧 증기를 뿜어내며 살아 있는 생명체처럼 큰 소리를 냈다. 식탁 주위로 눈을 돌리자 청춘이라는 불안정한 시기를 보내고 있는 케이드가 문득 눈에 들어왔다. 화가 난 그는 지금 자신을 주체하지 못하고 있었다.

(댈러스에서 바네갓에 이르는) 짧은 케이드의 인생은 지금까지 그리 멋지지 못했고 그도 이를 잘 알고 있다. 하지만 유감스럽게도 내가 그를 위해 해줄 수 있는 일은 많지 않다. 지인에게 추천서를 써준다 해도, 웨이드를 포함해 남자 세 명이서 함께 낚시여행을 간다 해도 그에겐 큰 효과가 없을 것이다. 하지만 훗날 그가 속도위반으로 내 차를 세우는 날이 온다면, 그래서 다시 만나 (애국심이나 아메리칸리그 최종 랭킹, 혹은 그 밖의) 중요한 주제에 대해 진지한 대화를 나눌 수 있게 된다면 오늘은 불가능했던 의견 일치를 이루어낼 수도 있으리라. 경찰 유니폼에 익숙해질 무렵이면 케이드의 인생은 지금보다 훨씬 잘 풀릴 수도 있다. 그가 경찰 체질을 타고났기 때문이기도 하고 또 의외로 따뜻한 면을 갖고 있을지도 모르기 때문이다. 그러나 한쪽에서 더 나은 일이 생기면 한쪽에선 더 나쁜 일도 생길 수 있다. 아니 최악의 경우까지.

비키는 아직 음식이 많이 남아 있는 자기 접시를 한동안 쳐다보더니 고개를 들어 실망스럽다는 표정으로 나를 바라봤다. 순간 아차 하는 생각이 들었다. 나는 비키의 기분을 맞춰주려는 마음에 그만 말을 너무 많이 해버렸다. 더 좋지 않은 건 그 주제가 식사와 어울리지 않는 무거운 내용이었다는 사실이다. 하지만 무엇보다도 비키가 그동안 한 번도 들어본 적이 없었던 말투로 지껄여댔다는 점이 가장 큰 실수였다. 나는 강연같이 공식적인 자리에서는 노먼 빈센트 필* 목사 같은 어조로 얘기하곤 하는데 이따금 테이프로 녹음해 들어보면 내가 들어도 은근히 짜증이 날 정도였다. 이런 경우를 당하면 상대방은 일종의 배신감을 느끼고 친숙함이 깨지거나

---

* 미국 개신교 목사이자 저술가.

환상이 사라지며 심지어 혐오스럽다는 생각까지 하게 된다. 그동안 비키와 나는 기지와 재치, 멋진 농담을 곁들인 대화를 나눴고 이를 통해 아늑한 친밀감과 섹스, 희열, 그리고 흥분에 찬 두근거림을 만끽했다. 하지만 말투로 말미암아 오늘 나는 비키가 알고 있던 사람과 전혀 다르게 변신한 셈이 되었고 따라서 본능적으로 나를 꺼릴 수밖에 없었을 것이다. 자신 있게 말하지만 목소리에 의한 배신만큼 상대방에게 가장 큰 실망감을 안겨주는 배신도 없다. 특히 여자들은 이를 매우 싫어한다. 전처도 마찬가지여서 내가 이따금 평소와 다른 발음이나 어조로 말하기라도 하면 눈을 치켜뜨고 의심스러운 눈초리를 보내면서 이렇게 말하곤 했다. "당신답지 않은 말투야." 가끔은 이렇게 말할 때도 있었다. "기억은 잘 나지 않지만 어쨌든 그건 평소 당신의 말투가 아니었어." 어떤 말이건 내 입에서 나온 이상 내 말투가 아닐 수 없었지만, 난 아내에게 해줄 적당한 대답을 찾느라 고민해야만 했다.

애초부터 타인과 함께 휴일을 보내기로 결심한 자체부터가 좋지 않은 생각이었다. 타인과 함께하는 휴일은 외진 기차역이나 버몬트의 스키장, 혹은 바하마를 제외하고는 결국 좋지 못한 결과를 초래한다.

"커피 마실 사람?" 리넷이 밝은 목소리로 물었다. "난 카페인 없는 커피를 마실 거란다." 리넷은 곧 명랑한 얼굴로 접시를 치우기 시작했다.

"난 농구 경기나 볼래요." 발로 바닥을 쿵 찧으며 케이드가 말했다.

"좋을 대로 하렴." 리넷은 양손에 접시를 가득 들고 식탁을 떠나면서 웨이드를 찌푸린 표정으로 쳐다봤다. 웨이드는 아직도 팀 정신이나 넓은 시야에 관해 생각하고 있는지 약간은 멍한 표정으로 앉은 자세 그대로 꼼짝하지 않았다. 리넷은 케이드 아서놀트에게 옷 문제로 뭐라고 소리치더니 곧 식당 문을 열고 밖으로 나갔고 그렇게 열린 문 사이로 강한 커피 냄새가 풍겨왔다.

커피 냄새 때문인지 모르지만 웨이드는 갑자기 정신을 차리고는 나와 비키에게 미소를 보내며 자리에서 일어섰다. 헐거워 보이는 재킷과 촌스러운 타이 때문에(아마 가족에게서 선물로 받았거나 톨게이트 근처 가게에서 구입한 것이리라) 웨이드의 체구는 실제보다 더 작아 보였다. 나름대로 애착이 있어 입었을 테지만 그리 잘 어울려 보이지 않았다. "할 일이 있어서 이만 가봐야겠다."

"케이드한테 너무 뭐라고 하지 마세요." 비키가 작지만 단호한 목소리로 말했다. "그애도 나름대로 힘들다고요."

비키의 말에 씁쓸히 미소 짓는 웨이드의 모습을 보면서 나는 결코 돌아오지 못할 운명에 처한 채 빈 병실을 엿보는 웨이드를 다시 떠올렸다.

"걱정하지 마라, 애야." 말을 마친 웨이드는 곧 어딘가에 숨어 있을 케이드를 찾아 발걸음을 옮겼다.

"괜찮을 거야." 평소 목소리로 돌아오려 애쓰면서 나는 되도록 부드럽고 침착한 어투로 말을 건넸다. "새롭게 관계를 맺어야 하는 사람이 너무 많아서 그래. 이해할 수 있어."

비키가 눈썹을 치켜올리며 나를 쳐다봤다. 하긴 내가 비키의 가족 문제에 이러쿵저러쿵 말한다는 자체가 우스운 일이다. 난 아직 타인에 불과하니까. 비키는 로사리오 묵주를 돌리듯 손가락으로 숟가락을 계속 돌려댔다. 분홍색 스웨터가 한쪽으로 쏠려 브래지어 끈이 선명히 드러났다. 이 얼마나 영감을 주는 장면인가. 우울하고 심각한 일보다 사랑이 우리의 가장 중요한 비즈니스가 되는 세상이 온다면 얼마나 좋으랴. 하지만 난 그런 자신을 근엄하게 꾸짖었다. '세상의 영광은 이렇게 지나가노니!'

"아버님이 참 좋으신 분이군." 나는 되도록 한 단어 한 단어를 부드럽게 발음하려 애썼다. 이제부터는 말을 아껴야 한다. 조금 전과 완전히 다른 사람이 되어야 한다. "위대한 선수들처럼 훌륭하신 분 같아. 아마 신경쇠약에 걸리시는 일은 절대 없을걸?"

주방에 있는 리넷이 접시와 커피잔을 달그락거렸다. 그녀는 우리의 대화에 귀를 기울이고 있었고 비키도 이를 알고 있었다.

"아빠와 케이드는 혼자 사는 법을 배워야 돼요." 비키가 냉정하게 말했다. "리넷과는 결혼하지 말아야 했어. 두 사람 다 혼자 살아야 할 사람들이야."

"아주 행복해 보이시던데 왜 그래?"

"아빠에 대해 쉽게 말하지 말아요. 아빠라면 당신보다 내가 더 잘 아니까." 비키의 표정이 험악해졌다. "그리고 아까 그 허튼소리는 다 뭐예요? 애국심? 팀 정신? 마치 목사 같았다고요. 참느라 얼마나 고생했는지."

"평소 생각을 말했을 뿐이야. 그렇게 생각하는 사람도 꽤 많다고."

"그럼 혼자서 생각해요. 난 듣기 싫으니까."

그 순간 엘비스 프레슬리가 다가와 나를 뻔히 쳐다봤다. 아마 뭔가 귀에 거슬리는 소리를 들은 모양으로 혹시 내가 범인이 아닌지 알아보러 온 것 같았다. "난 남자들이 별로 맘에 안 들어요." 비키가 숟가락을 노려보며 말했다. "당신 역시 단 십 분도 스스로 행복해질 수 없을걸요? 에버렛도 그랬어요. 항상 심각하고 고민이 많았죠. 남자들은 불행을 자초하는 것 같아요."

"당신이야말로 행복해 보이지 않는군."

"아니, 내가 아니라 당신이에요. 당신은 뭐든지 싫어하니까."

"난 아주 행복해." 나는 애써 환하게 웃어주었다. "다 당신 때문이지. 믿어도 좋아."

"또 시작이군요. 당신 전처의 일은 얘기하지 말아야 했는데. 내 말을 듣고 나서 계속 심각하잖아요."

"아니, 신경 안 써."

"거짓말, 지금 얼굴이 어떤지 거울 좀 들여다봐요."

"정말이라니까." 난 진짜 웃음을 큼지막하게 지어 보였다. "우리 결혼하는 게 어떨까?" 내가 말했다. "좋은 생각이지?"

"글쎄요, 그 정도로 내가 당신을 좋아하는지 모르겠네요." 내 시선을 외면하며 비키가 말했다. 바로 그때 어디에선가 전화벨 소리가 희미하게 들려왔다.

"누구 전화 좀 받아요!" 리넷이 소리쳤고 잠시 후 전화벨 소리는 더 들리지 않았다.

"아니, 당신은 나를 사랑해. 바보 같은 소리 하지 마. 좋아, 무릎을 꿇어야겠군." 나는 무릎을 꿇은 자세로, 위엄 있게 다리를 꼬고 있는 비키를 향해 기어갔다. "이렇게 한 사나이가 무릎을 꿇고 결혼을 청하오. 맹세하리다. 쓰레기도 치우고, 설거지도 하고, 요리도 하겠소. 그렇게 못한다면 최소한 나 대신에 그 일을 해줄 사람이라도 구해주겠소. 그래도 거절할 거요?"

"겨우 그 정도예요?" 비키는 깔깔거리며 웃어대다가 갑자기 놀란 표정을 지었다.

"프랭크!"

내 이름이다. 전혀 예상 밖이었다. 마치 저 미지의 동굴이나 내가 알지 못하는 그 어떤 곳에서 내 이름이 들려오는 듯했다. 내 이름을 부른 사람은 다름 아닌 웨이드였다. 나와 함께 닉스 경기의 마지막 장면을 보고 싶은 것일까? 여느 때처럼 결국 남은 이십 초 안에 경기의 승패가 결정되는 상황이 벌어지기라도 했나? 하지만 아무리 힘이 강한 야생마라도 여기에서 나를 끌어내진 못한다. 지금은 아주 중요한 순간이니까.

"잠깐만요." 구혼자인 나는 당당하게 앉은 그의 딸 앞에서 여전히 무릎을 꿇고 있었다. 이제 한 번만 더 간절히 구혼하고 나면 우린 함께 웃을 것이고 마침내 비키는 내 여자가 될 것이다. 안 될 이유도 없지 않은가? 지금이 중요하다, 다른 일은 조금만 미루면 된다. 나는 절벽 밑으로 뛰어들 준비가 된 다이버처럼 자신만만했다. 혹시 줄이 끊어지는 사태가 벌어진다 해도 나와 비키는 다시 절벽을 기어오를 것이다. 인생은 아주 먼 길이니까.

"자네한테 온 전화야." 웨이드가 외쳤다. "내 방으로 와서 받아보게." 위층에서 들리는 웨이드의 목소리는 진지했다. 이어 찰칵 하며 문 닫히는 소리가 들려왔다.

"누군데요?" 마치 내가 진한 애무라도 하고 있었던 것처럼 스커트를 위로 당기며 비키가 날카로운 목소리로 물었다. 브래지어 끈은 이제 완전히 노출된 상태였다.

"몰라." 나는 갑자기 극심한 공포에 사로잡혔다. 혹시 매우 중요한 약속이라도 있었던가? 보내야 할 중요한 기사를 까먹은 나머지 뉴욕에 있는 동료 직원들이 황급히 나를 찾고 있는 걸까? 아니면 몇 달 전에 약속한 부활절 데이트를 잊고 있었는지도 모른다. 하지만 함께 데이트할 만한 여자는 아무리 생각해도 떠오르지 않았다. 누가 전화했을까? 도저히 알 수가 없었다. 나는 상황을 파악하려고 비키의 무릎에 재빨리 키스한 후 자리에서 일어났다. "당신은 여기에 있어."

위층으로 올라가니 카펫이 깔린 어둡고 짧은 복도의 막다른 곳에 불 켜진 욕실 하나가 보였다. 그리고 그 근처에 있는 방 두 개 중한 방만 문이 열려 있었는데 바로 그 문 사이로 파란 불빛이 새어나오고 있었다.

문이 열린 방은 리넷과 웨이드의 침실로 파란 불빛은 침대 부근에 있는 전등에서 흘러나오고 있었다. 스커트 주름 모양의 덮개가달린 킹사이즈 침대는 매우 평화로운 분위기를 자아냈다. 모든 것이 있어야 할 곳에 있었다. 양탄자는 깨끗했고 화장대는 반짝반짝윤이 났으며 널브러진 속옷이나 양말도 없다. 침실의 욕실 문은안이 보이지 않도록 닫혀 있다. 화장품 냄새가 코를 간질이고 지나갔다. 그야말로 사적인 전화를 하기엔 더할 나위 없이 완벽한 장소였다.

전화기는 침대 옆 작은 탁자에 놓여 있었다.

"여보세요?" 과연 누구일까? 잠시 긴장된 침묵이 흘렀다.

"프랭크?" 근엄하고 믿음직하며 사교적인 목소리. 전처였다. 나는 전처의 목소리를 듣자마자 안도의 한숨을 내쉬었지만 전처의어조가 여느 때와 달랐다. 나는 긴장해서 나도 모르게 다리에 힘을줬다. "무슨 문제 있어?"

"아무 문제 없어. 우리는 잘 지내, 걱정 마." 전처가 말했다. "어, 월터 러켓인가 하는 사람이 죽었대. 나는 모르는 사람이야. 친숙한느낌은 드는데 아무리 생각해도 모르겠어. 누구지?"

"무슨 소리야, 월터가 죽었다구?" 나는 깜짝 놀랐다. "어젯밤에우리 집에 왔어. 그럴 리가 없어."

전처가 수화기에 대고 한숨을 내쉬었다. 열린 문 사이로 웨이드가 아들에게 말을 건네는 목소리가 들렸다. 이어 관중의 함성 소리, 심판의 호루라기 소리, 그리고 웨이드의 목소리. "자, 이제 남은 가능성은……"

"어." 전처가 조용히 입을 열었다. "삼십 분 전에 경찰이 여기로 전화했어. 그 사람이 죽었다면서. 편지도 있는데 당신한테 쓴 편지래."

"무슨 소리야?" 당황한 내가 외쳤다. "자살했다는 거야?"

"경찰이 그렇게 말했어. 사냥총으로……"

"이런."

"그 사람 아내는 여기에 없나봐."

"에디 핏콕이란 녀석과 비미니에 있어."

"흠." 전처가 입을 뗐다. "저기."

"저기, 뭐?"

"아, 아무것도 아냐. 어쨌든 전화할 수밖에 없었어, 이해해줘. 당신이 메시지도 남겨놓아서."

"아이들은?"

"여기 같이 있어. 아이들도 걱정하지만 당신과 상관없다는 건 알아. 클라리사가 경찰 전화를 제일 먼저 받았거든. 그 여자와 함께 있는 거야?" (전처 특유의 무관심한 표정이 눈에 보이는 듯했다.)

"응, 비키."

"그냥 생각이 나서."

"월터는 어젯밤에 왔다가 늦게 집으로 돌아갔어."

"그래, 알았어. 그 사람이 당신 친구였어?"

"응."

"프랭크, 괜찮은 거지?"

"아니, 많이 놀랐어." 실제로 손가락 끝이 차가워졌다. 나는 침대에 깔린 부드러운 천 위에 잠시 앉아야만 했다.

"경찰이 당신 전화를 기다리고 있어."

"현장은?"

"여기에서 두 블록 떨어진 곳이야. 쿨리지 가 118번지. 아마 총소리가 들렸는데 내가 못 들었을지도 몰라. 멀지 않은 곳이니까."

나는 침대 덮개 너머로 파란 천장을 멍하니 올려다봤다. "어떻게 해야 하지?"

"베니발 경사한테 전화해. 괜찮아? 우리 어디서 만날까?"

귀에 거슬리는 케이드의 웃음소리가 복도에 메아리쳤다. "이럴 순 없어!" 웨이드도 흥분해 있었다. "말도 안 된다구!"

"그래, 만나자." 내가 속삭이듯 목소리를 낮추며 말했다. "전화할게."

"그런데 지금 어디 있어?"(전처의 목소리에선 희미하나마 연인에게 투정을 부리는 기색이 엿보였다. '대체 언제 올 거야?' '지금까지 어디 있었어?' 같은……)

"바네갓 파인스." 내가 조용히 말했다.

"하긴 어디에 있든."

"전화해도 돼?"

"그럼, 원한다면 전화가 아니라 여기로 와도 돼."

"생각해보고 바로 전화할게." 내가 왜 속삭이듯 말하는지 나도 이유를 몰랐다.

"경찰에 전화해, 알았지?"

"알았어."

"좋은 소식이 아니라서 미안해."

"아무 생각도 나지 않는군, 가엾은 월터." 내 시선은 여전히 파란 천장에 고정돼 있었다. 제발 아무 생각이라도 좀 머리에 떠올랐으면.

"여기 도착하면 전화해."

"그래." 전처는 아무 말 없이 전화를 끊었다. 마치 "프랭크"라는 말이 "잘 있어, 사랑해"란 말과 다를 바 없다는 듯이.

나는 즉시 하담 경찰서로 전화를 걸었다. 신호가 가는 동안 베니발 경사를 만난 적이 있는지 기억을 더듬었다. 생각해보니 만난 적이 있었다. 경찰서가 있는 빌리지 홀 부근에 가면 이탈리아 계 사람을 많이 볼 수 있다. 평범한 일상 속에서 그들은 마주치지 않고는 살아갈 수 없는 친숙한 존재이다.

"배스컴 씨?" 상대방이 전화를 받았다. "배스컴 씨 맞습니까?"

"네."

목소리를 듣는 순간 난 베니발 경사의 모습을 선명히 떠올릴 수 있었다. 상고머리, 넓은 가슴, 형사에 어울리는 작은 눈, 여드름 자국. 우리 집이 도둑에게 털렸을 때 내 손가락을 잡고 지문을 찍던 그의 손은 두껍긴 해도 형사라곤 믿기지 않게 부드러웠다. 베니발 경사는 괜찮은 사람으로 기억에 남아 있지만 반대로 그는 결코 나를 기억하지 못할 것이다. 사실 베니발 경사는 이 사건에 무덤덤할 수도 있다. 그에게 있어 삶과 죽음의 문제는 피아노가 이삿짐 일꾼에게 갖는 의미와 별 다를 바 없기 때문이다. 즉 상대적으로 중요한 사안에 속하긴 하지만 이 일을 마무리하는 순간 여느 평범한 날과 마찬가지로 그의 오늘 일과도 같이 끝나게 될 것이다.

경사는 그다지 관심 없는 목소리로 상황을 대강 설명해준 후 경찰서로 와서 시신의 신원을 확인해달라고 요청했다. 별로 내키진 않았으나 나는 그러겠노라고 선선히 대답했다. 경사는 욜란다와 연락이 안 된다고 힘없는 목소리로 말했지만 그리 아쉬워하지는 않는 눈치였다. 경사는 덧붙여 월터의 편지는 증거로 보관해야 하기 때문에 사본을 건네주겠다고 말했다. 월터는 경찰에게 따로 편지를 남겼으므로 내가 의심받을 일은 없었다. 베니발 경사는 월터가 사냥총으로 자기 머리를 쐈으며 사망 시각은 오후 한시경으로 추정된다고 말했다. (내가 잔디에서 비키와 크로케 경기를 할 때다.) 경사의 말에 따르면 월터는 사냥총을 텔레비전 위에 고정한 후 줄로 연결한 리모컨을 이용해 방아쇠를 당겼다고 한다. 사람들이 몰려왔을 때 텔레비전은 켜져 있었고 닉스와 캐벌리어의 경기가 방송되고 있었다는 말도 덧붙였다.

"그런데 배스컴 씨." 경사는 갑자기 조심스런 어조로 목소리를 바꿨다. 서류를 뒤적이는 소리와 수화기에 대고 담배 연기를 내뿜는 소리가 들려왔다. 그는 아마 철제 책상에 앉아 다른 범죄사건 기록을 보고 있는지도 모른다. 아니면 관심이 있는 다른 행사를 살피는지도 모른다. 어쨌든 그곳도 오늘은 부활절이니까. "사적인 질문 좀 해도 되겠습니까?"

"뭐죠?"

"어." 서류를 훑는 소리에 이어 서랍 닫는 소리가 수화기를 통해 들려왔다. "러켓 씨와 혹시 무슨 일이라도 있었나요?"

"말다툼 같은 거라면 그런 일은 없었습니다."

"아뇨, 그게 아니고요. 혹시 그렇고 그런 사이였는지 해서요. 수사에 도움이 될 것 같아 드리는 말씀입니다."

"무슨 뜻이죠?"

한숨 소리와 함께 의자 끄는 소리가 들렸다. 그는 다시 수화기에 대고 담배 연기를 내뿜었다. "의문점이 좀 있어서요. 별 문제는 아닙니다. 반드시 대답하실 필요는 없어요."

"아뇨, 대답하죠." 내가 말했다. "우린 그저 친구 사이였소. 월터와 난 이혼남 클럽의 회원이죠. 그런데 이건 사생활 침해 아닌가요?"

"경찰 일이 원래 그렇죠, 사건 해결에 불가피해서 말입니다." 다시 서랍을 여닫는 소리가 났다.

"알았소. 하지만 그게 왜 문제가 되는지 이해할 수 없군요."

"알겠습니다. 고맙습니다." 경사가 피곤한 목소리로 대꾸했다. "혹시 제가 없으면 당직 근무하는 경찰에게 편지 사본을 달라고 하세요. 신분을 밝힌 다음 시신도 확인해주시고요. 아셨죠?"

"알았소." 나는 신경질적인 목소리로 대답했다.

"고맙습니다." 경사가 말했다. "좋은 하루 보내세요."

나는 전화를 끊었다.

하지만 좋은 하루는커녕 그렇게 될 가능성도 없었다. 부활절은 비로 시작해 서서히 죽음의 날로 변했다. 구원은 어디에서도 찾을 수 없다.

"무슨 일이에요?" 비키가 놀란 표정으로 얼굴을 찡그렸다. 비록 한 번도 만나지 못한 사람이지만 비키는 누군가가 죽었다는 소식에 큰 충격을 받은 듯했다.

"세상에." 문가에 서 있던 리넷 역시 서둘러 성호를 두 번 그었다. "가엾은 사람이네."

나는 내 친구가 죽어서 바로 돌아가봐야 할 것 같다고 말했다. 더치 베이비와 커피가 다 준비된 듯했지만 케이드와 웨이드는 여전히 텔레비전을 보느라 정신이 없었다.

"당연히 그래야죠." 리넷이 연민을 가득 품고 말했다. "어서 가요."

"내가 같이 가줄까요?" 비키가 물었다.

그때 왜 갑자기 내가 전화를 받는 동안 리넷과 비키가 묵시적인 계약을 맺었다는 생각이 들었을까? 혹시 나를 추운 곳으로 내쫓자고 의견 일치를 본 것은 아닐까? 내가 떠난 후 벽난로에 불을 때면서 악보를 들고 그들이 좋아하는 옛 노래를 다 함께 부르는 것은 아닐까? 나는 가장 안 좋은 때에, 즉 내가 얼마나 좋은 사람이며 또 나와 함께한다는 것이 얼마나 기쁜 일인지 비키 가족이 미처 깨닫기도 전에 전화를 받아야 했다. 마치 나를 방해하려는 듯 월터는 죽음의 소식을 전했다. 이건 분명 음모다.

"괜찮아." 내가 말했다. "비키가 할 일은 어차피 없어. 그냥 여기에 있어."

"세상에 어떻게 이런 일이." 비키가 내 허리에 팔을 둘렀다. "차 있는 곳까지 함께 가요."

"리넷……" 하지만 리넷은 이미 내게 숟가락을 흔들고 있었다.

"신경 쓰지 말고 친구한테 가봐요."

"웨이드와 케이드에게 대신 작별 인사 부탁합니다." 나는 떠나고 싶지 않았다. 여기에 계속 머물면서 〈에델바이스〉를 부르거나 비키가 손톱을 다듬는 동안 의자에서 졸고 싶었다.

"뭐지? 대체 무슨 일이야?" 웨이드가 마침내 소란이 일어났음을 알아채고 나타났다.

"제가 나중에 다 말씀드릴게요." 입술에 손가락을 갖다대며 리넷이 말했다.

"설마 당신과 비키가 말썽을 부린 건 아니겠지?" 웨이드는 당황한 표정이 역력했다. "답답하군. 대체 왜 가려는 건가, 프랭크."

"친한 친구가 죽었대요, 아빠." 비키가 말했다. "아까 걸려온 전화 말이에요." 비키는 나를 빨리 여기에서 몰아내고 싶은 게 틀림없다. 내가 시동을 걸기도 전에 텍사스에 있는 에버렛과 전화하고 싶어 안달이 난 것이 분명하다.

내가 무슨 큰 잘못을 했단 말인가? 고작 내 목소리가 맘에 들지 않았다고 해서 나를 이렇게 황량한 곳으로 몰아도 된단 말인가? 우리의 애정이 그토록 약했단 말인가? 나는 진심이었단 말이다.

"웨이드, 정말 죄송하게 됐습니다." 나는 손을 뻗어 웨이드와 악수를 나눴다. 웨이드와 나는 여전히 당혹스러웠다.

"아니, 내가 미안해지는군. 일이 끝나는 대로 다시 오게. 우린 어차피 여기 있을 테니."

"다시 올 거예요." 리넷이 가느다란 목소리로 말했다. "비키가 있으니까요." (비키는 아무 말도 하지 않았다.)

"케이드에게도 작별 인사 전해주십시오."

"그러겠네." 웨이드는 진심으로 걱정스러운 표정을 지으며 가벼운 포옹과 함께 내 어깨를 두드렸다. "언제 낚시나 같이 가세." 웨이드가 어색하게 웃었다.

"그러죠." 하지만 실제로 같이 낚시를 하게 될지 그 누가 알겠는가. 아마 달이 백번을 뜬다 해도 불가능할지 모른다. 어쩌면 고속도로에서만 그를 보게 될지도 모른다. 레드 랍스터 식당에서 만나 배고픈 곰처럼 식사를 하며 대화를 나누는 것은 영원히 불가능할지도 모른다. 내가 희망했던 친구 사이가 결코 될 수 없을지도 모른다. 아마 평생.

나는 손을 흔들어 작별 인사를 했다.

앞뜰로 들어선 나는 크로케 장비가 흔적도 없이 깔끔히 치워진 모습을 보고 더욱 마음이 무거워졌다. 길게 뻗은 아크틱 스프루스 거리엔 여전히 인적이 드물었고 주변의 나무는 하나같이 무성하고 푸르렀다. 여기에 살고 있는 웨이드 아서놀트는 부럽기만 한 행운아다. 반면에 나는 이 무슨 처량한 신세란 말인가.

차 앞에서 내가 잠시 머뭇거리자 비키가 나 대신 차 문을 열어줬다. 비키의 손이 닿자마자 문은 마법에 걸린 것처럼 나를 향해 스르르 열렸다. 비키는 꼼짝도 않는 나를 불안하게 쳐다봤다.

비키는 딱히 할 말을 찾지 못했다. 하지만 비키와 계속 있을 수만 있다면 난 한밤중까지도 계속 떠들 자신이 있다.

"우리 지금 모텔에 가는 게 어떨까?" 내가 어색한 미소를 지으며 말했다. "케이프메이엔 가본 적 없지? 거기서 근사한 시간을 보내자고."

"죽은 친구는 어쩌고요?" 비키가 놀란 눈으로 나를 쳐다봤다. "대체 무슨 생각이에요?"

"월터 말이야?" 비키의 반응에 난 당황했다. "그 친구가 어디 가겠어? 하지만 난 살아 있다고. 나 프랭크는 아직 살아 있단 말이야."

"무슨 소릴 하는 거예요?" 비키가 차 문을 사이에 두고 한 발짝 물러섰다. 아직 겨울의 기운이 남아 있는 바람 한 줄기가 우리에게 냉기를 뿌리며 저만치 사라져갔다. 잠시 후면 비키도 가버릴 것이다. 지금이 그녀와 사랑을 나눌 수 있는 마지막 기회다.

"내가 아냐." 나는 바람을 향해 큰 소리로 외쳤다. "자살한 사람은 내가 아냐. 난 당신과 함께 있고 싶어. 사랑을 나누고 싶어. 그리고 우린 내일 결혼하는 거야."

"안 돼요." 바람을 맞고 있는 내 차를 가만히 응시하며 비키가 무뚝뚝한 얼굴로 말했다.

"왜 안 되지? 난 그러고 싶어. 어제만 해도 우린 신혼부부처럼 한 침대에 있었어. 난 비키가 사랑하는 여섯 명 중 하나였다고. 대체 왜 그래? 갑자기 머리가 이상해지기라도 한 거야? 이십 분 전까지만 해도 우린 그렇게 행복했잖아."

"머리가 이상해지다니, 난 멀쩡해요." 비키가 냉정하게 말했다.

나는 벽에 있는 모조 십자가상을 차갑게 노려봤다. 인간으로 태어난 그는 비참하기 그지없이 살았지만 사람들의 비난은 피해갔다. 어지럽고 복잡하기만 한 이 세상에서 그는 다시 부활해야 한다. 당장 십자가에서 내려와야 한다. 하지만 그렇다 해도 신문이나 제대로 팔 수 있을까?

"당신과 난 결혼에 대한 관점이 서로 다른 것 같네요." 파란 나바호 귀고리를 만지작거리며 비키가 말했다. "아까 같이 식사하면서 어렴풋이 느꼈어요."

"난 오직 당신에게만 관심이 있어!" 내가 외쳤다. "그걸로 충분치 않다는 거야?" 바람이 더 거세졌다. 웨이드의 집 뒤쪽에 정박한 배가 부두에 부딪히며 소리를 냈다. 내 말은 허공에 흩어졌고 쓰레기가 돼버렸다.

"네, 아직은." 비키가 턱을 치켜들며 말했다. "지금까지 잘 지냈지만 그게 다가 아니에요. 그것만으론 영원히 함께할 수 없다고요."

"그럼 어떻게 해야 영원히 같이할 수 있지? 말해, 하라는 대로 다 할 테니. 난 당신과 끝까지 함께하고 싶어." 그동안 내가 가장 믿을 만한 친구이자 오랜 동맹이라고 믿었던 말은 갑자기 전혀 소용없어졌다. 나는 무기력했다. 바람이 부는 통에 발음조차 정확히 나오지 않았다. 친구가 등을 돌리고 사라지는 꿈을 꾸는 기분이었다. 그것은 친구에게 배신당한 카이사르의 꿈이자 악몽 그 자체였다. "비키, 난 간호사 일에도 관심이 많아. 관련된 책도 읽을 거야. 그럼 당신 일에 대해 같이 몇 시간이고 얘기할 수도 있지 않겠어?"

비키는 어색하게 웃었지만 아주 놀란 표정이었다. "정말 뭐라고 얘기해야 할지 모르겠네요."

"그냥 내 말대로 하겠다고 말해! 제발 정신 차리라고, 아니면 당신을 납치할지도 몰라."

"그렇게는 못할걸요." 비키가 입술을 꽉 깨물고는 눈을 가늘게 뜨며 나를 노려봤다. 그동안 비키에게서 한 번도 보지 못한 표정이었기에 나는 두려움에 휩싸였다. 내 행동이 그녀를 겁주려는 목적이었다면 분명 실패다.

"날 갖고 놀지 마." 비키에게 다가가며 내가 말했다.

"결혼할 만큼 당신을 사랑하지 않아요." 비키가 분노하며 경계 자세를 취했다. "아무래도 내가 올바른 사랑을 하진 못한 것 같네요. 어서 가요. 아무 말이나 막 하는군요. 정말 싫어요." 비키의 머리가 마구 헝클어졌다.

"올바른 사랑이라니 그런 게 어디 있어." 내가 말했다. "사랑하면 사랑하는 거고 아니면 아닌 거지, 말도 안 되는 소리 마."

"마음대로 생각해요."

"비키, 어서 차에 타." 차 문을 열어주며 내가 말했다. (비키는 나로 인해 자신이 변할지 모른다는 두려움에 나를 사랑하지 않기로 결심했다. 하지만 정말 잘못된 생각이다. 그녀가 원하기만 한다면 기꺼이 굴복을 택할 사람은 바로 나이기 때문이다.) "난 이 세상의 최고만을 당신에게 주겠어. 당신을 이 세상에서 가장 행복한 사람으로 만들어주겠다고." 내가 활짝 웃으며 비키를 안으려고 가까이 다가가는 순간 그녀의 작은 주먹이 내 입을 강타했고 나는 충격에 비틀거리다 힘없이 잔디에 쓰러졌다. 차 문에 의지해 가까스로 몸을 추스르고 보니 여전히 왼쪽 팔을 허공에 휘두르고 있는 비키의 모습이 보였다. 그럼에도 난 그런 비키를 향해 천천히 다가갔다.

"허튼짓하면 더 때려주겠어요." 비키는 분노한 얼굴로 주먹을 꽉 움켜쥐었다. "예전에 어떤 남자도 나를 건드리려다 눈 수술을 받았죠, 거짓말 아녜요."

나는 웃을 수밖에 없었다. 막다른 골목에 다다른 느낌이었다. 하지만 적절한 결말일지도 몰랐다. 입 안으로 뜨거운 피가 흘러들었다. (나는 혹시 누가 이 광경을 보고 나를 돕겠다고 나서지 않기만을 바랐다.) 비키는 뒤로 반걸음 더 물러섰다. 그 순간 고통스런 얼굴의 예수가 매달려 있는 십자가상 오른쪽으로 케이드가 우리를 내려다보는 모습이 보였다. 케이드의 표정은 부처처럼 전혀 동요가 없었다. 케이드는 내게 중요한 인물이 아니었고 따라서 꼴사나운 장면을 들키긴 했지만 별로 신경 쓰지 않았다.

"어서 차에 타고 죽은 친구한테나 가봐요." 비키가 떨리는 목소리로, 하지만 한편으로 조심스런 목소리로 말했다.

"알았소." 난 여전히 조 팔루카*처럼 멍청하게 웃었다. 실제로 별이 내 머리 위에서 맴돌고 있을지도 모를 일이다. 비키의 주먹에 약간 충격을 받긴 했지만 운전하는 덴 지장이 없었다.

"비키, 괜찮아? 응?" 비키는 전혀 다가오려 하지 않았다. 그저 멀찍이 떨어져 내가 하는 행동을 가만히 지켜볼 뿐이었다. 보나마나 내 얼굴은 파리하게 질려 있을 테지만 한 손으로도 성인 남자를

---

* 1930년대에 햄 피셔가 그린 코믹 만화의 주인공으로 권투선수로 나옴.

쓰러뜨릴 수 있는 힘센 여자에게 맞은 셈이니 그리 수치스럽진 않다. 다만 비키에게 가격당하던 그 순간 비키에 대한 감정이 더욱 분명해지는 느낌이 들었다. 그래도 아직 우리에겐 희망이 남아 있을지 모른다. 아마 지금 벌어진 일은 (그녀가 계속 추구했지만 확신하지는 못했던) 진정한 사랑을 깨닫는 과정에 불과할지도 모른다.

"내일 전화 줘." 난 당당한 패배자처럼 미소를 지었지만 팔꿈치와 머리에 느껴지는 고통은 어쩔 수 없었다.

"모르겠어요." 비키는 마치 매기처럼 팔짱을 꼈다. 나 말고 지그스에 어울릴 만한 사람이 어디 있단 말인가?* 아니, 나만큼이나 경험에서 교훈을 얻지 못하는 사람이 또 있을까?

"그만 들어가." 내가 말했다. "흉한 꼴 보이고 싶지 않아."

"정말로 때리고 싶은 마음은 없었어요." 비키가 여전히 굳은 얼굴로 말했다.

"제대로 주먹 쥐는 방법만 알았다면 난 아주 나가떨어졌을 거야. 여자 주먹이라서 다행이었지."

"그렇게 세게 치진 않았어요."

"가봐." 내가 말했다.

"괜찮아요?"

"그보다 내일 전화해주겠어?"

"나도 모르겠어요." 돌아선 비키가 잔디를 가로질러 집으로 걸어가는 동안 스타킹이 서걱거리는 소리를 냈다. 비키는 진흙에 빠지지 않으려고 한 발씩 힘을 주며 천천히 걸어갔지만 결코 뒤를 돌아

---

* 아내가 남편을 폭행하는 병적인 성향을 매기-지그스(Maggie-Jiggs) 증후군이라 함.

보진 않았다. 케이드 역시 이젠 어디로 사라졌는지 보이지 않았다. 나는 마치 인생이라는 거대한 화물 트럭에 납작하게 깔려버린 사람처럼 쓰러진 자리에 앉아 하늘에 떠 있는 구름만 그저 가만히 바라볼 뿐이었다.

11

집으로 돌아오는 길엔 맞바람이 강해 차가 잘 나가지 않았다. 끔찍한 주말이다. 아들 무덤을 찾았던 금요일 오전까지만 해도 이런 주말을 보내게 될 줄은 전혀 예상하지 못했다.

파크웨이를 경유해 집으로 향했지만 이는 별로 좋은 선택이 아니었다. 소나무와 풀이 무성한 작은 언덕들, 그리고 레이크허스트와 포트 딕스 방향으로 밋밋하게 흘러가는 먼 구름만 스쳐 지나갈 뿐 마음에 위안을 주는 풍경이라곤 전혀 찾아볼 수 없었기 때문이다. 지루한 풍경 사이로 간간이 폰티액 자동차 영업점 간판이나 테니스장이 모습을 드러냈지만 너무 멀리 떨어져 있어 식별하기조차 쉽지 않았다. 앞으로 무슨 일이 닥칠지 전혀 알 수 없었기에 나는 집으로 오면서 내내 극심한 두려움에 떨어야 했다. 오직 전처가 봤다던 길고 텅 빈 수평선만 눈에 들어올 뿐이었다.

애틀랜틱시티와 해변에서 몰려드는 차들이 많아 나는 지도책을 참고한 후 프리홀드 방향으로 농장지대가 쭉 펼쳐진 9번 도로를 이용하기로 했다. 궂은 날씨가 계속되는 가운데, 틀어놓은 라디오에선 사우스 앰보이에 있는 노인센터의 내일 점심 메뉴라든가(치킨과 토스트였다), 칼리스펠과 쾨르달렌*의 날씨(여기보다 더 덥다고 한다) 소식같이 별 잡다한 뉴스를 쏟아냈다. 다른 채널로 돌리자 섹시한 목소리의 여성 진행자가(여성 전문 라디오 방송이었다) 『북회귀선』 중 반 노르덴이 사랑을 고백하는 장면, 즉 오르가슴을 성체 성사에 비유하는 자극적인 부분을 일부 발췌해 읽어줬다. 이어 여성 진행자는 밀러에 대해 나름대로 준엄한 비판을 가하더니 내 사무실에서 그리 멀지 않은 곳에 있는 한 섹스 클럽을 소개하는 것으로 방송을 끝냈다. 나는 바람을 맞으며 그냥 라디오를 켜놓은 채 운전을 계속했다. 잠깐이었지만 지금 당장 백 달러를 챙겨들고 어디에선가 나를 기다리고 있을 창녀를 찾아 나설 수 있다면 얼마나 좋을까 하고 생각했다. 그럴 수 있는 용기만 있다면, 내가 수행해야 하는 의무만 없다면…… 불행한 남자여, 최악의 남자여.

한동안 차를 몰고 가면서 나는 어떻게 해야 앞으로 닥칠 시간을 재미있게 보낼 수 있을지 궁리하다가 셀마 자심과 함께 보냈던 그 몽롱한 시간들을 떠올렸다. 둘이 함께 했던 밤과 수면과 술, 그리고 알아들을 수 없는 아랍어로 신음하며 흥분하던 셀마와 동물적인 쾌락에 들떴던 나. (이 모든 일이 학생들의 리포트를 읽어야 할 시간에 일어났다.) 하지만 그녀와 나눴던 대화는 하나도 생각나지 않았다. 서로 파란만장하다면 파란만장하게 살았고 따라서 상대를 위해 제공할 수 있는 특별한 그 무엇도 거의 없는 상태에서 어떻게

---

* 각각 몬태나 주와 아이다호 주에 있는 도시.

서로에 대한 관심을 그렇듯 오래 지속시켜나갈 수 있었는지 신기하게 여겨졌다. 하지만 극심한 외로움이 몰려오고 로프에 매달린 것처럼 삶이 위태롭게 느껴질 때라도 우리에게 불가능한 일은 없으며 그 어떤 쾌락도 가능하다. 외로움과 두려움을 감내할 수 있는 자만을 위해 마련된 억제할 수 없는 자유가 바로 그곳에서 우리를 기다리고 있기 때문이다.

그나마 또렷이 기억나는 순간은 한밤에 셀마가 내뿜던 깊은 한숨, 얼음이 유리잔에 부딪히는 소리, 어두운 술집에서 피어오르던 셀마의 담배 연기, 그리고 평화로운 10월의 공기였다. 그렇게 밤이 다시 찾아오면 우린 밤새 깨어 앉아 얘기를 나누다가 밝아오는 새벽을 보며 또 이렇게 밤을 샜다는 왠지 모를 성취감에 마음이 뿌듯해지곤 했다.

나는 그런 순간을 후회하지 않는다. 이는 12월의 어느 날, 폭설이 내린 와이오밍 주의 외딴 도로에서 생사의 갈림길과 마주했을 때 마지막 남은 검은 딸기파이를 먹어치우더라도 전혀 후회할 필요가 없는 것과 같다. 자신 있게 말하지만 후회란 그럴 때 하는 게 아니다. (비록 셀마와 만났기 때문에 나와 전처의 거리가 더욱 멀어졌고, 중요하고 결정적인 순간을 꿈꾸듯 멍하게 보내버린 셈이 됐지만 그래도 후회하진 않는다.)

결심했으면 실천해야 한다. 나는 뉴저지의 아델피아를 통과하다가 근처 할인점 주차장에 차를 세운 뒤 셀마가 있을 것 같은 프로비던스*로 전화를 걸었다. 이럴 땐 목소리가 기분을 가라앉히는 데 보다 효과적이다. 쾨르달렌으로 가서 사백 달러나 들여 창녀를 만

---

* 로드아일랜드 주의 주도(州都).

나는 것보다 훨씬 낫다.

　나는 차가운 공중전화 부스에 몸을 기댄 채 빈 주차장에 널려 있는 쇼핑 카트들을 바라봤다. 점원이 서류를 들고 어딘가로 황급히 뛰어가는 모습과 부활절에도 영업중인 패스트푸드점 하나가 눈에 들어왔다. ('그라운드제로 버그'라는 가게로 슬라이딩 식 개폐문이나 창문, 그리고 차양이 1940년대풍 건물을 떠올리게 했다.) 가게의 차양 바로 아래 검은색 승용차 한 대가 세워져 있었고 가게에서 나온 점원 한 명이 허리를 숙인 자세로 차에 탄 운전자와 얘기를 나누고 있었다.

　벨이 울리자마자 상대방이 전화를 받았다.

　"여보세요."

　"셀마?" 신비로운 이름이다. 물론 아랍 식 이름은 따로 있다.

　"그런데요?"

　"안녕, 셀마. 나 프랭크야, 프랭크 배스컴."

　잠시 침묵이 흘렀다. 당황한 기색이 엿보였다. "오, 그래. 프랭크. 잘 지냈어?" 수화기에서 담배 연기가 피어오르는 듯했다. 전혀 놀랄 일이 아니다.

　"응, 잘 지냈어." 나는 갑자기 곤혹스러웠다. 다음엔 뭐라고 말해야 하지? 대화를 이어갈 적당한 말이 전혀 생각나지 않는다. 사람들이 타인에게서 진정 기대하는 바는 뭘까? 내 문제 중 하나는 문제 해결에 능숙하지 않다는 것이다. 그래서 이런 상황이 되면 타인에게 의지할 수밖에 없다. 마음에 들진 않지만.

　"이게 얼마 만이지?" 대화를 시작하기에 이만 한 말도 없을 것이다. 셀마는 역시 현명했다.

　"삼 년 만이야. 정말 오랜만이군."

"그래. 아직도 글을…… 그러니까 뭐였더라? 아주 재미있는 글이었는데."

"스포츠."

"스포츠, 맞아. 이제 기억난다." 셀마가 웃었다. "소설이 아니었지."

"응."

"맞아, 그래서 네가 행복하다고 말한 것도 기억나."

524번 도로의 신호등이 노란색에서 붉은색으로 바뀌는 모습을 보면서 나는 셀마가 있는 곳의 풍경은 어떨지 상상했다. 칼리지 힐에 있는 앤 여왕 스타일의 집에서 전화를 받고 있을까? 애인절 가? 아니면 브라운 가? 창가에서 보이는 풍경은 어떤 모습일까? 멋진 느릅나무가 서 있고 거리 저쪽엔 뿌연 안개가 낀 커다란 만을 배경으로 오래된 공장이 늘어서 있을지도 모른다. 여기 아델피아의 주차장이 아니라 셀마가 있는 곳에 내가 있다면 얼마나 좋을까. 그럼 지금보다 행복할 텐데. 갑자기 새로운 희망이 생기기 시작했다. 정말 셀마가 있는 곳으로 갈 수 있을지도 몰라. 그렇게만 된다면 순식간에 새로운 힘이 솟아날 거야.

"프랭크?" 아무 말도 없자 셀마가 내 이름을 불렀다. 나는 지금 바다에서 항해하고 싶다. 바람과 바다를 보고 싶다. 새로운 세계에서 살고 싶다.

"응."

"괜찮아? 왜 그래? 통화해서 기쁘긴 한데 어딘지 안 좋아 보이네. 지금 어디야?"

"뉴저지. 아델피아란 곳인데 공중전화로 걸고 있어. 사실 상황이 썩 좋진 않지만 뭐 괜찮아. 그냥 갑자기 네 목소리를 듣고 싶었어."

"잘했어. 그럼 이제 문제가 뭔지 말해봐." 순간 익숙한 소리가 들렸다. 얼음이 유리잔에 부딪히는 소리. 나는 셀마가 알파타 테러조 직이 주로 착용하는 두건을 쓰고 있는지 궁금해졌다. (어떤 유대인 동료는 기겁을 했지만 물론 개인적으로 나는 그 두건이 매우 마음 에 들었다.)

"지금 뭐 하고 있어?" 주차장에서 패스트푸드점으로 시선을 돌 리며 내가 물었다. 가게 종업원이 갑자기 물러서더니 혐오스럽다 는 표정을 지으며 허리에 손을 걸쳤다. 아무래도 말싸움이 벌어진 것 같았다.

"아, 책 읽고 있어." 가벼운 한숨을 쉬며 셀마가 말했다. "이것 말 고 내가 뭘 할 수 있겠어?"

"무슨 책인데? 그러고 보니 마지막으로 책을 읽은 게 언제인지 기억도 안 나는군. 그 책도 별로이긴 했지만."

"로버트 프로스트. 일주일 후에 프로스트 강의를 시작하거든."

"멋지군. 나도 프로스트를 좋아해."

"멋지다고? 글쎄." 또 얼음이 유리잔에 부딪히는 소리.

"그럴 거야, 내가 장담하지. 그 사람 작품에서 또 'I'를 다 빼버 릴 거지?"

"아, 그럼 물론이지." 셀마가 웃었다. "정말 실없는 짓이었어. 하 지만 너무 지루해서 말이야. 어떨 땐 평범한 어린이가 쓴 글 같기도 하고 또 어떨 땐 아주 재미있기도 하고. 어쨌든 좀 부족하다는 생각 이 들어. 최근엔 제인 오스틴의 소설도 읽었어."

"그 작가도 훌륭하지."

갑자기 검은 자동차의 타이어 밑에서 하얀 연기가 소리없이 피 어올랐다. 하지만 종업원은 대수롭지 않다는 표정을 지으며 차에 서 떨어져 천천히 걸어갔다. 놀랍게도 자동차는 일단 후진했다가

정지하더니 종업원을 향해 다시 돌진했다. 차가 가까이 다가와서 급정거를 하는데도 종업원은 눈썹도 꿈쩍하지 않았다. 오히려 한 팔을 들어올려 가운뎃손가락으로 운전자에게 욕을 날렸다. 자동차는 더 많은 연기를 피워올리며 이번엔 내가 전화하는 주차장 쪽으로 달려 들어와 텔레비전에서나 볼 수 있는 백팔십 도 회전 묘기를 선보였다. 여기 아델피아는 흑인 레이서들이 판치는 동네인가? 도대체 그 의도가 뭔지는 운전자만이 알고 있으리라.

"프랭크, 결혼은 했어?"

"아니, 넌? 부자 기업가는 찾았나?"

"아니." 잠시 침묵이 흐른 후 셀마의 웃음소리가 들렸다. "주위에서는 그런 사람과 결혼하라고 하는데 내가 보기엔 그들이 너무 멍청하게만 생각돼서 말이지."

"그럼 난 어떻게 생각해?" 나는 다시 셀마가 있는 곳의 풍경을 떠올렸다. 그림처럼 아름다운 내러갠싯 마을과 만(灣), 그리고 배가 여기저기 떠다니는 멋진 풍경을.

"뭐?" 음료수를 마시며 셀마가 깔깔 웃었다. "돈 많아?"

"너한테 여전히 관심 있다고."

"정말?"

"정말이고말고."

"기분은 좋네." 셀마는 내 말을 아주 재미있어했다. 당연한 일이다. 그녀는 서구인만큼이나 유머를 좋아하고 잘 웃는 편이기 때문이다. 셀마의 웃음에 악의라고는 없다. 셀마에게 프로스트와 나는 그녀를 유쾌하게 하는 대상이라는 점에선 별반 다르지 않다. 그리고 셀마의 웃음소리를 듣고 내 기분도 한결 나아졌다. 비용도 전혀 들지 않았다. 단지 이 분 정도 걸린 공중전화비만 제외하면.

무슨 이유에서인지 주차장으로 들어선 검은색 자동차가 갑자기 질주를 멈췄다. 검은색 자동차는 상어의 형체를 닮은 제너럴 모터스의 트랜스앰으로, 후미에는 경주용 자동차처럼 바람의 저항을 줄이기 위한 꼬리가 달려 있었다. 잠시 후 타이어 밑에서 하얀 연기가 또 솟아나더니 금방이라도 치고 나갈 것처럼 차가 꿈틀거리기 시작했다. 운전자가 액셀러레이터와 브레이크를 동시에 밟아대고 있음에 틀림없다. 자동차는 물고기가 헤엄치듯 후미 부분을 좌우로 흔들어댄 뒤(어쩐 일인지 몰라도 분명 운전자는 차를 제대로 통제하지 못했다) 곧 연기를 뚫고 주차장을 가로질러 달렸다. 빠른 속도로 달리던 자동차는 주차장에 서 있는 첫번째 가로등과 두번째 가로등을 용케 비껴갔지만 기어이 근처에 있던 쇼핑 카트를 들이박고 말았다. 그 바람에 카트는 물론 충돌할 때 충격으로 떨어져나온 바퀴와 손잡이, 또 '애크미*의 자산입니다'라고 새겨진 붉은색 판자가 빙글빙글 회전하면서 공중으로 붕 떠올랐다. 이어 카트 본체가 내가 있는 공중전화 부스로 돌진해 다리 가까이 있는 아래쪽 유리판을 깨부수며 날아들었다. 나는 순간적으로 움찔했다.

"젠장!"

"뭐지?" 셀마가 물었다. "프랭크, 무슨 일이야? 누가 때리기라도 해?"

"아니, 괜찮아."

"폭탄 터지는 소리 같은데?"

내 주위로 먼지가 내려앉기 시작했다. 트랜스앰은 쇼핑 카트가 모여 있는 장소를 바로 지나쳐 멈춰 선 뒤 여전히 엔진을 으르렁댔다.

---

* 미국의 식료품 체인점.

"어떤 녀석이 쇼핑 카트를 차로 들이박았는데 그게 여기 공중전화 부스까지 날아왔어. 그 바람에 유리도 깨졌고. 이상한 놈이군." 무너진 유리판이 내 무릎에 걸쳐져 있었다.

"대체 어떤 상황인지 이해가 안 돼."

"나도 그래."

이윽고 차 문이 열리면서 작은 키에 선글라스를 낀 흑인 청년이 밖으로 걸어나왔다. 나를 바라보며 가만히 서 있는 모습이 아마 자신이 있는 곳과 공중전화 부스까지의 거리를 재보는 것 같았다. 그가 그대로 달아날지 아니면 여기까지 다시 차를 몰고 올지 판단이 서지 않았다.

"잠깐만." 나는 그가 나를 잘 볼 수 있도록 부스 밖으로 몸을 내밀었다. 내가 손을 흔들자 흑인 청년도 내게 손을 흔들더니 다시 차에 올라타고는 후진을 시도했다. (나는 이해할 수 없었다. 부근에 주차한 차들이 없어 후진할 필요가 없었기 때문이다.) 차는 약 이십 미터 정도를 후진하다가 이번엔 그라운드제로 패스트푸드점 쪽으로 천천히 굴러갔다. 흑인 청년이 경적을 울려대자 아까 그 백인 종업원이 다시 나타나 방금 전처럼 손으로 욕을 해댔다.

"도대체 무슨 일이야?" 셀마가 물었다. "혹시 다친 거야?"

"아니, 다행히 피했어." 발을 이용해 깨진 유리판 너머로 부스에 침입한 쇼핑 카트를 밀쳐내자 커다랗게 뚫린 구멍을 통해 바람이 밀려들었다. 패스트푸드점의 여종업원은 누군가에게 열심히 상황을 설명하고 있었다. 만약 이 모두가 누군가 재미 삼아 찍은 몰래카메라라면 그야말로 완벽한 실패가 아닐 수 없다. "갑자기 전화해서 놀라게 했군, 미안해."

"괜찮아." 셀마가 웃으며 말했다.

"셀마, 내 인생은 여전히 뒤죽박죽이야, 혼란스러워." 오후 들어 처음으로, 이제야 월터를 머리에 떠올리며 내가 말했다. 멀쩡히 살아 있던 그는 이젠 싸늘한 주검이 돼버렸다. 분명 그는 끔찍한 실수를 저질렀다. 그에게 어떤 충고라도 해줘야 했지만 너무 늦어버렸다.

"그래, 그런 것 같네." 셀마가 다시 웃음을 터뜨렸다. "하지만 상관없잖아? 보아하니 별로 신경 쓰지도 않는 것 같은데."

"셀마, 오늘밤 내가 기차로 그곳에 갈까? 아니, 차를 운전해서 갈 수도 있겠지. 어때?"

"안 돼. 오늘은 힘들어."

"알았어." 경솔했다는 생각이 들었다. "그럼 나중에 주중이라도 한번 찾아갈까? 요즘엔 그리 바쁘지 않아서 말이야."

"뭐 그러던지. (별로 내키는 기색이 아니었다. 하긴 한밤중까지 붙잡고 늘어질 나 같은 사람을 누가 반기겠는가?) 하지만 여기 오는 게 꼭 좋은 일인지는 모르겠어." 셀마의 목소리는 여러 가지 의미를 내포하고 있다. 예를 들면 나보다 더 나은 남자도 많다는……

"알았어." 일부러라도 밝게 말해야겠다고 나는 생각했다. "어쨌든 간만에 통화해서 반가웠어."

"나도 반가웠어. 프랭크와 대화하는 건 항상 즐거우니까 말이야."

하지만 내가 진짜 하고 싶은 말은 다음과 같았다. 빌어먹을, 이 세상에 나보다 괜찮은 녀석이 있으면 나와보라고 해! 한번 둘러보라고! 셀마, 실수하지 마!

"이만 끊어야겠어. 집에 가야 해."

"알았어." 셀마가 말했다. "운전 조심해."

"안녕."

"안녕." 셀마의 인사와 함께 잠깐 떠올랐던 그 멋진 풍경도, 앤 여왕 스타일의 주택도, 바다를 떠다니는 배도, 잎이 무성한 가로수도 모두 사라져버렸다.

잔해를 헤치고 바람이 부는 주차장으로 나왔지만 내 가슴은 보트의 엔진처럼 쿵쾅거렸다. 얼마 안 되는 차량이 524번 도로를 느릿느릿 지나고 있었다. 나른한 일요일 오후의 전형적인 풍경이다. 더구나 오늘이 부활절이기 때문인지 더욱 외롭고 쓸쓸한 기분이 들었다. 거기에 더해 나는 무력감까지 느껴야 했다. 트랜스엠을 운전하던 녀석이 나를 지나치면서도 일절 아는 체하지 않았던 것이다. 힐끗 쳐다보니 대시보드엔 백인 여자 사진뿐이었다. 헤드라이트를 밝힌 트랜스엠은 포인트 플레전트*와 해변이 있는 곳을 향해 순식간에 사라졌다. 재미를 보기 위해 또다른 백인 여자를 찾아나선 것이리라.

"괜찮으세요?" 누군가가 내게 말을 걸어왔다.

고개를 돌려보니 'THE BLOOD COUNTS'(록그룹 이름이다)란 글자를 스텐실로 새긴 민소매 티셔츠와 분홍색 청바지를 입은 한 소녀가 서 있었다. 바로 그라운드제로 패스트푸드점의 여종업원으로 아까 그 흑인 녀석에게 손가락으로 욕을 했던 아이다. 여종업원은 내 얼굴을 살피려고 가까이 다가왔다.

"그런 것 같아."

"우선 경찰에 전화해서 그 흑인 녀석을 신고하세요." 난 여자아이가 적의를 드러내려고 일부러 거칠게 말하고 있음을 금방 알 수 있었다. "그놈이 무슨 짓을 했는지 다 말하겠어요. 누군지도 알아

---

* 뉴저지 주에 위치. 대서양과 면해 있음.

430

요, 제가 잘 아는 플로이드 에머슨이 그 녀석의 형이거든요. 형은 안 그런데 동생은 왜 그 모양인지 모르겠어요."

"일부러 그러진 않았을 거야."

"이런." 부서진 공중전화 부스와 망가진 카트를 살펴본 후 여자아이가 내게 눈길을 돌리고 놀란 표정을 지었다. "안 아프세요? 무릎에서 피가 흘러요. 입도 다쳤나봐요. 빨리 경찰을 불러야겠어요."

"입은 그 전에 다친 거야." 무릎을 쳐다보니 바지가 날카롭게 찢겨 있었고 그 부근에 피가 배어 있었다. "이 정도는 괜찮아."

"일단 앉아 계세요." 여자아이가 말했다. "이대로 있다간 큰일 날지도 모른다고요."

그라운드제로 가게의 오렌지색 차양이 깃발처럼 바람에 나부꼈다. 왠지 몸에서 힘이 빠져나가는 느낌이었다. 옆에 있는 여자아이와 부서진 공중전화 부스, 망가진 카트가 마치 저 멀리 떨어져 있는 것처럼 아스라이 보였다. 여자아이가 뭐라고 큰 소리로 외쳤지만 알아들을 수가 없었다. 나는 균형을 잡으려고 차에 기대섰다. "왜 그게 진실이어야 하는지 모르겠군." 힘없이 웃으며 중얼거렸지만 대체 내 말의 의미가 무엇인지 나도 알 수 없었다. 그리고 잠시 후 나는 정신을 잃고 쓰러졌다.

어딘가로 사라졌다 금방 돌아온 여자아이는 갈색과 흰색을 띤 커다란 컵을 들고 있었다. 나는 교통사고 희생자처럼 아스팔트에 발을 걸친 채 운전석에 앉았다.

몸은 엉망이었지만 그래도 웃으려 애썼다. 여자아이는 청바지 뒷주머니에 꽂아둔 담배를 꺼내 입에 물었다. 어디선가 강한 디젤 냄새가 코를 찔러왔다.

"이건 뭐지?"

"재고상품이에요. 웨인이 줬죠. 마셔보세요."

"고마워." 거품이 나는 음료를 한 모금 마시자 달콤하고 부드러운 루트 비어*가 기분 좋게 치아를 건드렸다. "끙장한데." 나는 돈을 꺼내려고 주머니로 손을 뻗었다.

"괜찮아요, 그냥 드리는 거니까. 어디로 가세요?"

나는 루트 비어를 한 모금 더 마셨다. "하담."

"어느 쪽에 있죠?"

"여기에서 서쪽 방향이야. 강 부근에."

"아." 열여섯 정도 돼 보이는 여자아이는 무심한 눈길로 도로를 쳐다봤다. 지금은 제대로 만나기조차 어려워졌지만 클라리사도 가끔 비슷한 표정을 짓곤 했는데 나는 이를 아주 싫어했다. 하지만 친절한 성격만큼은 닮아도 별 상관없으리라.

"이름이 뭐지?"

"데브라 스파넬리스요. 아, 피가 멈췄어요." 데브라가 얼굴을 찡그리며 내 무릎을 쳐다봤다. "약을 발랐더니 효과가 있긴 하네요."

"고마워. 스파넬리스는 그리스 식 이름이지? 응?"

"네. 어떻게 아셨어요?" 데브라가 두번째 담배를 꺼내들었다.

"얼마 전에 배를 탔는데 거기에서 그리스 사람 몇 명을 만났지. 그 사람들의 성이 스파넬리스였어. 아주 좋은 사람들이었는데."

"그리스에선 흔한, 아니 아주 흔한 이름이에요." 데브라는 문의 잠금 버튼을 눌렀다가 다시 팅겨 올리기를 반복하며 희귀한 새라도 발견한 것처럼 나를 빤히 쳐다봤다. "구급함을 갖고 와야 하는

---

* 나무뿌리에서 짜낸 즙에 이스트를 첨가해 만든 음료. 알코올 성분이 거의 없음.

데 웨인이 여기엔 없다고 하지 뭐예요." 데브라가 나를 쳐다보는 동안 나는 아무 말도 하지 않았다. "아저씨 직업은 뭐예요?" 스파넬리스의 말투가 느리게 바뀌었다. 마치 나만큼 그녀를 지루하게 하는 사람은 이 세상에 없다는 듯이. 그 순간 내 입에서 작은 비명이 터져나왔다. 비키에게 맞은 부위가 갑자기 쑤셔왔던 것이다.

"스포츠 기자."

"아." 데브라가 차의 몰딩 부분에 엉덩이를 걸치고 서서 다시 물었다. "어떤 글을 쓰는데요?"

"축구나 야구, 혹은 선수에 대한 글을 쓰지." 나는 차갑고 달콤한 루트 비어를 한 모금 더 마셨다. 기분이 훨씬 좋아졌다. 재고로 쌓여 있던 루트 비어가 이렇게 원기를 북돋워줄 줄 누가 알았겠는가. 이 쇠락한 마을에서, 차 몇 대만 쓸쓸히 주차된 이곳에서, 성인잡지 코너와 지금은 문을 닫은 자동차 영화관이 있는 여기에서, 잔해들만 남아 있는 이 할인점에서 말이다. 하지만 착한 사마리아인은 있었다. 데브라 스파넬리스라는 사마리아 여자.

"그럼," 누군가가 차를 몰고 지나가길 바라는 것처럼 도로를 힐끗 쳐다보며 데브라가 물었다. "어느 팀을 좋아하세요?" 질문이 다소 엉뚱하다고 여겨졌는지 데브라가 살짝 미소 지었다.

"야구팀 중에선 디트로이트 타이거즈를 좋아해. 전혀 좋아하지 않는 스포츠도 있지."

"어떤 스포츠요?"

"하키."

"맞아요. 툭하면 싸움이 붙어서 경기나 망치고."

"나도 그렇게 생각해."

"그럼 젊었을 땐 운동선수였어요?"

"야구를 좋아했어. 비록 치기나 달리기에 소질은 없었지만 말이야."

"어, 그건 나도 마찬가지예요." 데브라는 힘 있게 담배 한 모금을 빤 다음 공기 중으로 강하게 내뱉었다. "어떻게 스포츠 기자가 될 생각을 했죠? 감명받은 기사라도 있었나보죠?"

"대학을 졸업하고 여러 일을 해봤지만 지금 하는 일만 빼놓고는 다 실패했어."

데브라가 약간은 안됐다는 표정으로 나를 내려다봤다. 그녀가 생각하는 성공은 나와 다를 것이다. 무엇보다 지금 막 출발선에 서 있는 입장이니까. 나는 인생에서 배운 소중한 교훈을 가르쳐주고 싶었다. "성공하지 못했다는 뜻 같아서 뭐라 말해야 할지 모르겠네요."

"아냐, 대단한 성공이지. 만족해. 성공적인 삶은 일직선으로 정상에 오르는 게 아냐. 일이 잘 안 풀릴 때도 있지. 그럴 땐 세상을 보는 눈을 바꿀 필요가 있어. 그렇지 않고 그냥 밀고 나가다간 결국 위기가 닥쳤을 때 낙담하기 일쑤거든. 최악의 시기일 수도 있지만 그냥 주저앉아버린다면 영원히 성공할 수 없어."

데브라는 긴 한숨을 내쉬더니 내 얼굴부터 상처가 난 무릎, 여기저기 긁힌 구두, 그리고 내가 들고 있는 컵까지 차례대로 시선을 옮기며 자세히 쳐다봤다. 데브라가 생각하는 위대한 성공이 뭔지는 모르겠지만 나는 데브라가 내 말을 무시하지 않았으면 했다. 아무리 작은 진실이라 해도 커다란 차이를 만들 수 있는 법이니까.

"무슨 계획이라도 있어?"

데브라가 담배 한 모금을 빨며 턱을 치켜들었다. "무슨 뜻이에요?"

"대학 진학이나 뭐 그런 거. 앞으로 뭘 할 건지 말이야."

"옐로스톤 공원에 가서 일자리를 얻고 싶어요." 데브라가 말했다. "들은 얘기가 있거든요." 자신이 입고 있는 BLOOD COUNTS 티셔츠를 내려다보며 데브라가 말했다.

나는 갑작스런 열정에 사로잡혔다. "좋은 생각이군. 나도 그렇게 하고 싶었는데." 정말이었다. 이혼 후 나는 어떻게 살아가야 할지 고민하면서 똑같은 생각을 했다. 가슴에 '프랭크: 뉴저지'라고 새긴 파란색 플라스틱 이름표를 달고 있는 내 모습도 그리 나쁘지 않을 것 같았다. 올드페이스풀 인*에서 선물용품 가게를 열어도 좋겠지. "나이는?"

"열여덟이요." 데브라가 혐오스런 이물질이라도 발견한 것처럼 자기 담배를 자세히 쳐다봤다. "7월생이에요."

"옐로스톤에서 일하기에 딱 좋은 나이군. 학교는 올봄에 졸업했나?"

"아뇨, 그만뒀어요." 데브라는 담배꽁초를 아스팔트에 떨어뜨린 뒤 불이 붙은 부분을 운동화로 비벼 껐다.

"그렇다고 거기서 일하는 데 문제가 되진 않을 거야."

"네……"

"아주 좋은 계획 같아. 인생을 새롭게 돌아볼 수 있는 계기가 될지도 모르지." 잡지에 다음과 같은 기사로 데브라의 추천서를 실을 수 있다면 얼마나 좋을까. '데브라 스파넬리스는 당신이 쉽게 만날 수 있는 그런 소녀가 아닙니다.' 아마 큰 효과가 있지 않을까?

"아기도 있어요." 한숨을 내쉬며 데브라가 말했다. "옐로스톤에

---

* 올드 페이스풀은 옐로스톤 국립공원에 있는 간헐천으로, 올드 페이스풀 인은 이곳에 있는 숙소이자 명소.

서 과연 배려해줄지 걱정돼요." 납작한 눈, 굳게 다문 여성적인 입술. 데브라는 바람에 나부끼는 그라운드제로 패스트푸드점의 차양을 힐끗 쳐다봤다.

데브라는 이제 나와 대화하는 데 흥미가 떨어진 것 같았다. 어쩔 수 없는 일이다. 아마 나는 명왕성에서 온 외계인이 프랑스어로 말하는 것처럼 알지 못할 말을 지껄였는지도 모른다. 역시 나는 제대로 된 대답을 내놓지 못하는 사람이다.

"괜찮을 거야." 하지만 내 목소리엔 힘이 없었다.

들고 있는 컵이 흐물흐물해졌다. 이제 데브라와 나는 더 할 말이 없었다. 서로에게 도움이 되지 않는, 일정한 한계를 지닌 만남도 있다. 의심할 여지없이 이것은 인생의 진리다. 그럴 경우엔 아무리 최선을 다한다 해도 의미 없고 공허한 순간을 피할 수 없다.

"상처는 어때요?" 마치 판사처럼 집게손가락으로 턱을 톡톡 건드리며 데브라가 물었다.

"괜찮아. 훨씬 나아졌어. 이 음료수는 정말 대단한걸?" 컵을 보고 웃으며 내가 말했다.

"제가 알기론 한때 약으로도 썼대요." 손가락으로 차 유리창을 짚으며 데브라는 몸을 일으켰다. "아직 아무런 인생 계획도 없다면 좋지 않은 일이겠죠?" 그러면서 데브라는 고개를 돌려 나를 힐끗 쳐다봤다. 혹시 내가 거짓 대답을 하진 않는지 확인하겠다는 듯.

"무슨 소리." 눈으로 윙크하며 내가 말했다. "이미 계획을 갖고 있잖아. 오래 걸리지 않을 거야. 두고 봐. 네가 스물다섯이 되기도 전에 인생은 오십 번도 넘게 바뀔 수 있어."

"이대로 있다간 나이만 먹어버릴 거예요. 난 인생을 함부로 낭비하고 싶지 않아요." 데브라는 손가락으로 차창을 몇 번 두드리더니 곧 떠나갔다. 나는 허브 윌러거의 분노를 떠올렸다. 모두가 행복해져야 할 권리를 갖고 있지만 가끔은 자신을 위해 해야 할 일이 전혀 없을 때도 있다.

"넌 잘할 거야." 내가 말했다. "미래가 네 앞에 놓여 있어." 데브라를 격려해주려고 환하게 웃어주긴 했지만 효과가 있을지는 의문이었다.

"알았어요." 데브라가 처음으로 미소를 보였다. 공손함과 수줍음, 그리고 불안함이 동시에 깃든 소녀의 웃음이었다. "이만 가봐야겠어요." 노란색 콜벳이 붉은 미등을 깜박이며 패스트푸드점의 차양 밑으로 미끄러지듯 들어왔다.

"정말 고마웠어요." 데브라는 공중전화 부스 근처에 아무렇게나 처박혀 있는 카트와 대롱거리는 전화 수화기를 조용히 응시했다. 암울한 풍경이었다. 이제 나는 공중전화 이용을 꺼리게 될 것이다.

"스키에 대해서도 쓴 적이 있어요?" 무슨 대답이 나올지 대충 짐작한다는 표정을 지으며 데브라가 물었다. 바람에 실려온 먼지가 얼굴에 날아들었다.

"아니, 스키 타는 법도 몰라."

"저도 그래요." 데브라가 잠깐 미소 짓더니 한숨을 내쉬었다. "정말 갈게요. 좋은 하루 되세요. 참, 이름이 뭐예요?" 데브라는 이미 저만치 떨어진 곳에 서 있었다.

"프랭크." 왠지 성은 말하고 싶지 않았다.

"프랭크." 데브라가 중얼거렸다.

가게로 걸어가는 동안 데브라는 불어오는 바람에 허리를 숙이며 새로운 담배를 찾아 뒷주머니를 더듬거렸다. 나 역시 오늘이 데브라에게 좋은 하루가 되길 빌었다. 우리 둘 다 시련 속에서 더 나은

미래를 찾는 사람이니까. 나는 작은 행운이라도 우리를 방문해주
길 희망했다. 인생이란 항상 잘 풀려나가지만은 않기에.

I2

오늘 하루도 거의 다 지나가고 있다. 늦은 오후에서 초저녁으로 넘어가면서 경쾌한 햇살은 점차 옅어지고 반대로 어둠은 점점 짙어졌다. 이맘때쯤이면 창가에 앉아 가만히 밖을 내다보거나 사랑하는 이들과 술을 마시고 싶다는 생각이 든다. 책을 읽다가 꾸벅꾸벅 졸아도 좋다. 하루가 다 가기 전에 퍼뜩 잠에서 깨어나 시원한 바람이 부는 뜰로 나가보면 황혼을 맞아 지저귀는 새소리가 우리를 반겨준다. 우리는 모두 이런 목가적인 소망을 품고 있다. 교외의 숲이 존재하는 이유도 바로 우리에게 이런 상쾌한 경험을 선사하기 위해서다. 조심스레 숲으로 한번 들어가보라, 인생의 어떤 상황에 처해 있든 분명 숲은 우리를 위해 기꺼이 봉사해줄 것이다. 문득 이렇게 한가로운 날들이 그리워질 때면(특히 안개 긴 스포캔*이나

---

* 워싱턴 주 동부에 있는 도시.

쌀쌀한 보스턴에 있을 때면 더욱 그렇다) 터무니없게도 왠지 모를 눈물이 소리없이 고이곤 하는 것이다.

나는 프리홀드를 지나 동쪽으로 방향을 튼 다음 페전트 런 앤 메도를 지나(지역 이름을 알리는 간판 한쪽에는 '바로 이곳에서 여유로운 삶을 찾으십시오'란 문구가 같이 쓰여 있다) 1번 도로로 들어섰다.

운전하는 동안 나는 트렌턴 라디오 방송국에서 나오는 스포츠 퀴즈에 귀를 기울였다. 그런데 퀴즈의 정답은 내 예상과 달랐다. 1921년 베이브 루스가 예순번째 홈런을 쳤을 때 그것은 누구의 기록을 깬 것인가? 나는 해리 하일만이라고 생각했지만 정답은 바로 베이브 루스 자신이었다. 그럼 1941년 아메리칸리그의 최우수선수는? 난 조지 켈이 아닐까 추정했지만 정답은 필 리주토였다. 정답을 맞히지는 못했지만 나는 솔직히 그런 정확한 정보를 모르고 있다는 데 더욱 만족감을 느낀다. 스포츠 기사 역시 단순히 직업적인 의무감에서 쓴다기보다는 유쾌한 취미를 즐긴다는 기분으로 쓰고 있다. 이는 정확한 정보 수집이나 취재와는 또다른 스포츠에의 접근 방법이다. 즉 합리적인 추론은 즐거움의 원천이다. 합리적인 추론은 나 자신을 통계나 내뱉어버리는, 그래서 스포츠를 한낱 불쾌한 회계학으로 만들어버리는 인간 컴퓨터가 아니라 스포츠를 즐기는 대중 속의 한 사람으로 느끼게 해준다. 만약 스포츠에서 이런 합리적인 추론, 심지어 무의미하고 막연하기만 한 추론의 가능성까지 배제한다면 우리는 중요한 뭔가를 놓치는 셈이 되고 만다. 그럴 바엔 차라리 스포츠를 인간이 아닌 계량경제학이나 프라이스 워터하우스 회계법인의 컴퓨터에 맡겨버리는 편이 낫다.

나는 1번과 533번 도로의 교차로에서 남쪽으로 차를 돌려 밀러 부인에게로 향했다. 지난 목요일에 가보지 못했으므로 이번엔 자세히 운세를 알아볼 참이었다. 만약 월터의 시신을 보게 되면 내가 격한 감정에 휘둘릴 우려가 있다거나, 앞으로 살아 있는 한 아이들을 결코 보지 못할 것이라는 불길한 점괘를 밀러 부인이 내놓는다면 나는 길을 돌려 알래스카 킹크랩을 먹은 후 필라델피아로 가서 밤새 유료영화 채널이나 볼 생각이었다. 찜찜한 점괘에 시달리느니 나를 노리는 불행한 미래를 조롱하며 아예 지금을 즐겨보리라.

하지만 불행하게도 밀러 부인의 집은 굳게 닫혀 있었다. 항상 먼지에 쌓인 채 한쪽에 주차돼 있던 뷰익 자동차도, 울타리 뒤쪽에서 나를 향해 맹렬히 짖어대던 도베르만도 보이지 않았다. 아무래도 밀러 부인(그러고 보니 이름이 뭐였더라?) 가족 모두가 휴일을 맞아 여행이라도 떠난 듯했다. 결국 연속으로 두 번이나 점을 보지 못했다. 이는 그 자체로 불길한 징조다.

나는 사흘 전과 똑같은 곳에 차를 세운 뒤 마치 마술을 부려 밀러 부인을 여기에 데려다놓을 것처럼 굳게 드리운 커튼을 노려보았다. 경적도 가볍게 몇 번 울렸다. 지금 저 문이 활짝 열려준다면 얼마나 좋을까. 밀러 부인이 아닌 그녀의 질녀가 나타난다고 해도 난 기꺼이 십 달러를 지불할 용의가 있다. 신통력을 발휘하지 않아도 좋다. 어쨌거나 대화를 나누고 나면 기분이 훨씬 좋아져서 여기를 떠날 수 있을 테니까.

하지만 아무 일도 일어나지 않았다. 뒤편에선 자동차들이 쌩쌩 달리며 쉴 새 없이 지나갔지만 사람이 나타날 기미라곤 눈곱만큼도 없었다. 문이 삐걱거리는 소리조차 들리지 않았다. 아, 미래는 불투명한 상태로 남고 말았다. 이제는 스스로 알아서 조심하지 않으면 안 된다. 나는 1번 도로로 진입한 뒤 집으로 차를 몰았다. 두

시간 전 비키에게 가격당한 턱이 아직도 얼얼하게 아파왔다.

나는 킹조지 가와 뱅크 가, 교회, 광장을 차례대로 지나 하담으로 들어섰다. 하지만 마을 입구에 들어서자 무엇부터 해야 할지 막막한 느낌에 사로잡혔다. 그 이유를 굳이 대라고 한다면 마을 풍경이 갑자기 낯설어 보였기 때문이라고 말해야 할지 모르겠다. 웬일인지 오늘따라 하담의 거리와 건물이 생소하게만 다가왔고 번화가역시 눈에 띄게 활기가 없어 보였다. 전에는 미처 몰랐던 하담의 모습이라고나 할까. 내가 새롭게 발견한 하담은 슬픔에 잠긴 마을, 아무 일도 일어나지 않는 조용한 마을, 그리고 뭔가 비밀스러움을 간직한 마을이었다. 도서관은 닫혀 있고 커피 스팟은 손님 한 명 없이비어 있다. 나무 그림자에 가려진 신학교는 저만치 외로이 떨어져있고 광장에는 아침 예배 후 아직 돌아가지 않고 남은 몇몇 가족들만 하릴없이 서성이고 있다. 멀린*이나 오슬로에 온 것처럼 생소하기만 한 하담의 하늘엔 곧 전쟁이라도 터질 것 같은 불안한 기운이맴돌았다.

호빙 가에서도 보나르**의 작품에서 느껴지는 우울함과 나른함이 묻어나왔다. 그러나 차를 주차하고 옷을 갈아입으러 집으로 들어설 무렵부터 하담은 내가 아는 친숙한 하담으로 서서히 돌아오기 시작했다. 우선 데페예스 부부 집에서 스프링클러가 쉭쉭대는소리가 들려왔으며 판사 집의 잔디밭에선 배드민턴 치는 소리가들려왔다. 이어 건배를 하는지 유리잔이 가볍게 부딪치는 소리, 수다를 떠느라 재잘거리는 소리, 수영장에서 헤엄치는 소리 등이 한

---

* 일리노이 주 북서부에 있는 도시.
** 프랑스 화가.

데 뒤섞여 귀로 밀려들었다. 부활절 달걀을 다 먹어버린 아이들은 아마 지금쯤 깊은 잠에 빠져 있을 것이다. 일상의 소음과 함께 세상은 어느새 익숙한 곳으로 되돌아와 있었다.

집 안으로 들어선 나는 곧장 2층으로 올라가 상처 부위에 살균소독제 메르티올레이트를 바르고 커다란 반창고를 붙였다. 그리고 내 책을 출간한 해에 브룩스 브라더스 가게에서 산 색 바랜 마드라스 셔츠와 치노 바지로 갈아입었다. 캐주얼 차림을 하고 있으면 혹시 심각하고 피곤한 일을 피할 수 있지 않을까 하는 막연한 기대감 때문이었다.

나는 월터에 대해 많이 생각하지는 않았다. 다만 월터가 만톨로킹 벨르 호의 난간에 기대어 서 있었을 때 봤던 그 슬픈 눈과 침착한 표정이 이따금 떠올랐다. 그때 우리는 저만치 떨어져 있는 해변을 바라보면서 사물을 보는 방식에 서로 큰 차이가 있음을 얘기했다.

하지만 월터와 관련한 일은 그 대화만으로 충분했다! 지금 생각해보면 욜란다와 에디 핏콕의 일이나 월터가 아메리카나 호텔에서 벌였다는 그 짓궂은 장난에 대해 듣지 말아야 했다. 우린 굳이 친해질 필요가 없었다. 친구 만들기는 내 특기가 아니다.

보소볼로를 불러봤지만 아무 소리도 들리지 않았다. 아마 지금쯤이면 성서학 수업을 마치고 연구실로 돌아와 바오로 사도에 관해 떠드는 성서학 교수 옆에서 샤블리 포도주를 마시고 있을지도 모른다. 마음만 먹으면 지금이라도 정글을 뛰어다니는 원주민으로 돌아갈 수 있지만 보소볼로는 점점 일등 미국 시민이 되어가고 있다. 그러나 보소볼로가 명심해야 할 점이 있다. 문명인을 선택한다면 나처럼 시체를 확인해야 하거나 밀려드는 절망과 싸워야 할지도 모른다는 사실을.

일단 나는 전처에게 전화를 걸고 나서 경찰서로 가 의무를 이행하기로 결심했다. 그리고 가능하다면 전처를 직접 만나볼 생각이었다. (아이들을 만날 수 있는 드문 기회였다.)

전화 자동응답기에서는 3이란 숫자가 소리없이 붉게 깜빡거렸다. 그중 하나는 아마 비키의 메시지일 것이다. 보나마나 무사히 집에 들어갔는지 묻는 안부 인사와 철이 든 어른들이 점잖게 이별할 수 있는 장소, 즉 주먹에 턱을 맞을 일은 결코 없을 공공장소에서 만나자는 내용일 테지.

물론 그렇게 정리하는 편이 그녀로서는 올바르고 영리한 일이다. 따지고 보면 우린 그리 '중대한' 이해관계를 공유한 바가 없다. 나는 그저 그녀에게 푹 빠져 있었을 뿐이다. 냉정히 생각해보면 정말 그녀가 나의 큰 부분을 차지하고 있는지 확신이 서지 않는다. 지난 육 개월간 우린 도대체 어떤 시간을 보냈단 말인가?

나는 메시지 재생 버튼을 눌렀다.

삐~

프랭크, 카터 노트야. 내일 카디널즈 경기를 보러 갈까 생각하고 있네. 같이 갈 사람이 있으려나 모르겠어. 월터한테도 전화할 생각이야. 지금은 일요일 오전이니까 집으로 연락 줘.

딸칵.

삐~

열한시 삼십분까지는 올 줄 알았는데 늦는 거야? 다들 당신을 보고 싶어하니까 서두르는 편이 좋을 거야. 내가 누군지는 알지?

딸칵.

삐~

프랭크. 나 월터야. 정확히 열두시 정각이군. 『뉴스위크』를 버리다가 문득 일 년 전에 시카고에서 추락한 DC-10기 사진을 보게 됐어.* 오헤어 공항 말이야. 기억나지? 사진을 보면 승객 모두가 창밖을 바라보고 있어. 난 그들이 무슨 생각을 하고 있었을지 궁금해. 그들은 폭탄 위에 타고 있었으니까, 아주 큰 은색 폭탄 위에. 지금 이런 생각이나 하며 앉아 있는 중이야. 어…… 그럼 잘 있어.

딸칵.

이 메시지가 내가 만약 여기에서 전화를 받았다면 월터가 해주고 싶었던 말이었던가? 정말 환상적인 부활절 인사로군! 다음 세상으로 가려고 스스로 방아쇠를 잡아당기면서 내게 해주고 싶었던 말이 바로 이것이란 말인가? 아니면 무덤에서 보내는 편지라도 된다는 것인가? 그도 아니면 도대체 뭐란 말인가?

그러나 생각은 곧 월터에게서 떠나갔다. 나는 집에서 네 블록 떨어진 닥터스 병원에서 얼마 남지 않은 이 세상에서의 몇 시간을 보내고 끝내 떠나가버린 가엾은 아들 랠프 배스컴을 떠올렸다. 마지막 날에 랠프는 다소 이상한 모습을 보였다. 내 눈에 당시의 랠프는 곧 다가올 죽음의 고통에 괴로워하는 아홉 살짜리 병자가 아니라 있는 힘껏 반항하는 한 마리 구니새 같았다. 랠프는 날카로운 목소리로 내게 큰 소리를 질러대더니 침대에서 마구 요동치며 깔깔거

---

* 1975년, 시카고 오헤어 공항을 출발한 DC-10기가 이륙 직후 추락해 이백칠십여 명이 사망함.

렸다. 그러고는 갑자기 눈을 크게 뜨면서 마치 나보다 나를 더 잘 안다는 듯, 내 결점을 다 볼 수 있다는 듯 매서운 눈매로 나를 노려봤다. 그때 나는 랠프의 침대 옆 의자에 앉아 랠프의 물컵을 쥐고 있었고 전처는 창밖으로 햇살이 비치는 주차장(아마 묘지 주차장이었을 것이다)을 쳐다보며 생각에 잠겨 있었다. 랠프는 큰 소리로 내게 말했다. "이런 개자식, 그 쓸모도 없는 컵을 들고 뭐 하는 거야? 자꾸 그러고 있으면 내가 죽여버릴 수도 있어." 이 말을 한 뒤 랠프는 곧 잠이 들었다. 전처와 나는 놀라서 서로 마주 보다가 곧 깔깔 웃어대기 시작했다. 우리는 정말 계속 웃어댔다. 웃다가 울음이 나올 때까지. 그것은 두려움이나 고통으로 인한 울음이 아니었다. 아마 전처도 나와 같은 생각을 했을 것이다. '이 상황에서 우리가 웃는 것 말고 달리 뭘 할 수 있단 말인가?' 우리는 누구도 신경쓰지 않고 그렇게 한참을 웃었다. 랠프의 말로 상처를 받은 사람은 아무도 없었다. 그 말을 들은 사람도 나와 전처뿐이었다. (심지어 랠프도 자신이 무슨 말을 했는지 몰랐을 것이다.) 당시 우리의 감정이 너무 무뎌진 게 아니냐고, 우리의 반응이 이상하다고 말할지도 모르지만 가족 간에 일어난 일을 누가 탓할 수 있겠는가. 사실바로 그 순간이야말로 가슴이 아픈 세 명이 그야말로 온전히 화내고, 웃고, 울 수 있었던 마지막 순간이었던 것이다.

그렇게 아들을 잃은 상실감을 되새기는 와중에 가엾은 월터의 죽음도 다시 생각나기 시작했다. 내 아들 랠프만큼이나 터무니없는 죽음을 맞은 월터. 나는 월터에 대한 생각을 뿌리치려 해봤지만 굳이 그럴 필요는 없었다. 누가 됐든 우리 모두는 인류라는 동족 집단에게서 연민과 애도를 받을 만한 자격이 충분히 있기 때문이다. 물론 그 연민과 애도는 잠시에 그치고 말겠지만.

446

전처의 집으로 전화를 했지만 아무도 받지 않았다. 아마 아이들과 함께 친구 집에 있을지도 모른다. 문득 조만간 전처와 깊은 대화를 나누게 될지도 모른다는 생각이 들었다. 나는 좋지 않은 소식을 또 들어야 하는 처지가 될 수도 있다. 그 핀처 박스데일이 더스티를 떠나 이제 전처와 함께 멤피스의 밍크 목장으로 갈 예정이라는 소식 따위 말이다. 젠장, 오늘 하루는 정녕 언제야 끝이 난단 말인가?

나는 월터의 신원을 확인해주려고 곧 경찰서로 가겠다는 메시지를 남겼다. 하지만 책임 있는 한 시민이(즉 경찰이 찾아낸 이혼남 클럽 회원 중 내가 아닌 다른 한 명이) 경찰서에 출두해 나 대신 확인해주었기를 바란다는 말도 덧붙였다.

경찰서는 벽돌과 유리로 새롭게 지은 빌리지 홀에 있다. 빌리지 홀은 내가 가슴 아픈 이혼 수속 절차를 밟으러 드나들었던 건물로 부유층이 사는 멋진 주택이 들어선 곳에 위치해 있다. 빌리지 홀에 도착하니 다른 곳은 모두 폐쇄돼 있고 경찰서만 유일하게 불을 밝힌 채 출입이 가능했다. 부활절이 서서히 저물어가는 시간이라서 그런지 입구에서 보이는 빌리지 홀은 평소의 당당하고 위압적인 모습과 달리 한층 부드럽고 한가하게 보였다. 하지만 내게는 발을 들여놓을 때마다 여전히 마음이 불안하고 께름칙한 곳일 뿐이다.

베니발 경사는 아직 근무중이라고 당직 경관이 알려줬다. 머리를 짧게 깎은 젊은 당직 경관은 옆구리에 큼지막한 총을 차고, 가슴에 '패트리아카'란 황금색 이름표를 달고 있었다. 내가 다가갔을 때 비밀스런 미소를 짓는 것으로 보아 음탕한 농담이나 해대며 시간을 때우는 듯했다. 만약 내가 안면이 있고 친한 사이였다면 분명 내게도 그 허튼 농담을 지껄여댔으리라. 패트리아카는 종이에 적은 내 이름을 보더니 베니발 경사를 찾아 곧 어딘가로 사라졌다.

경사를 기다리는 동안 나는 벽에 걸린 커다란 마을 지도 옆 벤치에 앉아 투명한 유리창 밖으로 내다보이는 빌리지 홀 로비와 정원에 우뚝 서 있는 나무들을 가만히 응시했다. 해는 거의 저물어 이제 바깥의 햇살은 황금색으로 변해 있었다. 한 시간쯤 흐르면 곧 어둠이 찾아오고 오늘 하루도 끝나게 되리라. 정말 얼마나 유별난 하루였던가! 평상시와 전혀 다른 하루였지만 그 마지막 모습은 여느 날과 마찬가지로 부드럽고 또 고요했다. 지금 나를 둘러싼 평온한 풍경은 죽음과는 전혀 어울리지 않았다. 죽음은 오해에 불과하며 곧 잊히고 말 잘못된 소문이다.

자전거를 타고 가는 부부 한 쌍이 갑자기 눈에 들어왔다. 남편이 앞서가고 아내가 그 뒤를 따랐는데 남편은 등에 아기를 태운 보호 장비를 매고 있었다. 자전거 뒤편에 걸어둔 붉은 깃발로 보아 아마 유니테리언 교회에서 개최한 기도회에 참석한 후 집으로 돌아가는 길 같았다. 열정적인 기도와 예배를 통해 어제의 나약함을 벗고 새로운 힘을 얻은 그들은 자전거 불빛으로 어둠을 밝히며 집으로 돌아가고 있었다. 자, 모두 길을 비켜라. 여기 마크와 팻, 그리고 우리 아기 제프가 간다! 누구도 우리를 막을 수 없다!

'하지만 틀렸다, 마크.' 나는 말하고 싶었다. 영원한 삶이란 거짓말이다. 가장 악질적인 거짓말이다. 그러니 환상이 깨지기 전에 미리 알아두는 편이 좋을 것이다. 믿을 수 없다면 어디 월터 러켓에게 물어보라. 그럴 수만 있다면 당장 대답해줄 테니.

베니발 경사는 경찰서 뒷문을 통해 나타났다. 그는 내가 예상한 바와 똑같았다. 떡 벌어진 가슴, 상고머리, 여드름이 난 얼굴, 슬퍼 보이는 눈, 그리고 커다란 손…… 그의 모친은 분명 이탈리아 사람은 아닐 것이다. 창백한 눈동자에 둔감해 보이는 얼굴은 북유럽

사람을 떠올리게 했다. (하지만 벨트를 간신히 버티는 뚱뚱한 배만
보자면 분명 이탈리아 사람이 맞다.) 경사는 나와 악수할 생각은
않고 내 뒤에 걸려 있는 비상구 표시만 멀뚱히 바라보다가 이윽고
입을 열었다. "그냥 이 벤치에서 얘기하도록 하죠." 그의 목소리는
통화했을 때보다 더 거칠고 피곤하게 들렸다.

경사는 갖고 있던 파일을 손가락으로 조용히 두드렸다. 우리는
잠시 옅은 햇살이 비치는 벤치에 아무 말 없이 앉아 있었다. 패트리
아카 경관은 창가에 있는 당직용 책상에 발을 걸친 채 자동차 경주
의 영웅이 등장하는 『로드 & 트랙』 잡지를 뒤적였다.

베니발 경사는 서류를 보며 깊은 한숨을 내쉬었고 나는 그가 말
을 걸 때까지 죄수처럼 옆에서 조용히 기다렸다.

"아, 가족과 연락을 시도했습니다…… 누이가 있는데…… 아마
오하이오일 거예요. 그래서……" 경사가 서류철을 뒤적거리자 사
진 한 장이 나타났다. 발가락이 위로 향한, 샌들을 신은 발 한 쌍이
었다. 분명히 월터의 발이었다. 나는 그 사진만으로도 월터의 신원
을 증명할 수 있기를 간절히 바랐다. 배스컴이 발 사진을 보고 사망
자의 신원을 증명함. "그래서," 경사가 천천히 말했다. "굳이 사망
자의 신원을 확인하시지 않아도 될 것 같습니다."

"제 생각도 그렇군요."

경사가 약간 경멸이 섞인 눈초리로 나를 쳐다봤다. "물론 지문 감
식도 할 예정입니다만 제일 확실한 방법은 지인의 확인이죠."

"네."

"그런데," 페이지를 계속 들추며 경사가 말을 이었다. 월터에 관
한 서류가 생각보다 많아서 나는 속으로 놀랐다. (혹시 월터가 다
른 사건과도 관련이 있단 말인가?) 경사가 나를 빤히 쳐다보며 물

었다. "스포츠 기자시라고요?"

"그렇습니다." 가볍게 미소 지으며 내가 말했다.

경사는 다시 서류철로 시선을 옮겼다. "아메리칸리그 동부지구는 어느 팀이 1위를 하고 있죠?"

"디트로이트죠. 아주 잘하고 있어요."

경사가 한숨을 쉬었다. "네, 그럴 거예요. 언제 경기를 보러 갈수 있다면 좋을 텐데. 너무 바빠서 말이죠." 아랫입술을 삐죽이 내밀며 경사가 말했다. "아주 가끔 골프나 치는 정도죠."

"아내가 크랜베리 힐스에서 골프 강사를 하고 있습니다." 나는 재빨리 추가 설명을 덧붙였다. "정확히 말하면 전처가 되겠네요."

"그래요?" 약간 놀라는 기색으로 경사가 말했다. "하지만 전 잔디에 알레르기가 있어서요." 딱히 할 말이 없었으므로 나는 잠자코 앉아 있기만 했다. "저기." 경사는 잠깐 말을 끊었다가 다시 물었다. "월터 러켓이 왜 자살했는지 혹시 짐작이 가는 이유라도 있나요? 그냥 머리에 떠오르는 생각 말입니다."

"아뇨. 인생에 희망이 보이지 않아서였을까요, 그 정도밖에 생각이 안 나네요."

"흠, 흠." 경사는 들고 있는 서류철을 읽어 내려갔다. 보고서 제목란에는 다음과 같이 쓰여 있었다. '강력사건.' "그런 사건이라면 크리스마스 때 많이 일어나죠. 하지만 부활절엔 드물어요."

"글쎄요, 전 전혀 생각해보지 못한 일이라……"

숨을 쉬던 경사가 약간 헐떡였다. 가슴에서부터 울려오는 약한 기침 소리. 그가 손가락으로 파일 뒤쪽을 톡톡 건드렸다. "보고서 쓰기가 난감하군요. 동기도 그렇고, 애매한 사건이라."

"그렇군요."

"어, 이건 월터가 당신에게 쓴 편지 사본입니다." 한쪽 모서리를 단단히 잡으며 경사가 사본 한 장을 내밀었다. "원본은 저희가 보관하고 있습니다. 법원이 허락한다면 삼 개월 내에 원본을 청구해 받을 수 있을 겁니다."

"알겠습니다." 복사해서 그런지 받아든 사본에서 역한 기름 냄새가 풍겨왔다. 정성 들여 쓴 모양으로 편지의 필체는 아주 단정했다. 편지 맨 아래쪽에 월터의 서명이 보였다.

"우린 그런 냄새를 종일 맡아야 하죠. 혹시 어떤 사람에게서 그런 냄새가 나거든 이 사람은 경찰이구나 하고 생각하셔도 될 겁니다." 경사는 서류철을 닫은 다음 주머니에서 쿨스 담배를 꺼냈다.

"나중에 읽겠습니다." 나는 편지지를 삼등분해 접은 뒤 손에 들고 가만히 앉아 있었다. '다음엔 무슨 일이 일어날까?' 싱겁긴 했지만 이로써 내 용무는 끝났다.

경사는 담배에 불을 붙인 다음 불 꺼진 성냥을 재떨이에 버렸다. 우리는 우리가 살고 있는 마을의 지도를 가만히 쳐다봤다. 아마 나는 우리 집을, 그는 그의 집을 찾고 있겠지. 경사의 집은 여기에서 멀리 떨어져 있지 않을 것이다. 혹시 프레지던트 가에 살고 있진 않을까?

"이 사람의 아내가 어디에 있다고 했죠?" 담배를 깊게 빨고 난 뒤 경사가 물었다. 오십대는 됐겠지만 외모는 오히려 나보다 젊어 보였다. 하지만 그는 그대로 파란만장하게 살아왔으리라.

"다른 남자와 비미니에 갔다고 하더군요."

경사는 담배 연기를 내뿜고는 큰 소리로 코를 두 번 훌쩍거렸다. "참 엿 같은 일이군요." 경사는 담배를 입에 물고는 두 팔을 벤치 뒤로 뻗었다. 잠시 비미니를 생각하는 듯했다. "자살보다 더 좋은 방법이 분명 있었을 텐데요. 그렇게 생각 안 하세요?" 고개를 돌린 경사가 파란 눈으로 나를 쳐다봤다. 그는 나만큼이나 월터의 일을 성가셔하는 듯했다. 그리고 자기 부담을 덜어줄 수 있는 어떤 단서를 누구에게서든 빨리 듣고 싶어했다.

"동감합니다." 고개를 끄덕이며 내가 말했다.

"젠장, 부활절에 이런 사건이라니." 경사는 발목을 포개며 발을 앞으로 쭉 뻗었다. 상대에게서 말을 끌어내는 그만의 방식 같았지만 특별히 해줄 말이 없었다. 물론 내가 말을 하지 않는다 해도 큰 문제가 되진 않을 성싶었지만.

"월터의 집에 가봐도 괜찮을까요?" 말을 한 당사자인 나도 내 말에 깜짝 놀랐다.

경사가 이상하다는 표정으로 나를 쳐다봤다. "왜 가려는 거죠?"

"그냥 둘러보고 싶어서요. 오래 머물진 않을 겁니다. 왜 이런 일을 저질렀는지 저대로 알아보고 싶어서요. 월터가 준 열쇠도 있고."

경사는 잠시 생각에 잠기더니 자신이 내뿜은 담배 연기를 쳐다보다가 말했다. "그러세요. 하지만 어떤 물건도 가지고 나가선 안 됩니다. 가족이 항의할 수 있으니까요. 알았죠?"

"물론이죠. 결혼은 하셨나요?" 내가 경사에게 물었다.

"이혼했습니다." 경사가 무뚝뚝한 표정으로 대답했다. 그러고는 의심스런 눈초리로 물었다. "그건 왜 물어보시죠?"

"이혼한 친구들이 좀 있어서요. 저도 그렇구요. 하긴 요즘엔 이혼한 사람이 많더군요. 대단한 건 아니고 이혼남들끼리 한 달에 한 번 정도 오거스트 술집에 모여 술을 마십니다. 지난주에는 낚시를 갔죠. 괜찮으시다면 연락드릴 테니 한번 나오세요. 아주 괜찮은 사람들입니다."

경사가 깨끗이 닦은 바닥에 담뱃재를 털었다. "바빠서요." 경사는 또 코를 훌쩍였다. "경찰 일이란 게……" 그는 뭐라고 더 말을 하려다 그만뒀다. "뭘 말하려 했는지 잊어버렸군요." 그는 대리석 바닥만 노려봤다.

그럴 의도는 없었지만 아무래도 내 제안에 당황한 듯했다. 아마 케이드 아서놀트 역시 몇 년이 지나면 이 베니발 경사와 비슷해질지 모른다. 나는 경사에게 그뿐 아니라 모든 이들이 비슷한 고뇌를 하며 살아간다고 충고해주고 싶었지만 그만두기로 했다. 그가 상처받을까봐 걱정해서가 아니다. 우리는 모두 스스로 해결하며 살아가야 할 문제들을 갖고 있다.

"어쨌든 전화 드려도 괜찮겠죠?" 영업사원 같은 미소를 지으며 내가 말했다.

"나갈 수 있을지 모르겠네요." 경사의 얼굴은 여전히 무표정했다.

"뭐 강제는 아니니까요. 저도 가끔 빠지죠. 하지만 그런 모임도 나쁘진 않더군요."

"네." 경사가 대답했다.

"이만 가보겠습니다."

방금 꿈에서 깨어난 것처럼 경사가 눈을 끔뻑거렸다. "그런데 열쇠는 어떻게 받으신 거죠?" 역시 이 사람은 경찰이 될 자질이 없군. 상상력이 부족해.

"월터가 그냥 주던걸요. 이유는 저도 모르겠습니다."

"보통 집 열쇠는 주지 않는데 말이죠." 고개를 저으며 경사가 중얼거렸다.

"사람들은 때론 이상한 짓을 하기도 하죠."

"아," 코를 훌쩍이며 경사가 말했다. "받으세요." 그는 주머니에서 작은 파란색 플라스틱 명함집을 꺼내들었다. "월터 집에 가시면 보여주세요." 명함엔 그의 이름과 직함, 그리고 하담 시의 문양이 새겨져 있었다. '진 베니발 경사.' 이례적으로 집 전화번호까지 인쇄한 명함이었다. 이혼남 클럽 모임이 있을 때 이 번호로 전화하면 될 것이다.

"알겠습니다." 나는 벤치에서 일어섰다.

"다시 말씀드리지만 물건은 가져가시면 안 됩니다." 그의 목소리는 다소 쉬어 있었다. "명심하세요."

나는 주머니에 경사의 명함을 집어넣었다. "언제 술 한잔합시다."

"네." 경사는 담배 연기를 뿜는 동시에 구두로 담뱃불을 비벼 껐다.

"전화 드리죠."

"그러시든지." 피곤한 목소리로 경사가 대꾸했다. "전 항상 여기 있으니 언제든 전화하세요."

"그럼 이만."

만나면서 악수를 청하지 않았던 것처럼 경사는 작별 인사도 하지 않았다. 내가 문을 열고 나갈 때 경사는 붉은 비상등 아래에 있는 벤치에 앉아 유리문 밖의 경치만 하염없이 바라보고 있었다.

빌리지 홀은 짙은 어둠에 싸였다. 차로 다가가니 바로 옆에 주차해놓은 전처의 차가 보였다. 아이들은 잔디밭에서 옆으로 재주넘는 묘기를 부리고 있었고 전처는 운전석 근처에 서서 이를 지켜보고 있었다. 폴은 발을 공중으로 제대로 뻗지 못해 균형을 잡지 못하고 비틀거렸지만 클라리사는 연습을 좀 했는지 그래니 드레스*를 입고도 능숙한 묘기를 선보였다. 그래니 드레스는 내가 사준 옷이었다. 클라리사는 구름 위를 걷듯 자연스럽게 움직였다.

"아이스크림을 두 개나 샀는데 요 모양이 돼버렸어." 옆으로 다가가자 고개도 돌리지 않고 전처가 말했다. 내 차 바로 옆에 주차했으니 다가오는 사람이 당연히 나인 줄 알았으리라.

"아빠!" 폴이 잔디밭에서 큰 소리로 외쳤다. "아빠, 클라리사가 서커스단에 들어가겠대요."

"농담하지 마." 클라리사도 곧 손을 흔들어 내게 인사했다. 나의 출현에 그리 놀라는 표정은 아니었지만 나는 둘이 서로 비밀스런 표정을 주고받는 것을 눈치 챌 수 있었다. 둘의 일상은 늘 비밀로 가득 차 있으므로 어쩌면 나에 대한 비밀스런 농담과 비밀스런 연민 역시 공유하고 있는지 모른다. 옛날처럼 폴과 클라리사는 가족 모두가 집에 모여 한바탕 야단법석을 떨고 싶겠지만 이젠 그럴 수 없다. 폴은 지난 목요일에 내게 해준 농담보다 더 재미있는 얘기를 찾아냈을까?

"클라리사가 정말 잘하는데? 안 그래?" 내가 큰 소리로 외쳤다.

"아까 서커스 얘기는 나도 칭찬으로 한 말이라고요." 여자아이처럼 엉덩이에 손을 올려놓으며 폴이 말했다. 이제 폴과 나 사이에도 의사소통이 점점 힘들어지는 걸까? 클라리사는 잔디밭에 주저앉아 낄낄 웃기 시작했다. 은색 머리칼을 한 클라리사는 자세히 보니 할머니와 상당히 닮아 있었다.

"이런 마을에 시체 안치소가 있다니 어울리지 않지?" 전처가 살짝 웃으며 말했다. 전처는 푸른색과 붉은색이 감도는 랩어라운드**와 브룩스에서 구입한 니트 셔츠를 입고 있어 아주 시원하고 깔끔

---

* 목에서 발목까지 닿는 기장이 길고 품이 넉넉한 여성복.
** 한폭으로 된 천을 휘감아서 입는 스커트.

하게 보였다. 전처는 무릎 위를 툭툭 건드리며 옷매무새를 가다듬고는 하이힐을 신은 발을 타이어 위에 걸쳤다. 기분은 그런대로 괜찮은 듯했다.

"생각해본 적은 없지만," 경탄하는 눈으로 아이들을 바라보며 내가 말했다. "그 말을 듣고 보니 좀 놀랍긴 하군."

"병리학자인 폴 친구의 아빠가 그러는데 저 지하실 안엔 매우 현대적인 시설이 들어서 있대." 빌리지 홀을 지그시 바라보며 전처가 말했다. "그런데 검시관은 없다는군. 뉴브런즈윅에 있는 검시관이 가끔 순회하듯 들른다나." 이어 처음으로 나와 눈을 마주치며 말했다. "잘 지냈어?"

전화기에 녹음된 딱딱한 목소리가 아니라서 왠지 안도감이 들었다. "응. 어서 오늘이 지나갔으면 좋겠어."

"비키와 같이 있는데 전화해서 미안해."

"괜찮아. 사람이 죽었으니 어쩔 수 없지."

"그래, 확인은 했어?"

"아니. 오하이오에서 친척이 와서 대신 했다더군."

"오하이오에선 자살을 많이 하나보지?"

"글쎄." 전처는 역시 완벽한 미시간 사람의 태도를 보였다. 이들은 오하이오 사람들에게 참을성이 없다.

"그 사람 아내는?"

"이혼했어."

"이런, 불쌍해라." 전처는 나를 툭 하고 치더니 갑자기 웃는 얼굴로 말했다. "술이라도 한잔 사줄까? 오거스트 술집이 문을 열었더라고. 이 인디언 두 명을 집에 데려다놓은 다음에 말이야." 전처는 어둠이 깔린 잔디밭에서 한창 얘기중인 아이들을 물끄러미 바라봤다. 두 아이는 중요하다고 여기는 문제가 있으면 항상 서로 상의하는 편이었다.

"나중에. 그런데 핀처하고 결혼할 생각이야?"

전처는 태연한 표정으로 나를 바라보더니 곧 시선을 돌렸다. "무슨 소리야. 며칠 안에 큰일이라도 벌어지지 않는 한 그럴 리가 있겠어?"

"비키가 그러는데 응급실에서 나오다가 당신과 핀처를 본 적이 있대."

"이상한 소리를 했군." 크게 한숨을 쉬며 전처가 말했다. "잘못 본 거야. 무엇보다 당신이 신경 쓸 일도 아니고."

"못돼먹은 놈이라서 하는 말이야. 요새 밍크 목장을 한다면서 멤피스에 들락거리는 것 같더군."

"알고 있어."

"그럼 사실이야?"

"사실이냐고?" 전처가 매서운 표정으로 나를 쳐다봤다. 나는 뜨끔했지만 신경 쓰지 않기로 했다. 나에겐 두 아이 등 중대한 이해관계가 걸려 있는 일이다. 이혼의 안정성과 거룩함이 위태로운 지경에 빠져 있지 않은가 말이다.

"소프트웨어 업계에서 일한다는 남자한테 관심 있는 줄 알았어."

"물론 결혼할 거야, 젠장." 전처가 말했다. "단 내가 선택하는 사람과."

"미안해." 하지만 전혀 미안하지 않았다. 세미너리 가의 가로등이 깜빡거리더니 곧 불이 들어왔다.

"가만히 보면 남자들은 다른 남자를 폄하하는 경향이 있어." 전처가 차가운 얼굴로 말했다. "그 말이 얼마나 옳은지 놀랄 정도야."

"핀처도 나에 대해 그렇게 말하던가?"

"아니, 오히려 겁을 집어먹고 있던걸? 어쨌든 그렇게 나쁜 사람은 아냐. 그래도 어떤 확신을 품고 살고 있다고. 남들이 몰라서 그렇지."

"그럼 더스티는?"

"프랭크, 난 이제 아이들을 미시간으로 데려갈 거고 그럼 당신은 아이들을 만나기 힘들게 될 거야. 휴런 마운틴 클럽에서 아이들이 우리 아빠와 지내는 이 주일을 제외하곤 말이지. 하지만 나를 더 괴롭히지 않는다고 약속하면 재고해볼게. 어떻게 생각해?" 전처는 비키의 말을 대수롭지 않게 여기는 듯했다. 나는 문득 어떤 이유에서인진 몰라도 비키가 이 모든 얘기를 지어내지 않았을까 하고 생각했다. 물론 사람을 잘못 보고 저지른 실수라고 믿고 싶었다. 전처가 한숨을 쉬며 피곤한 목소리로 말했다. "핀처한텐 퍼팅 레슨을 몇 번 해준 게 고작이야. 멤피스에서 대학 동문 골프 대회가 있어 준비해야 한다고 하더라고. 너무 자신 없다고 해서 벅스 카운티에서 며칠간 퍼팅을 좀 봐줬어."

"그래서 퍼터를 바꿔주기라도 했어?" 사실 키스한 적이 있느냐고 물어보고 싶었지만 우스꽝스럽게 여겨져 그만뒀다.

이제 완연해진 어둠 속에 우리는 한동안 말이 없었다. 크롬웰 거리엔 차들이 씽씽 지나갔다. 분명 부활절을 맞아 음악회에 가는 차들일 것이다. 성 레오 성당에서 종소리가 들려왔다. 식사를 하러 가는지 아까 본 패트리아카를 포함해 제복을 입은 경찰 세 명이 웃고 떠들며 지나갔다. 그중 한 명의 명찰엔 '카네발레'라고 쓰여 있어서 뜬금없이 혹시 패트리아카와 사촌 사이가 아닐까 하는 생각이 들었다. 그러나 정작 두 사람은 나에게 눈길조차 주지 않았다. 어딜

둘러봐도 교외 지역의 전형적인 풍광이 펼쳐져 있다. 여기는 흥분할 일이라곤 없는, 그저 독립된 개인들이 조화로운 비밀을 간직하고 살아가는 단조롭고 우울한 마을이다.

나는 핀처 박스데일과 전처가 아무런 사이도 아님을 알고 마음을 놓았다. 역시 오해에 불과했다고 믿기로 했다. "당신 아버지가 내게 말씀을 전하라고 하셨어." 내가 말했다.

"그래?" 전처는 무관심한 표정이었다.

"방광암에 걸렸다고 어머님께 전해달라던데?"

"내가 어렸을 때 어머니도 똑같은 말을 아버지께 전해달라고 하셨지. 그런데 아버지는 그만 까맣게 잊어버리고 다음날 출장을 가셨어. 이젠 그 반대네. 그런 말씀을 하셨다는 건 두 분 사이에 아직도 정이 있다는 거야. 전해드리면 아주 좋아하시겠군."

"원한다면 당신과 다시 결혼해도 좋다고도 하셨어."

전처는 갑자기 코를 훌쩍이더니 잊은 일이라도 있는 것처럼 손을 들여다봤다. "여전히 나를 못 괴롭혀서 안달이시네."

"정말 좋은 분이지?"

"아니." 전처가 알 수 없는 표정으로 나를 쳐다봤다. "친구 일은 안 됐어. 좋은 친구였어?" 빌리지 홀 주변을 비추던 전등이 갑자기 꺼졌다. 흑인 수위가 유리문 쪽으로 다가가 손바닥을 대고 안을 들여다보더니 곧 안으로 들어가 긴 자루걸레를 가지고 나왔다. 주변은 이제 많이 서늘해졌다. 어디선가 경찰차가 경적 소리를 내며 갑자기 나타났다가 다시 어두운 거리로 사라졌다.

"글쎄, 잘 모르는 친구야."

"대체 무슨 일이 일어난 거야?" 아이들이 잔디밭에서 노래를 부르고 있었다. 근심을 없애주는 달콤한 노래를.

"다음에 어떤 일이 생길지 흥미를 잃어버렸나보지 뭐. 이유는 나도 몰라. 난 그렇게 예민한 사람이 아니니까."

"혹시 당신 잘못이라고 생각하는 건 아니지?"

"전혀. 나도 이유를 모르겠다고 했잖아."

"참 이상한 사람을 친구로 뒀네. 당신의 그런 점을 잘 이해할 수 없어."

"난 이상한 사람을 만나고 다니지 않아."

"알아. 어쨌든 그게 당신다운 방식이지."

클라리사가 말을 더듬으며 정확히 몇 시가 됐는지 물었다. 일곱시 삼십육분이었다. 어두워진데다 야외에 오래 있자 아무래도 불안했던 모양이다. "봐, 아직 이르잖아." 폴이 말했다.

"오늘밤 월터의 집에 가보려고 해. 나와 같이 가겠어?"

전처가 놀란 표정으로 나를 돌아봤다. "아니 왜? 거기에 당신 물건이라도 있어?"

"아니. 그냥 가보고 싶어서. 나한테 열쇠를 줬거든. 아마 그래서 가보고 싶은 건지도 모르겠어. 경찰은 물건만 가져가지 않는다면 상관없대."

"참 독특한 취향이야."

나는 전처와의 어색한 침묵을 풀어줄 의미 있는 소리(저 멀리서 들리는 기차 소리, 1번 도로에서 들려오는 트럭 소리, 검은 하늘을 나는 비행기 소리 등)를 어둠 속에서 찾으려 애썼다. 그러나 일반적으로 전처와 대화하는 것은 결코 쉽지 않다. 과거와 달리 이제는 친숙함을 함부로 표현할 수 없기 때문이다. '뭐 상관없어.' 나는 생각했다. "그래도 가보고 싶어."

"기어이 가겠다고?" 나를 쳐다보던 전처는 불이 켜진 빌리지 홀

로비로 시선을 돌렸다. 세금 부서에 근무하는 직원들의 일하는 모습이 유리창으로 들여다보였고 자루걸레를 든 흑인 수위는 느릿느릿한 동작으로 주변을 청소했다.

"그래." 내가 말했다. "난 별로 께름칙하지 않으니까."

"왜?" 눈을 가늘게 뜬 전처의 표정엔 불확실성에 대한 불신이 강하게 드러나 있었다. 전처는 판단하기 쉽지 않은 불확실한 상태를 무척이나 싫어한다.

"글쎄, 남자에겐 여자와는 또다른 육감이 있거든. 굳이 아니라곤 말하지 말아줘."

"당신은 참 독특해." 전처는 연민이 깃든, 그러나 조금은 고압적인 미소를 지었다. "어떨 땐 무슨 생각을 하는지 도통 모르겠다니까. 그런데 정말 괜찮은 거야? 처음 봤을 때 좀 창백하던데."

"사실 안 좋아. 하지만 곧 괜찮아지겠지." 난 전처에게 비키가 주먹으로 때린 일, 쇼핑 카트에 부상을 입은 일을 말할까 하다가 그만두었다. 말해봤자 뭐하겠는가? 그럼 어쩔 수 없이 이런저런 얘기를 다 털어놔야 한다. 하지만 우리 둘 다 다시는 그런 대화를 나누고 싶지 않았다. 갑자기 여기에 너무 오래 머물렀다는 생각이 들었다.

"이런 일이 생겨야 얼굴이라도 보네." 전처가 진지한 어조로 말했다. "참 슬픈 일 아냐?"

"이혼한 사람들은 대개 서로 잘 안 만나지. 월터도 아내가 비미니로 가버리는 바람에 죽기 전까지 얼굴도 보지 못했어. 그런 면에서 우린 상대적으로 아주 잘하고 있는 거야. 저렇게 멋진 아이들도 있고. 또 멀리 떨어져 살지도 않고."

"당신은 나를 사랑해?" 전처가 물었다.

"응."

"그게 늘 궁금했어. 하지만 물어보지 못했지."

"난 자신 있게 말해줄 수 있어."

"사랑한다는 말을 오랫동안 들어보지 못했어. 아이들이 해준 말을 빼곤 말이야. 당신도 아이들한테는 몇 번 들었지?"

"몇 번까지는 아냐." (한 번도 들어보지 못했다고 한다면 거짓말일 것이다.)

"가끔 난 내가 전혀 이해할 수 없는 사람들과 잘 어울리는 당신이 신기하게 생각돼. 나라면 안 그럴 거야."

"하지만 친하게 지내는 사람은 많지 않아."

"그래서 외로워?"

"아니, 전혀."

전처의 차 사이테이션은 차갑게 식어 있었다. (마침내 서로의 비밀에 싫증이 난) 아이들은 이제 자리에서 일어나 유령처럼 잔디밭에 가만히 서 있기만 했다. 우리가 재미있게 놀아줄 작정이 아니라면 그만 자리를 뜨고 싶어하는 것 같았다.

"정말 나와 함께 거기에 가고 싶어?" 승낙하는 표정을 지으며 전처가 물었다.

"꼭 가야 할 필요는 없어."

"좋아." 전처는 몇 번 코를 훌쩍이고는 자그맣게 웃었다. "아이들은 아르멘티스 댁에 맡기면 될 거야. 아이들도 그 집을 좋아하니까. 당신 혼자 보내면 무슨 일을 벌일지 안심이 안 돼서 그래."

"혹시 비용이 문제가 된다면 내가 부담하지."

전처가 고개를 저었다. "당신이 부담하려고?" 달이 느릅나무 위로 둥실 떠올랐다. 달빛은 늘어선 나무와 텅 빈 거리, 그리고 저 너머에 있는 주택들을 환히 비추었다. 전처가 장난스런 표정으로 말했다. "당신이 아니면 누가 부담해야 한다고 생각했는데?" 전처가 깔깔 웃었다.

"그저 나쁜 사람이 되고 싶지 않을 뿐이야."

"당신이 세상에서 가장 신경 쓰는 일은 뭐지? 말해봐, 궁금했어."

"당신."

전처가 또다시 웃으며 차 문을 열었다. "당신은 좋은 사람이 맞아. 정말 좋은 사람이지."

나도 전처에게 웃어주었다. 아이들이 내 곁을 스치며 재빨리 차 안으로 들어갔다. 곧 차 문을 닫고 우린 다음 목적지를 향해 출발했다.

월터가 살았던 쿨리지 가 118번지 건물은 콘크리트 벽돌로 지은 2층짜리 주택이었다. 전처의 집에서 얼마 떨어지지 않은 곳이고 블록 내의 건물 배치 역시 전처가 사는 동네와 비슷한데다 전방엔 가로등까지 설치돼 있었지만 나는 그동안 이 주택의 존재를 전혀 의식하지 못했다. 건물 전면은 유리창 없이 알루미늄을 소재로 블라인드 모양으로 장식돼 있었고, 그 장식 위에 '카탈리나'란 글자가 필기체로 쓰여 있었다. 건물 옆면을 밝히고 있는 외부 조명은 거리에서도 보일 만큼 매우 밝았다. 쫓겨난 신학생, 만년 독신자, 이혼한 여자 같은 사람들이 거주하기에 딱 적당해 보이는 이 동네는 내가 생각할 때 그리 나쁘지 않은 동네 같았다. 만약 내가 1960년대에 로스쿨을 졸업하고 한 여자와 막 결혼생활을 시작했다면 별 고민 없이 이곳을 거주지로 선택했을지도 모른다. 하지만 여생을 보내고 싶은 장소라고는, 아니 중년이 된 후 한 번이라도 찾아와보고 싶다는 생각이 들 만한 장소라고는 결코 말할 수 없었다. 그러기엔 카탈리나는 너무 어울리지 않았다. 그렇다고 죽음의 장소로 선택할 만한 곳도 아니었다. 월터의 동네를 보면서 나는 비미니, 즉 욜란다와 에디 핏콕이 사랑의 보금자리를 꾸몄다는 그곳은 과연 어떤 분위기일지 궁금해졌다. 모르긴 몰라도 여기와는 전혀 다른 곳이리라. 파란 바다가 근처에 있고 시원한 미풍이 바나나나무를 건드리고 지나가는, 한가롭고 여유로운 오후를 보낼 수 있는 그런 곳이리라.

전처는 월터의 차 뒤에 주차했고 우린 콘크리트 길을 따라 우편함이 있는 곳까지 걸어갔다. 월터의 명함에 있는 주소를 참고하면서 천천히 걸어가던 나는 '6-D'란 팻말이 걸린 문 앞에서 걸음을 멈췄다.

"습한 곳이네." 전처가 말했다. "이렇게 습한 기운이 강한 곳은 처음이야, 당신은?"

"라커룸이 바로 그래." 내가 대답했다. "오래된 경기장에 있는 라커룸."

"그리 놀랄 일은 아니란 거네?"

"월터가 여길 좋아했을지는 의문이군."

"아마 좋아했을 것 같아."

팻말이 걸린 문의 조명은 꺼져 있었고 '수사중, 관계자 외 출입금지'라고 적힌 밝은 오렌지색 띠만 외부에 붙어 있었다. 나는 열쇠를 돌려 문을 연 뒤 안으로 들어섰다.

내부는 어두웠지만 밝은 초록색으로 빛나는 숫자가 일곱시 오십삼분을 알려주었다. 나도 집에 똑같은 시계가 있다.

"정말, 정말 불쾌한 곳이야." 전처가 말했다. "아마 월터란 친구는 내가 여기에 온 걸 별로 반가워하지 않을걸?"

"싫으면 돌아가도 돼."

방 안에선 가정집과는 어울리지 않는 냄새가 났다. 마치 휴가를 떠난 의사 사무실에서 나는 약품 냄새와 비슷하다고나 할까?

"불 켤 수 없어?"

나는 한동안 스위치를 찾느라 애를 먹었다. 하지만 고장이 났는지 불을 켤 수 없었다. "안 켜지는데?"

"그럼 전등이라도 찾아봐. 저 숫자 보기 싫단 말이야."

나는 어두운 거실을 헤매다 가구와 부딪쳤다. 가구가 코끼리처럼 육중하게 느껴졌다. 나는 가죽소파에 이어 의자를 손으로 더듬으며 전진하다가 마침내 벽에 걸린 전등을 발견하고는 줄을 당겨 불을 켰다.

전처는 문 근처에 얼굴을 찌푸리고 서 있었다. "당신이 여기에 왜 왔는지 아직도 이해할 수 없어."

"그냥 둘러보고 싶었어." 주위를 살펴보니 나는 거실 한가운데에 서 있었다.

전등에서 나온 희미한 노란빛이 집 구석구석을 비추었다. 생각보다는 근사하게 꾸며놓은 집이다. 니스로 칠한 벽은 침실로 보이는 방으로 이어져 있고 뒤로 보이는 부엌 안에는 모든 도구가 깔끔하게 정리돼 있다. 붉은색 가죽소파를 포함해 신품으로 보이는 가구가 많았고 평소 월터가 사냥총을 걸어놓았을 것 같은 고리도 눈에 들어왔다. 구석엔 역도 한 세트가 놓여 있었으며 동양풍 램프를 일체형으로 부착한 테이블도 눈에 띄었다. 마호가니로 만든 작은 책상은 백지와 연필이 깔끔히 놓여 있는 것으로 보아 월터가 심각하고 중요한 글을 쓸 때 사용한 듯했다.

나는 침실 문 바로 옆 벽에 걸린 액자 사진을 유심히 들여다보았다. 흑백사진 속의 월터는 레슬링 유니폼을 입고 있었는데 '66 그리넬'이라는 글자로 추정할 때 그리넬 대학에 다닐 때 찍은 사진으로 보였다. 사진 속의 월터는 인디언처럼 단단한 팔뚝을 과시하면서 낡은 체육관 안에서 무릎을 꿇고 있다. 그 아래 사진엔 금발 머리에 약간 두꺼운 입술, 그리고 미간이 넓은 아름다운 여자가 바람을 맞으며 보트를 타고 있다. 분명히 욜란다였다. 완고한 표정을 짓고 있는 한 쌍의 나이 든 남녀 사진은(남자는 모직 정장, 여자는 꽃무늬 드레스 차림이었다) 아무래도 코슉턴에 있다는 월터의 부모 같았다. 다리에 깁스를 한 월터가 예쁜 간호사와 함께 엄지손가락을 들고 있는 사진과 죄수복을 입은 월터와 무용수 복장을 한 욜란다가 서로 놀리며 같이 서 있는 사진도 보였다. 액자에 끼워놓은 하버드 비즈니스 스쿨 입학허가서 옆에는 서류 더미가 쌓인 책상에 앉은 월터가 해포석 파이프로 담배를 피우는 사진이 걸려 있다. 그런데 담배 피우는 사진 바로 아래에 놀랍게도 오거스트 술집의 원형 탁자에 빙 둘러 앉은 이혼남 클럽 회원들의 사진이 있는 게 아닌가. 아마 정기적으로 만났던 목요일 밤에 찍은 사진이리라. 사진 속의 나는 커다란 맥주잔을 들고 싱긋 웃으면서 장황하게 떠드는 노트의 얘기에 귀를 기울이고 있었다. 노트가 당시 무슨 말을 했는지 전혀 기억나지 않았고 사진을 찍은 정확한 날짜는 더더욱 알 수 없었다.

나는 침실로 천천히 걸어간 후 전등을 켰다. 거실보다는 소박했지만 역시 나름대로 깔끔하게 정리한 방이었다. 화장대에 놓인 작은 어항엔 작은 검은색 붕어들이 떠다녔다. 기하학적인 무늬가 그려진 월터의 침대엔 커다란 베개 세 개가 뒹굴고 있었고 그 옆의 침실 탁자 위엔 내가 쓴 작품인 『우울한 가을』이 한 권 놓여 있었다.

책은 마른 체구에 냉소적인 표정을 짓고 있는 내 사진이 겉으로 드러나도록 펼쳐진 상태였다. 산 미구엘 테우안테펙의 한 술집에서 맥주를 마시며 찍은 사진으로, 상고머리를 하고 담배를 피우는 사진 속의 내 모습이 그렇게 우스꽝스럽게 보일 수가 없었다. 작가소개 난에는 다음과 같이 쓰여 있었다. "배스컴은 멕시코에 살고 있는 미국 젊은이다. 그는 2차 대전이 끝날 무렵에 태어났으며 해병대에서 복무했고 미시간 대학을 졸업했다." 책을 살펴보니 하담 공립도서관에서 대출받은 책이었다. 겉에 씌우는 플라스틱 커버는 어디로 가버렸는지 보이지 않았다. (나는 믿지 않았지만 월터가 도서관에서 내 책을 빌렸다고 한 말은 사실이었다.) 책을 펼치니 어떤 목차엔 휘갈긴 필체로 쓴 부호와 숫자가 적혀 있기도 했다. 집으로 가져가 더 꼼꼼히 살피고 싶었지만 이 책은 분명 베니발 경사의 물품 목록에 올라가 있을 것이다. 책을 제자리에 놓고 주변을 다시 둘러보니 월터의 구두, 양복과 셔츠를 정리한 작은 옷장, 컴퓨터, 외부로 선이 연결된 에어컨, 그리고 그리넬 대학의 페넌트 등이 눈에 들어왔다. 허무한 결말을 맺은 한 인생의 평범하다면 평범한 유물들인 셈이다.

전처는 가죽소파의 끝자리에 앉아 손을 무릎에 얹은 채 붉은 점토로 만든 가재 모형을 바라보고 있었다. "그거 알아?" 전처가 가재의 눈을 가까이 들여다보며 물었다. 사방이 고요해서 그런지 전처의 목소리가 집 전체에 울려 퍼졌다.

"뭘?"

"내가 자주 놀러 갔던 친구의 방이 생각나. 이름이 론 뭐였는데 기억이 안 나네. 그애의 방도 여기와 비슷했어. 왜 치과의사 사무실 같은 분위기 말이야. 아까부터 대충 둘러봤는데 모르긴 몰라도 어딘가에 『플레이보이』를 숨겨놓았을걸?" 커피테이블이 놓인 바닥 근처엔 경찰이 설치한 오렌지색 테이프가 둘러쳐져 있었다. 어디론가 치워지고 없지만 아마 의자가 있던 자리가 아닐까 싶었다. 갈고리 모양으로 구부러진 양탄자 위엔 어두운 갈색을 띤 얼룩 자국이 아직 남아 있었다. 전처도 얼룩을 살펴봤지만 아무 말도 하지 않았다. "남자들은 참 이상해. 혼자 살면 엉망이 된다니까." 전처가 눈을 깜빡이며 미소를 보냈다. 그것은 누가 내 친구를 죽였는지 궁금해하는 한편 이 이상한 사건을 상식적으로 해명해달라는 미소이기도 했다. "당신도 정말 몰라?"

"어떻게 이런 방법을 생각해냈는지 놀라던 참이야. 마치 전문가처럼 말이지."

"그 말은 월터를 이해한다는 뜻이야?"

"응."

"그럼 어디 설명해봐."

"월터는 현재의 자신에 충실하고자 애썼지만 끝내 좌초하고 말았어. 결국 극심한 흥분 상태에 빠졌겠지. 마침내 월터가 할 수 있는 일이라곤 감상적으로 인생을 회고하는 것뿐이었을 거야. 그 결과는 커다란 후회였을 테고. 어쩌면 후회를 하루만 늦췄더라도 아무 일 없이 지나갈 수 있었을 텐데." 나는 주방 조리대에 놓인 종이 성냥을 집어들고 성냥갑에 적힌 주소와 전화번호를 소리 내어 읽었다. 성냥 근처엔 멋진 은색 해변을 표지 사진으로 실은 『비미니 투데이』란 잡지 한 부가 함께 놓여 있었다. 나는 종이 성냥을 다시 내려놨다.

"그를 도울 수도 있었다고 생각해?" 여전히 미소 띤 얼굴로 전처가 물었다. "당신 친구는 평범한 성격 같아. 대충 둘러보니 그래."

"스스로 해결했어야지." 나는 정말 그렇게 생각했다. "평범하려면 끝까지 평범해야 했어. 그럼 구원받을 수 있었을 거야." 순간 원치 않은 비통함이 갑자기 나를 휩쓸고 지나갔다. 그것은 있었을지도 모를 오해, 해주지 못한 위로에 대한 비통함이 아니었을까. 나는 월터를 엄습했던 슬픔의 오직 일부만을, 그것도 아주 짧은 시간 동안만 함께했다. 슬픈 이곳은 월터에게 완벽한 휴식처가 되지 못했다. 조그마한 미스터리도, 희망도, 기대도 존재하지 않았다. 그렇다고 월터를 죽음에 이르게 할 만큼 거대한 타락이나 외로움이 존재했다고도 역시 말하기 힘들었다. 나였다면 또다른 길이 보일 때까지 언제까지고 고민하며 버텼을 것이다. 결코 쉽지는 않았겠지만.

"표정을 보니 정말 친한 친구가 죽은 것 같네." 전처는 이렇게 말하며 자리에서 일어났다. 웬일인지 전보다 더 키가 커 보였다. 전처의 그림자가 천장에 넘실거렸다.

"그만 나가자." 친근한 미소를 보내며 전처가 말했다.

순간 나는 월터가 갖고 있는 유리잔을 떠올렸다. 찾아보지 않아도 그 유리잔이 여기에 있다는 것을 나는 확신할 수 있었다. "잠깐." 내가 말했다. "갑자기 당신을 안아야만 한다는 생각이 들어. 우리 문을 닫고 침대로 들어가자."

전처는 믿지 못하겠다는 눈으로 나를 빤히 쳐다봤다. (전처는 내 말에 경악했다. 나는 가능하다면 내가 뱉은 말을 다시 주워 담고 싶었다. 그야말로 터무니없는 말이기도 했고 본심도 아니었기 때문이다.) "우린 이제 더이상 그럴 수 있는 사이가 아니라는 걸 잘 알 텐데? 우린 이혼했어, 잊었어?" 전처는 얼굴을 잔뜩 일그러뜨렸다. "이혼의 뜻이 바로 그거야. 당신은 정말이지 끔찍한 사람이야."

"미안해." 만약 베니발 경사가 나였다면 어떻게든 이 사태를 수

습할 방책을 생각해냈을 것이다. 어쨌든 내게 있어서나 경사에게 있어서나 오늘은 결코 좋은 날이 아니었다.

"내가 당신과 왜 이혼했는지 알아?" 전처가 현관 쪽으로 다가가 문고리를 잡으며 말했다. "당신은 정말 이상하게 변했어. 전엔 이 정도까진 아니었지. 하지만 지금은 완전히 이상해졌어. 난 그런 당신을 전혀 좋아하지 않아."

"인정해." 나는 필사적으로 미소 지었다. "그렇다고 두려워할 건 없어."

"두려워하는 게 아냐." 전처는 딱딱한 미소를 지으며 문을 나서려다가 하얀 셔츠를 입은 작은 남자와 마주쳤다. 갑자기 나타난 남자 때문에 전처는 많이 놀란 듯했다.

두꺼운 안경을 쓴 남자는 자기 의도와 상관없이 전처의 길을 막아선 셈이 되었다. 그는 나를 보려고 옆으로 몸을 기울이며 물었다. "혹시 월터의 형제분인가요?"

나도 똑같이 몸을 기울이며 그 남자를 쳐다봤다. 나는 되도록 아무 일도 없었던 것처럼 보이려고 애썼다. "아뇨. 친구입니다." 내가 할 수 있는 최선의 대답이었지만 결코 충분치 않은 대답이라는 것을 그 남자의 표정에서 알 수 있었다. 남자는 창백한 얼굴에 곱슬머리로 언뜻 프랭크 시나트라*를 연상시켰다. (외모와 달리 생각보다 나이가 많을 수도 있다. 그에게선 도서관 사서같이 무뚝뚝한 분위기가 풍겼기 때문이다.) 보아하니 그는 강한 의심을 품으며 내가 여기 있는 이유를 알아내고야 말겠다는 기세였다. 그를 보고 나는 내가 여기와 전혀 상관없는 사람이라는 것을 실감했고 전처의 판

---

* 미국의 대중가수이자 영화배우.

470

단이 옳았다는 것도 깨달았다. 침대에 들어가지 않은 것은 다행스런 일이었다.

"여기에 사는 사람이 아니죠?" 남자는 한편으로 적이 당황해하는 기색이었다. 나를 어떻게 대해야 할지 감이 오지 않는 듯했다. 경사에게서 받은 명함을 보여줘야 할까.

"이 집의 주인이신가요?"

"그렇소. 뭘 훔치려는 겁니까? 아무것도 가져가선 안돼요."

"훔치지 않았습니다."

"잠깐 실례합니다." 전처는 남자를 지나쳐 어둠 속으로 사라졌다. 더이상 내게 할 말이 없었을 것이다. 인도로 걸어가는 전처의 발자국 소리에 마음이 몹시 심란해졌다.

남자가 눈을 깜빡이며 나를 쳐다봤다. "대체 여기에서 뭘 하고 있는 거요? 경찰에 신고하겠소."

"경찰도 내가 여기에 온 걸 알고 있어요." 피곤한 목소리로 내가 말했다. 바로 지금이 경사의 명함을 보여줄 절호의 기회였지만 난 왠지 그러질 못했다.

"여기에 온 목적이 뭐죠?" 남자 역시 힘겨운 목소리로 물었다.

"글쎄요, 잊어버렸네요."

"기자라도 됩니까?"

"그냥 월터의 친구라니까요."

"가족을 제외하곤 누구도 들어오지 못합니다. 당장 나가세요."

"혹시 당신도 월터의 친구인가요?"

뜻하지 않은 질문에 남자가 눈을 끔뻑거렸다. "그랬죠."

"그럼 왜 경찰서로 가서 월터의 신원을 확인해주지 않았나요?"

"잔소리 말고 어서 나가요."

"그러죠." 불을 끄려고 걸음을 옮기는 순간 내 책이 떠올랐다. 내가 직접 그 책을 도서관에 반납하고 싶었다. "죄송합니다."

"불은 내가 끌 테니 빨리 나가요." 남자가 단호한 목소리로 말했다. "어서요."

"그럼." 나는 남자를 지나친 다음 기다렸다는 듯 나를 반겨주는 바깥 공기 속으로 걸어 들어갔다. 달콤하면서도 답답한, 그리고 두려움이 가득 차 있는 그 공기 속으로.

전처는 가로등 아래에 차를 세워놓고 나를 기다리고 있었다. 계기판의 초록색 불빛이 전처의 얼굴을 밝게 비추었다.

열려 있는 조수석 창문에 얼굴을 가까이 들이대자 따뜻한 공기와 함께 전처가 뿌린 향수 냄새가 코를 자극했다. "왜 여기에 와야 했는지 이유를 모르겠어." 전처가 딱딱한 어조로 말했다.

"아까 일은 미안해. 내 잘못이야. 정말 그럴 생각은 없었는데."

"당신은 구제불능이야." 전처는 여전히 화가 나 있었다.

전처의 말은 사실이다. 또한 내가 머리에 떠오른 생각을 그대로 말해버린 것도, 그래서 결국 이렇게 허무한 순간을 맞이한 것도 역시 사실이다.

"나는 다 큰 성인인데 왜 이러는지 모르겠어. 이젠 누구의 관심도 끌 필요가 없는데, 미안해."

"괜찮아, 잠깐 당황했을 뿐이야. 하지만 방금 당신이 한 말은 옳아." 전처는 어두운 거리를 응시하며 슬픈 표정을 지었다. "집에 함께 가자고 말할 작정이었어. 웃기지 않아? 아이들은 다른 집에 맡겨놓고 말이야."

"그러자, 좋은 생각이야."

"아니, 됐어." 전처는 스커트 아래로 드러난 멋진 허벅지 위로 안전벨트를 매고는 양손을 운전대 위에 놓았다.

"아까 그 남자 좀 이상해 보이던데. 월터의 친구였어?"

"몰라. 자세한 말은 하지 않았어." 분위기로 보아 전처는 월터와 내가 '그렇고 그런' 사이가 아닌지 걱정하는 듯했다.

"아마 당신 친구는 단지 자기를 죽이고 싶은 마음에 그랬는지도 몰라." 전처는 경멸에 찬 표정으로 미소 지었다. 이혼했지만 우린 오랫동안 서로 알아왔고 잠도 함께 잤으며 아이까지 낳았다. 하지만 지금 같은 상황에서 경멸은 삼가야 한다. 이는 견디기 힘든 고통이며 누구에게도 도움이 되지 않기 때문이다. 유감스럽게도 전처는 복잡하기 이를 데 없는 인간의 딜레마에 대해 중서부 지역 사람 특유의 반응을 보여주고 있었다.

"월터는 다른 방법도 얼마든지 있다는 사실을 간과했어. 죽음을 택할 필요는 없었는데. 하지만 조금만 더 생각해보면 당신도 전혀 이해가 안 되는 일은 아닐 거야. 지금 우리 집으로 가자. 아무도 없어."

"싫어." 전처는 여전히 미소 지었다.

"아니, 난 가고 싶어." 창문을 통해 나도 미소를 보냈다. 순간 갑자기 진한 배기가스 냄새가 나면서 차가 진동하기 시작했다.

"당신이 진짜 나쁜 사람은 아니라고 생각해. 미안해, 아무래도 이혼이 당신에게 안 좋은 영향을 끼쳤나봐." 전처가 기어를 바꾸자 차가 다시 흔들렸지만 앞으로 나아가진 않았다. "아무래도 그때 내가 잘못 생각했어."

"사랑하는 사람이라면 그 사람을 믿어야 해." 내가 말했다. "그 사람이 누굴 것 같아?"

슬프고도 고독한 미소가 계기판 불빛 속에 떠올랐다. "몰라." 전처의 눈에 눈물이 맺혔다.

전처가 액셀러레이트를 밟는 순간 나는 차에서 떨어졌다. 사이테이션은 잠시 주춤하는 것 같더니 곧 어둠 속으로 사라졌다. 차가 떠나자 나는 쥐 죽은 듯 고요한 월터의 마을에 홀로 남았다. 여기엔 내가 아는 사람도, 나를 아는 사람도 없다. 의지해 찾아갈 만한 곳도 전혀 없다. 더 나은 세상에는 결코 존재하지 않을 이 슬픈 날의 마지막 순간까지도 나는 갈 곳을 잃은 채 우두커니 서 있기만 했다.

만약 당신이 내 입장이라면 어디로 가겠는가?

어느 모로 보나 하루가 다 지나가버려 결과가 좋든 나쁘든 선택의 가능성이 극히 제한된 상황에 처했다면 무엇을 하겠는가? (잠을 자는 것도 만족스런 선택이겠지만 아무래도 오늘은 잠을 청하기가 힘들 듯했다.)

지금 내가 처한 상황은 진정으로 공허한 순간이 아니며 따라서 그에 맞서 필사적으로 싸울 필요성을 난 느끼지 못했다. 군이 피할 필요도, 그렇다고 특별히 용기를 내어 맞설 필요도 없다. 내게 지금의 상황은 끔찍한 후회의 서곡이 아니다. 공허한 순간이란 간절한 기대가 운명의 힘에 좌절되고 말았을 때 느끼는 감정이다. 하지만 나는 그처럼 간절한 기대가 없다. 내가 별을 바라볼 동안 전처가 자기 보석 상자를 불태워버렸던 그날 밤과 마찬가지로, 잠깐이지만 나는 모든 희망을 초월한 상태다.

아마 지금 월터가 나를 봤다면 내가 무엇을 보는 존재도, 타인에게 보이는 존재도 아닌, 이를테면 영화 속의 클로드 레인스*처럼

---

* 미국 영화배우.

투명인간 같은 존재가 됐다고 말할지도 모른다. (물론 내겐 클로드 레인스처럼 빚을 갚아야 할 원수나 돈을 갚아야 할 채무는 없다.) 사실 투명하다는 것은 그리 나쁜 속성이 아니다. 오히려 우리는 투명성을 더 연구하고 (클로드 레인스도 미처 생각하지 못한 방법으로) 이를 잘 활용할 수 있어야 한다. 왜냐하면 어느 순간 (좋든 싫든) 우리 모두는 육신과 의무에서 해방되어 밤에 부는 미풍에 이리저리 떠밀리며 내키는 대로 행동해도 좋은 순간을 맞이하게 되기 때문이다. 하지만 분명히 말하건대 이는 공허한 순간과는 구별되어야 하며 진정한 후회와는 더더욱 구별돼야 한다. (아마 월터는 내게 관심이 있었을지도 모른다. 하지만 실제 그러했는지 어떻게 알 수 있단 말인가? 누가 신경이나 쓰겠는가?) 바람처럼 사뿐히 미끄러질 수만 있어도 이는 결코 작은 자유가 아니다. 그리고 그런 자유를 누릴 수 있는 행운을 갖게 된다면 그것이 초래할 결과가 혹시 나쁘다 해도 적극 이용해야만 한다. 왜냐하면 이야말로 타인의 도움이나 관용과 상관없이 우리에게 자연스럽게 허용된, 유일하고도 탁월한 효과를 지닌 위로이기 때문이다. 여기에서 말하는 타인의 범주는 심지어 신마저 포함한다. 신은 우리에게 투명성을 오래 허락하지 않는다. 투명성은 원래 신 자신을 위해 마련한 속성이기 때문이다.

투명인간이 된 나는 부활절의 마지막을 보내며 하담 거리를 조용히 질주했다. 내가 눈치 챈 대로 역시 하담은 죽음의 장소로는 적합하지 않다. 하담 거리에서 죽음이란 터무니없는 침입자다. 암묵적인 약속의 위반이고 주위 건물들과 어울리지 않는 흉물이며 산스크리트어처럼 불가해한 수수께끼다. 바람이 불어오자 한결 숨통이 트였다. 월터의 죽음에 어울리고 그 죽음이 환영받을 수 있는 장소는 여기가 아니라도 얼마든지 찾을 수 있다.

하담은 오히려 투명인간에게 더할 나위 없이 적합한 장소다. 아예 이를 위해 만든 곳이라고 느껴질 정도로. 나는 해변을 배경으로 서 있는 어두운 내 집을 지나쳐 호빙 가를 계속 질주했다. 보소볼로는 아직 돌아오지 않은 것 같다. (혹시 제인과 함께 숲을 헤치며 돌아다니고 있을까?) 그를 만나면 투명성에 대해 얘기해볼 수도 있겠지만 진정한 아프리카인인 그는 여기에서 태어난 흑인보다는 그 개념을 잘 이해하지 못할 것이다. 하지만 내가 설명을 늘어놓으면 결국 쉽게 깨달을 것이다. 그는 말 그대로 보이지 않는 사명에 헌신하려는 사람이니까.

다음엔 내 아들이 영원히 잠들어 있는 어두운 묘지에 도착했다. 이곳이야말로 보이지 않는 영혼들이 제발 조용히 좀 있게 해달라고 소리를 질러대는 곳이다. 무덤 옆에 앉아 랠프와 대화를 나눠볼까 했지만 그만두기로 했다. 얘기하다보면 곧 삶의 무거운 현실이 떠오를 것이고 그렇게 되면 나를 위한 위로는 불가능해지고 말 것이기 때문이다.

이번엔 전처의 집으로 차를 몰았다. 창문마다 밝은 불빛이 새어나왔고 닫은 문 뒤에선 곧 어디로 떠나기라도 할 것처럼 부산하게 움직이는 소리가 들려왔다. 여기엔 나를 위한 자리가 없다. 심술궂게도 나는 괜히 문제를 일으키고 싶었다. 저 들뜬 상황을 중단하도록 소리를 질러대거나 램프를 깨뜨리는 등 훼방을 놓고 싶었다. 하지만 나는 알고 있다. 그럴 배짱이 나에게 없다는 사실을.

어디가 재미있을까?

이번엔 오거스트 술집이 나타났다. 술집 옆으로 난 창문에서 따뜻한 불빛이 새어나왔다. 아마 근처에 사는 사람이나 이혼남들이 한 자리를 차지하고 앉아 말상대가 나타나길 기다리고 있겠지. 하지만 내게 말동무를 청한다면 오늘은 사양하고 싶다.

빌리지 홀의 로비는 여전히 밝고 수위는 아까와 마찬가지로 자루걸레를 손에 쥔 채 앞문에 가만히 서 있다. 저 멀리서 기차의 기적 소리가 들려오는가 싶더니 이어 높다랗게 자란 느릅나무 사이로 사이렌 소리가 그 뒤를 이었다. 나는 깜박거리는 불빛들을 바라보며 하담 교외에서 들려오는 단조로운 소리에 귀를 기울였다. 홀로 있을 때 밤 시간의 교외만큼 고독한 장소도 없다고 말하는 사람들이 있지만 그건 완전히 잘못된 생각이다. 더 고독한 곳도 얼마든지 있다. 뉴욕 증권거래소가 바로 그렇다. 아무도 지켜보는 이 없는 바다에서의 조용한 죽음도 마찬가지다. 허브 월러거의 인생은 방금 든 예보다 더하다. 그 밖에 다른 예를 들자면 한도 끝도 없을 것이다.

나는 (내 판단이 정확하다면) 곧 열차가 도착할 기차역으로 향했다. 사실 기차역에서 내린 사람들이 반가운 사람과 포옹하려고, 술을 한잔 마시려고, 뉴스를 보려고, 혹은 피곤한 몸을 쉬려고 어딘가로 가는 모습을 관찰하는 것도 그리 나쁘진 않다. 이혼한 직후부터 생긴 습관이 하나 있다면, 기차를 타고 뉴욕에서 돌아오는 사람들의 모습을 지켜보는 일이었다. 그들은 마중 나온 이들과 포옹하거나 키스한 다음 마침내 짐을 서로 나눠 들고 대기해놓은 차를 향해 떠나갔다. 아마 당신은 내가 그런 장면을 지켜보면서 한편으론 부러워하고 또 한편으로는 상심해하지 않았을까 생각할지 모른다. 하지만 나는 그런 사람들을 지켜보면서 오히려 희망과 위로를 얻었다. 사람들이 모두 떠나 역이 다시 조용해지고 손님을 기다리던 택시들마저 시내로 돌아가고 나면 나는 왠지 모를 새로운 용기를 느끼며 한층 고무된 기분으로 집에 돌아올 수 있었던 것이다. 즉 우리는 (아무리 사소하다 해도) 위로를 얻는 타인의 모습에서도 충분히 기쁨을 얻을 수 있다. 이런 자세는 때론 중대한 위기에 봉착했을 때 더욱 절실히 요구되기도 하는데 그러려면 조건이 필요하다. 바로 후보 선수가 중요 경기에 출전할 가능성이 전혀 없다는 사실을 기꺼이 받아들일 줄 아는 것 같은 대범함과, 아무리 아름다운 여자를 만났다 해도 그녀가 친구의 아내라면 결코 부정한 짓을 하지 않겠노라고 다짐하는 것과 같은 고결한 품성을 갖추는 것이다. 만약 오늘 월터 러켓이 살아 있다면 이 얘기를 해줬을 텐데.

내 판단은 틀리지 않았다.

사방이 깜깜한 가운데 덤불이 우거진 저 아래쪽 철로에서 기차 소리가 들려왔다. 필라델피아를 출발해 뉴저지를 경유한 다음 뉴욕으로 돌아가는 마지막 기차였다. 열차 승무원은 기차 밖으로 몸을 내밀면서 곧 정차할 역을 흘낏 쳐다보았다. 열차 승무원이 되고 싶지는 않지만 나는 그들의 삶이 꽤 만족스러우리라 생각한다. 만약 내가 열차 승무원이 된다면 승객들에게 많은 관심을 기울일 것이다. 무슨 말을 하는지 옆에 서서 들어보기도 하고, 목적지가 어디인지 알아내기도 하고, 기차여행을 주제로 얘기를 나누기도 하고, 필요한 전화번호를 알려주기도 하면서. 하지만 용접 일보다 열차 승무원 일을 더 잘할 자신은 없다.

마침내 기차가 플랫폼에 멈춰 섰다. 열차 승무원은 기차가 완전히 정차하기 전에 승강장으로 재빨리 뛰어내린 뒤 경찰처럼 손전등을 사방으로 흔들어댔다. 기차가 도착함과 동시에 대기중이던 택시에 미등이 들어왔고 승객을 마중 나온 듯한 자동차 두 대에도 곧 시동이 걸렸다.

기차에서 내린 승객들은 막 졸음에서 깬 몽롱한 시선으로 부활절의 밤하늘을 멍하니 쳐다봤다. 그들은 이렇게 생각하는 듯했다. 여기는 어디일까? 누가 여기에 살고 있을까? 여기는 안전한 곳일까? 아니면 대체 어떤 곳인가?

나는 어슬렁거리며 플랫폼으로 걸어가 근처 차양 아래에 자리를 잡고 선 뒤 마치 누군가(사랑하는 연인이나 여자친구, 오랫동안 만나지 못한 대학 동창)를 기다리는 것처럼 발로 장단을 맞추며 땅을 툭툭 내리쳤다. 승무원 두 명이 내게 멀뚱한 시선을 보내더니 곧 내 존재 따위는 잊어버리고 아까 마저 끝내지 못한 수다를 다시 떨었다. 하지만 난 전혀 소외감을 느끼지 않았다. 큰 소음을 내뱉는 기차 가까이에서 기차가 내게 선사하는 멋진 순간을 기분 좋게 즐기고 있었기 때문이다. 어느 책에서 읽은 바에 따르면 자신이 난쟁이로 여겨질 만큼 엄청난 크기와 힘을 가진 물체에 가까이 있는 것만으로도 심리적으로 큰 도움이 된다고 한다. 글쓴이는 거대한 물체 옆에 있으면 일상의 자잘함과 구속에서 벗어날 수 있다고 주장하면서 몬태나 사람이나 셰르파, 다시 말해 거대한 산맥이 자리 잡은 곳에 사는 사람들이 다른 지역 사람들에 비해 불평불만이 적거나 성격 역시 까다롭지 않은 이유를 이로써 설명할 수 있다고 했다. 요약하자면 마천루의 삶을 잘 '활용'하는 방법에 관한 글인 셈인데, 누군가가 그 주장이 옳다고 생각하느냐고 물어온다면 난 당연히 그렇다고 대답하겠다. 덜덜덜 소리를 내는 기차 옆에 외로이 서 있는 지금, 나는 실제로 일상에 얽매여 있던 구속감이 서서히 느슨해짐을 느낄 수 있었다. 마지막이 될지도 모르지만 다시 분명히 말하겠다. 삶의 신비, 즉 삶의 미스터리는 도처에 있다. 상스러운 곳에도, 오줌 냄새가 풍기는 곳에도, 내가 서 있는 교외의 허름한 기차역에도. 당신은 그저 그 미스터리에 몸을 내맡기기만 하면 된다. 다음에 어떤 일이 벌어질지는 누구도 모른다. 하지만 (기적처럼) 당신이 원하는 그 뭔가가 갑자기 일어나지 말란 법도 없다.

통통한 체구에 둥근 얼굴, 그리고 맑은 눈을 한 수녀가 작은 가방을 들고 기차에서 내렸다. "수고하세요." 열차 승무원들이 미소지으며 모자에 손을 올려 인사하자 수녀 역시 환한 미소로 화답했지만 승무원들은 수녀가 돌아서자마자 원래 표정으로 돌아와 밀린 수다를 계속했다. 수녀를 마중 나온 사람은 아무도 없었다. 아마 교회 일로 신학교를 방문하고자 여기에 왔으리라. 나는 내 곁을 스쳐 지나가는 수녀에게 가벼운 미소를 보냈다.

다음엔 싱글 양복에 넥타이를 느슨하게 맨 두 남자가 고급 서류가방을 들고 기차에서 내렸다. 중요한 업무를 처리하려고 필라델피아나 수도 워싱턴에서 도착한 변호사로 보였다. 둘 다 유대인이었고, 피곤해 보이는 그들의 얼굴에서 지금 그들에게 제일 필요한 것은 마티니 한 잔과 샤워, 깨끗한 침대, 그리고 텔레비전 영화임을 알 수 있었다. 두 사람은 대기한 택시에 곧 올라탔고 한 명이 이렇게 말했다. "오거스트."

금발 여인 두 명이 서둘러 기차에서 내리더니 깊은 포옹을 나눈 다음 각자 다른 차에 올라타고 어딘가로 곧 사라졌다. (운전사는 모두 남자였다.) 그런데 그들 중 한 명을 어디에선가 본 듯한 느낌이 들었다. 아마 오래전에 칵테일파티에서 만난 적이 있지도 모르겠다. 성격이 깐깐한 유부녀 로라일까? 가죽 같은 피부에 남자 같은 엉덩이, 그리고 빨간 실크 바지를 입었던 수잔나일까? 내 나이와 비슷해 보이는 그녀는 어쩌면 나의 진실을 알고 있는 전처의 친구일지도 모른다. 실제로 그 여자는 자신을 기다리던 그랑프리 자동차에 올라타 남자와 포옹하기 전에 약간 빈정거리는 시선으로 나를 쳐다봤다. 하지만 내 정체를 확실히 알아채진 못한 듯했다. 작은 동네에서 살다가 이혼할 경우 감수해야 하는 가장 큰 문제는 모든 여자들이 즉시 전처의 친구가 돼버린다는 데 있다. 실제 그들이 전처를 잘 알고 있든 아니든 말이다. 내가 과민해져서 하는 소리가 아니다. 남자로서 살아가기란 쉽지 않은 일이니까.

시간이 됐는지 이윽고 두 승무원은 짧은 인사를 나누고 각자 위치로 돌아갔다. 불빛이 어지럽게 교차하며 철로를 비추었고 기차에 타고 있는 승객들은 모두 다시 잠에 빠져들었다. 나도 이제 거의 집에 돌아가야 할 시간이 됐다. 가서 무엇을 해야 하나……

하지만 기차에서 마지막으로 내리는 승객이 있었다. 제법 예뻐 보이는 얼굴, 연한 황갈색 머리, 연약해 보이는 체구. '아무래도 이 마을 사람 같지 않아.' 그녀가 승강장에 발을 내딛을 때부터 강한 확신이 들었다. 그녀는 여윈 체구인데도 텐트 드레스*를 입고 한 손엔 버들가지로 만든 브라질 풍 바구니를(그 바구니엔 두툼해 보이는 니트 스웨터가 함께 묶여 있었다), 또 한 손엔 페이지 도처에 갈피표를 꽂은 책 한 권을 들고 있었다. (책 제목은『테디 루스벨트의 생애』였다.) 유쾌한 표정으로 방향을 가늠하려는 듯 턱을 치켜들고 주위를 둘러보던 그녀는 마치 펀자브**에라도 도착한 것처럼 킁킁거리며 공기를 마시더니 근처의 역무원을 향해 천천히 고개를 돌렸다. 아무래도 길을 물어보려는 모양이었다. 기차역 기둥에 기대선 채 봄날 저녁에 취해 졸고 있던 역무원은 아까 수녀가 걸어간

---

* 어깨에서 엉덩이까지 느슨하게 내려오는 허리 라인이 없는 옷.

** 인도 북부과 파키스탄 중북부에 걸친 광대한 지역.

길, 즉 나를 지나쳐 마을로 들어가는 길을 여자에게 알려줬다.

'택시'라는 말이 들려왔지만 두 사람은 텅 빈 주차장을 보고는 동시에 고개를 흔들었다. 내 자동차 말리부는 길 건너편 장난감가게 뒤에 있는 그늘진 무궁화 울타리 뒤편에 주차돼 있어 거의 눈에 띄지 않았다. 그런데 갑자기 두 사람이 동시에 나를 쳐다보는 게 아닌가. 둘이 뭔가 음모를 꾸민 모양이었다. 역무원이 말했다. "저기 신사분이 시내까지 태워다줄 겁니다. 여긴 신사들만 사는 동네죠. 강도를 만날 일은 절대 없을 거예요."

이런, 예상하지 못했다. 그들이 내 존재를 알고 있을 줄은!

여자가 뭔가를 요청하는 표정으로 나를 바라봤다. 나이는 나와 비슷해 보였다. 1960년대에 우리는 낯선 사람을 신뢰하라고 배웠고 또 여전히 그렇게 믿고 있다.

난 주머니에 손을 찌른 채 꼼짝도 하지 않았지만 마음속으로는 이미 준비 상태에 들어갔다. 늙은 허크처럼 내가 정직한 사람임을 보여주리라. 시내로 데려다주면 비록 늦은 밤이지만 칵테일을 함께 하자고 제안할지도 모른다. 아까 그 변호사들이 들어가 있을 어두운 오거스트 술집에서 말이다. 그후에 무슨 일이 일어날지 누가 알겠는가?

문득 주머니에 찔러넣은 손에 정체를 알 수 없는 종이가 닿았다. 지금까지 잊고 있었던, 삼분의 일로 접어 주머니에 쑤셔뒀던 가엾은 월터의 편지였다. 갑자기 우울한 기운이 내 전신을 강타하고 지나갔다.

이 여자는 월터의 누이다! 버드나무로 만든 바구니, 멋진 구두, 루스벨트의 자서전. 그녀는 조문이라는 의무를 이행하려고 벌써 여기에 왔다. 하지만 죽음 앞에서도 그리 슬퍼하지 않을 것처럼 보이는 저 사무적이고도 메마른 표정을 보라. 분명 저 여자는 코숙턴에서 몬테소리 강사 일을 하며 살아갈 것이다. 어디에 가든 항상 읽어야 할 도서 목록을 들고 다니는 여자일 것이다. 저 브라질 풍 바구니엔 틀림없이 NPR* 방송국의 프로그램 목록이 꽂혀 있을 것이다. 당황한 나는 좀 전에 그랑프리 자동차를 타고 떠나가버린 금발 여자가 몹시 그리워졌다. 아마 지금쯤이면 부활절에도 영업을 할 정도로 뻔뻔한 이탈리아 술집에서 술을 마시고 있겠지. 갑자기 그녀를 따라가야 했다는 후회가 밀려들었다. 술값은 내가 내도 좋다. 팁도 줄 수 있다. 그저 나를 저 여자와 함께 남겨두지만 말아달라. 그리하여 밤새도록 죽음에 대한 메마른 비통과 건조한 대화에 휘말려들지 않도록 해달라. (그녀가 실제 월터의 누이인지는 물론 확실치 않다. 하지만 아니라는 확신도 없다.) 내가 볼 때 저 여자는 성가신 일이 생겼다는 표정을 짓고 있다. 머뭇거릴 새가 없다. 저 여자와 얘기하느니 차라리 수중에 남은 돈과 직관을 믿는 편이 낫다.

"실례합니다." 여자가 다가오며 사무적인 목소리로 말을 걸었다. 나는 강하게 확신했다. 저 여자의 손은 차디차기만 할 것이다. 저 여자는 죽음을 단지 우리가 견뎌야 할 인생의 굴곡 중 하나로만 여길 것이다. 그 죽음이 비록 가족에게 일어났다 해도. 난 그녀의 바구니에 무엇이 들어 있는지 확인하고 싶지 않다. "죄송하지만 괜찮으시다면……"

기차가 비명을 질러댔다. 열차가 곧 출발한다는 마지막 종소리도 함께 울려 퍼졌다. "출발합니다!" 어둠에 가려 보이지 않는 승무원이 어디선가 큰 소리로 외쳤다. 기차가 비틀거리듯 움직였다. 나

---

*미국 공영방송.

는 나도 모르게 갑자기 기차로 뛰어들었고 그 바람에 부근에 있던 한 승객의 무릎을 차버리고 말았다. "죄송합니다." 나는 재빨리 사과했다. "이 기차를 꼭 타야 해서요."

내가 멀어지는 동안 여자는 눈만 깜빡거렸다. 뭐라고 말을 하는 듯했지만 분명 듣고 싶지 않은 말일 것이다. 밝은 햇살 아래 종일 뒹군다 해도 결코 머리에서 사라지지 않을 반갑지 않은 말일 것이다.

기차가 속도를 내기 시작하자 기차역 전등 불빛 아래에 있는 여자의 모습이 점점 흐릿해지고 작아졌다. 여자는 전혀 뜻밖이라는 표정을 지으며 (확실한 그 무엇이 불확실하게 변해버릴 때 사람들이 으레 취하게 마련인 그런 자세로) 그저 망연히 서 있었다. 아마 저 여자는 멀어지는 나를 당혹스럽게 쳐다보며 생각하겠지. 여기 사람들은 왜 내가 알던 곳과 다른 식으로 행동하는 걸까? 왜 이렇게 갑작스럽고 소극적인 태도를 취하는 걸까? 왜 교육받지 못한 사람처럼 예의 없이 구는 걸까? 신의 자식인데도 어떻게 남을 돕지 않을 수 있단 말인가? 아마 그녀의 생각이 옳을 것이다. 나도 혼란스럽기는 마찬가지다. 하지만 때로는 아예 어떤 기회도 취하지 않는 편이 낫다. 수많은 기회를 다 잡으려다가는 결국 영원히 끝나지 않을 것처럼 보이는 긴 밤을 원치 않는 사람과 보내야만 할지도 모르기 때문이다.

13

기차는 이리저리 흔들리고 덜컹거리며 어둑한 저지의 밤을 뚫고 앞으로 나아갔다. 깜박거리는 낡은 전등이 갈색 플라스틱 좌석과 오래된 창유리를 간신히 비추는 가운데 오래된 금속성 냄새가 복도를 가득 채우며 밀려와서는 곧 짐을 올려놓는 선반 위에 달라붙었다.

목적지가 어디가 될지는 나도 아직 모르지만 어쨌든 어딘가로 움직이고 있다는 사실에 안도감이 들었다. 나는 발을 뻗은 편한 자세로 앉아 어두운 창밖 풍경을 바라봤다. 에디슨, 메투헨, 메트로파크, 라웨이, 엘리자베스 같은 마을이 잇달아 기차를 스쳐 지나갔다.

어디에서 내려야 하는지, 내린 뒤 뭘 해야 할지 아무 생각도 나지 않았다. 앞으로 곤혹스런 일이 생길 수도 있겠지만 지금 나에게 가장 중요한 문제는 그 어떤 불길한 힘에서 탈출하는 것이었다. 설사 뉴욕에서 내려야 한다 해도 두렵지 않았다. 눈이 내리는 어느 겨

울밤, 나는 전처와 함께 전에도 이렇게 기차를 타고 〈포기와 베스〉*
를 보러 뉴욕에 간 적이 있다. 그때가 언제였던가? 오 년 전? 팔 년
전? 과거는 또다른 과거와 섞이게 마련이어서 나는 정확한 날짜를
크게 신경 쓰지 않는다. 평소 고담을 두려워했지만 오늘밤엔 전혀
두렵지 않았다. 오히려 비밀스런 연애에 딱 어울리는 한적한 시골
로 여겨질 정도였다. 오늘밤의 고담은 마치 내가 거의 모르는 여자
지만, 또 그리 좋아하는 여자도 아니지만 결국엔 나를 받아줄 한 명
의 여인 같았다. 변하지 않는 것은 없다. 그리고 우리는 변화를 갈
망한다. 솔직히 나도 잘 모르는 저지의 한 마을에서 내렸다간 뉴욕
에서 내렸을 때보다 더 당황스런 일을 겪게 될지도 모른다.

　같은 객차에 타고 있는 승객들은 대부분 깊은 잠에 빠져 있다.
익숙한 얼굴은 어디에고 보이지 않았다. 하지만 혹시 아는 사람을
만난다 해도 개의치 않을 것이다. 버트 브리스커라도 만난다면 말
동무로 더할 나위 없이 좋겠지. 그가 검토중인 책이나 유명한 작가
와의 인터뷰를 화제로 오래도록 수다를 떨 수 있을 것이다. 현대 소
설의 미래에 관한 그의 의견도 분명 흥미로울 것이다. (나는 공교
육이 우리를 완전히 좌초시키진 않았음을 확인시켜주는 이런 전문
적인 토론을 좋아한다.) 버트는 자기 분야에 조예가 깊고 그것은
나도 마찬가지다. 일단 전문 분야에 대해 이러쿵저러쿵 신나게 떠
들고 나면 우린 다른 대화는 거의 하지 않는다. 하지만 지금은 평범
한 대화라도 기꺼운 마음으로 하고 싶다. 내겐 그럴 기회가 부족했
기 때문이다. 운동선수를 비롯해 내가 잘 모르고 결코 알 수도 없으
며 게다가 토론하는 데 거의 관심이 없는 사람들과 어울려야 한다

---

* 미국 작곡가 거슈인의 오페라.

는 사실은 그다지 기분 좋은 일이 아니다. 스포츠 기자가 된다는 것은, 말하기엔 슬프지만, 혼자만의 생각으로 인생을 살아가야 한다는 것을 뜻한다. 타인의 생각은 그저 일부분에 지나지 않는다. 버트가 직장에서 해고되고, 페니나 애완견과 함께 오늘밤을 보내야 하고, 심야 유료채널을 봐야 하고, 책을 읽다가 잠들어야 하는 이유가 바로 이 때문이다. 악취가 나는 이 텅 빈 기차를 타고 항상 두려워했던 어둠의 왕국으로 나 홀로 떠나야 하는 이유 또한 바로 이 때문이다.

열차 승무원은 내가 앉아 있는 객차로 들어와 현금을 받고 기차표를 건네주면서 불신의 눈초리를 보냈다. 나는 그 이유를 알고 있다. 내가 예고도 없이 갑자기 기차에 올라탔기 때문이다. 월터의 누이에게 차를 태워주지 않았기 때문이다. 이 세상의 모든 것이 자기 자리를 엄숙히 지키는 이때에 마드라스 셔츠를 입고 만족스런 미소를 짓고 있는 내가 너무나 생뚱맞게 보였기 때문이다. 나는 선량한 승객처럼 미소를 지으며 서른도 안 되어 보이는 젊은 승무원을 안심시켰다. '난 자네의 신조를 위협하는 사람이 아냐.' 아니 어쩌면 그와 내가 공유할 수 있는 부분이 있을지도 모른다. 하지만 나는 그가 밤과 밤이 의미하는 모든 것을 싫어하고 있음을 눈빛에서 알 수 있었다. (불안정하고, 위협적이고, 불길하고, 또 평화롭지 않은 것들은 그가 책임지는 이 시끄러운 튜브 속에서 제거해야 할 대상이었다.) 나는 그에게 갑자기 나타난 불청객이었고 따라서 당연히 의심의 대상이 될 수밖에 없다.

차비를 꺼내던 중 월터의 편지가 다시 모습을 드러냈다. 달리 할 일이 없었으므로 나는 기차가 라웨이를 지날 무렵부터 비스듬히 비치는 전등 아래서 월터의 편지를 읽어나갔다.

프랭크에게

아침에 일어났을 때 난 뭘 해야 하는지 분명히 깨달았어. 확신이 들었지. 소설을 쓰는 거야! 어떤 소설이 될지, 또 읽어줄 사람이 있을지 모르겠지만 소설을 써야겠다는 생각이 마구 드는군. 읽어줄 사람이 있으면 좋고 없어도 상관없어. 뭔가 초월한 느낌이야, 기분이 아주 좋아!

일단 이렇게 써봤어. "에디 그라임스는 부활절 아침에 잠에서 깨어 한적한 교외의 기차역에서 들려오는 기적 소리에 귀를 기울였다. 그날 아침 처음으로 떠오른 생각은 다음과 같았다. '넌 점점 통제력을 잃고 있어.'" 어때 꽤 근사하지 않아? 에디 그라임스는 바로 나야. 즉 나에 대한 소설이지. 나만의 생각과 성향과 신조가 녹아 있는 글을 써볼 거야. 그런데 내 인생의 주제를 알아내기가 참 힘들더군. 자넨 누구나 할 수 있는 쉬운 일이라고 말할지도 모르겠지만 너무 어려워, 거의 불가능이라 여겨질 정도로. 오히려 남인 자네 인생의 주제를 알아맞히기가 더 쉬울 성싶네. 생각해보니 난 보수적이고 공정하면서도 정열적이고 창의적인 성격을 지닌 것 같아. (특히 공정한 성격은 투자은행가로선 더없이 괜찮은 자질이지.) 그런데 막상 본격적으로 소설을 시작하고 보니 정말 힘들군그래. 아무래도 어려운 길에 들어선 게 아닌가 싶어.

소설을 시작하는 좋은 방법 중 하나는 자살 노트 형식의 글이 아닐까 해. 주인공의 내면을 강하게 드러낼 수 있으니까 말이야. 이런 작법이 전에도 있었다는 건 나도 알지만 따지고 보면 뭐든 그렇지 않겠어? 소설도 내겐 새로운 분야였어, 안 그런가? 난 별로 걱정하지 않아.

　잠깐 나갔다 들어왔어. 시도해봤는데 자살 노트는 흥미로운 소설을 쓰는 데 별 도움이 안 되는 아이디어 같군. 앞으로 내가 또 무슨 변덕을 부릴지 나도 모르겠어, 하하. 그건 그렇고 내가 비행기 얘기를 음성메시지로 남긴 걸 사과하고 싶네. 너무 언짢아하지 않았으면 해. 아, 자네가 쓴 책을 읽어봤는데 읽고 나니 자네가 더 존경스럽군. 비록 우린 서로 잘 모르지만 난 늘 자네를 가장 친한 친구로 여겨.

　오늘 오전 일찍 욜란다에게 전화를 했어. 처음엔 받지 않더니 다음엔 통화중이기에 또 전화해봤는데 여전히 받지 않아. 참, 워런하고 있었던 일은 나름대로 정리를 끝냈어. 그와 보낸 시간은 참 멋졌어. 물론 그저 친구 사이로만 지내야 했다고 나도 인정해, 비록 그렇게는 못했지만. 하지만 뭐 어떤가, 욕할 테면 욕하라고들 해.

　베스트셀러 소설은 아니지만 자네가 이 편지를 끝까지 읽어줬으면 해. 난 지금 내가 하려는 일을 아주 잘 알고 있어. 실없는 소리가 아냐. 자살하려는 사람이 항상 미쳐 있는 건 아니잖아? 이런, 쓸데없는 소릴 했군…… 잊어버리게, 자네만큼 멀쩡한 사람은 없을 테니까. 내가 보증하지.

　프랭크, 한 가지 곤란한 문제가 있어. 내겐 숨겨둔 딸이 있네! 자네가 어떤 생각을 할지 잘 알지만 정말이야, 올해 열아홉 살이지. 그 아이가 태어난 해는 내가 대학 2학년 때, 그러니까 나 역시 열아홉 살이었을 때야! 딸의 이름은 수전이네, 수지 스미스. 현재 엄마와 함께 플로리다의 새러소타에 살고 있지. 그애 엄마

재닛은, 직업이 선원인지 고속도로 순찰 경찰인지 모르겠지만, 하여간 어떤 녀석과 같이 살아. 난 지금도 그 모녀에게 계속 돈을 보내주고. 마음 같아서는 한번 내려가서 딸을 위해 이 모든 일을 설명해주고 싶어. 아, 물론 나를 위해서도. 하지만 딸을 아직 한 번도 못 봤어. 그때 골치 아픈 일이 많았거든. 물론 지금은 서로 아무런 문제도 없지만 말이야. 난 그애가 참 가깝게 여겨져. 그래서 생각해봤는데 내 상황을 잘 설명해줄 사람은 아무래도 자네밖에 없을 것 같아. 그러니 내 딸을 좀 만나줄 수 있을까? 부디 내 부탁을 들어줘. 자네도 휴가는 가야 하잖아, 응?

오늘처럼 모든 일에 판단이 분명히 서는 날은 그리넬 대학 시절 이후 처음이군. 당시 나보다 기량이 더 뛰어난 신입생이 들어오는 바람에 내 레슬링 체급을 잘나가던 145파운드에서 152파운드로 올려야 했지. 레슬링을 그만두든지 체급을 올리든지 판단해야만 했어. 난 결국 체급을 올리기로 결정했고 그후 변경한 체급에서 우승까지 했네. 하지만 이전 체급만큼 잘하진 못했지. 당연히 자부심 역시 이전보다 못했고. 자부심을 느끼지 못하기는 지금도 마찬가지지만 그래도 난 내가 자부심을 느낄 만한 자격은 있다고 생각해.

마음을 담아
월터

마음을 담아? 부끄러운 줄이나 알라지. 그래, 마음을 담은 편지를 쓴 후 고작 한 일이 자기 머리를 날려버리는 것이었나? 내가 항상 궁금해하는 바는 어째서 잘 알지도 못하는 사람과 이렇게 엮여버릴 수 있느냐 하는 점이다. 만약 월터를 모르던 시절로 돌아갈 수 있다면, 월터에게 딸이 있다는 사실을 모르는 일로 할 수만 있다면 난 무엇이든 기꺼이 지불할 용의가 있다. 월터와 친하지 않았다면 얼마나 좋았을까. 그럼 그는 이 빌어먹을 편지를 보낼 친구가 없어 자신에게 닥친 문제를 스스로 해결했을 것이다. 그런 다음 소설도 완성할 수 있었겠지. 무엇보다 내가 그의 친구가 아니었다면 아직 살아 있을지도 모르는 일이다.

이 세상에 누가 그렇게 고상하고 신비로운 인생을 살아가고 있단 말인가? 우주인? 헤비급 챔피언? 우방기 강*에 사는 부족? 심지어 나이 든 보소볼로조차(연애를 하는 이유도 이 때문이겠지만) 불확실한 상황에서 학위를 얻으려고 노력하고 있다. 나는 월터가 내 앞에 있다면 당장 때려눕히고 싶은 심정이었다.

월터는 (만약 알았다면) 밀러 부인을 방문할 수도 있었고, 밤에 카탈로그를 읽을 수도 있었으며, 조니 카슨 쇼를 시청하거나 백 달러를 들여 창녀와 즐길 수도 있었다. 살아 있어야 할 이유를 대라고 한다면 수천 가지도 넘는다. 자살하지 않을 이유를 들 수 없다면 이 세상의 존재 이유가 무엇이겠는가?

만약 내가 월터였다면 골치 아픈 문제는 일단 제쳐놓고 아예 비미니에 있는 욜란다를 만나 일을 해결하거나 옐로스톤으로 캠핑을 가서 요트라도 탔을 것이다. 지금의 내겐 이제 이런 일들도 엄청난 사치다. 오직 친구가 끔찍한 죽음을 맞았다는 말도 안 되는 현실만 손에 쥐고 있을 뿐이다. 일단 생각나기 시작하면 머리에서 사라지지 않고 평생 나를 따라다닐 우울한 현실 말이다.

그리고 딸? 안 된다. 나에게도 딸이 있다. 언젠가 월터의 딸은 부

---

* 중앙아프리카에 있는 강.

친의 죽음을 어떻게든 설명해달라고 요구해올 것이다. 솔직히 말해 난 단지 그 점만이 신경 쓰였다. 그 대답을 내가 해줘야 하기 때문이다. 월터에게 일어난 일은 순전히 월터 탓이다. 유감이지만, 우리와 마찬가지로 월터 역시 수많은 기회를 갖고 있었다.

이제 기차는 무성한 목초지를 지나 고담으로 향하는 터널을 통과하기 시작했다. 모든 빛이 사라지자 보이는 건 오직 유리창에 비친 내 얼굴뿐이다. 캄캄한 우주의 한가운데로 떨어져나온 느낌, 무서운 꿈을 꾸는 느낌이 들었다. 나는 이혼 후에 이와 비슷한 악몽을 꾼 적이 있다. 공포와 흥분, 죄의식이 뒤엉킨 상태에서 내가 모르는, 그리고 만져서는 안 되는 사람과(그 사람은 바로 여자였다, 맙소사) 반드시 몇 시간이고 누워 있어야 하는 꿈이었다. 무서운 꿈이었지만 모든 남자가 이따금 그런 꿈을 꾼다는 사실을 알았다면 그렇게까지 놀라진 않았을 것이다. 실제로 육 개월 정도 지나자 이런 꿈에도 제법 익숙해져서 단 오 분 만에 다시 잠들 수 있었다. 일어나보면 비록 바닥에 떨어져 있진 않았지만 마치 요동치는 바다 한가운데에서 구명보트에 악착같이 붙어 있는 사람처럼 침대 한쪽 끝에 위태롭게 누워 있었다. 좋은 일이든 나쁜 일이든 익숙해지게 마련이며 그것도 나이를 먹어가면 자연히 사라진다.

기차는 십 분 후에 펜 역에 정차했고 나는 자리에서 일어나 불빛이 환한 로비를 지나 기차역 밖으로 빠져나왔다. 조금 전의 불안한 마음은 길거리의 노숙자와 부활절 귀가를 서두르는 사람들을 바라보는 동안 조금씩 희미해져갔다. 바람이 잔잔하게 부는 7번가에서 뉴욕의 부활절 야경을 잠깐 감상하다가 문득 시계를 들여다보니 열시 십오분이었다. 하지만 앞으로 뭘 해야 할지 여전히 판단이 서지 않았다.

도착한 곳에 불만은 없었지만 놀랄 만큼 빠른 속도로 질주하는 택시와 번쩍거리는 불빛, 도시의 소음 때문에 막연한 불안에 휩싸였다. 음울하고 공허한 공기, 미친 듯이 달려왔다가 금방 사라지는 자동차. 7번가와 34번가가 교차하는 거리에서 나는 왠지 모를 낯설음을 느끼며 도심을 둘러봤다.

사람들이 국화 전시회 감상을 끝내고 식물원에서 쏟아져나왔고 나는 그 사람들 사이에 서서 길 건너편에 있는 스태틀러 호텔의 불빛을 멍하니 바라보았다. 문득 (적당한 장소와 시간을 전제로) 여기처럼 화려하고 복잡한 도시라면 맘 놓고 웃어대거나 (잠깐이라면) 말이 아닌 행동(그러니까 평소라면 결코 엄두도 내지 못했을 그런 행동)으로 자기 기분을 드러낸다 해도 사람들에게 용인받을 수 있지 않을까, 또 반대로 도저히 참을 수 없는 수준만 아니라면 타인의 일탈적인 행동 역시 용인해줄 수 있지 않을까 하는 생각이 들었다. 이는 도시가 아닌 교외에 사는 사람이 지금까지 자신을 둘러싸고 있던 고요한 교외의 공기가 갑자기 낯설게 다가올 때 품게 되는 감정이다. 이와 같은 감정은 우리가 살아가는 시간 동안 문득문득 고개를 내미는데 바로 그 순간이야말로 한 개인에게 있어 새로운 시기가 시작되는 분기점이라 해도 과언이 아니다. 또한 내 나이에 이르러서도 이런 변화를 겁내고 두려워한다면 분명 당혹스런 일이다.

나는 잠시 생각에 잠겼다. 아주 잠깐 주어진 이 판단의 순간에 어떤 결정을 내려야 좋을까? 만약 저기 보이는 계단을 다시 뛰어내려가 집으로 돌아가는 기차 안에서 잠을 청하지 않을 작정이라면 내가 할 수 있는 일이 무엇일까?

하지만 이 도시가 충족되지 못한 내 욕구를 기꺼이 받아줄 준비가 되어 있음에도 나의 대답은 역시 내겐 복잡한 삶을 살아가는 진정한 도시인의 자질이 부족하다는 것이었다. 나는 빈 택시를 잡아타고 회사가 있는 56번가로 향했다. 지금으로선 한두 가지 사실을 왜곡하는 셈이 되더라도 황폐함의 상징이 되어버린 허브를 뭔가 더 나은 존재로 탈바꿈시키는 글을 쓰는 일 외엔 달리 선택의 여지가 없었다.

내 사무실이 있는 22층은 떠들썩한 고함 소리로 가득했다. 엘리베이터에서 내려 사무실로 발걸음을 옮기는데 직원들의 논쟁 소리가 선명히 들려왔다. "그래, 좋아, 좋았어!" "아니, 아니, 아니야. 얼마나 끈질긴 선순데. 고집도 엄청 세다고." "난 그렇게 생각 안 해. 아마 엄청 후회하게 될걸. 두고 봐. 거짓말 아냐!" 직원들은 선수 분석에 한창이었다. 미식축구 리그의 드래프트 마감 시한이 열흘 앞으로 성큼 다가오자 전략회의가 열린 모양이다.

나는 열띤 논쟁이 한창인 회의실을 잠깐 들여다보았다. 커다란 포마이카 테이블에 햄버거 봉지와 재떨이, 종이컵, 그리고 두꺼운 공책이 놓여 있고 컴퓨터 스크린에는 추려놓은 선수 명단이 떠 있었다. 벽 쪽에 따로 마련한 화이트보드도 눈에 들어왔다. 신입으로 보이는 직원들이 한 줄로 따로 앉아 있는 가운데 미식축구와 관련된 전 직원이 자욱한 담배 연기도 아랑곳하지 않고 비디오에 등장하는 선수들의 동작 하나하나를 날카로운 눈으로 지켜보고 있었다. (그중엔 여자 직원도 있었지만 낯익은 얼굴은 아니었다.) 이는 회사 내 전문 기자들이 프로팀에 뽑힐 대학 선수 마흔 명을 나름의 기준에 따라 순서대로 정하는 작업으로, 월드시리즈와 함께 일 년

중 가장 중요한 전략회의다. 이제는 아니지만 나도 한때 전략회의에 참석해 지금처럼 내가 좋아하는 선수의 이름을 큰 소리로 호명하곤 했는데 이는 매우 귀중한 경험이었다. 예일과 보든 대학을 졸업한 젊은 기자, 연구원, 인턴사원 들은 직장 선배가 일을 어떻게 처리하는지, 실제 작업은 어떻게 진행되는지 지켜보며 경험을 쌓아간다. 베테랑 기자들은 보통 회사 근처의 일식집에 앉아 술을 마시며 일을 처리하지만 오늘처럼 특별한 회의가 열리는 날엔 갖고 있던 자료를 죄다 꺼내놓고 다른 직원들과 함께 예상 가능한 모든 시나리오를 검토한다. 그것이 마치 진정한 민주주의라도 되는 양 말이다. 회의가 끝나면 자기 자신과 축구, 그리고 이 세상에 대한 자신감에 넘쳐 3번가의 술집들을 전전하면서 때로는 새벽까지 술을 마신다. 그러다 아홉시가 되면 회사로 돌아와 커피를 탄 뒤 피곤한 얼굴로, 하지만 매우 만족스런 표정으로 각자 책상으로 돌아가 보고서를 작성하는 것이다.

나는 스포츠 기자 생활을 하면서 이름만 대면 누구인지 금방 알 수 있는 유명한 소설가나 작가, 수필가, 심지어 시인도 많이 봐왔다. 큰돈을 받고 특정 과제를 맡은 이들은 회사에서 내준 사무실에서 발을 걸친 편안한 자세로 때로는 허풍을, 때로는 농담을 늘어놓으며 자신의 의견을 큰 소리로 피력하곤 했다. 그리고 마치 정말 같은 팀 동료라도 된 양 친근하게 어울리면서 회사 직원들이 궁금해하는 사항에 조언을 아끼지 않았다. 하지만 난 그들의 눈빛 속에서 한편으론 왠지 모를 불안감과 외로움을 엿볼 수 있었다.

그렇다, 그들이 소속감을 느끼려고 애쓴다 해서 누가 비난할 수 있을 것인가? 모든 작가는 소속을 필요로 한다. 왜냐하면 정말 안타깝게도 오직 진정한 작가만이 단 한 명뿐인 클럽의 회원이 될 수 있기 때문이다.

회의에 참석한 직원들은 아이오와 주립대학 출신의 덩치 큰 폴란드 계 선수와 인상이 험상궂은 조지아 주 침례대학 출신의 흑인 선수를 두고 누가 기량이 더 나은지 논쟁을 벌였다. 모두 운동감각이 뛰어난 훌륭한 선수이다. 19번 유니폼을 입은 흑인 소년이(참석자들은 그를 '살인자 타이론'이란 별명으로 불렀다) 호리호리한 백인 소년을 장난삼아 가격하자 사람들의 눈이 일시에 쏠렸다. 일반인이라면 틀림없이 큰 충격을 받았겠지만 맞은 소년은 자리에서 금방 일어났다. 동료들이 있는 곳으로 뛰어가는 동안 '살인자 타이론'은 백인 소년의 엉덩이를 툭툭 건드렸다.

"저 자식, 저게 무슨 짓이야!" 누군가가 큰 소리로 외쳤다. "거기다 순발력도 없으면서 엄청 느릿느릿 움직이는군." 레드삭스 모자를 쓰고 시가를 꽉 물고 있던 편집장 에디 프리더가 이마를 찌푸리며 고개를 가로젓더니 컴퓨터가 있는 곳으로 자리를 옮겼다. 그는 이 회의의 팀장이지만 언뜻 봐서는 누구도 잘 알아채지 못할 것이다. 젊은 직원들 사이에서 이런저런 말들이 튀어나왔다. 두 직원은 살인자 타이론이 엉덩이를 치는 동작에 불쾌감을 표시했다. 그를 데려가려는 프로팀에서 좋지 않게 생각할 수 있다고 말하는 이가 있는가 하면 어떤 이는 그저 성격이 쾌활하다는 것을 보여주는 장면일 뿐이라며 대수롭지 않게 여겼다. "2라운드에서도 여덟번째 순위 이상은 힘들 것 같군." 동조하는 말이 군데군데에서 흘러나왔다.

"프랭크, 자네는 어떻게 생각하나?" 에디가 반쯤 숨어 있던 내게 아는 체를 하며 물었다.

모든 직원의 눈이 마드라스 셔츠에 치노 바지를 입고 서 있는 나에게 쏠렸다. 그중 두 녀석은 들고 있던 연필을 내려놓고 멍하니 쳐다보기만 했다. 나는 원래 회의에 참석하기로 돼 있지 않았다. 에디 역시 내가 축구를 그리 좋아하지 않는다는 사실을 알고 있다. 비록 회의에서 도출한 결론을 종합해 기사로 써내고 거기에 아버지의 알코올중독이 자신에게도 유전되지 않을까 걱정하는 살인자 타이론의 보조 기사를 작성하는 일도 내 몫이 될 테지만 말이다.

"아칸소 A&M 대학에 있는 하와이 출신 친구가 몇 가지 소식을 알려주더군요." 내가 말했다. "그런 문제로 말썽을 일으킨 적이 벌써 네댓 번이나 된대요. 툭툭 건드리는 짓 말이죠."

"역시!" 네 명이 동시에 큰 소리로 외쳤다. 머리를 흔드는 사람, 눈을 깜빡이는 사람, 타이론의 이전 기록을 살펴보는 사람이 있는 가 하면 화면을 되돌려 타이론의 태클 장면을 몇 번이고 관찰하는 사람도 있었다. 직원들의 그런 모습을 보며 나는 새삼 내가 회사에 서 좋아할 만한 기삿거리를 결국 디트로이트에서 얻어오지 못했음 을 인정해야 했다. "덴버와 마이애미에서 이 녀석을 지명 선수로 올려놨군." 에디가 자기 공책을 쳐다보며 무뚝뚝하게 말했다.

이어 누군가가 날카로운 목소리로 말했다. "마이크, 다음 선수들 도 살펴봐야지. 백만 달러짜리가 있다고!"

"이만 가보겠습니다." 나는 에디에게 손을 흔들어 인사한 후 내 자리로 미끄러지듯 걸어갔다.

책상, 타이프라이터, 비디오 콘솔, 명함, 여벌로 걸어놓은 셔츠. 옆 창문으로 어두운 도시가 내다보였다. 내 자리엔 사진도 붙어 있 다. 메츠 경기가 비로 순연된 날 찍은, 우산 아래서 함박웃음을 짓 고 있는 폴과 클라리사의 사진이다. 전처와 클라리사는 이혼하기 육 개월 전에 방문했던 식스 플래그 놀이공원의 티셔츠를 입고 있다. (사진 속에서 전처는 매우 행복한 표정을 하고 있다.) 생일선물로 받은 조랑말 모형에 올라탄 랠프는 몹시 지루해하는 얼굴이다. 가족사진뿐 아니라 허브 월러거의 사진도 있다. 디트로이트 팀의 헬멧을 쓴 사진과 월드레이크를 배경으로 휠체어에 앉아 있는 사진 두 장이다. 머리를 단정히 빗고 휠체어에 앉아 있는 허브가 카메라를 향해 미소 짓고 있다. 하지만 헬멧을 쓴 사진에서는 그저 전형적인 운동선수일 뿐이다.

나는 가장 먼저 머리에 떠오르는 것들(문장이나 구절, 개념, 그밖에 의미를 보충해주는 단어 등)을 적어 내려갔다. 과거 소설에 몰두했을 때는 보통 한 문장(하지만 아직 적어놓지 않은 문장이었고 그 내용도 처음 떠오른 생각이 아니었다. 첫번째로 떠오른 생각은 단지 글을 풀어나가는 단서로만 활용했으니까)을 두고 몇 시간이나 고민하곤 했다. 하지만 스포츠 관련 기사를 쓰면서부터는 내 글이 어떻게 보일까, 혹은 의미가 통하긴 할까 하는 문제는 그리 중요하지 않다는 것을 깨달았다. 어차피 누군가가(예를 들면 론다 마투작이) 인쇄하기 전에 자신이 좋아하는 문장으로 고쳐 쓸 것이기 때문이다. 그래서 나는 무슨 생각이 들던 이를 바로 글로 옮기는 습관을 들였고 동시에 그렇게 쓴 글이라 하더라도 내가 말하고자 하는 진실을 어렵지 않게 표현할 수 있음을 또한 알게 됐다. 결국 나는 글을 고치는 과정을 전혀 거치지 않고 글을 써냈다. 만약 내가 새로운 단편소설을 쓰게 된다면 이런 기법을 적용해볼 생각이다. 예를 들면 빈민가의 술주정뱅이로 전락한 미국의 한 하키 선수가 더블 A팀에서 재활에 성공해 사십 개의 골을 기록하며 퀘벡 노르디케의 주장 자격으로 스탠리컵*을 높이 치켜든다는 그런 이야기 말이다.

허브 월러거에 대해 나는 이렇게 썼다. 제한된 가능성.

나는 잠시 글쓰기를 멈추고 첫번째 뉴욕 여행을 떠올렸다. 1967년 가을에 민디 레빈슨과 나는 친구의 차를 빌려 타고 밤새 앤아버에서 뉴욕으로 달렸다. 뉴욕 대학에서 있을 로스쿨 면접에 참석하기 위해서였다. (해병대를 제대한 뒤 짧은 휴식기가 있었는데 난 그때 변호사 사무실이나 FBI에서 무척 일하고 싶어했다.) 민디와 나는 부부 행세를 하면서 렉싱턴 가의 앨버트 픽에 머물다가 IRT**를 타고 그리니치빌리지로 가서 청동으로 만든 결혼반지를 산 다음 침대에서 뒹굴거나 텔레비전을 봤다. 다음날 아침, 나는 일찍 택시를 타고 워싱턴 광장에 도착해 꼼꼼하게 나를 살피는 면접관을 만나 최대한 성실하게 면접에 응했다. 사실 면접관은 기껏해야 로스쿨 상급생에 불과했겠지만 내 눈엔 법률 방면에 자질이 대단한 천재처럼 보였다. 하지만 나는 그가 던진 질문 중 어느 하나에도 제대로 답하지 못했다. 전혀 생각도 못한 질문들이었기 때문이다. 앤아버로 돌아오면서 미리 준비해뒀던 질문이 나왔다면 얼마나 좋았을까 하고 아쉬워했다. 그러면서 혹시 합격했다 해도 법률 평론지나 편집하는 신세가 됐을 거라고 자신을 위로했다.

당연한 결과지만 난 뉴욕 대학은 물론 지원했던 다른 로스쿨에도 들어가지 못했다. 지금도 워싱턴 광장을 지날 때면 당시가 생각나 약간의 후회와 아쉬움이 밀려든다. 만약 로스쿨에 합격했다면 어떤 일이 벌어졌을까? 내 인생은 어떻게 바뀌었을까? 알 수 없는 일이지만 몇 가지 사소한 차이는 있을지언정 결국엔 원래 예정된 코스(이혼, 자녀, 직업의 변화, 하담 같은 지역에서의 생활)로 흘러

---

* 프로아이스하키 리그의 우승팀에게 주는 트로피.
** 과거 뉴욕에서 운행한 지하철 서비스.

가지 않았을까 하는 생각이 든다. 다소 섬뜩한 결론이지만 이렇게 생각하면 분명 어느 정도 위로가 된다.

나는 다시 이렇게 적었다. 허브 월러거는 더이상 운동을 하지 않는다.

이번엔 지금 이 시간에 내가 전화를 걸 수 있는 사람이 누가 있을지 생각한다. 오후 열시 사십오분. 프로비던스엔 다시 전화할 수 있는 시간이다. 전처도 떠올려봤지만 아까 전처의 집에서 들려온 소리로 미루어봐선 이미 포코노스*나 다른 곳으로 가는 중일지도 모를 일이다. 뉴햄프셔의 민디 레빈슨이나 부모님 집에 있는 비키도 가능하다. 아니면 지금은 일곱시 사십오분밖에 안 되었을 미션 비에조의 어마도 괜찮다. 아, 클래리스 월러거도 있다. 왜 자신에게 이런 일이 일어났는지 심란해하며 밤늦도록 잠을 이루지 못하고 있을 테니까. 어쩌면 방금 떠올린 사람 모두가 가능할 것이다. 하지만 나는 잘 알고 있다. 이들 중 그 누구도 나와 얘기하기를 특별히 좋아하거나 원하지 않는다는 사실을.

나는 다시 허브의 글로 되돌아왔다. 허브 월러거가 세상을 보는 법. 되도록이면 피하고 싶은 현실이 항상 당신을 노려보고 있다.

"안녕하세요." 뒤에서 경쾌한 목소리가 들려왔다.

돌아보니 한 여자가 서 있다. 자신감이 넘치는 환한 얼굴, 옅은 금발, 사립학교 여학생처럼 양 갈래로 땋아내린 머리, 튤립처럼 깨끗한 피부, 긴 손가락, 카키색 치마바지, 탐스런 가슴을 감춘 면 블라우스.

"안녕하세요." 나도 미소로 답례했다.

치마바지 아래로 드러난 건강한 발목이 눈부시게 아름다워 나는

---

* 펜실베이니아 주 북동부에 있는 휴양지.

눈을 어디에 둬야 할지 몰랐다. 물론 그녀의 큰 웃음은 이렇게 말하고 있었지만. '좋을 대로 보셔. 본능에 따라서 말이지.' "프랭크 배스컴이죠? 그렇죠?" 뭔가를 안다는, 어떤 비밀을 알고 있다는 미소다.

"그렇소." 되도록 친근한 표정을 지으며 내가 말했다.

눈은 초롱초롱 빛났고 눈썹은 보기 좋게 자리 잡고 있었으며 존경의 빛이 서린 얼굴엔 어두운 구석이라곤 전혀 없었다. (최고의 뉴잉글랜드 기숙학교에서 배웠을 법한 예의와 제대로 된 격식이 엿보였다.) 여자는 자기 뜻을 오해 없이 그대로 전하기만 바랄 뿐, 그 이상은 전혀 기대하지 않는다는 표정을 지었다. "방해해서 죄송해요. 여기 들어온 뒤로 꼭 한 번 만나뵙고 싶었거든요."

"여기에서 일하나보군요." 사실은 부정직한 말이었다. 나는 그녀가 우리 회사에서 일하고 있다는 사실을 이미 알고 있다. (불과 십분 전에 회의실에서 본 것은 물론) 한 달 전 복도에서 마주쳤으며 무엇보다 그녀가 회사 일에 적합한 자질을 갖고 있는지 알아보려고 신상명세서까지 상세히 살펴봤던 것이다. 그녀는 다트머스 대학 출신의 인턴사원이었는데 이름이 멜리사인지 케이트인지 기억나지 않았다. 그리고 내가 그랬던 것처럼, 한때 그녀와 어퍼 이스트 사이드*에서 동거한 후 과연 결혼이 현명한 결정인지를 놓고 같이 숙고했을 다트머스 동창생 남자도 그녀의 아름다움을 몰라봤음에 틀림없다. 그녀의 가족은 매사추세츠 주 밀턴 출신으로, 이름이 잘 기억나지 않는 그녀의 부친은 하버드 대학에서 운동선수로 이름을 날렸고 지금은 정치인으로 활동하고 있다. (또한 우리 회사 상사의

---

* 뉴욕 시 맨해튼의 센트럴파크와 이스트 리버 사이에 있음.

친구이기도 하다.) 땅딸한 체구, 습관처럼 흔들거리는 어깨, 호전적인 전사 기질을 풍기는 그의 외모는 지금도 쉽게 떠올릴 수 있다. 그는 하버드 대학에 들어간 후 운동부에서 두 팀이나 가입했는데 아마 그의 가족 중 선수로 이름을 날린 사람은 그가 유일할 것이다. 그리고 바로 여기 그의 딸이 환한 표정을 지으며 내 앞에 서 있다. 이력서에 의학이나 '버몬트와 뉴햄프셔의 지역정치학'에도 관심이 있다고 적어놓은 그의 딸이다.

카약 선수처럼 건강하고 보스턴 사투리를 구사하며, 어느 정도 세상사를 경험한 여자가 홀연히 내 앞에 나타나는 것은 분명 자주 있는 일이 아니다. 과거의 남자친구는 지금쯤 아버지의 보트를 몰고 다니며 놀고 있거나 하노버*에서 열심히 공부하고 있을지도 모른다. 그는 이 여자의 순수한 아름다움을 깨닫지 못했거나(틀림없이 후회할 것이다), 자신과 맞지 않는다고 생각했거나(더 얌전한 아가씨를 선호했을 것이다), 아니면 자기 진로에 도움이 되는 더 나은 배경을 원했을지도 모른다. 사람들은 이런 실수를 자주 한다. 그렇지 않다면 우리 중 누가 나처럼 새로운 날을 맞이할 수 있겠는가?

"아까 회의할 때 저도 있었어요." 멜리사 또는 케이트가 말했다. 그녀는 복도 쪽으로 고개를 돌리며 몸을 기댔다. 엘리베이터로 사람들이 몰려가는 소리가 들려왔다. 귀 부근의 짧은 머리를 만지작거리며 여자가 말했다. "제 이름은 캐서린 플라어티예요. 이번 봄에 인턴사원으로 들어왔죠. 다트머스 대학을 나왔고요. 일을 방해할 생각은 없었어요. 정말 바쁘신 것 같네요." 여자는 이번에도 비밀을 간직한 미소를 슬쩍 흘리며 다시 머리를 만지작거렸다.

---

* 뉴햄프셔 소재. 다트머스 대학이 있음.

"솔직히 말하자면 바쁘고 싶어도 그럴 일이 별로 없소." 나는 의자를 뒤로 밀며 손으로 이마를 만졌다. "잠깐이라면 괜찮아요."

그녀가 다시 미소 지었고 그 미소는 이렇게 말하고 있었다. 당신은 괜찮은 사람 같네요. 하지만 오해하지 않았으면 해요. 나 역시 안심하라는 미소를 보냈다.

"잡지에서 선생님 글을 읽은 적이 있어요. 정말 멋지더군요."

"배려심이 대단하군요." 나는 마음씨 좋은 아저씨처럼 웃어줬다. "나름대로 좋은 글을 쓰려고 노력하지요."

"전 배려심이 많은 사람이 아니에요." 그녀의 눈이 번득였다. 활발하면서도 도전적인 매력이 드러났다. 여차하면 비꼬는 말도 서슴없이 할 것 같았다.

"아니, 오해 말아요. 당신 성격이 어떤지 나도 모르지만 어쨌든 그렇게 말해줘서 고맙다는 뜻이니까." 나는 비키가 주먹으로 때렸던 턱을 손바닥으로 부드럽게 어루만졌다.

"그렇다면 됐구요." 그녀는 여전히 내가 아주 좋은 사람이라는 것을 인정하듯이 미소를 지어 보였다. 모든 정보는 미소 속에 숨어 있다.

"아까 회의는 어땠어요?"

"아주 재미있었어요. 결국 그래프고 뭐고 다 집어 던지고 그저 직감으로 결정하더군요. 고함 소리도 난무했구요. 좋았어요."

"우린 보이지 않는 요소까지 놓치지 않으려고 노력합니다. 처음 일을 시작할 땐 여기 사람들이 어떻게 하나같이 옳은 판단을 내릴 수 있고 또 뭐든 훤히 알고 있는지 무척 궁금했죠." 나는 새삼 내가 중요한 인생의 진리 하나를 알고 있다는 생각에 만족함을 느꼈다. 물론 여기 있는 캐서린 플라어티가 나보다 적게 안다고 생각할 이유는 전혀 없다. 비록 나이는 어려도 눈매만은 아주 날카로워 보였으니까.

"졸업하자마자 이 일을 해보려고 마음먹었나요?" 나는 내심 '네, 바로 그래요'란 대답을 기대했다. 하지만 캐서린은 즉시 심각한 표정을 지었다. 실망을 주기 싫다는 듯.

"얼마 전까지만 해도 의학 공부를 했어요. 하지만 이 일도 해보고 싶었죠. 괜찮은 직업이 아닐까 항상 생각해왔거든요." 캐서린은 내가 가장 민감한 분야를 건드리기라도 한 것처럼 상당히 심각해졌다. 지금 그녀에게 필요한 건 혹시 진로를 정하는 데 도움이 되는 강력한 조언일까.

"동생은 보든 대학에서 하키를 했어요." 뜬금없이 그녀가 덧붙였다.

"어." 사실 큰 관심도 없으면서 나는 진지한 표정으로 말했다. "그러고 보니 의사도 잘 어울릴 것 같군요." 한편으론 웃음이 나왔지만 손가락으로 팔걸이를 톡톡 치며 짐짓 심각한 표정을 지었다. "아주 좋은 선택 같아요. 가장 유용한 방식으로 타인의 삶에 동참하는 방법이니까. 참 가치 있는 일이죠. 하지만 난 스포츠 기자 일도 그와 똑같이 가치 있다고 생각해요." 갑자기 상처가 난 무릎에 통증이 느껴졌다.

"어쩌다 스포츠 기자가 되셨죠?" 캐서린은 중요하지 않은 일에 시간을 낭비하는 사람이 아니었다. 아마 부친이 잘 가르친 덕분이리라.

"사실대로 말하면 뭘 해야 할지 난감해할 때 부탁을 받았어요. 목표를 잃고 이런저런 생각이 많을 때였죠. 소설도 생각해봤지만 내가 진정 원하는 일은 아닌 것 같더군요. 어쨌든 소설을 그만두고 이 일을 할 수 있어 매우 기뻤습니다. 지금도 후회하지 않아요."

"소설을 쓴 적이 있어요?"

"아뇨. 하지만 마음만 먹었다면 그랬을 겁니다. 난 치버나 오하라* 같은 재능이 없다면 소설을 내도 아무도 읽지 않으리라 걱정했죠. 뭐 그야 알 수 없는 일이지만. 그런데 오히려 이 직업을 선택한 후로 독자가 더 많이 생겼고 명성도 어느 정도 얻었어요. 물론 다른 중요한 문제에 더 신경 쓸 수도 있게 됐고 말이죠."

"선생님의 글을 읽어보면 중요한 뭔가를 보여주려고 애쓰시는 것 같아요. 전 그럴 수 있을지 의문이에요. 성격이 너무 냉소적이라서."

"캐서린은 아마 냉소적인 사람이 아닐 겁니다. 내 말을 믿어도 좋아요. 나도 똑같은 고민을 했으니까. 여기 있는 사람들 대부분은 그런 걱정조차 하지 않죠. 기계적으로만 일하는 사람도 있을 정도예요. 혹시 원한다면 이상 신호를 알아내는 방법을 배워보도록 해요. 그건 내가 알려줄 수도 있어요. 지금 당장이라도." 무릎과 함께 심장이 뛰기 시작했다. 내가 너의 선생님이 될 수 있게 해줘.

"이상 신호라뇨?"

"냉소적으로 변한다는 이상 신호 말입니다."

"말씀해주세요."

"우선 그런 문제를 전혀 고민하지 않는다면 그 자체로 이상 신호라고 할 수 있죠. 하지만 당신은 이미 고민하고 있으니 문제없어요. 또 자신이 쓰는 기사의 주인공에게 연민을 느낀다면 그것도 이상 신호예요. 왜냐하면 그다음에 연민을 느낄 사람은 바로 자기 자신이니까. 그럼 문제가 정말 커집니다. 자신이 비극을 당한 사람의 처

---

* 둘 다 미국 소설가.

지처럼 느껴진다면 소외감을 느끼게 되고 그럼 냉소적으로 변할 수 있거든요. 나는 글을 쓰다가 혹시라도 그런 기분이 들면 실수를 인정하고 아예 처음부터 새로 글을 써요. 이런 식으로 글을 쓰면서부터 냉소적인 태도를 피할 수 있었죠. 반대로 진정한 작가는 항상 소외감을 느끼는 법입니다. 그렇다고 고백하는 작가의 글도 봤어요."

"의사도 그런 소외감을 느낄까요?" 캐서린이 근심 어린 표정을 지었다. 순간 나는 핀처와 그 빌어먹을 작자의 인생이 떠올랐다.

"그렇다 해도 의사가 그 문제를 어떻게 피해가는지 난 몰라요. 우선 의과대학에서 공부하다가 그쪽보다 여기 일이 적성에 맞다 싶으면 다시 돌아와요. 전혀 문제 없을 테니."

캐서린은 눈을 깜빡이며 최고의 미소를 보냈다. 미소 지을 때 드러난 치아가 전등 불빛을 받아 오팔처럼 반짝거렸다. 지금 여기엔 우리뿐이다. 사방을 둘러봐도 아무도 없다. 모든 책상이 비어 있다. 리셉션 자리도, 엘리베이터가 늘어선 곳도. 사랑이 싹틀 수 있는 완벽한 조건이 아닌가. 우린 많은 것을 서로 나눌 수 있다. 나에 대한 그녀의 존경심, 그녀의 미래에 대한 나의 조언, 그녀에 대한 나의 호감, 내 의견에 대한 그녀의 존중. (아마 부친과 라이벌이 될지도 모르겠다.) 내가 그녀보다 나이가 두 배나 많다는 사실은 잊어버리자. 이 나라에선 너무 많은 부분을 나이를 기준으로 평가한다. 현재와 죽음 사이에서 뭔가 좋은 일이 없을까 고민하는 유럽인은 이런 우리를 등 뒤에서 비웃는다. 캐서린과 나는 단지 공통점이 많고 생각도 비슷하며 서로 주고받을 것이 많은 사이일 뿐이다.

"정말 대단해요." 캐서린이 감탄하며 말했다. "그야말로 낙관론자시네요, 아버지처럼. 그 말을 듣고 나니 걱정이 거의 사라지는 기분이에요." 그녀는 자기 말이 진심이라는 표정을 지었다. 난 더 나은 조언을 들려줄 기회를 놓치지 않았다.

"나 스스로는 현실주의자라고 생각하길 좋아하죠. 우리에게 일어날 일들이 실제로 일어나면 그게 바로 현실이 됩니다. 난 그저 내가 가진 능력에 따라 이를 최선의 방법으로 조절하려고 노력할 뿐이에요." 말을 마친 나는 방금 중요한 뭔가가 생각났다는 듯 책상으로 눈을 돌렸다. 시집 『풀잎』*이나 아인 랜드**의 책이라도 있으면 좋았겠지만 아쉽게도 내 책상엔 구매해야 할 식료품 명단처럼 문장 몇 개를 휘갈겨 쓴 종이만 붙어 있을 뿐이었다. "당신이 칼뱅교 신자만 아니라면 뭐든 불가능한 일은 없을 겁니다." 입술을 축이며 내가 말했다.

"우리 가족은 장로교예요." 나를 따라 입술을 축이는 흉내를 내며 캐서린이 말했다. (가톨릭 신자일 거라는 내 예상은 빗나갔다.)

"나도 그래요. 하지만 그리 독실한 편은 아니죠. 뭐 그래도 별 문제는 없다고 생각하지만. 얘기가 많이 길어졌군요."

"전 배워야 할 게 많아요."

형광등이 깜빡거리는 동안 제법 긴 침묵이 둘 사이에 흘렀다.

"그래, 회사에서는 어떤 일로 경험을 쌓게 해주던가요?" 활발한 목소리로 내가 물었다. 내가 무슨 말을 하려고 하는 건지 사실 나도 몰랐다. 하지만 난 할 말을 찾지 못하고 있다는 티를 내지 않으려 애썼다. 그런 나를 보면 캐서린은 서둘러 여기에서 나가버릴 것이다.

"어, 전화로 인터뷰를 했어요. 재미있었죠. 지금은 은퇴한 프린스턴 대학의 감독이었는데 알고 보니 1950년대에 망명한 사람이더

---

* 미국 시인 휘트먼의 시집.
** 러시아 태생의 미국 소설가, 철학자.

라구요. 경기가 열렸을 때 수소폭탄에 관한 정보를 몰래 가져왔대요. 정부에서는 그 일을 비밀에 부치고 프린스턴 대학에 일자리를 구해줬고요."

"오호." 입을 막으려고 그런 저급 책략을 쓰다니.

"하지만 좋은 질문을 하기가 힘들어요." 이마를 찌푸리는 캐서린의 표정엔 자신의 재능이 심히 우려된다는 진심이 담겨 있었다. "나는 길게 질문하지만 돌아오는 답변은 짧기만 하거든요."

"그건 놀랄 만한 일이 못 됩니다." 내가 말했다. "우선 질문을 간단히 정리하고 같은 질문을 반복해서 던져야 한다는 사실을 명심해요. 대부분의 운동선수는 진실을 말하고 싶어 안달이죠. 당신은 그저 방해만 하지 않으면 되는 겁니다. 스포츠 기자들이 냉소적으로 변하는 이유 중 하나도 이 때문이죠. 생각보다 자신의 역할이 미미하니까. 그래서 언짢아하는 거예요."

캐서린이 눈을 반짝이며 문에 기대섰다. 침묵하는 입술을 보니 지금이 아주 중요한 순간이라고 느끼는 것 같았다. 캐서린은 내 말에 그저 예쁜 머리만 가만히 끄덕였다.

이제 모든 건 내게 달렸다.

밤하늘에 떠 있는 밝은 달이 몇 가지 대안을 내게 제시했다. 자리에서 일어나 성 스테파노처럼 가슴에 손을 얹고 저 시원한 거리를 산책하자고 말해보자. 샌드위치를 함께 먹거나 아니면 (지금은 모르지만) 곧 찾아가게 될 어딘가에서 맥주라도 한잔하자고 말을 건네보자. 달은 달대로 떠 있고 우린 우리가 할 일만 하면 된다. 마치 이 도시에 사는 커플 한 쌍처럼 팔짱을 끼고 거리를 산보하도록 하자. 새로운 로맨스의 탄생을 위해.

나는 에디 프리더 자리 위에 걸린 시계를 흘끗 쳐다본 다음 길 건너편 건물로 눈길을 돌렸다. 한 창문을 통해 노란빛이 새어나왔고 조끼를 입은 남자가 그 안에서 길거리를 내다보고 있었다. 뭘 보는 걸까? 그 남자가 무슨 생각을 하는지 궁금했다. 대안이 맘에 들지 않는 것일까? 밤을 새워 씨름해야 할 복잡한 문제라도 생긴 걸까? 미래가 밤보다 더 어두워서일까? 잠시 후 누군가가 다가와 그를 불렀고 조끼 입은 남자는 알았다는 몸짓을 하며 창가에서 떠나갔다.

에디 사무실에 걸린 시계는 정확히 열한시를 가리켰다. 부활절 밤이다. 컴퓨터 소음과 초침 소리만 들릴 뿐, 사무실은 적막하리만치 조용했다. 갑자기 무미건조한 공기에서 달콤한 향이 흘러나왔다. 그것은 옷장 안에서 풍기는 기분 좋은 냄새, 사립학교 여학생에게서만 맡을 수 있는 비밀스런 냄새, (캄캄할 정도는 아닌 적당한) 어둠 속에서의 만남을 연상케 하는 냄새, 즉 캐서린 플라어티의 향기였다. 나는 잠시 동안 캐서린이 나를 사랑하는 의무를 과연 어떻게 받아들일지 상상했다. 경험으로 봤을 때 이런 만남은 내가 아는 바대로 흘러가게 돼 있다. (성인이 되고 나면 그리 놀랄 일도 아니다.) 우리의 만남은 어느 정도 심각한 만남이 될 것이다. 이는 다트머스의 그 남자친구를 사랑했던 방식도, 그녀와 결혼하는 행운을 거머쥘 어떤 남자(아마 컬럼비아 대학을 졸업하고 가정법 변호사 사무실을 운영하는 똑똑한 젊은이겠지)를 사랑하게 될 방식과도 다르다. 캐서린은 나와 만나면서 이렇게 생각할지도 모른다. '이건 진지한 만남이야. 다 경험을 쌓으려는 거지. 이 사람과 만나다보면 그야말로 아주 놀라운 사실을 알게 될지도 몰라. 정말 기대돼. 언젠가 그때 내가 한 행동은 옳았다고 회고할 날이 올 거야. 사실 무슨 근거로 이렇게 확신하는지 나도 잘 모르겠지만.'

그럼 나는 어떤 태도를 취하게 될까? 어느 시점에 이르면, 다시 말해 일단 기계적으로 돌아가는 일상생활로 돌아오고 나면 나 자신의 태도(희망, 모험, 희생, 잠재적인 후회와 보상)만큼 중요하고 큰 문제가 되는 것도 없다.

나는 자신 있게 말할 수 있다. 아주 흡족한 마음으로 뒤를 돌아보게 되리라고.

"어, 캐서린." 가슴에 손을 얹으며 내가 말했다. "밖으로 나가서 잠깐 걷는 게 어때요? 점심 이후에 아무것도 먹지 않아서 배가 많이 고프군. 샌드위치는 내가 사죠."

캐서린 플라어티는 나보다 더 환한 미소를 지으며 입술을 약간 깨물었다. 꽃처럼 화사한 색이 볼에 피어올랐다. 의심할 여지없이 캐서린은 (정식으로 동의의 뜻을 말로 표현하기 전에) 표정으로 "아주 좋은 생각이에요"라고 말하고 있었다. "그거 좋은 생각이군요." 또 머리를 만지며 캐서린이 말했다. "실은 저도 배가 몹시 고파요. 코트를 가지고 올 테니 잠깐만 기다려주세요."

"그러죠."

캐서린이 카펫 깔린 복도를 서둘러 걸어가는 소리와 이어 여자 탈의실 문을 열었다 다시 쾅 하고 닫는 소리가 들렸다. (사건이 곧 시작되려 하고 잘못될 일은 전혀 없으며 또 모든 것이 가능한) 지금보다 더 좋은 시간은 없다. 내가 어제 집으로 차를 몰고 올 때만 해도 나를 둘러싼 모두가 파멸 상태였고 천 킬로미터 이내에 기대할 만한 일이라곤 전혀 없었다. 결국 인생은 한 번은 살아볼 만한 가치가 있지 않은가.

길 건너편의 불빛은 이제 꺼졌다. 거역할 수 없는 매력을 지닌 소녀가 돌아오길 기다리는 동안(내 무릎은 어느새 상처가 다 나은 듯했다) 나는 내가 보았던 (조끼 차림에 타이를 매고 자기 이름을 부르는 소리에 깜짝 놀라던) 그 남자가 아직도 저 건물 안에 홀로 서서 이 친근한 거리를 내다보는지 궁금해졌다. 나는 저 건물에서도 누군가 나를 지켜보는 사람이 있기를 기대하며 유리창 쪽으로 다가갔다. 그리고 혹시 있을지 모를 희미한 얼굴을 찾으려 애썼다. 건물 아래쪽에선 자동차와 생명체가 움직이는 소리가, 내 뒤에선 나를 향해 사뿐히 걸어오는 발자국 소리가 들려왔다. 나를 보는 사람은 아무도 없으리라고 생각했지만 실제 그런지는 확신할 수 없다. 다만 내가 아는 한 이렇게 서 있는 나를 쳐다보는 사람은 아무도 없다.

에필로그

인생은 항상 자연스럽고 납득할 만한 결론으로 끝나지 않는다. 단 하나만 빼놓고.

내가 서른아홉번째 생일을 맞은 날, 월터는 오하이오 주 코쇽턴에 묻혔다. 나는 코쇽턴까지는 따라갔지만 장례식엔 참석하지 않았다. (카터 노트가 대신 참석했다.) 모든 정황으로 보아 내가 가야 옳았겠지만 왠지 그러고 싶지 않았다. 월터는 사 년 전에 랠프가 입원했던 윈스럽 가의 망검 앤 게이든 병원에 이틀 정도 안치됐다가 차를 타고 장지로 출발했다. 내가 그날 밤 하담 기차역에서 본 여자는 월터의 누이가 아니라 다른 사람이었다. 월터의 누이 조이스 엘렌은 큰 체구에 안경을 쓴 여자로 여성단체 YWCA에서 일하는 사람처럼 결코 결혼하지 않을 듯한 인상을 풍겼다. 남자처럼 정장과 넥타이를 맨 조이스는 직접 만나보니 아주 유쾌한 사람이었다. 아, 그녀는 테디 루스벨트의 자서전을 한 번도 읽은 적이 없다는 사실도 알게 됐다. 우리는 뉴욕의 한 커피숍에서 만나 월터가 남긴 편지 등 월터를 화제로 긴 시간 동안 따뜻한 대화를 나눴다. 조이스는 자기 오빠가 가족에겐 수수께끼 같은 존재였으며 최근까지 가족과 거의 연락하지 않았다고 말했다. 오직 그가 죽기 일주일 전쯤에 전화를 걸어서는 고향으로 이사하는 문제와 더불어 가장 친한 친구라면서 내 얘기도 꺼냈다고 한다. 조이스는 평소 오빠가 이상한 모습을 자주 보였기 때문에 연락을 받았을 때도 전혀 놀라지 않았다면서 이렇게 말했다. "언젠간 결국 이런 날이 올지도 모른다고 생각했어요." 조이스는 욜란다가 장례식에 오지 않으면 좋겠다고 말했지만 욜란다가 조이스의 바람을 들어줬을지는 의문이다.

월터의 죽음은 나로 하여금 죽음의 의미를 새삼 되새기게 만들었다. 더 큰 세계에 대한 책임감을 다시 상기해야 했던 것이다. 하지만 이런 생각은 내가 별로 원하지 않을 때 불쑥불쑥 찾아왔고 지금도 이를 자연스럽게 받아들이기가 어렵다. 또 그로 인해 내가 많이 달라질 것이라는 확신도 들지 않는다.

플로리다에 숨겨둔 딸이 있다는 월터의 얘기는 그저 농담일 뿐 사실이 아닌 것으로 드러났다. 하지만 월터는 내가 그를 실망시키지 않을 것임을 잘 알고 있었고 월터의 생각이 옳았다. 나는 새러소타로 날아가 이것저것 알아보고 다녔고 코숙턴에 출생기록을 문의하는 전화를 넣기도 했다. 조이스 엘렌에게도 연락하고 사립탐정을 고용해 조사도 해봤지만(비용이 제법 많이 들었다) 결국 내가 찾는 아이는 원래부터 존재하지 않았음을 알게 됐다. 허탕 수사를 한 나는 이것이 자신만의 비밀스러움을 간직하고픈 월터의 마지막 시도라는 것을 깨달았다. 소설에서 독자를 헷갈리게 하는 일종의 관심 돌리기 말이다. 나는 비밀스러움을 추구한 월터를 존경하기로 했다. 왜냐하면 비록 노력하긴 했지만 비밀스러움은 월터의 인생에서 부족한 점이었기 때문이다. 월터의 행동을 옹호할 생각은 없지만 방아쇠를 당기던 그 마지막 순간에 월터는 어떤 중요한 통찰을 얻지 않았을까 생각한다. 어떤 사적인 질문의 해답은 (그런 질문의 본질상) 엄청난 충격을 접하는 바로 그 순간에 얻어지기도 하기 때문이다.

하지만 나는 플로리다가 무척 마음에 들어 몇 달째 여기에 머물고 있다. (지금은 9월이다.) 물론 그렇다고 계속 머물진 않겠지만. 이 나라의 아래쪽으로 내려오니 열대기후 탓인지 뭔가 좋은 일이 일어나리라는 예감이 강하게 든다. 어느 곳이나 희망이 넘친다. 여기 플로리다 사람들은 일에 얽매이지 않으며 삶의 궁극적인 목적을 찾고자 전전긍긍하지도 않는다. 내가 만난 사람들은 모두 유쾌하고 생각과 성격이 올바르며 또 시원시원했다. 어머니가 말한 바와는 다르게, 또 기존에 내가 들었던 평판과는 다르게 어떻게 하면 다른 사람을 속일 수 있을까 궁리하지도 않는다. 파란색 번호판을 단 차들이 많은 것으로 보아 많은 미시간 사람들이 이곳을 찾아오는 듯하다. 뉴저지와 비슷하진 않지만 그리 나쁜 곳은 아니다.

4월 이후부터 지금까지 시간은 매우 빨리 흘러갔다. 이전보다 시간의 흐름이 더 빠른 것 같았고 이는 더운 날씨 외에 플로리다가 가진 또하나의 미덕일 것이다. 의식하지 못할 정도로 시간은 정말 잘도 지나간다. 매 초마다 자신이 살아 있음을 느끼는 동시에 왠지 모를 아쉬움을 품게 되는 뉴욕과는 전혀 다른 곳이 바로 플로리다다.

나는 예금을 담보로 산뜻한 코발트색 닷선* 자동차를 임대했다.

---

* 일본 닛산 자동차의 전신(前身).

갖고 있던 차와 집은 보소볼로에게 관리를 맡겼다. 나중에 보소볼로는 편지를 보내 덕분에 가봉에서 아내를 데려올 수 있게 돼 결혼 생활을 제대로 할 수 있게 됐다고 말했다. 그 땅딸한 백인 여자의 운명이 어떻게 됐는지는 나도 모른다. 아마 만나지 않기로 결심했거나 뭐 아닐 수도 있다. 한편으론 보소볼로가 정원 이곳저곳을 둘러보면서 체조를 하거나 주인처럼 하품을 해대는 모습을 보고 이웃들이 과연 어떻게 생각할지 자못 궁금했다.

나는 롱보트 키라는 쾌적한 곳에 콘도를 하나 구한 다음 회사에서 무기한 장기 휴가를 얻었다. 그리고 몇 달 동안 이웃들과 함께 혹은 혼자서 이런저런 유쾌한 경험을 즐기며 살았다. 어떤 밤엔 누군가가 밴드를 불러 같이 놀기도 하고 혹은 다 함께 수영장 근처에 모여 레게 음악을 틀어놓고 음료수를 마시거나 춤을 추거나 수다를 떨었다. 물론 수영복이나 여름 드레스를 입은 소녀들이 부지기수였다. 그들 중 몇 명은 나와 밤을 함께 지내는 데 흔쾌히 동의해서 나는 여자를 차에 태우고 그 여자가 평소 가보고 싶어한 곳으로 차를 몰았다. 일을 할 때도 있었고 새로운 사람들도 만났으며 여행도 자주 했다. 친절한 동성애자도 주위에서 많이 볼 수 있었는데 그중엔 해군에서 은퇴한 사람이 많았다. 대부분 중서부 지역 출신으로 어떤 사람은 내 또래였다. 이들은 시간과 에너지는 넘쳐났지만 그만큼의 기회는 갖지 못했다. 한 퇴역 해군이 들려준 베트남과 한국에서의 이야기는 소설로 써도 괜찮을 듯했다. 그들은 만약 내가 다시 글을 쓰게 되면 자신의 인생 이야기를 꼭 써달라고 부탁했다. 이 모든 것이 지루해지거나 흥이 나지 않을 때면 방파제 너머에 있는 먼 바다로 가서 늦은 오후까지 항해를 즐기다가 쿠바 쪽으로 어둑히 뻗은 수평선과 그날의 마지막 관광 비행기가 미지의 곳으로 사라지는 모습을 가만히 지켜봤다. 나는 플로리다 만의 바다를 보길 좋아했다. 확연히 드러난 땅덩어리는 일부에 불과할 뿐 수면 아래엔 더 광대하고 험한 지형이 숨어 있다. 햇살을 받으며 펼쳐진 대초원 역시 비록 서글프고 외로워 보이긴 해도 나름대로 굉장한 매력을 품고 있다. 나는 가끔 선샤인 스카이웨이까지 차를 몰고 가서 그날 밤 월터가 얘기했던 아이다 심스를 떠올리며 그녀가 월터에게 얼마나 중요한 의미를 갖는지 생각해보기도 했다. 깨어난 그녀는 세이셸*이나 그 비슷한 곳으로 갔다가 가족에게 돌아갔을까? 아마 그렇진 않을 것이다.

경기가 많이 벌어지진 않았지만 때론 닷선을 몰고 메이저리그 연습 경기장을 찾아 둘러볼 때도 있었다. 타이거즈는 우승까지 단 몇 경기만을 남겨놓았고 내가 볼 때 누구도 그 기세를 멈출 수 있을 것 같진 않았다. 경기장 주변엔 이상하게도 명랑한 기운이 감돈다. 가을엔 몇몇 유망주를 포함한 연습 경기가 열리는데 그중엔 라틴계 청년이나 메이저리그에서 내려온 나이 든 선수도 있다. 물론 내가 몇 년 전부터 아는 선수들이다. 이들은 유망주 선수 근처에서 어슬렁거리다가 잘못된 버릇을 고쳐야 한다며 코치를 해주기도 한다. 자신이 유능한 감독이나 스카우터가 될 재능이 있음을 보여주려고 하는 행동이다. 잘하면 아이오와 주에 있는 유망주 클럽에서 일자리를 얻을 수도 있기 때문이다. 여기에서 그네들의 삶은 고난과 인내의 연속이지만 그럼에도 그들은 언제나 나름대로의 승리를 꿈꾼다. 이 작은 세계에서도 감동 깊은 이야기가 탄생할 수 있는 것이다. 한 나이 든 포수는 내게 와서 자신이 당뇨로 고생하고 있으며

---

* 인도양 서부의 92개 섬으로 이루어진 공화국.

곧 실명할지도 모른다고 말하기도 했다. 그리고 이는 젊은 독자들이 감동받을 수 있는 훌륭한 얘깃거리가 아니겠느냐고 덧붙였다. 하지만 나는 패배를 받아들여야만 하는 허브 월러거의 기사를 쓰지 않을 작정인 것처럼 이들의 얘기도 글로 옮길 생각이 전혀 없다. 답이 없는 질문이 존재하듯이 그저 받아들여야만 하는 인생도 있다. 할 말이라곤 아무것도 없는 인생 말이다. 나는 포수의 넋두리는 듣는 둥 마는 둥 하며 혹시 계획대로 일이 안 풀리고 있을지도 모를 캐서린 플라어티를 떠올렸다.

그동안 나의 언어와 사고, 그리고 반응 양식에도 변화가 있었다. 그리고 이는 이전보다 더 성숙한 변화, 더 중요한 변화라고 감히 말할 수 있다. 그러므로 만약 내가 글을 쓰게 된다면 전과 다른 새로운 시각으로 쓰게 될 것이다. 하지만 내가 글을 쓰게 되리라고는 생각하지 않으며 그럴 계획도 없다. 그렇다고 우려한다는 뜻은 전혀 아니다. 나는 그저 공원에 가서 아이들이 글러브로 공을 받는 모습을 보며 얼굴에 햇살을 쬐는 것만으로도 충분하다. 아마 이야말로 모든 스포츠 기자의 꿈이 아닐까. 심지어 어떨 땐 내가 눈사태를 계기로 이 세상에서 사라졌다던 그 사람, 즉 웨이드 아서놀트가 들려줬던 바로 그 사람이 된 듯하다.

하지만 이전의 삶이 완전히 사라져버렸다는 얘기는 아니다. 뜻밖에 여기에서 정직하고 선량한 친척을 만날 기회가 있었기 때문이다. 아버지의 사촌이라는 그 친척은 어브 온스타인(어머니의 의붓아들)을 통해 편지를 보냈고, 그 편지엔 율리스라는 종조부가 캘리포니아에서 돌아가셨다는 소식과 함께 혹시 내가 당분간 플로리다에 있을 예정이라면 한번 만나보고 싶다고 적혀 있었다. 물론 나는 전혀 몰랐던 친척이었고 이름도 들어본 적이 없었다. 그럼에도 선량한 친척이 부근에 살고 있다는 사실에 기뻐하며 그들을 만나러 가겠다고 답장을 보냈다.

버스터 배스컴은 은퇴한 철도 공무원으로 언제든 저세상으로 가버릴 수 있는 심각한 심장 질환을 앓고 있었다. 그의 아내 엠프레스는 『기만술의 대가들』*이란 책을 읽을 만큼 우파 성향이 강한 여자로 세금은 거부해야 하고 얄타협정과 유엔은 무시해야 하며 금본위제도로 복귀해야 한다는 견해를 갖고 있었다. 그녀는 카멜 담배를 무척 좋아하고 부동산 관련 일을 한다. 나는 노코미스 외곽에 있는 그들의 집을 최소 네 번은 방문해서 부부와 그 아들들(이름은 에디, 부스, 그리고 놀랍게도 한 명은 랠프였다)과 함께 스테이크를 먹으며 저녁식사를 했다.

대가족인 플로리다의 배스컴 가족은 여전히 이 세상엔 중요한 뭔가가 존재하며 인생은 그들이 기대하는 것 이상의 훌륭한 선물을 안겨준다고 믿고 있다. 나는 이런 고귀한 생각을 가진 대가족의 일원이라는 것이 자랑스럽다.

버스터는 축축한 눈에 창백한 피부를 가진 유쾌한 사람이었는데 (그는 자신의 심장 질환에 대해 나처럼 점쟁이를 찾아가 조언을 구한다고 했다) 나 같은 타인에게서 신뢰를 얻고 있다는 사실에 대단히 만족스러워했다. "자네 부친은 매우 똑똑한 사람이었어. 혹시 잘못 알고 있을지 몰라 하는 말이네." 저녁식사가 끝나고 포도 덩굴과 진달래 향기가 진동하는 뒷문 근처에 함께 서 있을 때 버스터가 말했다. 나는 아버지를 거의 기억하지 못했으므로 아버지 얘기, 심지어 아버지를 아는 사람들의 얘기마저 대단한 뉴스가 아닐 수

---

* 전 FBI 국장 에드거 후버의 저서로 미국 내 공산주의와 그에 대항하는 방법에 관한 내용이 실려 있음.

없었다. "다른 사람들과는 달리 미래를 볼 줄 알았지." 버스터가 씩 웃으며 말했다. 그는 내가 아는 친척이 거의 없다고 말했는데도 별로 개의치 않았다. 그가 이렇게 나를 가르치려 드는 것은 실수다. 왜냐하면 나는 변할 생각이 없으니까. 24번 고속도로를 타고 불이 켜진 내 콘도로 돌아오면서, 또 대추야자나무와 가로등이 쭉 펼쳐진 거리를 질주하면서 나는 (비록 짧은 순간에 불과했지만) 그렇게 밀접하진 않더라도 내게도 과거가 있다는 사실에 기뻐했다. 과거엔 뭔가가 있다. 과거는 내게 결코 부담스런 존재가 아니다. 우리에겐 과거가 필요하다고, 그리고 그 과거는 결국 유용하다고 말하진 않겠다. 하지만 작은 과거는 우리에게 상처를 주지 않는다. 당신이 스스로 선택한 삶을 살고 있다면 더욱 그렇다. "자넨 친구를 선택할 수 있어." 내가 처음 방문했을 때 엠프레스는 이렇게 말했다. "하지만 가족은 선택할 수 없는 거라네."

이제 마지막으로 어떤 할 말이 남아 있을까? 뭐 말하고자 한다면 그리 어려운 일도 아니다.

예전만큼은 아니지만 내 심장은 여전히 두근거린다. 목소리는 그 어느 때보다 강력하고 말주변도 좋다.

캐서린 플라어티와는 자주 연락하고 있다. 이스트 5번가에 있는 그녀의 허름한 숙소에서 이틀을 같이 보낸 뒤부터 내가 여기로 오기까지 그녀와 나는 서로 매우 많은 사실을 알게 됐다. 그녀는 멋지고 호기심이 많으며 자기주장이 강하고 냉소적이기도 하다. 우리는 심각한 대화를 자주 나눴다. 얼마 있지 않아 캐서린은 다트머스 의과대학에 들어갔고 추수감사절에 내가 있는 곳을 방문하기로 했다. 내가 그때까지 머문다면 가능한 일이지만 과연 그렇게 될지는 회의적이다. 그녀와 사귀었던 남자친구는 사실 없었다. 이는 우리에게 교훈이 될 만하다. 능력이 뛰어난 여자는 자주 선택될 필요가 없다. 왜냐하면 그 자신 자체로 완벽하기 때문이다. 우린 대학 친구처럼 밤늦게까지 전화 통화를 하며 격의 없이 대화를 나눴다. 플로리다 방문 계획을 얘기하기도 했지만 그녀의 은밀한 마음 한구석에서는 나를 다시 보고 싶어하지 않을지도 모를 일이다. 이것이 진정 연애인지는 의심스럽다. 그녀에 비하면 나는 너무 나이가 들었고 그녀는 너무 똑똑하다. (그녀의 아버지를 만날 생각은 전혀 없다. 그는 이름이 '펀치' 플라어티로 곧 의회에 진출할 계획을 갖고 있다.) 쓸데없는 말 같지만 내가 그녀의 사랑과 섹스에 대해 오해하고 있었음을 밝혀야겠다. 캐서린은 내가 이런저런 방식으로 가르치고자 굳이 애쓰지 않아도 스스로 잘해나갈 수 있는 씩씩한 여자이다. 그 사실을 알고 나는 마음이 편해졌다.

비키 아서놀트에게는 소식을 듣지 못했다. 하지만 비키가 알래스카로 가서 그녀의 전남편 에버렛과 화해하고 새로운 사랑을 시작한다 해도 놀라진 않을 것이다. 그들은 아마 '새로운 유형'의 사람이 되어 뜨거운 욕조에 같이 앉아 『소비자 보고서』 잡지를 보며 그들의 목표와 다이어트에 대해 얘기하거나 그들이 누구인지, 원하는 바가 무엇인지 토론을 벌일지도 모르겠다. 그녀는 나와 다른 그녀만의 인생을 살 것이다. 내가 바꾸고자 노력했다 해도 그 변화는 잠시에 불과했으리라. 결국 우린 쓰디쓴 이별을 하고 말았으리라. 행복한 경험은 아니었다. 나중에 비키는 자신이 아빠 웨이드를 포함해 (그녀가 말한 대로) 남자를 좋아하지 않으며 실제로 그런 적도 없었다는 것을 알게 될 것이다. 비키는 이렇게 생각할지도 모른다. '사랑에 관한 한 기대는 항상 어긋난다. 사랑은 기회와 운명

의 희생이며, 또 우리가 결코 하지 않으리라 다짐한 일들은 결국 우리가 가장 원했던 바로 그 일이다.'

비록 큰 충격을 받은 건 아니지만 비키가 핀처 박스데일과 전처에 대해 한 말은 거짓말이라 생각한다. 아마 부끄러움을 느끼고 있을지도 모르겠다. 하지만 어쨌든 비키는 자신만의 어떤 목적을 위해 그런 말을 했을 테고 만약 내가 그녀를 신뢰하지 않았다면(사실 신뢰하지 않았지만) 그녀 역시 나를 신뢰할 필요가 전혀 없었을 것이다. 솔직히 나는 턱에 느끼는 통증만큼이나 전혀 상처받지 않았다. 그리고 기분이 나쁘지도 않다. 인생이란 원래 그런 것이다.

이혼남 클럽에선 마침내 탈퇴했다. 월터가 죽은 후 클럽에 나갈 열정이 거의 사라졌다. 클럽의 목적이 충족되지 않고 있다는 생각이 들었기 때문이다. 하지만 그중 몇몇은 결국 예전처럼 친구 사이를 유지하게 될 것이다.

아이들은 여름에 이곳으로 오려고 했지만 불발로 끝나 다시 방문 계획을 세우고 있다. 아마 전처가 여기에서의 내 독신생활에 의문을 품어 보내지 않은 듯하다. 하지만 늘 일은 생기게 마련이다. 아이들은 이리 호수에서 가족 휴가를 보내지 못해 실망했다지만 기회는 얼마든지 있다.

장모였던 어마는 헨리와 함께 미시간으로 이사했다. 이십 년 만에 재결합한 것이다. 확신하건대 그들이 다시 합친 까닭은 홀로 죽을 수도 있다는 사실을 두려워했기 때문이다. 시간이 화살처럼 빨리 지나간다고 생각한 것이 틀림없다. 마지막 편지에 어마는 이렇게 썼다. "〈프리 프레스〉를 보니까 여자 아나운서 한 명만 빼고 많은 사람이 매일 아침 스포츠 기사를 읽는대. 아주 좋은 일이지? 안 그래?" (물론 그렇다.) "그러니 좀더 신경 써서 기사를 쓰게."

전처에 대해서는 내가 알 필요가 뭐가 있으랴. 그녀는 나를 지독히 나쁜 사람이라고 생각하지는 않으니 그것으로 충분하다. 최근엔 프로 투어에 참가했고 펜실베이니아와 델라웨어에서 열리는 또다른 대회에 도전하고 있다. 전처는 전화 통화에서 최근 가장 뛰어난 실력을 선보였고 특히 퍼팅에 자신감이 생겼다고 했다. 아무리 노력해도 잘 늘 것 같지 않아 고민이라던 롱 아이언 기술도 능숙히 구사할 수 있게 됐다고 말했다. 또 인생을 되돌리고 싶은 마음도 있다고 언급했지만 자세히 말하진 않았다. 나는 그녀가 더 내성적으로 되지 않을까 걱정스럽다. 좋은 징조가 아니기 때문이다. 전처는 이사 문제도 얘기했지만 어디로 이사할지는 말하지 않았다. 결혼은 하지 않을 것이고 대신 비행 기술을 배워볼까 생각중이라고 했다. 그 어떤 일을 한다고 해도 나는 놀라지 않을 것이다. 전화를 끊기 전에 전처는 집에 도둑이 든 그날 밤 왜 자신을 위로하지 않았느냐고 물었다. 나는 당시 모든 것이 어리석고 바보스럽게 느껴졌으며 설명할 순 없지만 뭐라고 말해야 할지 몰랐다고 대답했다. 하지만 미안하다고 했다. 그것은 내 잘못이었다고. (정확히 말하자면 그때 위로의 말을 하긴 했지만 전처가 듣지 못했다. 그러나 이 사실을 말할 용기가 나지 않았다.)

처음 말한 대로 인생은 오직 하나의 확실한 결론만을 갖는다. 오직 한 사람만을 사랑하는데도 그 사람과 함께 살지 못하게 되거나 심지어 만날 수조차 없게 되는 경우가 있다. 달리 말하는 사람은 거짓말쟁이거나 감상주의자거나 그보다 더 나쁜 사람이다. 또한 결혼했다가 결국 이혼에 이르렀지만, 그 이후에야 비로소 결혼 초기엔 결코 좋아하거나 이해하지 못했던 바에 대해 전혀 새로운 시각을 갖게 되어 재결합하는 경우도 가능하다. 이럴 경우 새로운 시각이 너무나 당연하고 완벽해 보여 놀라는 사람조차 있다. 따라서 거짓말이 불가능한 유일한 진실은 바로 인생 그 자체다. 살아가는 동안 실제 일어나는 일 말이다.

나는 다시 뉴저지의 하담에서 살게 될까? 전혀 모르겠다.

나는 다시 스포츠 기자가 되어 예전에 했거나 좋아했던 일들을 또 하게 될까? 전혀 모르겠다.

일주일 전에 나는 〈세인트피터즈버그 타임스〉에서 드토크빌 아카데미의 한 소년이 죽었다는 기사를 읽었다. 그 소년은 조용히 숨을 거두었지만 아버지가 유명한 우주인이었기에 뉴스를 타고 세상에 알려졌다. 나는 전혀 조용히 죽지 않았던 내 아들 랠프를 생각했다. 랠프는 미친 듯이 소리를 질렀고 있는 힘껏 큰 소리를 냈으며 광포함에 싸여 저주의 말을 내뱉거나 농담까지 했다. 그리고 아들에 대한 내 조문은(우주인은 이제 막 시작이겠지만) 마침내 끝났다는 사실을 깨달았다. 비통함과 진정한 슬픔은 상대적으로 짧다. 다만 조문은 길어질 수 있다.

나는 오늘 오전 수영복을 입고 상의도 걸치지 않은 채 해변으로 나갔다. 그리고 생각했다. 인생은 우리를 얇은 그 무엇 안에 가두고 있는 게 아닐까? 그렇다면 그것은 무엇일까? 필름처럼 얇은 막? 아니면 우리가 해온 모든 것, 말한 모든 것, 잘못한 모든 것의 잔존물이나 껍질이라고 해야 할까? 모르겠다. 하지만 어쨌든 당신은 아주 오랫동안 그 사실을 거의 모른 채 그 안에 있다. 다만 예기치 못한 이유나 기회로 매우 드물게 그 막을 벗고 밖으로 나올 뿐이다. 한 시간이나 아니면 아주 잠깐. 그럼 기분이 매우 좋아진다. 그리고 마법 같은 그 순간, 당신은 그런 기분을 느낀 적이 도대체 얼마 만인가 하고 깨닫는다. 내가 아팠기 때문인가? 당신은 자문해볼 것이다. 인생 그 자체는 병인가 아니면 일종의 증후군인가? 그것까지야 누가 알 수 있겠는가? 하지만 한 가지는 자신 있게 말할 수 있다. 즉 우리 모두가 방금 내가 얘기한 바를 경험해봤을 것이라고. 같은 인간으로서 수백만의 사람들이 느끼지 못한 경험을 오직 나만이 했을 리는 만무하기 때문이다.

어렸을 때 그런 것처럼 당신은 어느 날 갑자기 그것(막 또는 인생의 껍질)에서 빠져나온다. 그리고 '내 인생에 딱 한 번 이런 적이 있었어'라고 생각한다. 그때는 몰랐고 지금도 전혀 기억나지 않지만 말이다. 바람이 볼과 팔에 부드럽게 와닿는 느낌, 뭔가 느슨해지는 느낌, 풀려난 느낌, 가볍게 떠 있는 느낌. 지금까지 오랫동안 그렇게 느껴본 적이 없었으므로 당신은 이 빛나는 순간을, 이 차가운 공기를, 이 새로운 생활을, 이 행복한 느낌을 가능한 오래, 아니 영원히 간직하고자 한다. 하지만 그 시기가 너무 늦게 찾아올지도 모른다. 그때는 당신이 너무 나이 들어 있을지도 모른다. 또한 물론, 바로 그때가 당신이 그런 기분을 느낄 수 있는 마지막 기회인지도 모른다.

동시대의 미국 사회를 바라보는
리처드 포드의 냉정한 시선

1986년 출간된 『스포츠라이터』는 리처드 포드란 이름을 세상에 본격적으로 알린 주목할 만한 작품이다. 이후 리처드 포드는 『스포츠라이터』의 속편이라 할 수 있는 『독립기념일』을 발표해 그해에 퓰리처상과 펜/포크너 상을 동시에 수상함으로써 미국을 대표하는 중요한 작가 가운데 한 명으로 입지를 굳힌다.

『스포츠라이터』에서 리처드 포드가 던지는 메시지는 소외와 상실감으로 점철된 현대인의 삶이며, 그 주인공인 프랭크 배스컴은 이런 화두를 던지기 위해 작가가 창조해낸 기억할 만한 인물이다. 소설가로 어느 정도 명성을 얻고 있던 배스컴은 어느 날 갑자기 글쓰기에 흥미를 잃고 한 잡지의 스포츠 기자로 일하게 되지만 이후 아들의 죽음과 아내와의 이혼, 친구의 자살 등 그를 둘러싼 환경이 계속 붕괴되어가는 해체의 위기에 직면한다.

『스포츠라이터』는 이혼한 프랭크 배스컴이 부활절 주간(정확히 말하자면 목요일부터 일요일까지 나흘 동안)에 겪었던 일상을 담담히 묘사한 작품으로, 여정 곳곳에서 떠올리는 상념들이 내용의 대부분을 차지한다. 『스포츠라이터』를 통해 리처드 포드가 진단하는 당대 미국 사회의 문제는 가족이나 종교 등 기존 질서의 해체로 인한 현대인의 소외, 불안감 등으로 요약할 수 있고, 이를 극명히 드러내기 위한 장치로 이른바 안티 히어로(anti-hero)의 범주에 해당하는 배스컴이라는 인물과 부활절이라는 시간적 배경을 차용하고 있다.

『스포츠라이터』 전반에 걸쳐 나타나는 지배적인 정서는 소외감이다. 그 단적인 예로 소설에 등장하는 인물 대부분이 이혼했다는 점을 지적할 수 있다. 주인공 배스컴을 비롯해 자살한 친구 월터, 새로운 연인 비키와 그녀의 부모, 심지어 장인 장모인 헨리와 어마까지 작품 속엔 이혼을 경험한 사람들이 대거 등장한다. 이혼으로 대표되는 소외 현상은 단절을 낳게 되는데, 그와 같은 모습은 이혼남 클럽에 관한 배스컴의 언급에서 잘 엿볼 수 있다. 즉 배스컴은 이혼이라는 공통 경험으로 모이게 된 회원들 사이에서도 '서로에 대한 과도한 관심을 자제해야 한다는 이혼남 클럽의 암묵적인 규칙'이 존재한다고 말하고 있는 것이다.

이러한 단절로 현대인은 지속성에 대한 면역력을 상실하는 한편, 그 대신 새로움을 추구하게 된다. 배스컴은 아내 말고도 많은 여자와 만남을 가졌다고 고백하며, 이런 맥락에서 보자면 비키도 그런 여자들 중 한 명일 뿐이다. 배스컴의 장인 헨리는 배스컴과의 전화 통화에서 다음과 같이 말한다. "누구나 인생에서 비키 같은 여자를 필요로 하지. 두 명 이상이라면 더 좋고. 하지만 결혼은 하지 말게." 새로움에 대한 추구는 허브를 만나러 가는 도중 프랭크가 새 차에 대해 털어놓는 감상 부분에서도 확연히 드러난다. "어떤 고급 차든지 가능하다. 마음에 들지 않는 순간 차종을 바꿔달라고 얘기하면 그만이니까." 주행이라는 본연의 기능은 완전히 상실해버린 채 지하실에만 갇혀 있는 웨이드의 자동차 역시 소외감을 드러내는 장치이다.

소외돼버린 배스컴은 이제 과거나 미래에 크게 구애받지 않는다. 다시 말해 그에게 중요한 것은 고정된 과거나 영원한 가치가 지배하는 미래가 아닌 바로 지금 당면한 현재이다. 낯선 곳이나 새로운 대상, 신비함(미스터리), 그리고 변화에 적극적인 모습을 보여주는 배스컴의 태도는 바로 여기에서 연유한다.

이혼으로 상징되는 가족의 해체는 기존 질서의 해체를 의미하는바, 그 영역은 공동체와 종교로까지 확대된다. 공간적 배경인 하담 등 주변 환경에 대한 묘사를 통해 포드는 이웃에 대한 관심이 존재하고 백인 중산층이 주도했던 과거의 기존 사회가 무관심이 지배하고 다문화 및 다인종 사회로 변해가는 현대사회에 비해 더 안정적이라고 평가하는 듯 보인다. 그리하여 배스컴과 오랜만에 재회한 민디는 "이 세상은 나아지기보다는 오히려 타락하는 쪽으로 변화"해왔다고 말하는 것이다.

한편 부활절은 새로운 날의 출발이자 상징이 되어야 마땅하지만 배스컴에겐 그저 친구의 자살 소식을 들어야 하고 연인과 이별해야 하는 절망의 날이 되고 만다. 배스컴은 교회 목사를 신의 대리인이 아닌 이해관계를 조율하는 '중재자'로 보는데, 이런 회의적인 태도는 월터의 자살 소식으로 더욱 확고해진다. 베니발 경사와 통화한 후 배스컴은 이렇게 읊조린다. "부활절은 비로 시작해 서서히 죽음의 날로 변했다. 구원은 어디에서도 찾을 수 없다."

소외와 기존 질서의 해체는 뿌리를 잃고 흔들리는 현대인의 불안감으로 연결되는데, 포드는 이런 정서의 한 단면을 자신의 미래를 막연하기 이를 데 없는 밀러 부인의 점괘에 의존하는 프랭크의 모습을 통해 드러낸다.*

강한 확신과 자부심을 가진 듯 이야기하는 배스컴은 소외의 시대 한가운데에서 그만의 새로운 생존방식을 터득한 것처럼 보이지만, 미래는 그의 말처럼 아무것도 확정되지 않은 채 불안한 여백으로만 남아 있다. 비키와 재회할 것인지, 캐서린과의 관계는 어떻게 될 것인지 가늠할 방법은 전혀 없다. 아마도 이는 프랭크처럼 불확실한 삶을 살아가는 작금의 우리가 풀어야 할 과제일 터이다. 하지만 배스컴은 후반에 이르러 버스터 배스컴 가족과 만나면서 단절됐던 가족과 소통하려는 작은 시도를 보여주는데, 비록 그 정도가 아주 미미하긴 해도 어쩌면 포드는 이를 통해 자신이 생각하는 해법을 어렴풋하게나마 제시하고 있는지도 모른다.

월터의 자살을 제외하면 시간적 배경이 되는 나흘 동안 『스포츠라이터』에서 특별한 사건은 전혀 일어나지 않는다. 그저 주인공이 과거에 겪었던, 그리고 현재 겪고 있는 일들에 덧붙여 그 심경이 담담하게 펼쳐질 뿐이다. 대단히 미국적인 소설이라는 특징과 더불

---

* 노헌균, *Richard Ford's The Sportswriter, A Portrait of Contemporary American Culture*(Journal of American Studies, 2002) 참고.

어 바로 이런 점 때문에 어쩌면 다소 지루함을 느끼는 독자도 있을 수 있겠지만 내면적인 사유의 흐름에 흥미를 지닌 독자라면 분명 색다른 독서를 경험하게 되리라 생각한다. 마지막으로 감상은 전적으로 독자의 몫이다. 이 소설을 통해 나와 나를 둘러싼 세계를 되돌아보는 계기를 갖게 되거나 그게 뭐든 단 한 가지라도 느끼고 얻어가는 독자가 있다면 더이상 바랄 나위가 없겠다.

2009년 6월
박영원

옮긴이 **박영원**

고려대 영문학과를 졸업했으며, 현재 전문번역가로 활동중이다. 옮긴 책으로 『달콤한 목요일』 『열쇠 없는 집』 『곤충의 유혹』 『내 돈은 어디 갔는가』 『여유의 기술』 『지구의 생명을 보다』 『하이퍼그라피아』 『마법 살인』 등이 있다.

문학동네 세계문학

스포츠라이터

초판인쇄 2009년 6월 10일 | 초판발행 2009년 6월 20일

지은이 리처드 포드 | 옮긴이 박영원 | 펴낸이 강병선
책임편집 안미선 류현영 | 저작권 김미정 한문숙
마케팅 장으뜸 정민호 한민아 김정민 정소영 | 제작 안정숙 서동관 김애진

펴낸곳 (주)문학동네 | 출판등록 1993년 10월 22일 제406-2003-000045호
주소 413-756 경기도 파주시 교하읍 문발리 파주출판도시 513-8
전자우편 editor@munhak.com | 전화번호 031) 955-8888 | 팩스 031) 955-8855

ISBN 978-89-546-0823-7 03840

www.munhak.com